重庆作家作品年度选

小说卷

重庆市作家协会 编

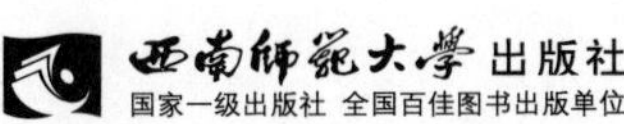

图书在版编目(CIP)数据

重庆作家作品年度选 . 小说卷 / 重庆市作家协会编 ;
张者主编 . -- 重庆 : 西南师范大学出版社 , 2018.12
ISBN 978-7-5621-5860-8

Ⅰ. ①重… Ⅱ. ①重… ②张… Ⅲ. ①中国文学 - 当代文学 - 作品综合集 - 重庆②小说集 - 中国 - 当代 Ⅳ. ① I218.719 ② I247

中国版本图书馆 CIP 数据核字 (2018) 第 303553 号

重庆作家作品年度选 · 小说卷
CHONGQING ZUOJIA ZUOPIN NIANDU XUAN · XIAOSHUO JUAN
重庆市作家协会 编
张者 主编

责任编辑: 李浩强
责任校对: 李晓瑞
装帧设计: 闰江文化
排　　版: 重庆大雅数码印刷有限公司 · 杨建华
出版发行: 西南师范大学出版社
　　网址: http://www.xscbs.com
　　地址: 重庆市北碚区天生路2号
　　邮编: 400715
　　市场营销部电话: 023-68868624
经　　销: 全国新华书店
印　　刷: 重庆共创印务有限公司
幅面尺寸: 170mm × 240mm
印　　张: 28
字　　数: 485千字
版　　次: 2019年9月　第1版
印　　次: 2019年9月　第1次印刷
书　　号: ISBN 978-7-5621-5860-8

定　　价: 82.00元

编 委 会

总序

Foreword

为深入贯彻落实党的十九大精神和习近平总书记关于文艺工作的重要论述，进一步激发全市广大作家的创作热情与活力，推动重庆文学事业繁荣发展，重庆市作家协会组织编辑了《重庆作家作品年度选》丛书。

该丛书共计六卷，即《重庆作家作品年度选·小说卷》《重庆作家作品年度选·诗歌卷》《重庆作家作品年度选·散文卷》《重庆作家作品年度选·报告文学卷》《重庆作家作品年度选·儿童文学卷》《重庆作家作品年度选·文学评论卷》，汇集和展示了重庆作家近年来在全国各类报刊发表和出版的优秀作品。这既是一次检阅，更是集中的推介，希望通过这一载体和平台，让广大读者全面领略重庆文学近年来的成就和风采。

《重庆作家作品年度选》的选编工作由重庆市作家协会各相关文学创作委员会组织实施，市内外知名评论家也分别予以了点评，在此一并致谢。

重庆市作家协会

2019年3月

序言

Preface

阅读重庆

王干

这是一部2017年重庆小说年选，而阅读这部小说集，就是阅读重庆，阅读当代作家小说映像中的重庆历史、人物、自然及其背后的、深处的世相人心。这是一部以小说集的形式呈现的，有丰富的文化历史价值，有醒世意义，有独特的地域美学品格，有普及推广价值的好书。

生活在重庆的人不妨一读，一定能从中找到自己和周围的人的影子，从而获得启迪。没有生活在重庆的人也不妨一读，生动火辣的巴渝方言，层次多元的山城生活，不无苍凉的城乡转换，能把读者带到重庆现场。

这部重庆作家的小说集，触及时代各个方面的问题，并对之做出了有深度的文学表现和精神探索。

重庆20世纪三四十年代的市民文化，在老作家余德庄典雅、练达的语言中好像复活了一样。《老吃街逸响》写抗战期间重庆“地处较场口的鱼市街”，苏家老太爷苏泽九武行出身进入餐饮业，精心做特色小吃，又“义”字当先，协同小吃街店主们渡难关、躲轰炸、关心国事、捐款助资抗日的故事。小吃是重庆市民文化的重要内容，市场份额自然是生意人的核心主题，然而如何占有市场、平衡市场，在那个时代，还有一个“义”字、一颗“仁”心。小说叙事体现了重庆民国时期的老派头，这不仅是小吃街的逸响，也是当代文学以汪曾祺为典范的传统范儿的“逸响”。

几部小说还从精神层面表现重庆现代都市文化，写出了个人存在的困境。宋尾的《隐身》入选了《人民文学》。现代大都市生活的秘密，在每一个陌生人背后层层叠叠地隐藏着。一种极有分寸感的叙事节奏，一种冷而玄的故事基调。内心的那些稳定的充实的美好，都被利益和莫须有的追求裹挟着。所有的房子里都有看不见的背后的人生。这是现代意义上的失乐园。而一辆锈蚀的废弃汽车，就像现代人无可逃避的宿命。贺彬的《淹没》，在叙事上悬念丛生，写都市丛林中人与人之间互相依赖、各自挣扎、互相伤害的沉沦人生。这样的小说，对都市生活里的现实有多棱镜意义，映照之余，当会警醒奔波、漂泊的人：如何返回自身？如何充实生活和生命？

江一桥的《困扰》，其实就是困境，写出了人与人之间各自的围城和城堡。这看似是一个暗恋的故事，重庆山城特有的上河街和下河街之间有梯度的邻里关系，一个男人看上一个女人，却阴差阳错地错过。女人的一生像一个悲剧，男人的半生则是一个走不出的困境。情感本身像生命的理想境界一样不可抵达，每个人的生存都成为笼子里的困兽。

第代着冬的《燕子筑巢时，你在干什么》从旁观者的角度勾勒了表舅的人生轨迹，入选了《小说选刊》。表舅被调离教师岗位要自杀，孩子遭遇意外去世后又要自杀，表舅靠什么活下去，这个问题一直贯穿始终。小说写出了一个小人物的生存困境。读过后，我们不禁要发问：中国人靠什么支撑才能活下去？支撑点在外界还是内心？表舅和舅妈两个人，依稀有“祥林嫂”的影子。中国国民的生存主体、个体价值依然还在建构的路上。

贺芒的《珍爱》，短短的篇幅，从成熟女性的乳腺增生写起，贯穿治疗过程中的身体感受，是一部紧贴生命体验的小说。比起前几部作品，《珍爱》写出了女性融合母性特质的强大的生命力，不动声色地带来熨帖而明亮的生命关怀。刘学兵的《温暖袭人》写女人对平凡生活的厌倦和回归，也同样映照着平凡生活里夫妻之间的温暖。

燕刀三的《重庆刀客》塑造了浪子英雄刀客罗宾这一艺术形象。亦虚亦实，似乎脱胎于武侠，实则充满反讽、象征意味，表达着一种对英雄精神、自由人格的向往。这是一篇颇奇特的小说，值得细细品味。

那些发生在重庆城乡之间、乡村大地上的故事，进入了更加严酷的生命现场。宋潇凌的《温凉的时光刀》入选了《人民文学》。这部小说写了从北京金融街回乡奔丧的年轻人所看到的一百零一岁的奶奶的命运。从农耕文明到现代大都市文明，原来丰乳肥臀的母亲，养活儿女成群的母亲，被所有的儿女抛弃，她与自然的联系，与土地的联系，与一种和土地一样强大的生命力的联系，也被人们忽略、抛弃，甚而扼杀。人类扼杀这样的原始联系，就是扼杀原始的生命力。生命在根性上与土地、荒野相连，无论多高的楼、多现代的金融，都无法置换肉身的肉身性。我们是否还能回到童年的家园？我们是否还能找到安顿身心的归宿？一把“温凉的时光刀”，在每一个人的脖颈上慢慢地割。一百零一岁的奶奶，替每一个人去领受了生命各个阶段的一百零一刀。

泥文的《老大与老二》《程路生》，把视角放在了小人物身上。前者在白描式的对比叙述中讲了乡村老大、城里老二的故事，形象地勾勒了这几十年农民保守务农、农民进城打工、打工仔回乡做绿色农业的发展历程。后者程路生和王雨儿的爱情悲剧，或许是众多农村恋爱悲剧的一个缩影。陋习背后是势利眼、短见、极度自私。两个有真情有尊严的人，以死亡表达极端的抗争。作家泥文，深谙乡村伦理，又对今日城乡变化中人的情感、尊严、价值观变化有很深的感受。这样一组小人物，像新时代的“三言二拍”，“醒世”的意义甚至超过文学意义。

张者的《少女的舅妈》，写乡村骨癌患者最后的日子。“新农合”异地医疗就要联网，舅妈的骨癌却等不及了。专家确诊后，巨额手术费，以及术后可能的瘫痪，让舅妈毅然决然，甚至是乐观地选择了放弃。最后，一根麻绳解决了已经严重疼痛的生命。小说写得不像小说，像一个真实的记录，质朴无华。中国乡村百姓的生命观，不知该说是达观，还是命如草芥？强雯的《功德碗》，在大户人家设功德碗积功德、养活一群社会流浪者的背景下，写出了一碗功德水映照的人心百象。女人和孩子，是在丈夫被砸死后开始逃亡的，小说最后留下悬念，女人是凶手吗？

野海的《菩萨看得起的人》，爽利的口语扑面而来。一个山野间的杀猪人，却是一个真汉子。在精短而惊心动魄的故事里，主人公被“美”强烈吸引，勇于担当伦理之“义”，作为一个屠夫，内心却是有仁爱的。人物性格如此鲜明，是重庆汉子的一个代表形象。作者笔法之精到令人惊叹。野性的力量，强大的本能，担当的勇气，这个叫陈老三的屠夫，完全改写了“屠夫”给人的刻板印象。郑劲松的《火》中玄机重重，这部小说是意象派小说，有诗的境界，又不乏生活细节，颇有想象力。人与生态、人与人之间的裂痕，一把火后，便开始新生。本年度选的是他的《泉》。

中篇小说《老轨》，写一个轮机长的一生。“老轨”是船员日常对于轮机长的称呼。老轨的形象和航海生涯，具有象征色彩。现代人的漂泊、信任危机、爱与性的矛盾、生存的紧张度，在叙述中渗透。老轨的遭遇和生命历程，有一定的寓言性。他一生都在船舱底部工作，很少见到光。但是，他被妻子背叛，长期漂泊海上，性与爱的困惑，真实地存在并决定着他的航行。这是一部由码头出发，行驶到现代人本我、无意识、冰山之下的心理层面的小说。如果说人生是一次航行，那些可能永不见光的部分，决定着生命之树的年轮和质地。

读小说年选，是在阅读重庆，也是在阅读人生。除了以上提及的，还有几篇短篇小说，如子民的《大哥》、朱雀的《夜间飞行》、游睿的《一个人的村庄》、邓雅心的《雪落之时》、黄宁兰的《遇见路人甲》各有千秋，此不赘述。这部优秀作品集，虽是在一个年度，却因作品的艺术表现力，拥有了非常广阔的时空触角。重庆的文化是包容的也是开放的，于这部小说集中可见一斑。

当然，作为一部年选，作品质量也是参差不齐的，有的作品还可以开拓得更深一些，有些小说文字可以更讲究一些，有的情节可以更完善一些，有的人物形象还单薄一些，希望明年的年选在这些方面有更大的提高。这样，重庆的文学前景会更加喜人。

2018年盛暑于北京润民居

目录

Contents

001 **总序**

001 **序言**

阅读重庆 › 王干

中篇小说 || ZHONGPIAN XIAOSHUO

002 老吃街逸响 › 余德庄

052 老轨 › 丁伯慧

091 隐身 › 宋尾

135 温凉的时光刀 › 宋潇凌

167 淹没（长江故事之一） › 贺彬

短篇小说 || DUANPIAN XIAOSHUO

216 温暖袭人 › 刘学兵

232 重庆刀客 › 燕刀三

249 少女的舅妈 › 张者

260 困扰 › 江一桥

277 燕子筑巢时，你在干什么 › 第代着冬
291 珍爱 › 贺 芒
305 泉 › 郑劲松
323 大哥 › 子 民
327 夜间飞行 › 朱 雀
339 小人物 › 泥 文
366 一个人的村庄 › 游 睿
370 功德碗 › 强 雯
386 雪落之时 › 邓雅心
406 遇见路人甲 › 黄宁兰
419 菩萨看得起的人 › 野 海

426 2017年度小说作品出版选目
426 2017年度小说报刊发表选目
430 编后记

中篇小说

ZHONGPIAN XIAOSHUO

老吃街逸响

■ 余德庄

1

八仙锅盔的老板祝兆乾坐在冷清清的门店里，一手拿着白铜水烟壶，一手捏着火捻子，默然打望着对街食客进出、热闹得像赶场的九园包子店，心头就像被猫爪抓着。抽了几十年的水烟，早已达到了出神入化的地步，清筒、按丝、吹捻、点火向来都是一气呵成，根本不屑用眼睛，但是今天却极不顺溜，不是烟丝老按不准，就是火捻子老吹不燃，他终于毛躁地将烟壶丢在桌子上。

这已是他亲自坐店的第四天了，然而面临的景况与前几天仍如出一辙：对面门庭若市，这边门可罗雀！从上午到近晚，就卖了二三十个锅盔，不及以往的半数！在本地的餐饮行业中，他也算是“老板凳”了，见识过生意打拥堂的，却没见过清晨就有人排队等号的，更没见过店家不得不挂出“明天请早”牌子才能谢客关门的，好像那包子是白吃白拿一般！

地处较场口的鱼市街，本是清末民初自发形成的一个鱼虾鳅鳝市场，慢慢才有一些小吃店搬来，其中以集中在上街口的八仙锅盔和一溜过去的“四喜球”“二面黄”和“独一粉”开店最早，生意也最好。

八仙锅盔并非一般市面上的那种空壳饼子，而是以本地的民间小吃水八块为夹馅的特色锅盔。水八块以畜禽的肠肚心肺等下水煮熟冷却后，以辣子、花椒、香油、酱醋、葱蒜等作料凉拌而成，深受中下层市民特别是重口味的人士青睐，坊间流传的“水八块，水八块，吃了一块想二块”即是其生动写照。将享口福和饱肚腹合二为一，算是祝老板别出心裁的经营之道。为了招徕喜欢就着水八块吮酒的特殊客人，店里还兼售老白干，因此这里也成为附近的小老板们小酌一杯、聚首闲聊的场合。四喜球实为四喜汤圆之戏称，店里有精心制作的黑芝麻心子、豆沙心子、鲜肉心子和肉末榨菜心子四种汤圆，既可独钟一味，又可任意组合，由食客随意点要，尽享口福。二面黄专卖油炸糍粑块和油条、油果子，并配以现磨白糖豆浆，是老少咸宜、市民们百吃不厌的早餐。独一粉专卖川北纯豌豆黄白凉粉，粗条细丝齐备，酸辣麻辣自便，最受喜欢刺激胃口的青年男女欢迎，吃起来常常是辣嘘儿辣嘘儿的口舌之快伴和着摇头跳脚的欢声笑语。

全面抗战爆发后，国民政府西迁来渝，主城人口骤增，餐饮业日趋繁荣。因鱼市街地势当道，又陆续有卖烧饼、发糕、小面、抄手、油茶、豆腐脑、叶儿粑等各种小吃店入驻。街子白日里烟气腾漫，店幡招摇，食客摩肩接踵；夜晚间灯火闪烁，厨香扑鼻，吆喝声此起彼伏。原来人气一般的鱼市街在不经意间就演变成一条热闹喧嚷的小吃街。光顾小吃街的主要是中下层公教人员、学生娃儿、小商小贩、百工匠人、黄包车夫、野力棒棒和住在附近的新老居民和旅店房客等等，各店家自然也少不了生意场上的明争暗斗，但因所卖的东西风味各异，所以仍维持着一种各得其所、大致相安无事的局面。

没想到突然冒出个九园，竟一“包”全揽，将各家各户的生意冲了个人仰马翻！大家的营业额减一两成算好的，多的竟减了三四成！做小吃毛利本身就很薄，销量一上不来，扣除主辅原料、房租、税费、人工和杂七杂八的开支，连稀饭钱都挣不起。长此下去咋个得了?! 有的店家就跑到九园门前公开喊话，要他们“合适点儿”“给别人也留条活路”。但空口白话，连喊的人自己都觉得作用不大。

后来才慢慢打听到一些内情，说九园的包子皮是在头等面粉中加入饴糖和牛奶反复揉搓，直至软和细腻到柔可绕指方才合格，所以蒸出的包子洁白松泡，花纹清晰，宛如羊脂玉做成的工艺品。包子分咸、甜两种，咸包为火腿酱肉馅，甜包为玫瑰附油馅。一个细嫩鲜香，口感丰富；一个甘甜油润，爽口不腻。在经营上也别出心裁：包子不以个出售，而以客出售，一客两个，甜、咸各一，如果坐餐则有八宝稀饭、鸭参粥、枸杞银耳羹等相佐；出堂则盛装于特制的竹篾盒里，既别致又方便，不管是回家自用还是馈赠亲友都极为可人……除了主打的包子，店里还提供山城小汤圆、湖州粽子、什锦米糕和各种面食以及软酥鲫鱼、陈皮牛肉等风味菜品，而且价格适中，一般食客都能欣然接受……总之方方面面都下足了功夫，在小吃街上的其他店家当中犹如鹤立鸡群，月掩众星，也就不值得大惊小怪了。

看着人家的生意做得呼啦呼的，一些店家就开始脑筋急转弯，心想白毛猪儿家家有，你九园会做包子，老子照样会做！于是一夜之间，小吃街上突然新冒出两家包子店，一家叫八园，一家叫十园，还有一家原来就是卖包子馒头的干脆将老店名笼笼鲜改为九九园，几家店在包子的味道、店面格局，甚至出堂包装等方方面面都比着九园来，三英战吕布，打得团团转，让不少初来乍到的食客看得眼花缭乱，不知所从。然而仅仅一两个月蒙混下来，三家店子便现了原形，变成无人问津，只赚吆喝不赚钱的摆设，最后不得不偃旗息鼓，黯然收场，成为路人的笑柄。以至一段时间里，“九园门前卖包子”与“关公面前耍大刀”一样，成了坊间最流行的歇后语。

后来就出了个“蝇卵事件”：有人在九园包子里发现了“苍蝇蛋”！一时闹得沸沸扬扬，还惊动了新闻界，一些就怕世间没有怪事儿的小报记者纷纷前来打探采访，祝兆乾和其他店家都幸灾乐祸地等着看笑话。但许多老顾客对此事却公开表示不以为然，说是他们都晓得九园从购进食材到加工制作把关都极严，并举例说，有一次面粉商因临时缺货，擅自将原定的一级面粉改为二级面粉发到九园，并说明了情况。苏老板接货后当即表示，宁愿遭受损失，也决不以次充好，做有失声誉的事情，于是决定停业一天，并向顾客公开说明情况并致歉，一时在餐饮界传为佳话。因此，老顾客都难以相信会发生这种恶浊事情，怀疑是不轨之徒栽赃陷害！

面对这一突发事件，苏老先生却没有马上表态，而是首先自检。他亲自查看了九园周围是否有苍蝇繁殖的场所，厨房的纱门纱窗是否有破损，店堂里是否有卫生死角，还检查了所有当班职工的衣帽，连工作时是否如厕，出来后是否用肥皂洗手等等也都一一细问了，然后又召集员工开会，宣布今后防微杜渐的具体措施，然后就平心静气地等候有关部门公布的检验结果。未久结果出来，再次成为轰动性新闻：那些所谓“苍蝇蛋”根本就是用蚕卵假冒的！员工们极为气愤，拍桌子打巴掌地要去追查肇事者，却被老先生挡住，老先生亲自出面要求相关部门对此事网开一面，仅以“恶作剧”予以警告收场。

事情引来了反效果：九园的生意变得更加红火，其他店子则越发冷清。

总不能让活人遭尿憋死呀！这一天，附近两三家同病相怜的老板又不约而同地来到八仙锅盔店，一起大倒苦水，合计着还是得想办法抱团扭转面前这个局面。

平时来得最勤的二面黄老板曹贵趿踏着两片板板鞋姗姗来迟，这位老兄曾在码头上打过滚，最爱提劲儿打靶，一进屋就大声嚷道：“老子干脆约一帮兄弟伙去噪他的堂子，天天扭倒闹，让他龟儿焦头烂额做不下去，自己关门走人！”

祝兆乾揶揄道：“不再出马单挑了？”

曹贵挠着头皮说：“哥子，给点面子噻，不要哪壶不开提哪壶嘛！”

大家都笑。

原来在九园开张的翌日，眼见生意被冲得一塌糊涂的曹贵三杯下肚，趁着酒劲儿提了一把火钩过去闹事，一进店门便挨桌将上面的调料瓶罐来了个大扫荡，顾客和员工只当是从哪里窜来的武疯子，纷纷躲闪避让，正当他左打右扫如入无人之境时，手腕突然被人抓住，定睛一看原来是一清瘦老者，他怒喝道：“老东西想找死呀！”还想继续撒野，却被老者在臂弯处点了一下，那攥着火钩的手就眼睁睁地松开了，老者将火钩夺下扔在地上，见他仍在暴跳，便又在他的腰脉处点了一下，他顿时就觉得浑身酥麻，竟像面条似的软瘫下来，一屁股坐在地上。当场目睹了这一幕的人都不禁大为惊叹，拍手叫好。稍懂行的人则相互耳语，称老人用的是点穴术。在众人钦羡的目光中，老人不动声色地上前将曹贵扶坐在凳子上，和颜悦色地说道："年轻人，有事情不可以好好说吗？"曹贵一时瞠目结舌，半天也打不出个嗝来。稍感恢复后便支起身子往外走，老人提醒他带上火钩，他才又返回捡起火钩灰头土脸地溜掉了。伙计们要上前抓他赔偿损失，却又让老人叫住，说是得饶人处且饶人啊，一点儿小损失就算了。

下来后曹贵方才听说这位老者就是曾跻身行伍多年，文墨武功皆很了得的九园老板苏泽九。曹贵本人讨了这回乖之后，虽说平时路经九园时都不由自主地要多绕几步，但内心里却并未完全折服，随着生意每况愈下，寻机报复的想法愈益强烈。

四喜球的老板赖天佑跟他的汤圆一样，处世圆滑但心子不坏，他觉得曹贵的头脑太简单，完全是个成事不足败事有余的莽傻儿。明摆着对方不是可以随便打整的人，约一帮乌合之众有屁用呀。万一人家报警抓人，一个二个怕是比兔子跑得还快。曹贵不满地问他有何高招，他却又嗫嗫嚅嚅地半天打不出个嗝来。独一粉的老板朱世年平时爱看侠书，便作老到状，说江湖上的高手都讲使用暗器，这个事不能来明的。

几个人边斟小酒边想点子，在祝兆乾上了两海碗水八块和半斤老白干之后，他们终于想出一个"釜底抽薪"的绝招：悄悄去找九园的房东唐老太婆，威胁她说九园触犯众怒，有人已扬言要放火烧房，让她赶紧撵客避祸。因为祝兆乾和唐老太曾有过交往，几个便公推他去完成这桩使命。

唐老太是个寡妇，膝下无儿无女，六十出头的人，说话做事仍透着一股精明干练的劲儿。她听祝兆乾说明来意后，夹着香烟的手立即挥成了一道墙，对对直直地说道："趁早莫打这个烂主意，这个苏老板你惹不起！"

细听老太太讲了九园老板苏泽九的来路之后，祝兆乾不禁惊出一身冷汗。原来这位说话带着内江腔，无论在哪里总是面带微笑，一副谦谦君子模样的老板却非等闲之辈。其早年曾在孙中山革命军喻毕威部任过参谋长，参加过辛亥革命和北伐战争，负伤退伍后投身餐饮业。由时任熊克武文书的老友公孙长治资助两千块大洋，来较场口鱼市街租下唐老太的门面，又以自己名字中的九字为店子取名九园。苏泽九是在认真考察了重庆餐饮业的现状后,决定走特色小吃的路子的。他以高薪请来同乡的小吃名厨郑均林主理厨政,亲自督导其以百年家传的内江名小吃“一品点心”的包子为基础,博采众长,在选料、制皮、做馅、调味、外观上反复对比改进,精益求精,直至内质外观皆无可挑剔,方才最后拍板,定名为九园包子。开张之前,他特请公孙长治题写店名。据说那天公孙长治刚写完最后一笔,窗外传来巴县衙门放午时炮的声响,公孙搁笔笑曰:此乃大发之兆也!苏泽九喜不自胜。

果然是功夫不负有心人,九园包子一出世便声名鹊起,成为市民争相趋之的小吃新宠。

唐老太婆说:“不怕不识货,就怕货比货。九园的包子色香味形俱全,好多重庆的富贵人家包括政府要人经常都是整笼整笼地要。文化名人像郭沫若啊,老舍啊,徐悲鸿啊吃了都赞不绝口。还有演艺界的那些大明星,像白杨啊,秦怡啊,张瑞芳啊,等等,晚上演戏演晚了吃夜消,最喜欢的就是九园包子。不光是包子,这个苏老板呀,真的不简单,做事情硬是做一样像一样,九园的其他吃食和菜品样样都拿得出手!还不止这些,你看到的噻,我这个房子以前破烂成啥样?你们这些大小老板都看不上嘛!他一接过手去,马上就改观了,变得又敞亮又雅致!老实说,我每次去,坐着都不想走。听说他儿子也很了得,是学生抗宣队的骨干,报纸上都登过名字的。所以说啊,我劝你几个趁早收手,莫来惹事,免得到头来搬起石头砸自己的脚!”

听罢唐老太的一席话,祝兆乾就庆幸此来不虚,没有贸然行事,去撞一脑壳青包回来。然而亲自坐镇几天来的情形却又让他的这个想法大大地动摇了,或许曹贵和赖天佑说得对,这样下去只有死路一条——这完全是煞星临门啊!

祝兆乾长吁一口气,伸手去摸水烟壶,摸了几下却没摸着,忽听身后有响动,回头看时,发现坐在墙角的庹半仙正抱着水烟壶不动声色地抽着,没有一点儿要奉还的意思。

庹半仙在小吃街上算八字已有不少年头,反正八仙锅盔一开业他就在门前坐摊。祝兆乾觉得有这么个头戴瓜帽,身着长衫,晃眼看去颇有点儿仙风道骨的清癯老者常年坐在门外吸引路人眼球,当个活媒子也还不错,所以一直没撵。庹半仙确乎对自己所充当的角色也心知肚明，经常来店里赊吃赊喝，十天半月才结一回账，而且锱铢必较，极为抠门。店里的管堂和丘二对其都责有烦言。庹半仙对此却并不在意，照样我行我素。今天祝兆乾来店里时就发现老兄已坐在墙角，守着面前的一个单碗和一碟卤豆干在细嚼慢品，他落座后两人也没有搭话。

祝兆乾终于不得不板着脸伸出手去，庹半仙这才悠悠地吐出最后一团烟子，很是不舍地将水烟壶递还给他，同时还捎带过来一句话："你们这几家店子要被'九园'压死！"

正愁肠百结的祝兆乾就像遭马蜂蜇了一下，没好气地回道："莫在这里给老子信口开河！"

庹半仙半笑不笑，语带不屑地回道："信口开河？从它一挂招牌我就晓得你几个这回是在劫难逃了！"

祝兆乾乜斜着道："莫卖关子嘛，有话直说！"

"你这家叫八仙锅盔，曹老板那家的叫二面黄，赖老板那家叫四喜球，对不？"庹半仙的声调渐渐高了起来，"对门叫啥子？九园！单打独对，八、二、四，哪一个超过九？就是你几个加起来也不是它的对手！简单得很：园就是圈，圈就是园，九园就是九圈，也就是九十！你几个拿啥子来比？！……"

祝兆乾说："前一阵垮了的那个十园，九九园呢，它们莫非也比九园小？"

庹半仙笑道："那不是与生俱来的真名，而是见利思迁的伪名，不作数的！你现在就是把八仙锅盔改成十八罗汉锅盔，一百零八将锅盔也没得用！"

祝兆乾耷拉着眼皮说："恁个说来，我只有关门走人的命了？"

"这就要看你咋个化解了……"庹半仙说罢便站起身来，要打恭走人，祝兆乾用脚拦住他，又回头吩咐一直闷不吭声地缩在柜台里的丘二葛田喜："再给半仙打一个单碗过来！"

葛田喜犹豫着说："已经记了十二三天的账了……"

祝兆乾皱眉道："喊你拿你就拿嘛，啰唆啥子！"看看碟子也差不多空了，又吩咐道："再拿一盘卤豆干来！"然后将庹半仙请回原位，要他指点迷津。

庹半仙却推托不就，说："老朽功力不济，测测个人凶吉趋避尚可，对已成之患，又是多人之事，则无应解之法。祝老板最好到磁器口宝轮寺去求个签，那里曾是当年明建文帝的避难之所，签乩最为灵验！”祝兆乾见他说得十分恳切，遂不再勉为其难。

翌日一早祝兆乾便去了磁器口宝轮寺，在香烛钟磬中跟在众多的信徒后面，烧香拜佛，行礼如仪，然后在大雄宝殿中极虔诚地从方丈手中抽了一签，方丈看时，说是一上签，然后对着签号递上解签纸。祝兆乾走出大殿细看时，只见纸上写着十六个字：小患不去，大难必来，同舟共济，可渡苦海。祝兆乾似乎看懂了，又觉得并未全解其意，便揣回来请庹半仙解。曹贵、赖天佑和朱世年也闻讯赶了来。

庹半仙戴上花镜，细看解签纸后，说道：“我就看出三层意思：一是小漏要堵，不可掉以轻心；二是人心要齐，不能各顾各；三是事情还有救。”

曹贵拍掌说：“对头！我就说嘛，你我几家要抱起团来跟他拼个你死我活才有出路，不能眼睁睁地看着他一个个地把我们挤垮！”见其他人没跟着来，一时很是不爽，冲着祝兆乾数落道：“我晓得你哥子打的啥子算盘。我这点儿营生抢的就是个早午，正好跟包子店的热卖时点重合，你这个店是早晚通吃，下午和晚上还有点儿漏油可以捡，对不对？”又转向赖天佑：“我看你那个汤圆跟我的糍粑块也差球不多，过了中午就没得人要了！最怕的就是七爷子八条心！……”

祝兆乾见他越说越来劲，就岔话道：“莫发歪脉了！现在包子店哪天不是从早开到晚？单就主食来说，以前我一天至少要卖七八十个锅盔，现在能过半就不错了，我捡漏油？捡球的个漏油！”

赖天佑也附和道：“现在火石都落在脚背上了，哪个不喊痛跳脚啊！”

曹贵的嘴壳子依然硬着，说：“老子实在撑不下去了，今天晚上就动手，不动手是众人的儿！”

祝兆乾只当他是在给自己找台阶下，笑道：“好好，动手动手，梦里动手也作数……”然后正儿八经地与两个约定，各人都下去好生想想，看能不能思谋出一个行得通的路数来。

2

翌日早上，祝兆乾正在住家的太平门河边一边遛鸟一边练太极拳，葛田喜突然气喘不迭地跑来，说街子上出事了，可能要打起来！祝兆乾问出啥事，哪个和哪个要打起来？葛田喜嗫嚅了半天才把事情抖清楚。原来今天早上他起来开店时，发现九园门前堆满了臭烘烘的垃圾破烂，现在是店子开不了门，食客也进不了门，街上骂声一片……祝兆乾又问，你说哪个和哪个要打起来了？葛田喜这才说，是九园的丘二和扫街的清道夫。丘二们要他赶快把垃圾除掉，清道夫说他一个人要管一街三巷，就算别的地方都不管，他一个人两只手，就是做到天黑都做不完，要他们一齐动手。你晓得包子店的丘二天天都要换工作服，生怕沾上一点儿污渍……结果就吵起来了……

祝兆乾想到曹贵昨天的发誓诅咒，心头就有些犯疑……

祝兆乾和葛田喜来到小吃街时，九园门前已里三层外三层地聚集了好多市民，都捂着鼻子在交头接耳。他挤进去看时，只见垃圾掩门的九园店堂里，一个身着学生装的年轻后生正侍候着一个身穿青色绸衫的老叟落座在一把高背靠椅上，然后又端来一个茶杯放在近旁。老叟用手梳理了一下稀疏的头发，沉静地注视着面前的垃圾和外面的人众，原本闹闹嚷嚷的人群很快就安静下来。有熟悉的人在小声说，老叟就是苏泽九，年轻后生是他的公子苏锴。祝兆乾听了，目光里就有了几分敬重。

苏老先生端起茶碗呷了一口，沉吟片刻后终于开口道："各位街坊邻居、三老四少，泽九因半生戎马，受过枪伤，身体有所不便，今天只能坐着跟各位说话，请容我先在这里向各位致歉！"老人边说边向四周抱拳示意。

下面有人喊："没关系，老前辈是国家的有功之臣，应该的，应该的！"

"不敢，不敢！"老人挥挥手，然后继续说道，"各位，鄙人来此开门打店，做这样一个小营生，一为养家糊口，二也是想为市民提供一点儿方便。开业至今，承蒙各位市民和左邻右舍的同仁关照，生意还算大致做得走，在此本人谨向各位致谢！今天本店门前突然出现的异常情况，大家也都看见了。其实前些天便有人半夜将一些污秽之物倒在本店门前，只是不如今天这样多，我都让员工们自行打扫了，没有吱声。我相信这不会是有人故意冲着本店来的，而是个别人缺乏社会公德心，只图一时方便所致，其所影响的也并非只是本店的生意，而是这条街子的观瞻。但污物既已堆放在本店的日常保洁范围之内，本店就责无旁贷，有清除之义务。故此，本人特向各位宣布：本店将关门歇业两日，对店内外进行一次彻底的大扫除，还街市和店面以本来的良好面貌。在此泽九谨向各位新老顾客致歉！”老人说着就站起身，对着围观的人群鞠了一躬，又说：“两日后敝店将继续开店营业，并仍本着优质薄利的宗旨为各位服务。希望大家仍一如既往地惠顾，拜托了！”

老人抱拳示意后，便由儿子扶着转身进去了，几个已经脱下店装的九园员工便拿着铲镐箩筐过来开始清除污物，围观的人群便往后退开，然后慢慢散去。有人感慨：“这才叫知书识礼会为人啊，难得难得，难怪生意会这样红火……”又有人骂：“不晓得是哪个龟孙子做下这种缺德事，二天肯定要遭报应，生个娃儿都没得屁眼！”

祝兆乾摇头苦笑着回到店里，发现堂子里已坐了几个散客，一个白衣黑裙的女子正在帮着张罗，细看时竟是女儿云雯，不禁诧然道：“咦，咋个不去上学跑到这里来了？”

云雯回道：“学校早就没有正式上课了，一直在搞防空救护培训，现在已正式放防空假。”正在市女中住读的独生女儿云雯从小就聪明懂事，是他的掌上明珠，自老伴前年暴病离世后，父女俩一直相依为命。

“放几天？”他问。

“半个月。”女儿说。

“这么长呀！”

“规定有条件的要帮家里挖防空洞，没条件的要做好疏散准备，实在无法疏散的也要找好防空点，贮备好所有生活必需品……”

“完全是制造紧张空气，天天都在说日本飞机要来，结果连个影子都没见到！”祝兆乾咧咧嘴走进柜台，揭开酒缸上的软搭，看了看里面的存酒，从柜台里取出水烟壶开始吞云吐雾，刚才他就估谙九园歇业这两天店里的生意会有所起色，还真是立竿见影啊！

就在这时，外面突然传来一阵“呜——呜——”的声响，街上的行人都好奇地停下脚来四下张望，店堂里的客人也都放下手中的杯箸，诧眉诧眼地往外看。

“哦，拉警报了！拉防空警报了！”最先做出反应的是云雯，她边叫边跑到街中央往天上看，看了一阵便指着远处叫道：“红球，红球！红球挂起来了，挂起来了！……”一时街上所有人的目光都转向她指的方向，嘴上都喊着：“哎硬是的，红球！红球！……”

祝兆乾出去看时，只见在枇杷山方向果然升起了一个红球，他不无紧张地问女儿：“日本飞机来了？”

云雯乜了老爹一眼说：“前几天就开始通知今天要搞全市的防空演习，你还一点儿都不晓得？……”

祝兆乾不无尴尬地笑道：“哦，是恁个嗦，我还以为是消防车在叫呢！”

云雯推搡着老爹说：“我就是为这个才一早跑过来的，笑不笑死人嘛！”

旁边有人打趣道：“祝老板福大命大，小日本的炸弹见到他都要让道！”

警报声中，枇杷山上很快又升起了第二个和第三个红球。云雯趁机给大家普及防空知识：“挂一个是预防警报，是指日本飞机已经出发了；挂两个就是正式警报，是指必须马上钻防空洞；挂三个是紧急警报——”

有人接嘴：“炸弹马上就要落下来了！”

云雯点头说：“对头，就是恁个回事，到时候大家千万别还忙着去收拾锅碗瓢盆啥的啊，连钱都不要收了，哪儿好躲就往哪儿钻！……”

祝兆乾没想到女儿转眼间就变成防空专家了，眼眸里不禁流露出些许自得之情，但又觉得在大庭广众之下被女儿这样耳提面命的有损当爹的颜面，未等警报解除，便做出处变不惊的样子，兀自转身回到店里，重新拿起水烟壶开始吞云吐雾。抽了一阵，不见女儿回来，正感诧异，却见小女子和一个青年男子说笑着往这边走来，那男子似乎有点儿面熟，细看时，竟是刚才见过的苏锴。

祝兆乾欠身道：“嘿嘿，是苏公子啊，稀客稀客，敝店寒碜，请将就坐，将就坐。”

云雯反倒困惑起来，问：“哦，你们也认识？”

苏锴一脸茫然。祝兆乾解释说：“刚才打过照面。”就把先前看到的情形讲了。不想苏锴竟红了脸，带点局促地回道："不好意思，给大家添麻烦了！"又向云雯解释了事情的来龙去脉。云雯听后一脸不了然，说："肯定是有人嫉妒你们，背后搞的鬼，哼，我最看不起这种以邻为壑搞小动作的人了！"

祝兆乾想到前几天私下去找唐老太的事，就显得有点儿不自然，转过身去吩咐葛田喜上酒待客，苏锴急忙阻止道："谢谢伯父，我和我爹都戒酒了，我就是过来看看您老。"

祝兆乾说："男人不喝酒，白在世上走。戒酒干啥呀！"

苏锴解释："这是我爹定下的，不打走日本人，决不端酒杯！"

祝兆乾说："当兵的出征还得喝壮行酒呢！对不对？"又吩咐葛田喜倒酒。

"人家那边一大堆事情等着呢！"云雯制止葛田喜道，然后才讲了来意，"他们那边的岩壁上有个老洞子，我去看了，修整一下就可以当临时防空洞用，有空的时候可能出点力，帮着修整一下。"

苏锴说："不用劳烦大家了，我们自己搞搞就行了。对门对户的，请老伯不要见外，有情况时过来就是了。"说罢又待了一会儿，就起身告辞。

祝兆乾也就顺水推舟："那老伯我今天就恭敬不如从命了。"

云雯送苏锴回来，祝兆乾立即吐出了心头的疑窦："你咋个会认识他？"

云雯说："他是大学抗宣队的，前几天到我们学校来做宣传，我参加了接待。"

祝兆乾"哦哦"了两声，便若有所思地又拿起水烟壶来点上，吸了几口，方才既像是自言自语又像是对着女儿道："小伙子倒是一表人才啊，也知情懂礼的……不错，不错！"

云雯说："那当然，人家是中央大学的高才生，已办好去美国的留学手续，为了抗战才决定留下的。"

祝兆乾说："刚才我看见他服侍他老爹的样子，印象就很好，这种后生值得交往，值得交往……"尽管云雯才满十七岁，但他和许多老人一样，已在暗自操心女儿的终身大事了，这也是老妻临去前最不放心的事情。平民百姓别无奢求，只希望女儿能嫁上一个殷实人家的贤良子弟，小两口生儿育女，恩恩爱爱地过一辈子就行。突然落到面前来的这个苏锴，成为进入他心头的第一个女婿人选。

打烊时云雯和父亲一起清点了营业款。今天店里卖了七八斤酒，五十多个锅盔，比前几日好了许多。祝兆乾明知这是九园关张转过来的生意，嘴上却不停地夸奖女儿“带财”。云雯听了，觑着父亲嗲声道：“那我就天天过来，要得不?”

祝兆乾望着女儿说：“好呀，天天都能看到女儿还能多挣钱！不过，这不影响学校交办的事情吗?”

云雯认真地说：“我可以两边兼顾呀！这头帮着店里打点生意，同时也瞅空子去对面帮助苏错收拾防空洞，不然到时候坐享现成也不好意思啊。”

这是祝兆乾眼下最想听的话了，心想这不是两边兼顾，而是一举两得！……遂眉开眼笑道：“好吧，就照我乖女儿的想法办吧。”

各怀心思的两爷子都很高兴。

3

云雯翌日一早就来到店里。不到中午，准备的百来个锅盔便所剩无几。祝兆乾心头欢喜，又夸女儿是“招财仙子”，云雯嗲声道：“要是明天生意不好了，你又该说我是‘散财童子’啦!”

正说着，就见曹贵一跛一跛地跑了来，老远就冲着祝兆乾叫喊：“哥子，你这儿有纸没得？借点儿给我!”看见云雯，招呼道：“呵呵，千金也过来帮忙了?”

云雯以为他来找厕纸，厌烦地避开了。

祝兆乾问：“你的脚咋个了?”

“昨晚上挑煤崴着了。”曹贵说，又指指柜台，“喂，纸，纸!”

祝兆乾从柜台里取出一叠旧报纸说：“我今天也用得多，就剩这点儿了。”当时小餐馆的出堂包装多是用裁成小块的旧报纸。

曹贵一把抓了报纸，然后伸出三个指头，喜不自胜地对祝兆乾说道：“不瞒哥子说，我今天都卖到这个数了!”

祝兆乾问：“三十个？还是……”

曹贵得意地昂着头道："你是怕说得啊？三十锅！"正转身要走，迎面撞到赖天佑，见他盯着自己手上的报纸看，就调侃道："咦，莫非你那煮汤圆也要用纸包吗？"

赖天佑揶揄道："看你娃这张脸呀，已经变成番茄啦！告诉你，明天那边一开张，又得变回苦瓜！"

"他开张？"曹贵的眼睛立马瞪成了牛卵子，"他开锤子个张！"

赖天佑说："咋个？莫非你敢封人家的店？"

曹贵说："嘿，我封他的店？我要让他自己封，就跟这两天一样！"

这话触碰到了祝兆乾的敏感神经，抢着对曹贵道："咦，听你这个口气，莫非九园这个事情跟你老弟还有点儿啥子瓜葛吗？……"

曹贵立即涨红了脸："哎哎，啥子瓜葛？这叫触犯众怒天报应！"

云雯没好气地搭腔道："做这种丧德事情的才要遭天报应呢！……"

祝兆乾不愿女儿牵扯到这种话题中来，说："你不是说要过去看防空洞吗？趁这会儿松闲就去看吧，去吧去吧。"

这正中云雯下怀，她立马高兴地脱下围裙一阵风似的刮到对街去了。

赖天佑说了来意："现在下边的几家店子正筹划着给饮食公会联名上书，要求解决这种一家撑死、众人饿饭的不公现象，说不定马上就过来要签名了……"

祝兆乾说："这怕是有点儿过激了啊！巴着良心说，九园的生意好，也是人家花的心血下的功夫比我们这些人多。这样去闹腾，怕有点儿师出无名啊！"

赖天佑点头道："我也很犹豫，但面对生死存亡，也不能不想点儿办法呀！"

祝兆乾搔着脑门说："看看吧，或许这个垃圾事件会影响到市民的胃口呢？看看明天再说吧……"回过头来发现庹半仙坐在测字摊前笑眯眯的，显得有点儿暧昧，就冲他招呼道："半仙，你是咋个看这台戏的？"

庹半仙笑道："咋个看的？猪往前拱，鸡往后刨，大戏出台，各演各的角色噻！"

祝兆乾问："那你看我是啥子角色？"

庹半仙道："祝老板你呀，你就是个保家保命的角色。"

祝兆乾："那你看保不保得住呢？"

庹半仙："这就要看天时地利，人情事理了。"

祝兆乾来了兴致，指着曹贵问："他呢？他是个啥角色？"

"看不出来。"庹半仙说，把头扭到一边。

曹贵觉得受了羞辱，骂道："推屎爬一个，你就看得出来茅坑里有屎！"

庹半仙回过头来觑视着曹贵，拖声拉调地说："是呀——我是根搅屎棒噻！"忤得曹贵脸红筋胀地上前将算命摊子一掀，气呼呼地拿着报纸走了。

祝兆乾见了，安抚庹半仙说："天棒槌一个，莫跟他一般见识。其实说起来也是个可怜人，十来岁就死了爹妈，成家不到半年老婆又跟人跑了，一直是守着又瞎又聋的爷爷在过，好不容易才在前边巷道口支了个露天锅灶糊口……"

庹半仙拍拍袖子说："跟他娃一般见识？老子吃的盐比他吃的饭还多……哼！"

赖天佑似乎受到触动，自嘲道："哎呀，你我这些人，谈啥子见不见识啊？只要小本生意做得走，一天不为三顿愁，就功德圆满、谢天谢地啦！"然后便笑嘻嘻地转身要走。

祝兆乾晓得前些天老兄店里供奉了一尊彩瓷的滴水观音，就说："快去快去，也代我老祝拜一拜！"回头和庹半仙说了会儿话，便吩咐葛田喜提前弄午饭，然后便出门向九园走去。店里的丘二猜着他是来找女儿的，都挤眉弄眼地说在屋后面的防空洞里。他装着不懂地来到屋后，正好看见苏锴和云雯一前一后地从防空洞里面出来，好像还牵着手，看见他后赶紧松开，别别扭扭地招呼问好。他心头怦怦地跳着，却装作什么都没看见，寒暄了几句，就让云雯回店吃饭。

吃饭时，云雯一直嘴巴专用，吃完后又称学校有事，便匆匆地走了。祝兆乾心情不错，整个下午一直摇头晃脑地哼着川戏。葛田喜不远不近地敲着边鼓，给老板助兴。离开店子时，葛田喜问他明天的准备工作。他决断地一挥手："跟今天的一样！"

葛田喜一时也受到鼓舞,两眼放光地回道:"俗话说山不转水转,说不定这堆垃圾把九园的财气给堵了呢!"

祝兆乾说:"也不要恁个讲,还是希望大家都有生意做都有饭吃吧!"

葛田喜搓着手连连点头说:"还是老板肚量大,肚量大!"

4

果不其然,九园重新开张后,各店家的生意并未像以往那样垮得一塌糊涂,而且一连数日都是如此。几个小老板不由得喜笑颜开,又来到八仙锅盔里吹夸夸。

赖天佑说:"总算老天有眼,不再让他一家独大。"

曹贵却说:"有个屁眼,这叫事在人为!"

祝兆乾对那一大堆"天外飞来"的垃圾一直很犯疑,见他这副自得模样,就笑着试探道:"莫非曹老弟晓得那堆垃圾的来路?"

站在后面的朱世年就悄悄地向祝兆乾递眼色,祝兆乾心头就更有数了,盯着曹贵等他回话。

曹贵却来了个既不承认也不否认:"这叫替天行道!"

朱世年接了一句:"保境安民!"

但祝兆乾心头却不太踏实,总觉得以前那种局面说不定很快又会卷土重来。这天晚上他忧心忡忡地一直没睡好,早上起来头昏脑涨,便没有紧赶慢赶地到店里去,而是提了八哥来到江边。正溜达着,就听笼子里在叫:"客来了!客来了!……"

他提起笼子问:"哥儿,哪里的客来了?"

八哥却不理会,然后又叫:"客来了!客来了!"

他嗔怪道:"傻雀儿!问你客到哪里来了?"

八哥歪头瞪着他,叫道:"家店,家店……"

他没好气地说:"等于白说!到底是家还是店嘛?"

"家店,家店……"

"两处都有客?"

祝兆乾便提了鸟笼先回到住家的巷子里，但紧锁的家门前连鬼影子都没有一个。他进屋挂了鸟笼，便往上半城走去。一路上他看见有好多市民都在急匆匆地往上走，好像发生了什么事情，心头嘀咕：总不会都是去买九园包子的吧？……

爬坡上坎走到上半城，便发现较场口一带聚集着好些市民，有一个拿着话筒的人站在人群中间，正在慷慨激昂地说着什么，附近好些人举着“国家兴亡，匹夫有责”和“血债要用血来还”的标语牌。向旁人打听，方才晓得昨天下午日本飞机轰炸了万县城，炸死了好多市民，据说过不了几天就要来炸重庆了……

因周围太嘈杂，他竖起耳朵也听不清演讲者的话，却无意间发现演讲者竟是苏锴！继而又发现旁边一个举标语牌的年轻女子却是云雯！便情不自禁地使劲招手，但两个人都没注意到他，终于自感没趣，绕开人群往小吃街走去。

老远就看见九园门前又有人打围，祝兆乾不免有些诧异，走近看时才发现店门前贴着一张“义卖”海报，上面写有“救助万县受难民众”字样，郑大厨正带着店里的几个丘二在卖包子，围成一圈的男女老少都举着钱在争相购买。再回头看自家的店时，又跟前几日一样唱起了空城计。正欲走开，曹贵不知从哪里钻了出来，说：“龟儿子精明完了，不得不佩服，不得不佩服啊！”

祝兆乾问：“咋个？你觉得他们是打的幌子？”

曹贵说：“那不是呀，现在只有打这张牌最灵噻！”

祝兆乾发现好些店家的老板和丘二都站在远处冷眼打望，不由得想：哪个做生意的不想赚钱？或许曹贵说得不错……回到店里，便拿出水烟来抽。正寻思着，外面忽然传来叫嚷声，祝兆乾就问葛田喜出了啥事情。葛田喜说是九园那边在吵。祝兆乾让他去看看。葛田喜很快就看回来了，说是有人在发难，说九园的“义卖”是在变相发国难财，两边就打起了嘴巴仗。

这倒是新鲜事。祝兆乾立马放下水烟壶跑过去看。只见两个税二警正咄咄逼人地对着店门里的郑大厨叫嚷，而郑大厨也毫不示弱地回应着。

祝兆乾听了一阵，终于听出一点儿端倪。原来两位税二警称九园搞“义卖”没有事先到税局报备，属违规操作，有扰乱市场、暗藏猫腻之嫌，且被抓着了“现场”：所收的钱款不是按通行的“义卖”规矩全部亮在外面，而是全部装进了平时收款的钱箱。郑大厨的解释是，义卖本身就是只捐利润，所以钱装在哪里无所谓。我们每天做一千两百客包子，每客的毛利净利都是有数的，到时肯定会汇总捐送到“抗战后援总会”去，一个子儿都不会少。税二警则称，你说做了一千两百客，哪个晓得你实际上做了多少？郑大厨说，这段时间我们每天都是进三袋粉，今天同样如此，这个有进货单据可查，一袋粉五十斤做八百个包子，三袋就是两千四百个，一客两个，咸、甜各一，不是一千两百客是多少？对方则称，你说一袋粉做八百个，哪个给你作证？郑大厨说，一斤粉做十六个包子，这是九园从开张起就定下的规格，从来没有变过！对方又说，饮食行业的水深得很，哪个晓得你一个包子的毛利和净利到底是多少？……后来郑大厨也毛了，说，没有事先报备是我们的过失，但事实就是这样，你们看着办吧！税二警说，好，公事公办！按规定，当日的营业款全部没收外加停业三天！郑大厨和几个丘二一时都傻了眼。

处罚如此之重，祝兆乾觉得完全是郑大厨不懂窍造成的。对这些人咋个能扳嘴劲呢！看到来者不善，悄悄地把人请进屋里塞点红包不就没事了吗？……

目睹了这一幕的顾客纷纷为九园打抱不平，说恁个整怕是过分了哟！也有知情人透露，这实际上是前些时苏老太爷跟税局结下梁子招致的报复。说是有一天几个税二警来店里吃了半笼包子，哼哼哈哈想拍屁股走路，不料正好被来店的苏老太爷撞上，说九园从来不侍候霸王餐，天王老子也不行！那几个一时尬尴万状，不得不你拼我凑地付了钱，灰头土脸地走了。这次明显是找碴儿报复。

顾客和围观的人陆续散去后，祝兆乾回到店里，刚拿出水烟壶，街上突然传来噼噼啪啪的鞭炮声，不一会儿便闻到了火药味。

祝兆乾踱到门口，看见曹贵和朱世年正在街上跑来跳去地丢鞭炮，远处几家小吃店门前也有人举着竿子在放，像是在过年。他想了想，丢下烟壶便出了门，径直往较场口方向走去。想去给苏错和云雯报个信儿。

祝兆乾来到较场口,却发现先前聚集的人众已不知去向,一打听方知是游行到精神堡垒去了。他跑到精神堡垒一看,满街都是旗帜标语和黑压压的人群,哪里还找得到苏锴他们。看了一阵,只好退了出来。

直到下午,云雯才一脸汗气地回到店里,进门喊肚子饿,抓起个锅盔胡乱塞了几片水八块在里面,就狼吞虎咽地开啃。啃到一半,才说起刚才在精神堡垒见了好多名人,有大文豪郭沫若、老舍,教育家晏阳初、陶行知等等。祝兆乾见她没提九园,估谙还不知道发生的事情,就问苏锴是不是回来了。果然,云雯称苏锴学校那边有事,直接回去了。祝兆乾便讲了九园被罚的情况。云雯一听便来了气,说:"中国的事情坏就坏在这些贪官污吏上!"说着便扔下吃剩的锅盔,跑到九园探询究竟去了。不一会又跑回来说,郑大厨他们都在坐等苏锴回来,她得马上到沙坪坝中央大学去找苏锴。

祝兆乾原以为凭苏家父子的人脉和九园的名气,停业三天可能只是雷声大雨点小,最终不了了之的,充其量再破费点钱财而已。但没想到九园最后却认了罚！更为蹊跷的是,到了第四天上,店子门前仍然清风雅静,不见有开张的迹象。街上便有了传言,说是老爷子被气得倒在了床上,苏锴忙着救人去了。但当晚夜半时分,有人却看见一辆卡车停在九园门前,一些人正忙着往店里搬运面粉,还看到了案板、大锅、蒸笼之类的东西,看来是要开张了。也有人怀疑,开张要面粉这不错,但案板、大锅之类的东西莫非还须现添现置?是不是店子换主了啊！祝兆乾和大家一样坠入五里雾中。

正在这时,已有好几天不见的云雯满面倦容地回来了,一落屋就嚷嚷着要赶快烧水洗澡,说是这些天一直跟着苏锴在部队劳军,快累趴下了。再细问,才知道苏锴是应高汤岩陆军医院的邀请,带着全店人马和用具给刚从前线撤回来的伤残官兵做包子去了,她一直在那里帮忙打下手,还说苏锴已经与陆军医院谈妥,以后每周免费往那里送两百客包子。

祝兆乾忍不住问道:"这边的店子他还要不要呢?"

云雯说:"这边是据点,咋个会不要呢?明天就要重新开业!"

祝兆乾勉强地笑道:"哦,那好,那好。"

云雯揶揄地看着老爹说:"是真心话吗?听说那天有好多人放鞭炮呢,我没说错吧？……”

祝兆乾说：“确实有人放鞭炮。”

云雯看着葛田喜：“你们放了吗？”

葛田喜说：“没有。”

云雯又问老爸：“真的没有？”

祝兆乾就讲了那天的情形。云雯长长地嘘了一口气，说：“如果放了，今天就是我最后一次回家。”

这话让祝兆乾心头有些不快，心想，你小女子还没进苏家的门呢，屁股倒先坐过去了。但他没有说出来，只是模棱两可地回道：“唉，而今眼目下，哪家都有本难念的经呀！”

云雯咧咧嘴，未做回答，不一会儿便又开始嚷嚷着要马上洗澡。祝兆乾便让葛田喜去外面的老虎灶提一桶热水回来。葛田喜提了木桶正要出门，却被云雯挡下，拿过木桶自己去了。

祝兆乾看着女儿的背影，忽然觉得这些日子女儿变了，跟整个重庆城一样，变得既熟悉又陌生。

5

九园门前终于挂出了“本店今日恢复营业”的告示牌。

几分钟后，门店前便排起了队，不多一会儿，便排到了大街上。店子刚开门，人们便一拥而上，将店门围得水泄不通。更让人瞠目的是，挤在最前面的几位顾客，一开口就要十客八客，甚至还有要整笼端走的！排在后面的人开始大声抗议，进而有人开始开口骂人甚至动手抓扯。

这个情形，把同街那些也在开门迎客的小吃店老板和丘二看得目瞪口呆。就在有人开始发出“挤爆，挤垮”的恶毒诅咒时，一张告示牌出现在人们面前：每人限购两客，本店将确保供应，请各位顾客放心！起初此举并未引起重视，当人们发现举牌子的人乃是少东家苏错时，拥挤和吵闹便渐渐平和下来，重新变得井然有序。

当天，九园从早上一直开到晚上亮灯，仍不断有顾客上门。云雯过去帮了大半天忙。据她回来说，全天总共卖了两千六百六十八客包子，创下开业之最。

整条街的经营对比也创下了历来之最：全街小吃店当天的营业总收入还不及九园半天的营业额。特别是那天放了鞭炮的几家，曹贵的二面黄还差点儿挂了白牌。有媒体报道说，这种情况的出现，除了货比三家，九园包子确实价廉物美之外，也有不少顾客是冲着为"义卖"事件打抱不平去的，所以也有人称之为"买爱国包子"云云。

不久就传来了那两个税二警以"执法不当"受到处分的消息。而九园的盛况则一再重演，不知何时，小吃街在一些市民口中已变成"九园那边"或"九园那条街"。

曹贵气得撒泼骂街，干脆停了生意，到码头上去找兄弟伙帮忙，一路提劲儿打靶："老子一直没有动真格的，这回，嘿嘿，各位就等着看好戏吧！"

未曾料想，曹贵的"好戏"尚未到来，一场大难却已从天而降！

这天午后，祝兆乾正靠在竹椅上打盹儿，突然被风急火急地闯进来的云雯推醒。女娃子冲着他大叫："你没听到防空警报吗？日本飞机要来了！"

祝兆乾打了个激灵，问："你说日本飞机，飞机……到哪里来了呢？"

云雯说："到头顶上来了！赶快到九园那边去躲防空洞！快！"说着不管三七二十一拉了他便走。祝兆乾清醒过来后跟着女儿往外跑。

在店门口正好遇到从外边回来的葛田喜，云雯责备他道："没听到防空警报吗？咋个还在优哉游哉地灯儿晃啊！"

葛田喜说："不是防空演习吗？"

云雯骂道："啄梦觉啊，炸弹马上就要落下来啦！"

葛田喜便有点儿慌神，说："憋了一上午的尿，刚去了趟茅房……"

云雯说："不要啰唆了！赶快把店门关上，到九园来躲！"

苏锴亲自将祝兆乾和云雯带进防空洞。防空洞里的长凳上已经坐着一些左邻右舍的老人、娃儿，祝兆乾刚坐下，便听到天上传来一阵气势逼人的嗡嗡声，紧接着便是几声震动大地的闷响……祝兆乾明白，日本飞机真的来了。防空洞里的几个娃儿吓得哇哇地哭着往大人怀里钻，大人则不约而同地捂紧了耳朵。这时外面突然响起一阵密集的砰砰声，苏错站起身来说："是高射炮，我们的高射炮开火了。"然后便起身往外跑，云雯也跟着跑了出去。祝兆乾不知道他们去做什么，坐在那里没敢轻举妄动。

不一会儿，就见葛田喜双手抱头冲进洞里，惊魂未定地叫道："看到飞机了！看到飞机了！狗日的飞得好矮啊，上面的红膏药疤疤看得清清楚楚！"

祝兆乾担心地问："看到云雯他们没有？"

葛田喜说："哦，刚才觑到一眼，和苏错一起在街上招呼过路人……"

祝兆乾着起急来，说："飞机就在头顶上，不要命了！"

葛田喜说："飞机倒是满天乱窜，但听说炸的主要是小什字和陕西路那边，这边暂时还没有炸过来……"

外面忽然有响动。祝兆乾探头看时，只见郑大厨背着一个头发花白的老人钻了进来，后面紧跟着曹贵，紧接着又看见云雯和九园的一个丘二搀扶着一个满脸是血的男子摇摇晃晃地走了进来，定睛细看时，竟是苏错！他赶紧过去帮忙，云雯二话不说，将苏错交给他转身就跑，说是去红十字急救站拿药包。曹贵见了，也过来帮忙，和祝兆乾一起将苏错扶进防空洞里。

那个丘二讲了刚才在街上发生的事情。原来敌机飞来时，他们和苏错、云雯正在街上帮助疏散惊惶跑动的市民，忽然看见曹贵正茫然无措地搀扶着老祖父站在街上，赶紧上前让他们到这里来躲避，但曹贵不领情，依然搀着老人绿头苍蝇似的在那里打转儿……苏错见了，就让郑大厨强行将老人背上往这边跑，曹贵这才勉强跟着来了。这时苏错发现老人一只脚上的布鞋掉了，便跑回去捡，就在这时，炸弹就呼啸着下来了，幸好苏错立即卧倒在旁边的阳沟里，才躲过了这一劫，但头上却被弹片划了一道大口子。

正说着，云雯拿着消毒药水和纱布回来了，还带来了独一粉的朱世年和两个丘二，几个过路人也跟了来。云雯蹲下来为苏错清洗伤口。朱世年就讲起了外面的最新情况，说是整条街都炸烂了，到处都是残垣断壁和燃烧的房子，他的独一粉肯定全完了！说着就呜咽起来，说他为盘这个小店，现在都还欠着三亲六戚的债，不晓得今后咋个活人……曹贵就问他那儿遭炸没有，朱世年想了想说,他过来的时候瞟到一眼,巷子里全是碎砖烂瓦,他那个烂棚棚连尸骨都没见着。曹贵默然坐下,不再吭声。

云雯一边为苏锴清洗伤口,一边讲着急救站的情形,说整个洞子里都挤满了伤员,头破血流的,断手断脚的,肠子流出来的……死了的就用一张草纸将脸盖上随地停放着……那情形真是惨不忍睹。据急救站的人说,今天单是较场口一带被炸死炸伤的就不下两百人,全市不知死伤了多少。大家就开始咒骂日本人,骂得最凶的是郑大厨,说狗日的肯定都是地狱里的恶魔厉鬼变的,不然咋个会这样伤天害理,大老远地跑来杀人放火呢!又说,日本就几个小岛子,之所以敢来打中国,怪就怪中国人心不齐,不然一个人就是吐口口水都会把他龟儿子给淹了!……

因苏锴的伤口很深,一直没能止住血。进洞后一直缄默不语的曹爷爷忽然歪着身子在大褂里摸着什么,曹贵问他想做啥,老人却不回答,然后颤巍巍地将一个小瓶递给云雯说:"妹子,这,这是云南白药,专……专门治刀枪外伤的,你先给他把里头的保险子吃了,再把药面面撒在伤口上,不出一个星期包好……包好!"

苏锴却阻挡道:"曹爷爷,这药很金贵的,你还是留着自己用吧!"

老人却执意地说:"拿去拿去,我这把老骨头,用了也是白用!"

云雯见曹贵一直不吭声,就说:"还是你老人家留着自己用吧!"

老人着急起来,说:"莫推了!俗话说,天助人不如人帮人。今天要不是你们,我们两爷孙的命怕都没有了呢!"

曹贵忽然站起来从老人手里拿过药瓶,直接就往苏锴的头上倒,却不小心碰着了伤口,疼得苏锴咝咝地吸气。

老人指责孙子:"你娃毛手毛脚地做啥子嘛!"说着又从曹贵手中拿过瓶子递给苏锴说:"莫再客气了!再客气我就出去了!"

见老人真要起身,祝兆乾急忙伸手拉住,说道:"曹爷爷,警报还没解除呢,开不得玩笑,开不得玩笑!"

苏锴见老人动了气,就连声道谢说:"曹爷爷,晚辈我就接受您老的这份重情了!"然后就按照老人的吩咐服下保险子,又让云雯上了药。

过了一阵,外面终于传来"警报解除"的长鸣声,苏错让郑大厨出去探看是不是真的,郑大厨不一会就回来说:"是真的!是真的!枇杷山上的红球都变绿了,满街都是人!"大家听了都欢呼着纷纷站起,伸胳膊蹬腿地往外走。

祝兆乾迫不及待地走在前头,想看看他的八仙锅盔如何了。当他忐忑不安地来到大街上时,立即傻了眼:对街的一溜店铺包括他的八仙锅盔,赖天佑的四喜球,曹贵的二面黄,朱世年的独一粉和一溜过去的大小店铺都已变成残垣断壁,一片惨景!而九园这边,在防空洞里见其后墙还一直稳稳地立着,还以为躲过了这一劫,到前面才发现店堂已经垮完了,但连着后墙的厨房还在,更奇的是,大锅上的蒸笼竟然毫发无伤,还在滋滋地冒着热气。揭开蒸笼,里面的包子尚好,跟平时没有两样。郑大厨说,刚才拉警报时,他刚好上了几笼生包子,苏老板喊他出去帮忙时,他还特地往灶膛里泼了一瓢水,没有想到火还是自燃起来了,而且恰到好处!苏错说:"你不说我还不觉得饿,这样吧,在场的人人有份,我请客!"

祝兆乾拿着包子来到自家店前,木然地捡起一块余火未熄的桁条看了看,又扔了回去。或许是因为大家都彼此彼此吧,祝兆乾并没有大放悲声,其他店家也同样如此,即使是那些平时锱铢必较的主儿包括曹贵在内,也都没有呼天抢地。

祝兆乾看见柜台下的土陶酒缸露了一半出来,便拂去软搭上的碎瓦烂渣,想看看里面是否还有酒,打开才发现缸底已和缸身分家,正感失望,却看见庹半仙摇头晃脑地走了过来,便上下打量着他说:"你哥子倒是毫发无损啊!"

庹半仙笑道:"这叫吉人自有天相。"

祝兆乾递给他一个包子:"来吧,九园请的客。"

庹半仙端详着包子感叹:"漂亮,做的东西漂亮,做的事情也漂亮!"然后就迫不及待地一口咬了下去。刚好是个糖馅的,因老兄下口太大,那糖油一下飙出来溅到手肘上,他忙不迭地用舌头去舔,不想手臂一抬,那包子里的糖油就流滴到领口里,烫得他嗷嗷直叫,祝兆乾帮他打整了好一阵,方才弄妥帖。此事后来广为流传,在坊间留下了"包子烫背"的趣谈。

此次挨炸，小吃街虽然财产损失巨大，但因转移及时，除了两个执意留守家里的老人被炸身亡，另有几个人受轻伤外，其余皆安然无恙，算是不幸中的大幸。

6

劫后的小吃街，家家的大人娃儿都起早贪黑地在自家的废墟里寻寻觅觅，烧残的梁柱，砸坏的桌椅，甩破的碗盘，一砖一瓦一颗钉子，只要还有点儿用处的东西，都捡拾在一起以备用场……仅仅两三天的时间，各家各户要么在毁掉的店子里收拾出一个可以容下锅灶的角落，要么在外面搭起一个草棚，九园则率先摆起了露天桌椅，总之各家店铺都因陋就简地重新开始了营生。

因为外面一些同样挨了炸的大餐馆重新营业要麻烦得多，所以迅速恢复生机的小吃街顾客盈门，家家的生意都超过了挨炸以前，曹贵的糍粑块和油果子有一天最高卖到三百个，赖天佑的汤圆最高卖出两百碗，祝兆乾的锅盔也打破了单日卖一百三十个的最高纪录，九园包子自然更不待言了，日售一两千客成了家常便饭……一时皆大欢喜。不少店家开始用赚的钱陆续购进砖瓦木料修复店面。九园再次走在了前面，在众人艳羡的目光中，一色的青砖外墙取代了原来的夹壁石灰墙，整个店面焕然一新。不过有的人则无房可修，比如曹贵，他还是在原来的巷口原锅原灶地挣钱。不过他也想得开，说哪个晓得日本飞机还会不会来复二火呢，老子反正就这点儿家当，不怕他龟儿子炸！

自从那次开张之后，日本飞机短则三五天，长则七八天，总要来炸一回，但都是炸的别处，没有再炸到小吃街来。但小吃街红火的局面却并未维持多久，慢慢又回到了从前那种九园一家独大的景况。于是怨声再起，说这就像是小鱼塘里出了个大乌棒，只要它一张开大嘴，我等小鱼小虾就只有眼巴巴饿死的命。不过这次包括曹贵在内曾躲进过九园防空洞的人，都提出不要再公开作对，而是直接去陈情说项：你九园在轰炸时救了大家的命，总不能又眼睁睁地看着大家饿死吧！

而此时九园内部也有了变化，一直信佛的苏老太爷已将大部分精力用在打坐念经上，店子全部交给苏锴，而苏锴却热衷于抗宣活动，店里的日常事务基本上都是交给郑大厨在管。于是众店家就推举祝兆乾和赖天佑代表大家去找郑大厨说。祝兆乾晓得郑大厨是个四季豆——不进油盐的角色，只是碍于大家的情面，勉强承应下来。

这天身负使命的祝兆乾拉上赖天佑来到九园，但还没开口，正系着围腰在案台前忙活的郑大厨就先打了招呼："我忙得很，几位如果要说事呢就请竹筒倒豆子，如是想来说聊斋吹闲牛呢就请另择时间。"

祝兆乾就说："好，街坊邻居的也用不着客套，我就直说吧……"

不想话还没说完，就被郑大厨挡了个干干净净："老哥，打铁要靠本身硬，自家生意不好该从自家找原因噻！哪有怪天怪地找到别人头上来的？你们的意思是想让我把包子做得让人看起不顺眼，吃起难下咽，揭开蒸笼就臭一条街才好？没得这个道理嘛！……"

祝兆乾赔着笑脸道："啊，大厨言重了！我们绝对没得这个意思！九园是这条街的招牌小吃，是我等同行的骄傲啊，你就是想恁个整，我们也不会同意的！我们只是想，是不是可以把九园的营业时间稍微调整一下，比如说每天晚个把钟头开门，把早上那趟生意让一点给我们这些店，使大家能勉强养个家糊个口……"

郑大厨思忖了一会儿，嘿嘿地笑道："你这个算盘倒打得精啊！一日之计在于晨，做小吃的掐掉早上那一趟还有啥子做头？"

祝兆乾也明白自己是提得过了一点儿，就转而拿出真实想法，说："那就让晚上吧，如何？"

赖天佑立即附和："对头，就拿点尾巴给我们塞牙缝吧！"

谁知郑大厨依然把头摇得跟拨浪鼓一般，说："你们只知其一，不知其二。一般的散客就不说了，你们晓得每天晚上有好多公馆大户要到这里来拿包子作消夜的？华华公司的王总经理家，裕华纱厂的金老板家，聚兴诚银行的李主任家，再往上我都不敢说了，怕你们说我拿起甑盖当官帽——吓唬人！总之，九园就是晚上想关门也不敢呀！"

两人只好悻悻告退。曹贵知情后又开始骂人:“狗日的,一个老丘二要啥子大牌嘛!连句软话都没得,惹毛了老子哪天给他撒点药面面,让他狗日的吃不了兜着走!”

祝兆乾喝道:“人命关天的,乱来不得哟!何况人家才救过你两爷孙,做人还得讲个天地良心噻!”

曹贵说:“老子不撒砒霜,撒点巴豆,总死不了人噻!让那些好吃狗为抢茅厕打架……”说着倒笑了起来。

祝兆乾却没笑,说:“莫乱来莫乱来,怕是人家没进茅厕,你倒进了大牢啊!”

赖天佑沉吟着对祝兆乾说:“你姑娘和那个苏锴还有些交往,能不能请她出个面,直接找苏锴通融通融?”

祝兆乾未置可否。其实他早就想到了这一点,只是囿于女儿的性子太烈,怕像以往一样,一句不对头就会闹崩,到头来不仅于事无补,反而会成为障碍,但眼下也确实没有别的路子,也只有硬着头皮试试了。

这天,已返校多日的云雯终于回了家。吃饭时,他见女儿情绪还正常,便从这段时间店里和整条街的营业状况讲起,转弯抹角地道出了心头的想法,然后就察言观色,生怕女娃子风雨大作。不想云雯既未拒绝,也未窝火,只是淡然地告诉他,此事她爱莫能助,因为苏锴已随陪都劳军团出川好多天了,不知啥时才能回来。

“咋没听说呢?”祝兆乾愕然道,“外头的仗打得恁凶……”

云雯说:“苏锴来信说,前线啥子都缺,官兵完全是拿命在拼,惨烈得很!我本来想跟着去的,可人家不要中学生……”说着已语带呜咽,停了一会儿,又说:“冬天到了,我正在参加抗宣队为八路军募捐寒衣的活动,不知道家里有没有厚一点的衣物。”然后就拿出一张报纸,说上面有八路军的朱德总司令专门为此写的一首诗。祝兆乾接过一看,原来是一张《新华日报》,上面果然有朱德写的四句诗:驻马太行侧,十月雪飞白,战士仍衣单,夜夜杀倭贼。

祝兆乾看后无言良久,然后说道:“屋头的那个老木箱里有我的一件旧棉袍,你回去取出来看看,如果要得,就拿去捐了吧!北方冰天雪地的,冷得很啊,穿单衣咋个顶得住啊!”

云雯听了便坐不住了，没等祝兆乾道出闷在心头的事情，便忙不迭地回家取棉袍去了。

祝兆乾目送着女儿匆匆远去的身影，心头忽然有了新想法，觉得与其这样绕山绕水，还不如直接去找苏老太爷陈情。老先生笃信佛教，佛教讲的就是普度众生呀！

7

毕竟没有直接跟苏老太爷打过交道，为了确保事情不出岔子，祝兆乾决定还是去请唐老太做个引荐，就让每家凑了点钱，买了一斤银耳去打通唐老太。唐老太也来得直接，笑纳了东西就问："无事不登三宝殿，又是为九园的事儿？"

祝兆乾就说明了来意，不料唐老太一听就摇了头："这事儿麻烦，麻烦！……不瞒你说，我前不久才为房子被炸的事情去找过他，因为租房时没想到会出现这种情况，所以到底该哪一方出钱修复就成了问题，我好说歹说才把事情说妥，由他们全部负责解决。现在又带你去说这种事，那也太得寸进尺了吧？"

祝兆乾觉得老太太也不是完全在说推口话，正琢磨这步棋该咋个往下走，唐老太又开了口："老头子天天上午都要到罗汉寺拜佛喝茶，中午还要在那里吃一顿斋饭，你直接找他就是了嘛，何必要在我这儿来打个转儿？"

祝兆乾说："问题是我从来没有单独跟老爷子打过交道……怕他一竿子给我打回来……"

唐老太笑道："把别个说得恁凶啊！老爷子脾气大不假，但那要看对啥子人！他讨厌那些横行霸道的歪官孽吏，但对一般老百姓却很和善的，接济起穷人来大方得很，那天我在小米市，亲眼看见他给了一个正在哭喊要饭的残疾老人一块大洋，把好多过路人都看得目瞪口呆。你去吧，别的我不敢说，但至少不会像你想的那样一竿子打回来。"

唐老太的话多少使祝兆乾鼓起了勇气。其实他所担心的不单是怕有负众人之托，也怕会影响云雯和苏锴正在萌发的那层关系。他决定碰一下运气。

趁这日天清气爽，祝兆乾换了一件干净的蓝布长衫直奔罗汉寺，想想不对，半路上又买了一包骆驼牌的美国烟以备万一。罗汉寺是重庆主城的一处佛教寺院，以造型各异的五百阿罗汉驰名，祝兆乾以往也常去数罗汉测福祸，虽有敬畏之心，却无怯场之情，但今天他不是去拜佛，而是去求人，所以从出门起就惴惴不安，到达后在大门前的“法门平等人天共仰，觉路光明凡圣同游”的楹联前停留了许久，觉得内心平和一些了，方才步入寺里。他先在古佛岩、大雄宝殿和罗汉堂走了一圈，未见苏老先生的身影，便来到悬挂着“佛心禅意”匾额的寺内茶园。茶客不多，十分清静，他一眼就看见身着长袍马褂的苏老太爷正与几个同样花发白髯的老翁坐在竹椅上喝茶聊天，看样子情绪还不错。没想到他刚一露面，老先生便注意到了他，且先打起了招呼：“哦，祝老板今日也得闲来此啦！来来来，一起喝茶，一起喝茶！”

祝兆乾又惊又喜，不晓得老先生何以会认识自己……但这个惊喜只维持了一两秒钟便倏然消失，因为他立马想起了自己曾去找唐老太试图“劫租”的恶浊事情……以唐老太的精明，不会拿这种送到面前来的人情去向佃户示好？……然而就在此时，老先生已唤茶僮加座添杯，容不得他再胡思乱想了，他急忙上前问候致谢。

苏老先生亲手奉上茶碗说：“祝老板是来礼佛的？”

祝兆乾干笑道：“也算是，也算是嘛。”

老先生似有不解，笑问：“咋个叫也算是？”

祝兆乾就红了脸，支吾着不知说什么是好。

老先生笑道：“老夫只是随便问问，如果祝老板觉得有所不便，就不要说罢，来喝茶，喝茶！”

“没有不便，没有不便！”祝兆乾一时更显尴尬，端起茶碗意思了一下，瞅了瞅在座的几位老人，终于鼓起勇气说道：“我想找您……找您老人家说点儿事情……”

那几位老者听见此话，不待招呼，便借故一一起身离去，留下两个人四目相对地坐在那里。

老先生问祝兆乾："祝老板找我何事？"

祝兆乾便结结巴巴地将事情讲了，并打躬作揖地交代了自己因同样缘由曾找唐老太试图"劫租"之事，请老先生大人不责小人怪，海涵谅察。

老先生听罢，脸上并无动颜之态，只是稍稍默忖了一下，回道："此事容我考虑一下，好吗？"

尽管这并不是祝兆乾最期待的结果，却也没有像曾想过的那样碰一鼻子灰。回到街上将情况告之众人后，大家都不免泄气，不过也表示能够理解，说这无异于与虎谋皮，哪个做生意的不是钱赚得越多越好？赶紧趁早想其他路子！祝兆乾说，还是看老先生到底是个啥子说法吧。

曹贵嘀咕道："看在防空洞的份上，我等三天，也只等得起三天了！"

众人纷纷响应说："对头，这是大家要活命的事情，最多等三天，三天后要死大家一起死！"

8

祝兆乾明白，如果九园这次不能体恤同仁，说不定真会出事。他很想再去向苏老先生讲一下大家的情绪，但又觉得不妥。这无异于下"最后通牒"，毕竟是你在求人家啊！他巴望苏老太爷哪怕是象征性地关照一下大家的情绪都好。眼见日本人如此猖狂，大家也应该和衷共济啊！

然而，一天过去了，在众店家看似漫不经心，实则充满期盼的注视下，九园方面没有任何响动。

又一天过去了，众店家的眼神开始变得暗淡，九园方面依然不见有任何响动。

第三天了，整整一个上午，众店家的眼睛里已隐约可以看到蹿动的火苗，九园方面仍在我行我素，似乎对正在步步逼近的冲突毫无察觉……

中午时分，正在打望的葛田喜注意到从较场口方向进来了一辆黄包车。车子来到街口便停住了。车夫放下辕杆，转身从车上扶下一个戴墨镜的老人。老人下车后，挺直着身板慢慢往前走，黄包车不远不近地跟在后面。不一会儿就见九园的一个丘二快步跑到老人跟前说着什么，好像要拉老人前往用餐,却被老人谢绝。葛田喜不禁暗自高兴,心想你九园也有遭拒的时候啊！待老人慢慢走近时,便冲动地想上前碰碰运气,但未及开口,身后已传来祝兆乾惊喜不迭的叫喊声:“嘿,苏老先生,您老人家来啦！哎呀呀……”

葛田喜细看,果真是苏老太爷。小吃街上的店家老板和丘二们也很快认出了老人,所有的人,包括在下面叫得最凶的曹贵都静默无声,像着了定身法一般地呆立在自家的摊点前,看着老人在祝兆乾的陪伴下从面前走过。

就在老人无语地走遍全街,坐上黄包车准备离去时,沉寂的街子突然被一阵混乱打破,只见一个系着围裙的妇人冲到黄包车前扑跪在地上哭喊道:“苏老太爷！求求你做个好事,匀口饭给我们吃吧！……”

苏老先生低头问道:“请问大嫂从何而来,有何难处?”

那女人不知是没听见还是昏了头,依然磕头哭喊不止。祝兆乾只得代其做了回答:“她叫胡二嫂,做叶儿粑的,生意不好做,又遭飞机炸,听说老家也遭了灾……”

苏泽九从怀里摸出几块大洋,请祝兆乾交给胡二嫂。胡二嫂拿到钱,一时磕头如捣蒜,直呼救命菩萨大善人,怎么叫也不肯站起来。老先生只好让黄包车绕过她走了。

众人目送着黄包车远去后,不禁议论纷纷,责怪胡二嫂不该出来搅窝子,说老先生走这一趟明摆着是来做做姿态的,完了总得有所表示吧?她这一搅,完了！她个人倒是欢喜了,大家呢,两手空空！曹贵最为激愤,带着一帮人冲着叶儿粑的摊子骂了半天,胡二嫂一直红着脸不回一句话。最后还是庹半仙过来给胡二嫂打抱不平说:“你几个也太急了,凭啥子就一口咬定苏老太爷不会再有举动了呢?还是少安毋躁,等两天再说嘛!”

曹贵平时对半仙就没好脸色,见他出来插嘴,更是来了气,忤骂道:“啥子澥水猪叫！你算哪把夜壶?给老子滚远点!”又转身对着远远近近的围观者吼道:“老子说一不二,今晚上一过,老子就跟苏家两清了,该干啥就干啥,大不了鱼死网破,同归于尽!”

满街的人都惶然不语,不晓得这个天棒槌到时会干出啥子事来。

当天晚上祝兆乾待在葛田喜的棚子屋里没敢回家,提心吊胆地挨到下半夜见街子上静静的，并没有出事的迹象，才在葛田喜的再三劝说下，在铺板上和衣睡去。

正睡得迷迷糊糊，忽然被葛田喜叫醒，说天亮了，九园那边贴了张“布告”出来，好多人都在看。

祝兆乾警醒过来，睡眼惺忪地问道：“是啥子‘布告’？”

葛田喜说：“不晓得，我又认不得字……”

祝兆乾匆匆地蹬上老布鞋，一路小跑到街对面。九园已开始营业，露天桌椅前坐满了或正吃得津津有味或正翘首等包子的市民，有不少人正在新砌的砖墙前指指点点地看着一则“启事”，祝兆乾不动声色地凑过去细看。这一看，他的心怦怦直跳，眼睛也看亮了！“启事”全文如下：

敌寇凶狂，致本街惨遭劫难，同仁损失巨大。泽九深知，没有众位同仁多年的撑持，就不会有小吃街的存在。九园能在此打开局面，实乃受惠于众店家筚路蓝缕的开拓之功。坐享其成，安能不报？为与本街同仁共度时艰，敝店特决定：从明日起，每天限量售卖包子五百客，营业时间亦改为每天上午十时开店，当日售完为止。同时，敝店愿另捐一百五十块大洋，其中五十块作为清除本街路障杂物，修复被毁路面之用，一百块作为资助本街同仁修缮受损店堂之用，前者三天之内开工，后者一周之内兑现。以上小敬，绝不敢冒称公益善举，实只是聊表报答之意而已。恳请本街同仁雪目督察，亦请新老顾客体谅苦衷。

泽九顿首

祝兆乾看了一遍又一遍，直到觉得已把所有的文字都嚼透焐热了，方才兴奋不已地转身往回走，恨不得立马告诉众店家，他祝兆乾不负众望，把这件大事办成了！然此时多数店家都尚未出摊，唯见庹半仙气定神闲地坐在八字摊前。想到老兄昨天下午挨骂，便主动上前搭讪道：“半仙，看到了吗？这下都解决了，都解决了！”

庹半仙笑回道：“我去看的时候你就在那里了，我走的时候你还没有动！不知看了多少遍啊！”

祝兆乾笑着伸出一个巴掌，觉得不对，又伸出另一个巴掌。

庹半仙伸出大拇指："值得值得！说实话，这就叫解衣推食，济世救人啊！帮了大忙不说，还顾及了各位的面子，不愧是大人大量，大人大量！"又往曹贵的摊子指了指，低声道："嘻嘻，刚才他也在看，好多字认不得，又不好意思问我，我也不跟他娃计较，就有意念出声来，他一直侧着耳朵在那里听，嘻嘻……"

九园的"启事"像一阵春风拂过小吃街，使得原本愁肠百结甚至怒火满腔的小吃店老板和丘二们一个个眉开眼笑，跟天上掉馅饼一般。当然也有少许持怀疑态度的，认为对方只是缓兵之计，背后肯定另有谋算。曹贵就有这种看法。因此到了翌日，也就九园实行"新政"的第一天，他便暗中观察，来一个顾客他就用瓦片在地上划一道印子，不想划来划去就划乱了，而且祝兆乾告诉他，你划得了人头却划不出人家到底买了几客呀！小子想想也是，除非派人去现场监督，不然到底卖了多少只有天晓得！

然而，最后出现的一个事实却把他的嘴给封住了：往常不限量时，九园总是要到晚上七八点以后才关门熄火，而在当日，中午刚过就挂出"包子售罄，明日请早"的告示，收摊打烊了。

一连几天皆如此。时不时还有来晚的顾客闹着要买的，但均被婉言谢绝。这样，每天早上和下午、晚间，全都成了众店家的天下，营业好景象失而复归，家家都欢喜不迭。

正在此时，出川劳军的苏锴回来了。大家心头又不免忐忑，说少东家不是吃斋念佛的主儿，万一他不认老子的账咋个办？

然而担心的事情并未发生。苏锴回来后，并未改变其老子定下的日销限额，因诸事繁忙，一时无暇处理发放捐助修缮款子之事，还专门给大家约了时间，称届时将亲自将捐款发到各家手中。

云雯因学校组织下乡考察，苏锴回来时不在重庆，回来后听说此事，立马赶到小吃街，想看看可不可以帮上点儿忙。当她在九园见到苏锴时，几乎不敢相信自己的眼睛：仅仅一两个月不见，苏锴变得又黑又瘦，与以前的白皙健硕判若两人。

云雯大为惊诧地问道:"怎么……你病啦?!"

苏错摊开双手道:"没有呀！你觉得哪一点儿不对头吗?"

云雯说:"还哪一点儿呢,全身心变化！你自己没有感觉?"

苏错调侃道:"有呀！身轻如燕,思维敏捷,可以三餐不食,通宵不眠,仍行走如飞,精神超好!"

云雯上前捶打着他说:"人家担心死了,你还有心思开玩笑!"

苏错方才笑着解释道:"真的没有病,只是在前线确实辛苦,不是日晒雨淋地奔波着,就是战火硝烟里熏染着,常常是劳累一整天下来吃不上一顿饱饭,睡不上一个好觉,但精神却一直高度亢奋,既不感到累又不感到饿,真是这样。"

云雯噘着嘴说:"那是咋个回事儿呢,莫非变神仙啦?"

苏错说:"我不是写过信给你吗？主要是前线官兵在那样险恶的环境下奋勇杀敌卫国的精神太让人感动了！你不知道,因为后勤补给跟不上,前线粮食弹药奇缺,有好多官兵都是嘴里嚼着草根,端着打光了子弹的空枪与敌人拼到最后一口气的！有个长着一张娃娃脸的小战士,腹部受伤,肠子都流出来了,被救下来后的第一句话却是'我想吃稀饭……'我们去看他时,他已经牺牲了,枕边放着一碗护士特意送来却没来得及吃上一口的稀饭,后来他的连长哭着把他的嘴扳开,给他喂稀饭……"

见云雯已是两眼盈泪,苏错赶紧煞住话头,强作笑颜道:"我就知道你们女娃子听不得这些……还是讲点高兴的事情吧。"

云雯擦泪点头。

苏错说:"告诉你吧,我在前线见到张自忠将军了!"

云雯从脸上拿开手绢,惊诧地问:"真的?"

苏错说:"他听说我家是九园包子店的,还给我开玩笑说,他和他的部下大多都是北方人,想吃面食想到命里头去了,等到抗战胜利之后,他要把他的部下都带到九园来,让大家敞开肚子吃个够……"

云雯感动地说:"到时候记着叫我啊,我要过来帮忙!"

苏错说:"我现在就要你帮忙。"就将老父承诺捐助大家修缮房子的事说了。云雯欣然答应。

在云雯的协助下,苏错挨家挨户地发放了修房捐助款,接着又亲自参与了街道修复工程。一时间整条街上喜气洋洋,仿佛过节一般。庹半仙的摊子前,委托写感谢信和赞颂辞的人排起了队,但所有信件赞辞送到九园,都被苏错婉拒了,说现在国难当头,大家理当风雨同舟。众店家都莫名感动,说以前确实是错看两爷子了。

尽管日机的狂轰滥炸仍在继续,但小吃街的生意却红红火火,人们修缮店铺的步子也加快了。心情大好的曹贵请人在油炸摊子前写了一条寓意双关的流行标语:越炸越强!

9

这天中午,九园刚挂出“包子售罄,明日请早”的告示牌,一辆光可鉴人的黑色林肯轿车便牵着满街目光在店子前停下,车门开处,一个身着皮夹克,脚蹬高腰皮靴的摩登女郎钻了出来,她快步走进店堂,冲着正在收拾碗筷的丘二问道:“你们老板呢?”口音带点洋腔,不像是本地人。丘二们不知她意欲何为,便回答说:“老板不在。”

摩登女郎狐疑地盯着回话的丘二,扬扬下巴道:“总有管事的吧?叫管事的来!”

丘二们正面面相觑,却见郑大厨从厨房里走了出来,他看了看门外的轿车,客气地问道:“请问小姐有何贵干?”

摩登女郎打量了一下郑大厨,语气有所收敛,说:“我要两笼包子。”

“两笼?”郑大厨歉然道,“抱歉,今日已经售罄,别说两笼,就是两客也没有了。”

“一天才开始呢,就收摊啦?”摩登女郎狐疑地环视着四周,然后一屁股坐在凳子上,从衣袋里掏出一个精致的印花铁皮烟盒,打开后取出一支香烟叼在嘴上,又掏出一个锃亮的打火机,叭地一按,火机口立即蹿出一根细长的蓝色火苗,她点上烟吸了一口,然后就像变魔术似的吐出一个个烟圈,烟圈飘荡着冉冉上升,然后又吐出一根长长的白线,把烟圈们串在一起……一时把在场的丘二都看呆了,一些在门外打望的市民不禁鼓起掌来。

摩登女郎将打火机往天上一抛，然后一把接住揣进衣袋，斜睨着郑大厨说："回个话呀！"

"小姐有所不知，"尽管这种表演在郑大厨眼里已不是新鲜玩意儿，但他仍赔着笑脸道，"敝店每天只额定售卖五百客包子，卖完即收摊，这是全街都晓得的。"

摩登女郎却只顾自说自话："店大欺客啊？快去蒸包子！"

郑大厨耐着性子解释说："店里每天进的面粉和做的馅儿都是有定数的，今天确实没办法了，不信你可以亲自进厨房去查看。"

摩登女郎提高了声调："你这意思……是要我自带面粉和馅儿？"

郑大厨见对方如此刁蛮，便忍不住问道："请问贵府是……"

摩登女郎吹掉衣袖上的烟灰，眼睛都不抬地回道："这不是你该打听的事情。我只能告诉你，本小姐今天要包子，非要不可！"

郑大厨脸上终于挂不住了，淡定地说："对不起，今天本店已经打烊，无包子可售。"

摩登女郎霍地站起身，杏眼圆睁，冲着郑大厨道："真要敬酒不吃吃罚酒？"

郑大厨也一下涨红了脸，回道："悉听尊便。"

"好，你等着！"摩登女郎说罢转身就走。

郑大厨压住火气："恕不远送！"

女子走到门口，突然转身亮出腰间的小手枪，冲着郑大厨高声道："通知你们老板到警备司令部来！"

郑大厨和手下的丘二一时都被镇得愕然无语。

随着林肯轿车离去，在场的人都认定，九园这回麻烦大了！

事后有传言称，自知惹祸的郑大厨事后立即向苏家父子提出辞呈，以免牵连店子，苏家却以他并无过错，温言挽留。称如有不测后果，均由他们父子出面应对。

出乎意料的是，以后数日，九园风平浪静，并未大祸临头。有传言说是苏老太爷动用了过去的老关系，又花了不少银子，把事情给摆平了。后来又有传闻，说那辆车和那个摩登女郎并不是警备司令部的，而是南山孔园的。那天孔二小姐宴请宾客，让管家搞一个本地名小吃集萃，九园包子排在首位，万没想到亲派的贴身女侍卫竟在九园吃了闭门羹。孔二小姐知情后极为恼怒，扬言要亲自带人上门把九园给废了。但不知何故，后来却一直未见响动。于是又有传闻称此事系被宋美龄知道后出面阻止，九园才逃过了一劫。但真相究竟如何，只有天晓得了。

尽管众说纷纭，但这之后小吃街上以往常见的军政人员强赊霸吃、仗势欺人的事情却大为减少。于是九园无形中又成了小吃街众老板心目中“手眼通天”的保护伞，遇上棘手的大小事情，都爱找上门去说项求助。苏家父子也总是尽力伸以援手，由是也越发得到大家的敬重。

生意顺了，各家店子的修复也明显加快，两三个月后整条街就大致恢复了原样，不少店面还有所扩大，祝兆乾和赖天佑仿照九园将原来七拱八翘的旧门板改成了半砖墙，曹贵也在巷口搭建了一间小店面，看上去整洁美观多了。庹半仙为此专门写了一副谐对贴在街口上，其上联是：蒸煮煎烤各得其所，下联是：酸甜苦辣共度时艰，横批：吃街新景。

10

在修缮房屋时大家也不是没有担心，说搞不好劳神费力地弄好，日本飞机又来复二火了。小鬼子的鼻子还真灵，仅仅几天后，红膏药飞机又来了，有一架在小吃街上飞来绕去，好像在寻找下蛋的地点。大家都猜测，说狗日的肯定是有奸细报信，不然时间咋个会拿得这样准？……但那飞机在头顶上绕了几圈后，却往七星岗那边飞去。就在大家都松了一口气时，那家伙又嗡嗡地飞了回来，正站在店门前张望的祝兆乾忽然看见苏锴从九园里冲出来，朝一个挎着剃头匣子的汉子扑去，那汉子扔掉匣子就跑，苏锴大喊着“抓奸细”紧追不舍。正在锅灶前忙活的曹贵见了立即冲出来，情急之中取下一只拖板鞋朝那家伙砸去，就在那家伙躬身躲闪的当儿，苏锴冲上来将其扑倒，曹贵也跑过去帮忙按住，和随后赶来的祝兆乾、朱世年等人一起，将那家伙反绑起来。苏锴返回去从那剃头匣子里取出一面方镜，说刚才他在街上用这个玩意儿给天上发信号。说市里已抓到过好几起“镜子奸细”了。又说小鬼子炸小吃街跟炸菜场、米市的歹毒用心是一样的，都是想破坏市民的正常生活，动摇大家的抗战决心。人们怒不可遏地对那家伙拳打脚踢,然后一路骂着押往警局。失去了目标的飞机,绿头苍蝇似的在天上嗡嗡地乱转了一阵,在骤然响起的高射炮声中,胡乱扔下两颗炸弹后逃之夭夭。

事后,苏锴牵头在小吃街组织起防空锄奸队,祝兆乾和赖天佑、曹贵、朱世年都是其成员,每当空袭警报响起时,锄奸队便四下巡逻,盘查可疑人员。在后来的历次轰炸包括最为惨烈的五三、五四大轰炸中,较场口周围包括磁器街、保安路一带都挨了炸,小吃街却受损甚微。

谁都没有想到,就在九园和众店家齐心协力防空防特,小吃街又热闹重现时,唐老太突然找到苏家父子说她因急需钱用,要卖掉九园的房子,请他们尽快想办法搬家。面对突然生变的老太太,父子俩提醒她说,租期未到,这是违约啊!老太太却称,她自知违约,因此将按照租约如数交付违约金。父子俩一时傻了眼。以当时重庆城内房屋之紧缺,可说根本无处可搬。更何况经历了这些年的种种磨难,九园已与小吃街血肉相连,融为一体,现在突然要割舍而去,在感情上也难以接受。就提出如果嫌租金低了,可以适当增加,或者干脆由他们父子出钱把房子买下,但却都被老太太拒绝。消息传开,小吃街一下子炸了窝,众老板纷纷跑到九园去打听情况,但别说丘二们,就连郑大厨都不清楚老太太到底是哪股水发了。大家就猜测说,十有八九是老太太被炸怕了,想卖成现钱捏在手头,或者是眼见市面上房源紧张,想涨房租又不好开口,才来了这一手……

众店家中对此事最上心的自然是已将苏锴视为自己未来女婿的祝兆乾。独儿独女的,到时不管是八仙锅盔成为女儿的陪嫁,还是九园成为苏锴的聘礼,只要水到渠成,云雯这辈子也就有着落了。如果九园真的突然搬走,谁能担保这桩好事不会鸡飞蛋打?所以他人前人后都是一句话:加租买下都行,但就是不能搬,大家都帮九园撑起。但庹半仙却吹冷风说,加租无济于事,买下更没有门!他认为老太太突发此举,十有八九是迫于无奈。问他有何依据,他却作讳莫如深状,只说走着瞧吧,总有水落石出的一天。

苏锴后来终于从唐老太口中套出了真情。果然如半仙所言,老太太突生此变,确实是受到外人要挟。据说对方自称是红黑两道通吃的人物,看上此房已久,现在决意买下,但价钱上不会让老太太吃亏。老太太以自己孤身一人,养老送终全靠这点房产为由,不愿随便卖掉。不想对方竟下了狠话:卖也得卖,不卖也得卖!受到要挟的老太太悄悄去报了官,结果是前脚才走后脚便受到警告,称再不识相,就来黑道!明白对方“红黑两道通吃”确实不是虚言,老太太不得不明哲保身,答应卖房。

不过苏家父子手上也有一张王牌,即租约上有一条:承租期间,出租方如拟出售该房,在同等条件下,承租方有优先购买权。当他们拿出租约请老太太过目,称他们想买下这笔房产时,老太太却不忧反喜,说我咋个就忘了这一条呢?好,哪一方出价高我就卖给哪一方!

对方大约是了解到苏家父子也不是可以随便打发的主儿,为显财大气粗,志在必得,就通过媒体提出于某月某日在九园门前进行公开竞拍。苏家父子立即公开接招应战。这一坊间鲜有之事立即引得舆论大哗,市民们都铆足了劲儿等着看这场龙虎斗。

这天午后,九园当天的包子一卖完,便拉起了“门面竞拍擂台”的横幅,前来看热闹的市民挤满了半条街,其中不少是媒体记者。下午三时许,主持拍卖的四季拍卖行首席拍卖师王一槌出现在拍卖桌前,恭请竞拍双方出场,一方是九园老板苏锴,另一方报的则是大名鼎鼎的华洋商行帮办龙某。围观者都不免纳闷:华洋商行是做洋货生意的,跑到这里来买房干啥?苏锴对此似乎却并不介意,与对方行礼后,静候开场。

在众人的猜度中,王一槌报出八百大洋的竞拍起价。

尽管当时房屋紧缺,但以此房的状况和当时的行情,这个价码已明显偏高,因此木槌一响,人群中便爆发出一片惊叹之声,由众店家组成的九园后援队立即擂鼓助威。

苏锴先声夺人:“九百!”

然而这个几乎令所有人都感到错愕的大手笔,却没有在对方身上发生作用,话音刚落,对方已紧随而至:“一千!”

苏锴回敬:“一千一百!”

对方反攻:“一千二百!”

“一千三百!”

“一千五百!”

“一千六百！”

“一千八百！”

超乎理智的疯狂抬价，使所有人的神经紧绷，不知何时，后援队的鼓点已渐自乱了节拍，观众中只剩下一片啧啧之声。

祝兆乾看见庹半仙站在人群外头，便溜出去悄声问他：“喂，你咋个看这个事儿？”

庹半仙拈着胡须，悠悠地说：“风水宝地，值这个钱。”

祝兆乾乜他一眼：“你封的啊？”

庹半仙伸手在空中挥了挥，半笑不笑地说：“不信？老夫上观天象，下察地脉，发现此为天之心地之核，吉光照其上，金龟承其下，青龙隐其里，白虎见于外；美宅建于此，富可敌国，官能拜相，福来如东海，寿至比南山，产子则龙种，孕女而凤胎……”

祝兆乾搡搡他：“行了行了，你老兄是事不关己，只当笑事看啊！”

一瞬间，叫价已升至两千大洋！现场所有的人都屏息静气，仿佛面对的不是一场公开竞拍，而是一个越吹越大，不知何时就会凌空爆炸的大气球……

原本缩在人群中暗自窃喜的唐老太却成了第一个神经绷断的人，当竞拍价猛推到两千二百大洋时，老太太的心脏终于承受不住，“啊”地哼了一声瘫软在地上。近旁的人发现后，立即揪痧的揪痧，掐人中的掐人中，有人扯起嗓子高喊：“房东老太婆都昏倒了，还拍卖个球呀！”

苏锴听到后立即向王一槌示意暂停，然后疾步来到唐老太身边，却发现老太太已经醒过来，看见他后，似乎有些惊诧，说：“哎，你们各人拍各人的呀，来管我干啥子？！”周围的人就笑，说：“硬是钱钱钱命相连呀！”老太太挣扎着坐起身来，没好气地回道：“你们这些人就是见不得人家有点儿好事！”

苏锴见老太太确实没事了，便向王一槌示意可以继续，谁知他刚返回台上，防空警报便没命似的响了起来！

所有人都紧张地抬头往天上张望。因为今天有雾，按理说日本飞机是不会来的，但警报却不顾人们的疑问，仍然一阵紧似一阵地响着，不一会儿就有人发现红球坝上空挂出了一串三个红灯笼，这是敌机已经临空的紧急警报。苏锴见状招呼大家赶紧进防空洞，但许多人似乎对这场尚无结局的竞拍擂台赛意犹未尽，仍在原地踟蹰着不肯走，有的还笑咧咧地念诵着民间流行的打油诗：任你龟儿子凶，任你龟儿子炸，格老子就不怕；任你龟儿子炸，任你龟儿子恶，格老子豁上命除脱！

不多会儿，天上便传来了飞机的轰鸣声，苏锴见人群仍未完全散去，一下子急了，声嘶力竭地叫道："拍卖已经中止，请大家不要再等！赶紧疏散进防空洞，进防空洞！"

不知什么人撂过来一句风凉话："你怕是认输了，在找台阶下吧？"

苏锴焦急地挥手道："好好，认输，认输，请大家赶快进防空吧，赶快啊！"

直到围观的人群全部散去，苏锴才在郑大厨的催促下进了九园后面的防空洞。刚在洞里坐下，外面便传来了爆炸声。

11

万幸的是，这一次炸弹没有直接落在小吃街上。邻近的米亭子却遭了殃，一枚炸弹落在川东粮行近旁，当场炸死炸伤十几人。苏锴带着小吃街的人前往救援，意外的是，竟在那里碰到华洋商行的龙某人。两人握手寒暄，都不提竞拍的事。

许多人以为竞拍大约也就胎死腹中了，实则不然。没过几天，王一槌便来到九园通报苏锴说，鉴于那天他在竞拍会上没有最后应标，标的已归属对方，并拿出相关文件请苏锴签字确认。苏锴自然无法接受，说当时是因情况紧急没来得及应标，并非放弃。王一槌便指出他当场曾当众说过"认输"的话，苏锴傻了眼，觉得就是浑身是嘴也说不清楚了，只好推托说，此房是家父苏泽九承租，所以一切的一切还得经老人认可才行。王一槌经与对方商量，同意宽限一周，又透露了华洋商行与孔家的关系，要他劝告老父知进退，自下台阶算了。苏锴这才如梦初醒，把眼下的事情与摩登女郎吃闭门羹的事联系起来，不由得忿从中来。

苏锴深知父亲创业的艰辛和对这个店子的珍惜，不知该怎样面对老人，犹豫了两天才回到家里，将事情原原本本地说了。不出所料，苏泽九听罢不禁血脉偾张，一巴掌竟将桌子上的盖碗茶盅震落在地上，摔了个八瓣开花。他怒不可遏地呵斥道："岂有此理！这个店子乃是我九园的发祥之地，岂能任其巧取豪夺？现在也不是权贵者可以肆意妄为的时代了，我拼了这把老骨头也要跟他们周旋到底！我这就去监察院找于右任院长，请他出面说个话！你马上去将此事的来龙去脉公之于世，让社会舆论来评说是非曲直。去，马上去办！"

苏锴下去便把事情捅给了抗宣队的同学，一下引爆了这群正为"前方吃紧，后方紧吃"愤愤不平的热血青年，于是群情激愤，投书报界，猛烈抨击"国难当头，民生维艰，仍作威作福，以势凌人的权贵阶层"，矛头直指华洋商行及其后台南山孔园。一时间，重庆的大小报纸纷纷登载，在各界激起强烈反响，一致对九园的遭遇表示声援，各种"后续追踪报道"接踵而至，形成了一波"街头巷尾，尽谈其事"的舆论潮。不少市民致函报界，要求华洋商行就此事公开表态。

但时间一天一天地过去，报纸上却不见对方的只言片语。被激怒的市民打出"豪门不易辙，百姓无活路"的标语，开始上街游行。于右任等元老趁机从内部陈情施压，让与孔家比邻而居的南山云岫楼楼主终于坐不住了。

这天市民一早起来便发现《中央日报》刊登了一则华洋商行的《为答复民众关切并澄清事实公告》。公告称：

关于本公司购置较场口鱼市街唐氏名下房屋(即现九园包子店所在地)一事，坊间讹传甚多，一些媒介不察真相，推波助澜，致酿成公众事件，实为至憾！在此谨澄清事实如下：本公司意欲购置该房，盖因发现该地段平时市民来往频繁，已成为敌机的重点轰炸目标，而全街却没有一处公共防空设施，故拟出资为该地凿建一公用防空洞，供民众使用。经实地调查，发现唐氏房屋后面的崖壁是一理想场所，但因崖壁与唐屋太逼近，故决意买下该屋以便拆除后施工。坊间流传的所谓挟私报复，以强凌弱云云，皆属无稽之谈。唯因本公司秉承一贯的造福公益不事张扬的理念，事前未对相关事宜进行适当说明，也有应予检讨之处。以上真相，请广大市民明鉴。本公司在此郑重声明，一俟房屋成交，便即行施工，并争取在最短的时间内完成这一公共工程。望广大民众体察本公司为民避祸造福之苦心，勿再信谣传谣，多予支持鼓励是盼！

此文一出，令市民大跌眼镜，舆论亦开始出现分化。一些人认为华洋商行言之凿凿，不像虚托，大家是不是真的“狗咬吕洞宾，不识好人心”了？更多的人则认为，这极可能是商行放出的烟幕弹。小吃街店家的反应却比较一致，认为不管对方说的是真是假，既已公开表态，又说得如此具体，真兑现了对这条街子也是好事。九园不妨暂时后退一步，在本街另外择地经营，如果对方食言，再拿其说话也不失为上策。

这天小老板们又三三两两地聚到祝兆乾的店子里聊起这个事儿，看街面上是否有合适的门面，好推荐给苏锴参考。小吃街上有大大小小的数十个门面，但近期却极少有空出的，偶尔有挂出“门面转让”的，最多三五天就会有新店家入驻，要想马上找一处能容下九园体量的现成门面，基本上是没门儿。就在大家面面相觑时，曹贵却包口包嘴地走了进来。大家都看着他的手上的半截糍粑块发笑，说一天到晚都弄这个东西，还没吃够啊！

曹贵又咬了一大口说：“老子饿惨了，饿惨了！”

祝兆乾看着他问：“又到哪儿灯晃去了嘛，连饭都忙不得吃？”

曹贵颇为自得地伸出手去：“先慰劳一下，来一杯老白干再说。”

祝兆乾便转身吩咐正在柜台里埋头看书的女儿说：“云雯，给曹哥儿倒杯酒来。”

云雯不甚情愿地倒了一杯酒，又兀自低头看书。这两天小女子因为九园的事情，情绪一直不好。

曹贵喝掉酒，惬意地抹抹嘴，说道：“街尾的大兴茶馆嫌这边的生意不好，已经在临江门那边另找了房子，准备下个月搬家，我跟房东家说了九园的事情，他们很感兴趣……”

众人都兴奋起来，说大兴茶馆的门面不算小，九园搬进去完全够用。这两天一直不见苏锴露面，估谙是到别处找房去了，大家都觉得应该赶快把这个情况告诉苏锴，不要让九园外迁。赖天佑晓得云雯跟苏锴的微妙关系，便笑着问："祝小妹，你晓得苏锴现在在哪里吗？"

云雯回答得干巴脆："不晓得！"

赖天佑被忤得一脸尴尬。朱世年在后头悄悄地戳他的背脊："晓得了吧，锅盔磕牙，水八块辣嘴哟！"

赖天佑没好气地回头打了他一巴掌。大家都窃笑。

就在这时，外面传来了庹半仙拖腔拉调的声音："说曹操——曹操就——到啊！……"就看见苏锴正神色异样地从对街疾步而来。云雯立马迎了出去。

"消息证实了吗？"小女子大声问。

"证实了……"苏锴一脸悲戚。

"啥子消息？"祝兆乾很是诧然，把苏锴让进店里。

苏锴一屁股坐在板凳上，喘息着问云雯："有水吗？"

云雯立即倒了一碗茶水给他，苏锴接过去咕嘟咕嘟地喝了个干净，云雯问他还要不要，他摆摆手，然后红着眼睛对祝兆乾和众人说道："张自忠将军殉国了！"

一时举座皆惊。张自忠乃是家喻户晓，被老百姓称为关公再世的抗战名将，怎么就……苏锴见大家满脸疑惑，又说道："我已经反复核实过了，确实如此。"然后便讲述了他所了解的情况。原来张将军是前几天在枣宜会战前线出席高层军事会议返回途中，在南瓜店突遭日军伏击，张将军率部英勇反击，终因寡不敌众，陷入重围，战至弹尽粮绝，最后身中七弹，壮烈殉国……

说到此处，苏锴突然泣不成声，呜咽道："上次去劳军时，我曾问张将军，为啥前线官兵一个个都这样面黄肌瘦呢？当时他很动容地说：因后援困难，官兵们很长时间以来都是吞糠咽菜，难得吃上一顿饱饭了，常常是饿着肚子跟强敌拼杀……我这个当将军的是看在眼里痛在心头，经常是彻夜难眠呀！我手下兄弟大多是喜欢面食的北方人，等抗战胜利后，我要做的第一件事就是到你家九园买包子犒赏部下，让大家敞开肚皮吃个够！我听了难受至极，当场表态说:到时我一定亲自下厨给官兵们做包子,要多少做多少,全部免单!我们还当场击掌:决不食言!……怎么也没有想到……没想到啊!……"

面对苏锴的恸哭,在座的人都面带戚色,却不知该如何慰藉是好。云雯含着眼泪上前将自己的手绢递给他,他却一把抓住她的衣袖说:"云雯,我现在什么都不想了,唯一的想法就是马上到前线去给官兵们做包子,告慰张将军的在天之灵。不然我也会寝食不安的……"

"我上次说过,我要跟你去的,跟你去的!……"泪水从云雯的眼眶里一涌而出。

苏锴没有回话,只是感动地抓紧她的衣袖。祝兆乾忧心忡忡地问:"你父亲呢,他老人家咋个说?"

苏锴揉着眼睛说:"父亲和张将军曾有过一面之缘,对其决意以身死国的精神极为感佩,听到张将军惨烈殉国的消息,一时老泪纵横,茶饭不思,半夜披衣起床研墨展纸,写下四行诗:戎马未死国,愧留两鬓秋;长叹老迈身,只为稻粱谋。我看到后,即把自己意欲放下眼前的事情,去前线劳军以践与张将军生前之约的想法告诉了他,起初我还担心他有顾虑,不想他听后却两眼放光,大表赞同,说这就叫小事让大事,家事让国事!还说如果不是年事已高,他也会重披戎装和我一块去的!……"

祝兆乾提起茶壶为苏锴续水,嘴唇翕动着还想说什么,但最终却没有开口。

"苏少爷,你们父子确实令我等佩服!"曹贵却动容地说了话,"但你真走了,九园咋个办?现在社会上这么多人都在帮你们说话,莫非你们却要在这个时候关门歇业,自己卸下这块金字招牌?做不得这种傻事啊!我们已在这边给你们物色了新店址,等着你们去看呢!"就把街尾大兴茶馆打算搬迁腾房的事情讲了。

大家都七嘴八舌地附和说项,力劝苏锴不要顾此失彼,在此时丢掉九园。

正在这时,店门前忽然来了几个老人,葛田喜以为有生意了,赶紧出去招呼,走在头里的一个留着山羊胡子的大爷问他:"听说九园的苏少爷在这里?"

苏锴听见,立即抹掉泪水,迎出去握住老人的手说:"赵大爷,找我有事?"

老人摇着他的手说:“苏少爷,听说有人要逼九园搬家,你们走不得哟!”

苏锴说:“这事还没定,这不我们也正在商谈这个事呢!”一面将几位老人介绍给祝兆乾等人,原来都是九园的老顾客。

“不耽误你们的正事了,我就长话短说吧!”胡子大爷对苏锴道,“你也晓得,我们几个老哥子一年三百六十五天,天天早上都要到九园来吃包子,已经习惯了。昨天才听说有人要逼你们走。我们只想对你说一句:这条街上少不得你们,千万不能走啊!只要你们不走,不管官司打到哪里,我们都做你们的后盾!要是你们走了,我们以后就只有不吃早饭了哟!……”

苏锴向老人鞠躬致谢,说:“九园自开门打店起,就多蒙山城父老厚爱关照,所以决不会一走了之!”几位老人这才有所释怀,露出宽慰的笑容。

送走老人,满屋人都笑称是来了一阵“及时雨”。

苏锴含泪抱拳道:“感谢各位的深情厚谊,此事容我再回去与老父细商一下。”

祝兆乾终于开口道:“说来你们父子的拳拳报国之心和毁家纾难的大义之举,也是给我们这条街甚至整个餐饮界争面子的事情。反正是希望你们两头兼顾,既想到前方,也不抛下后方吧!我提个建议,我们各家都应为苏老板的此番出行有点表示,反正力所能及吧,不知大家觉得如何?”

“好,赞成!”

“没得问题!”

话音未落,外面又传来了防空警报声。大家听出只是预警,都坐着没动。苏锴见了,就站起身来说:“感谢各位的关心支持!今天的事就到此吧。万一敌机来了,都到我那边的洞子去将就挤一下。”

但大家仍旧坐着没动,似乎都对这个带点告别意味的聚会依依不舍,直到警报再次响起,街上的行人都纷纷加快了脚步,方才在苏锴的再三催促下往外走。曹贵边走边念:“飞机头,二两油,鹅公岭,挂红球。日本飞机丢炸弹,山城到处血长流。跑不完的警报,报不完的深仇。烟囱变成高射炮,膏药飞机磕响头!……”

赖天佑嘀咕道:“最后半句应该改成‘栽河头’,狗日的天天飞来害人,莫非还要让它临死打个响片吗?”

朱世年说："对头，让它龟儿死个闷鸡(机)才安逸！"

众人应和道："要得，死个闷鸡，瘟鸡，倒栽冲鸡！"

祝兆乾说："嘻哈乐神的，哪像是去躲警报啊！"

正在门外收摊子的赓半仙摇头晃脑地接嘴道："这就叫民不畏死，奈何以死惧之啊！"

几个没听懂半仙说的啥，经苏锴解释后，心头就油然升腾起几分豪气。

12

经与老父商议，苏锴最后决定将现有的九园人马分成两拨，一拨以郑大厨为掌门人留守重庆，另一拨跟他赴前线劳军。

苏泽九拿出多年的积蓄，加上各方朋友鼎力赞助，购买了一百六十袋面粉和各种主辅材料；饮食同业公会赠送了一辆脚踏炊具车；小吃街的众店家则凑份子赠送了二十八斤猪油，十五斤冰糖，十二斤蜜玫瑰；抗宣总队则出面联系民生轮船公司，得到一条顺水驳船的免费舱位。市民们也纷纷来到店子里表示支持和敬意，有人还投书报纸，称"有了民众的这种爱国精神，何愁强虏不灭，胜利无期！"

出发的日子很快来临。抗宣总队和饮食同业公会联合在精神堡垒举行欢送会，为"九园出川劳军团"壮行。因地方显眼，按照市民防空指挥部的要求，大会定在早上七时开始，七时半准时结束。自发前来的九园老顾客和其他市民数百人，将漆成黑色的木制精神堡垒围得水泄不通。由祝兆乾领头的小吃街同仁站在最前面，一面写有"业界翘楚，侪辈之光"的锦旗分外引人注目，其句、字均出自赓半仙之手。

此时赓半仙也站在队伍里，不过与兴奋喳闹的曹贵、赖天佑、朱世年等人相比，神情稍许显得有些落寞。原来昨天老兄忽然心血来潮，也想跟苏锴一起到前线去劳军，说是重活累活干不了，代笔为官兵们写写家书遗言还是可以的，要祝兆乾务必让云雯去向苏锴说情。祝兆乾劝说无效，只得对云雯说了。不料云雯一口回绝，说他要去，怕是得抬一副滑竿跟在后面啊！女娃子虽然声音不大，但还被待在外面的赓半仙听到了，当即气呼呼地冲进店里对云雯说，啥子滑竿？到时候只怕是你走不动了，要庹爷爷来背呢！云雯不跟他顶撞，只是耐着性子解释说，这次包括她在内去了好些抗宣队的大中学生，代笔代言的事情都有人做，完全用不着他亲劳大驾。一句话：心意她可以代领，但忙肯定帮不了。祝兆乾也打圆场说，小女子走了我连个说话的人都没得，你就留下跟我搭个伴吧，再说这条街上好多事情都还得仰仗你老人家呢！庹半仙见两爷子一唱一和，执意不肯帮忙，只得吁着气认了。

七时整，欢送大会正式开始。苏锴和抗宣队、餐饮界的代表先后上台讲话，祝兆乾也上台代表小吃街的业主向苏锴献了锦旗，主持人还特别让云雯站出来跟他一起亮相，激起一片鼓掌叫好声，让祝兆乾好不受用。在跟苏锴握手时，他语意双关地悄悄叮嘱了一句："云雯此去就交给你了啊！"心领神会的苏锴也极郑重地回了一句："您老就一百个放心吧！"祝兆乾心头的一块石头落地，脸上笑成一朵花。

大会临近结束时，主持人突然激动地宣布："军事委员会副委员长冯玉祥将军在百忙之中应邀与会，为九园劳军团壮行！"欢声雷动中，冯将军在苏泽九陪同下缓步登上主席台，向台下的市民微笑招手。主持人恭请他讲话。他欣然答应，站在话筒前高声道："我听说防空指挥部给大会的时间就剩两分钟了，因此我也只说两句话：其一，我这个北方大兵对九园包子情有独钟，九园包子好吃不贵，人见人爱，确实称得上是面食中的上品！其二，我是张自忠将军的老长官，对九园此番出川给张将军还愿，我深表谢忱！相信此举将会载入抗战史册，传之久远。九园，就是久远之园嘛！"然后把一张他手书题词的"踏出夔门，打走倭寇"的照片赠送给苏锴，并解释道："这八个字已经镌刻在三峡的崖壁上，每个字都有四张八仙桌大，就是要彰示咱中国人与侵略者血战到底的气概！"一时群情激奋，欢呼声和口号声此起彼伏，壮行大会达到高潮。

主持人宣布散会后，劳军团在苏锴的带领下，前往朝天门码头登船，一行将在万县与先期抵达那里的几支民众劳军团会合，然后同舟出峡。

劳军团在朝天门登上民生公司的驳船后，许多自发前来送行的市民仍然待在岸坎上挥手示意，希望慰问团一路顺风，圆满而归。记者们举着相机，将这动人的一幕永远定格。

当时在场的所有人大约都没有想到，劳军团这一走，就一头扎进了烽火连天的抗战前线，没见再回来——预定劳军日程完结后，在张自忠将军旧部的盛情挽留下，全体人员欣然作为特招后勤人员入伍，在以后数年中跟随部队转战各地，直至抗战胜利。

在重庆的苏泽九老先生得知儿子的选择后，便将店子转让给了旧识傅文彬先生，傅后来将九园连同留守员工一起移往关庙经营，使九园在苏家父子之后，得以继续根留重庆。苏泽九老先生后来寄身佛门，黄卷青灯，终老丛林。

祝兆乾在云雯离开后的第二年，突发脑溢血逝世，八仙锅盔就此不存。吊诡的是，庹半仙在此前后也悄然隐遁，不知所踪。

华洋商行在买下九园老店之后，或许是迫于舆论压力不得不假戏真做，还真将原有的老洞扩建成为一个可容纳两三百人的大洞子，又在九园原址上修建了一幢与洞子连为一体的房舍，建成之初也曾向市民开放过一段时间，但不久洞子就变成了商行的仓库，不允外人再越雷池。人们再怎么骂其“挂羊头卖狗肉”，也无济于事了。

九园的搬迁和八仙锅盔的关门，使小吃街的魅力骤减，随着大后方的经济日趋吃紧，餐饮业的境况大不如前，四喜球、独一粉也都先后关门走人，少数留下没走的也只是勉强撑持，小吃街再也没有重现当年的热闹景象。但原本最该走的曹贵却留了下来，二面黄就此成为小吃街“四大元老”中硕果仅存的老字号。

至于苏锴和云雯后来的去向，坊间则众说纷纭，莫衷一是。但曹贵却言之凿凿地说，在全市民众欢庆抗战胜利的那天晚上，他曾在精神堡垒远远地看见过苏锴，当时他正和怀抱婴儿的云雯一起挤在人群中观赏焰火，他拼命地向他们挥手喊叫，无奈鞭炮声震耳，鼓乐喧天，两人未能听见，最后消失在人山人海里。但老吃街的人大多都认为他是看走了眼，说如果苏锴和云雯果真回到重庆，无论如何都会到老地方来看一看的。

——原载于《中国作家》2017年第2期，收入本书时有改动。后同

作者简介

余德庄，中国作家协会全委会名誉委员、重庆市作家协会荣誉副主席、重庆市文史馆馆员、重庆文学院顾问，曾任鲁迅文学奖小说终评委、庐山国际作家写作营中方主持人等，出版长篇小说4部、中篇小说集3部。

老轨

■丁伯慧

1

我四十多了,腰子又坏了。老轨说,我挺不过去了。

说这话的时候,老轨正在救生筏上。当时,印度洋上空的阳光像暴雨一样倾泻而下,而他们的头顶上没有任何遮盖。在阳光的暴晒下,刚刚经历过风暴的海面像镜子一样亮晶晶的,隐隐约约的水汽还没有升上来,就被阳光摁下去了。救生筏上的几个人就像被晒瘪了的白菜,个个蔫头耷脑,老轨此时需要人安慰,也没人接茬儿。于是老轨接着说了一句:死就死吧。我这辈子该享受的都享受到了,值了。

这就算是自我安慰了。

那场风暴其实来得并不突然,他们早就接到了预报。但是船长和大副谭笑都说,顶多十级风,没问题的。确实,在那个最致命的浪从侧面冲过来之前,船还在顶着风浪前进。但那个浪是没法预料的。船翻掉的时候,大部分人都没有任何准备。但是老轨以他惯有的小心谨慎,早早做了准备。大风起来的时候，他抓了一件救生衣在身边，后来证明他的未雨绸缪是何等明智——正是这件救生衣救了他。他死死地抱着救生衣在海里随波逐流，口里进了水就咽下去，他严格按照当年训练时的教程去做。最后他坚持下来了，浪小一些的时候，远远地，他看到了那艘救生筏，于是吹响了救生衣上的哨子。管事傅诚率先发现了他，指挥大家把救生筏划过去，就像提着一只落汤鸡一样把他从海水里提了上来。当时他已经晕晕乎乎的，只剩半条命了。他看了看提他上来的人，说道，没想到是你啊。

提他上来的是谭笑。

老轨大口喘完气后，斜着眼睛看谭笑，说，你拉我上来干什么，你让我死了算了……

说得有些心虚，最后几个字已经几乎听不见了。

谭笑说，还不一定能活下来呢。你急什么啊。

像是响应谭笑的话，远处一个浪突然冲了过来，救生筏上的几个人个个面如土色。

2

老轨大名常庚生，他的“这辈子”，应该从他上船的那年说起。那一年，他高中毕业，没考上大学，成天在街上晃悠，父亲说这就叫“游手好闲”。他没反驳，也没理睬。他其实也不喜欢待在街上，只不过街上可以躲避父亲的唠叨。后来，他在路边的一个大广告牌上看到了一则招工启事，想都没想就去了。他的理由很简单：反正父母不管自己，那就得自己找个吃饭的地方。他的一辈子就这样交给了轮船。那一年，谭笑还在读初中。

常庚生当海员适逢其时。那几年是长江航运的黄金时期，航运公司到处缺人，尤其驾驶员是宝。有着高中文化的常庚生很快成为公司重点培养的对象。进公司的第一天，人事科长问他：你想上驾驶台还是下机舱。他说，机舱。人事科长瞪大了眼睛看他，表示不理解，一般人都会果断选择驾驶的，于是启发他：你知道轮机长为什么叫老轨吗？他说不知道。人事科长说，机舱里又黑又湿，人在里面，一身油。出来一看，满脸黑魆魆的，人不像人鬼不像鬼的，活像个老鬼。“老鬼”不好听，就成了“老轨”。人事科长说得够明白的了。可是常庚生想了又想，驾驶员责任太大，弄得不好撞船了他负不了责，于是还是选了机舱，修船虽然累一点，可万一哪天没工作了，还有个修机器的手艺。人事科长只好同意。

没想到修船正好符合他谨小慎微的性格，他心细，敏感，喜欢冰冷的东西。他很快就适应了船上生活，三年后，公司送他去航运学校培训，他拿到了三管轮证书。随后仅仅过了八年，他就拿到了轮机长证书。就这样，常庚生成了公司最年轻的老轨。三年后，公司开发海运，送他去学海证，他又成了第一个海船老轨。

年轻的常庚生谦恭，温和，见人总是笑眯眯的，这和十几年后的老轨常庚生判若两人。老船员们都喜欢谦虚谨慎的常庚生，并且乐于当他的老师。尤其是当时的水手长老猫，只要一上岸就带着他。老猫这人对人好，实在，讲义气，唯一让常庚生不舒服的，是他喜欢讲荤段子。那时的常庚生还没谈恋爱，每次老猫一讲荤段子，他就面红耳赤，腿想离开耳朵却又想听，最终腿还是服从了耳朵。船员们看着满脸通红的常庚生笑成了一团，二副跟老猫说，老猫你什么时候给常庚生上上课，免得以后进洞房了还不知道干什么。以后他们就有意当着常庚生的面讲，乐趣变成了看常庚生，而不是听段子。久而久之，常庚生居然有了免疫力，脸也不红了，腿和耳朵也不打架了。

没多久船靠港，老猫又来叫他。老猫说，今天我带你去开开洋荤。一副神秘的样子。老猫把他带到一个休闲店里。那些年里，各类休闲店正如雨后春笋一样，在沿江的各大城市冒出来。这些休闲店都打着理发的幌子，标着“十元按摩”，可进去后干的事就比按摩丰富多了。老猫他们几个人是休闲店里的常客，有人说老猫风里来雨里去辛辛苦苦挣的几个钱都塞猫洞里去了。可常庚生不懂，嘴里还嘀咕着，跑这里来做什么啊。

老猫一进去就轻车熟路地跟里面的几个女子打着招呼，他指着常庚生说，这还是个童男子呢，给他来个有经验的，教教他吧。随后一个黄头发的女人就把常庚生带到了里面的一间小屋里。屋里又小又黑，女人打开灯，望着一直傻站着的常庚生说，脱衣服啊，脱衣服总会吧。常庚生说，脱衣服干什么啊。说话间女人已经把自己扒得精光。常庚生第一次看到女人的身体，张大的嘴巴半天合不拢，两只手扭来扭去不知往哪里放，最后放在了裆前，挡住了已经起了变化的地方。女人摇了摇头，说道，大男人，不能这么没用啊。一副恨铁不成钢的样子。一边说着，一边上前，一把扒开常庚生的手，三下五除二把常庚生的裤子扒了下来。此时的常庚生只是个普通人，他并不打算成为一个高尚的人纯粹的人脱离低级趣味的人，只是没有经历过这样的场景，完全成了一个被女人摆布的木偶。结果，在女人给他戴套的时候，他就泄了，弄得女人手上身上到处都是。他像小偷一样扯上裤子，落荒而逃，连拉链都忘了拉上。那样的狼狈实在太不符合他的风格了。最要命的是，大嘴巴的老猫把他的糗事在船上一说，很快就成为江上的笑谈。江上很快就流传着常庚生的故事，还出现了多种版本。其中一个版本居然说常庚生只喜欢男人，不喜欢女人。

第一次失败对常庚生的打击非常大，多年以后，已经成为老轨的常庚生回忆起自己的第一次时仍然耿耿于怀。后来他得用多少次的成功，才能弥补那一次的失败啊。最关键的是，他是公司重点培养的人，前程似锦，这样的事传多了对自己总是没有好处的。那次以后，常庚生就变得更内向了。他总是一个人默默地坐在那里看书，看的都是业务书籍，《船舶柴油机》《船舶辅机》《船舶电气》之类，靠港上岸的时候也只是匆匆上去买点东西就回来了。他要修正自己的形象，于是他彻底抛弃了老猫。

几年后，已经成为二管轮的常庚生洗尽铅华，终于成为人们眼中又红又专的典型。没多久，他结婚了。新娘是一个同事介绍的，长得比较耐看，屁股也很翘，而且笑起来很好看，尤其是嘴角微微上翘时，显得颇有几分风情。常庚生的幸福生活正式拉开了序幕。这个时候，大家早就忘了他当年的糗事，连闹洞房的时候都文明了许多。

就在这一年，谭笑从航运学院毕业，来到了这家航运公司，成为公司第一批水上专业毕业的大学生。两个人的故事，也就是从这个时候开始的。

3

常庚生第一次见谭笑时，其实印象并不坏。那天船刚刚加满油，厨师已经买完菜，半上午的阳光从大堤上铺下来，一路铺到船上，其中就有两片黄澄澄的阳光从窗户里溜进会议室，印在红色的餐桌和白色的铁墙上。当时谭笑穿着一身新买的运动服，拖着个半旧的行李箱，一路披着阳光到会议室里来了，他的脸上都是笑容，身上都是金灿灿的阳光。常庚生盘着腿坐在会议室里的角落里，斜着眼睛看他，新来的大学生吧？

斜着眼睛看人，其实并不是针对谭笑，对任何陌生人，常庚生的眼神都是这样的。主动和谭笑打招呼，这已经是特殊的礼遇了。常庚生有些喜欢这个满身阳光的年轻人。常庚生坐着的地方，是会议室里最黑暗的地方，而谭笑刚刚从太阳底下过来，眼睛有些适应不过来，他没看清老轨的眼神，于是他的声音是淡淡的，是啊。

常庚生又问了一句，驾驶的还是机舱的？

他内心里期望他是机舱的，那样他就会成为自己的下属，他和这个年轻人，就会有更多的故事发生。但是谭笑回答说，驾驶的。

说完了他转身就出了会议室，一点儿都没表现出对一个老船员的尊敬。他们的第一次认识算不得美好。常庚生感觉谭笑不够谦虚，谭笑感觉常庚生不好相处。常庚生觉得，年轻人就应该谦虚，对前辈恭敬。现在的年轻人太不谦虚了。而常庚生给谭笑留下的最深刻的印象，则是他右脸上的那颗硕大的黑痣。他对脸上长黑痣的人都没什么好感，何况还长在右脸上，何况还这么大。

谭笑仅仅在这艘船上待了一个多月，两趟水，他甚至都没来得及和深居简出的常庚生聊聊天。

此后，虽然在一个公司，但是长江上你来我往，他们曾经多次在江上擦肩而过，甚至在甚高频里听到过对方的声音，就是没碰上一次面，直到三年后，谭笑已经成为二副。而这时候的常庚生，已经当上老轨了。

这几年里，他听过不少关于老轨的故事，老轨在他心中的形象已经定了型：认真，认死理，喜欢和人抬杠，不好相处……其中最关键的一条是：太正经。别人都有各种桃色新闻，没有的编也要编一个，可就他没有，他洁身自好，不近女色，除了刚工作时的那次尴尬经历，他居然没有一次可以让别人拿来说道的事，这实在太过分了。别人在会议室里谈女人的时候，他一个人坐在角落里，冷着个脸，盯着说话的人，说话的人正在兴头上，猛地看到这道冰冷的目光，话立马就冻在嘴边了。要知道，现在的这道目光不是一个新人的，而是老轨的，目光的威慑力明显是不一样的。有时别人拿男女之事跟他开玩笑，他顺口就是一句：我腰子坏了，不行了。这句话出来得很快，像是一直挂在嘴边随时拿出来用的。于是老轨赢得了一个新的称号：正经先生。在船上，一个人好吃懒做喜欢赌博都不是大毛病，但是太正经明显是个大缺点，肯定是不受欢迎的。不过他也无所谓。

那天天气晴好，江水微澜，轮船犁开江水，逆流而上，走得很顺，再过两天半就可以回到武汉港了。于是船长决定在一个小港停一下，让大家上去踏踏地气，再补充点儿菜。谭笑照例上岸，一个个小巷子到处乱转。

小港所在的小镇不大，但巷子不少。脚下是大块的石头，四周都是青砖青瓦的房子，楼不高，但显然有些年头了。谭笑一个人在小巷子里迷了路，左转右转出不去。这时，他看到前面一个熟悉的身影，瘦高个儿，一件藏青色的夹克配一条宽腿的牛仔裤，在青色的巷子里显得非常协调。那人正往旁边的一间屋子里走去，进屋的时候，右脸上的一颗巨大的黑痣就跳了出来，在白皙的脸上显得格外醒目。常庚生！谭笑差点儿叫出来，他顿时有了他乡遇故知的感觉，就连常庚生脸上的那颗黑痣此刻也变得好看起来。谭笑正准备赶上去跟他打招呼，他却已经进了屋。谭笑走了过去，发现玻璃门已经关了，门上写着几个大字：休闲屋。下面还有几个小字：按摩，松骨，踩背。谭笑愣了一下，他明白这种地方是干什么的，只是没想到，老轨也会进这种地方。

谭笑决定在巷子里守着。这一次时间比较长。门响的时候，谭笑看了看表：四十三分钟。老轨的脑袋先出来，先朝左边转了转，又朝右边转了转。朝右转的时候，谭笑先看到了那颗黑痣，然后是一只眼睛。谭笑笑着往前走去，哎呀，老轨，怎么是你啊，太巧了啊……

老轨冷着脸，看了他一眼，像是不认识一样，头也不回，径直走了。谭笑傻了眼。他见过无数种处理尴尬的方式，却第一次见到这一种。他明明看到老轨的脸像被人抽了几巴掌一样，红得发紫啊。

4

两个人再次相遇已经是三年半以后了。那个时候，谭笑已经是大副了，而且他和一大帮同事一起去航运学院进修，考海证。所有人都用羡慕的眼光看着这帮人。大家都知道公司要发展海运，而且已经订购了两艘海船，他们将是第一批驾驶海船的人。驾驶海船意味着赚大钱，听说海船的工资要高很多。谭笑在航运学院碰到了老轨。让谭笑惊讶的是，老轨居然对他很友好，朝他微笑着点头。谭笑想，他大概已经忘了三年前的事了吧。培训的日子里，老轨还专门请他吃了顿饭，“跑得快”作陪。那天老轨破例喝了几大杯啤酒，还借着酒劲对谭笑说了一番话。

兄弟啊，你有前途！我第一眼看到你，就知道你有前途！念了大学的，果然不一样。稳重，有能力，不像那些年轻人，冒冒失失的。我活了这么多年，还是见过一些人的。兄弟，我负责任地跟你说，我看人是没错的！什么样的人是牛人？不是那些满口跑火车咋咋呼呼的人，像你这样嘴紧，肚子里有货的人才是真正的牛人……

那天他说了很多话，谭笑感觉他把一年的话都说完了。全部的内容都是夸奖他，还拉着“跑得快”一起夸他。“跑得快”在一旁一边笑，一边点头答应。

“跑得快”谭笑认识，一个老水手，打缆绳编队作业那是一把好手，十几岁就上了船，所以年纪也不大，也就跟谭笑差不多。

后来这帮人全部上了一艘拖轮，据说是上海船前特意让他们在一艘船上，培养一下团队合作精神。谭笑以为从此以后他就成为老轨信任的人了，老轨会把他视作心腹，至少也是朋友。但是老轨又恢复了以前的样子，见到他仍然是一副严肃的样子，点点头，没有多余的话。他就像一列按照固定轨道行驶的火车，那天晚上只不过是不小心出了一次轨而已。

那天下午，老轨突然来到了驾驶台，当时谭笑正在驾驶台值班。老轨说，是你的班啊。谭笑点了点头，是的，我最不喜欢的，四到八的班。

这个班是下午三点半到晚上七点半，然后就是凌晨三点半到上午七点半。谭笑经常说，我总是守着太阳升起的。

老轨说，哎呀辛苦了辛苦了。谭笑看了他一眼，心想他怎么会突然跑上来看自己了。他一定有什么事情。没事的时候，他从来不会找人聊天的。他等着老轨开口。但老轨什么都没说，他一直看着远处的江面发呆。坐了一会儿，他就下去了，下去之前，他随口问了一句，你们换班的时候，都要巡查船队的吧。话音未落，人就已经出了门，似乎对谭笑的回答并不感兴趣。谭笑摇了摇头，整艘船上，这个人仍然是他最不了解的，恐怕也是全船人最不了解的吧。

黄昏时分，谭笑又站上了驾驶台，遥望着前方。晚霞铺满了长江，江水金光闪闪，太阳被几片胖乎乎的云托着，慢吞吞地往水面上放。在霞光里，谭笑看到了一身工作服的老轨。他带着几个人，正蹲在驳船的甲板上修机器。谭笑很少看到他们在太阳底下修机器。平常他们都待在又湿又暗的机舱里的。几个人都是深蓝色的工作服，而老轨的那件明显比别人的更浅一些，已经洗得发白了。谭笑第一次发现蓝色的工作服其实也挺漂亮的。只要有阳光，万物都会更漂亮，老轨的脸也不例外。他白皙的脸上东一块西一块的都是黑色的油腻，让白的地方显得更白。阳光照着这张油腻的脸，专注而又灿烂，谭笑突然感觉他像一个圣徒。甲板上是一台小型柴油机，柴油机的四周是各种零件，几个人围着柴油机，老轨拿着一把扳手，敲打着机器，把机器敲得当当作响。他一边敲打一边说话，旁边几个人的目光都聚在他的扳手上，不住地点着头。机器声太响了，谭笑听不清他在说什么，但是他看得出，旁边的轮机员们听得很认真，老轨在他们面前是绝对的权威。他们一直干到很晚，直到太阳下山，最后一丝晚霞被收走，老轨才让他们抬走柴油机。谭笑看到他从三管轮手上拿走拖把，亲自拖地。一丝微光下老轨的身影其实还是很迷人的。

半夜的时候，谭笑被喊醒了，又要值班了。他打了个呵欠，上了驾驶台。他跟二副说了一声，我先去巡查一下，就下去了。长江上的夜像往常一样黑。天上没有星星。除了机器声和水声，再也听不到其他的声音。夜空深不见底，脚下却似乎像土地一样坚实。这个时候，人根本感觉不到自己是在水上，这是一块漂浮的土地，一间摇动的房屋。他像往常一样打着手电筒，照了照连接拖轮和驳船的缆绳，然后又跳上了一艘驳船。上第二艘驳船的时候，他突然脚下一滑，就朝两船之间的江面摔去。他本能地松掉手电，伸手在空中一抓，居然抓住了一根缆绳。随后他的另一只手也抓了上去，两只脚在空中摇晃着。他做了个引体向上的动作，但缆绳上太滑，他用不上力。他很快就放弃了挣扎。以前受过的训练告诉他此时最重要的是冷静。他冷静了下来，试着两腿轻轻地荡着，看看脚能不能碰到什么东西。最后，他的脚终于踩到了一样东西，硬硬的，可以用上点力了。手上终于轻松了一点儿，他喊了一声：有人吗？没有回应。他又加大了声音：有人吗？仍然没有回应。他知道，呼喊是徒劳的了。此时此刻，正是半夜时分，没人会往这边走。而机舱里巨大的机器的轰鸣声湮没了他的声音。他放弃了努力。眼下，唯一的选择就是：等待。他相信二副久等他不来，会过来找他的。

等了很久，他先看到一束灯光从远处扫过来，从他的身上扫过，似乎还停了两秒钟，又扫过去了。过了一会儿，他听到头顶上响起了脚步声。他想，二副终于来了。他试着喊了一声，有人吗？随后他就看到灯光照了下来，照在他的脸上，刺得他眼睛都睁不开。他听到了一个声音：你是谭笑，你怎么在这里？是老轨！谭笑叫了一声，我滑下来了，赶紧拉我上去！老轨很瘦，力气却不小。他没费多大劲就把谭笑拉了上来。谭笑惊魂未定，忙不迭地说道：谢谢，谢谢啦！

老轨笑了笑，径自回房间去了。

晚上值班的时候，谭笑一直在胡思乱想。他想到的第一个问题是：老轨怎么会发现自己摔下来了？他又不用值班，这个时候，他应该正在睡梦中啊。难道他一直盯着自己？他为什么要盯着自己呢？他想到了一个问题：老轨其实刚刚不是来救自己，而是来看看他是不是摔下去了。谭笑打开探照灯，朝着自己刚刚摔下的地方照了照。那个地方，正是老轨他们下午修机器的地方……

老轨最后的笑，是多么的神秘啊。谭笑突然感到有些毛骨悚然。

5

幸好有“跑得快”。

在船上，“跑得快”应该是老轨最亲近的人了。“跑得快”似乎不像其他人那样，讨厌老轨的正经与冷漠。“跑得快”也喜欢谭笑。自从谭笑一上船，他就表现出对谭笑的好感。谭笑认为，这并非因为自己是大副，他是水手长，他是在拍自己的马屁。不到两个月的时间，船上似乎就分成了几个圈子。不同圈子里的人平不在一块儿玩。有的圈子爱喝酒，有的圈子爱打麻将，只有老轨似乎是独立在圈子之外的。谭笑和三管轮张晓军在一起，两个人似乎还构成不了一个圈子，但“跑得快”加入了进来，三个人就成了一个圈子。“跑得快”原先是属于麻将圈的，喜欢打麻将技术又不行，结果输得都快没饭吃了。老轨借了钱给他，谭笑则帮他戒了麻将，于是这两个人都成了他的铁杆。

现在，从“跑得快”那里，谭笑了解了老轨这几年的生活。

老轨原先一直是幸福着的。他有个漂亮的老婆，还有个漂亮的儿子。对于船上人来说，老婆漂亮没什么值得炫耀的，甚至还是值得悲哀的。但是儿子漂亮就足以让人忌妒了。有一回船回港，老轨带着儿子上了船，这小子才十三岁，就已经和老轨差不多高了。最关键的是，这小子长得明眸皓齿、棱角分明，这明显就有炫耀的意思了。老轨果然激起了众怒。大家开始你一言我一语地调侃他。最后的结论是：这小子不是你的吧？你看看，他的眼睛、鼻子、耳朵，哪一点儿像？

前面的嘲弄老轨都不予理睬，但最后的一句话击中了他。船开航后，他躲到房间里，一手拿个小镜子，一手拿着儿子的照片，比着看。镜子里是小眼睛，单眼皮，眯起来的时候十米开外基本看不到，而且眼里灰蒙蒙的没有神采；而照片上的是一双大眼睛，双眼皮，眼珠黑得发亮，没光的时候都可以用来照明。再看鼻子，镜子里是个小鼻子，而且软塌塌的，如果不是脸上的其他器官同样小，鼻子放在中间几乎可以忽略不计；而照片上是个漂亮的鼻子，挺拔，有线条，放在那张脸中间属于锦上添花。耳朵就更不用说了，镜子里是小耳朵，尤其是耳垂小，还朝里卷起，一看就是一副倒霉的样子，不像照片上的那对大耳垂，是明显的福相。更重要的是，镜里的人痣多，除了右脸上的一颗大黑痣，嘴角还有一颗，眼角处也有一颗；而照片上的人脸上光滑溜圆的，而且看不出要长出痣来的迹象。

老轨越看越上心，越看觉得他们说得有道理。那一趟水老轨变得更沉默了。除了到机舱值班，他基本上都把自己关在房间里，连吃饭都不在会议室了，端着饭菜就往房间里跑，像是谁要抢他的一样。房间里的门基本上都是反锁着的，就连“跑得快”去敲门他也不理。

那次回航的时候，老轨提前下了船，坐车回去了。回去前，老轨找谭笑来借望远镜。谭笑说你要这玩意儿干什么，给你儿子玩儿吗？老轨冷着个脸说，你借还是不借？谭笑只好拿给了他。老轨并没有回家，他一直在小区不远处转悠，最后，他在家对面的茶馆里，要了一杯茶，坐了下来。一边玩手机，一边拿着望远镜往自己家门口看。

有了先进武器，老轨那次真的成功了。他把男女两个人捉奸在床。据说，女人见到他之后的第一句话就是：你怎么现在回来了？不是还有几天的吗？

回船后老轨就跟变了一个人一样。本来就内向的他更内向了。成天冷着个脸，见谁都要理不理的，像是谁都欠他钱似的。后来有一次“跑得快”看到他拿着一张照片，恶狠狠地撕着，然后狠狠地扔到了江里。

从此以后，老轨又多了一句口头禅：在家的时候，老婆是你的；出去了，老婆是谁的，你管得了吗？

谭笑听了这个故事之后问“跑得快”，你说老轨是不是有些变态了？

“跑得快”坚定地摇了摇头，老轨其实人挺好的。谁都不肯借钱给我，他还借钱给我，还是主动的。他其实挺可怜的。

谭笑说，我觉得他应该带着儿子去做一个亲子鉴定，免得成天疑神疑鬼的，落下个心病。

“跑得快”一拍桌子，对，我觉得这个主意好，我去跟他说！

当天晚上“跑得快”就去敲老轨的门，谭笑则躲在门外听动静。“跑得快”进去的时候特地给门留了条缝儿，可是没一会儿，就听啪的一声，门给关得严严实实的。那门的密封性太好了，谭笑什么也听不见。

没过多久，门就吱呀一声开了，“跑得快”涨红着脸出来了。谭笑赶紧问他怎么样？“跑得快”说，老轨把我赶了出来，还骂娘了。谭笑摇了摇头，拉着“跑得快”走了。快下楼梯的时候，他听到老轨的房间里传来乒乒乓乓的声音。两个人赶紧又回去，推开老轨的门，他们看到老轨的房间里满地都是血，老轨的手上正在往下滴血。

他们还看到，老轨泪流满面。

6

谭笑犹豫着要不要把这事告诉管事。

管事姓傅，大名傅诚。据说总经理特别赏识他，所以公司的第一艘海船，就派他上来做了管事。管事其实是政委，因为海船要出国，所以就按照国际通行惯例改为管事。作为管事，傅诚平时其实不怎么管事，大家都认为，他是在船上实行无为而治。就在谭笑想着要不要去找傅诚的时候，傅诚却来找他了。傅诚一见谭笑就说，我听说了你的事了。这是大事！如果你真要出了什么事，那就是大事中的大事！

傅诚拿着个大号的玻璃杯，里面泡着淡淡的绿茶，茶叶在水里摇摆着往下落，谭笑的目光就跟着茶叶一起往下落。傅诚一边说着，一边摆动着另一只手。看来这回他要管事了。

到底是什么情况？你说说，你跟我说说，要说实话，把所有的，你内心的疑惑都说出来。不要怕。跟我说任何话都没关系。你是了解我的。对吧？你又不是新手了，你上船也有上十年了吧。而且你一向做事小心谨慎，你是不会出这种问题的。一定有别的原因。你跟我说吧，把所有想说的都说出来！

傅诚盯着谭笑的眼睛，像是要从他的眼里找到真相。谭笑眼里没有真相，但他理解傅诚追寻真相的欲望。之前他还打算向傅诚说说这件事，但现在听了傅诚的一番话，却什么也不想说了。他感觉傅诚会把小事变成大事，把大事变成大事中的大事的。总算等他说完了话，谭笑深深地吸了一口气，说，没什么，是我自己不小心。

傅诚摇了摇头，一副恨铁不成钢的样子，你是个聪明人，可总在关键时刻犯糊涂。我说得很清楚了，这不是小事，是大事！我们这帮人，马上要上海船了。这是公司最好的船，也是公司最重要的资产。这意味着什么，你知道吗？你想一想，公司会放心地把这么重要的资产交给不放心的人吗？我在船上，最重要的任务，就是管人。现在，内部出问题了，不团结了，拉帮结派了，我不能不管！你好好想想，想清楚了，再来找我！

谭笑有些恼火。这事傅诚是怎么知道的？那天晚上，只有老轨看到了啊。另外就是"跑得快"了，是他自己告诉他的，而且再三叮嘱过他，不要告诉别人。看来这个多嘴的"跑得快"，是不值得信任的。

谭笑一天都闷闷不乐，他知道傅诚这个人，就是喜欢整点儿事，好显示他的存在。晚上的时候他刚刚值完班，回到寝室，"跑得快"就来了。谭笑不想理他，没跟他打招呼。"跑得快"却在他对面坐了下来。

坏了，管事知道了。"跑得快"说，他今天找我谈话了。

谭笑愣住了，不是你跟他说的吗？

"跑得快"使劲地摇着头，像个摇头娃娃，我怎么会跟他说呢，你不是不让我跟人说的吗？

谭笑点了点头，感觉有些不好意思，他跟你说什么了？

"跑得快"说，他问我知不知道这事。我说不知道。他就自己说开了，跟我说了一大堆，说什么可能是有人害你。他说船上现在分成好几帮，搞得水火不容的，他很担心，公司也很担心。他已经向公司反映情况了。他还说，现在想上海船的人很多，很多人忌妒我们这些人，没准儿也会搞出点什么名堂来。

谭笑哭笑不得。

那几天的时间里，大家见到谭笑眼神都不太一样了，有些怪，关心他的人就问，大副你没事吧？谭笑值班的时候，也总有人跑到驾驶台来，跟他聊天，说着闲话，扯着扯着就扯到这件事情上来，探听他的口风。谭笑一概不理。他感到奇怪的是，这几天老轨仿佛消失了一样，他一直没见到他的身影。在船上，因为大家值班的时间不一样，有的一趟水都难得见一回面，这也很正常，但是老轨是不用值班的啊。平常老轨活动的地方就三个，除了下机舱检查机器,就是窝在自己的房间里,再就是缩在会议室的一个角落里,一声不吭地看电视。但自己总有机会见到他的。现在这事闹得满"船"风雨,大家都频繁地出现在自己面前,可嫌疑最大的他,却消失了。这实在有些奇怪。他决定去找老轨,开诚布公地谈一谈。这次回航后他们就要准备上海船了。他不希望这事再闹大,更不希望为此影响海船的首航。他决定晚上再去,虽然在晚上去他的房间里,面对他神秘的目光,他觉得有些瘆人。

敲了半天门,没有动静。他去了机舱,还是没人。他又去了会议室,里面坐着几个人看电视。他扫视了一眼屋子,尤其是右边那个角落里,老轨习惯缩成一团的那个地方,还是没人。他想了想,又上了驾驶台,仍然没有老轨。就这么点地方,他难道会消失了?他会不会……他突然想到一个可怕的问题:莫非他干了这件事后……

他赶紧去楼上找傅诚。可在上楼的时候,他碰到了"跑得快"。他问道,你看到老轨了吗,他在不在上面?

"跑得快"摇了摇头,老轨下船了啊,你不知道啊?

谭笑说,他下船了?

"跑得快"说,他前天就下了船,说有急事回公司去了。

谭笑决定不去找傅诚了。这几天傅诚没再找自己,但这并不表明他就让这事过去了。他是个不把事情搞个水落石出绝不罢休的人。谭笑有预感,这事还没完。他们要拿这事做文章,而自己,就成了这篇文章的素材,不管自己愿不愿意。

谭笑的预感很准。船回港的那天,还没到港呢,他就接到调度室的电话,要他到港后不要急着回家。船一靠到码头,他就看到有人等在那里。那人说,我是水上派出所的小张,我是来接你的。

居然惊动水上派出所了。

小张直接把他带到了所长办公室。所长姓戴,一个矮胖的中年人,一脸的严肃,胖人严肃起来是很可怕的,脸上的肌肉绞成了一团,一副剑拔弩张的样子。谭笑也跟着紧张了起来,仿佛自己犯了什么事一样。

你先说说情况。戴所长说。

那天我当班，下去巡查，从一艘驳船跳到另一艘驳船的时候，一不小心，脚下一滑，摔下去了。谭笑说。

就这些？戴所长的目光直射谭笑的眼睛，似乎想把他的眼睛射穿。

就这些。谭笑说。

戴所长拿出一包烟，递一根给谭笑，谭笑摇了摇头，他自己点燃了一根，深深地吸了一口，他吸得很凶猛，像是饿极了的人面对一大碗稀饭一样。吸完了，他这才慢悠悠地说，谭大副，你是高级船干了。高级船干应该有大局观、全局观。你要知道，这件事不是你个人的小事，而是涉及全船的大事。实话告诉你，这件事总经理已经知道了，是他责成我们来调查的。你要考虑清楚。

谭笑的眼神有些迷离。他不知道是什么人，一定要对这件事穷追猛打。难道是傅诚吗？他是要借这件事立威，显示自己的存在吗？

他想了又想，最后决定还是大事化小，就在他准备开口的时候，有人推门进来了。

傅诚进来了。

傅诚说，我找刘小红谈过了。

刘小红就是"跑得快"。

他说什么了？戴所长急问。

他说，这事，汇报者最清楚。

戴所长说，看来，我们还是再找常庚生谈谈。

谭笑愣住了，什么？老轨？这事是他汇报的？

离开船的时候，谭笑看到了老轨正在上楼。

谭笑是回船收拾东西的。大部分人都已经收拾东西离开了船。他们将直接赶往那艘海船。谭笑回船的时候，就感到船上冷冷清清，人去船空。以往靠码头的时候，总有个把人守船，今天似乎连守船人都没有了。他低着头收拾东西，耳边除了江水拍打船的声音，再也没有了其他的动静。他突然有些伤感。马上要上海船了，大家应该兴奋才对，可那件事弄得船上人心惶惶。谭笑突然有些内疚。他三下两下收拾完东西，打算尽快离开这艘船，好换换心情。可就在他准备离开的时候,却看到了老轨。

老轨低着头,坐在那里,没有说话,也不看他。

他犹豫着,想着该说些什么。

最后他说道,你为什么要这么做啊?

老轨这才抬起头来,眼里都是幽怨。随后他的目光就转向了窗外,一只麻雀正穿过天穹,朝船上飞来,麻雀的影子越来越大,最后落在了桅杆上,朝着他们,欢快地叫着。麻雀的背后是江堤,大堤上是一排整齐的白杨树。麻雀应该就是从白杨树上飞过来的。老轨的目光最后就落在了麻雀的身上,他似乎在思考一个重要的问题:麻雀为什么要飞到船上来呢?

后来他站了起来,说走吧。

两个人一起上了岸。他们跨过船舷,踏过跳板,踩得有些破裂的铁甲板咔咔直响。随后他们上了水泥做的台阶,走到了麻雀们的白杨树下。老轨停了下来,抬头看了看白杨树,树上,另外几只麻雀正叽叽喳喳地叫着。老轨突然弯下腰,拾起一块石头,朝麻雀们扔去。麻雀们受了惊,呼啦啦地飞走了。老轨突然"哎哟"一声,蹲了下去。他在扔石头的时候扭了腰。谭笑说,休息一下再走吧。老轨在江堤上坐了下来。他咧着嘴,呼呼地喘着粗气,脸上的那颗黑痣用力地抖动着。好久,他才平息下来。他拿起一根树枝,在草丛里拨出一只蚯蚓。他把蚯蚓挑在树枝上,蚯蚓使劲地扭动着,要摆脱这根树枝。老轨说,蚯蚓有眼睛吗?

谭笑摇了摇头。

老轨说,蚯蚓要是有眼睛呢?

谭笑愣住了,揣测着他话里的意思。他突然想起有一天,他在会议室的电视上看过的一场电影。看电影的时候老轨也在。电影里的主人公是研究蚯蚓的。他最终的研究成果是让蚯蚓有了眼睛。里面有这样一段对话:

苏菲:你可以让没有视力的虫子看见东西?

格雷:差不多吧。我是说,我们现在应该有这个能力了。

苏菲:你觉得这是个好主意吗?

格雷:你觉得这是个坏主意吗?

苏菲:我觉得,以上帝自居是要付出代价的。

苏菲:这些虫子们一直在没有视觉的情况下生活着,更不知道光的存在,对吗?光线的概念之于它们是不可想象的。但是我们人类,我们知道,光是存在的。虫子们的四周有光。它们的头顶上也有光。而它们感觉不到光。

老轨突然抬起头来,冲着谭笑,一字一句地说:是我救了你!我是你的救命恩人!你记着!

7

码头上像过节一样。

江岸的栏杆边站满了人,大家都朝着下方指指点点。在他们手指的方向,一艘巨大的囤船上四周插满了各色旗帜,朝西边的正中,则高高飘扬着一面五星红旗。一大群人站在囤船上。正中的一个人西装革履,皮鞋在阳光的照射下亮得刺眼。在他的周围,众星捧月般围着一大群人。他的对面,是一艘蓝色的海船,海船显然刚刚被清洗过,每一片油漆看上去都很干净。船头的左侧面,是两个白色的大字:楚海。

谭笑站在囤船的一个角落里,扫视着四周。这是他到公司以来见过的最庄重的一次仪式。他知道这不仅仅是楚海轮的首航仪式,也标志着公司由江上向海上进军的战略拉开了序幕。因此,公司的头头脑脑以及各职能部门的负责人都来了。在港口的船员们也来了。

仪式并不复杂。首先是党委书记讲话。然后是工会主席授旗,大副谭笑代表全体船员接旗。最后是总经理为即将远航的每一个海员发崭新的海员制服。总经理响亮地叫着船员们的名字,船员们响亮地答声“到”,同时迎接周围一片羡慕的目光。第一个喊“到”的是船长,随后是管事,到了第三个的时候就卡了壳。没人回应。

总经理又提高了声音:轮机长常庚生!

还是没人答应。旁边的工会主席低声跟总经理说了几句，总经理的脸色沉了下来。

首航仪式有些虎头蛇尾，但总算完成了。

下午的时候，谭笑正在房间里收拾东西，傅诚来了。傅诚阴着脸，啪的一声把门推开了，谭笑吓了一跳。傅诚说，大副，我们走！

谭笑说，去哪里啊？

傅诚说，去请老轨啊。他的派头大，还要人去请！

谭笑说，到底是怎么回事啊？

傅诚说，你说说啊，这个常庚生，是不是有毛病！他没参加首航仪式，你知道他干吗去了吗？他跑到人事处，要求调离海船！你说说，这叫什么事！眼看要开船了，他来这么一出，叫我到哪里找老轨去！海船老轨是谁都能当的吗？他现在可是公司唯一有海证的老轨！

谭笑有些不知所措，理由是什么呢？

傅诚说，他跟人事处长说，那件事是他汇报的，得罪了人，他担心有人报复他，所以申请换船。人事处长向主管人事的副总经理汇报了，后来连总经理都知道了！总经理最后说，天大地大，不如首航事大。那件事，就不要再追查了，你们去把他给请回来！你说说，他这叫什么事嘛！

后来船开航后，谭笑才听“跑得快”说，上不上海船，老轨其实很矛盾。他一时想上，一时又不想上。他有时说海船要两三个月才回去一次，太久了。有时又说，海船要两三个月才回去一次，太好了。搞不清他是怎么想的。

谭笑说，我也搞不清。

8

上了海船的老轨突然话多了起来。只不过，说话的方式发生了改变。以前的老轨说话严肃、严谨、严厉，现在的老轨说话阴阳怪气，不正经。比如说，大家谈到了归元寺，“跑得快”说，归元寺的放生池里有好多乌龟，又大又肥，不知吃什么吃的。要在以往，老轨会说，和尚们喂得仔细，当然长得肥了。可现在老轨是这样说的：那些和尚个个都是肥头大耳的，乌龟能不肥吗？不过归元寺的乌龟不好吃。有人就会惊问，你难道吃过归元寺的乌龟？老轨就会斜着眼睛说，经常吃，那里的乌龟好抓，根本就不躲人。不过味道确实不怎么样，一股子烟灰味儿。于是众人表示膜拜。

又比如说，大家在看电视，看到了一个性感的女人，于是话题就集中到了女人身上。有人说，屁股大的女人欲望都很强。有人就接话，难道你搞过屁股大的女人，知道得那么清楚。要在以往，老轨会尽量回避这个话题，但是现在，他说道：女人的屁股就像男人的鼻子，好看的往往不好用。别人就笑他，老轨有经验，说的都是经验之谈。要是以往，他会搬出他的那句名言：我不行了，腰子坏了。顶多再加上一句，我没吃过猪肉，总见过猪跑吧。可是这会儿，他说，那是哦，我的经验太多了，多得都没感觉了。我跟你们说，女人就像衣服，小时候就一件好衣服，喜欢得不得了，总是省着穿；衣服多了，就没感觉了，一件都不珍惜。大家都被他的话镇住了，剩下的就只有佩服的份儿了。

话是多了起来，但并不表明老轨就合群了。他的语气仍然是以往那样的，冷冷的，淡淡的，像是被冰冻过，让别人的话插不进去。他也只是偶尔出现在会议室里，大部分时间还是在房间里，翻着他的那些不知从哪里弄来的书，摆弄着各种各样的机器。

老轨的另一个变化就是喜欢眨眼睛，右眼，眨得很使劲。尤其说话说快了的时候，更是眨得又快又狠。刚开始的时候谭笑不适应，以为他跟自己暗示什么。当时他们开全船会议，谭笑正在讲这一趟的主要路线，要经过哪些地方，会在哪些港口停，要注意一些什么事项。讲到黄浦江的时候，他突然发现老轨在眨右眼。他就停顿了一下，看了看老轨，老轨眨得更厉害了。于是他就跳过黄浦江，不讲了。开完会后，谭笑就去问老轨，刚刚讲到黄浦江的时候，你是不是有什么事？老轨说，没什么事。后来谭笑才知道，这只是他的习惯。他在紧张的时候喜欢眨右眼，越紧张的时候眨得越厉害。只是他不知道，为什么讲到黄浦江的时候，他眨得那么厉害。

现在，老轨就像没事人一样，改善了和谭笑之间的关系。他似乎忘掉了所有的过去。他甚至加入了谭笑、“跑得快”和张晓军的三人组，偶尔也和他们一起上岸了。虽然大部分时间里，他还是独来独往。

那天张晓军过来找谭笑闲聊。他们聊着聊着就聊到了老轨。张晓军作为老轨的下属,和老轨相处的时间更多一些。张晓军说,老轨最近对自己挺好的,没有以前严厉了,说话也非常客气。以前犯了错,老轨会冷着脸骂,但现在不了。现在他会耐心地帮着他纠正,直到教会他为止。还说你年轻,以后的公司是你们的,赶紧把东西都学到手吧。张晓军说,老轨的这个样子,我反倒有些不适应了。也不知道为什么。谭笑说,我看你是受虐狂吧,人家对你好了,你还不适应。张晓军说,我也不知道为什么,就是一种感觉吧。我老是觉得老轨很神秘,摸不透他。船上关于老轨的说法太多了,让人不知道哪个是真哪个是假。谭笑笑道,管他真假呢,又不关你的事。张晓军说,我听人说,老轨在每个港口都有女人。我总觉得不大可信,老轨经常说他腰子坏了,上次回去的时候还上医院检查了的。他还拿着医生开的单子给我看。谭笑说,没看出来,你小子知道的还不少啊。你知道啥叫腰子好啥叫腰子坏的,你懂吗,啊?

那天船到了好镇。那是他们第一次到好镇。那时的谭笑并不知道,以后相当长的一段日子里,他们当中的几个人,会和好镇发生那么多的故事。不管怎么样,当他们第一次踏上好镇的土地时,他们就被这个有山有水的南方小镇吸引住了。那个时候,他们已经连续航行了一个多星期。这么久没有上岸,大家都有些迫不及待了。老轨也破天荒地来找"跑得快",要和他一起上岸。随后,"跑得快"又拉着谭笑和张晓军,几个人一起上了岸。谭笑看了一眼老轨,他刚刚洗过澡,头发还有些湿。脸上像是抹过了护肤霜,那颗痣明显被弄淡了些,看起来也不那么醒目了。他换上了平时不轻易穿的那件休闲西服,皮鞋也精心擦过了。

他们在街上到处乱逛。第一次到一个地方,总是漫无目的的。大家各有自己感兴趣的东西。张晓军喜欢各种建筑,这是他的业余爱好,他看了不少建筑方面的书,说本来想当一个建筑师的,却阴差阳错成了海员。"跑得快"满大街地看女人,看到漂亮女人就指给大家看,他也没有什么评价的词,只是等着大家来品头论足。而老轨呢,你搞不清他对什么感兴趣。他的两只眼睛似乎是不一样的,你发现他一只眼睛在看那棵柏树,等你去看他另一只眼睛的时候,发现那只眼睛似乎对准的是一个修理店。他们一路走一路看,到了热闹的南边以后，他们就走散了。张晓军跟谭笑在一起，而老轨和“跑得快”不见了。

快到开会时间的时候，谭笑和张晓军回到了船上。全体船员都集中在会议室里，谭笑开始点名，他发现，老轨和“跑得快”还没回来。傅诚问，你们不是一起上岸的吗？谭笑说，我们后来走散了。二副笑道，老轨肯定又是找女人去了，这家伙太厉害了，一时半会儿弄不完的。马上就有另外一个声音，你难道和老轨一起去过，你知道得这么清楚……傅诚冷着个脸，使劲儿敲着桌子，好了，好了，张晓军，你联系一下老轨。张晓军就拨老轨的手机，手机一直响着，却没人接。有耳朵尖的人说，我好像听到楼上有手机的铃声。跑到外面一听，声音果然是从楼上传来的。张晓军赶紧跑到楼上去敲门，敲了半天，还是没人应，于是回来沮丧地说，老轨没带手机，丢在了房间里。傅诚问，“跑得快”呢？谭笑摇了摇头，他没有手机。傅诚只好宣布：散会！

他把谭笑叫到了房间里，问他，你们是怎么走散的，是他们有意丢开你们的吗？

谭笑想了想说，谁能注意到这个啊。南边人多，东看西看的，就走散了。

谭笑觉得老轨越来越反常了，以前这种事是不可能发生在老轨身上的。他站在二楼的甲板上往下面看，好镇就在眼皮底下。小镇虽然不大，但所有的房屋都是古色古香的，树木也很高大。这样的小镇太容易把人湮没了。所有的老屋、院子、几人合抱的榕树，以及满街充满笑容的脸，胡同里不打遮阳伞迎着太阳直晒的姑娘，都会让人走在小镇上不知今夕何夕，也不辨故乡他乡。他想起有一次他们开玩笑时说的话，大家都说着自己喜欢的女人的类型。张晓军说他喜欢纯情型的，“跑得快”说他喜欢风骚型的，谭笑说他喜欢有文化的，老轨则说他喜欢沧桑型的，还说其实有些沧桑的女人才更有味道，你们不懂的。眼下的好镇应该不缺沧桑吧。镇东头的那棵高大的菩提树是沧桑的，街上的青石板路是沧桑的，南面背靠着的青山也是沧桑的。好镇本身就像一个风韵犹存的沧桑女人，虽满面风霜，却春风依旧，魅力依旧。老轨莫不是真的像二副所说的那样，掉进好镇的沧桑里了吧。

等了两个小时，老轨和“跑得快”才终于回来了。傅诚劈头盖脸地问“跑得快”，你们怎么搞的，去哪里了？“跑得快”红着脸，支支吾吾地，什么也说不出来。傅诚说，你说啊，今天不说出个所以然来，会就不开了！这时老轨开口了，有事冲我来，不要怪刘小红。傅诚晃了晃腕上的表，你们看一看，迟到了整整两个小时，还有没有组织纪律？耽误的日程，谁负责？老轨说，你处分我吧。你不是一直针对我吗？多好的机会啊。傅诚啪的一下拍了桌子，好，你负责，你负责，我马上向公司汇报！老轨说，好啊，你汇报吧，最好告诉人事处，把我换下去，这样你就高兴了。

越来越升级了，谭笑知道他俩有些矛盾，但是现在看还有宿怨。

傅诚说道，你以为我不敢吗？

老轨冷笑了一声，你当然敢。这样的事你干的还少吗？以前你就干过很多次嘛。对上拍马屁，对下耍威风，你就是个伪君子！

傅诚把手上的本子往桌上一拍就冲了过去，老轨也不示弱，上前了一步。所有人都看着他们，没有人想去劝一把，大家都在隔岸观火。两个人很快就扭在了一起。他们两个人，老轨又高又瘦，傅诚虽然个子没他高，但块头却比他大。谭笑以为老轨必败无疑。可是他看走眼了。不一会儿，老轨就占了上风。他用他那双修机器的手扭住了傅诚的两只胳膊，让傅诚动弹不得，傅诚只好用脚踢。可是会议室的角落是老轨的地盘，傅诚施展不开，他只好一边拼命挣扎，一边破口大骂。就在这时，有人吼了一嗓子，够了，像什么样子！

谭笑一看，是鲁船长。这位鲁船长矮矮的个子，平时话很少，脸上总是平静的，很少笑但也不严肃，一副喜怒不形于色的样子。他是外聘船长，公司为安全起见，从外面请来的。因此他基本不管船上的事，只管航行安全。这次航行前人事处长曾对谭笑说，你是海船上的第一位大副，我希望以后也是海船上的第一位船长。鲁船长毕竟不是我们自己人，遇事你要多担着点儿。话虽这么说，可是谭笑明白，他只是大副，船长还有管事，还有老轨，他们都在自己之上。眼下，这两个最高级别的人物打起来了，他一时间不知所措。没想到这时，鲁船长居然开口了。鲁船长的嗓音不高，但足够威严。两个扭成一团的人看了他一眼，慢慢地松开了。

下午发生的冲突让船上的气氛有些压抑。整艘船似乎都变得沉闷起来。白天的时候，海上还是风和日丽的，到了黄昏时分，天气突然变得阴沉起来。蓝天不见了，白云也不见了，天上只剩下灰色的雾，沉沉地罩在头顶上。天空似乎从遥远的地方压了下来，让人有些喘不过气来。

晚上的时候，傅诚来找谭笑，他开口就问，今天的事你怎么看？

这件事一开始谭笑就觉得他有些大题小做。谭笑说，我不赞成吵架。毕竟你们都是船上的领导，旁人会怎么想啊，会觉得我们不团结。

傅诚说，谭笑啊谭笑，没想到你是个是非不分的人。有些人是没有办法团结的。你知道吗？我听人说，上次你掉下去的那件事，是老轨弄的。你还帮他说话！

谭笑说，是我自己不小心掉下去的。

傅诚摇了摇头，一副恨铁不成钢的样子。谭笑想，他是没读多少书，如果读书多的话，大概要骂我"竖子不足为谋"的吧。

傅诚前脚走"跑得快"后脚又来了。"跑得快"说，谭笑，我冤死啦。谭笑说，你冤什么啊。"跑得快"说，这件事其实不怪我。我本来早就回来了，可是又回去找老轨，才迟到了的。谭笑说，你和老轨不在一起？"跑得快"摇了摇头。谭笑说，那当时在会上你怎么不说？"跑得快"说，当着老轨的面，我怎么说嘛。谭笑一听明白了，"跑得快"又怕得罪人又不想被冤枉，就跑来跟自己说，希望自己替他说情。可谭笑并不打算替他传话，自己做了就得自己承担，何况像"跑得快"这种心眼多的人是得受点儿教训。

几天后的一天上午，傅诚召集所有不当班的船员开会，宣布了公司的处理决定：常庚生记过一次，刘小红警告一次。谭笑大吃一惊，一般情况下这种处分都要等到回公司后再做的，可是这次傅诚为什么这么迫不及待呢？而且，这件事傅诚事前并没有和他商量，说明他不信任谭笑，也没打算把谭笑当作自己人。他要单枪匹马，独断专行，挑老轨于马下了。这一次老轨没有说话。他一直低着头，不停地眨着右眼，嘴角也不停地抽动着。看得出来，他是在努力地控制着自己。他成功了。散会的时候，他才抬起头，斜着眼睛看了一眼傅诚。

那天晚上"跑得快"来找谭笑，说是老轨请他。两个人一起来到老轨的房间，他看到小桌子上摆着一碟花生米，一条鱼，一瓶白酒，三个酒杯。老轨一声不响地倒上酒，递了一杯给谭笑。自己一仰头，先把杯里的酒倒了下去。谭笑只好跟着喝。三个人都没说话，只是喝着闷酒。屋子里像是塞满了气球，挤压得谭笑有些喘不过气来。谭笑知道他们两个心情不好，可是，为什么要找自己来呢？难道他知道了自己替他说话的事，用酒来表示感谢？

最后老轨终于说话了，老轨指着鱼说，你们知道，做鱼的感受是什么吗？

谭笑和“跑得快”都望着他，不知他葫芦里卖的什么药。

老轨自顾自地说，憋得难受。这些年来，老子就像鱼一样，一直待在水底下。鱼还有腮，可以呼吸，我没有腮啊。

老轨并没有打算听他们的答案，他举杯，仰头，把杯子里的酒一饮而尽，说道，老子不想做鱼了，逼急了，老子把船弄沉了，都不活了！

他抬起头来，谭笑看到他的眼珠子红红的，闪着凶光，他突然有些不寒而栗。他有些明白了，他请自己来喝酒，不是来感谢自己，而是来威胁全船的。他不是打算以傅诚一个人为敌，而是打算以全船为敌了。而请自己喝酒，只不过是想让自己当传声筒罢了。

让所有人都没想到的是，到了第二天，当太阳又升起了的时候，昨天还面如死灰的老轨又活过来了。他见到谁都会点头打招呼，哪怕是几分钟前刚刚见过的。就是见到了傅诚，他也照样打招呼，像是什么都没发生过一样。这个时候，比起他来，船上的人反倒觉得傅诚有些小肚鸡肠了。谭笑知道人和动物的最大不同，是人可以有几张脸。但是老轨的脸他还是有些看不懂。

很久以后，当船真的沉没了的日子里，谭笑一想起那天晚上的这顿酒，都会懊悔不已。他不是懊悔自己没有当他的传声筒，而是懊悔自己喝了他的酒，见到了他变脸前的慢动作。

船上的其他人不知道，那天晚上谭笑失眠了，他在床上辗转反侧，半天都睡不着。后来有人敲门，他开门一看，是张晓军。他说，你也没睡？

张晓军说，是的，一直没睡着。

谭笑说，你怎么啦，发生什么事了？

张晓军打开门，朝门外看了一下，然后关上门，把门反锁上，这才压低了声音说，谭笑，那事是真的。

谭笑说，什么事啊？

张晓军说，老轨到处找女人的事。

谭笑摇了摇头说，你一个童子伢，怎么老对人家的这种事感兴趣啊！

张晓军说，不是的。你知道我今天看到什么了吗？

谭笑说，不要神神道道的了，有话快说。

张晓军说，今天下午我们在机舱里修油水分离器，当时机舱里太热了，老轨脱掉了上衣。你知道我看到什么了吗？我看到老轨的肚子上，密密麻麻地都是伤疤，像爬满了很多条蚯蚓，恶心死了。难怪我听人说，老轨每找一个女人，就在自己的身上划一刀。以前我还不信……

9

有余镇，新港。

他一个人走在街道上。这是一个小镇，甚至连镇都算不上。从码头通往小镇的路甚至还是土路。两边刺槐树桑树泡桐树高的高矮的矮，一看就是原生树。池塘就在马路不远的地方，青蛙的叫声此起彼伏。他甚至还看到了一头牛，正低着头吃草，两只八哥在牛背上聊天，牛和鸟友好相处。他不停地踢着石子儿，一只皮鞋上因此沾上了泥巴。他掏出纸巾，弯下腰去擦了擦鞋，但不一会儿另一只皮鞋上又沾了泥巴。他索性不管了。又走了一会儿，他看到了一群土灰的房子，都是矮房子，最高的也不过三层。有余镇到了。他这才重新掏出纸巾，认认真真地把鞋擦了一遍，像是履行一个什么仪式。

他在小镇上东张西望。两边都是店面，各种各样的店面。卖副食的，开餐馆的，卖水果的，卖衣服的，修自行车的，花样繁多。街上也摆了很多小摊。卖小吃的，补鞋的，卖袜子的，算卦的。他在一家理发店门口停了下来，走近看了看，又继续往前走。他看得很认真，甚至没有注意到，在不远的后面，有两个熟人正跟着他。在这条街的尽头，他向右拐去。右边不远的地方，他看到上面写着四个字：会缘足浴。他径直走了进去。大白天的里面没开灯，光线有些暗。一个穿红色短裙的女子慵懒地靠在沙发上，闭目养神。他的步伐有些轻，她几乎听不见他的脚步声。但是开门的声音惊醒了她，她坐了起来。他在她跟前坐了下来，问她，有茶吗？她惊讶地看了看他，起身去给他倒水。

他其实并不渴，他的目光有些贪婪，一直追随着她。在她弯腰倒水的时候，他看到了她丰满的臀部，甚至还看到了她黑色的三角裤。他扑了上去，从后面抱住了她。她挣扎了一下，摆动着两臂，玻璃杯被碰掉了，摔到了地上，发出了清脆的响声。他的双臂太有力了，她的挣扎是徒劳的。事实上，她也只是象征性地挣扎了一下，就不动了。他三下两下就扒下了她的内裤。女人夸张地叫着，脸上因为兴奋都已经变了形。她叫得越夸张，他的动作就越夸张。他的双手在空中挥舞着，仿佛此刻自己正在云端，他俯瞰万物，大千世界芸芸众生都在身下。于是他就更加疯狂了，身下的女人嗷嗷地叫着，他要让全世界都听到他们的叫声。他一边夸张地做着动作，一边咬牙切齿地说，你给我生个儿子，一定要给我生个儿子，生一个又高又帅的儿子！

其实，谭笑和张晓军比他更早出门。船快靠港前，张晓军就来找谭笑，说出了他的计划。他想跟踪老轨。谭笑觉得太荒唐了。但是张晓军说，他心里的谜团太多了，不解开这个谜团，他又会失眠的。毕竟，老轨是他在船上的最高领导。架不住他的死缠硬磨，谭笑只好答应了。船一靠码头，张晓军就拉着他下了船。谭笑说，你不是要跟踪他吗？怎么比他还先上去。张晓军得意地笑了，我了解他的习惯，所以我们要先上去，在镇上等着他，这叫守株待兔。他们在镇子入口的地方停了下来，找了一个比较隐蔽的地方，盯着通往小镇的那个路口。果然，大约过了半个小时，他们看到了老轨。刚刚在船上还一身工作服，现在他已经换上了一套干净的衣服，还换上了皮鞋。他一个人，背着手，悠闲地踱着步。到了路口的时候，他们看到老轨还掏出纸巾重新擦了一遍皮鞋。跟踪老轨其实很容易。他逛街的时候只往前边和两边看，根本不往后面看。他们一直跟着他走到了这条街的尽头，他朝右边拐去，他们也跟了过去。

在街的右边，他们看到了“会缘足浴”四个大字。因为是白天，没有开灯，这四个字看起来有气无力的，有些苍白。谭笑和张晓军相视一笑，走了过去。他们就站在街这边，伸过脑袋往里看。透过宽大的玻璃门，他们看到老轨坐在沙发上，他的对面坐着一个穿红色短裙的女人。女人看起来有些瘦，张晓军一脸的疑惑，老轨不是说他喜欢胖一点儿的女人吗？女人歪坐在沙发上，悠闲地涂抹着指甲，眼睛也一直盯在自己的指甲上，并不看老轨。老轨自顾自地坐着。坐了一会儿，他似乎有些不耐烦了，双臂抬了起来，在空中挥舞着，嘴里似乎还在说着什么，脸上也不停地扭动着，那颗硕大的黑痣像是一颗正在锅里翻炒着的黑豆一样，不停地跳动着。一缕阳光穿过玻璃门，落在老轨的额头上，闪闪发亮。女人似乎很镇定，依旧专注地涂着指甲，似乎对面的老轨并不存在一样。因为离得远，老轨说什么他们听不见。过了好大一会儿，老轨才彻底安静了下来。安静下来的老轨坐得很端正，他闭着双眼，似乎在享受着这一刻的宁静。坐了一会儿，他终于睁开眼睛，从兜里掏出钱包，拿出两张钱，放在了茶几上。女人看了一眼钱，依旧没有理睬老轨。老轨站了起来，整理了一下衣服，这才出门。谭笑和张晓军赶紧朝旁边的巷子里走去。谭笑看了看表，四十三分钟。张晓军说，老轨这是怎么回事，我怎么看不懂啊？

谭笑说，这下你满意了吧。

张晓军摇了摇头，脸上堆满了忧伤。

10

该说说好镇的女人了。要说好镇的女人，得先从一颗螺栓说起。

那天海上风平浪静，大家的心情也非常好。跑过海的人都知道，风平浪静的海上有着怎样的美丽。第一趟水的时候是四月份，属于海上的黄金季节，风少。所有人都觉得跑海船就像做神仙。海上就像一块桌布，偶尔不平整的地方，你伸手抖一抖就可以抖平。头顶上是蓝色的，那是天；脚下也是蓝色的，那是海。这样纯净的蓝色已经够漂亮的了，但是海还准备了和天不一样的蓝，好让颜色更丰富一些。为了衬托这些蓝，天还准备了几片云。不多，就几片，散放在头顶上，就像往甜蜜的心里再放几片爱。这样的色彩，这样的平静，再加上不冷不热的天气，所有人的心情都是美好的。就连老轨，也会在不经意间露出一丝笑容来。所以没事的时候，很多人就会跑到驾驶台来，一边欣赏着外面的景色一边聊天。反正海面这么宽，只要调好航向，怎么行驶都是没问题的。

那天谭笑正在驾驶台值班，龚军、“跑得快”也到驾驶台跟他聊天。聊得正热烈的时候，舵工突然说，大副，我感觉舵有些问题。

谭笑就凑过去看，一边说，左五舵。打了几次舵，鲁船长就进来了。鲁船长说，怎么回事，怎么不停地打舵。谭笑说，舵好像有些问题，我在测试。他吩咐舵工，你去找个当班的轮机员来。

不一会儿，张晓军上来了。谭笑说，怎么是你？

张晓军说，怎么，瞧不上我？

谭笑说，舵好像有些问题，转舵的时候不准确。一般这种情况是由什么导致的？

张晓军说，那问题可就多了。咱们的船是电动液压舵，有可能是电源的问题，像电压不稳啊；也有可能是漏油的问题，油压不正常；舵角指示器读数不准也会造成这个问题；主、辅舵装置之间也有可能出现问题，比如说离合器出了问题；舵制动装置也有可能出问题，自动操舵装置的灵敏度也会出现问题……所以，归根结底，我们需要进一步检查。你明白了吗？

谭笑说，不明白。你像背书一样背了一大堆，我怎么会明白？我又不是学轮机的。

张晓军说，现在问题严重吗？影响航行吗？

谭笑说，暂时还没有。

张晓军说，那我建议靠港的时候检查一下。不管怎么样，有一点是肯定的，自动报警装置出了问题。否则，早该报警了。

谭笑一拍脑袋，是啊，我怎么就没想到呢。看来你小子还是有两下子的。

他看了看鲁船长。鲁船长想了想说，那这样吧，过几天就到好镇了，那里的船舶配件厂还比较多，就在那边检查一下吧。大副，你先跟老轨通个气。

和老轨通气是个费力的事，不是老轨不好说话，而是两个人的心里都揣着事。谭笑实在不想这个时候单独面对老轨。他想了又想，还是决定过去一趟。他想明白了，工作归工作，人归人。他相信老轨的职业素养。

晚上敲门的时候，里面传来一个声音，进来吧。谭笑推了一下门，居然没锁。他看到老轨正一个人像和尚打坐一样盘腿坐在床上，闭着眼睛。

谭笑笑道，怎么，出家啦？

老轨这才睁开眼睛，有事吗？

谭笑简单介绍了一下情况。

突然之间，老轨刚刚还暗淡的眼里有了亮光，就像手电筒突然打开了开关。老轨说，我估计，是主、辅舵之间的连接出了问题。

谭笑将信将疑地看着他，心想他怎么这么肯定。

过了一会儿，老轨又说，你刚刚说，在哪里修来着？

谭笑说，好镇。

老轨说，好，好。

老轨对待工作的态度让所有人都感到赞叹。船一停靠码头，他立即带着所有轮机人员开始检查。几个小时后，老轨要人来叫谭笑。谭笑到了会议室一看，船长、管事、老轨，都已经坐在会议室里了。几个领导都在，是要讨论大事了。

老轨说，都到了，我就说了。舵出了问题。主要是两个方面的问题，一个是自动报警器坏了，另一个是连接主、辅舵之间的离合器出了问题，导致偏差。自动报警器好办，修理就是，离合器不好检查，但我预测，百分之七八十的可能，是连接的螺栓松了。我的意见是，立即向公司调度室汇报，推迟船期。

船长说，我同意老轨的意见。船舶航行，安全重于泰山，检修好了再走。

傅诚只好点头，我来向公司汇报。检修问题，就全盘交给老轨了。

老轨没有理睬他，起身，扬长而去。

驾驶员们的幸福生活开始了。轮机员要修船，驾驶员们没事，就大街小巷地到处乱转，喝几瓶啤酒，撩撩女孩儿，回船后就跟老轨、张晓军他们炫耀。哪里的烧烤好吃，又在哪里看到美女了，几个轮机员就吵着也要上去看看。老轨一直没吭声。中午吃完饭，他突然说道，走，下午都跟我上街去。张晓军拉上了谭笑和“跑得快”，说你们已经熟悉了上面的情况，正好给我们当导游。

这是他们第二次来好镇。好镇一面靠山一面靠海，山坚守着过去，海带来了未来，还有海员。好镇的居民已经见惯了那些带着海风来的海员。在好镇人的眼里，他们和好镇自己的居民一样，都是熟人。他们像对待熟人一样对待着海员，让他们宾至如归。看得兴奋了，张晓军说，我一定要在好镇找个女朋友。

“跑得快”说，好镇的女孩不好找，看起来热情大方，但是搞定她们可不是那么容易的。

在船上，在对付女人方面，“跑得快”算得上专家了，他的话给张晓军当头一棒。但是张晓军的最大优势是没谈过恋爱，初生牛犊不怕虎。有一次他曾经拿着一张女孩儿的照片给谭笑看，问谭笑这个女孩儿怎么样。谭笑问这女孩是哪里来的，张晓军说是家里给介绍的，还没见面。谭笑就说，我眼光不行，让“跑得快”看看吧。“跑得快”一看就说，这女孩一看就是那种性格太泼辣的，不适合你的。后来见了一次之后，两个人果然就没再见面。张晓军就问老轨，好镇的女孩真是“跑得快”说的那样的吗？老轨看了他一眼，意味深长地说，好镇的女孩儿不是谁都受得了的。她们的爱太多了，你那个小心脏可能装不下的。

谭笑接着老轨的话，认真地对张晓军说，老轨的话一定要听的。老轨对女人的了解，不比对机器少。

谭笑善意的玩笑老轨并没有理睬，他的目光已经越过眼前层层叠叠的树木，落到了前面的一家船舶修理店里。他说，走！

那家配件店名叫亚东船舶配件店。和之前的几个配件店相比，这家配件店算不上大，但里面更加井井有条，让人一看就知道老板是个细心人。几个人蜂拥而入。老轨说，急什么，斯文一点。

他知道，大家的急切不是因为找了几家店都没有找到他们想要的东西，而是他们看到了一个女人。女人算不上漂亮，但长得有特点。三十出头的年龄是一个女人的分水岭。保养得好的风韵犹存，保养得不好的已成黄脸婆。

最大的标志就是脸上的皱纹。眼前的这个女人，只在笑的时候才会露出几道皱纹来。女人大概深知这一点，所以她笑得比较节制，嘴角微微一翘，笑靥便出来了。这种笑不仅减少了皱纹还增添了风情。女人最大的优势是身材。"跑得快"悄悄地指着她的臀部对老轨说，看看，看看。她的臀部被牛仔裤包裹着，但厚厚的牛仔裤似乎都包裹不住，呼之欲出。此时，老轨的眼睛正在一台水泵上。他瞪了一眼"跑得快"，朝水泵走去。"跑得快"不知道他为什么要去看水泵。他知道老轨不需要修水泵的。

"跑得快"并不知道，老轨第一眼就已经被女人带走了。女人带走老轨的，不是她傲人的身材，而是她的眼睛。女人的目光其实也就从他身上扫了一下，就移走了。但是那双眼睛对于老轨来说却是致命的，风情万种，深不可测。剩下的时间里，老轨都不敢再看那个女人，尤其是那双眼睛。他一直盯着店里的机器，目光温柔而又深情，仿佛那些冷冰冰的机器都有了温度。

回船的路上，大家发现老轨的话突然多了起来，他一直在谈机器，柴油机、辅机、油水分离器……谈得又仔细又投入，似乎那些机器都活了，有了生命。吃晚饭的时候傅诚又来问老轨，舵修得怎么样。

他生怕耽搁太久，任务完不成。

老轨冷冷地说，还没有修好。

过了一会儿，他又补充了一句，我晚上再上去看看。

那天的晚饭老轨吃得很快。

等"跑得快"来找老轨的时候，他已经不见了。

11

很多外来人并不知道，好镇的南面也有一家酒馆。这是好镇的秘密。就像很多人并不知道一个小镇足以隐藏一个国家的秘密似的。好镇的酒馆不同于外面的酒吧。酒吧里是没有菜的。人们在好镇的酒馆里喜欢一边喝着酒一边吃着菜，这样酒就不是用来消愁的，而是可以带来快乐的。好镇的酒馆多集中在北面，北面靠海，有码头，更适合开酒馆。南面多是好镇本地居民的生活场所。所以这样一家酒馆开在南面，是喜欢待在北面的外来人并不知道的。

老轨上街后并没有去亚东配件店。事实上他是从亚东配件店旁边路过的，目光也只是轻轻地扫过，就从配件店旁边飘然而过。他心事重重，而且这种心事无法准确地表达。他就沿着街走，一直往里走。走着走着就越过了濠河，进入了好镇的南面。南面同样有风，只是南面的夜风没有那么多的咸味，似乎有了濠河的阻隔，海风不敢越过来。越往前走，夜就越黑，仿佛从东半球走到了西半球，照耀东半球的是太阳，而照耀西半球的是月亮。南面的灯光是昏暗的，但也是温暖的。不知是不是人为布置的，北面都是白色的路灯，灯光强烈而又锐利，南面却是黄色的路灯，灯光混沌而又温暖。这非常适合安抚老轨此刻的心情。老轨的步伐也慢了下来。后来，他就来到了这家酒馆。

事实上，这家酒馆完全是按照酒吧的形式布置的。灯光很暗，甚至比外面的路灯还暗。座位都是两人座或四人座的，适合说说悄悄话，甚至情话。

老轨找了个座位坐了下来，是两人座。他要了一碟花生米、一瓶好酒。“好酒”就是酒的名字，据说是好镇独有的，其实是人工酿的苞谷酒。这种酒度数高，后劲儿大，但喝起来甜丝丝的，会让人在享受中不知不觉地就醉了。老轨好久没有喝酒了，他以前非常喜欢酒。但是后来有人在船上酒后落水失踪了，公司就下了死命令，航行中不许喝酒。但今天这样一个晚上非常适合喝酒。老轨不希望有别人打扰，他只想与酒为伴。

老轨喝得很投入。他一直低着头，慢慢悠悠地喝，优雅而又镇定。

一瓶酒快喝完的时候，他停了下来，酒杯在空中停住了。他的脑袋埋得更深了，但是眼泪已经下来了。他知道是她。虽然没有见到人，但他已经闻到她的气息了。最后他慢悠悠地抬起头，像一个受了委屈的孩子一样，泪眼婆娑地看着她。她的目光没有了白天的犀利，就像这屋里的光，温暖而又柔和。她似乎懂得，这个男人的眼泪是用什么做的。她帮他喝完了瓶里的酒。他看着她喝。她喝得很从容，一边喝一边看着她，嘴角挂着笑，似乎一切都在掌握之中。

后来想起那天的事，老轨都已经不记得他们是怎么去了她的店里的。他只依稀记得，他们在昏黄的灯光下，一起蹒跚地走着，前一个后一个，深一脚浅一脚，像两个刚学会走路的小孩，或者是两个老得走不动了的老人。

到了店里后，女人关了外面的卷闸门。老轨的目光一直追随着她，一刻都不敢离开，生怕一离开她就消失了。女人终于忙完了一切，站在他的跟前。他坐着，仰着头，看着他，口里像是喃喃自语，我有好多话要跟你说，有好多话……

他不知道，自己怎样由一个沉稳、节制的中年人，又变回一个少年的。事实上，他不记得自己有过年少的时候。就是当年，新婚的那天晚上，他也不是一个少年。他以机器般的规矩，像完成一个仪式一样，完成了自己的新婚之夜。

女人却什么都不让他说。她用自己的嘴巴堵住了他的嘴。他们疯狂地吸吮着对方，似乎欠了对方很多年一样。后来，女人一把把他的脑袋紧紧地搂在怀里。他在她的怀里长久地沉睡着。他问她，这一次是真的吧？是真的吧？

后来，关于这一个夜晚，老轨在自己的心里复习了无数遍，每一遍都有不同的解读。复习得多了，甚至细节都发生了改变。有一个细节是他没有改动过的：女人看着他肚子上的一条条伤疤，一点儿也不害怕，而是心疼地抚摸着，问他还痛不痛？他回答说一点儿也不痛。他把这个夜晚改得越来越完美，每一个细节每一个步骤都力求尽善尽美。事实上，他的这个夜晚大部分时间都在沉睡之中。以前在船上，听着海浪拍打船的声音，听着缆绳因为绷得太紧而发出的吱呀吱呀的声音，他一直都是半梦半醒的，他甚至不知道自己是不是晕过去了。但这个晚上他确信自己是沉睡着的，甚至连梦都没有做一个。

他们在一起连续待了三个晚上。三个晚上，他们在三个不同的地方，打游击战，打一枪换一个地方。最后一个晚上居然是在沙滩上度过的。经过了连续两个晚上的折腾，他们都有些筋疲力尽了。他们就躺在沙滩上说话。夜半的沙滩上空无一人，除了海浪拍打沙滩的声音，并没有其他的声音。偶尔会从镇上传来一两声狗叫，但是远远的，就像从天边飘来的。天上只有几颗星星，稀稀拉拉的。女人靠在老轨怀里，喃喃地说，你把我带走吧，我跟着你走，你到哪里我也到哪里。

老轨说，好吧好吧。

女人又说，我明天就去找他说，我要跟他离婚，你也回去离婚吧。这些年，你过得实在太苦了。

老轨这才知道她不是说梦话，他开始正视这个问题。他从沙滩上坐起来，看着远处的海，陷入了沉思。他开始认真地思考这个问题。这符合他的本性，即使是在最浪漫的时刻，他也能迅速地恢复冷静。就像远处的海，风暴来时狂风暴雨不管不顾，风暴平息后却依然深邃、宁静。他看到眼前的海是黑色的，浪也是黑色的。黑色的海看起来似乎比蓝色的海更有魅力。他思考了很久。天快亮的时候，他还是没有想好。

我不知道。老轨说，这不是小事，我还没想好。不管怎么样，我要谢谢你。我是认真的。

女人听了这些话，忽然哭了起来。她哭得很投入。哭过之后，她整理好衣服，站了起来，对老轨说，你还是接着漂去吧。漂累了，就到我这里来，我等着你。

12

一大早，张晓军去机舱里巡查，他看到老轨已经在机舱里了。靠港的日子，对于船员们来说都是狂欢，他们没日没夜，有的晚上根本就没睡在船上。所以张晓军以为老轨也不在船上。他看到老轨的时候，机舱里正发出吱吱的声音。老轨站在机床前，手里拿着个螺栓，神情非常专注。他走近看了看，在昏黄的灯光下，老轨容光焕发，眼里也发着光，不似平日里的昏暗。他把螺栓在车床上车了几下，又用砂轮打了起来，老轨的面前火星四溅，远远看去像是老轨在发光。以前这样的活儿，老轨是不用亲自干的。于是张晓军上前，要把螺栓接过来，老轨摆了摆手，示意他走开。他又恢复了平日里的严肃，这样的严肃是令张晓军敬畏的，于是张晓军只好退到一旁，转身准备出去。老轨却叫住了他。两个人就站在黑暗的机舱里聊了起来。

你朋友谈得怎么样？

没。八字还没一撇呢，还不知道人家喜不喜欢我呢。

你喜欢什么样的女人啊。

我不知道。要漂亮一点儿温柔一点儿的吧。

漂亮？男人都喜欢漂亮的。漂亮又不能当饭吃。有什么用啊？

那老轨你呢，喜欢什么样的女人？

老轨没有回答他，偌大的机舱里突然安静了起来，身边高大的机器像一只只巨兽埋伏在周围，伺机而动。

你一定要找一个能让你死心塌地的女人。老轨突然说道，一个让你死心塌地的女人，才能让你过正常人的生活。

张晓军懵懵懂懂地点了点头。他还听不懂这些话。这些话，需要一个男人经过多年婚姻的沧桑洗礼，才能领悟出来。张晓军不明白老轨怎么突然跟自己说这些。他觉得老轨是好心，内心里突然一阵感动。

楚海轮在好镇整整停了一周。

开航前，船员们都聚在会议室里开会。布置完接下来的任务后，大家开始嘻嘻哈哈地相互开玩笑，总结着这一周在好镇的收获。据说张晓军认识了一个女孩，而且谭笑和"跑得快"都在撺掇他追这个女孩，说这个女孩很适合她。"跑得快"还眉飞色舞地描述着女孩的样子，说女孩如何漂亮如何和张晓军般配。说得张晓军满面潮红。二副秦朗就问"跑得快"，光说人家，你呢？你不会忙了几天，都帮张晓军忙了吧。"跑得快"说我也收获大呀，我全面考察了好镇，发现这是个做船舶配件生意的好地方，以后我也要在这里开一个配件店。这句话大家只当笑话听了，大管轮说，就你，还开配件店，别店没开起来钱都输光了。傅诚说，这段时间你们都玩得开心啊，就老轨最辛苦了。没有老轨，我们现在还得在好镇猫着呢。

他的这句话说得很真诚。老轨只是看了他一眼，脸上并无其他表示。但这一眼，傅诚已经视作友好的表示了。张晓军说，是啊，昨天一大早我就看到老轨在机舱里忙呢。你们不知道，虽然只是一颗螺栓，但是买不到啊。我们找遍了好镇所有的配件店，都没找到。二管轮接着他的话说，那是不假，越是小东西往往越难配到。最后还是老轨亲手做的。怎么样？跟买的一样吧。谭笑说，我反复测试过了，应该没有什么问题了。

果然，整整一个星期里，再也没有发生舵偏离的情况，他们顺利地把船开到了印度洋。

被好镇滋润过的海员们连续几天都保持着好心情。好镇以及好镇的故事够他们分享几天了。他们就像小孩子回味着巧克力一样回顾着这几天的事情,然后盼着下一次再来好镇。老轨除外。“跑得快”说,在好镇收获最大的肯定是老轨。谭笑说,你怎么知道啊?“跑得快”说,我感觉得到。老轨不一样了,和以前不一样了。谭笑说,有什么不一样啊?“跑得快”笑而不答。

两天后,船沉了。

13

夜半时分,印度洋上死一样沉寂。天空没有星星,也没有月亮,四周漆黑一片,没有任何发光的东西。经过了一天的曝晒,所有人都好像昏死了过去。救生筏就像一片树叶在海上随波逐流。只有海浪拍打救生筏的声音,才能让人感觉到,他们还在人间。

老轨率先醒了过来。他睁开眼睛,什么也看不见。他试着说话,嗓子却像被关闭了一样,打不开声音。他赶紧拍了拍身边,拍到了一条腿。旁边的一个声音传来,你怎么啦?

是秦朗的声音。

老轨挣扎着,终于打开了嗓门儿,声音却是沙哑的。他说,船下面好像有动静。

秦朗这才感觉到,船下面好像是有什么东西在撞击,撞一下,停一下,动静并不大,像是在试探着什么。

秦朗说,是有动静。他赶紧叫醒其他人。

所有人都醒了过来。傅诚说,怎么回事?发生什么事了?

秦朗说,船下面好像有什么东西。有可能是鱼吧。

张晓军说,是的,应该是鱼吧。希望不是鲨鱼。

一句话提醒了所有人,大家都紧张了起来。老轨突然说道,我们都把衣服脱下来,到水里洗一洗。

谭笑说,老轨说得对。鲨鱼主要靠气味来辨别东西。我们今天流了很多汗,衣服上味道太重了,赶紧脱下来洗一洗。

过了一会儿,下面果然没有动静了。但是大家也睡不着了。

傅诚说,现在我来点一下名,看看还有哪几个人。

他上救生筏的时候扭伤了腰,一下午都在昏睡,像死了一样。当时大家还以为他活不了了。但是这会儿,他又活了过来。

现在救生筏上有六个人:管事傅诚,老轨常庚生,大副谭笑,二副秦朗,三管轮张晓军,水手龚军。龚军问道,我们能活下来吗?

傅诚说,不知道。现在我们只能听天由命了。我们唯一能做的,就是多活一小时,一天,增加获救的机会。

所有人都意识到了一个问题:到了救生筏上,并不意味着获救了。在这茫茫无际的海上,要想活下来只能靠运气了。

谭笑说,大家不要泄气,我们还有六个人,大家要齐心协力,一定要活下来。我提个建议,我们每个人都说一个自己的秘密吧。如果我们都活了下来,就彼此保密。

老轨说道,你是让大家留个遗言吧。我同意。傅诚先说吧,说说为什么要那么针对我。

傅诚说,都这个时候了,我也没什么好瞒的了。说实话,不是我要针对你。是主管机务的副总专门跟我说的,说要我把你管紧点儿。他说你这个人,技术好,但是性格有问题,海船漂得远,又长时间不回来,不管紧点儿是要出问题的。我本人其实还是很欣赏你的。我知道,在船上,我有时管得严了点儿,大家可能对我都有些意见,我在这里请大家原谅。其实,我也是身不由己……

老轨沙哑着嗓子说,谢谢啦。下一个谁说?

龚军说,我说吧。这辈子我唯一的愿望就是杀个人。这个愿望实现不了啦,只能等下辈子啦。

救生筏上突然安静了下来,龚军的那句话似乎把所有人都噎住了。好半天,张晓军才说,好吧,我来说吧。我其实……其实,亲过女孩子的嘴的。

谭笑说,什么?你们都亲嘴啦?小梅让你亲吗?

小梅就是张晓军在好镇认识的那个女孩。

张晓军说,不是,不是小梅。是上次,在新港的时候,我碰到了一个女孩,晚上我们一起喝酒了。后来她就亲了我，是她主动的。可是第二天我再去找她的时候，她却说不认识我，我认错人了。现在的女孩子，我真是搞不懂……你们要替我保密啊，不要让小梅知道了。好吧，到你了，谭笑。

谭笑想了一下说，我的秘密太多了，不知道说哪一个好。要不，我说说我的想法吧，我不想当船长。我想这次要是能活着回去，就离开船，找一个安静的地方，随便找个工作，然后娶一个普通的女孩，过安安静静的生活。

傅诚说，你怎么会有这种想法。公司里还指望着你呢，打算把你培养成为我们公司的第一个海船船长。

谭笑说，还是你来当第一个海船船长吧。秦朗，该你了。

秦朗说，我的秘密和你相反。我想当船长。

谭笑说，这算什么秘密啊。

秦朗说，就这个，没有了。老轨，到你了，你全身上下都有秘密。要不说说女人吧，你最爱的女人是谁?

张晓军在一旁说道，我也想知道。

老轨有半天没有说话了，他像是睡着了。于是秦朗又拍了拍他的腿，他这才开口了。

其实我想活下去的，就是不知道，老天还给不给机会……我已经死过了，到了好镇，又活过来了。

他摸了摸兜里，那里有一个钱包，钱包里除了一沓钱，还有一张女人的照片。他的眼里闪着光芒，那是求生的欲望，尽管海上还有风暴，人生还是无趣。

张晓军说，老轨，什么意思啊？我怎么听不懂啊？

老轨鼻子里哼了一声，并没有理他。救生筏上安静了下来。大家又沉沉地睡去了，直到第一缕光从海平面上升起来，照在救生筏上。

谭笑记得，老轨曾经跟他说过，他这一生都没见到光。不知道这一缕光，老轨有没有见到。

2017年9月16日终稿于

重庆合川北城华府

——原载于《十月》2017年第6期

作者简介

丁伯慧，重庆市作家协会签约作家，重庆邮电大学移通学院创意写作学院院长兼钓鱼城研究院院长，在《十月》《大家》《北京文学》等杂志发表长中短篇小说数十部。出版长篇小说《第三只手》《跑马镇情人》《过涞滩》等六部。

隐身

■宋尾

1

他跟着前面的女人从站西路一直走到重庆师院后门，不紧不慢。尾随的全部精髓就在对距离的把握，跟紧了，会被发现；跟远了，容易丢，快感缺失。现在这个距离保持得不错，他很满意。她就要在巷口拐弯了，游戏应该结束了。这时他该做的是折返离开。尾随游戏的本质尽在于此：窥视、心跳、满足，但不产生实质性伤害。可这次他的行动偏离了预期，跟着走到巷口，发现女人的背影消失了。他在原地怔了一会儿，好奇心催促他进入巷道，他走了大约十五米，在尽头左拐，然后，他因眼前的一幕而战栗——那个陌生的女人不见了，华雪却侧卧在地上，瞳孔空洞，血从她的脖颈处汩汩流出。

——他醒了。

手机在床边急促地尖叫。他抗拒着，可铃声一直不停。他举手投降。拿起来一看，是辛夷。他摁了接听键。一个陌生的粗喉咙突然从话筒里冒出来，吓了他一跳：喂！你好！我现在在汽博中心转盘，可能还有十几分钟到你们小区。麻烦你到门口来接一下嘛。你家属喝麻了。

他在黑暗里坐起来，怔了几秒。看着手机，显示屏上闪烁着时间：两点四十七分。

她就有这个本事，半夜喝得不省人事，还记得拨这个电话——哪怕他们差不多一年多没怎么联系了。他有些愠怒。对他而言最困难的就是睡眠，她不是不知道，可是她不会考虑这些，即便清醒时也不会。现在他彻底醒了，刚刚他还试图回到梦里去。但梦境很难有返程的。

走出小区，一辆黄色的羚羊泊在路边，街道上一片寂静。司机站在车边吸烟，像在跟谁赌气——吸得龇牙咧嘴的。后车门敞开着，酒腥臭从那里飘出。他伸脖瞟了一眼，辛夷卧在后座上，一动不动。司机冲他说，刚是你接的电话？他说是。司机抱怨道，你看看嘛，吐得我一车都是！他抱歉地说，给你添麻烦了。随后从兜里掏出五十块钱，递给司机。司机愣了一下，果断接了。说你婆娘完全醉得不行了，一路上胡言乱语。他连说，不好意思。司机扔下烟头，说赶紧抱她下来吧，我去找水枪冲一冲，还要跑业务哪。他钻进车内，想将她揽起来，可是一个人醉死了似乎会比平时重很多。司机从后面搭手，把她拖了出来，又帮忙把人托到他背上。他说声谢谢，吭哧吭哧往小区里走。

背到十栋她家楼下时他发现一个问题：深更半夜的，这么背上去，弄得河翻水翻的算怎么回事呢？算了，干脆多走几步。有句话怎么说的，一顿打都挨了，还在乎这一掐吗？

这是他第一次带人回来。十九栋，十二楼顶跃。幸好是夜半，没人会看见。电梯里，她在背上哼哼叽叽的，间或跳出几个含混不清的词。进到家，将她甩到床上，足足歇了五六分钟，那口气才缓过来。

跃层基本空着，仅下面这一百多平方米完全够用了。晚上他偶尔待在上面，给自己泡杯白茶——有一位客户是专营茶叶的微商，建议他晚上可以喝点儿白茶，有助睡眠——坐在露台上，但不开灯。从露台上能见到的事物并不多，四周都是高大的建筑，视野被遮蔽得严严实实的。当然他也并不想真的看多么远，远处无非是漆黑，以及被漆黑笼罩着的一幢幢模糊的建筑。他一般喜欢将目光放在楼下的主干道，在上面观察行人有一种奇异之处，仿佛下面是另一个微观世界。这也算一种习惯。平时，他的活动区域多在下面一层，没住主卧，而是次卧——让他多一点儿安全感。不临街，也更静一些，适合他这样的失眠症患者。主卧的灯他晚上很少开，这使得房子就像无人居住一样。事实也是如此，客厅里只有一排孤零零的沙发；一台壁挂电视，很少使用；厨房有冰箱，那是他最用得上的；屋子里有餐桌，书柜是空的。他那台联想手提电脑更多放在床上和小阳台的木桌上。除此再没有更多。所以，房间尤为空旷。

他去厨房倒了一杯温水，把辛夷搁在床靠上，给她喂了一点儿。本意是想减轻她的痛苦，哪知道起了相反的作用。她的胃里已经不能容忍任何东西，哪怕是一点点水也不行。哇的一声——他根本来不及把她挪到床边——床单和地板上喷射得到处都是。她接连吐了三次，直到胃里没有任何东西。他试着找了把毛刷清洁了一会儿，用拖把来回拖净。但没用，整个房间都是那种复杂的味道，虽然她最后吐出的是清水，可是你分明能分辨出，那是酒、牛油、海鲜、牛肉、豆干、腰花、鸭肠、毛肚……那些食物现在散发出你绝不想亲近的腥臭。过火了就是这样，那些气味提醒你没有谁的内在是洁净的。

他把所有的窗子都打开，风顺从地灌了进来。然后，他在阳台上茫然地坐着。作为一个重度失眠症患者，这一夜已然是“报销”了。

“你是家属？”

当然不是。但他自己都说不清楚辛夷和他啥关系。邻居？不止。朋友吗？又比朋友多了一些内容。情人？算不上，至少不准确。那他们是什么关系呢？

天放亮时，他点了支烟。他很少抽烟。口气对于一个销售员来说是最大的禁忌，他总是遗憾于同行们几乎意识不到——有时仅仅因为口腔的原因，一单可能的生意就会泡汤。他不抽，他的烟多是用来招待别人。阳台上这包软玉溪大概是半个月前收到一个同学的喜帖时附带的。烟杆潮潮的，但还能点燃。就让它燃着，烟味可以冲淡房间的腥臭。

这支烟燃尽时，辛夷的声音从卧室里传来，有些萎靡。

他回到屋内,她仰望着他,黯淡的脸上有点委屈:我又喝麻了。

哪个喊你喝那么多嘛,他责备道。

哎呀,我要早晓得喝麻我就不喝了。她闭上眼,又睁开:几点了?

他拿着手机看,六点过了。

哎!要回去了。她从床上艰难地爬起来,你房间好臭。

他哭笑不得。

噢,还是洗个澡再回去,不然我妈又要啰唆半个月。她说着就开始褪除衣物,脱到只剩胸罩和内裤,毫不避他。他看见她小腹下面有个文身,一朵紫色的花,但只能看见一部分,那冒出来的花瓣似乎要从窄小的蕾丝边缘挣脱出来。

拖鞋呢?她瞪着他。

他把脚上自己的拖鞋褪下来,推到床边。她把双脚放进去,一瘸一拐,披头散发地去卫生间。她一边走一边东张西望,诧异地问道:咦,你多久换的房子?

他坐在沙发上,含含糊糊地说,有段时间了。

噢。她停顿了一下,反手把门关上。噗!他听到水从莲蓬头里迸射而出。

就像某种重启程序一样,十分钟后她出来时又还原为白天那个慵懒的、干净的女人。穿着他的一件衬衣,这让她看起来更为娇小,也更年轻了。但是他很遗憾,那朵花瓣现在被完整地遮蔽了。

她彻底清醒了,环视着房间:靠!这么大房子,你哪阵儿换的房?我一点儿动静都不晓得!

她沿着客厅转了一圈,看见了楼梯。惊叫,啊!还有一层?快带我去参观参观。

上面是空的,他说。他不大情愿她上去参观。

我自己去,她白了一眼,噔噔噔地上楼了,不一会儿下来,一脸严肃,你是想干吗?

什么干吗?他吓了一跳。

怎么啥都没置？黑洞洞的搞得像座古墓一样，她吐舌头，看起瘆得慌。

他长吁一口气，说，我一个人，也经常不在家，无所谓的。

她盯着他，好像在打量一个陌生人，盯得他发毛：我今天才发现，你狗日的藏得深啊。

我……他还没想到如何解释呢。她看着手机，啊呀一声，回去了回去了！我老娘恐怕打了几十个电话。

她迅速剥掉那件衬衣，把那身还带着火锅味的外衣套上去。他站在她身后，略感遗憾，还没看清楚那是一朵什么花呢。

辛夷走后，他抱着一个抱枕躺在床上。一个清晰的事实是，他的身体早已疲劳得接近休克了，但意识却仍旧活跃。这种失眠的状况已经有好长时间了。可是重医附二院的神经科医生并没有检查出什么特别的原因。最后那个女医生建议说，要不你去内科看看。她盯着他，斟酌着说：你太瘦了，瘦得有点儿不科学，可能是内分泌失调。他礼貌地应允，走出诊室就将那张没有任何结果的诊断书揉成一团扔到垃圾桶了。他并没按医生说的去做，而是回了家。

此刻他脑子里尽是一些奇怪的念头。比如他在想，这个城市据说有三千三百万人。如果把这些人都集中在一起，需要多大的一个广场？三千三百万，这个数字有点庞大。一个人陷入这堆数字里太容易失踪了。可是他又觉得欣慰，这样的话，自己挤在那堆数字里，和其他人也就没有什么区别了。都只是大时代里的一个小数点而已。

再后来，他又想起辛夷小腹下面的那个图案，这个图案吸引了他的思绪，他竭力想象那是一朵什么花。想着想着感觉有睡意了，可那个梦又跳了出来。混沌的脑子就像被打了一针，瞬间就清醒过来了。

2

搬到渝北这片郊区是他的主意。可是直到几年以后他才意识到一个事实：华雪之所以默许这个行为，是因为那时她就已经做出决定了。

他跟华雪是同乡，还是同学，从初中到高中。后来一同考到重庆，念的是不同的大学，但两个学校挨得很近。毕业那年，他们两个搬到了一起。没有什么曲折，也没什么值得一提的浪漫。总之搬到一起既是权宜也是实惠的，至少节省了一半房租，做一顿饭不怕剩下。当然，可以充分享受性的自由则是另一回事了。

同居三年，他们搬了四次家。从沙坪坝搬到渝中区，又从上清寺搬到观音桥，最后是这里。搬一次家就像揭一块疤，尤其当陪着家什一溜蹲在路边等待货车时，觉得自己甚至比那些担货的民工还惨淡。事实如此，等到读完新闻传播专业，他才知道，一家报社一年仅需要补充很少的几个新鲜血液，而他肯定不是那少数佼佼者。如果不是父母还有一座果园能够及时接济的话，他真可能就被城市抛弃了，像那些广场上流浪的癞皮狗一样。谁想过，它们也曾是备受宠爱，而且是高贵的。

毕业第三年，他还是没攥到那根命运的绳索。华雪托朋友介绍他到一家民营医院负责每日的网站维护与内容更新，同时每月编辑一期刊物，二十四页。这种薄册子主要在公交站和地铁口等人流密集处散发，印量大得惊人，一期十万册。他只做了三期，就出事了。一篇介绍无痛人流的稿件，下载了一张明星的图片没打马赛克。不知被谁告了，工商局来了一趟，第二天他就被扫地出门了。

就是那一次华雪建议他干脆跟着自己做保险销售。他跟着华雪跑了几天，熟悉流程。无非就是电话联络，上门拜访，组织讲座，跟报纸上说的传销差不多。选这个小区，也是那些日子拜访客户时意外发现的。植被多，环境好，除了路程远点。最主要是比市区便宜得多，才六百五十块钱，套内四十八平方米的一居室，阳台却有十五平方米——虽然享受它的时间极少。总之，他一眼就看中了这个小区，并竭力说服华雪搬到这里。理由是，在市区住固然方便，但租房的地方不是小区，很难接触到有效客户。实际上他想的是另一层：合租最大的坏处就是，晚上怎么也放不开，总觉得有耳朵贴在墙上，偏偏华雪又不是那种矜持型的女孩。他们在个性上完全是相反的。两人在一起，她是男性的角色，而他承担了女性的那一部分，包括各种家务。他像弟弟，华雪就像他的姐姐，虽是同龄人，但华雪显然成熟得多、老到得多。

刚搬来，华雪给他的建议是，“要勤于联络和发掘，先从身边的人下手”。所以他第一件事是加了小区业主群。他就是在群里认识辛夷的。

群里一般没人说话，除非有事。比如：“谁晓得说好的游泳池好久开建？”或者是看稀奇：“喂！听说三十三栋昨晚遭小偷接连摸了好几家，哪个知道详情？”要不就是：“哈哈，刚刚下夜班，在小区看见有一个男娃儿在遛猫，别人都是遛狗，他娃遛猫！”当然最能激发潜水者热情的是跟每个业主息息相关的牢骚：“同志们，小区物管太可恶了，人行道上随意停车不管，健身器材坏了也不修，水管爆了说是业主自己的事，物管费倒是收得勤！姐妹们要不要联名抵制？反正我是一毛钱物管费都不得交。”辛夷很少掺和这些。她发言一般在深夜，懒洋洋的：

“有人出来消夜吗，打平伙？”

“肉平伙？”有人不无谑意地回这么一句。

“素的。”她也不纠缠。

她第三次这样问的时候，他回复说：

“有。”

也是事出有因。之所以搭这个飞白，主要原因在于那天华雪明确表示晚上不回来。他对着电脑，有种悬空感。他想要找点儿什么事来填补一下。总之他们在夜市的“小脑壳烧烤”碰头了。那是二〇〇九年初夏。一头短发的她看起来很精神，短裤外面露出的大腿很匀称。宽大的背心恰当地露出白皙的胸脯，庸俗得大大方方的。她看着他过来，挥起手臂，桌子上摆了一排啤酒。他坐下，有些难为情，说我过敏，从来不喝酒。她愣了一下，但并不勉强。坐在对面他才看清她眼底有颗痣，并不破坏五官。总体来说她是一个看得过眼的女人。

那晚她一个人喝了两瓶山城。说雪花喝不惯，“水渣渣的”。作为一个不喝酒的人，他实在没法回应这样一个评价。难道山城就不是水渣渣的？液体本来就应该是水渣渣的呀。这是他们第一次见面，她很友好，很客气。他在小区没熟人，她也是，刚从广东回重庆。她说她不喜欢寂寞。她的确不像是喜欢独处的人，爱热闹，爽快。这是他对她的第一印象。她喜欢他的奉承。

他的工作使他习惯把对面的人当成潜在的“衣食父母”。

“有第一次就会有第二次”，华雪说得没错。后来全是辛夷主动联系他的，凭借出色的社交能力，她很快就在小区结识了众多朋友。两人达成了一种奇妙的默契，她约麻将，他给她搭架子；她约消夜，他出来作陪。然后她向每个新朋友义务介绍保险业务——这比他提出来，可信度着实要强许多。实话说，在这个行业干了几个月，他仅有的一点儿可怜的业务都是本小区的业主，都是在牌桌上谈成的。

有了些许成绩，他开始飘飘然，对华雪说，你说那个辛夷是不是看上我了？

她能看上你哪一点呢？华雪警告他，你不要把需要当作情意。他马上羞惭起来。华雪太清醒了，她对错综复杂的人际关系认识之清晰之理性简直令人发指。那时已是他们同居生涯的末期。他已经清楚他们不可能有一个传统意义上的“结果”了。她开始经常不回家，最初还会说点儿理由遮挡一下，比如“回去太远了”，或者“跑起很烦”，后来连这些理由都不需要了。其实他知道她在哪儿，跟谁在一块儿。他不是傻子，可他只能扮演一个傻子。他知道自己不符合华雪对“丈夫”的想象，她对未来有着具体的规划和需求。

其实早在同居之初华雪就说过了，“我们只是一种感情上的临时违建”，是“阶段性”的。她说这话时他想起小时在乡坝头见过的草台班子——戏唱完就完了，空地上，只有纷繁的脚印和垃圾。

一开始他还没以为然。但渐渐地，他们的差距一再拉大。一晃几年，他晃荡了好几个单位，跨了多个行业，依旧一事无成；她则显示了性格中坚韧的一面，踏踏实实地待在一个地方，一步一步挪，但绝不挪窝。她现在已是公司最年轻的业务经理，而他则躲在她的双翼之下接受庇护。

有时她也挺深入地跟他探讨未来。你说你呀，骨子里就少了一点儿闯劲。既然没野心，还不如回老家呢，或者回去考个公务员吧，找个心眼好的姑娘，过个小日子，不比在城市里安逸吗？

你呢？他不服气道。

我嘛，我肯定留在这里！她的眼里噙满了坚定的光芒。

有新的追求者，她也不瞒着。会给他讲那是谁，为什么拒绝他的爱意，理由是什么。她一直说——似乎只是一种友善的提醒而已——我迟早是要嫁人的。

看他表情沮丧，她试图安慰，对你，至少我是真实的。我是因为你的人而和你在一起的。如果我以后跟其他的人在一起，也不一定意味着我就是爱上别人，或是不爱你了。

他默默地龟缩在一片阴影里。他大概也知道，她不爱任何人，她爱的是她自己。

搬进小区半年后，她把他和他一同累积的杂物遗弃在这个出租屋——就像扔掉厨房里用坏的一个带把的铁锅一样——并且很轻易也很合理地把他逐出了她的行业。

这个结果是能预见的。华雪倒不是怕他对自己那个情人——公司副总经理有什么行为上的报复，而是觉得他的存在让那个中年男人有些尴尬和妒忌。那个人的双眼总是肿胀的，好像从来没睡醒过。确实，他无数次想过要怎么怎么的，但他对华雪恨不起来。她就像他的导师，陪伴他，启蒙他，在很多方面。华雪让他知道了性在很多时刻仅是本能的需要，没有爱也可以达到愉悦。她教他学会"站在对方的角度考虑问题"，辅导他如何从被动变为主动——把他培训成一个随时都能叩开陌生人家门并且还能侃侃而谈的人。他心里知道，华雪离开是注定的。跟她在一起，他一直有一种提心吊胆的感觉，就像深夜在井边扔了一颗石子，然后等着它落到水里。现在，他终于听到了石子落水后溅起的声响。

被踹了，又失业了大约三个月。但那段时间并不怎么凄惨，也没有格外伤感。这得感谢辛夷。如果说那时他是空空荡荡的，那么，辛夷把他的皮囊塞得鼓鼓囊囊的。

主项是牌局，辛夷组织的麻将局极大地转移了他的注意力。都说情场失意，赌场得意。那段时间他确实经常赢——竟然支撑了一段时期的生活开支，俨然打了一份收入不稳定的零工。话说回来，毕业后他干过好几份工作，还没有哪一份收入是稳定的。

不打牌的时候，他就是辛夷的丘二。辛夷的爱好，归结起来其实就一样：买买买。不管是去奥特莱斯，还是去沃尔玛，或是海鲜批发市场，她满足于那种充实感——必不可少的，她需要一个跟班，他就是那个提包的。

有那么一段，他在辛夷那里找到了一种依赖感，她身上有一种类似于华雪的东西，或者说，她有华雪的某一部分。至于具体是什么东西，是哪一部分，他说不出，但那种被支配的感觉让他心安。可不久，这种虚假的充实感消失了。

认识半年多，也就是春节前不久，辛夷打电话来，问他放假有什么安排。他说，懒得回老家，就在小区待着。其实他是没法回家，华雪跟他隔得不远，相邻的两个村子。辛夷说，那正好，你有时间就帮我过去看看房子，过年过节的，家里没人，不要被人把门撬了都不晓得。他反过来问，你春节要出去耍呀？她说我们全家要去江西。他追问，去江西干吗？结果，她说的话叫他吓了一跳：

回我老公家，跟娃儿团年呀！

他愣了半秒钟，有点儿不知所措。在辛夷家打麻将都上十次了，他竟然从不了解这个事实：她还有丈夫和两岁的儿子。他一直以为她是离婚还是怎样了，跟母亲住在一起的单身无业女人，甚至连“无业”这个感觉都是错的。辛夷仍旧是有单位的，铁路乘务员，不过是办了停薪留职而已。

我哪里埋伏了？她不承认自己有所隐瞒，讽刺道，是你眼睛生得太小，不懂得观察生活细节，娃儿的照片在客厅和电脑桌上都有。

不知道为什么，他突然松了一口气。但是，这么奇特的家庭他也是头一次见到：丈夫和妻子分别待在两个相距遥远的城市，他们的孩子则在另一个遥远的地方跟爷爷奶奶生活。

他无法想象，这种积木造型是怎么组装起来的。

3

隔了一天，辛夷打电话来说要请他吃饭，感谢他那晚上的搭救。

他当然没有拒绝的道理。一个单身汉可以不需要别的什么，但通常没法拒绝家常菜——大多数人司空见惯甚至是厌倦的那道程序，对于孤单的异乡人却是一种难得的馈赠。当然了，这也是辛夷能够给他的为数不多的回报。

这个电话同时意味着，他们的关系又回到了原有的轨道。当然了，依旧是由辛夷主导的。

二〇一二年之前，他们一直比较亲密。虽然知道她已婚的身份，可那跟单身没什么两样，是吧？他对她还有一些依赖和兴趣。再说，那时不像现在，她身边没这么多男性朋友。他是唯一和她走得近的男人，当然，他也试图在她那里找到更多。

有一次，麻将散场后，几个人去吃饭，人越吃越多，就转场去了KTV。一群人在包房里喝了两瓶红酒(除他以外)，耍了两个小时，人在结账之前跑光了，只剩他俩——若不是要载她回小区，他也溜了。已经凌晨了，他说回去吧？她意犹未尽，说想吃烧烤，于是他出去给她打包了一堆烤串回来，她又要了一打啤酒。拿起话筒哼唱《知心爱人》，这时她已经有点儿醉意了，摇摇晃晃的。他一只手拿话筒，另一只手揽着她，像一个真正的知心爱人。他感觉她喜欢被人搂着，因为他把手搭在她腰间，她并没抗拒。这个晚上她很兴奋，红酒和啤酒开始在她体内产生反应，脸颊酡红。唱完一支歌，她进了包房内的卫生间。出来时，他堵在门口，一把将她搂入怀里。她下意识地推了一把，但他用更大的力气将她搂得更紧，按在墙壁上。她的身体瞬间就从僵硬变得柔软，眼睛紧闭，他将嘴唇贴上去时她配合地将舌头递了过来。他非常确定一件事：她想要。可是当他掀起她的短裙时，她突然梦醒了一样——不是那种剧烈的反抗，但她的神情和声调，却有着不容置疑的坚决：不行！

那次他根本就没发现，她小腹上还文着一朵花，不是灯光太昏暗，而在于他的注意力完全不在那个点上。那是一次失败的经历。

原以为，第一次的失败只是偶然，完全可以再“近”一步的。之后，他下意识寻找求欢的机会。这是再正常不过的。可悲的是，她似乎根本不记得有那么一个忘情的过程。对于他的各种暗示和亲昵她置若罔闻。他才发现——距离仍然存在，那个界限一直掌握在她手上。有那么一两次，至多两次，她迎合过他的亲昵，可仅限于拥抱与抚摸。每当要进一步，她就果断制止。她解释说,她不喜欢做爱。性爱对她来说只有痛苦,那种痛苦甚至超越了痛苦本身。就是不行。这中间有一种他完全不能理解的巨大空白。她只是自私地享受那个漫长的事先——最好是永远处于前戏中——比如说从背后抱住她,在耳边柔声说话时。可是,没有下一步。没有过。

辛夷是坦率的,但他很沮丧。他从未真正得到过想要的,也渐渐放开了这根欲望的井绳。二〇一二年,当得知辛夷怀上第二胎时,他在内心踩下了刹车器。在他那里,两人关系终于明确了某个"节点",那是一个正常的安全的位置,介乎于"邻居"与"哥们儿"之间。

但对辛夷来说,"界限"并不存在。这个比他大四岁的女人,还是把他当作"编外家人",就连她为什么比平时焦躁也会告诉你原因所在:我大姨妈来了! 该喊他干吗就干吗。有时,他觉得她需要的其实是自己那部新入手的2006款伊兰特。

她的那种亲密感到底是什么时候减弱的呢? 他认真回顾了一下,应该是两年前。那时她是铁了心要干点"事业"的,跟小区做海鲜批发的老尹,还有做KTV连锁的老朱几个打得火热。而他只是一个置业顾问。他们走到了一个必然的分岔口,有聚首就有分手,亲密过后就是平淡。他理解,也接受。他也是那时才明白,她擅长这么一件事:把陌生人变成朋友,再从朋友变成自己的某种伙伴。可是,这种合作关系总是源于她的需要。

不过,蹭饭始终应该称得上一件愉快的事。

到辛夷家,他抬眼就看见客人不止他一人,还有一个女人。扎着长长的马尾,比辛夷略高,年龄略长。更有意思的是,她有着跟辛夷几乎一模一样的那种说不出的感觉,说是颓废,好像也不尽然,反正就是那种懒洋洋的对什么事都提不起兴趣的样子。当然,对于家里多出来的客人,他也是有心理准备的——每次邀请他来,自己只是那个捎带的添头。

他探着头,家里除了这两个女人再没其他人。他问道,怎么没见你妈妈和辛华他们呀?

带二娃到公园耍去了。辛夷说,二娃这段在查过敏原,不能让他看到海鲜,干脆让他们把娃儿带出去,也清净些。

这时,他看到桌上堆着两篓子贝壳、鲜虾、三文鱼什么的。

接着辛夷给他介绍,这是我闺蜜,慧娴。我们是老同事,一条线上跑了十几年。哦!刚刚我们还在说你呢,你来了我们就三缺一了。

他赶紧伸出手,这个女人的手心也是懒洋洋的。

果然,他就是那个添头。慧娴到机场送朋友,回来时路过这里,就联系了辛夷,然后两人去海鲜批发市场采购了一堆食材。觉得可能吃不完,也可能觉得差点儿热闹,于是给他打了电话。

他窝在沙发上,眼睛盯着电视,顺手拿起一个拨浪鼓,无聊地弄出声响。女人们一边捡弄贝壳,一边闲扯着:谁谁找到一个靠山,做起了城市绿化工程赚得嘴边流油;谁谁的老公被实名举报了;谁谁把钱拿去放贷,一个月光利息就是一两万。说到某某发财,怒气冲冲的;说到某某遭殃,一声叹息。不外乎是些单位熟人的八卦消息,他支着一只耳朵间或听着。

闲聊了不多久,海鲜锅炖好了,两个女人开了一瓶红酒,他用一杯白水相陪,她们又激烈地讨论起另一件事,奥特莱斯下周搞活动,全场低至二折。

他吃完了,去了趟卫生间,回到客厅时,她们不知道怎么说起辛华来了。

慧娴问道,你不是安排辛华上了线路吗,又咋个了?

哎呀,莫说,说起就烦!辛夷气不打一处来的架势,开始絮叨。大意是,半年前,她花了不少钱打点关系,才把这个宝贝弟弟送到铁路线上,暂时在厨房帮工,可是辛华干了四个月,招呼不打一个,撅起屁股就跑了。

你说说!我们那个年代,多少人想上列车工作?有几人上得去呀!就是帮个厨而已,上两天休息一天,有啥不好呢?辛夷气得遭不住,他居然说干不下来。靠,切个菜有啥难的?再难也可以学呀。我这弟娃,简直没法说。老子到底要唧个才能把他扶上墙?

小娃儿嘛,不晓得世事艰难,还有个过程。慧娴安慰道。

哪里还小?再过几天二十七岁了。呃!他还以为啥子都可以帮他包办呢。我给你介绍工作没问题,但我能替你上那个班吗?老子问,你到底是为啥子不干?结果他说不适合他。日他妈哟,这世上有合适的东西吗?

他在一旁提醒道,他妈也是你妈。

慧娴扑哧笑出声来。辛夷原本板着脸，也咧嘴笑了，算逑了，老子再也不管他的咸淡了。

可下一句，她却转向他说，让辛华去你那里试试？

他觉得有点儿突然，一时不知该怎么作答。

慧娴好奇地插话，你做生意？

我？不是。他回答说，我在房地产中介公司。

她“哦”了一声。

辛夷说，你可别小看中介哦，他才做几年呀，就住进了大房子。我靠，好大一个。她随即将手臂张开做了一个怀抱状。

挺好的呀。慧娴夹了一片三文鱼，在芥末酱里蘸了蘸。他感觉她眼角的余光仍观察着自己。

可不嘛！辛夷咽了一口红酒，所以说让辛华跟着好生学习一下。

他仍然迟疑着，……辛华恐怕不大合适。

有啥不合适的！你就当帮帮他。做了好事，有好事在嘛。辛夷挑了下眉尖，一副暧昧的神情。慧娴在一旁，看着他俩，笑意里莫名也有点儿暧昧。

看见他做为难状，慧娴在一旁帮腔说：辛华也不是很次嘛，起码嘴巴还可以，待人接物是没问题的。

他顿了顿，敷衍说那我去问问老板吧。

说完他偷偷地瞟了一眼慧娴，她垂着眼，一副事不关己的样子。

很快，麻将搭子全到齐了。他们在茶馆一直打到接近凌晨，直到辛妈妈来电话，说二娃有点儿不舒服，不知啥原因。辛夷急匆匆回家，牌局才散了。他代辛夷送慧娴，坚持把她送出小区，在门口替她叫了一辆出租。

回到小区，他照旧沿着小路漫步。这个类似“日课”的习惯持续快三年了。每晚临睡前他都要在小区走几圈，至少是一圈。一边走，一边观察。每一栋楼，甚至每一扇窗，都不曾放过。毫不夸张地说，这小区在他脑子里已经竖起了一幅立体式动态图案——比如某间房刚换了主人，而哪一间房一直喑哑。他像一个兢兢业业的小地主勤勉地巡视着一片虚无的领地。另外他注意到，小区有两辆车自他住进来一直没挪动过：一辆2006款的灰色大切诺基，一辆黑色桑塔纳2000。最初它们还是健康的，但长久的寂静让它们的生命衰败不堪，车身上顶着厚厚一层枯叶，枯叶下是一层不规则的厚度不一的泥垢，那是鸟粪堆积起来又被雨水冲刷的结果。它们像是一个玩具被抽掉了空气，毫无气力地瘪在那里。尤其让他想不通的是，俯在窗前观察，前后排车座上除了灰尘，居然还有不少树叶、污渍，甚至划痕。灰尘还可以理解，但树叶是怎么钻进去的？那些划痕又是怎么回事？

每次经过这辆切诺基时，他总有一种使劲儿扯开车门的念头。

4

挨了两天，但他心里知道是躲不过去的。他了解辛夷。果然，第三天下午，她的电话就追过来了。

可是，电话里说的是一件别的事：她说最近一直在筹备火锅馆，接连看了一些场地。然后说让他给参谋参谋——其实也带着显摆的意思。

既然是参谋，于是他正经八百地提了一些建议，说做加盟更稳当——看起来像吃了亏，但实际上占了大便宜。毕竟别人的品牌效应，成熟团队，经过检验的服务内容都摆在那儿。她说没必要，挖一个炒料的做大厨，然后再由大厨自己配一套班子，节约了加盟费，而且呢，兴许还能自创出一个新的品牌。他争辩道，这不可能，品牌没十年八年是难以做起来的。再说，这种挖厨师的做法风险很大，你生意不好，他随时拔腿就走，你生意好，他又给你加条件，你到底是满足还是不满足？满足他，你不安逸，不满足他，他可以甩手不干。

但辛夷油盐不进。这是辛夷的一个特点，当发现没有她想听到的话时，她干脆不听，甚至都不再提了。不过就他对辛夷及其对“事业”的认识而言，这倒是比较符合她的：一个十几岁就生活在列车上的乘务员，能够从车窗玻璃外见到的事物，并不多，而且很难看得清楚。虽然，如今她全身上下都是从奥特莱斯买来的新款时装，这形象让她看起来足够知性和智慧，但衣服里面的那个人，那个人的思维，依旧是陈旧和愚昧的。

一个电话聊了半小时，他都忘记了自己的担忧。可搁电话前，她给了他个措手不及：辛华的事，你到底去跟老板谈了没？

他支支吾吾地，说搞忘了，等会儿就去问。他不懂拒绝，但他知道的是，一个夜半的电话，一个好心之举，产生了后遗症：一个原本疏远的女人重新回到自己的生活，并轻而易举地敲碎了固有的平静。至少他是这样觉得的。他甚至隐隐有种感觉，前几天那顿饭都是刻意安排的，都是铺垫。辛夷做得出来。

其实他的拒绝也没有多大原因，就是一种本能，毕竟要负责——负责本身就是麻烦。

对于辛华，说不上陌生，但也谈不上了解。也就是撞见了互相点个头，或寒暄一两句。都是毫无意义的那种对话。第一次见到辛华，大概是二〇一一年。那时辛夷的二娃还没出生呢。辛华毕业后，留在成都晃荡了几个月，始终没找到工作。当然，这是辛夷的说法。辛妈妈的说法是，娃儿还是恋家，不愿留在四川那边。总之辛华是突然出现的，也是突兀的。毕竟，辛夷住的是小户，拢共才四十八平方米。虽说隔出了两间房，但多少也是四口人，辛夷、辛妈、二娃，再加一个一米七五的辛华，看起来就挤得慌。没想到一晃这么些年，他还楔在这小房子里。

其实辛华读书比他强呢，211本科院校，机械工程专业。可是，他起码还在网络科技公司、民营医院混过几年，辛华甚至没有一份正儿八经的工作。最体面的一个职务是经理助理。说起来好听，就是建材批发市场上一个门店的伙计，跑跑腿，记个账什么的。辛华不愿进工厂，但就业情况一次比一次差。最后不是在网咖送咖啡，就是在KTV做迎宾。就这，还全赖辛夷的那点儿人际关系。

有次他送辛夷去她朋友的酒吧，泊完车，走到门口，无意看见了辛华，穿着侍应生的工作服，脖子上系着黑色领结，手里托着一个圆盘子，看起来就像黑色童话里某个城堡的怪物。由于辛华戴了那副黑框近视眼镜，他一时并没认出他。辛华用一种显然受过培训的看似热情却又无比机械的声音说道：先生您好，欢迎光临！

他总觉得，辛华和辛夷不像是亲姐弟。辛夷大概一米六的样子，辛华比姐姐高了整整一头，辛夷总体是饱满的，而辛华的每个部位都是凹陷的，他的脸颊两边像是被谁削去了一些，臀部是瘦削的，一张扁平的卡片。卡片起码是平直的，而他有着与他年纪不匹配的老态——肩和背总是佝偻的。从背后看，那种弧度总让他觉着有一丝哲学家的哀愁。

老实说，他不觉得让辛华去自己那儿是个好主意。没有什么具体理由，就是隐隐觉得不对头，不像那回事儿。但站在辛夷的角度，他也是能理解的。在她家，如果说那是一个小国家，那她就是总统，还是总理兼财务大臣。她习惯操这份心，好像这是她的天职。而她的母亲和弟弟相反，万事都等着她来安排，她来组织，她来统筹。

没办法，下班前他还是给谢妈说了，有个小伙子还不错，想介绍来试试。谢妈也没当多大个事，说就让来试试呗。

谢妈毕竟是充分信任他的。说起来，这份工作倒是他人生中为数不多的主动选择。以前，有华雪在，他几乎没怎么思考这些，按照她的图纸做就行——无论什么。华雪离开四五个月后，他毛遂自荐地加入谢妈的房地产中介公司——就在小区对面。这不是迫于无奈，而是一个灵感。之前，在上门拜访的常规销售保险业务的过程中，他发现这片新兴城市区域的小区有十多处，但并没多少住户，大部分是闲置房。他拜访客户时，经常遇见那些明眸皓齿的置业顾问小姐。她们给了他灵感。失业后，他在小区附近闲逛，逛着逛着就清晰了。他觉得自己也可以干这个，专注于二手房——他想的是，与其费力推销新楼盘，还不如盯着这些闲置房，只要掌握了这些信息，销售是迟早的事。事实证明他的选择是正确的。这行业跟保险销售差不多，主要靠亲和力、口才，以及芜杂的资源。他原先的工作经验使他迅速适应了这个行业。相比那些无头苍蝇一般的美女置业顾问，他有自己的优势。说了可能你们不信，但事实确实是这样，一般在买房这个事项上，都是家庭女主人在做主。拥有拍板权力时，妇女们更愿信任一个长相憨厚、说话诚恳的男人，而不是另一个浓妆艳抹、举止妖冶的同性。他的选择是对的。至少从业这四年，仅就这片区域而言，二手房比新楼盘销售得更好。

去见谢妈的前一天，他跟辛华单独聊了一会儿。

他问，你到底对中介这行业有没有兴趣？

辛华一脸憨厚地说，兴趣，有啊。

那你有啥具体想法没有呢？

想法？辛华搔了搔后脑勺，哥，我听你的，你怎么安排我怎么做。

他被噎了一下，反而笑了。翌日，他带着辛华去了门店，谢妈看这个年轻娃儿的形象没啥问题，也没多难为，问了几个常规事项，辛华按他事先提示的一一作答，口齿也没问题。于是谢妈爽快地留下了。

可是辛华仅仅只在店里待了几天，谢妈就开始不安逸了。

这天他照例起晚了。昨夜提前吃了半片安眠药，觉得马上就要入眠了，赶紧躺着。可是一躺下去，脑子就清醒了。没办法，又加了一片。结果，睡是睡着了，又起晚了。这种周而复始的痛苦没法述说。有时他半夜从楼上下来，把车库里的车开到小区空地上，然后在车里躺着。奇怪的是，在车里他躺下来没多久就有感觉了，比在房子里容易入睡。

晨起困难，是他一直没有跳槽或转行的主要原因，也只有谢妈能够容忍他，容忍也是一种惯性。换成其他公司，其他任何环境，都不大可能。所以他的工作效率是门店六个员工里最高的，这也是一种会心的回报。当然这也是华雪留给他的一笔遗产——“学会站在对方的角度考虑问题”。

走到中介公司门口，他看见谢妈坐在电脑后冲他眨眼睛，神秘兮兮的。他知道谢妈肯定有什么不好说的，在外面等着。她噼噼啪啪敲了几行字后从电脑前起身，把他拉到街边，瞟着门市里说，喏！你看看那个死娃儿。

他顺着她的目光望去，理着小平头的辛华，顶着那副宽大的黑框眼镜，木然地坐在店内，犹如一尊泥塑的罗汉。辛华就从来是这样一种木然的姿态。他不知道这是如何形成的。

简直是木头桩子一个！他一整天坐在店里动都不动，你说，你说说，我要他搞哪样？我这里又不是小卖部，守着收个钱就行，还要有点儿能动性啊，出去挖呀，不挖哪有矿呀！很明显，谢妈对辛华极为不满。

现在的娃儿都是这种个性，不投入，毕竟才来几天，要让他熟悉一段时间……人是自己介绍的，他当然还得争取一下。

还要咋个熟悉？她摇头，一副很痛苦的表情。

人家是211院校高才生,智商不是问题。他说,再等几天就适应了。

我管他几个幺?能捉耗儿的才是好猫。哦!我又不是开培训学校的,也不是搞慈善的。我这里是要一来就能打仗的兵。再说——她嗓子噎了一下——我确实受不了那个神样儿。坐在店里像尊神像你晓得吗?

你店里供了个财神,有啥不好。他笑。

她翻了翻白眼,这位爷老子还给你!他倒贴工资给我,我都不干——主要是受不了那神戳戳的样儿,不像这回事儿,你知道不?

好嘛!他开始讨价还价:至少等他做完这个月嘛。

谢妈叹了一口气。

他知道,成交了。

这时,他看向辛华——拿着一支笔,一动不动地躬身坐在沙发里,像一个苦苦思索诗句的猴子。这辛华呀!原来,他自以为对辛华多少算是熟悉的,觉得他为人处世还可以,心态也不错,不然怎么甘心去做门童呢?看来,还是太乐观了。辛华为什么在哪儿都待不久?肯定是有原因的。回想那个跟他寒暄的辛华,他突然觉得,那种笑脸其实是刻板的,空洞的。辛华一点儿都不像年轻人,但他同时又是一个孩童——不是说他有孩童的天真,而是除孩童的天真之外的那些惯性仍在他身上存在。他发现自己其实一点儿都不了解辛华。

可是接下来该怎么办?他是一点儿也不知道。头疼。

5

她在人行道上走着,高跟鞋有节奏地踢踏着地面,黑色紧身长裙使得她的腰肢看起来十分柔美,卷发在肩上荡起一阵一阵的小波浪。她丝毫没有发现背后跟着一个晦暗的男人,弓着背,一直尾随她。在马路街口,她停下,等候绿灯。那个男的慢慢移动过去。而他则在稍远一点儿的街边,观察着前面的两人。这时一群老年人涌了出来,穿着统一的服装,举着旅行团的牌子横插过来,正好阻挡了他的视线。他从那群老年人当中穿过去。奇怪的事儿发生了,路口的绿灯亮着,人却不见了。她,还有那个跟踪她的男人,都不见了。他焦急地穿过马路，一声急刹车彻底叫醒了他，同时把他驱逐出了梦境。

他躺在床上，一遍遍回放刚才的梦。实际上梦中要生动很多。可是，每一次回顾就会损失一些。那个逼真曲折的梦就像是在运输过程中产生了某种损耗，每一次回顾总要消隐部分具体的细节，最后只剩下一个残缺的轮廓。

这两年来他总是陷在这种反反复复的梦里，那个梦仿佛具有一种丝绸般的吸力。在梦里他总是能追踪到一个又一个女人，可到最后当她们转过身时，全都是一张脸——华雪的脸。

华雪走后，他试着接触过一些女孩，大多还未开始就已结束。看起来最有希望也是相处最长的一个，是在一个著名征友网站上认识的，他缴了一百二十块钱会费，把自己照片、简介（当然都是精心处理过的），还有各种联系方式都留在上面。注册成功当晚他一口气添加了十几位意向好友，只有梓君给他回复了。他们用手机短信联系了三天，她就搬过来了。

梓君并不是每天来，一个礼拜大概来住两到三次。按她自己的说法，她之前是个小老板，在观音桥开了个服装店，一年下来亏了不少，不得不去百货商厦做导购。她说有时夜班上到很晚就懒得回来了。他问她住哪里，她说在女同事那里。

因房子里有了女人，他特意去采购了一批厨具，还有几本菜谱。如果她确定过来，他就试着做几个菜，都是简单易学的，比如青椒肉片、清蒸鱼、西红柿炒蛋、小菜豆腐汤之类，感觉还不错。他挺投入。平常他们之间的交流主要是短信，每次来时他总是感觉她累得没有语言了。一开始她是和衣睡觉，理由是她跟男朋友刚分手不久，心理上还不能转换。后来松动了，可是从不配合。他觉得自己抱着另一具棉絮，了无生趣。梓君断断续续在他这里逗留了半年左右。最后一次她说，她觉得两人不合适。他试着追问原因，但她从来没有回复过。当然，这还需要回复吗？再后来，她就完全没有了音讯。

当然这都是两年前的事了。之所以还记得，完全是因为她之后，他再没有成功地约到另一个女人。她是最后一个。在她走之后，他就退了租，搬进了现在这所房子里。

实际上，他的记忆已经拼不出梓君的模样了。她普通得就像任何一个路人，这是他记得她的第二个原因。最早华雪就说过，他长得没有一点儿特色；辛夷后来也说，你适合演间谍。他问这是什么道理？辛夷说，你有个优势，就是只要把你丢在人堆里就会不见。

他艰难地从床上爬了起来。今天是周六，可以多赖一阵，但最终还得起床，有一份资料要送到江北的一位客户家中。交完资料后，他不想马上回去，去了观音桥步行街，看见肯德基时才意识到自己还未吃早饭。点了一个汉堡、一杯饮料，找了个靠窗的位置。就在这时他接到了慧娴的电话。在辛华家，他们交换号码时他以为这又是一个无效的今后不会有交集的数字，看着闪烁的屏显，联想到那个慵懒的女人，他莫名竟有一种兴奋。

还记得我吗？

你的马尾挺好看。

嘿，嘴甜。记性不错啊。呃——你在哪儿？

我？在江北办了点事，现在观音桥，正准备补充点能量。

我也在附近，要不，咱们一块呗。

好啊！他不觉握紧了手机。脑子里迅速转了几转，虽然并不明确她的动机，但仍满口应承道，你在哪儿？

我吗？我离你近得很呐，在建新东路这边，这里有家江湖菜不错，但是，我一个人懒得去吃。“发动机”知道吗？

我听说过这馆子，马上过来。

结果他冲出肯德基，一眼就看见她——斜挎着一个黑色普拉达肩包——笑吟吟地站在面前。这么巧，原来慧娴刚从新世界逛累了出来，路过肯德基，从透明窗里看见了他，突然有了恶作剧的念头，就给他打来电话，看看他究竟什么反应。

她带他去了那个据说很有名的江湖菜馆。终于知道为什么叫“发动机”了——整整一盆炒制的花椒淋在细碎的鸡块上，每吃一口，舌头和口腔都像被电了一下，急速振动。

快吃完时她又问，下午有事没？

当然有。按计划，他还要送另一份文件给客户。但他迅速权衡了一下说，没什么事。

那好，要不，我们去看电影吧？今天有新片。她建议道。

两人又慢慢走回步行街，她选了新世界商厦六楼那间影院，说是新开的。他取了票，又去抱了两桶爆米花和可乐。下午场人少，等同于包场——还有一对情侣，在最后面。间或，他听到后面传来的舌尖吮吸的声音，恶从胆边生，忍不住把手试探着伸了过去，抓住她的手。她用指尖戳了一下他掌心，戳得不疼，有点痒。然后就不动了，任他抓着。

那场电影他看得魂不守舍，事后也记不起来什么情节。他那时只希望电影多放一会儿然后他们可以在黑暗里多待一会儿。散场时，灯光唰地亮起来，他有点沮丧。接下来该怎么办他一点儿也不知道。她也一直沉默。可是到楼底时她突然仰起头，似乎征询他的意见，我家在附近，去坐坐？

那是他和慧娴的第一次，差不多也是一年多来的第一次。上一次，他跟一个老乡去过一间隐蔽的茶楼改装的那种地方，感觉不好，很被动，草率，紧张且身不由己。他再也没去过。积蓄了这么久，难免的，他释放得很彻底，从未有过的透彻之感。可他觉得，她比他更冲动。

慧娴居然在观音桥拥有自己的精装公寓，这是他没想到的。虽然是小户，但这几年房价一涨再涨，就这小户在郊区也可以置换一个四居室了。在打车回去的路上他突然意识到，慧娴那里并不像一个单身女人的闺房。只是一种直觉，也可以说是一种职业敏感吧：一个普普通通的乘务员，搽的香水是香奈儿的；背着正品普拉达；住在寸土寸金的观音桥步行街；各种品牌鞋子塞满了鞋柜。随后，他几乎是刻意地抹掉了这点疑问。

只隔了两天，他就开始怀念那次偶然的欢爱了。尤其午后，整个店内都昏昏欲睡时。只有他的脑子里还放着小电影，一帧一帧的。他忍不住给慧娴发了一条微信：

在干吗？

慧娴：在路上，这几天当班。

他很想询问一下，就那份工资还值得你赶去上班吗？可是，手指敲出来的却是：好的。

突然间他有点儿百无聊赖，想着从辛夷那得到些什么信息，心里有想法，就下意识地拨了电话，电话嘟嘟嘟响起来，又觉得这么直接询问不是很适宜。他正要挂机，辛夷却接通了：好巧！你咋个晓得我正要找你呢？你等着，我正在回家的路上，有事要跟你说。

趁谢妈出门，他溜了出来，在街道拐角的一个茶吧里找了一个角落，等着召见。不一会儿，辛夷闯了进来，带着满脸喜气，大大咧咧地嚷道，嗨呀！这回老子给你一个发财的机会。

不知怎么，他右眼跳了一下。

辛夷一屁股坐下来，开诚布公：长话短说，我的火锅馆已经筹备得差不多了，地址也选了，位置好得很。现在，我隆重邀请你——参上一股。

果然，找我就没好事，他心想。随后支支吾吾说对餐饮行业完全没兴趣，又说对火锅不是很了解之类。

辛夷对他的含含糊糊明显感到失望，质问道：

我们好早就开始商量这事，怎么你突然就散黄了呢？

的确，辛夷要做一个火锅馆的想法不是一天两天了。他们讨论过这事，但他清楚自己充其量是个支招的，或者说陪聊的人，谈不上“商量”，更莫说什么“共创大业”。

不过，他至少知道了这个尚不存在的火锅馆已经有三个股东，她，还有老尹、老朱。她说的时候，他想起牌场上长舌妇背后的嘀咕，说老尹和辛夷搞上了，还拉着老朱，一块给辛夷投资。他当时心里发笑，搭伙做生意是绝对的，搞上是不可能的。后来又想，当时不知道自己是不是也被人这样在舌尖上传播，说这小男娃儿跟妇女轧姘头呢。

他们在茶吧里僵持了一会儿，辛夷放话了，你不参股也可以，要不你就借我一点钱——我还差一点资金。

他问说，差多少。

她开口就把他吓到了：不多，才二十万。

他说没这么多钱，她不信，说你又不开销，也不急着讨婆娘，钱存起来干啥子吗？哎呀，我给你算利息嘛。

停顿了一会儿她说，小气鬼，不找你借钱了。

他正要表达感谢，她却说，你只把房产证借给我就行，我拿去做个抵押——看来她来之前就做好了第二手准备——老尹和老朱给我拉了个股东进来，她是下面一个区县银行副行长的夫人，有这个关系。你放一万个心，房产证就是一个幌子，只是借几天，很快就还给你。

他嗫嚅然，挨了一会儿，才说：证不在我手上。

辛夷没想到他会这样回答，愣了一秒，突然干涩地笑出声来，从靠椅上直起身，说，那我再去想别的办法吧。

6

不知辛夷短短半个多月在哪儿想到了什么办法。总之，她的红鼎时尚自助火锅旗舰店在九月十八号开业了。就他所知道的朋友、邻居都被招呼遍了。他提前在花店订了一个花篮放在车后座，下午四点出发，先到火车北站接慧娴。她今天交班，让他直接去那里等着，然后搭伙去恭贺。

到观音桥不远，但很堵。他踩着刹车，问副驾上的慧娴：你说，辛夷这么折腾，为什么不干脆留在广东呢？

因为她自由惯了。慧娴拿着手机，一边给别人打字聊天，一边说。

可是她就这么放心自己男人？

你以为你天天腻着男人就能绑住他？

但我实在不能理解，毕竟她一年跟自己老公都见不上两次。就算她没有需求，她老公应该有呀。除非——

除非什么？

你觉得——那个男的是不是同性恋？

同性恋会生两个娃？你脑壳是注水的吧！

她收起手机，给他摆辛夷的故事。

那男娃儿是做洁具批发的，经常要从景德镇到广东，我们当时一块跑那条线嘛，那条线确实很打挤，卧铺票难买。有一次他找到辛夷，说想换卧铺，辛夷看这男的蛮帅气，又年少多金的样子，就帮他去换了。然后来找我说，刚刚有个男娃儿，全身都是名牌，长得又帅，简直有点儿控制不住呀。我笑她，那你还不赶紧把他打来吃了？她说我就还真想呢。辛夷确实有心计。你猜怎么地？火车靠站之前，她不是还要检一次票嘛。她就多了一点儿心，走到那个男娃儿那里时，说是你呀！干脆这样，你习惯软卧是吧？软卧不好订，我给你一个号码，以后你提前给我电话——我帮你拿票就是。那个男的后来果然给她电话了。到第三回时，她在车上就把他办了。

怎么办的？他问道。

笨蛋！女人只要想，那还不简单。后来才知道，他比辛夷还小一岁！没几个月，两个就结婚了——奉子成婚。她那次就没做预防措施！

但是——他问道，她不怕他提起裤儿不认人？

所以我说她运气好噻。

他蓦然想到，辛夷拒绝自己时说的——我不喜欢做这个。非常不喜欢。但是为啥又这么主动？于是他试探着问道，也不指望得到答复：

辛夷说，她对性这方面很恐惧。

哼哼！慧娴嗤之以鼻，回报高一点，恐怕就不恐惧了吧。

他还是无法理解：结婚了，又不想在一起，没这个理呀？

在那边，生意上的事她完全插不上手。她男人出去也不愿带上她。人生地不熟，只有待在家里，在家当黄脸婆就要做黄脸婆的活呀，要洗碗、洗衣服、做清洁、带娃儿。你觉得她受得了？再说，不一起多好，都不顾娃儿，各有各的生活。

我懂了。

可是，他发现实际上自己还是不懂。

一刻钟就到了目的地。他停好车，和慧娴步行到火锅馆。这是一条美食街，人流量不小。辛夷的新店在美食街末端，招牌很大，但门厅很小，要从窄小的楼道上到二楼，才是她的火锅馆。上了楼，堂口倒是大，豁然开朗。他沿路上观察着，周边高楼林立，上面密密麻麻的写字楼，应该蕴藏了很庞大的客流。从区位上看，选址没毛病。当然，这还要看具体的房租了。在这样的区域做餐饮竞争是很大的，但那是另外一回事了。至少在开业酬宾（满一百送一百）期间，三百平方米左右的大厅几乎是打起了拥堂，挤得水泄不通。看来辛夷把阵仗整得挺大，也算成事了。他和慧娴找了一张桌台，挨着坐下。

烫火锅时，他看见辛夷像一只兴奋过度的蝴蝶，在各个桌上穿梭、敬酒，脸颊红扑扑的，意气风发。来到他们这桌时，他看她步都走不大正了，好心提议说，在座都不是外人，就不单独喝了，打个批发算了吧。同桌者都附和。她仍然要逐个来碰杯，逐个地敬。

慧娴在耳边说，你看，浮躁了吧？她硬是懂不起。

他伸脚在桌下轻轻碰了下她的腿。

等会儿不许走哈，敬完酒辛夷拿手指了指上面，楼上还有一层会所，吃完了去坐坐，我那存了一些好茶。哎！包房有机麻哟，你们刚好两桌。

他端起杯子随着大家一起"嗯嗯"应承。

等辛夷带着既满足又昂扬的姿态离开后，慧娴低声问他，等会儿你还留下来要不？

算了，他环视四周，太闹了。

那走吧，现在这个点还可以去看一个夜场电影。她把背包提在手上，站起身说，免得等下走不脱。

但他们并没去影院，而是直接去了她家。

不知道是不是有几天没见，她有些亢奋，直接拉着他一起进了卫生间。他感叹说，你们这些中年女人哪。

接近凌晨，他离开前——虽然他想留下来，可她从不挽留——站在门口告别时，刻意打量了一眼她的房间，但没有什么明显的痕迹。比如另一个男人的生活痕迹。没有得稍显刻意。

回到小区，散步时他突然觉得，慧娴的房间"布置"得就像一个酒店，如果没有那么多她的私人用品的话。

不知是不是体力消耗足够多的缘故，这晚他入眠还算顺利。早上起来时甚至都不记得昨晚做了什么梦。可是一到门店，谢妈就给他吃了一个瘪脸。虽然她没说，可他知道，辛华的事再不解决是不行了。她那张写满情绪的脸已经清晰地表明了一种态度。

本来他还存有一点儿侥幸，前些天也跟辛华深度沟通了一次，告诉他必须要有所改变，重要的是还需要有所表现——对于一个置业顾问来说，个性、习惯，甚至形象、过程，都不是最关键的，最关键的还是结果。

他还特意把一个客户让给辛华。这个客户他已经跟了一段时间了，凭经验他觉得是做得成单的，互信已经建立了，客户的购置心态也完整地流露——尤其当他透露说这个意向小区将会是今后的学区房，一所区重点小学的分校已经备案，最迟明后年就要开建完工时。他说动客户的一点是，虽然开建小学的消息还没正式披露，但这个项目备案在区政府官网已经可查证。他把网址打开给客户浏览，说，目前这块区域还没打学区房的概念，一旦这消息被披露，价格就不是现在这个档次了。抖露完这个重磅消息，再看客户的表情，他知道问题不大了。

这个客户基本上可以说是板上钉钉的事。他虽然非常不情愿，但还是让辛华也一同参与了。之后，他让辛华独自带着客户最后再去查看一遍，然后就准备签约了，协议合同什么的都给他备好了。就这样，只差临门一脚的一单被辛华刨脱了——他很没经验地被客户支开，让客户有了直接与卖家沟通的机会。客户看了房，说接到一个紧急电话，临时有事，协议等改天再来签。屁！当然再也没来。几天后他接到卖家电话，让他清除网上信息。他追问后得知，房子已经出售了，一口价，全款交易。他这才懊悔地发现，这棵大枣儿生生地从猴子嘴里掉了。

可是辛华呢，没有任何准备检讨或认错的迹象，一脸无辜。当质问辛华现场的情形时，每抠一个细节，辛华就要用十个理由来抵挡——他心里长叹一口气，知道辛华习惯了推卸责任。至此，他知道之前跟辛华的沟通、好意，全是白费——他根本没听懂全部的暗示。在这点上，他和自己的姐姐倒是统一的，在意识里全力抗拒自己不希望得到的信息。

在告知辛华前，他给辛夷打去电话，没说那么细。他解释说，不全怪辛华，只是老板跟辛华不对付——他为此表示抱歉。辛夷正在火锅馆忙着呢，说算了算了，肯定是他个人的问题，这娃儿没药医了，还是喊他来我这里打工吧。

她又说，明天有空不，请你吃个饭？

他说事情没办好，要请也该是我请嘛。

哎呀,莫客气。她说,上次说的事,你还是考虑下嘛。房产证借我用下。

真的只有副本。他说,正本没在我手头。

这时他听到电话里有人在喊"辛总",她撇下电话跟身边的谁谁交代了几句,回头跟他说,那算了,等见面再说,马上我要出去一趟。挂电话前,她突然记起什么似的,说你跟慧娴怎么回事?

他装傻,说什么怎么回事?

少唬我。我还不晓得你们两个搞到一块了?她说,那天晚上我亲眼看见你两个钻进车里溜了。怎么,不去干那偷偷摸摸的买卖能跑那么快?

他讪笑说,不是你介绍给我的吗?

屁!我可没介绍你们睡到床上。别人是有男人的……她声音变得严肃起来,一年前,她和一个男娃儿耍,被她男人逮到了。也不晓得她是怎么撇脱的。莫说我没警告你——就别去惹这荤腥了,那个男人是有背景的。

嗯嗯,好好。

他敷衍着,心头有点乱。之后,忍不住给慧娴发了微信说,我还以为你单身呢。

我要单着就不找你了。一刻钟后,慧娴回过来一句。

他沉思了一会儿,居然觉得,她说得挺有道理。

第二天,辛夷在电话里说,晚上聚不成了,我老公要来。

他不无嫉妒地发现,辛夷在告诉他这事时连说话的声音都在发抖,他听得出,这不是惊吓而是惊喜。他说那你好生陪老公吧,我们吃饭随时都可以的。她说那就改天再请你,我老公晚上七点多到,从上海过来,明天上午就要飞回广州。

他说,机会难得,那你赶快去美容院给自己做个装修吧。

她笑道,那是必须的。

他故意说:今晚上要陪老公吗?

当然。

家里住得下吗?

谢谢提醒,我开了房的。

放下手机，他觉得自己未免过于刻薄了。那是她丈夫。可是他忍不住瞎想，为什么她对丈夫可以，而对自己就不行呢？蓦然他又想起街坊那些娘们儿在牌桌上的笑话，她跟老尹呢？但他很快就否定了：不可能的。他想，那个男人为什么选择辛夷？他在她那里能够得到什么样的乐趣？他想不通。这真是一对奇特的夫妻。

不过有一点儿他是清楚的。

辛夷为什么突然要“搞点事做”，跟她丈夫有直接的关系。

二〇一一年秋季，辛夷在广东陪了丈夫一段时间，回来后，要求丈夫每天一次电话。然而有时丈夫电话里模糊的背景声让她隐隐有些不安。质问，威逼，当然是无效的。她实施了新的办法——视频。这样可以看得见后面的背景。可是，你要知道，养成一种习惯并不容易，尤其是对一个成年人，而且是一个常年混迹于各种生意场合的自由散漫的男人。

让她开始产生危机的，是她丈夫“失踪”了整整五天。当然这个失踪是要打引号的，并不是真的在地表上消失了，只是消失在她的掌控范围之内，他们相连的只是两部电话，他关机了。关机了五天。

可以想见，辛夷暴跳如雷。第五天晚上，丈夫的电话终于通了。他若无其事地解释说，他在上海出差。刚出机场就被小偷把手机摸了，才把卡号重新续上。她当然不信，那你也可以用另外的电话联系我呀。男人始终咬着，说她重庆那个号码记不住。同时他也没法提供出差的机票、酒店的证据。她气得禁不住笑了，知道他在撒谎。但她能做啥子呢？那五天成了一段谜。她不止一次地幻想，他在哪儿？跟谁在一起？他跟她在干什么？她第一次认识到，就凭自己的远程遥控，是不能真正驾驭一个男人的。她像一台高倍速的计算机，开始重新审视和计算自己的婚姻以及自己的角色。——以上这些，其实是辛妈妈讲给他听的。

辛妈妈很少跟小区的老人来往(这很奇怪)，她对他们不屑一顾。看起来她是孤傲的，可是她跟其他老太婆没甚区别，她喜欢唠叨，只是愿意跟更年轻的妇女，还有他。她夸奖他“抻抻抖抖的”。

她爱美甚于自己的女儿，有一次去她家，看见她正在熬汤，他问熬啥这么香。她说了一个土词儿，他没大懂。她重复说，就是胎盘咯。他差点儿吐了。

小伙子你不知道咯，我们女人就要吃这个咯。这个东西，养颜。辛妈妈在家一般说四川话，但是在外面或者跟客人聊天，就说普通话，末尾还加个"咯"，听起来不土不洋，椒盐味十足。

他想要离她远点儿。可是她就喜欢拉着他闲扯。老人家，寂寞嘛。她也没别的什么话题，就说她女儿。

辛夷你们都是好朋友咯，她男人离得远，家里头得亏你咯。

他说朋友嘛，互相帮助应该的。

然后她就开始倾诉，说辛夷的老公一个人在那边，财政也搞不清楚，他把钱给了外面的女人你晓都不晓得。抱怨一番，又说，辛夷也是哈（傻）儿，说想把儿子夺回来。弄回来干吗呀！

他觉得很奇怪，难道你不支持辛夷把娃儿要回来？

要回来做什么咯？本身房子就小。她一个人，又要做事情又要带娃儿，烦不烦，累不累咯？再说奶奶带得挺好的，你要她也不得还给你咯。老太太撇着嘴，要我说，男人嘛你拿绳子都绑不住的，不如再生一个，这个就留在这边。你怕和尚跑，难道庙也会跑呀？

半年后，辛夷真的怀孕了。

7

翌日中午，他估摸着辛夷老公已经去机场了。到生鲜超市称了三斤红富士，外加一个哈密瓜，给老太太提过去。请神容易送神难，先打个预防针总要好些。辛华的事儿，老太太马上就会知道。提点礼物去家里，日后老太太也不好在底下讲小话。

老太太的厉害他是晓得的，极为护短。她把女儿当作骄傲，有人在外面说闲话，她会指着别人说你烂嘴；对儿子更溺爱。辛华见对象遭拒，她说其实是自己的娃儿不想要。辛华要被辞退，老太太会觉得他和谢妈都是"没长眼睛"。不管怎么说，都是自己惹的腥。自己编的筐，扎出血也要兜个圆。

敲开门，辛夷三岁的二娃在客厅盯着动画片，老太太手里还沾着菜叶屑，显然正在做饭。见他拿着果篮来，脸都灿烂起来了，说你这是干吗咯？

他也不直说辛华的事，说别人送了一点儿水果，一个人吃不了。

二娃扔下电视跑过来，站在门口仰望他。他摸了摸二娃的头，故意问他，你爸爸呢？

走了噻。辛妈妈在一边说，一清早就走了，做生意的嘛，忙得很哟。

他是专门过来的呀？

两人开始攀谈起来。

是呀，不是听说火锅店开起来了嘛，就请飞机刹了一脚，下地过来瞧瞧。过了一夜，早上就走了。老太太压低声音说，他不同意辛夷做生意，让她回单位上班。上班有个啥前途？一点点死工资，养儿都不够。

他不知道辛夷做火锅馆的事呀？

是不晓得噻！开先辛夷跟他商量，他死活不同意，非说辛夷做不来生意。哪个规定男人可以做女人不可以？唉！这个娃儿精得很哟。总之，就是不愿投入。老太太唠叨道，早前辛夷要把老大从江西弄回来，那边爷爷奶奶死活不同意。后来说辛夷再生一个，一边一个，不就都解决了吗？他每个月打一万块钱的生活费过来。昨天辛夷跟他商量，说现在火锅馆资金有缺口，让他一次性给两年的，也不用每个月打来打去那么麻烦了。

那他给没有？

这……我就不清楚了，都是他们两个的事咯，我懒得打听这些。老太太问道，我饭都弄好了，一起吃点儿？

他马上说算了，还有事。

哎呀，还劳烦你专门送水果来，她在背后喊，谢谢咯。

下到楼底，正好撞见了辛华。他拉住辛华，走，我们去外面吃。

坐在炒菜馆，辛华满脸喜庆问道，今天是啥日子，还专门请我下馆子？

同事一场，请你吃个便饭嘛。

虽然整个门店都晓得了，但看辛华的神情，似乎就只有他本人完全不知道自己即将被逐出的事。他也不急，等着上菜时，跟辛华东拉西扯。

问到他姐夫的事，辛华毫无戒备，说昨晚在饭桌上两口子就开始吵，回家又接着吵,说来说去还是为钱的事。大概就是,辛夷觉得自己眼下有困难,但丈夫不支持她,没良心;而丈夫又指责妻子根本不尊重他,这么大投资,竟瞒着他。总之就是没个结果,不欢而散。一早上,丈夫亲了亲二娃,提着行李箱就去了机场。

听到这儿他大概也能知道辛夷没能跟丈夫达成共识了,换了一个话题,问辛华说,老是看你一个人,你那些同学都不来往一下吗?

同学呀,呃,基本上不怎么来往。

就没关系要得特别好的朋友吗?

辛华想了想说,没什么特别好的。

我看你一下班就闷在家里,也不出去,在家有啥子耍事?

看电视啊。

看电视又顶不得真,还是要出去耍,耍个女朋友嘛。

嘿,光说我,未必你不也是一个人?

我?我倒是想啊!但是没遇到的嘛。

我不想找。

这个年纪是该耍朋友噻,你不结婚呀?

结婚?结婚有什么好?自己的心都操不完,还要给别人操心,还要照顾这个那个。

不耍朋友,你又天天看《生活麻辣烫》《雾都夜话》,都是些情感故事。

就是嘛,我看看电视就够了。辛华认真地说,我觉得这样一个人蛮好的。何必还要多一个人,再说我啥都没有。

等菜上来,他就不说话了,一个劲儿刨饭,把筷子在回锅肉里扒来扒去。他确实觉得辛华总算是做了一件正确的事,他说得对,他不需要一个女人。他家里已经有两个了,两个都是很强势的女人。

临到结账时,他看辛华仍旧毫无反应,不得不假装漫不经心地告诉他,谢妈让我通知你,下个月,你就不用来了。

不来?为什么?

辛华愕然地盯着他,看来他是真没听懂。

说起来，他听辛夷摆过一回自己弟弟的故事。那是两年前，辛夷的二娃差不多半岁，她自己带着，闲得发烫，就开始张罗牌局。他去的时候，其他牌友还没到。有些无聊，在客厅转来转去。辛夷的房子很小，是他最早搬进小区住的那种户型，他第一次意识到这个问题：两间隔出来的小房，她跟她妈一人一间。那么，辛华——这么大一个人，睡哪儿？

辛夷指着窄小的密封阳台。他顺眼看去，这才恍然大悟，一张收起的折叠床靠在墙壁旁。

他说，你有老公养着，又不缺钱，为什么不换个抻展一点儿的房嘛，这里手臂都伸不开。

凭啥子！那是我的钱，我的钱就是我的，又不是公家的。她说完，又笑道，我就喜欢挤，挤着舒服。又不是不够住。

辛夷就是这么一个人，既甘愿供养家人，但又不让家人舒适。他不再提房子的事，转而问，辛华回来都要些啥子？

看电视噻。她说，从《天天630》开始看起，然后是各种狗血电视剧，尤其喜欢看那种年代家庭戏，一直看到十一点，倒头睡觉。

老太太才看这些。

是呀，他就像一个老头儿嘛。

他压低声音，辛华也不出去耍个女朋友哇？

耍个铲铲，她没好气地说，吆都吆不出去啊！每回给他介绍对象，见面就像是请鬼吃饭——吃了白吃。

不可能，恁个大的男娃，憋得住？

哎！你莫说，他真憋得！我告诉你，他还是雏儿。辛夷悄声说，辛华可能连自摸——都不会。

他根本不相信，这么大年纪了，哪可能嘛。

可是她赌咒发誓，说经常偷偷检查他的床单、内裤，包括卫生间的篓子都翻了个遍，从来没发现什么蛛丝马迹。

他觉得滑稽，想笑，可笑不出来，猛然间有点儿悲伤。辛华只比他小三岁。

就是那一次，辛夷跟他摆，说其实辛华原来不是这样儿的，小时候是很聪敏的，读书很行，性格也千翻儿，不像现在，一点儿也不怪。

他说辛华现在也不怪呀。

她嗔了一眼，听你说还是听我说。

他摊了摊手。

十一岁的时候，辛华出了点事，性格就怪了。你知道噻，我们住在铁路站道旁，在山沟里面，农村嘛，也没得其他耍事，电视信号也不好、频道少，还经常没电。放学了，娃儿一般都在坝子上耍，大人也不当意。有一次，辛华跟那些调皮娃儿一起躲猫猫，城里叫捉迷藏，一个意思。躲猫猫嘛你也肯定耍过的，要躲到别人找不到的时候就算你赢。被人找到、发现了，你就输了噻。这娃儿生怕别人把他找出来，就跑很远，不晓得躲到哪里。总之第二天我们在一堆草垛边找到他的时候，他身上衣服全部没有了，不停地说胡话。我摸他的头，很烫。你晓得嘛，四川那种小山村里根本没得医院，我妈就去给他找了个巫医。巫医说他是中邪了，把我妈吓得半死，哭哭啼啼的。最后给他连做了两天法事，人是醒了，但老是迷迷糊糊的。你问他那天晚上是怎么了？他总说不记得。你问他躲在哪里，他还记得是在草垛里。但其他的，他一概说不记得。就是那事之后，我发现他跟原先不大一样了。很安静，不调皮了，突然变得像个小老头一样。

他问辛夷，有没有可能是遇到别的事了，或者他自己出于本能，排斥着，不想说？

哪里嘛，就是遇到鬼了。辛夷说，大家都这样说。

他心想，哪里有鬼？这故事里的疑点是太明显不过了。找到他的时候他的衣服为什么没了？衣服去哪里了？但他不便继续发表意见，也没必要。

事实上他觉得辛夷的心里也有一块空白。而自己呢？他觉得自己心里也有一块这样的空白。每个人大概都有一个其他人进不去的黑洞吧。不过，他至少还有一点儿探究的心情，而辛夷从不关心旁人，甚至也从未问过他，“哎，你女朋友呢？”或者“你为什么老是一个人呢？”无论什么疑问都没有。

有天晚上，他跟慧娴也谈到了这点。她于是笑道：那你倒是说说，你女朋友呢？

他侧身看着她，你真想知道？

你说嘛,我喜欢听故事。她眯着眼,脸上的红潮和身体的满足感还未完全消退。

她嘛,跟她在一起的时候我就知道我们是不会长久的。他望着天花板,诉说道,她长得太漂亮了,是一个目的性和规划性都很强的人。对她来说,找到自己想要的那种男人不难。她也找到了。那个男的看来是真喜欢她,为她离了婚。他被分割了一部分财产,但不影响,还是有钱人。房子七八套,活这么一辈子肯定是够用了。

很好嘛。慧娴喃喃附和道。

我们分手后,有段时间,他停顿了一下说,我跟踪过她。

呃!她惊了一下,瞪大眼睛,你想干啥?

嗐,别瞎想,不是为了什么打击报复。那应该是前年吧,突然的,就很想她,老是想。毕竟是我的第一个同居女友嘛,再说从小就耍得很好,像亲人一样了。分开了,心里还是放不下。有一次,一个客户说要我帮他处理自己的淘汰车,我就买了,就是我现在开的那辆。下班了我开过去,我晓得她上班的地方和住的地方。把车停了,等着她,在后面偷偷跟着她。

她没发现?

没有。他摇一摇头,可能发现过一两次,也可能没有。我一般都很隐蔽。

你又不为报复,为什么还跟踪她?

不知道,就是想看看她,知道她在做什么,怎么样,没什么特别的想法。

哦!她拖着口音,对这个无趣的故事有点儿失望。

我跟了三个月左右,就一天(他的脸沉下来),就一天没去,那次我走到新牌坊,把前面的车追尾了。车主把交警叫来,拍了照,最后交警让我们私下解决。总之,那天晚上因为这破事没去成,就出事了。

她说,你不要老是卖关子。

还是告诉你吧。他痛苦地笑了笑,就那天晚上,她在小区旁边的一条巷子里被害了。

啊,为什么?

就为了一个包。他说,其实,就为挎的那个包,香奈儿。一个吸毒的,毒瘾犯了，趁黑躲在巷子里，刚好遇见她了，抢她的包，他是为了包里的现金。但是她舍不得那个包，攥着不给，那家伙反手挥了一下，就一下，然后跑了。说来好笑，他被抓的时候自己都不晓得杀人了。不知道自己手里的刀片划到她颈动脉了。等到被人发现叫了救护车来，去急救的路上就断气了。

就为这个？她满脸写着遗憾，觉得不可思议。

我想，当然只是我想，她在意识里其实还没意识到自己已经是富婆了。只想着，一个包好几万呢。她的本能害了她。当然，也可以说，害她的人还有我一个。

跟你啥关系？乱接砖头！她白了他一眼。

如果那天我跟在后面，至少她不会死吧。他长吁一声，从床上弹起来，算了，我也该走了。

8

接下来这一个月过得很快。尤其是国庆七天长假，不停连轴转，疲劳简直快把他的失眠都要治好了。送走辛华那个瘟神，门店业务看涨，谢妈的脸色好多了。他呢，也如释重负。

他尽量躲着那一家人。有天，远远看见辛妈妈，想侧身拐开，但她老早就招呼起来，他只得站在原地。

辛妈妈走过来，说辛华的事给你添麻烦了哦。

他支支吾吾，不知下面她要说些什么。

辛华说他不喜欢做销售，那就由他去吧。老太太叹气。

他意识到，不知辛华本人或是辛夷在辛妈妈那里提供了另一套什么说法，至少结果是好的，保护了他免于被谴责。对于这点他挺感激的。

嗯，他说，辛夷说让他去火锅馆帮忙呢。

去了几天，他不喜欢，也做不来。辛妈妈说，辛夷又托了朋友，介绍他去一家公司去了，说啥子物流哦。

那就好那就好，物流也挺不错的，他说完就赶紧溜了。

现在，辛华那尊泥菩萨不在，店里反倒无趣得很，少了一个笑话。中午谢妈出去打牌，几个同事都机敏地不知闪到哪儿去了。他一直待在店里，昏昏沉沉的。下午四点过，慧娴给他发来一条微信，是一张图片：她穿着睡衣，近乎透明。

他问，想我了？

她回复了一个娇羞的表情，说，现在来吗？

他甚至没回小区停车库取车，直接打了个车去了她家。

不知道是不是因为下午的缘故，这次他总感觉有点儿不对，从进屋到结束，他隐隐有些不安，觉得有一些不寻常的声响，好像从隔壁传来的。

他问慧娴，你听见什么动静没有？

没有呀！她说。

离开前他去卫生间小解，冲完马桶，他想起隔壁传来的唏嘘的声响，随手敲了敲墙面，"铿"的一声，没什么异样。他穿上衣裤，像往常一样告别。她慵懒地侧身做了一个挥手的动作。

走到楼梯口，不知是不是出于职业病，他突然想到刚才敲击墙面时那种声响，有一种空洞，也就是说，那似乎是空心而不是实心的。他吓了一跳，觉得这是一个比较严重的事儿。于是转回去准备向她告知。从电梯口拐回走道，他远远看见——一个五十多岁的男人从隔壁房间出来，站在她门口，拿手敲击房门。他侧身隐蔽起来：房门打开了，她的手臂伸出来，把那个男人拽了进去。

他肃立在门口，隐隐听到房间里的嬉笑声，蓦然有种毛骨悚然的感觉。

下楼后，他并没立即离开，去找物管，说是A栋21-7的租户，卫生间好像渗水了，应该是隔壁8号房那边的防水没做好，请物管调出业主信息。物管从电脑上抬起头，一脸茫然，这两间房——是同一个业主呀！

他赶紧扯了个谎，惶惶地逃走了。

步行了三十分钟左右，他脑子里仍浑浑噩噩的。在一个公交站，他上了一辆公共汽车——随便它是开往哪里的——靠在车窗上，有种很清晰的疲惫。

他发现自己的直觉是对的，那是一种被猎的本能反应。肯定有一双眼睛盯着自己，它是在天花板，还是在电脑桌上？他竭力搜寻当时的场景——也许有个摄像头不经意地藏在哪里,瞄准着房间。他用力甩一甩头,回忆起跟慧娴的每一次见面。不多,他想起他们其实没有更多的共同话题,除了辛夷。其实他对辛夷的了解,有很大一部分来自慧娴。

他有很多话想给辛夷说,他发了一条短信给她:在哪儿?

他握着手机,直到在车上睡着也没有等到回复。醒来时,司机站在他面前说,兄弟,你睡安逸了吧?到终点站咯。

重新坐上出租走到金渝大道时,他接到辛夷的电话。她在哭,舌头打结,说些什么也不清楚。他明白,她又喝麻了。

半小时后,他见到了她——躺在她的那个三楼会所包房里,一脸惨白,眼睛浑浊地仰望着天花板。他朝上面看了一眼,并没有什么特殊的东西。他问守在旁边的那个女服务员,她怎么了?服务员扯着他衣角,他意识到有话给他说。出门,在走廊的楼梯口,她才悄声说,火锅店做不下去了——下午几个股东在扯皮,扯得很凶。有两个股东说不干了,要退出,喊辛总把钱退出来。也不晓得最后是怎么扯的。反正,晚上突然来了一帮要债的,说辛总欠他们的钱……有个青皮还打了她几巴掌。服务员说得太快了,噎了一下。

具体是怎么回事?你莫急,慢慢说。

那我就不清楚了。我一个丘二,哪里搞得懂这些?但是我听别人说,辛总是借了高利贷。这开业不到两个月,就亏了好几十万。股东吵着撤资,辛总找厨房扯皮,昨天总厨也跑了。明天……听领班说也准备明天走。我们这些服务员也不知道明天到底还来不来。

你们还是照常上班嘛,天又塌不下来。他问,辛总喝了多少酒?

两瓶红酒,喝完了。

那没事,你先下班吧。

听说只喝了两瓶红酒,他心下稍安,她不止这点儿酒量,应该是心情原因。

服务员走后,他走过去,坐在身边揽住辛夷,安慰说,有啥想不开的嘛。走,我送你回去。

她茫然地摇头。

他叹了口气,径直下楼去把店门关了。回来时发现她坐了起来,带着哭腔,这回我遭惨了。

他说，没事没事，大不了从头再来嘛。

她拼命甩头，突然停住，盯着他说，这回怕是医不活了。刚刚我老老实实在脑子里过了一遍，我确实不是做生意的料哇。东搞西搞的，翻不起浪还被浪打翻了。我还是回去，上我的班得了。

是，上班还是安稳得多。他顺着她说。

可是——她哇地哭了，怎么甘心呀！还欠了一屁股的债哇。

她嘤嘤地哭了几分钟，也累了。扑在他腿上趴着，缓缓而来的酒意让她一会儿就睡着了。等她鼻息平稳后，他把她轻轻平放在长条沙发上，在柜子里找了一块干净餐布，搭在她腿部，然后把自己的薄纱休闲西装盖在她肚腹上。

他抱着双臂，站在窗前看去，外界一片通明，人声鼎沸。有那么一阵，他觉得很是惶惑：这个崎岖的城市竟然容纳了三千三百万人？三千三百万人，就有三千三百万种活法，有三千三百万种人生。这么多人，如此紧密，却彼此陌生。有些人抱成一团，又各自独立。身后，辛夷发出一声呻吟，不知是痛苦还是舒适。他回首看着她，发现这个侧面有点儿像华雪熟睡的样子。她们还真是挺像，都是努力地在蝇营狗苟。

在视野里，前面林立的大厦上，一扇扇窗口洞开着，既规则又整齐。他想，每一个窗子背后，都是一种故事，世界上所有的秘密都在这个窗子里。这真是一个巨大的时代啊。

他回到沙发上靠着，漫无目的地想着，不知不觉睡着了。醒来，发现辛夷坐在自己面前，一双眼空洞洞地瞪着他。

他吓了一跳，你干吗？

没什么，就是看你。她很平静。

酒醒啦？他揉了揉惺忪的眼睛。

她突然开始剥衣服——他怔怔地，你又干吗呀？

她露出笑容：我从来没这么想过，这是第一次——我想做一次，痛痛快快的那种。随后她站在沙发上，把长裙松掉，在她苍白而缺乏弹性的小腹与肉色短裤之间，他一眼就看见了它——那朵花，鲜美的，对视着他。他看得呆了，浑然不知辛夷又说了什么。

辛夷蹲下来,那朵花被折叠起来了。

哎!发什么神?你失聪了!辛夷的脸庞红红的。

他遗憾地收回眼神。

她说,你也脱嘛。

能让我看看那朵花吗?他几乎是哀求道。

她会心一笑,将身体摊开,一条腿悬在沙发沿上。

他趴在她的小腹上查看。这朵花有九片花瓣,中间是花蕾,很微小,花瓣是粉紫色的。他盯着花瓣看了一会儿,忍不住拿手指去触碰了一下。他小心翼翼地抚摸它,问道:这是什么花?

辛夷。

什么?他以为听错了。

辛夷花呀,治鼻炎的药里都有它,通窍的。

哦。他喃喃道。

快来。她拽住他的头发,有点不耐烦,你到底要不要吗?

哦!他抬头说,我想再看看这朵花。

9

天快亮了。微弱的星辰离他的前额并不像实际的距离那么遥远,这是黎明到来前,有些麻麻亮光正在从高处泄漏。但整个小区还是湿漉漉的,穿插着植物和土腥的味道。他抱住自己的身体,打了一个喷嚏。他的皮肤也是潮湿的。他像往常一样在小区四处乱走。他路过了一棵银桂,贪婪地吸吮着它们仅存的稀薄的香气,然后经过了那辆沉闷的灰色大切诺基。

刚刚送辛夷回家前,他问了一句废话,还气着呢?

从霍然推开他套上衣服的那一刻,她就不再跟他说一句话。她打了一个车,他钻了进去。不管他说什么,她始终板着脸。下车后,他跟到了她家楼底。辛夷按电梯,终于说了一句:你放一万个心,我砸锅卖铁,也不会找你借一文钱的!

他顿住步子,想要解释。可是她根本不给他开口的机会,迅速进入电梯,哐的一声，门关上了。感应灯应声而亮，几秒后，黑暗又降落在他的身体周围。他呆呆地立在寂静里，一种情绪要在他胸前迸裂出来。可是，并没什么可爆发的。他转身，朝外面走去。

有一件事他从未说过，没跟任何人提起过。他一直想说，但不知道能够给谁说，这件事天天纠缠着他，几乎把他逼疯了。

三年多前，他接待了一位客户，在网上咨询时他正好守在中介所的电脑旁边。对方说有一套精修房——就在他住的这个小区，但从未入住——想要处理。至于价格，说你可以全权承担，我只要七十五万的成本，多出来多少，或者你们能交易到多少我不管，都是你的。对方希望他尽快处理。然后问了他中介公司的号码，打了一个电话来问了他的姓名，沟通了一会儿，然后说，你把地址给我，我把所有证件的复印件，还有钥匙，给你快递过来。对方拜托说，我那房子的物业、水电气、有线闭路，好久都没续费了。可能的话，也请帮忙去缴费，顺便——他说，请保洁员做个大扫除。接着，对方在纸上记了他的地址，然后把自己的手机号给了他。说有消息就给回个电话。

三天后他收到了一个快件。他拿到了钥匙、各种费卡，还有全部的房证资料的复印件。他在网上挂出信息，很快有人来看这个房子而且有人愿意成交。可是他拨打对方的号码时，语音提示的是：您所拨打的号码是空号。

这真是一件诡异的事。

那个客户再也没有联系过他，而他既拨不通那个号码，也不知道该业主的地址——快件显示是来自成都武侯区，但没有具体地址，也没有其他任何联络方式。他在民政网上查询过了，户主是一个七岁的孩子，户籍地是湖北恩施某乡镇。

他是谁？他人在何处？他出了什么事？他无法找到这个业主，而这所房子的价格却噌噌地攀升，同类型的房子至少要售到一百四十万元了。这个房子越来越值钱了，但他无法出售，也拿不走。他整晚整晚地失眠，为一个联系不上的业主，为这不断上升的数字游戏。再后来他发现，每个以为熟悉的人都很陌生。

在小区走了一整圈，在丁字路口，前面突然出现了一个人影。他在后面跟着，发现那佝偻的背影很熟悉。当那个人走到路灯下，他辨认出来了，那是辛华。不知道他半夜里出来所为何事：是辛夷把他赶了出来，还是他不能忍受姐姐的哭闹，或是那份新的工作需要早早起床出门？在后面走着，他突然觉得，自己也不过是另一个辛华。并没本质上的区别。

看着辛华的背影，他无端端地想到一个人。他自己也无法理解的是，这时他竟然想到的是从未见过的辛夷的父亲，而不是其他随便什么事情。

辛夷那么爱八卦，但就是没提到过自己的父亲。辛妈妈也是。有一次，他在慧娴那里，也像此刻一样，脑子里无缘无故地跳出这个疑问，他知道辛夷进入铁路工作后就与慧娴在一起了，于是问她见过辛夷的父亲没？

慧娴说，辛夷的父亲很怪。

怎么个怪法？

他呀，他跟家里人完全不像亲人，很冷漠。他活着的最后十年，事实上已经跟家庭脱离了。对了，他养狗。不知道他从哪里捡来一些流浪狗，越养越多，家里根本住不下。后来他在房子旁边搭了一间砖房，用遮雨棚搭着，把十几条流浪狗全部挪到里面。后来，他也搬进去了。只有吃饭时回家。下班后，他就一个人带着一大群狗儿进山，在林子里耍到天黑。

这是为什么呀？他记得他实在无法理解。

谁知道呢？辛夷说他对家里做得最大的一个奉献是，死得恰到好处。他死的第二年，单位上就撤销了顶班的这个政策。

他是怎么死的？

不晓得。

那他的那些狗儿呢？

鬼知道，成了野狗吧，要不就被工人打去吃了。

此刻，他蓦然觉得——那个从未见过的已经死去的人依然存在，你看不见他，但不表示他不存在。

辛华缓缓地走下坡坎，要出小区了。他停下脚步，随后，往相反的方向走去。

与业主刚刚失联那半年，他常来房子里逗留。偶尔，在这里过夜。那时，他还比较喜欢这种神秘的游戏。尔后，他注销了所有留存在网上的关于这处房子的销售信息。他把自己搬了进来。这是合适的。他安慰自己说，我是这个房子的代管人。谁又不是寄宿者呢？可是，某天他突然发现，自己似乎被这套房子困住了，他被一个看不见的空间囚禁了。他想要逃脱时，却没有出逃的勇气。有时，睡在这间房子里，他觉得这房间就像井一样幽深，他望着天花板，希望从那里能出现一根绳子。可是，从来没有什么绳子从那里掉下来。他每天都在店子里浏览报纸，企图从那些反腐的消息、刑侦案件和五花八门的社会新闻里寻找一个失踪者的踪迹。

他甚至常常把这个房子跟华雪联系起来，他总觉得，这房子也许跟华雪有着什么隐秘的关系。

事实上他给慧娴讲的故事，跟另外的人比如谢妈、身边同事，甚至是几个陌生的女网友都诉说过。一遍遍地讲述，使得这个故事就像是真的一样。其实故事只有一半是真实的——他的尾随游戏是真的，但并不是跟踪华雪，而是路上的任何一个偶然的目标。

他喜欢在无事时顺着附近的街道，一直走。有时他会钻入小区一旁的一所高校，或者是学校对面的商业街。没有目的，或者说，在步行时寻找一个女性作为目标。他一般会选择一个从背面或侧面看起来有点类似华雪的女性，跟着她，一直走，保持某种平衡，但在一种临界点上，他会突然转向，结束这个游戏。这种尾随所产生的快感是非常强烈的，就像一个人戴着耳机行走，但震耳欲聋的音乐在他之外是彻底静止的。他喜欢这个游戏，尤其是这两年来，他几乎和所有的熟人都断绝了联系，这是他最为熟稔的消遣。

华雪并没有被害，她只是不见了。关于她的传闻很多，没有哪一条是确切的。婚后不久，她丈夫就因经济问题被调查了，华雪则下落不明。有人说她早早带着款项出国了，也有人说她被牵连，一起被羁押起来了。总之是去向不明。他每隔一段时间都会拨打华雪的电话，从未接通过。某种意义上，华雪就像那个从未再出现过的户主。每次想到这点，他都会感到一种无助的绝望，绝望得就像绝望本身。

后来，他习惯了在夜里竖着耳朵，因为担心突然传来一阵急促的敲门声；

他不敢在夜里开灯;不敢住在有行人经过的主卧;每个晚上,他不自觉地在小区里游走,沿着路径不停转悠。可是除了那两辆无人认领的已经快要锈蚀得如同废墟的车,没有任何其他值得一提的发现。事实上,他早已经不想探究了。他只想躲藏着,惧怕被发现。这种躲藏已经成了日常生活的一部分。

他重新走回到大切诺基的旁边,脑子里微微摇晃,久违的睡意像海浪一样轻轻袭来。他突然有一种释然。他想起华雪离开前踌躇满志地和他探讨什么是成功。华雪说,成功就是站在最高处的感觉,是一种支配权,说他不会理解这种感觉。他曾经相信过,但此刻他开始怀疑这点。他抚摸着黝黑的车身,有种突如其来的恍悟:你看看这辆车,你使用它,它就是奔腾的,永动的;当你不需要它,它就是静默的,它会衰竭,死去。跟它一样,财富根本不是计量仪而是欲望的幌子。有些人一天能挣一千万,但并不给他带来根本性的充实;而有些人一辈子的梦想就是一个房子,并能得到切实的满足。哪怕是同一个人,他在饱腹和濒临饿死时看见食物的心态都是不尽相同的。所以,他想,对于一个如自己般的普通人来说,所谓成功,其实就是可以毫无愧疚地活着。

这一刻,他顿然放松下来。在巨大的寂静中,锈蚀的车门闪烁着微弱的反光,这让它看起来就像是一种脆弱的透明液体。他觉得自己完全可以轻易地穿过这扇车门。他的脚尖踏了过去,随后是手臂,还有大腿,最后他的整个身体都陷入锈蚀的车厢里,在浑浊而狭小的黑暗中,他觉得安心多了。随后,他闭上眼,他开始向下滑落。

——原载于《人民文学》2017年第7期

作者简介

宋尾,前媒体人,现自由写作者。曾在《人民文学》《芙蓉》《山花》《红岩》《福建文学》《青年文学》等刊发表小说。作品曾被《小说选刊》《小说月报》《中篇小说选刊》《中华文学选刊》《长江文艺·好小说》等选载。

温凉的时光刀

■宋潇凌

引子

奶奶活了一百零一岁,问起长寿的秘诀,她说:脸皮要厚。还有,把眼泪当糖吃。

一

北京,金融街的早上,要"杀"过这条人流汹涌的欲望之街,是一场残酷的战争。

今天,他又赢了!

八点三十分,田原准时出现在公司走廊上,正要进办公室,他的手机突然铃声大作,如一把旋转的电钻逼近胸口……果然,父亲说:你奶奶走了。

语气轻描淡写,比说起家里那只老狗去世还平静些。

他被钉在原地,一股气流扼住了咽喉。父亲说:这样也好。气流鼓荡着耳膜,如穿堂风呼啸。父亲再说:真的挺好,这个年纪了,就像瓜熟了,总是要落的。

他从父亲的语气里听出一丝按捺不住的如释重负,又因为按捺不住,而有些烦躁。他感觉到了这些,于是眼睛开始起雾,父亲歉意地说:你那么忙,不应该告诉你,你别回来,千万别啊……

他抢过话头,压低声音赌气地说:我当然不回去,人活着,我都没孝顺,死了,我哭给谁看!父亲终感欣慰地道:那我就放心了,你安心上班,把自己的事弄好就行。他微微昂起头,逼眼睛里的雾气退去,冷笑着说:我会的。

挂了电话,田原快步奔向老板章鱼的办公室请假。途中,不时与碰面的同事客气地微笑、点头、问候,没人能看出来,他刚刚死了亲人。

章鱼老板不在,从卫生间里传来疼痛的声音。

早就应该去医院看看了,可章鱼觉得还能再等等,等把公司搞上市再说吧。他在卫生间里也不问是谁,气势汹汹地喝道:说,啥事?

田原刚开口说了半截就被打断,章鱼理直气壮地说:我爷爷去世我没赶上,我妈妈去世我没赶上,我……当然我自己去世,我是一定能赶上的……

章鱼一手提着裤子,另一边肘弯里夹着文件、报纸和三个手机挪出来,似乎为了证明自己真有八只脚,每只脚都要紧紧地抓住这个世界。

田原看着这个为事业已基本不睡、基本不回家、基本没人味的小个子男人,觉得生亦何欢,死亦何苦!

章鱼把东西堆在办公桌上,继续训导他:人不是已经不在了嘛,你应该超越生死啊!除了生死,其他的才都是大事,因为那个生死根本就不归我们自己说了算。

他真想把桌上那个巨型招财进宝的石貔貅砸在章鱼脸上,砸得章鱼满脸桃花开,可是……他只是那个小山村里苦挣苦扎爬出来的穷孩子,熬到今天,已穷尽洪荒之力,稍有不慎就会被打回原形,所以他告诫自己忍无可忍时,仍需一忍再忍。这么多年,他不就是靠着这招必杀技百忍成钢的嘛。

他赔着笑,一笑,再笑,直至三笑。

章鱼狠狠扔下一句:你自己看着办。就不再搭理他。

田原愤然冲出章鱼办公室，他在走廊上呼啸而过，转个弯，愣了，眼前几扇紧闭的大门上贴着写有黑色的“出租”字样的纸条，令他恍惚跌入虚幻之境，明明昨天还在灯火通明地加班，今天就曲终人散了？

也就在脚步顿挫的一瞬，他恢复了正常，不一直都是这样嘛。这大楼里永远都在变换着形形色色的公司，熙熙攘攘，皆为利来利往，乱纷纷，你方唱罢我登场。一派朝生夕死的繁华昌盛。

站在金融街上，整条大街都回荡着纸钞唰唰作响的声音，如秋风卷起满地的落叶。

一辆出租车无声地停在身边，他疲惫地爬上车，闭上眼睛说：去金融街。

司机说：这里就是金融街。

他缓缓睁开眼睛，一时间有点儿分不清自己在哪里，要到哪里去。长时间以来，他每天加班到午夜两三点，恍惚如游魂般爬上出租车说：去金融街。司机就会说：这里就是金融街。当他回到家睡上三四个小时，再恍惚地爬上出租车说：去望京。司机就会说：这里就是望京……

前座的司机不悦地问：你到底去哪里？

他呆呆地坐着，是的，他要去哪里？他到底该去哪里呢？

嗯……去老家！让章鱼见鬼去吧，他要去看奶奶！

二

在奶奶漫长的百年生涯中，她经历了两次丧夫、一次丧女、三次丧子，以及两次丧孙。

她自己却一直赖着不肯死，她活得太长了，把全家人的脸都丢光了。

乡下，最小的孙子康平二十三岁那年就准备娶媳妇了，可是康平妈说：世道真是变了，这些老家伙是越来越不懂事了，她们非要在你高兴的时候，给你点儿颜色看看。比如大鹏他奶奶，真不是个东西，早不死晚不死，偏要在孙子娶媳妇那天死。红事白事一起办，害得全家晦气了好几年。再等等吧，那老东西熬不过今年冬天，高半仙给我打了保票的。

鉴于高半仙的威名，大家都放下心来等着。现存的四个儿子四个儿媳妇、一个女婿，加若干七七八八的孙子孙女们，大家都心照不宣地等着，天寒地冻也不去给奶奶生炉子，认为糟蹋了柴火，不值当啊！

那天，大雪纷飞，康平爸妈围着炉子烤火，吃着炉子上烘熟的花生米，两人吃得满嘴喷香，你给我剥几颗，我给你剥几颗，夫妻感情香喷喷甜丝丝的。

康平爸说：你几天没去给她送饭了？下个月就轮到二哥管了。康平妈手里的花生米立刻变成呼啸的子弹射到他脸上，训斥道：她还能熬到下个月？我大前天去，她喘得像只破风箱。去（踢他一脚）！你看看去。

康平爸耷拉着脸站起来说：你去吧，老母猪要下崽了，我得盯着点儿。

于是三媳妇康平妈风风火火地就去了，途中，看见雪地里躺着几只冻死的麻雀，心里一喜，觉得是个好兆头。

等她扒开土炕上层层叠叠的破棉絮，看见老东西嶙峋得像一只小猫，眼睛贼亮地说：我饿，两天没吃了。

康平妈一甩手，带着一肚子气回了家，看见丈夫扬手一巴掌打在他脸上，骂道：你妈到底想干啥？她祸害人啥时候是个头啊！

在这事上，康平爸自觉理亏，他脸上火辣辣的，却也不便吭声。自己的妈活了那么久，真是不像话，你看人家丈母娘多懂事儿，刚刚七十岁就走了，一点儿不给儿女添麻烦。

三儿子一肚子委屈，端了碗隔天的剩面条来到老娘家。他把糊成一坨的冷饭倒向一只豁边的空碗，因为怕两个碗碰到一起，他的手举得高高的，那团冷饭就掉到了炕上。他恼火地把那坨饭抓进空碗，塞给老娘。

老太太吃得狼吞虎咽，粘得满脸都是。儿子看着心烦，训斥道：还贪吃，你都不想想，就你这么一个人，惊动多少人不得安宁！

老太太真的不懂事，吃着人家的还顶嘴：我能养活八个孩子，八个孩子也养不了一个妈呀！

康平爸掉头就走，在路上，顺势把雪地里冻死的麻雀使劲儿踢到沟里去，不争气的东西！

麻雀们没熬过这个冬天，老太太熬过来了。

她不但熬过了冬天，春暖花开时，一个阳光灿烂的早晨，她还像蜗牛一样从屋里向外爬，到中午时分，她在泥地上留下一道白印子，终于爬到了屋外。

她靠在门前的大槐树上晒太阳，看见路过的乡亲就跟人打招呼，叫的都是自己儿孙的名字，拖着长腔：那个平安啊，富贵啊，金枝啊，玉叶啊，小原啊，小丽啊……

乡亲们都笑得不行了，明明就走过一个人，咋就能叫出一连串的名字呢？

儿女们也羞得不行了，赶紧把她弄回屋去，训斥道：嫌丢人丢得不够啊？你还有脸跑到大街上去。

康平妈气哼哼跑去找高半仙理论。高半仙说：都怪她八字太硬，不过你放心，她肯定熬不过明年。

于是大家咬牙熬啊熬啊，康平和女朋友也熬啊熬啊，一直又熬了三年，女朋友熬不住，跟康平掰了，而老太太还是两眼贼亮地要吃要喝。

这下高半仙生气了，后果很严重。他下了狠手，画了一道法力无边的灵符，买通黑白无常大人，召集阴阳各路高手开会商量了半天，联手在灵符上施加了最高等级的咒语，这才一把火烧成了灰，让康平妈跪着吃下了。

康平妈恢复了对生活的热爱，四处求爷爷告奶奶央求人给儿子做媒。

可喜可贺，终于有一个姑娘愿意谈着试试了，边试边等。

谁知康平把姑娘试用了两年，老太太还是很顽皮，春暖花开时，她就匍匐在地，拖着轻如鸿毛的身子爬到门口去晒太阳。

于是高半仙的名声在十里八庄坏得像堆老鼠屎，以奶奶为首的老田家的名声坏得就像被老鼠屎糟蹋的那锅烂粥。

就这样，康平从二十三岁熬到了三十一岁，那些姑娘们穿堂风一样前门进后门出，很快就刮没影了，而这些妖风都没有把老太太刮走。

康平妈憔悴得不行了，心口经常针扎似的痛。

村里有个好心人私下找高人又给老太太算了一卦，她心情沉重，告诉康平妈说老太太最少还有五年的寿限。

康平妈心都碎了，打着滚儿在地上号啕大哭：老天爷，你不长眼啊！她还能撑，我不撑了，我真不撑了……

村里人都跑来看热闹，善良的人们眼圈都红了，说：老太太心真狠啊！一点儿不为儿女打算，你说她都有本事出来晒太阳，她就不能拴个绳把自己挂在那老槐树上？

三

北方，五月，奶奶门前的小山上，草木葱茏繁茂，白头翁、苦菜花、青蒿子、蒲公英攥着劲儿地生长。

而奶奶，她也正攥着劲儿地赶路吧，那么深的黑暗，那么重的冰冷，她一个人，会不会害怕？

田原舍弃山路，顺山坡攀越而上，曾经的那些小树已长成参天的姿态，石头缝里大簇的映山红正开得招摇，粉色妖娆的花朵，像些轻薄的女子，夜色里一定会幻化了人形出来魅惑众生吧。

那些躲在杂草丛中的柴胡草、车前子、桔梗，不问世事，但求自己岁月静好。远志永远如君子般风姿清雅，就算置身庸碌的稗草之丛，也难掩骨子里的冷傲。最能死缠烂打的就是菟丝子了，无心扎根，也不生叶，花亦丑怪，所有的心思只用来痴缠。奶奶最讨厌的就是她了，叫她无娘草，有时又叫她豆阎王，说她是被抛弃的怨女子投生来复仇的。

而菟丝子真的不磊落，她最喜欢潜伏在豆田里，不动声色地慢慢靠近大豆棵，将阴谋的触角轻轻搭上，妙曼得让豆棵以为是一阵微风的抚摸，或者一只蝴蝶的蹁跹。

豆棵在梦中微笑，都不曾睁开眼睛，菟丝子的藤须却突然拉长收紧，如绳索缠裹起来，转眼间就控制了局势。豆棵尚未缓过神来，已被这痴女子锁紧，他越是挣扎，菟丝子愈是疯狂，她穷尽全力甩出千万条藤须，扭成绳，编成网，把她的冤亲密密麻麻地罩住。

她挡住了他的阳光，隔绝了他的求救，她伸出利牙扎进他的身体，吸血鬼般吸取他的养分。爱他，就是让他痛；爱他，就是榨干他。

田原想起小时候，奶奶只要去豆田，总要带一把镰刀，看见这怨女子又缠住了豆棵，就毫不留情地挥刀斩除。可是过不了几天，她又铺天盖地卷土重来，疯狂到令人心怯。

田原曾无数次看见她们决绝的身影不依不饶地缠住豆棵、甘菊、蓖麻、碰碰香、带刺的蔷薇，就连那些粗壮的大树，一旦被她们缠上，也是生不如死。

突然，田原眼前一亮，他看到了那一大丛鸡树条荚蒾。

岁月过了这么久，她还在。年年生发成繁茂的灌木丛，又年年被人斩断根，拿去当柴。她也不记恨，来年又不动声色地长出来，铺天盖地、郁郁葱葱，满枝头绽放着硕大的白色花朵。就好像从不曾被摧残过，从不曾被毁灭过。

她就是这样吧，似乎并没有热爱生活，也没有厌恶生活，她只是自然地生又自然地毁灭罢了。

奶奶叫鸡树条荚蒾为佛头花，她说要是人也能这样就好了，斩断了还能长出来，长出来，又被斩断，生生灭灭，永不止息。

田原绕着这丛鸡树条荚蒾转着圈子，就像小时候，他挎着篮子，仰头看着那些美丽的花朵，等奶奶一朵朵摘下来，丢进篮子里去。

奶奶喜欢放满一大盆热水，把田原放进去，把这些神奇的花朵也放进去，他的小手搅动得水花四溅，花朵便在水面上打着旋旋，蒸腾的雾气中，暗香浮动。他用这些花朵泡过澡，整年身上都不起疹子，也不会鼓脓包，连蚊子也不来招惹他。

奶奶也会顺手揪下一些叶子，那是鸡群的美食，每次那只高傲的小公鸡看见这些鸡树条荚蒾叶子都会原形毕露，疯狂争抢，并因此和心仪的小母鸡闹别扭。

田原觉得奶奶是故意挑拨关系的，奶奶不承认，她说吃了鸡树条荚蒾叶子的母鸡下的蛋又大又香，否则你哪能长得这么高！

眼前的鸡树条荚蒾，开花尚早，浓密的枝头鼓出一团团小花苞，她就这样不慌不忙地任性着，不久必将开出满树繁华。

田原摘下几个花蕾含在嘴里，他在花丛的阴凉处坐下来，顺手拔一簇开满紫色碎花的串串香在手里搓搓，顿时，整个人都弥漫在销魂的药香里。

他眯眼看着五十米外的地方，这样的距离刚刚好，他能看到所有人，但所有人都看不到他。

那间小屋还在，小屋里，奶奶也还在。这一次，她终于应所有人的要求，懂事了。

于是儿女们都欣慰地来了，大家一起动手，挥舞着镰刀清理院里半人高的杂草，草丛里蹿出一只黄鼠狼、一只野猫，游出了两条青蛇，吓得几个女人一阵叽哇乱叫……

一群麻雀聚在老槐树上议论纷纷：这可真是一个不寻常的日子啊！

田原一动不动地坐着，他知道那些人都是他的亲人，可是他不想见；他知道那小屋就是奶奶的家，可是他不想去，他就想一个人待着，远远地看着……

那间小屋是年轻时的奶奶和爷爷一起盖的，是一块石头一块石头垒起来的。那时，他们一定很相爱，他们的爱情就像太阳地里的莲花白越包越紧。而那时，他们也一定很年轻，很有力气，他们有力气种粮食，有力气盖房子，更有力气一口气生下五个孩子。这些孩子叽叽喳喳的，小鸡崽一样围绕在他们身边，迅速被喂养成肥硕健美的鸡公鸡母。

奶奶五十岁时，饱满得还像玉米秆上的一个大苞谷，而爷爷就像苞谷上的红须须，渐渐干瘪。在夜里，儿媳们还能听到公公和婆婆身体撞击得啪啪作响，争分夺秒。

奶奶五十岁时，又怀上了田原的爸爸，但是爷爷突然就喘得不行了，他挣扎着揪住奶奶，剪下了她垂到圆屁股上的那条长长的大辫子。

爷爷一手攥着剪刀，一手攥着奶奶的大辫子，咽了气。

奶奶挺着大肚子边哭边大口啃着窝窝头，前来帮忙处理后事的村人看见墙角一对交媾的绿螳螂，雌的骑在雄的身上，一口一口啃咬着雄螳螂的身体。雄螳螂不逃跑，亦不反抗，直至大半个身子被吃掉。村人们看着看着，就看出来了，那雄螳螂长得可真像屋里刚死的这个男人呀！

田原爸爸出生的时候，奶奶的身份是个寡妇。大年初一这天，家里无米下锅，她就挺着大肚子骑着毛驴去镇上卖柴火。

五十多年前的那个大年初一，那场雪下得真大，整个世界白茫茫一片，真干净。

大过年的，那毛驴驮着柴火，还驮着一个有孕在身的寡妇，心里很委屈，它把身子扭来扭去地闹情绪。寡妇被甩下来两次，她都揪着驴耳朵又爬了上去。

本来田原的爸爸在肚子里待得好好的，也没想非要赶着大年初一来报到，可那头毛驴真把他惹火了，他就急吼吼地冲出来找毛驴算账来了。

当时奶奶是想再坚持一会儿的，至少坚持到镇上卖了柴火再说，可这个犟种不干，驴也不干，当时他俩就不谋而合地把寡妇放倒在雪地上了。

寡妇气急败坏地捂着肚子想逼回去，驴躺在旁边斜着眼睛看笑话。

寡妇用尽所有气力，也没能扭转局势，她瞅瞅天地，白茫空旷，鹅毛般的大雪纷纷扬扬地从天而降，世界安静得像聋子的耳朵。寡妇知道她犟不过了，就一手揪住驴耳朵，一手把身下的棉袄抻平了，她闭上眼睛，躺安稳了……

后来，有一只兔子惊慌失措地跑了过来，它被眼前的阵势吓坏了：雪白雪白的雪地，鲜红鲜红的血，鲜血把雪地融掉了一大片，雪地上躺着一个死去的女人和一头驴，驴身边是一个浑身冒着热气的孩子。

那孩子就是田原的爸爸，当时田原爸爸还娇嫩得很，满身是血，像只剥了皮的肉老鼠。

更加惊慌失措的是那个追赶兔子的猎人，他扛着一杆土枪跑过来，看见那头驴正伸着毛糙糙的舌头舔孩子，好像那是它刚生出来的。

猎人腿一软扑哧就拱到深深的雪窝里去了，稍后，那猎人从雪窝里爬出来，哆哆嗦嗦地拿枪指着驴说：你……你个驴下的，你……你别过来啊！

这是田原父亲和继父的第一次会面，从此继父就一口咬定他是“驴下的”。

不是驴下的，怎么会有驴脾气呢？鉴于这样的事实，大家都认可了他继父的说法。

当然，还是先说五十多年前的那场大雪吧，寡妇还在雪地上躺着呢。

这个寡妇在雪地上躺了有几辈子那么长，天地墨黑墨黑的，地幕掀开一角，她向着无边的黑暗深处坠落，整个世界就要跟她没关系了……

那个猎人就是在这个时候出现的，有一只不怀好意的兔子领着他不停地转山坡，转了一座又一座，后来就一头撞到了寡妇面前。

寡妇扑闪着如水的大眼睛看着猎人，默默无语，猎人的心被扑闪得乱七八糟，他就把雪地里这一摊乱七八糟的人啊驴呀的拾掇拾掇弄回了家。

猎人把两只野鸡剥了皮按到锅里煮了，寡妇躺在热烘烘的土炕上，捧着大碗嚼肉喝汤，吃得口水滴答。

那时猎人还是个小伙子，没碰过女人，虽说眼前的是个寡妇，可人家也是个异性呢！

羞涩像满屋香喷喷的蒸汽熏得小伙子头晕目眩，他越晕，寡妇越镇定。她捧着大碗，一双眼睛从碗沿上含情脉脉地看着这毛头小伙儿。就这样，没几个回合，寡妇就把自己搞成了别人的老婆，顺便给孩子们也搞到了一个父亲。

至于那个猎人小伙子，他同时晋升为一个寡妇的丈夫和五个孩子的父亲。对他来说，人生的大喜大悲都来得太快了些。

后来，小伙子一直想搞明白她到底多大年纪，每次那寡妇都说自己是桃花盛开时出生的，听着很靠谱，可到底是哪一年的桃花盛开时呢？寡妇很认真地说：那谁知道，反正是桃花开时生的呗。

猎人到死也没搞清楚，虽然他和奶奶又紧密合作一起生了三个孩子。

猎人和奶奶在小屋里又生活了二十多年，毫无预兆的，在一次去山上打猎时，他擦枪走火对着自己的脑袋开了一枪，于是，跟大家不辞而别。

村人来报信时，奶奶正在煮一大锅玉米糊糊，几个小孙子嗷嗷待哺地围在锅沿边，她手里攥着一把长柄铁勺子，从热气腾腾的大铁锅上抬起脸，说：啥？我又死男人了?!

村里人都来帮忙处理后事，那天，奶奶手里拽着孙子边哭边嚼了馒头喂孩子，顺便自己也咬两口咽下去。

帮忙的村人四处查看，都没看见螳螂的影子，等他们回去后，异口同声说墙角有两只螳螂，母螳螂一口一口把公螳螂吃干净了，他们都听见了公螳螂的哭泣声。

那年田原两岁了，他攥着奶奶的手看着众人把爷爷抬出屋去，攥得一手心的凉汗。

有时孩子们故意缩起一只脚，或者把一大一小两只脚伪装成一对，看奶奶扒拉着手指半天都数不清楚，他们笑得滚成一团，胡乱嚷着：康平被狼叼走啦！田原被狼叼走啦……

……嗯，从此，再也没人喊他了，就算他天天在狼窝里，也没人喊了。

田原机械地嚼着草茎，舌尖麻麻的，突然他在小屋门前看见了一个身影，是……那个仙人！

几年没见，她的头发全白了，背也驼了，就是这个仙人，一口咬定说奶奶是个罪人！

四

仙人是奶奶的另一个儿媳妇，当姑娘的时候就瘦，必须拴上绳子才能当风筝放，否则一阵风就刮没影儿了。

仙人嫁过来的当天，扎着两条麻花辫子，穿着的确良红花褂子，她站在门口不肯进院，等着奶奶往箱子里放压箱钱。

奶奶也是经历过大风大浪的人，生了八个孩子，死了两个丈夫，娶了好几个儿媳妇，还没谁把她拿住呢，所以奶奶一扭身踮起小脚，就进屋去了。

仙人笑眯眯地站在街门口，她不急，日子还长，慢慢来呗。她掏出喜糖分给那些熊孩子，也给自己塞一块含着，嗯，薄荷味的喜糖，甜丝丝凉飕飕的，就像今天这好日子。

双方僵持到晌午，战局仍处于胶着状态。新媳妇不进门，家里的宾客都不能开席，饥肠辘辘的众人奓了毛，有骂娘的，有吹胡子瞪眼的，更有想伺机掀桌子挑点事儿的。

圈里的猪，院里的鸡鸭，墙角的猫狗，老槐树上的麻雀，都在七嘴八舌地窃窃私语。他们看着奶奶踮着小脚出来劝了三次，仙人都不肯让步，小伙伴们都惊呆了，以仰慕的眼神望着仙人。

越来越多的人聚集到门口看热闹，以婆媳为代表的两股势力都在密切关注着事态的发展。村里德高望重的老者被派出来了，他拄着拐杖威严地来到仙人面前，站定，深吸一口气，刚要开口，仙人脸上厚重的紫罗兰香粉突然发动了秘密攻击，直扑而来，使他连打几个响亮的喷嚏，闪了老腰，仓皇败下阵来。

于是，奶奶眼含热泪面带笑容地把从亲戚手里借来的300块钱放进仙人的箱子，仙人就昂首走进了屋子，她打赢了婆媳斗争的第一枪。从此，在村里掀起了轰轰烈烈的反婆婆反丈夫的妇女革命运动。

仙人之所以享有仙的美名，不只因为瘦，还因为她把全国各地的名山大川都走遍了，见佛就跪拜，见庙就烧香，跟各界神仙混得很熟，所以她拥有金刚不败之身，火不能烧，水不能溺，豺狼虎豹虫蝎不能伤之。

五十岁之前，仙人基本不住家，天南海北地寻求真理，回家就抓紧时间生孩子，在生产间隙，集中时间对婆婆展开围剿。

仙人如同那些青春年少的小母鸡，总是火急火燎地生了蛋，顾不得抱窝，就拍拍翅膀又要去追风。丈夫曾鼓起勇气试图阻止，仙人一个"五指扇"就让他的脸蛋光荣绽放。

仙人的丈夫扑到母亲怀里痛哭，当妈的便拉着儿子到了仙人面前，边骂儿子怂货该打，边偷偷掐他的大腿，寄希望儿子能瞬间雄起，对着仙人报仇雪恨。可是她把儿子的大腿都掐紫了，这个怂人却哭得更大声了。

仙人一声冷笑，再次呼啸而去。她真是受够了这些俗人，她也受够了这些俗人的世界。

仙人的女儿是个好孩子，无师自通地拥有了好孩子的一切优良品质：勤劳、懂事、听话，见人低头一笑。从七岁开始，她洗衣做饭，缝缝补补，安顿父亲和弟弟的生活，把仙人该干的事都默默地干了。

在村人眼里，她是最有可能扭转老田家名声的好女儿。

就是这个好女儿，十八岁时突然露出真面目，她把仙人绑在房梁上，用破布堵住了嘴，当着仙人的面，点火烧了她去参拜乐山大佛的火车票，然后她拿上家里所有的存折，一走了之。

从此，好女儿再也没有出现在村里，而村里却始终流传着她的神话。

话说仙人在房梁上吊着，忽然就单纯得像个婴儿，哭一会儿，睡一会儿，睡醒了，再哭一会儿，直到婆婆——也就是田原奶奶偶然路过，才把她从房梁上放下来。

因为绳子绑得太紧，吊得时间太长，仙人的一只脚坏死了。从此，仙人但凡走路，那只脚就在地上拖着。

仙人再也不去四处追风了，她收集了各种佛像，木头的、铁的、钢的、泥巴的，矗立在家里，所有的墙壁也都贴上了佛像，金光闪耀。

她没日没夜地跪在地上烧香磕头，与各级神仙交流沟通以提升自己，整栋房子里人影攒动、人声鼎沸，拥挤得连插脚的缝儿都没有。老公和儿子要蜷起身子，才能挤出门去。

不久，仙人的儿子突然得了重病，去世了。

仙人以她走南闯北的见识断定奶奶是个罪人，她扬言：就是那个罪人，活了那么久，把孙子的命抢来活了，把女儿的命也抢来活了，你们老田家人都等着吧，她会把你们的命，一个一个都抢去活！

一时间，整个田氏家族人心惶惶。

奶奶也内心惶惶，惭愧得不行了，一把眼泪一把鼻涕地跟老天爷诉苦，说：我不是有意的，真不是有意的，你到底啥时候能带我走啊?!

估计老天爷的大事要事太多了，一直都没顾上给奶奶个准信儿。没办法，她就腆着老脸去帮村里的几个儿子干活，甲家干几天，乙家干几天，丙家再干几天，力争平等，人人有份。

有一次，大半夜了，鸡鸭鹅们早都睡了，奶奶还在和儿子用铡刀铡玉米秸秆。儿子按铡刀，她续玉米秸，她真是太不省心了，拖泥带水的，儿子一铡刀下去，就把她左手的两个手指铡掉了。

过了些日子，另一个儿子开着手扶拖拉机去耕地，奶奶帮忙播种。那拖拉机干了一天活儿，熬得油干机乏，它突然就火了，一个高儿蹦起来，向坡底下蹿去。

儿子慌忙阻止，奶奶扑上前帮忙，那拖拉机猛然冲向奶奶，把她拱倒，压住了。

后来，众人把奶奶从拖拉机底下拖了出来，这次，她又失去了右手的三个手指。

从此，奶奶总共只有五个手指了。这并不耽误她干活，蒸馒头、擀面条、包饺子，给孙子们绣鞋垫。鸳鸯戏水的图案绣上喜字，喜鹊登梅的图案绣上福字。儿媳们在背后嘀嘀咕咕：那个罪人，脸皮真厚，还赖着不死！

再后来，奶奶就干不动活儿了，窝在小屋的炕头上，由大家轮流照顾。想起来，就去给她扔点吃的，想不起来，就算了。

曾经每逢过年时，田原都会去看奶奶，每次她都用仅存的五个手指攥住他的手腕，摸了又摸，掐了又掐，嘀咕着：原啊！你在那大北京，是不是吃不饱啊，咋就这么瘦呢！每次他都得使劲儿忍住心酸，心里说：不是我吃不饱，奶奶，是……是你太饿了！

五

山坡上，空气中弥漫着丁香的芬芳，混杂着泥土的甜腥，有蜜蜂在忙着采蜜，边干活边嗡嗡地向田原发着牢骚，抱怨自己天生的劳碌命。

太阳暖洋洋地晒着，田原有些恍惚的睡意，他看着小屋前进进出出的人，看着他的那些亲人，人人胳膊上套一个黑袖箍，上面用白线潦草地绣着一个"孝"字。他们理直气壮地戴上这"孝"字，向世界宣布自己是个问心无愧的好人。

田原摸摸自己的胳膊，那里是空的。

奶奶曾经拉着田原的手腕说：原啊，奶奶活得不如一条狗啊！

田原跟父亲——那个"驴下的"发了火，他说不用他们养，我来养奶奶，一分钱都不用你们出。父亲死死地盯着他的眼睛：好，你把她搬回北京去，你供在家里，你赶走你丈母娘，你老婆辞职天天伺候她，端水端饭，擦屎擦尿，你想好了，搬去就不要再搬出来。田原把手里的酒盅砸在地上，大年三十那天晚上，他把酒盅砸在父亲面前，从家里冲了出来。

母亲哭着追在后面，他撒腿就跑，母亲脚下一滑，惊叫着跌倒在雪地里。他停住了脚，母亲连滚带爬地扑到他面前，死死地把他抱住。他的眼泪吧嗒吧嗒掉进母亲的头发里，母亲拖着他向回走，他脸上的泪水积聚在腮边，迅速变冷，结成了冰碴子。

那天晚上，田原和父亲都喝得酩酊大醉，父亲把胸口捶得嘭嘭响，双眼通红地说：为了你，我把她接来，我接来！

于是在此后的一年时间里，奶奶住在田原的父亲家。父亲每天早晨起来给奶奶蒸鸡蛋羹，隔三岔五炸鱼、煮大虾，阳光灿烂的日子，就和田原妈搀着老太太下楼晒太阳。

这样的好日子过了两个月，奶奶就开始念叨说：你别天天给我吃鸡蛋啊，那老七家的儿媳妇要生了，我省给她。

第一次说，父亲忍着没吭声；第二次说，父亲还是没吭声；第三次又说，父亲毕竟是“驴下的”，他一下就火了，一把夺过碗，恶声恶气地说：你不吃拉倒，我跟他们不来往，你又不是不知道！

父亲转身就把蒸鸡蛋倒进了垃圾桶。奶奶还不服气，大声说：十个指头，我咬哪个都疼啊！

“驴下的”很生气，他是个讲道理的人，他一直都很孝顺，曾经老太太在村里但凡受了委屈，就会说：你等着，等我们家田原他爸回来。所以田原父亲一回去，必定要整顿秩序，起先也好好说，说了没用，他就直接动手。到后来，“驴下的”和另外几个兄弟姐妹都不怎么来往了。

奶奶还说：那大虾我吃了当个啥，自己吃了填坑，人家吃了扬名，你送给金枝，她日子过得紧巴。“驴下的”气得差点儿背过气去，要不是他现在岁数大了，脾气变好了，估计随时都会喷一口老血，含恨而去。

“驴下的”很着急，他总想让奶奶明白：有你吃有你喝的，就行了，别管闲事。奶奶也总想让他明白：你有吃有喝也不能堵住我的嘴，我得说话呀！

就这样过了一年，那个“驴下的”苦口婆心地和奶奶讲道理，厚嘴唇磨成了薄嘴唇，眯眯眼变成了大瞪眼，奶奶还是动不动要发出自己独特的声音。双方都很不愉快。其间，“驴下的”和老婆被气病了好几次。众人在背后窃窃私语：看啊，那个罪人，又要抢命了！

就这样，经过努力，奶奶终于又争取回到了自己的小屋。

田原也不是没想过把奶奶搬到自己家，每次在电视里看见那些百岁老人穿着大红的织锦袄，被儿孙们围着拍生日照，他就在想：奶奶也应该这样啊！这样很难吗？

田原为了这样的想法，冲动过，那次回奶奶家，他趁母亲不注意，端起奶奶换下的衣服去河边清洗。愈走脚步愈沉重，愈走心里愈为难，甚至不知道这事该如何了断了，那堆腌臜的衣物无法无天地散发着人类无法承受的味道，他忍不住干呕起来。

可是，自己的女儿出生时不就是这样无法无天的吗？而且那小崽子还气焰嚣张地日夜号哭不止，令全家人不得安宁。他并不沉重，也不为难，他欢快地给女儿换尿布，哼着小调，恨不得在那臭烘烘的小屁股上咬两口。

他感觉到自己的分别心如此严重，且不受理智控制，那是一种本能的厌恶和喜欢，他为此而羞愧。

他真心想把奶奶接来孝敬着，可是，老婆一阻止，他就放弃了这个打算，似乎他早就等着老婆来阻止了，现在终于找到了正当理由。

或者把奶奶送到养老院也是可以的吧，他在北京的金融街上班啊！一年六七万的费用还是能够承受的，问题是他一直在还贷款。小房子的贷款还完了，赶紧换个大房子，接着还贷款；大房子的贷款还完了，又赶紧在郊区买个别墅，继续还贷款，似乎生活中没有了贷款，这生活就没盼头了似的。

还有，他的车子也从奥拓变成了奥迪。女儿从高级幼儿园升了高级小学，眼见还要升更高级的中学，以及未来去美国留学，多余的钱并不是海绵里的水，挤了再挤，也是没有的。

曾经村里人都知道他田原在北京，在光芒万丈的首都，在那条充满神话的大街上工作，那钱肯定就像秋天的落叶，随便在街角旮旯一扫一麻袋。家里亲戚争相来借钱，生怕借晚了，就吃了大亏。

顾及着面子，起先田原是大借，然后是小借，到最后就一毛不借了。当然，他在老家的名声也从原来的"光宗耀祖有出息"，变成后来的"穷鬼，尿毛不是"！

所以，就算想了那么多，奶奶还是哪儿都没去，一直就待在那个小屋。她半夜醒了，盼天亮；天亮了，又盼天黑。其实天亮和天黑没有区别，日子安静得长了毛！

屋里的老鼠熬不下去，全都搬走了，它们的日子太苦了，很久都找不到吃的，小老鼠们纷纷得了营养不良症。

村里几个儿媳妇也熬不下去了，把奶奶屋里的瓶瓶罐罐都搬空了，恨不得把墙皮刮两层搬回家去。那天她们盯上了奶奶耳朵上那副金耳环，扑上来抢，把奶奶的耳朵都扯破了，流了血。奶奶誓死抵抗说：谁给我的，我还给谁。

几个人正抢得起劲，田原妈一进门，就听见奶奶扯着嗓子叫：这是原儿买的，我死了，就还给他。

田原妈拉下脸，几个儿媳妇讪讪地出门，还不忘酸溜溜地说：城里媳妇回来了，你又有好日子过啦！仙人愤然：都怪她，每回眼看着那罪人不行了，不行了，她一回来，热菜热饭地伺候着，罪人就又还魂了。

田原妈心软，性子弱，喜欢听人说好话，每逢轮到她来伺候，天空的乌云就飘走了。奶奶喜欢吃甜的，田原妈就去小商店买白糖，说：给婆婆买的。奶奶喜欢吃肉，田原妈就去烧肉铺子称卤肉，说：给婆婆称的。逢到街头人多的时候，就端着脏衣服去洗，说：给婆婆洗的。

于是周围十里八村的人都夸田原妈是个孝顺媳妇，奶奶也夸。奶奶对田原妈说：老天爷长着眼呢，你对我好，他就让你的孩子有出息，孝顺你，你就有福气。你看仙人那些穷鬼，一点儿福气没有。

田原妈愿意相信这些，她相信自己有福气，相信自己的孩子有出息。为了这些，她甚至和奶奶睡在一个土炕上，当然小屋里也只有这一个可以睡觉的地方了。

可是有一天，睡到半夜，田原妈被吵醒了，她听见老太太在跟人吵架，她裹在蓝幽幽的暗影里，银发似钢针般挓挲着，呈现凌空之势，似乎随时会飞起来把她卷走。她挥舞着双手驱赶着什么东西，凶恶地骂着：滚！人有人道，鬼有鬼道，你们快滚……

田原妈似乎被无数道绳索捆紧了，动也不能动，老太太扑上来抱住她，惊呼道：你爹回来了，你姐回来了，还有你侄子，他们都回来了……田原妈抖得像雨中的一片树叶。

从那以后，田原妈做饭经常找不到菜刀。原来，奶奶把菜刀藏进了被窝里，她把擀面杖、烧火棍、磨花的镜子，还有那把曾经剪掉她大辫子的剪刀都捂在被窝里，死死地按着，不让拿出来。她说死去的两个丈夫和儿子、女儿、孙子都回来了，一起给她唱大戏，她向他们吐唾沫，咒骂他们，赶他们走，他们笑着从这个墙角挪开，又在另一个墙角敲锣打鼓地唱起来……

田原妈被吓坏了，经常哭哭啼啼地给儿子打电话，说她晚上再也没躺下睡过觉，她整夜蜷缩在灶间的小板凳上摇摇晃晃地打着瞌睡，但凡听见老太太在炕上又挥刀舞棍地打起来，她就像一道闪电蹿出门去。

她没装，是真的害怕。儿子们害怕，媳妇们害怕，孙子们害怕，村里的人都害怕。奶奶自己也很怕，可是没有一个人来帮她，宽慰她，连苍蝇蚊子蟑螂都躲得远远的，留下她独自没日没夜颤颤巍巍地舞弄那些棍棒和菜刀。

周围十里八乡的人都知道了这件事，他们开心得不行了，笑着把老太太耍菜刀的故事四处传播。

已经三十三岁还没娶媳妇的康平，在一个风轻云淡的日子突然离家出走。也许是想说的话太多，所以最后，他一句话都没留下，就消失得无影无踪。

奶奶好多天都没看见人了。那天深夜里，奶奶又将那把生锈的老剪刀攥在手里，刺中了她的胸口。扎得很深，却也不再有血流出来，她的皮肉已干枯如柴。

她从屋里向外爬，像一只碎了壳的老蜗牛，中途还趴在灶间和院门口的石板上迷糊了两觉。等到公鸡打鸣的时候，她终于爬到了门前的大槐树下。

奶奶靠在树上，太阳暖暖地照着她，她不再念叨任何人的名字，也不再等任何人。

后来，村里有个傻子笑嘻嘻地过来了。傻子很亲切，奶奶和傻子玩了一会儿，她让傻子把一条麻绳搭在老槐树上，下面绾了一个结。

作为奖励，奶奶把那块留给田原的花生糖送给了傻子。那糖在兜里躺得太久，已化得不成形了。

傻子高兴坏了，听话地把奶奶挂在了那个绳结上，他一边使劲儿嚼着糖块，嚼得唇齿生香，一边卖力地摇晃着绳结上奶奶的身体。她轻飘得就像一片羽毛，在阳光下飞来飞去。

这是最后一次吧，她又轻快地飞了起来。不过有什么关系呢，世界马上就要与她融为一体了。风的味道，花开的声音，蝴蝶的惆怅，树木的叹息，远山的影子，还有苍穹的浩瀚，那都是她。她与整个世界融为一体，没有一丝缝隙。

六

奶奶的小院里，热闹非凡，浓密的炊烟一团团升腾到半空。一些女人在院里忙着杀鸡宰羊，准备款待乡邻。街门口支开两张大圆桌，碗筷已摆放齐备。

小山坡上，田原坐在鸡树条荚蒾树下，默默地看着。突然，他看见父亲和几个叔叔、大爷脚步匆匆地聚到了大槐树下，他们激烈地争吵着，高声大嗓，吹胡子瞪眼。

原来是在探讨给奶奶立碑的事。父亲说用大理石，姑夫说用木头，康平爸一脸不情愿地嚷嚷着：找个木板随便刻刻就行了，人死如灯灭。对了，去殡葬馆那两个花圈是我买的，这个费用要分摊。姑夫火了，说运尸车是他租的，要分摊。然后二大爷也火了，说酒菜是他买的……

他们脸红脖子粗地嚷嚷着，田原咬住嘴唇，木然地看着他的亲人们。这时，就见火最大的父亲狠狠一跺脚，一声大吼：都给我闭嘴！所有费用算我的，一分钱不用你们出。

几个人互相瞅瞅，都不吭声了。父亲双拳紧攥，看看这个，又看看那个，似乎马上就要挥拳打起来。母亲跑过来，奋力把父亲拉走了。父亲不甘心地回头嚷嚷着：我自己立碑，你们谁也别想把名字刻上。

田原长长地吐出一口气，闭上眼睛，他真的不想看见这些，他也真的不想听见这些。奶奶呢，她还听得见吗？或者，她已经不在意了，毕竟她都听了这么多年了，此刻她只想安安静静地再也不发表任何意见。

门口的两张饭桌前，坐满了各色人等，他们吃着喝着，互相说些什么，几个女人不停地把饭菜端上桌去。

田原似乎听见牛羊在哀嚎，鸡鸭在饮泣，鱼虾蟹鳖活活被油烹火烤，那怒目圆睁的螃蟹砰砰地击打着锅盖,一次又一次奋力顶开牢笼,却终于逃脱不了厄运,被煮得通红成为美味。众人争相食啖,不消片刻,桌上已是尸积成山。

他也感觉到饥肠辘辘,临时走得匆忙,并没有准备吃的东西。他抿着嘴唇,看了看周围,眼睛越过蓝刺头、牛筋草,再越过蛤蟆菜,嗯,有了,一团胖嘟嘟的醋绺绺正静悄悄地躲在灌木丛。他拔下来,在衣服上蹭了蹭,塞进嘴里大嚼起来,立刻嘴里酸酸爽爽,牙齿间清嗖嗖的,似有小凉风穿过,整个人都清醒起来。

他继续四处搜寻,突然眼前一亮,茂密的草丛里出现一颗小圆果,鲜红饱满,大小如黄豆粒。他欣喜地拨开草丛,猛然看见更多的小红果。它们的藤蔓附地而生,节节生根,每枝有三叶,叶上有清晰的齿刻,那些小红果就长在枝节处,精灵剔透,诱人垂涎。

他伸手刚要摘下,突然脑中灵光一闪,似听见奶奶高声喊道:别动,那是蛇莓!

奶奶说每颗蛇莓下都藏着一条毒蛇,只等果实熟如火珠时,一口含住,舔食,却不吞下。它把唾液留在果实上,只等馋嘴的人来吃,就被毒死了。

想到奶奶曾经的告诫,田原心底一寒,慌忙躲开了,生怕稍一迟疑,草丛里潜伏的毒蛇会猛地蹿出来。

田原在山谷里游荡,他用瑞士军刀挖了一些草药,桔梗肥厚,嚼起来有些苦,也有些清香。婆婆丁酸得他龇牙咧嘴。让他欣喜的是竟然还采到了两棵灵芝,紫红色,暗光浮动,表面布满一圈圈云龙纹。

在乡下,这灵芝草并不金贵,小时候他老是缠着奶奶问,白蛇娘子为了这灵芝就要跟法海老和尚拼命,是不是太傻了?奶奶说每个女人都是傻的,就是成了仙女,也不例外。

田原走得热了,他手里握着那两棵灵芝边走边四处张望,想找些山泉水喝,突然,呼啦啦一阵响,旁边一灌木丛中腾空飞出一只彩色大鸟。

只见澄澈的蓝色天幕下,那大鸟金霍霍的长翎尾羽璀璨绽放,火红的冠子,宝石蓝色的长脖,后背一片灿烂的金红,最醒目的是蓝脖上装饰的那道白色项圈，是……山鸡！不！应该是传说中的凤。

传说中的天方国，有一对五彩的美丽神鸟，雄为凤，雌为凰。每满五百岁，它们就要背负积累于人间的所有痛苦和恩怨情仇，投身于熊熊烈火中，以生命的终结换取人世的祥和与幸福。而它们历经了浴火的苦痛后，得以重生，更加华美锦绣，永不再死。

田原拔腿追上去，那凤快速奔跑，在一巨石上稍做停留，再次一跃而起，它丰美绚丽的身姿，在天幕划过一道弧影，不见了。

田原顿足，懊恼地叹息，这时才惊觉手里的灵芝不见了。也不知是何时遗失的。他心急地四处寻找，都怪那凤，虽说它是来自天国的神鸟，在乡下，没那么多讲究，大家直呼山鸡了事。

小时候，奶奶经常把谷粒拌上米酒撒在山鸡出没的地方，然后就带着田原去山上挖草药。傍晚的时候回来，准能看见醉在梦乡的山鸡倒地呼呼大睡，鸡事不醒。你只管捡它起来，扔在草药筐里，带回家就是了。

奶奶会用山鸡熬汤，里面扔几棵新鲜的野山参和黄芪。田原美滋滋地吃肉喝汤，吃饱喝足后把长长的凤尾翎绑在头上，和村里的孩子们玩大王巡山。

后来，他考上了北京大学，奶奶一口咬定是山鸡的功劳。她理直气壮地说：不吃山鸡，你的腿怎么能跑那么远！你的脑袋怎么能那么灵光！

田原不止一次看过村里的男人们捕捉山鸡，那情景记忆犹新。

寒风刺骨的冬季，连续多日，大雪纷飞，整个田野山川都笼罩在一片白茫茫之中。山鸡找不到吃的，就会偷偷跑到村子附近觅食。冬闲的男人们扫开积雪，在空地上撒一溜谷粒儿，由少到多，循序渐诱，于谷粒儿最多的地方拉起一张网，网和地面之间留有一米左右的距离，然后他们就没事儿人一样聚在热烘烘的炕头上打扑克。

一只饥肠辘辘的雄山鸡一路跋涉而来，突然看到地上的谷粒，它都差点儿喜极而泣了，刚要扑上去……

不！稍等，美味之下，必有陷阱！人类出没的地方，要万分小心。这是无数伙伴以生命换来的血泪教训，这样的教训在山鸡家族已是成长必修课。

山鸡谨慎地观察，冷静地打探，理智地谋算，没有美酒，没有毒药，没有陷阱，也没有埋伏。它慢慢靠近，小心啄食谷粒儿，食物与肠胃融合带来的愉悦，迷乱了它的心智，令它忘乎所以。它边走边吃，也顾不得抬头，就这样不知不觉一直走到网子的下面。

啊，如此之多的美食，这是上天的恩典。它感激涕零地一口气吃光了所有的谷粒儿，为能熬过这个寒冬而欣喜。

它高高地昂起头，准备振翅高飞，向着美好的生活，但……美梦转瞬即醒，它重重地撞到了网子上！

怎么会呢？不！它不相信，再次奋力高飞，撞落了羽毛，撞断了长尾翎。宿命狞笑着愈逼愈近。它惊慌失措，没命地一次又一次拼尽全力向蓝天冲刺……

那个冬天，小小的田原和一群孩子蹲在网子的边上，看那只昏了头的山鸡悲鸣着一次次撞翻在地，它屡战屡败，屡败屡战，直到把自己撞击得奄奄一息。

孩子们笑得在雪地上打滚，这蠢东西啊，其实它只要肯低一下头，就能轻松地从网子下面逃走。可是它固执地以为只有向上飞，才能突围，只有向上飞，才能飞上蓝天。

于是，那只山鸡，不！那只凤，它被自己坚持向上的心害死了。

想到当年那只恐慌的凤，它因感知到死亡逼近而抖成一团，它的恐惧，成为人们的笑料；它的悲鸣，成为人们的喜乐。田原惊诧于自己和众人的残忍及愚钝，他们沉迷于自己的悲伤和恐惧，而完全无法感知一只凤也是会疼痛和绝望的。

他轻叹一声，向前走去。不远处的草丛里突然传来不安的咕咕声，他一愣，顿住脚，有更急促的咕咕咕声传来，于是，他看见了，在浓密的草窠里蹲着一只母山鸡。

对了，这只应该就是凰。按照一凤一凰的说法，它理应就是那只逃走之凤的妻子。

此刻，在它身下的软草堆上，躺着几只淡绿色的蛋，原来它正在孵化小生命。同所有要当妈妈的女性一样，它衣着朴素，甚至邋遢，全身棕黄色夹杂着黑斑花的短毛，完全不似凤那般花哨，且风流倜傥。

它并没有逃走，而是半蹲起身子，用翅膀护住蛋，后背微微弓起，极力压住内心的惊惧，死死地盯着田原，似要拼死一战。

田原就这样与一位母亲狭路相逢，紧张对峙。它急促地扇动翅膀发出尖厉的鸣叫，警告他马上要给他点儿颜色瞧瞧。

他轻轻地笑了，为这位母亲的虚张声势，他下意识地举起双手表示投降，挪动脚步，慢慢后退。这是相亲相爱的一家人呢，他为无意中闯入它们的领地，表示抱歉。只是……那只凤呢？它不是应该站在凰的身边一起对付入侵者吗？

也许，它们真是神鸟的后代，千年流落，已忘却最初的信念，失去最初的刚烈。也许，在电闪雷鸣、流火击中枯木熊熊燃烧的那一刻，它们仍能依稀感觉到某种遥远而神秘的召唤。

田原走出凤凰的家园，在山谷里继续游荡，清风拂面，心旷神怡，关于乡野的记忆都一一复活。

在一低洼处，他发现一小水洼，水面覆着一层落叶，看不出水从哪里来，亦看不出往哪里去。

他拂去落叶，本能地向水中吐了一口唾沫，唾沫迅速散开，消失不见。这就对了，是活水，无害。

他跪下来，俯身下去咕咚咕咚喝了个痛快。奶奶曾经说过，如果唾沫凝聚成团经久不散，那样的水不能喝，有毒，甚至会被毒死。至于原因，奶奶没有说，他也没有问，而且永远不会有机会再问了。

他继续踏草而行，丰茂的花花草草簇拥在脚下，或许这正是唐寅所说的“遥闻逋老经行处，芝草葳蕤满路傍”的景象吧。

嗯，等等，葳蕤？他心头一动，立刻睁开眼睛四处搜索。果然，在一土厚地沃的阴凉处，出现了那不凡的身影。

碧绿的一茎，叶片似竹，环茎对生，挺直却并不直指苍穹。它微微倾斜着，如同一清瘦的书生，清高之中透着一股柔弱，一串串白色小花铃铛似的悬垂着，在风中轻轻摇曳，温顺而雅致。没错，正是葳蕤——黄精！

他记得有古书说：黄精是芝草之精，一名葳蕤，一名白芨，一名仙人余粮，一名马箭，一名垂珠，是鹿、兔心头之爱。不知为何，在这些名字里，田原尤喜“葳蕤”这两字。

他奔向那棵葳蕤，单膝跪在它的面前，这样壮美的一棵仙草，汲取天地雨露精华至少该有上千个日日夜夜了。

犹豫着，他甚至有点儿舍不得动手了。以前奶奶经常采它回家，九蒸九曝后，代替粮食，它口感醇厚，味道甘美。最重要的是可以调养五脏六腑，令男人肌肉充盛，骨髓坚强，其力增倍；令女人容颜不老，貌若天仙，白发转黑，齿落而更生。

他绕着葳蕤的根部拨开表面的泥土，小心探寻着，它的根扎得并不深，但横着长，若直上直下地采挖，必会将其挖断。原以为小时候的那段生活早已淡忘，不料它们竟如此完整地封存在记忆之中，此时开启，清新如初。

他娴熟地挖出一棵葳蕤，它丝毫未损，肥硕的根部呈乳白色，如插在竹签上的五只鸡头，上粗下细，靠近嘴部有圆形的鸡眼睛。

对了，奶奶不叫它黄精，也不叫它葳蕤，叫它鸡头精。

奶奶说：从前有个官人，官人家有个丫鬟，丫鬟长得俊俏秀美，俊俏秀美的丫鬟被官人看上了，要霸占她，丫鬟就逃进了深山老林。

后来，她见一种野草枝叶可爱，取根食之，竟然久久不再饥饿。

晚上，这丫鬟睡在大树下，忽然听到草木呼啸，以为老虎来了，她一抬身就飞上了大树。天亮后，她又从树上飞身而下，这才发现自己竟然能够凌空来去，身体轻巧灵活如飞鸟。

过了几年，有砍柴的人惊见一披头散发的妖怪，在悬崖上飞檐走壁，来去自如。于是，官府派重兵设下天罗地网，终于将妖怪捉住。

这“女妖”开口说出了实情，只因常年吃一种野草根。李时珍知道了这件事，就去拜访她。根据她的指认，确定那野草就是黄精，后来将其写入《本草纲目》，并列入榜首。

这是奶奶讲的故事，不知有多少真实的成分，却足够把小时候的田原哄得滴溜乱转。那时奶奶经常用黄精干掺上一些米煮饭给孩子们吃，号称“妖精饭”。

她说：赶紧吃，大口吃，吃了就成精了。

那种情形，他也都还记得，一群寄养在奶奶家的孩子热火朝天地抢吃“妖精饭”，都盼望着自己能第一个成精。

田原抖掉葳蕤根上的土，将其掰开，断面是很干净的乳白色，散发出淡淡的清香。他在草地上仰面躺下，看着澄澈纯净的蓝天，嚼着葳蕤，有微微的甜味在唇齿间弥漫开来，柔和而温润，整个人都轻飘空灵起来。他将那铃铛似的小花也放进嘴里，含吮着。

或许……就这样在山中度过一生，也是好的吧。或许就真的成精了吧。如那“女妖”一般来去自如。

会的，一定会的，田原恍惚记起他曾经在学校图书馆查到这样的记录：有一位无暇大师在九华山中隐居了百余年，隔绝尘世，苦心修炼，一百二十六岁时圆寂。

后来明朝崇祯皇帝派朝中王尚书前来进香。遍查附近山洞，才发现已经坐化了三年的无暇大师真身，身旁有血经八十一本和一卷身世自传书。同年，崇祯帝派人送去御笔“应身菩萨”的匾额，并以金粉涂身。

根据大师自传记述，他久居深山，缺粮少食，全靠吃黄精及野果度生。后来则不进食，只吃黄精，并且每过二十日自割手放一次血。他先后用了三十八年时间，用自己的血写成了八十一本《大方广佛华严经》。

如今，这部血经还保存在九华山寺内，应身菩萨的不腐肉身亦……田原的手机在此时突兀地响起来，铃声打破了缥缈的思绪。

他本能地要去掏手机，一阵眩晕突然袭来，他镇定一下，竭力想使自己清醒过来，但却不能了。

意识在很远的地方飘着，身体也轻飘飘的，他看见自己飞到半空，像一团凝聚的薄雾，无动于衷地看着躺在草地上的另一个自己。

他有些讶异，也有些惊慌，他想让两个自己合为一体，但大片的黑暗漫过来，整个天幕都遮蔽了。他极力想把天幕撕开一角，透出一点儿亮光，却一动不能动，他青烟一般无声无息地飘向无限的虚空……

在此后的十多年，他都是跟着奶奶生活，因为父亲——那个“驴下的”混到县城上班了。“驴下的”脾气大，不便养孩子，所以姐姐和田原都曾寄养在奶奶家。

当然，奶奶那些脾气不大的孩子，也喜欢把自己的孩子寄养在这里。密集的时候会散养着三四个孙子，稀疏时就零星的一两个。孙子和重孙子一起寄养的个别情况也时有发生，基本上养到十岁左右懂人味了，就送回父母身边去。

田原就曾和大伯家的孙子一起住在奶奶家，按辈分那孙子要叫田原叔叔，可是他仗着比田原大两岁，总喊他弟弟，故意大声嚷嚷着，鄙视地笑，豁着没有门牙的大嘴。

为这些，田原总是赌气跑到门前这座小山上藏着，然后看奶奶握着烧火棍从屋里跑出来，踮着小脚一路惊飞鸡群和鸭群，把那小子打得哇哇乱叫。然后奶奶就扯着嗓子冲山上喊：你个小兔崽子，还不回来，山上有狼把你叼狼窝去。

田原藏在挂满浆果的灌木丛里，他打定主意再也不回去了，他要等着天色暗下来，等着那些狼啊豹啊专门吃小孩子的妖婆子来把他抓走，他要让奶奶吃不了兜着走，让父亲跟奶奶大吵大闹……

后来暮色重了，麻雀不吵了，门前小河的水哗啦啦响得让人心烦，小屋上空的炊烟袅袅地飘荡着，空气里弥漫着浓浓的蒸红薯的甜香。

他咽着唾沫，撒腿向山下跑去，飞快地蹚过小河，一头冲进奶奶家。正在灶间烧火煮饭的奶奶顺手在他屁股上拍一下，笑骂道：你个小心眼子！

等热气腾腾的红薯端上桌，几个孩子一人一个抢到手里，也顾不上剥皮，张嘴就啃，烫得龇牙咧嘴咝咝地吐着气。

奶奶把松木棒子填进炕洞，火苗呼呼烧起来，火星噼噼啪啪地迸溅着，孩子们吃饱了，就双脚朝外并排躺在热烘烘的土炕上，强撑着蒙眬的睡眼，等着奶奶来点数。奶奶总是先蹲在鸡窝边扒拉着数归窝的鸡鸭，一、二、三、四、五……数完了，嘀咕着：黄鼠狼没叼走，一个都不少。然后她再挪到炕前，按住一对对小脚丫，开始点数：一、二、三、四……数完了，满意地嘀咕着：狼没叼走，一个都不少！

七

不知道躺了多久，夕阳西下时，田原被一阵嘈杂的声音吵醒，是女人的哭声。时断时续，忽远忽近。他努力回想，不知身在何处，亦不知魂魄飘往何处。

他挣扎着睁开眼睛，发现自己仍然躺在草地上，身边是那棵已萎了枝叶的葳蕤。他不确定自己是睡了一会儿，还是死了一次。

或者说睡了就如同死了，在每天夜里，他睡过去，在陌生的时空游荡，见陌生的人，做陌生的事，醒来时并不能解释梦里的一切。而在梦里，也从不能解释醒着时的一切。或许就是这样吧，在天地阴阳交融的时刻，他在两个不同的时空里往来穿梭。

他试图回想刚才是否有梦，梦里是否留下一些神启，却并不曾找出一丝痕迹。女人的哭声又起，夹杂着低语和窸窸窣窣的脚步声，愈来愈近了。他清醒过来，有人来了！

有一群人正向田原走过来，走在前面的人手里抱着一个方正的红色包袱。田原的眼睛停留在那片红色上，他的心抖了一下。他知道，那就是奶奶了。那个曾经会说会笑、会喜会怒、疾走时会卷起一阵风的奶奶，就这样化为灰烬，从此无声无息。

如果神鸟积香木自焚，是为了轮回的幸福，那么人类背负所有的苦痛与磨难投身火海，也是为了不死，为了重生吗？

田原的手机再次响起来，他惊出一身冷汗，本能地按掉，关机。

送葬的队伍并没有被惊扰，他慌忙从草丛里翻身爬起，弯腰躲到旁边一处灌木丛后。

人群缓缓而来，他紧闭嘴巴，看着他们从面前走过，父亲、母亲、康平爸妈、仙人两口子，以及他多年不见的那些亲人。男人们面无表情地扛着铁锹，女人们偶尔哼哼着啼哭两声。

他尾随在送葬的队伍后面，保持着不被发现的距离。人群走到那丛鸡树条荚蒾旁停住了脚步，开始争执起来。男人女人都情绪激动，有人指向东边，有人指向西边，就见田原父亲把红色包袱往妻子怀里一塞，冲向一男人就去夺他肩上的铁锹。

众人都愣着,田原也愣了,难道父亲要武力解决?

却见父亲夺下铁锹,二话不说就在鸡树条荚蒾丛前埋头开挖。田原顿时明白了,他想起奶奶活着时经常念叨:我死了,单独埋,不跟他们任何人在一起。那会儿康平妈还逗她:你有两个男人呢,哪个对你好,你就跟哪个埋一起。奶奶坚定地说:我就自己待着,清静!

众人见拗不过田原爸,也就不再坚持了,一起动手挖起土来。田原松了口气,还好,这次,他们终于听了奶奶的话。

暮色渐渐重了,月牙淡淡的影子出现在天边,该做的仪式已做过,众人匆忙离开,没有谁回头,唯恐走得慢了,被单独留下来话别。

他们的身影拐过山坡,迅速不见了。

田原在野地里采摘了一大把野花。当他回到奶奶坟前时,顺手折了几支白色的鸡树条荚蒾花,却蓦然发现繁茂的鸡树条荚蒾丛中掩着一些枯萎的枝条,上面挂着黑褐色的浆果,想必是去年留下的。

幽蓝的月光下,看这鸡树条荚蒾,一丛含苞待放,一丛干瘪枯萎,倒也相得益彰。

他摘下一些干瘪的果实,握在手里,就像握住那些终将逝去的生命,恍然间明白,在没有开始亦没有尽头的时光中,生命细碎的悲欢从不曾停止。

这是一个月朗星稀的夜晚,万物静谧,天地不语。

他静静地跪在地上,膝盖贴着厚重的土地,额头触着露水的温凉,清风明月,山影间,听松涛阵阵,野鸟呢喃。

他感觉到了,草木花果是何等的葳蕤丰茂,山水河川是何等的伟岸壮丽,天地星辰又是何等的浩瀚无垠。而尘埃般渺小者如自己,曾何等的招摇,自己的欲望又曾何等的喧嚣。对世间万物慈悲的恩典,他没有望见的眼,没有洞察的心,亦没有识出引领他抵达福祉的神。

一阵风吹来,他听见奶奶的低语拂过耳畔,如雪白的鸡树条荚蒾花绽放在夜色里。会的,一定会的,生命中那么多猜不透、看不清和无能为力都会被时光廓清,被时光慈悯,又被时光所遗忘。

八

在奶奶坟前,他静静躺了一夜。

第二天清晨,他踏上了回京的动车。

他打开手机,看到有公司同事老张的十几个未接电话。他知道,因为自己的不辞而别,章鱼肯定发飙了。

他懒得理睬,一切等回到公司再说,要杀要剐都随那死章鱼去吧,大不了臭骂一顿,大不了辞职。他把沉甸甸的双肩包紧紧抱在怀里,那里装着他从山上采来的草药,还有一些奶奶坟前的泥土,他要带它们回家。

田原先去公司,走到公司大楼前,老张的电话又来了,他不接,只是加快脚步,老张却催命似的一遍又一遍地疯狂拨打。

他像一张浸了汽油的纸呼一下燃烧起来,按下接听键,刚要破口大骂,老张的声音已呼啸至耳边:你他妈的死哪儿去了?

田原一怔,老张却突然呜咽起来:呜呜呜……完了!全完了!章鱼,章鱼不行了……

田原是靠在大楼门前的柱子上接老张电话的,听着,听着,他顺着柱子,就滑坐在了地上。

原来昨天章鱼突然晕倒在办公室,老张把他送到医院一查,傻眼了,直肠癌晚期,医生要求立刻住院。

老张强打精神回到病房,不知如何向章鱼隐瞒这事。刚醒过来的章鱼自己拔了吊针,就要回公司继续战斗。老张劝不听,护士劝不听,医生劝也不听,章鱼冲这群企图阻止他进步的人训斥道:时间就是生命啊!我公司的上市资料都交到证监会了,你们这群鸟人,竟然还敢浪费我的生命!谁也别想阻止我!

章鱼向门口奔去,老张冲上去抱住他哀求道:你就不能对自己好点吗?你真的要对自己好点啦!章鱼一把推开他,凛然道:我必须对自己狠啊,这个世界才会对我笑……

田原坐在冰冷的大理石地面上,耳边是老张的絮絮叨叨……他眼前闪现出章鱼对自己狠时那副嘴脸,表情坚定,眼神冰冷地直视前方,他一字一顿地说:我没爹可拼,只能拼命!

所以章鱼年纪轻轻已双鬓斑白,跟他七十多岁的父亲走在一起,像兄弟俩。他拍着父亲的肩膀笑:我没事儿,少白头,初中就这样。

章鱼两腿纤细得像麻秆,肚子却大得像面鼓,隔着衣服用手拍一拍,就看见暗流涌动。章鱼笑着跟老婆说:我没事儿,虚胖!

那一次,田原和他出差去天津,两人逮空儿坐在狗不理包子铺。章鱼两手各攥一个雪白的包子,一口咬下去,包子上绽开一圈红晕,章鱼笑着说:我没事儿,牙龈出血嘛,吃点菜就好。

还有那次,田原和章鱼一起陪客户,对方很难缠,翻手云覆手雨地变幻莫测。章鱼一直笑,笑得脸都僵了,不停地陪酒,直到烂醉。夜半时分,田原背着章鱼走在空荡荡的金融大街上,章鱼趴在他肩膀上,又哭又笑地说:我为什么笑得那么甜?因为生活,因为生活太苦啦……

也许……章鱼就是那只网子中的凤吧。他明明可以的,一低头,就从网下从容离开,却非要固执地向上飞,一直向上飞,于是他被网住了,永远不能再挣脱。

电话里,老张吸吸鼻子,继续说道:后来医生被惹火了,直接把检验单拍在章鱼手里,他就傻了,整个人都瘪了。

田原闭上眼睛,紧咬住嘴唇,心里狠狠骂道:章鱼,你这个混蛋,你现在终于明白了吧?你对自己狠,他妈的这个世界会对你更狠!

田原没有去办公室,也没有去医院。

黄昏时分,他神情恍惚地走在林荫道上,短信提示音响了一下,是章鱼。他说:哥们儿,我的墓志铭这样写:这里躺着一条章鱼,他再也用不着那么多手了。

他看着短信,眼睛猛然一辣,久违的泪水突然决堤而下,无法遏止。他看见自己的泪珠结结实实砸在水泥地上。悲伤突袭而来,瞬间耗尽了所有的气力,他虚弱得不得不蹲下来,让自己在路边先哭一会儿……

一个细长的东西,蠕动着,一点点儿靠近他,他使劲眨着眼睛,看清了,是一条蚯蚓。有圆珠笔那么长,它正在横穿马路。

田原茫然四顾,明白了它的来处,原来是浇灌花木的工人冲毁了它的家园，它才仓皇地踏上这险途。坚硬的地面，不过五六米的距离，对它却是致命的厄运，随时有被碾压至粉身碎骨的危险。它惊恐地向前爬去，极力想摆脱这困境。

他顿生怜悯，随手在路边折下一条树枝，弯腰挑起它，快步走到一棵玉兰花树下，将它放在松软的泥土上。

它立刻向土里钻去，这里，花香、草绿，泥土温暖，是它梦寐以求的家园。凭它一己之力绝不能办到，而对他不过是举手之劳。

或许，对这条蚯蚓来说，他就是它的神。那么，他的神呢，也会来救他吗？在他恐慌无助的时候。

他看着那条蚯蚓迅速向泥土里钻进去，只消半刻，就进入了它的天堂。可能，会吧，在很多时候，他的神，章鱼的神，也都是来过的，只是他们颟顸而不自知罢了！

夜晚，田原回家，一个人待在阳台上，那包从奶奶坟前带回的泥土被他倒出来，装进了一个花盆。

然后，他把一些鸡树条荚蒾的果实种了进去，那干瘪的果实里，有饱满的种子，蕴含着新鲜的生命。

没有开灯，他独自坐在漆黑的阳台上，望着前方楼群里明亮的万家灯火。生命就是这样吧，青葱翠绿，如割韭菜，一茬，又一茬，很快就轮到自己了。

他微微合上眼睛，静听着时光之刀喀喀地逼近。

突然八岁的女儿欢笑着跑过来，在他脸上使劲儿亲了两口，叫嚷着：爸爸，爸爸，我好爱你呀！

他把女儿抱在怀里，平静地笑着。是的，此时，他是她的挚爱，他也是她的依靠，但是总有一天，他会像奶奶一样老去，被冷落，被嫌弃，被忽略，被鄙夷……

可那又怎样？他还是会爱她，视若珍宝，就像从不知道这些一样。

——原载于《人民文学》2017年第9期

作者简介

宋潇凌，中国作家协会会员，国家二级作家。出版长篇小说《单行道》《个别女人》《说吧 你到底要什么》，小说集《笑相逢》《我为谁守身如玉》；有大量中短篇小说发表于《人民文学》《中国作家》《小说月报·原创版》等刊物，多部作品入选《小说选刊》《21 世纪中国文学大系》《小说月报年度精选集》等各类选刊及年度精选本。

淹没

（长江故事之一）

■ 贺彬

何秋

女孩儿的出现，彻底改变了这两个男人之前稍显枯燥的专车旅程。

初夏的某个夜晚，投射到何秋那辆路虎揽胜前窗里来的婆娑树影，在远郊那片黑乎乎的别墅区一带的橘黄路灯映射下，显得有那么点儿骚动不安。

等待早就习以为常，何秋那间身处康城市中心的代驾公司，几乎指定了他专车接送那人。家明，康城大学教授，那个戴着一副黑框眼镜的精悍男子，从之前的那个冬天起，就和何秋组成了不变的二人组。每个星期的周二和周五，大约深夜1点50分，他都会尽可能无声地，让那头墨绿色的巨兽，在别墅区3号门外的某一株梧桐树下蛰伏下来。他可以任选一株梧桐，并且感受自己对那部路虎完全的、刻意小心的操控，他区分着自己每一次栖息的树影跟树影之间微妙的不同，聆听着发动机的轰鸣如一头巨兽，叹息着，略有几分不耐烦地吐出最后那口浊气，沉寂下来。

那样的时刻再三上演，让何秋产生了某种错觉，以为自己真的已经心如静水了。

十分钟，最多一刻钟之后，家明就会急匆匆地从那个被门房节能灯幽微照耀着的弹簧门边踅出。他步履急迫，在那静谧的午夜，也像是在奔赴某件刻不容缓的要事。他算得上是位模范主顾了，守时，不多事儿，也没什么大老板派头，不时还会用那对机灵的斗鸡眼盯牢了你端详，对你饶有兴味的样子，一来二往也让何秋丢失了距离感。他好几次都忍不住对自己说，这人倒真是活力四射啊，深更半夜的，他的脸怎么还会像块金属片儿那样闪闪发亮呢。

他当然知道他们在那绿树掩映的别墅里都干了什么勾当，但他恪守专车司机的操守，极力不显出哪怕一丁点儿的好奇心，做出一门心思开车的一招一式。那是康城北部新区八车道的水泥路，无比空旷，车辆稀少的午夜，更像是无边的原野。他甚至好几次有意拒绝了家明亲切地丢过来的香烟，冲他挥舞两下雪白的手套，并将那支软中华码放在操作台前。“摆了车再抽”，他用很有把握的明亮微笑，又一次强调了自己的职业化。

有时候，他们也交谈，而且家明总是发起话题的那一个。驾驶技术，各款新车，微博、微信上正热烈传播着的一则新闻，家明的观点时常会让何秋暗自吃惊。比如有一次他们说起公交车上一位七旬大爷对不让座的小伙儿扇耳刮子的视频，何秋没想到家明竟会那样义愤：“我说啊，你都那么大年纪还到处乱跑个什么劲儿啊，老实待家里不成吗，你这样东奔西跑和年轻人抢地盘，我看就是他妈的为老不尊。”

他留意到家明带出来的脏字儿，却仍然眼睛也不闪一下地轻声问了句：“今晚还去夜市吃水饺？”

那是他们回家途中不时上演的戏码。家明每次上车，尖下巴的脸上总透出勃勃的饥渴来，何秋后来才知道，那样的饥渴，其实同他当晚在牌桌上的输赢并没多大关系，即使惨败，他也会显出对观音桥夜市尽头那家河南人开的饺子摊儿丝毫不减的胃口。他会招呼着“老规矩老规矩”，然后不断催促那个瘸腿的小伙儿将半斤韭菜馅儿的大饺子端上桌来。何秋照例会婉拒，声称胆囊有毛病，没法儿夜食。他会在一边研究那个狼吞虎咽的家明，察看他的腮帮子怎样像两块儿馒头似的鼓起来，揣摩当晚牌局的走势。

有时候，情况真是出乎他意料地走向了反面。那晚，家明将一只牛皮纸袋落在副驾座儿上，没露任何声色就下了车，甚至连他惯常的饺子夜消也省了。他后来取过纸袋查看，封口处的棉线也只是不经意地绕了几圈，轻易就抖搂出里头七八万元的现金。他立刻拨打了那个方便他们联络的号码，刻意用平淡的语调对着听筒说："你的东西，昨晚落车上了，我啥时候给您送去？"他没料到对方却那样的漫不经心："那什么，我们过两天不是还老地方见吗，你到时带来就是。谢了谢了啊。"何秋有些失望地回想起头天夜里那男人扒开车门蹿上来的情形，竟然连一丝一毫的自得也没有，甚至比往常还要颓唐几分。他有点儿愤愤地想，真要不出声地将那纸袋据为己有，让那七八万元的现钞在那个有些虚张声势的车厢里悄没声儿地蒸发了，那个泰然自若的赢钱者会不会稍许有点儿失色？

女孩儿叫小安，是家明那所大学里研二的学生。

那夜，何秋照例接了家明，却有些诧异地听到那个仰靠座椅上闭目养眼的顾客，含混吐出几个毛线团儿似的字眼："去接个人……"

按家明的吩咐，何秋驶向了内环高速的最北端，路灯愈见稀少，最后完全坠入城乡接合部的黑暗中，直到那时，小安的白裙才在那辆路虎大灯的照耀下飘然浮现。

那应该是一片建筑工地的正脸儿。横跨他们头顶之上的，是黑黢黢的轻轨高架桥，也只修了一半，那女孩儿就那么从那片破败的待兴之地现身，的确有点儿不同寻常。

她像是一头小兽，一进车子就大呼小叫，兴奋地察看着那个空间里的一切，那对大眼从何秋的侧后方逼人地投来。当然还有气味，封闭的车厢内很快充溢了某种类似青草的气味，应该来自她身上的淡型香水。她后来还笑了起来，一个人窝在后座的暗影里，为了家明的随便一句玩笑，发出竹板儿那样响亮的笑声。

那晚的目的地，变更为康城周边的某家温泉酒店。从酒店的大门望去，茂密的树丛几乎遮蔽了那片园林的所有光线，小安跟随那个不知为何有些踌躇的家明，一阵风似的下了车。直至那时，何秋才发现小安其实是颇为高大的女子，甚至高过了家明半个头去。她足蹬深褐色皮凉鞋，黑暗中依然可见繁复的样式，橐橐地敲击着酒店入口的石板路，白裙扑闪了两下，就被树影吞没了。

何秋当然注意到了那晚家明的异样。他说话的囫囵劲儿，暴露了他的心虚，他不情不愿地介绍着小安，说是自己的助理，已特别准备了一整天的资料，明天一大早，就要协助他同当地镇政府展开一轮真刀真枪的谈判。

独自返程，何秋终归看破地哂笑起来。那个场景，小安和家明如何赤身裸体紧搂在宾馆荒凉的床铺上，毫无预兆地闯入了他的头脑。他并没有过多地去设想，那个尖嘴猴腮的家明忘情俯身在小安那宽大的躯体之上，是怎样一副滑稽景象，在他幽暗的想象中，倒是那女子后仰的那一张阔脸，吸引了他的注意力。他的眼前，夜灯下的公路也因此变得虚浮起来，像是一条忽然暴涨的河流，而那张脸却还在后仰，无尽地后仰，脸上的那一对大眼却死命紧闭着不愿睁开。

何秋出生的那座县城，距离康城主城不到一小时车程。他父亲是彻头彻尾的农民，就在他祖父那片广柑林间的老屋中长大，却不愿安守农田，一对眯眯眼儿仿佛一天24小时都不曾睡醒，却执意眺望那乡村以外的城镇江湖。父亲很快在紧邻县城的老街上寻得一个门面，开起他自创的江湖菜馆。他将辣椒、花椒，还有各式奇怪的大料像浇筑混凝土一般，浇筑在鱼片、兔丁、鸡丁上，餐馆很快成了那片半死不活的老城里最红火的去处。他的母亲，粗放得就像是一株胡乱奓张的广柑树，几乎就在那同时气球一样膨胀起来。他至今都记起餐馆里那些嚣张的食客，县城里的公务员，新近发家的老板，还有面黑如土、一年到头了要来犒劳一下自己的农人。他母亲那夸张的、风暴一样尖利的笑骂总是穿堂而过，成了昏暗店面里永不消逝的背景声。

何秋多少有些排斥那一切，从长相起就开始了自己的叛逆，他细皮白肤，清秀得像是那对夫妻不知从何处拾来的异物。他的沉默也格格不入，总是龟缩一角，埋首于一本厚厚的武侠小说而不发一言，他母亲旋风似的在那四五张桌间周旋，蓦然回首，会忽然心疼起来，就像自己将那孩儿莫名弄丢了一般，就有些冲动地扑过来摩挲几把他的硬发。那肥厚的手掌带着田地里与生俱来的粗鲁和滚烫，同样令他反感，让他那尖尖的小脑瓜倔强地偏开去。

后来有了网络，县城里几乎每个角落都开满了细菌一样的网吧，他一头扎了进去，那黑乎乎的、带着人体潮气的空气，反倒带给了他母体般的温热包裹。他迷失在游戏还有虚幻的聊天里，整个人更加苍白，迅速虚弱了下去，走路无声，慢慢接近于一个幽灵。他母亲背着他像只狗那样号叫着哭泣，他父亲喝醉了酒，还会抄起棍棒兜头劈来。让他奇怪的是，那样的击打竟没产生多少痛感，而且，他注意到，他那瘦小的、没事儿爱跨上台嘉陵摩托去县城之外轰到最大油门的父亲，已不及下巴，比自己矮了整整一个头。

他就这样懵里懵懂地参了军，据说是他父亲托了好几重关系，同县武装部管事儿的干事喝了好几台大酒才争得的名额。他当然明白他们的用意，说来也奇怪，在云南那片蓝天白云之下，他的网瘾竟神奇地消退了。他成了个清瘦的青年，当然还是皮细肤白，在他回家探亲的春节他母亲依旧会止不住揪起他的耳朵叹息说，你一定是从江南水乡偷跑来的鬼灵精吧，投错了胎，才落到我们这山沟来的。

他呢，照例沉默着，倒也不会像少年时那般叛逆了，只是斜在一边羞涩地笑着，村子里，县城的街上，那些大大小小的妇人们，都看出了他的乖顺，还有某种说不出的柔弱，都说那小子不是个凡胎俗子呢。

好运，他也说不清那两个字是不是从那时起就开始跟随自己。部队里他被调进汽车班，很快又为首长开上了小吉普，贴身司机的命运自此与他形影不离，复原后被分配到康城江北那座占地十几平方公里的汽车城，那个君王一样的董事长王鹏，也几乎没费什么周折就相中了他。

那是辆奥迪A6，黑色，王鹏要求那个驾驶室里须一尘不染。他之前也当过军人的，他同他是不是也由此产生了某种难言的亲近感呢？

王鹏是个矮个儿男人，走起路来噔噔作响，花白短发下的那张方脸常常因为充血而涨得通红。他爱激动，动不动就发火，不时抛出硬邦邦的粗话来。这样的一个头儿，在任何一点儿上都可以说是他的反面，何秋搞不懂他究竟看中了自己哪一点儿。

王鹏后来患上了眼疾，右眼发生了黄斑病变，但照常会急吼吼地跑来拉开车门，或端坐在高高的主席台上训人。何秋当然可以比台下那些人更多看到他的另一面,他瘫倒在副驾座上精疲力竭的样子,他如何叹息着让他递过眼药水去,吃力地翻开那只病眼来的样子。他的不耐烦甚至会在滴眼药的时候爆发。

他渐渐感到了这个成天冲冲杀杀的男人对自己的依赖,愈发尽心尽力地为他做好一切,端上的茶杯滴水不洒,冬天里厚重的呢子大衣,挎在他的手臂里也折得纹丝不乱。他喜欢他眼中不经意流露出的赞许神情,而另外的一些时候,他跟随他参与不那么正式的会面,比如一间幽深得如同山洞的茶馆,层层叠叠的屏风背后,和另外的官员或老板会面,人家见了在一边垂手而立的何秋略有迟疑,他就会不耐烦地挥挥短粗的手臂说:“他不是外人,有话尽管说。”他喜欢那个时刻他略有些粗鲁的样子,有时在那种数千人的大会会场,他从侧方遥望,王鹏那圆滚滚的脑袋只是冒出在主席台白布上方不高的地方,那脑袋正激愤地宣讲着什么,即使那样的他,在何秋心里也是真实而鲜活的,他会默想着漫长的宣讲后,他怎样侧身钻进那辆奥迪,那时的自己又该怎样准确地递上那块儿浅格子方巾,以便他拭去脑袋顶上无一例外的大量的汗水。

之后那年的春节,何秋打包好了准备回家过年,却忽然接到王鹏要求出车的电话。他当然不会多问,载着他驶离了那时还没有贯通的外环高速,坠入波涛起伏的县级柏油路。除了指路,王鹏并不多话,他呼吸粗壮,何秋深知他正陷于盛怒之中。那辆黑乎乎的奥迪,后来在那个偏远县城的直通街道上,调头又折返,像是巨轮误入了狭窄河道。他们要找的是王鹏的女儿王敏,她因为爱情在年前出走,直奔了男友这边的老家。

天气湿冷,那县城中心的白雾直至中午都还没消散。奥迪倒来倒去,最终蛮横地歪停在县农机局的大门中央。王鹏让何秋待在车里别动,自己则怒气冲冲地杀进了那座大门,彻底成了一个深入虎穴、捉拿逆女、急火攻心的老父亲。

何秋在那薄雾中静候,零星的炮仗声平添了一份异域之感。那个女儿,最终还是现身了,颓唐地跟在矮个儿父亲的身后。她只穿了件白色高领毛衣，连外套都没来得及披上，右手拎着的那只双肩包几乎拖到了地上，拉链也只拉了一半。返程的路上她一声不吭，何秋忍不住透过后视镜偷瞄了一眼，只见她雪白的脸庞，正无比高傲地迎向那半开车窗外刮进来的劲风。被打败的，似乎反倒是副驾上的那个老人，他歪倒在椅背上，无限疲惫，后来更反常地在车内抽起了烟，甚至直接将烟灰抖落到了车座底下。

那夜是除夕。他们赶回那幢厂级干部小楼时，天已断黑，王鹏的老婆，那个一向高雅得如同文工团女一号的女人，不顾一切地扑向女儿，发出失心疯般的尖叫。他们一家人立刻进到了里屋，紧闭房门，门后隐约透出王鹏的号叫和王敏的啜泣。末了，王鹏缓缓步出，那张黑脸皱纹下垂，嗫嚅着让何秋自己把冰箱里的冻饺子煮了吃，愿意的话就打开电视看看春晚吧，自己实在来不起了，要先睡了。

他一个人吃了水饺，也不知紧闭的房门背后，那三个人是怎么解决肚皮问题的。他在客厅当中的折叠行军床上躺下，盯着窗外倾泻而入的河水一样的夜光，久久不能入眠。他想起县城里的父母，反倒觉得他们成了遥远的异客，他后来不时从不安的睡梦中惊醒，好几回都恍若身在一列不知开往何处的火车上。

他说不好那个除夕之夜究竟有没有那么重大的意义。如果那夜真的无关紧要，那为什么后来当王鹏忽然被纪委“双规”，会激起他那么大的反弹？当他坐在康城市纪委那绿树掩映的木结构老楼里，他又为什么会在那几页红条横格的信笺纸上写下自己从未犯下的罪行？

那位纪检女主任之前找他单独谈话，用春风拂面的语气追问他记忆里早已模糊一片的那几次会面。他搞不懂自己为何要将她言语间暗示的所有行为，全都包揽到自己身上，可当他用那支有些漏水的签字笔，一五一十地虚构完那些交易以后，却并没有如愿解救下王鹏，反倒让自己和那个君王一起，身陷更加难以自拔、百口莫辩的泥淖……

他被隔离在那幢木楼尽头的一面坡屋顶下，倾斜的木头窗棂毫无防备地敞开着，一眼就能望见院子里那些秀美的矮种树。白天的辰光变得格外悠长，他埋头编造着所有的那些细节，他不知道当时裹挟着自己胡言乱语的那股冲动从何而来，只是一泻千里地交代着，撒着欢儿，要将过去几年积攒在心底的感激挥霍一空。

他被关进了铁山坪监狱。女友获准前来探望，隔着长条木桌，那个扎着马尾辫儿的质检科科员从头至尾泪流不止，她仍然没忘了追问，两只微突的圆眼透过眼镜片儿直逼了过来："为什么要替他分担那一切？那家人究竟给过你什么啊？……"

何秋一时语塞，时过境迁，书写那份交代材料时自己腹腔深处的那团灼热早已冷却，那个君王，从前在那不足10平方米的车内对自己施加的魔力，也彻底消散。或许，他真的就是中了王鹏的魔，让他觉得只有一次牺牲，才能报答他们长达三年多的感情……父与子？如今，那样的称谓只会让他发抖，而在随后那沉闷、无望的牢狱生涯中，又带给他无尽的自嘲。

可那个探视的下午，他又如何能对较真的女友说清呢？他讷讷埋下了头，只是用左手一把接一把地死掐自己的右手，直到对面飘来那句结语："真是个怪人，不可理喻！"

后来，何秋能够记起的，就只剩下了那女孩儿凌厉的脸色，还有她水白面皮下渗出的青幽血管。他出狱后才听人说起，那之前她肚里已怀上了他俩的孩子，却因为那句"一个怪人"，义无反顾地去打了胎，以最快的速度撤离了。

提前出狱后，何秋对自己说，从此就做个潜伏的人吧，可是当来自王鹏女儿王敏的帮助从天而降时并没有更好去处的他，还是选择了随波逐流。

那个王敏，在经历了青春期的冲动后，和康城烟草公司老总的公子结了婚，两口子在市中心开起一间高端代驾公司，她应该是接受了仍在服刑的王鹏的指令，一等何秋出来就联系上了他。

见面那天，王敏坐在公司二楼的总经理办公室，隔着陆地一样辽阔的茶色办公桌，一本正经地叮嘱何秋要好好干，别辜负这来之不易的机会。一时间，关于她那年春节私奔，包裹在白色高领毛衣里的记忆变得那样虚幻……何秋低头，一眼瞟见自己刻意穿上的那套灰蓝色西服，忽然想起，那还是从前王鹏要让他看着"体面些"，特意为他置办的，一年多的牢狱生活后重穿，西服显得松垮了不少，让他更像是一个轻飘飘的冒牌者。

他很快在这份以黑夜为掩护的工作中寄居下来。那个王敏呢,看上去全身心投入到这份事业中去了。她快人快语,成天在那两层的办公间里发号施令,质地高档的一套深蓝色职业装,妥帖地包裹着她的长腿和圆臀,有时候还会用那精心描画过眼线的杏仁眼大有深意地看向他,仿佛在提醒着那仅仅属于他们两个人的秘密。那样的时候,何秋居然会慌乱起来,在他心里,是绝不想再有进一步的事情发生了,于是,工作头一年的岁末,他竟嗫嚅着提出了辞职的请求。王敏吓了一跳,一再追问他是不是嫌这份随时应召的工作太辛苦,她随后很大气地摊开两手说:“没办法啊,代驾有时候就是让人很气闷啊,那些醉鬼不是疯子就是傻子。不如这样,公司里有几单专车业务我看倒更适合你,毕竟,你和那些刚出道的小司机不同……”

那份心知肚明的默契感再度上身,何秋没想到自己又一次成了个特殊人物。他懒得再去撇清自己绝没有什么要挟的心机,认为还不如默默接受这居高临下的关照,更要安全些。

所以我们也可以说,那之后的每个周二和周五的午夜,在那些大同小异的梧桐树下迎接家明的那个何秋,已是一个心如死灰之人。

小安后来的加入,倒有点儿解救了他。

她是那样好奇的女孩儿,会越过椅子高高的靠背探向锃亮的仪表盘,发出毫不掩饰的赞叹。她甚至会央求何秋将手里的排挡杆儿让她摩挲一会儿,然后发出咯咯的傻笑。连她投向自己的眼光也充满了好奇,现在,他出车前往接驾之前,都会仔细修剪嘴边那几根不听话的胡髭,当他忽然意识到自己这样的举止时,又不禁嗤笑自己。

小安的妆容,总体是趋向浓艳的,眼线还有唇线都透出一股狠劲儿,放在她的宽皮大脸上倒也适合。她果真是来自北方,一次何秋得令单独接送小安,她在他右手边胡乱拨弄车载音响的按键,直至一个女声倾泻而出:“我的家在东北,松花江上啊……”她当即爆笑,跟着亮开了嗓:“那里有满山遍野,大豆高粱……哎,我们东北人(她刻意将“人”字咬成了“银”)在你们南方人眼里,是不是都一股子土坷垃味儿?哥,你说实话,你是不是第一眼就看出我是东北人?”

她的大身量不由分说地占据着何秋的视线，这让何秋总忍不住担心家明有没有足够可以在她身上消耗的体力。当那两个人一次次地告别专车，消失在各式各样的夜色中，他也越来越将那个生猛的女孩儿归为那类没心没肺的存在，会暗自感叹："现在的女学生啊，真就这么百无禁忌了啊……"

他们幽会的目的地后来固定在了长江南岸某个有些凋敝了的花园小区。那是当年红极一时，如今却被潮流抛弃了的老牌小区，何秋估摸，那应该是家明多年前私藏的老底儿，这会儿金屋藏娇派上了用场。

有时恰逢那些午夜的赌局，家明也会事先安排何秋去接了她来一起守候。最初，小安倒也没显出多少不耐烦来。她会掏出烟来，那种女式的绿摩尔，当她仰头冲路灯光下亮闪闪的空气吐去烟雾，何秋常会莫名有种恍惚之感。那会儿，女孩儿一向夸张的眉目，在暗影中收束了许多，她的香水，仍是那种植物的气味儿，也在他的鼻息下半梦半醒，像是一匹烈马奔突了一整天，终于可以一卸鞍鞯，做回纯真而柔弱的自己……何秋有点儿忘记了他们在等待的究竟是谁了，一时间，他很想由着性子，一车将她拉到尽可能远的地方，四下无人，对她说出所有的秘密。

秋天的一个下午，何秋接到家明电话，让他去机场接一下从沈阳老家返回的小安。之前的一周，小安独自飞回那里的钢厂，为死去的父亲奔丧。那天何秋开车驶上机场高速，不想却遭遇了秋天里罕见的大雨，那雨下得车窗的前后左右白茫茫一片，他在瘫痪的车流中挣扎，比预定时间迟到了两个多小时，才赶到国内到达厅。

大厅里黑压压堆积的人丛里，小安静静地坐在立柱边上，除了随身行李，还拎了口大纸箱，箱子顶上撕开了个小口儿，从那里竟探出一只肮脏的狗头。见何秋远远招手，那女孩儿仍一副不慌不忙的模样，何秋心想陷于机场路大堵车的整个过程，她居然连个催问的电话也没打来，也真够沉得住气的……走近一看，却见她刘海耷拉在方正的额头上，汗水湿透，那对湿漉漉的大眼溺水之人那样套牢了他，又像是一个被遗弃在那嘈杂无比的机场大厅里的弃儿，正等着他这个姗姗来迟的领养者，他心里不禁一动。

他没想到她可以在接下去的一瞬立马又像接通了电源的手机那样活力

重现，对他滔滔不绝说起托运那只老狗的周折。她沈阳的老家那边居然再也找不到一个人愿意接手这垂老的狗儿，只好跑去检疫站开了证明，又托机场的同学办手续，好歹让它坐了回飞机。

她把那狗儿径直举到何秋眼前说："这狗狗一下飞机就这么死蔫死蔫的，难不成它也会晕机？"

小安的面皮上，酡红的血液弥散着，何秋不知她那刚死了父亲的悲伤去了哪里，仿佛成功托运了那只半死不活的狗儿，才是她值得骄傲的终极任务。他们后来去了邻近机场的那间小面馆，他见她深埋进小面碗中，将半碗通红的面条通通塞进嘴里，甚至浮起了浅浅的泪水，就更加哭笑不得了。

这个饥饿的女孩儿，当着他的面就大声叹息着说："才走了几天，就想死康城的小面了，哥你说我是不是特没出息？"神速恢复了元气的她，回程中途又拉开阵势补妆，眨眼之间，那另一个女孩儿，也就是他午夜里见惯了的那个冷艳女子，又倏忽降临在他的面前。

他们并没有立刻开回小区，小安特意要求他将车子开到滨江路上，在最荒僻的路段，眺望了好一会儿长江的对岸。对岸，就是光辉灿烂的市中心，雨雾仍未散尽，那红红绿绿的灯火变得毛茸茸的，她没让何秋下车，只是自个儿跑去了路边，攀上铁栅栏，半个身子都探了出去使力摇摆着，还将脑袋甩来甩去，任半长的头发在江风吹拂下彻底飞扬起来。

远远看着，何秋觉得，那就像是一只极力想要挣脱束缚的大鸟，一不留神就会冲天而去。

小安

小安那拨女研究生中间，几个作风泼辣、不善掩饰的闺蜜，私底下结成了一个猎男同盟，从入学起就爱凑在一块儿，半开玩笑地，去捕猎她们感兴趣的那些男生、男人。

家明很快成了她们锁定的目标。那个家明，和讲台上、学院里穿梭往来的男老师们如此不同，那些老师通常都带点儿书生气，细边儿眼镜，用打字机的速度哒哒哒地说话，她们当然也知道，他们并不像他们看上去那样呆头呆脑，也会撸起袖子喝大酒，在牌桌上没日没夜地消磨人生，但那样的人物，用小安的评语来说，总归有些苍白乏味，只要走近他们，你立刻就会识破他们战战兢兢要去维系的那份老婆孩子热炕头的安逸日子，以及他们所背负的论文一样的人生。

所以相比起来，家明绝对是个异类。他头顶的那撮头发随时涂得油光发亮，即便是温暖的春天，细脖子上也系着根花哨的丝质围巾。牛仔裤紧绷在他那两条麻秆儿似的细腿上，她们曾暗笑他因此显露无遗的腿形，略微有点儿罗圈儿，但裤子却从来洗得发白，始终一尘不染。他的面色是那种发亮的小麦色，像是才从东南亚的某个海岛上晒满了一整个暑假归来。课堂上讲得兴起，他还会一屁股坐到讲台上，在阶梯教室全体学生的注目礼下，接连抛出尺度惊人的冷笑话。另外的时候，他又会带着无比的厌倦，扫视底下那些年轻的脸孔，他们那时多半正神游天外，或偷瞄课桌底下滑动的手机屏，他就会摆出一副受辱的高贵神色立即缄口，直至课堂里的每一位都意识到他那一触即发的沉默，被吓了一大跳。

研一的大课匆匆结束，小安主动申请加入了家明的课题小组，猎男团的闺蜜们都笑她动机不纯，叫她千万小心提防，说一旦陷入那种男人的圈套，注定了麻烦缠身。

春夏之交的一个午夜，莫名燥热，来自家明的第一条微信，在小安的那部宽屏手机上发出了闪烁的振动："睡了吗？"

小安那间燠热的宿舍里，那一声午夜问候带来的震颤，开始持久地扩散。那是学院分配给四名女生的宿舍，另外的三位，要么返回了康城本地的家中，要么就外出和男友租房共筑爱巢，无处可去的小安在那个夜里，只能独自面对这凭空响起的微信，感到仿佛被追逼到了悬崖边上。

之前她正靠在床头，用借来的iPad打着那种最无聊的扫雷游戏，打了整整一晚，烦躁也许来自几天前的晚餐，学校二食堂的长条餐桌边，桑蚕专业的一名研一男生忽然冒了出来，一张脸涨成了猪肝色，竟要约她晚饭后出去转转。猎男团的闺蜜在她身边发出极力压抑的嗤笑，而她呢，一眼就盯上了男生匡威鞋上凌乱的泥点。

怎么可能？怎么可能？在那男生仓皇退却后，小安也加入了姐妹们对他脸颊上淡淡粉刺的挖苦中："难道我看上去真的那么具有母性的光辉？"她后来对何秋说，不知为何，那些在自己情爱史上现身的男人，总会猝不及防地打击到她，将她拉低到此前从未意识到的新低……

那个午夜，家明的追问仍在继续："不会吧？你们这个年纪，怎么会这么早睡？故意不理我的吧……"

她说不上这样的瞬间，是不是自己一直在暗中企盼的，但仍然感到了羞耻，那手机屏幕上却兀自跳出了又一行触目的字句："我睡不着，你知道吗？每当夜深人静，我就苦闷得没法呼吸……"

为什么偏偏是我？她头脑里搜索着课题组里另外的两名女生：一个是戴着深度眼镜的白瘦女子，成天两件套深灰职业装，另一位则是典型的小家碧玉，说话的声音就像蚊子叫……难道像她这样生就人高马大的，就天然向身边的男性发出了诱惑的信号？她的大脑变得越发灼热，最终只好用颤抖的手指键入了回复："老师一定是喝醉了吧，等你明天酒醒，一定什么都记不得了……"

可等到那个"明天"真的到来，小安又不禁在家明投向自己的眼光里找寻别样的意味。可那咄咄逼人的眼光，除了更加明显的近视症状，却并没有更多的什么。她不知自己的黯然失落又是出于什么样的逻辑，直到小课中间，家明无声地游荡到她身后。在那逼仄的空间里，他总是这样前后流窜，而那天他却忽然站定，从她后背上那团慢慢凝固的空气中降落，猛地一击。那来自他小小手掌的一击，貌似绵软无力，却滞留在她颈后的那件单衣上，迟迟不肯撤离。

"那个不要脸的流氓，简直是个不折不扣的老手啊！"小安很久以后对何秋感叹。

接下去的夜里，小安开始做梦，梦见黑漆漆的房里，那男人爬到了自己的身上来。那些梦里她始终平躺，等同于一块儿软和的、春天的泥地，而那个男人呢，则执着于自己的耕耘，像是忽然从铁笼里释放出来的野兽。那一夜又一夜连绵的梦中，她都从未看见过他的脸孔，他成了一颗无脸的头颅，只剩那疏浅头发下煞白的头皮，那头皮在她胸前起劲儿地翻拱着，她会恍若正被一只豺狗蚕食，在震惊中大汗淋漓地醒来。

夏日的燥热迫不及待地到来，在那个夕照血红的黄昏蒸腾而起，那天家明在课后留下了她，不露声色地声称要跟她商榷她作业里一个偏激的论点。她跟随他走在林荫道上，树影幢幢，像是一群正朝他们挤压而来的巨人。那个家明忽然朝她掉转过脸来，他尖尖的小脸就像一只刺目的灯泡，她听见他咬着牙齿地对她说："你是不是恨不得杀了我？"

几乎势不可当地，他和她的第一次接吻，就在那个火烧火燎的黄昏发生了。

那记亲吻冰凉而迅疾，可以感到那个发起者嘴唇的薄而有力，然后，她就只是看着那个人，在她前方不到两米的暗影包裹中，浮现出那种自得的笑容，像是一个危险无比的水潭。

家明出生的那片街区，是康城市中区那座半岛紧邻长江的低洼地带，被当地人统称为下半城，在民国时期属于水码头的集散地，密布洋行、大型商号的深宅大院，还不乏秘密的官邸。解放后改天换地，那一带没有例外地建起了大大小小的工厂、医院，以及那家隶属于康城市委的党报报社，再就是杂乱的批发市场，还有癣疥那样散落的小市民聚居地了。

他在贫瘠的上个世纪七十年代末度过了少年时代，追在那伙无法无天的待业青年的屁股后面，酗酒，扒火车，去遥远的歌乐山背山的荒坟之间冒险。

他最值得夸耀的一起英雄事件，就是在一场轰动了整个街区的群殴中（他对怀里的小安说，你们这些小孩是没法想象当年一整条街的青皮少年倾巢而出的阵仗的），用带铁钉的木条将临街一个小头领的光头击打得鲜血淋漓，然后逃进军医大的停尸房，在那黑漆漆的走廊里躲了一整夜，搞得之后三四天里，浑身上下仍有一股子福尔马林的刺鼻味儿。

他给她看过的那些灰白老照片里，他剃着光头，寸发不生，一条吊裆军裤让他的下半身看着就像是空荡荡的木偶，嘴边还叼根香烟，那几乎就是当时二流子的标配，可他居然对她说自己"实在发育得太晚"，对男女之事久久不曾开窍。一队调皮捣蛋的顽童中间，他总是忘命地冲杀在最前列的那一个，但他身体里汹涌的变化却落在了后边，待他薄薄的唇上终于冒出几根卷曲的胡髭，他的同伴却早已在吹嘘同女人下体接触的冒险了。

所以他的整个儿情爱史都有点儿后来者穷追的意思。大学毕业那年暑假，他顺利留校任教，志得意满的他返回下半城闲逛，偶然撞见了从前高中的女同学周琳。没考上大学的周琳那时已分到粮油公司上班，几年不见，出落得母马一样茁壮。那些热汗淋淋的傍晚，他开始与在报社大院公共澡堂里冲完凉回家的周琳频繁地遇见，周琳蓬勃的胸脯和屁股，忽然像大规模杀伤性武器那样击中了他，一次次从他那猴儿般自惭形秽的身体上碾压而过。

他说他被身体里的欲火烧得走投无路，有一晚就径直冲上去对周琳说要带她看样东西。他头脑发涨地一路领她去了粮店背后的仓库，进去了就反锁房门。堆积如山的大米和面粉麻袋之间，两个人的身体几乎没法周转，他直抵那个刚刚沐浴后的女人，在喷射而来的香皂气息以及仓库里腾空而起的尘灰中，绝望地发出粗壮的鼻息，却不知接下去该如何处置。最终，他褪去军用腰带的铁扣，掏出了自己那家伙。他那玩意儿就那么无助地袒露在渐渐带有了寒意的空气中，一点点儿地收缩，最终变回了婴儿时期的模样。黏稠的幽暗中，那女人缄默良久，到底发出了一声叹息，反问他，你要给我看的，就是这个吗？……

他之后读到弗洛伊德，每每忧心那一次的惨败，已不知不觉给两性交往中的自己烙上了挥之不去的伤害，连同他的婚姻，也变得不明不白。经一名同学介绍，他闪电般地同康城那家著名医院的一名住院医师结了婚。妻子有个男人一样的名字——胡伟，即使在他们的热恋时期(真的有过吗?)，她也始终紧扎领口或是高领毛衣护身，一副不容侵犯的圣女模样。她一再夸奖家明是聪明绝顶的人，却在他们单独相处的那些黑夜，和他横眉冷对。婚后很久她才对他坦白，她那是在下意识地考察他的忠诚。之前的那场恋爱让她始终心有余悸，那个男友在他们布置新房的前夜，忽然从人间蒸发，电话、传呼一律作废，人也从石桥铺的那间电脑公司撤离，不知去了康城的哪个角落隐身。

胡伟说，整个恋爱时期，她都禁不住为自己担当一名评判者，冷眼旁观这个后继的新人,会不会也像之前那位那样背叛自己。

家明说自己也许有点儿被强行扣留在了同胡伟的那种关系之中。“真是苦闷啊……”这是他对小安提及自己的婚姻时,最常用到的哀叹。他说胡伟十分谨严地对待自己的医学事业,在她那一书架专业书籍的书页间,用直尺划着着重记号,她仍会说她爱他,那有些肿泡的大眼睛里,却是黑白分明的眼色。他们按部就班地生了个儿子,一切程序化得就像那是胡伟计划中的一项医学实验。当那个又黑又瘦的小子如同胡伟再世般地扑进家明怀里叫他爸爸时,他说自己有些像是遇上了一个说不清的小鬼。

他不明白自己怎么就被挟持到了那里,任由那对母子像是先后而至的两名使者,赶来当面嘲笑他的怯懦和弱小。

“嫌我小？现在,怕是没人敢说我小了哦?”那会儿,他正赤身压住小安,说得有些咬牙切齿。小安紧盯着眼镜片背后他那微微前突的小圆眼,惊觉之前看过的老照片上,那个少年的顽劣神情又在那张脸上复活了。

她没想到他们那么快就出了事。

那应该是她跟他的第一次单独出行,家明说一个区县的生态农业基地特邀他去考察,她明知他的意图,却故意反问,那她该用什么身份出现呢。家明开着那辆黑色牧马人慢悠悠地出城,挤着眼回她:“实习生,女秘书,助理,还是女粉丝,你看上哪个挑哪个呗……”小安白了他一眼:“粉丝？你不要自我感觉太良好了!”

那个清晨,在小安后来无数次的回想中,慢慢沾染上了宿命的光照。想起踏上那条不归路之初,自己义无反顾的决绝,还有自我暗示的勇敢,她总是不免有些自嘲。说起来在出发的那天清晨,她倒真有点儿希望可以不经意地,同过去那几个总是背后热议家明的闺蜜偶遇,然后在她们的注视下开门登车,让她们错愕的脸孔迅速成为后视镜中渺小的圆点……

没想到他们刚起步就遇上外环高速路史无前例的大堵车,盘踞不前的车流仿佛来自上天的魔咒,横亘在他们去路的前方。她只能由着满不在乎的家明,吹起轻佻的口哨,颇有几分卖弄地将车子拐下那条隐秘岔路,驶上了前往那个偏远区县的盘山老路。

绿树掩映，音箱里许巍唱起了一首歌曲，是他一贯的颂扬旅行的调调，歌声在对他们张开怀抱来的乡野之间舒展，树丛外的阳光时明时暗地投射到他们的脸上，似乎祛除了自那天清晨起就对两人一直纠缠不休的魔怔。一切变得就像那吹拂而来的清风一样光明正大，小安闭上双眼，完全放松了下来。

那只半路杀出的野狐狸，后来只出现在家明有些狂乱的叙说中，却从未真正进入过小安的视线。没错，她的确是听见了那一记沉闷的重击，来自那辆牧马人的车头，就像是被埋伏的什么人掷来的一只盛满土豆的麻袋的撞击。

他们的车子当时正昂首拐过那个几乎呈90度的直角弯道，家明坚持说自己看见了那野狐狸妖媚的身影，无声地划过前窗，钻进了车底，于是他眼前一黑，方向盘像飞驰的箭矢，就从手底滑脱了。他的后脑在突如其来的翻转中，遭遇了不知从何而来的敲打，立刻陷入了昏厥。

他其实是个迷信之人，那莫名到来的灾祸，后来在他的心内盘桓，久久不去，“那会不会是冥冥中的一次惩戒呢？”之后的无数次，当他面对小安，那样的阴影都会沉渣泛起。

在小安的身上，那起事故也起了微妙的变化，她看向他的眼神开始变得情深意长，仿佛一杯清水经历了足够长时间的烧煮，终于在表面升起了一层氤氲。她一再同他争辩，那样的一个上午，青天白日，那片水洗般的山林间，突然从他们的车头蹿出一只野狐狸是多么的荒诞不经：“完全是你臆想症发作……”“那，那声重击你不也听见了吗？车头的保险杠呢，又是谁撞弯的呢？你该不会认为有外星人出没吧……”家明接着说起那只狐狸掠过他眼前时，如何回望着他，两边嘴角的白纹又如何弯曲上扬，形成了一个媚笑的弧形。在他无数次热切的叙说中，小安总会陷入一本正经的沉思，眼里的氤氲变得更重了……

不过很快，她又会扑哧一声笑了出来，他就知道，她一定又想起了那一幕：车祸发生后变得无比漫长的悬空时间里，车子的左前轮半悬在那道数十米高的陡峭山崖外，摇摇欲坠，车内的两个人不知过去了多久，才都感到了那种失重的眩晕。小安一眼就看见他脑门上流淌而下的惨白浆液,心里尖叫却强忍着不发出声来。而另外的那个人,在缓慢拾捡回来的破碎意识里,还是明白了他们身处的险境,执意要让身边的那个女人离开,而那个女人却只是悠悠地扭转开脸去,沉痛得甚至来不及掩饰滑落的泪水,她终究背过了脸去,用明显呜咽的语声说:"打了110了,救援的队伍就要来了。"

他动弹不得,万念俱灰,以为真的死之将至,而那女人的悲伤又让他疑惑,只有凝望着她那个硕大、无声、比最黑的夜晚还要黑的后脑,那后脑抖抖索索,不知还在忙活什么,几乎是愚笨的。

"你傻啊,那时万一那车子真要翻下了山去呢……"

"我以为那是你的脑浆,白花花的,就在心里说,原来人的脑浆就这个样子的啊,原来人的脑浆这么容易就会流出来啊……我又怎么可能让你一个人在那荒山野林里死去呢?"

事情过去许久了,只要一说起那个瞬间,小安看向他的两眼就又会变得无限漆黑,像是外太空的永夜。原来,她当时守在他身边,是一心一意在为他守灵啊,他回忆视域里那个无言的后脑,每一次都会让他涌起温热的柔情,就会将她往自己怀里搂得更紧一些。

可那并不是他的脑浆。那白色的浆液,不过是他储存在车后备厢的盒装牛奶忽然迸裂,倾泻在了他的头顶。

那一幕的滑稽意味,最终也没能让小安释怀,反而认定了那是一个不容忽视的警示。

今后不许单独开车。

不许在盘山公路上自驾,到区县考察就去申请单位派车。

不许开夜车。

头天夜里喝了酒,第二天不许一个人跑高速。

那辆牧马人会不会真有什么毛病?黑色会不会不吉利?我们干脆别开它了吧。

他感到了说不出的软弱,那车祸到底还是让他的颈椎出现了错位,他戴着那种狗项圈似的颈椎牵引器长达两个半月，脱去那副铠甲后，就去联系了王敏的专车。

家明

那个初夏，小安在何秋面前第一次现身，她其实正和家明闹着一场感情危机，导火索就是那年春天起，家明忽然沉迷于难以自拔的深夜赌局。她几乎立刻就感到了他无可挽回的变化：当赌局的邀约通过手机传来，他的脸色会瞬间僵硬起来，整个人眨眼就退到很远的地方，他会将他们两人之前吃饭、看电影的计划通通打发掉，甚至鼓励小安约上闺蜜血拼，然后迫不及待地赴约。

那赌局成了横亘在他们中间的异物，让小安深恶痛绝，却又无可奈何。那天深夜，何秋在家明指示下驱车前往那片开发区的工地，其实并非他想象的那样，是那两人私情的暧昧开端，而是家明对那个小情人负气出走的一次极力打捞。

小安后来告诉他，那里其实是自己一个东北老乡的租住地，气极了的她，原本打算制造和老乡同居的假象，自此从家明生活里消失的。

可那神秘的赌局却并没有因此消停。在何秋这边，他坐在那辆路虎揽胜里看到的，还只是这对地下情侣暗夜里的拉锯战：小安焦躁的等待，家明忽然抛出的花园洋房，还有那女孩儿每每不期而至的崩溃……在和她现在越来越多的单独相处中，那女孩儿已不再对何秋避讳自己的悲伤和自我怜悯，每一次泪水冲刷之后，妆容一团混乱，她会将那颗蓬乱的脑袋紧靠在后座的车窗边发呆，或是大声吸溜鼻涕。有时还会在那随身携带的小包里兜底翻找，将包里所有的杂碎像动物内脏那样全摊开在何秋眼前。

她描画的粗黑眼线，那时已七零八落，直盯着何秋的眼睛逼问："哥你说老实话，你是不是认为我就是那种坏女人，不要脸的女人……"

何秋当然不会答她，只是将眼光掉开去。坏女人？不要脸的女人？他倒宁愿把她叫作野人，来自他无比陌生的某个遥远部落。她的下巴，在那么近的距离看来，无比宽大，有一种蛮力，牙齿也大块，两瓣分岔的门牙显得格外容易受伤。一颗暗褐色的痣，生在她厚厚嘴唇的右上方。那一刻这个女人祖露着自己十足蠢笨的呆相，从前她身体里的那个剽悍自我，也倏忽退缩到那两粒有几分痴狂的眼仁深处去了。

家明和他身边的那帮老友，在更早的青春岁月里，大多还是习惯在癫狂的酒局上度过康城这里总是喧闹的夜晚。即使在湿冷的冬季，市区里的野饮食摊也通常灯火通明，持续到深夜的两三点钟，麻辣烫，火锅，或是从周边区县学的小炒，一碗红艳艳的抄手，甚至是寒风底下的一盘卤菜，也会让家明他们喝掉成件的啤酒。

酒友多是儿时街区的发小，生意场上气味相投的伙伴，还有那些莫名贴上来的、寄生虫般的角色。家明对他们的高低贵贱、喜好脾性概不计较，看重的只是他们身上挥之不去的市井气、村野气。接二连三的酒局上，他那对小鸭梨似的眼睛常会鼓得像是两只发亮的铃铛。35岁以后，头发中央的一圈就成了地中海，他索性彻底剃了光头，酒局进行到后半程，就那么光着头，杀气腾腾地直视对手。在酒场上“土匪”的名声传播开来，他倒有几分受用的样子。

事情的转捩点出现在一次深夜酒局的尾梢。那晚他的一个发小同康城夜场那个出了名的交际花夏玲闪婚又闪离，他邀约了一大帮兄弟为发小庆贺，洗脑。他们从市中区的烧腊摊儿一直喝到黄花园桥头的“黑娃蹄花”，豪情满怀地追忆少年时代在梨树湾火车西站偷扒运煤专列的壮举，将那个总爱浓妆艳抹、脸上浮肿的夏玲贬得一文不值，甚至咒人家50岁后就肾衰……一波接一波的爆笑期间，没人留意到家明已暗自面有菜色，虚汗淋淋。凌晨3点，他终于一头栽倒在了那碗灰乎乎的蹄花汤前，他们嘻嘻哈哈地拍打了他好一阵也不见动静，这才慌了神。

送医院抢救，值班那个小医生呵欠连天，直摇着头说，没见过这么拿命喝酒的。他的结论是，家明患了严重的冠状动脉粥样硬化，今后再这样喝大酒就是找死。

家明后来像讲述一个传奇那样，对小安讲起那晚自己如何去鬼门关兜了一圈。赤身蜷缩在他怀里的她，皱起眉头侧过脸来看他：“真搞不懂你们这些男人，为啥就对那玩意儿一点儿克制力都没有呢……”

家明的两眼慢慢眯缝起来，显然有什么心事将他牵扯走了，让他有点儿走神，后来好一会儿才眨巴着眼睛说了一句：“唉，你们这些女人，哪里懂得我们男人心里的悲观……”

那个时节，家明的那个医生老婆正谋划移民加拿大的蒙特利尔，牵线人是她医科大学念书时那个风流倜傥的学生会主席。她向家明开列的理由是，儿子已显露出非凡的洞察力，初一的作文里就虚构出一片外星的大陆，那里，父亲入夜都会变成恶魔，生食自己的小孩。他的那个医生妻子将儿子的那本幻想故事集摊开在家明面前冷笑说：“你看你给我儿子带来了怎样的梦魇，我想我们还是走远点好……”

悲观，他乐于使用这种似是而非的词语，将自己那个时期晦暗不明的心境一带而过，所以也可以说，自酒场捡回一条命后，他有些命中注定地转移去了那个地下的赌场。

对，命中注定，这也是家明愿意使用的词。在一次大足龙水湖生态农业区规划的研讨会后，那边负责接待的秘书有几分神秘地提到湖滨那片别墅区里有一间赌场，家明本能地就跟了过去。

赌场实际上是那个别墅开发商的副业，别墅区开发起来，却因为距离主城实在遥远，高速路又没修通，前来购买的业主十分寥落，双休日里除了驱车前来漫步湖光山色、大啖湖鱼的游客，大多数时间里，那片别墅区里就跟史前文明一样寥无人迹。可那个桂姓老板还是很快发现了商机，那些周末短暂出游的城里人租住在空阔的别墅样板间里，夜来无事，无一例外都嚷嚷着要搓麻将，临时添置的几副机麻完全供不应求，恰巧桂老板自己也是个赌徒，索性就开起了赌场。

赌场的名声悄悄扩散了开去，即使是平素并非周末的黑夜，也开始有豪华轿车黑色幽灵一般，只有轮胎发出沙沙的摩擦声，然后匍匐在了别墅区里顶级的八号楼门外。

八号楼里的灯光开始彻夜通明，令无意中经过的路人对那全无声息的灯光愈发好奇。家明由那秘书领着蓦地置身那神秘的楼中，见所有参与者们都自动遵守那无形的约束，尽可能地噤声，大厅里那张阔大的、铺着墨绿色绒布的牌桌上，赌局正如精密机器那样运转，一眼望去，完全不输澳门的赌场，又绝不会有那般欢闹的阵仗，倒更像一场私下的密谈。

家明全无障碍地同那赌局里汹涌的暗流接通，身体里产生了某种类似情爱诱引的兴奋回应。他对数字的敏锐和记忆力，慢慢变得所向披靡，在八号楼的那些赌徒中间，他的声名传扬了开来。

奔向那张赌桌来的，大多算得上康城的权贵阶层，诸如有钱的老板，还有同政府部门有各种瓜葛的人物，大家都源于某个可靠的引荐，在那牌桌边围坐，摆出讳莫如深的架势，"桂老板的朋友"也就成了他们最安全的隐身衣。

那桂老板反倒成了一个灵魂人物，人人都跟他熟络的样子，他撸起袖子亲自上阵的回数在此起彼伏的招呼声里反倒变得稀少了，他慢慢成了那间赌场的一个巡视者，总在那些忘情的赌徒们背后转悠，不时沉吟，一脸深意。

他腿脚有毛病，家明注意到他行走起来左腿始终僵直，像拖着块生铁。那秘书告诉家明，他全名叫桂松，早年因为身有残疾找不到正经工作，却是个不肯服输的主儿，先在菜园坝火车站周边做起了水果批发生意，纠集黄沙溪一带的地痞流氓为自己争抢地盘，很快将那里的小商小贩要么逐出了领地，要么就收归了麾下。龙水湖的这个别墅项目，说来还要归功于他的幺爸，他是当地主管经济的副县长，否则，这湖滨的上佳地块怎么轮得到他？

之后进出赌场，家明就禁不住偷瞄下那阴魂一样来回飘荡的桂松，只见他整个人像块儿老树皮那样缩水、皱巴，有张老太太那样的瘪嘴，但看向你的眼光却从不会正面迎来，而是阴风般从你的侧脸边刮过，心下就认定了那是个狠角色。

他万万没有想到的是，那桂松竟会在那个星期天的下午，主动邀他同去长江边上喝茶。冬天的午后，历经了自周五以来的连夜鏖战，家明在卫生间里擦了一把热水脸，发现自己面色残破，如同从一场严刑拷打中幸存。他照例大获全胜，脚底有些虚浮地走向停车场，不想赌场内惯见的一个黑衣服务生却截住了他，说他们桂总要找他说话。

那小伙儿大步流星领他径直走到那辆大车跟前，那桂松则在车内一把掀开门来，也不看他，只说要带他去见一个人。

飞驰的车内，家明用熬夜后奄奄一息的意识一直在寻思，却始终没能猜透对方的意图。太阳大好，连桂松一向阴晦的脸色也明亮了不少，一路上他都在大赞家明牌技高超，弄得家明只好摇头谦虚说："运气而已，运气而已……"

他们去了长江南岸的一座小洋楼，半私家的性质，开敞的露台上，冬日暖阳垂直落到一张云石台面的茶几上，茶几边端坐一名女子，一袭贴身套装衬出袅娜的身姿来，桂松几乎立刻打起了哈哈："王敏，我暗恋的对象，从小仰慕，只可惜高攀不起啊……"

家明侧身，待身后的桂松有些吃力地落座，却见那王敏只是无声地一个浅笑，将早已翻涨的茶水冲了两杯为他们一一呈上，叹息了一声说："别听他瞎说，老桂从小就是我们那里的孩子王，嘴上缺个把门儿的……"

从高高的露台望出去，河坝上起起落落都是人，冬天的阳光对康城人来说如同上天的恩赐，人们几乎倾巢而出，喝茶，打牌，拍照，扯着嗓门儿笑谈，而他们的这一桌呢，气氛却有些可疑。两个发小有一句没一句地追忆着他们在那长江边的兵工厂（汽车城的前身）度过的少年时光，那桂松的老爸是厂里食堂的大厨，王敏的父亲退伍后分来早早就当上了副厂长，后来更是提了一把手，但孩子们之间没什么等级观念，不分昼夜地黏在一起。他们说起有一年的夏天，码头上卸货的肉联厂的卡车上，忽然滚落下半扇冻得硬邦邦的猪肉，那王敏竟奋不顾身地扛起，哼哧哼哧地直奔了派出所。桂松说得仰面大笑，笑声的末尾发出了耗子一样的啸叫："你扛着那半边猪肉从我们面前冲过，奋不顾身，横眉冷对，我们还以为你是要偷搬回家去打牙祭呢。"

家明插话说自己母亲就是肉联厂职工，从前的夏天里常在那河坝上卸猪肉，垫肩的麻布总被汗水打得透湿。桂松立马接过话头："原来我们都是这条江的儿女啊，江湖儿女是一家啊！"

家明心里愈发疑惑，那天的笑谈，直到最后也没有抛出那个谜底来。他们后来在那天轻薄透亮的夜色里一起吃晚饭，几盘精致的家常菜让熬夜后昏沉的家明一时食欲大振，桂松却有些奇怪地没怎么动筷，他晃动着手中的杯子。杯里是小半杯晶亮的白酒，除了不时嘬上一口，其余时间里，他都只是看向那时已经撤去了人声喧哗的江水。夜色笼罩，那江水如同一个无可穷尽的庞然大物，隐隐地向前，宣示着这个世界以外深不可测的维度。家明就像在少年时期无数次经历过的那样，又一次被那条江的静穆所震慑，而那人黑豆子那样的两粒眼珠子，却从朦胧台灯背后投来，盯向了他，他口中的那句断言也因此拥有了某种深沉的回响："你不是一般人，我看出来了，做起事来绝对亡命，一点儿不比这大侠(桂松朝王敏偏过头去)差……"直到事情过去好久，他朝向王敏眼光流转的样子，都在家明的脑中挥之不去。

就在那年的隆冬，春节将近，发生了轰动一时的九龙湖枪案。

康城的市民中间，后来比较通行的说法是：一个被香港富婆包养的小伙儿前来那九龙湖边的赌场，却连遭浩劫，欠下赌资，被负责看守的桂松的服务生扣押，直到富婆差人抱来十几万元才得以脱身。面首自此怀恨在心，之后接二连三给康城治安总队打电话举报，直至第四天的那个周末，治安总队才终于派出特别行动队，不声不响地突袭了别墅区。

那四五个人身着便衣，开辆别克轿车在那八号楼前刚停稳当，就下车直扑线报里摆着牌桌的大厅。几名看守措手不及，连忙反锁大门死也不开，骚乱的房间里一片鬼哭狼嚎，还有人直接从后窗跳进了冰冷的湖水中。

大门这边，行动队的一名前锋执意拍门，索性喊出了自己的身份，门里的人竟隔门叫骂："管你什么狗屁警察，都给老子闪开，不然老子不客气了！"当下被惹毛了的几名便衣强行破门，冲在头里的那一位绝对没有想到，看守的手里居然有枪，昏暗中猎枪的霰弹袭来，轰得那警察的胸前血肉模糊了一片。

后来所有的康城人，都忽略了那暗中出逃的桂老板，只是极力渲染着那片湖区的险恶，说那大大小小的湖泊并未连成一片，而是九曲十折，从高空上俯瞰形若一个大大的"龙"字，是典型的凶险之地，连大义凛然的抓赌民警也没法幸免啊。

那位牺牲了的民警的遗照，后来刊登在康城那几家都市报的法治新闻版上，那个接近40岁的男人看着略显疲惫和焦躁，若隐若现的微笑里暗藏几分苦涩。那片别墅区则彻底荒芜了下去，蒿草疯长，从前自天擦黑起就有神秘轿车前往的那条水泥路也破烂爆裂，家明接洽的那个生态农业的开发项目也因为这起从天而降的大案，被无限期地搁置了。

在度过了一年多的沉寂期后，家明的手机那头，有一天突然响起王敏遥远的声音："老桂回来了，想见见你……"

不是没有关于桂松的传言：按理说该被穷追猛打的老桂，事发后躲去了深圳，地下赌场的黑锅被他的一名手下顶包，匆匆就判了个无期了结，"上头有人"成了康城人对这个结局心照不宣的默认理由。而家明因为事发当晚并未身在赌场，对那起血案反倒成了一个旁观的看客，只是偶尔想起从前在那里出没的鬼魅周末，颇有恍惚之感。他随后收敛了许多，几乎绕开了所有那些通宵达旦的欢闹，独来独往，一个人逛街、进食，背后拖着一道长长的阴影，他没想到一年多的时间过去，他前往北部新区那片高档别墅区赴约，席间王敏的两眼会忽然放光地看定了他，说起半年前在市中区的街边曾见他踽踽独行，当时她开着车本想招呼，却见他一脸执迷，一副要弃那个闹市而去的决绝样子，就没敢打扰……

桂松在一旁添油加醋："我看我们王大侠是怕搅了你的好事，你那时候一定不是一个人吧？"

他暗暗吃惊，不知自己和小安的私情是不是已被那两人撞破，只好有些掩饰地将满满一杯白酒直对着他们喝干了。

他揣摩着王敏口中的那次偶遇，应该是在他老婆办结移民手续，他同那母子俩在江北机场国际出发厅告别之后。他的那两个至亲，都长着像是克隆出来的黑森森的一对大眼，他过去就注意到，他老婆的眼仁占据了眼睛的大部分，长期弥漫着迷离的烟雾，这多少让他有些畏惧，而别离到来的那天上午，她一身棕黄的皮外套，纯黑的高领毛衣像副支架，硬撑起那煞白的脸孔，整个办理登机的过程，她都不容家明插手，全权由自己像熟练的机器人那样搞定。他们的儿子缩在长椅另一边，和他保持着一米以上的距离，先是眼睛骨碌碌盯着来往的人影看了好一会儿，然后叹息一声，独自抱紧背包发起了呆，像一只小乌龟一样缩回了自己的壳中。

登机口打开了，妻子仍在他耳畔唠叨着关于保护心脏的注意事项，用的是一名尽职的医师对病人下医嘱的郑重语气，而家明却对儿子那对秀气的大眼产生了特别的兴趣。那和自己的那对平淡无奇的圆眼多么不同啊，那样幽深，眼睫毛投下的阴影那样深重，关键是长在一个男孩儿脸上，就显得格外无辜。他的眼光继续在儿子头顶那片软塌塌的卷毛上流连，感到一阵说不出的怜悯。以前，他多少有些看不惯儿子从他母亲那里习来的柔弱模样，私下甚至有点儿觉得，那并不是自己真正想要的儿子的模样，可那一刻他却有些冲动地将儿子揽进了怀中，儿子温顺地伏在他身上，他忍不住又半蹲下去拧他的脸蛋儿，说："儿子，加拿大那边冷得很哟，去了就不许后悔哦……"

他拧得太过用力，儿子的那张小脸都充血涨红了，妻子在一边看不下去，一把将他的手打开："乱说什么呢，他又不是个孤儿……"

送别他们母子的当天晚上，他就去找了小安，在床上紧搂着那个北方女人的身体不愿松开，对着她的耳朵不住地呢喃："和我生个儿子吧，和我生个儿子吧，和我生个儿子吧……"黑暗中，那女人尽心地同他缠绵，当他说话的呼气打到她的耳郭，还嘻嘻笑了起来，呻吟着说好痒。他仍不罢休，打开了床头灯端详着她的脸面说："真的，我们要个小孩儿吧。"小安不再嬉笑，伏在他身上的那个她那会儿抬起头来望定了他，她的额发被汗水洇湿，打着小卷儿，眼里的湿气却一点点消散了，她似乎是思考了一会儿，最后说："你今晚又喝了酒吧？我怎么一点儿酒味儿都没闻出来呢……"

难道连这一切，也被那两个人尽在掌控了吗？家明心下忐忑，同王敏那拨人的赌局只好不明不白地接续了下去。

牌桌就设在王敏家那座独幢别墅的地下一层。那里被装修成一间十几平方米的影音室，几张沙发，一面投影电视，却几乎完全荒废了。四散的几张CD倒是常被赌客们拿来反复播放，就几个英式摇滚的老将，用来当作那深夜赌局的背景音乐，倒也再合适不过。有一回家明拿起那磨得斑斑伤痕的硬塑料外壳来询问，没想到那桂松竟然招认说是自己背来的，他说自己自上个世纪八十年代末起就开始迷恋这类老摇滚，听从一个电台女DJ的引领追听那些慵懒的曲目，粤语歌西北风什么的不是太低幼了嘛，还是这些糙歌听着来劲。一旁的王敏紧盯着桌上的麻将，头也不抬，一撇嘴说："什么嘛，你明明是迷上了人家主持人好不好？"桂松听了也不恼，反而豪气地将手里的一张幺鸡掷到桌上噼啪作响，摆出一副冥顽不化的无赖样："年轻嘛，谁没疯过，当年我就是不够疯才没有把你弄到手哇。"

这里已和九龙湖边对外开放的地下赌场有了很大不同，来的都是桂松、王敏的私交——生意伙伴、亲密老友和老同学，搞得家明倒成了他们中间的一个外来户。他当然没忘记那个冬日下午桂松忽然向自己示好的蹊跷，那谜底保留至今，可那两人看上去却并不急于亮出底牌，倒是那每周二和周五定期到来的赌局，让家明陷入了心甘情愿的自我麻痹之中。

那个自始至终的缺席者，王敏的丈夫，也令他好奇。有时在那四下通透的客厅里歇脚，零落案台上摆放的大小不一的相框会映入家明的眼帘。相片里与王敏相拥浅笑的男子，有张雕像般英俊的脸孔，长长的头发拖曳到脸颊两旁，从他翘起的嘴角边，家明看出了明显的嘲讽意味。另外的一些单人照上，他的身后，是变幻的异国风景：荒僻的街角，颓败的楼底，一座陌生的门边，高速公路中段随便的一处树丛，那男人看着也渐渐老了，胡须越留越长，看向镜头的眼底是和那些景色同样的荒凉。家明知趣地从不多问，只是听那些人隐约地提及，说他又走到了哪国哪国，就断定那丈夫一直在无边无际地游荡。除此以外，那屋里就剩一个安徽乡下来的中年保姆，那个在赌桌上纵横捭阖、巧取豪夺的王敏，在家明眼里也因此多了几分落寞。

冬天将尽，一群人相约出游了一次。目的地竟是江边那座荒凉的汽车城。家明知道，那条失败的引进生产线，让那座曾经火红一时的工厂几乎陷入了半停产状态，他们一行人在那条破落的、颜色灰沉的老厂区里张望，引来好些无所事事者的眼光。

故地重游让桂松和王敏都格外激动，指指点点，喋喋不休地诉说遗失在那灰白老路上的青春往事。桂松推开那名跟班的搀扶，一定要领他们去见识厂区临江的那座著名的民国建筑——圆庐，他大声吆喝说："你们有谁能说清这宝贝的来龙去脉，我就请他吃大餐。"

而王敏则捷足先登，跨上最后那几步石级，拐到那老房子前几乎掉光了果实的苦楝子树下，冲他翻起了白眼："嘚瑟个什么劲儿，所有这些不是小时候我跟你普及的吗？"她同样兴奋异常，满月似的脸庞红得发亮。

家明的眼光扫向王敏身后那座碉堡似的平房，它隐身在紧邻的那些上个世纪八十年代的老式单元楼前，怪异得让人苦笑。

他当然知悉那老屋的来历，它的建筑者是国民政府的某位高官，某开国领袖的儿子，上个世纪三十年代的抗战初期，他在那房子里养了个情人，对外宣称是妻子的表妹，其实那女人来自贵州某个神秘苗寨。那苗家公主宽皮大脸，说不上有多么美丽，却热力四射，没一天愿意消停。这圆庐于是就被她用来举办日日喧嚣的舞会。那碉堡似的主楼，沿柱状的围墙开出好些狭小的通风口，那些往昔岁月里的达官显贵们，就在那通风口底下夜夜挥汗如雨。彼时康城的夏夜同样燠热不堪，在家明栩栩如生的想象中，不知道为何，他们舞动的身影却全无声息。他们光亮可鉴的皮鞋踩在那涂了蜡的地板之上，也不发出一点声响，如同鬼魅。舞池以外，那时还没有安装眼前这种铁栅栏似的粗劣防盗门，而是木质的弹簧门，镶嵌着大面积的玻璃。从那幽暗舞池的中央，不时有闪烁不明的光线投射而出，映在门边放哨站岗的卫兵们身上。卫兵的面目隐没在夜色里，依旧无声无息。

就在前年年初召开市政协会之前，家明联合几位委员对康城的抗战文物保护实施了一次深度调查，其中就包括这诡异的圆庐。会上他们呼吁各方协作，紧急保护这些濒危遗迹。今年年初的提案中，他们又再度联名，希望政府职能部门对规划中的汽车城改建项目重新评估，强化监督滨江片区的拆迁开发，确保老建筑留存，延续城市文脉……

家明这才终于醒悟，自去年以来，那个桂松还有王敏拉拢自己的意图。

1979年夏日骄阳的炙烤下，桂松领着一群人前往江边的河滩游泳。那时的小桂穿着新买的一条蓝布泳裤，那窄窄的裤头紧绷在他完好无损的两腿上，他在浑浊的江中凫水长达几个小时之后，爬上了岸边黑色的礁石，白花花的日头下，那两瓣橘子一样玲珑的屁股闪闪发亮，也牢牢黏住了那个跟屁虫一样紧随他们身后的王敏的眼光。

午后昏昏欲睡，那王敏眼珠子一转，讲起了那个暑假以来一再造访她的梦境。梦魇的发生地就在神奇的圆庐，那间亡灵密集的昔日舞厅，那年代早已改造成了兵工厂职工杂居的公用厨房，摆满了锅碗瓢盆，成天被煎炒烹炸的热烈声响填塞。王敏说，在梦中她一次又一次穿过深夜里偃旗息鼓的厨房，走向那月光照耀下的廊道。那年月，人们时常遭遇突发的停电停水，随处可见一只储满清水的脸盆，或是倒映着黑夜的晃动不已的储水池。之前那绵延不绝的梦境总会神奇地中止于那空无走道的尽头，而那一天的正午，王敏却对身边这几个冒着热气的少年宣告，就在前晚的梦中，那个一直以来秘而不宣的谜底终于揭晓，梦的最后，一个非人的身影期期艾艾，领她转到那座圆形碉堡的背后——面朝江水的那株苦楝子树旁，就在开满头顶的紫色花影下，她开始了挖掘……

所有人的好奇心都被调动了起来，围拢来追问她究竟刨出了什么宝物，可王敏却翻了下白眼说："可我偏偏醒来了。"

他们于是蜂拥奔向圆庐，却见围绕着那灰暗的老房子长了好一片苦楝子树，也没发现王敏梦里的紫色串花，只有满树青果随风飘摇，就笑她想发财想疯了，然后一哄而散。

半个月后，偌大的厂区里闹起了窃贼。关于那窃贼的传说也越传越神，曾经同他擦身而过的那些失窃人，在厂保卫科或是夏日纳凉的对质中渐渐发现，那个传说中的贼影竟如此相似，形同一人。在他们的描述里，那窃贼身形娇小，轻盈如燕，他会在你半梦半醒的午夜悄然入室，即便你的惨叫撕裂夜空，他也能从容不迫地飞越窗棂，只在楼前竖立的下水管道上留下猫儿一样细碎的足印。还有人坚称在下夜班的中途，与疾走如飞的他狭路相逢，他窄窄脸上浮起的微笑，如同对面匕首上的寒光。

那个夏天，几乎这一整座兵工厂都被这从天而降的飞贼搅得人心惶惶，保卫科还特别加派了巡夜的值班员，组织了义务捉贼队，在那江声浩荡的黑夜里无助地打捞他的踪迹，可失窃的家庭却仍在悄然攀升。

桂松那伙同伴坐不住了，不知是不是受了王敏那个怪梦的蛊惑，他们认定那蟊贼必将光顾圆庐中那些厢房里的住家，夏天漫长的后半夜，他们自告奋勇地开始了守株待兔的埋伏。他们在那几株苦楝子的树边吸烟，身子挨着身子笑闹，江风袭来的时候又埋怨同伴暴露了目标……

说来蹊跷，事故发生的那一夜，坚持值守的就只剩下了桂松和王敏两人。王敏不知从哪儿捎来一瓶江津老白干，两个人嘿嘿地傻笑，就着一小纸包油炸花生米瞬间吞下去了大半，昏沉沉地相依睡去，恰在那时，贼影在那圆庐的门前忽然现身。真的就像厂里人传说的那样，那窃贼从容不迫，跟任何一个普通的夜行者没有什么不同，年轻的桂松吓得酒醒了大半，猫身而起，拔腿追过去，他力图不被对手察觉，可喉咙里的一声断喝却脱缰而出。

那之后发生的一切，在他的记忆里变得恍惚，他一再声称那夜光之中的黑影真的仿佛失去了重量一般，"就像一次突然的起飞，我一点儿没吹牛……"

那时，出游的一群赌友已坐进了江边趸船上的鱼庄，喝下了好几瓶烧酒，桂松正说着那个注定将绵延他一生的捉贼之夜，在他故意停顿的间隙，家明的耳中灌满了船舷边塑料布噼啪作响的风声。

在桂老板接续的讲述中，那个当初的少年追去，就在圆庐廊道的尽头，和之前王敏的那个梦境几乎如出一辙，他和那蠢贼一同起飞，跌落在了江边那丛黑色的礁石上，蠢贼当场毙命，而桂松的左腿也在石头上摔得粉碎。赶来救援的人们，百思不得其解，这样的逃跑和追击的两个人，何以像两粒发射的子弹，坠落到几十米开外的礁石之上。

"所以说啊，这里真是我的劫数，我们的劫数，千里万里，都必须要绕回来的……"那个出游之夜，追忆往事的桂松最后来了这么一句，那话音听着恶狠狠的，在后半夜直立起来的江风中，让家明打了个寒战。

他们

2012年和2014年，王敏两次重返滨江的汽车老城。

第一次是汽车城启动整体搬迁，她去劝服固守旧居的母亲。在那堆满杂物的三室两厅里，她闻到了腐败的气味，她问母亲："家里有什么过期食物吗？你一个人在这边千万别老吃剩菜，会得癌的。妈你还是搬我那里得了，反正有的是房间。"她后来发现，腐败的气味竟来自母亲自己，仿佛她74岁的身体就是一件过期食品。她过去高挑的身材已然歪斜，之前那个秋天来临时，膝盖里忽然像是被抽去了一股筋，每走几步就会针扎般疼痛。她告诉王敏，自己连跑了好几趟那家著名的军医院，那里的医生始终支支吾吾，说不出个所以然。在厂里一名中年保安见从前的书记夫人走路一瘸一拐的，就热心地向她推荐了江边菜市里租了个门面的游医，那自学成才的进城民工在她后腰上捅了一圈针眼，为她放了几管黑血后，她好歹可以每天挪步去超市买两棵青菜了。

说起这些，她的那张长脸上，浮起王敏从小就熟悉的讥诮浅笑："我没那么容易死的，绝不能如了那些人的愿。"

"那些人"，那天午饭后，王敏独自沿老厂的水泥路漫游，始终想不明白，那些让灾祸降落到她家头上的真正敌手究竟是谁。

那场在康城上空刮起的打黑狂潮，在那一年的二月之后烟消云散，康城的市民议论纷纷，开始编排过去领导这座城市的那几位风云人物的荒唐桥段，但至今仍没见任何人前来向她们母女俩交代"王鹏涉黑案"的转机。那起案件的细节，也成了她始终不愿深究的黑暗地带，事发后她只在康城晨报上读到过一篇综述，父亲的大名夹杂在那张四开小报密密麻麻的文字中间，就像两片微不足道的尘埃，她读到"向黑社会采购高价钢材""扶持涉黑车行"等字眼，恍惚记起那应该是他父亲一个昔日战友儿子开的公司，却仍然没法把那个铅印的姓名同那个总对自己板起脸孔，并且因为眼疾泪流不止的老爸联系起来。

那天下午是康城常见的灰扑扑的天气，厂区里的人多半不认得她，所以当她这个孤独游客经过，他们也并不会停止正在进行的热烈讨论。他们提到汽车城即将迁往的偏远郊县，落到了一个多小时的高速路程以外，更让他们焦虑的是，康城从前散布的化工厂、轮胎厂将在那边齐聚一堂，而那化工厂从前正对厂门的那条小河里，连条死鱼都不会游过。

我必须让我儿子转学去他奶奶家了，一个妇人愤愤地说道，这让王敏不由去想刚才午饭桌上，那个咬牙切齿，哪儿也不愿搬的母亲，最终会落得怎样的下场……

她仰望天空，找寻着在那里并不存在的答案，不知不觉又踱步来到了圆庐。一辆卡车的驾驶室里有人叫她的名字。是桂松，他挥手让司机一个急刹车，就横在大路中央和她叙起旧来。

两人都克制不住有些激动，桂松最后索性让司机停了车子，邀她去江边吹吹风。他左腿的残疾犹在，拄着根闪亮的拐杖，这让两人瞬间重返青春期幽远的岁月深处，他们战栗相拥的那些阴晦午后，一下子变得雪亮。

桂松声称，他正从事一项注定前途光明的事业，来这儿时的生长地搜罗搬迁遗留的旧物，以后或许还会将这一大片房屋的拆迁承包下来……最初的时候，王敏并没有意识到此中的深意，还一味沉湎于旧友重逢难免的感伤中："真神了，我妈中午还说她前天晚上居然梦见和我爸在圆庐里跳舞，结果你就冒出来了。"

"你妈还好吧？厂里好多人在说，出了那事儿后你妈老了很多，见人就躲……"

她缓缓摇头，仍在为母亲的那个梦唏嘘不已："我就奇怪啊，我说妈，我从没见你跳过舞嘛，怎么会突然做梦跳舞？她还不服气，说从前厂里春节会演她就领过舞，一帮娘子军，跳起一字步，从台子右边一直飞跨到左边……"

他挤出个鬼脸，笑了："你妈当年身材是好，腿长得不像康城人，气质也高高在上，在厂里一走，就把那些嘻哈打笑的女工比下去了。"

直至后来，两个重逢的故人才慢慢将那次偶遇，包括王敏母亲梦中的起舞，看作了终将照耀他们的启示。

机会很快显现，汽车老城里收破烂的生意一下子红火起来，桂松又一举拿下龙水湖边的宝地，开修别墅。在王敏眼里，桂松一向是抓住机会不放的人，眼里总透出与生俱来的饥渴之光，他母亲中年后患上慢性肾病，长期卧床，还有个刚上初中的妹妹，他那随时随地的斗志，倒不如说是一种求生的本能。

王敏从未将他们一夜间重新密切起来的联络看作是什么旧情复燃，她宁愿相信自己只是在桂松那里重拾了激情，两年转眼过去，2014年，她从牢狱中将老父接出，她没想到那个几近失明的老人，保外就医仅仅两个星期后，就要求故地重游。

开春后的暖阳时节，王敏推起轮椅在那条愈发灰尘满布的厂区大道上盘桓，搬迁末期的凋敝景象俯拾即是，可王敏却只见一派新叶初发、百花萌动的欣欣向荣，她陪同老父眼科手术后的这次小规模巡视，在她心里也颇有几分收复失地的意味。

厂区里的滞留者们投来疑惑的目光，她却自顾自向双眼蒙着纱布的王鹏解说自他离去后的沧海桑田。令她惊异的是，父亲对这片昔日领地依旧熟悉得如同自己的手足，常常不耐烦地打断她，只是身体的虚弱还是难以抵抗，到底在拐过圆庐后的江边歪头睡去了。

她从父亲脑后那蓬乱草似的白发望出去，那白发所剩无几，在明晃晃的日光下无力地倒伏着。她忽然有些冲动地俯向那衰老男人的耳边说："爸，你放心，我不会放弃，不用多久我们就会杀回老家来的。"

那个反攻的计划当然同桂松有关，他们联手，已经获取了汽车城改建项目的投标权，桂松还大包大揽，找来一众合伙人，他们紧锣密鼓地喝茶，见人，商讨大计，家明就是他们瞄准的一个特殊目标。桂松不知从哪里打探得知，家明同滨江片区拆迁改造项目的总指挥许斌是发小，同为镀铬电镀厂的子弟。

那是一间街道办工厂，早年在沿江一线，家明记忆最深的，就是来自那些兵工厂、医院、报社还有中学的大院孩子们对他们看低一等的眼光。虽然那些孩子同样会跟随他们前往依陡峭江岸而建的镀铬车间，饶有兴味地窥探那些灰黑的钢铁零件如何历经机油的浸泡，变得重生精灵般的锃亮。还会在夜深的夏日，穿越错落起伏的纳凉人群，因为忽然逮住了某个公共茅坑下的偷窥狂而奔走欢呼，但那份鄙薄却始终挥之不去。

呼啸而至的少年期，家明领着电镀厂一帮孩子冲冲杀杀，起因往往都不值一提，电影院里抢夺座位，或是某个兄弟新的军帽被半路劫掠之类，他们那帮亡命之徒总会在江边那曲折、迂回的巷道内设伏，用铁棍、包装箱上卸下的木条、破碎的砖块儿围攻那些高傲的大院孩子，一直逼得那些假想中的劲敌再也不敢涉足他们的地盘。

唯有亡命搏杀、不竭争斗才有机会，这成了家明骨子里信奉的生存哲学。可那个许斌却截然不同，他远远游离于家明他们那伙暴力小子以外，他是家长们口中“别人家的孩子”，生来就是安静而清高的读书人。白皙的脸蛋儿加上卷曲的头发，记忆里总是一副施加于他们的厌恶神情，仿佛闻见了他们身上扑鼻而来的恶臭。他初一就考取了市里的重点中学，更成了那个厂里一个高不可攀的传说。家明很难否认自己升入高中后就泛起的与他一较高下的竞争之心，他身处下半城那所喧闹、纷乱的普通中学，身边出没的尽是那种脸上闪现着无邪光芒、只知玩闹的差生，他在心中暗暗同他们划了一道界线，在高中那三年，摇身一变成了一个搏命的苦读者。那时候电视已渐渐普及，一到天黑，整条街上就会响起金庸武侠剧里的厮打声，那些长期关门闭户、神秘兮兮的录像厅里，则闷声放着来自香港的黑帮片或三级片的录像带，可他却咬牙避开，只想着十几公里之外的重点中学里，那个正在校园小径边发奋图强的许斌，想象着他正埋头攻读的鲁迅和《红楼梦》(所有这些信息，都来自许斌那个见人就夸耀的母亲)，还有那种他们普通中学里遍寻不见的高深莫测的参考资料和模拟试卷……他唯有更深地匍匐在他家后窗下的那台缝纫机上，一遍遍地将手中的那些教材咀嚼到融化的地步。那缝纫机的台面上铺着他妈特制的棉质布套，在他闭关修炼的那几个暑假，长期被他旺盛的汗水浸得透湿。

夜里，他开始做梦，梦见被过去的那些死敌穷追不放，每一次都要使出吃奶的气力才能逃出。他内心期盼着最终决斗时刻的到来，希望自己可以像金庸小说里那些遗落世外，却又意外收获秘籍大法的幸运儿，在某个光天化日之下终于可以大展身手，一雪前耻。

他和许斌恰恰就在那滨江汽车城的拆迁改建项目上重逢了。

那许斌俨然已是大人物，作为政府派遣的钦差大臣，总是一身紧凑的深色夹克衫，露出一线雪白的衬衣衣领，他有些悻悻地注意到，那个多年不见的许斌，完全脱离了少年时总被他们嗤笑的虚肥，蜕变成了一个干练的中年人。而家明自己呢，勉强忝列项目开发专家组副组长，不能说已然完败，但至少落了下风。

他们在接踵而至的研讨会上遭遇，家明通常坐在外围，而许斌则身处核心的内圈，他那在家明昔日记忆里总被浮肿脸庞遮蔽起来的双眼，如今却犀利而好斗，他变得易怒而蛮横，拥塞的会议室内常常回荡着他呵斥的声气。

随后那年的政协会上，家明联名几个委员就滨江改建项目的提案，多少算是他长期沉默后的一次爆发。尽管文史委那个上了年纪的专员私底下曾开给他专门“医治”政协委员的三味中药：甘草（干吵），白芍（白说），当归（当归则归），但家明他们仍执意提交了那份建议暂缓拆迁、统筹保护的提案。

之后的一起戏剧性事件，让两人暗中的较量（至少在家明看来那是一场较量）更加微妙。一名曾经参加过抗战的美军飞虎队成员的外孙女重访康城，探寻外祖父当年的足迹，她向媒体披露的一批从未曝光的老照片引发了轰动。

在她外祖父的镜头下，抗战时期的康城居然阳光灿烂。清朗的大街上、码头上，人们一派风雅，彼时那些男人和女人青白的面容、素净的衣装、妙趣的风俗都令人喟叹不已。其中一张力夫蹲伏街边独享一口小火锅的照片，更让这座火锅之城的市民如同遭遇了性高潮：这哪里是传说中水深火热的抗战，这光鲜绽放的日常，分明是在向今人彰显一个干净明亮的昔日时光嘛！

“城市记忆”成了那个时期几家都市报联手炒作的话题，家明他们的提案，也被神通广大的记者从政协的提案库中发掘出来，恰恰同期公布的几套滨江新城的改建效果图被几乎所有人讥讽为抹杀风情的钢筋混凝土怪兽，《康城晨报》于是借那位外孙女之口感慨，老人临行前一再嘱咐，要她多拍几张最新的江岸风景带回美国，而如今涂满了大红“拆”字的滨江地带，简直让她有些无从摁下快门啊。

那个炎夏的傍晚，漫长的、气氛沉闷得有如会议室内深重烟雾的紧急会议之后，许斌意外地叫住了家明。两个童年的伙伴，靠在改建指挥部二十四楼的落地长窗边，陷入了沉默。家明见许斌有些烦躁地将之前一丝不苟的领带扯脱开来，一双细眼钉子一样刺向窗外那浓稠的云层深处，那里，正在孕育着一场蓄势待发的暴雨,他叹息了几声,到底放松了些,歪斜在那被他后翘得只剩下两条腿儿的椅背上,直冲家明摇头说:“你们这些文人,幼稚啊。你知不知道你们那些貌似高尚的言论会被多少人利用?那些唯恐天下不乱的小报记者,更他妈的狗屁不懂,一天只知耸人听闻……”

家明有些吃惊地近距离洞察到许斌灰白脸孔上密布的皱褶,那些未老先衰的纹路疲惫而无奈地一律下垂着。他后来才在惶惑不安中得知,那些改建涉及的拆迁户,已经将近期的报纸作为砝码,要挟市政府提高拆迁补偿的标准……家明至今都记得许斌最后朝他露出的那个大有深意的笑容:“老同学,在这种事关大局的问题上,我真心奉劝你一句,千万不要玩火……”

所有这些,那两个昔日的暗恋者桂松和王敏当然一无所知,他们只是在又一个持续到凌晨的牌桌激战后,由王敏出面,向家明摊了牌。王敏为他奉上那杯清香的热茶之时,依然保持着典雅而轻盈的姿态,在他一小口一小口吞下那滚烫的茶水后,她才不慌不忙地用整张满月般的脸孔迎向他说:“你要帮帮我们。”

家明深知,在同那几家新加坡还有国内公司的竞标中,他们这家杂牌公司简直可以说不战而败,但那时他的食道感受着那滚烫茶水的急遽下行,却唯有忍气吞声。

那天凌晨,多年以前,那个在黑暗巷战中被敌手穷追的噩梦,又重返他的睡眠。

大约过了一个半月,国庆节后那个周二的午夜,小安攀爬上了南岸那幢花园洋房楼顶的天台。

119打来电话时,何秋在他租住的一室一厅里,正用一杯威士忌预备麻痹自己。一年多的牢狱生活,让他的睡眠变得极其恶劣,临睡前的那杯烈酒成了不可或缺的依赖。所以当他心急火燎地赶往南岸的中途,坐在出租车上,那从肠胃深处泛起的酒意,好一会儿都让他觉得自己是乘坐在一艘飘摇的小船之中。

他后来好歹看见了小安那在高处飘飞的白裙,最紧迫的时刻显然已经过去,洋房的楼底,那支小型的消防队虽说还没解散,那几个身穿荧光服的小伙儿，紧绷的身体却早已松弛了下来。围观的住户并不太多，都是晚睡的年轻人，那时也感到了拂掠而来的深秋夜风中的凉意，嚷嚷着要赶紧回屋了。只有几十米高的楼顶之上，僵局仍在继续：赶去的谈判专家，还是没能成功扑倒那个楼沿边上的冲动者……

那个绝境中的女孩儿，是如此需要自己！何秋几个箭步冲进那黑暗楼道里去的时候，一直被那股子激情烧灼着，他全然不顾那个审慎的谈判专家的劝告，可以说有些疯狂地一把揪住了已变得颓丧起来的小安的右手。

那手冰凉而了无生气，在他捂过了好几分钟之后，似乎才记起应该发出颤抖。何秋搞不懂自己的愤怒究竟由何而来，甚至对那些深夜出警的消防队员们恶语相向，仿佛是他们像抛弃孤儿似的将小安抛弃在了那个天台之上。

他等待着她彻底平复下来。这女人那段时间以来明显迷失了自己，愈发像是一头莽撞的小兽，何秋弄不懂那个总是缺席的家明何以会如此深切地波及她。过去的那个秋天，小安曾向他多次提到过家明的异样：长期彻夜不归，不知所踪，即使面对面相处也魂不守舍。“他一定摊上了什么事儿”，小安望向他的眼里是那种一筹莫展的无助。那个老男人，何秋在心里骂着家明，一面又禁不住揣度，难道在小安内心深处，是真的爱恋着他吗？

那其实已不是何秋头一回在收车以后深夜出击了，印象最深的还有九月里的一天晚上，他刚接通手机就听见了她的啜泣。

那夜的早些时候，家明又一次打来电话说要谈几个紧急客户，晚上就别等他了。她对着听筒就骂开了，我不是你他妈的高级助理吗？有什么要命客户非要避着我谈？她认定家明又跑去了那个赌局，她说自己后来像他妈这世上最贱的女人那样一次又一次拨打家明的手机，却一次又一次只能听见可疑的忙音。她只好挨着去找从前那几个闺蜜，哪知她们竟没有一个人可以在那个绝望时分陪她去酒吧里喝上一杯。

市中心那几间著名的迪吧，因为夏末那场缉毒攻势，犹如饥荒过境后的乡野，她一个人还是找到了一个角落，最后把自己灌得烂醉。她万万没有想到的是，当她在漆黑的楼道折腾了好一会儿才捅开自家房门时，客厅里爆裂的自来水流竟奔涌漫过了她的脚背……

而同一段时间里何秋接送家明的专车业务，表面看却并没有多大变化，他去往王敏别墅里的赌局一如既往地重复着，只是家明回家的路线开始变得飘忽不定，常常在他猝不及防之际，家明就要求下车，然后急匆匆赶往某个未知的目的地。

小安接连不断的发作后，何秋对家明的去向多留了个心眼，希望发现切实的证据，唤醒那一段时间里尤为迷惘的小安，却始终没见小安所担忧的“别的女人”。只是，家明的那张尖脸上早已褪去了先前的神光，在午夜暗淡的路灯底下，如同一个无处可投的游魂，他很想一个电话打过去对小安坦白，告诉她这个男人的确是陷入了某种麻烦，被彻底困住了。

跳楼事件后的那天凌晨，小安依靠在他的怀里泪流不止，少见地说起了自己的父亲。那个沈阳某钢厂的老工人，上个世纪九十年代初期就下了岗，同样也无可救药地迷上了麻将。在那些僻静街道的两旁，那种或许源自苏联的板式楼房，就只有四五层高，后来密密麻麻开起了麻将馆，狂热的赌徒们隐没于其中彻夜鏖战。从小安的初中时代起，她妈妈就会在夜深时分不由分说地拉起她，在那黑森林似的老房子中间穿梭，找寻彻底迷失了的父亲。凛冽的冬季，出乎她意料的是，午夜的街头空寂无人，积雪沉睡，却并没有想象中的那般极寒，她在母亲的牵引下跋涉，深入烟雾缭绕的赌场深处，同那个“无赖”(她母亲的用语)毫无希望地捉着迷藏。她母亲最终站上厂区家属楼的楼顶，像片叶子那样飘下，或许只是厌倦了这场无止境的游戏了吧。

小安告诉何秋，最后的那几年，母亲奇怪地瘦削了下去，仿佛有一头潜藏的怪兽在无声吞食她的皮肉，她最后的坠落在她的记忆里因此变得轻飘飘的，成了一次没有那么惨烈的滑翔。而她自己却越发的高大威猛，活脱脱成了父亲的翻版……

沉浸在往事中的那个女孩那天转过脸来看他，十分不解地：“怎么搞来搞去，我又回到了初中时代，要一次次祈盼那男人从牌桌上撤回?”

她继续追问何秋：“你们男人啊真是奇怪的动物，我从前就特别搞不懂我父亲，怎么家里暖暖和和的床铺不愿睡，即便赌得筋疲力尽，也非要跑去那臭烘烘的澡堂子里才能入睡?”

何秋的脸颊那会儿直抵着小安头顶上的乱发,那里的发丝粗壮,那个女孩儿正微微晃动着她硕大的头颅,继续着自己的想象:“我啊,如果今天真要这么跳下去了可不会像我妈那么便宜了吧,我这身子太重,一定要痛上好几倍……”

他不由分说地将她的脸扳了过来,朝向自己,那上面痴迷的神情透出几分傻气,却让他更加冲动,他冲着那张脸就脱口而出:“我们逃吧,逃得远远儿的,天高地远,让他们再也找不着我们。”

小安终于安静了下来,开始饶有兴味地看他,仿佛那是她头一回同他相见。

那以后家明的心脏病又发作过一次,十分的危急,在凌晨三点多的时候惊动了120。家明一再大叫,说有人拿刀子在他胸窝里搅啊搅,他面色如土,参加抢救他的医生后来告诉小安说,那天晚上很有可能“你家属”(采用这个词时,医生显露了片刻的迟疑),就再也回不来了。

那个时期,小安完全被吓住了,怔怔地在医院和小区之间往返,守护在那个依旧虚弱,仿佛总是从井底之下望向自己的病人身边。她在那家医院的住院部楼前跌了一跤,摔进了中庭花园的喷水池中,那个黄昏光线稀薄,她懵里懵懂一脚就踏进了院坝中央那个没有明显分界的水池之中,她没命地呼救,奔忙的路人围拢过来,在看清了状况后,当即发出了嬉笑:水池的水也就刚刚触到她的膝盖以上。

她就这么迈着湿漉漉的双腿径直走到家明的病床边,对他讲起了自己刚刚如何当众出丑,一阵疯魔的笑攫住了她,她一面又止不住从九楼的病房俯瞰而去。恰好起风了,那开阔院坝里蚁群一样的人丛,莫名地会聚又散开,仿佛他们真被那风在驱赶着似的,小安到底止住了笑,两个人之间降落下大块的沉默,某种低吟,并不是具体的风声或人声,而是这时空以外某种深邃的震颤,持续鸣响了起来。小安感到格外的空虚茫然,不知道接下去该对那个歪在床头的病人再说点什么,她没想到那个时候的家明居然会捉起自己的右手,在灰白的日光灯下流下了眼泪,也毫不避讳邻床病友投来的探究目光。

他叹息着，只是低声说着一句话，她凑前去才听清他说的是："我从没想到，我会输得这么的惨……"他接着说，"不如，我们结婚吧，我再也不会让你受一丝一毫的委屈……"

他的语气听着就像一个乞丐正面对他完全拿不准的施主。小安好一会儿才明白过来，蓦地抽出手逃了出去，仿佛在那夜晚将至未至的时分提前撞见了鬼，她没有干透的双脚，在病房走道里留下一串濡湿的足迹。

应该就在那同一个时间，小区的邻居们怀着颇有几分唾弃的心情，发现了小安身边多出来的那个年轻男人。十一月过后的天气，即便到了夜里，康城的天空也仍然令人发指地晴朗着，那些总是蹲守在小区各条必经之路的退休妇女们看见那个高个儿的年轻男人出现了，他在小区单元门前半明不暗的节能灯底下悠闲地踱步，有人还听见他轻松地吹起了口哨。他在等待的那个女人从楼里飞奔而下，一头扎进他怀里，两个人几乎立刻就开始了肆无忌惮的亲吻，当众将舌头递进对方的口中。有时候到了白天，他们也会时不时地相依着进出，关键是两个人都如此的高大而华美，朝气勃发，面皮底下涌动着夺目的血色，在行进过程中，身体也会绞缠在一起。

直到那一整个秋天快要过完了，小区的邻居们才看到从前的那个中年男人，重新回到了小安身畔，他们一高一矮，形成了一个奇怪的搭配，那中年男人脸上的病容如此惨淡，小区里的好事者们由此确信，他们窥见了一桩无耻的奸情。

他们兴致勃勃地继续探寻女人那张宽大脸孔背后的秘密，认定了她现在已愈发倦怠，长期显出休息不好的苍白来，当她同你对视时还有几分呆滞，嗯，她在走神，微微低头，仿佛小区里那坑洼不平的石板路上，有一件她总也找不见的失物。这样的情形多半发生在小安单独出入小区的时间里，那些妇女们的眼光追随着她迥异于康城当地这些矮小族群的高大身形，愈发将她划入了不良女人的行列。

那个年长的男人呢，关于他深夜心脏病突发的传言，也在小区之中悄然蔓延。在那些人怜悯的眼光里，那人过去头顶边上短短的发桩明显伸长了，在越来越惨淡的秋日里，虚弱地奓着。那张小脸儿也如同幽灵般青紫，很明显地浮肿着。养病的大多数时间里，他都会在中庭的花园里转悠，花园里小山一样堆砌着杂乱的绿树，在康城一年里最末的那个月份，它们仍然一点儿也没显出颓势来。小区里的邻居们后来发现，那个从前总是行色匆匆，感觉趾高气扬的矮个儿男人，单独相处下来竟有几分和蔼，时不时地，他会跟在那些无知的宠物狗还有小屁孩儿的后面追逐，或是冲着并不相识的老人家微笑，甚至会停住脚步，从兜里掏出香烟来同他们一起分享。只有当那烟雾围绕着他迟迟不肯散去之时，他才会不耐烦起来，化身成一个不讲理的泼皮，非要将那不听话的烟雾打败。

女人还是天天都回小区里来，那一般都要等到黄昏以后了，小区里的人后来才醒悟，原来男人在花园里转悠那么长的时间，不过是为了迎接她的归来。小区里的那些看客们甚至注意到，远远地，当那个男人看见女人向弹簧大门款款走来，竟变得有一瞬间的呆滞，就像一个濒死之人忽然又接到了复活的指令，脸色会一点点燃亮起来。他定在原地迟迟不动，有时还会浮出一个羞赧的微笑，然后才会故作不经意地走上前去，一把拉起女人的手。那女人被他牵引着，整整高出他一个头去，却并没有那么顺从，那两张脸一前一后，前面的那一张略略歪斜，被陶醉的神情淹没，后面的那张，却飘浮在这一切之上，像是一只薄薄的风筝，就要升空而起。

那些人期盼的三人同时现身的时刻，终于还是到来了。某个阳光明媚的周末，都要将近午饭时间了，消失了好一阵的那个年轻男人，忽然开来一辆墨绿色的路虎，有些阴森地横停在小区的大门外。

三个人应该是约好了要去展开一场轻松的近郊游，但细心的观察家们很快发现，情势发生了微妙的翻转：矮个儿男人忽然对着高个儿男人指东指西起来，一副长官派头，而那个女人被矮个儿迎进副驾驶室后，却不知怎么使起了性子，冲他一顿呵斥后摔门而出，那矮个儿又只好追随其后，一脸堆笑。

即便那时，那人的病容也十分显著，两只眼睛周边都围了一圈灰黑色，他对那女人的乞求也太过迫切，甚至将她那套紧身的衣裙扯破了一条线缝。

小区里的观察家们后来有不少人都提到了三人之间随后那个奇怪的僵局：车门有些无奈地敞了开来，矮个儿男人颓唐地瘫坐门边，已经筋疲力尽。

而那女人呢，最后不得不凑过去依偎着他，她搂着他伤心的脑袋，却皱起了眉头，就像是一位不得不迁就自己犯浑小子的母亲。年轻的那个高个儿，却退到了很远的地方，那距离远得仿佛与刚刚的那场争吵毫无关系，却没法摆脱那份息息相关的阴郁。他在那阴郁中站立了一会儿，之后也无力地蹲坐在了马路牙子上，闷头抽起了烟。

直到那个时候，也几乎没人会多么严肃地看待这一幕，即使是那些始终关注这起偷情事件的小区大妈们也绝不会料到，这三个人中间，后来会发生那么严重的一起罪案。

冯卫宁

所有这些零散的，很难串联贯通的信息，最终汇总到了刑警冯卫宁的面前，却让他陷入了无边的迷雾。

隆冬的一个午夜，事故发生的起始地点就在康城著名的那片高端别墅区。几乎所有人都知道，进入黑夜以后那里阒无人迹的荒凉，那个专车司机何秋，后来似乎成了那起事件中唯一的目击证人，他几乎不加思索地叙说起那天夜里自己的业务，接送那个知名教授、康城产业经济定位的项目带头人家明。他说那已是午夜两点过五分了，那样的时间，忽然在那橘红色路灯照耀下的荒僻车道上，出现一个蜷缩的人影，会是多么令人怵然的一件事。他们原本是打算绕开那人继续行驶的，何秋声明自己一向都是个小心的司机，对于那样的突发事件总是保持了足够的戒心，但当他手底下的车轮就要无声地滑过那个黑影时，那个人，竟毫无征兆地跃起，他的头脑里闪过曾经听闻过的那些碰瓷的传说，只好将车子歪斜着驶向路沿儿，并且点了一脚刹车。

他说他们绝对不应该对那个可疑的半路拦截者打开车窗的，那个人，面无人色，凑到车窗前来的眼睛似乎是透明的，像是两粒奇怪的玻璃弹珠。他拍打着车窗，冲着车里的两人嗷嗷喊话，何秋说他完全搞不懂那个时分，他的雇主，也就是家明的仗义之气由何而生，他对刑警冯卫宁解释说，好多时候教授都会显得欠缺考虑，有一股子一意孤行的蛮劲。他说他们就那么打开了车窗，听见那人喘息着说他喝醉了酒，也不知怎么就躺倒在了这路中间，这会儿肠子绞痛欲绝,求他们将他带往邻近的那家医院看看。

何秋说家明那会儿全然不顾自己对他使劲递过去的眼色,只是闷头打开了车门,"他是个好人不是吗,可好人没换来好报啊……"

一开始就有点儿蹊跷:那个声称醉酒的人却身着单衣,而且一点儿酒味儿也没有。他上了车,即使在轰然吹响的空调热风底下,仍然一片树叶那样瑟瑟打抖。何秋说自己起先还以为他是冻得没办法,事后想来却应该是作案前的生理反应吧。他说他们在接下去的路途上找寻那个男人所希望的那家医院,可那是深夜两点以后的开发区啊,大段大段的空阔马路都隐没在了没有路灯的漆黑一团里,他说,那个劫持的戏码到底还是如期上演了。坐在自己和家明身后的那个拦路人,在暗影中扑到家明的椅背之上,何秋说自己恍然听见刀子弹开的咔嗒声,眼睛余光里那刀子雪白的光亮一晃,他才惊觉车子已驶到每晚必经的那片脚手架林立的拆迁工地。高高塔吊上经夜不熄的那盏射灯,直直将光亮投射而来,他说他曾经想过将那车子开进堆满了建材的工棚边呼救的,但那个劫匪却似乎识破了他的意图,忽然从后座上跃起,横亘在了他和家明中间,劫匪晃动着那把短刀,好几次都几乎要划上何秋的脸颊。何秋说他的声音那时听上去就像是一个奇怪的孩童,而且还蛮不讲理地发布着指令。

何秋说那一幕真像是瞬间坠入了一个匪夷所思的梦中,他感觉自己深陷其中,难以自拔……他说江水就是那个时分来到眼前的,光辉灿烂的一片,完全无须前灯的照耀,依然通体透亮。

这个时候,何秋中断了之前滔滔不绝的讲述,瞟了刑警冯卫宁一眼。他的眼中,是难抑的悲伤,那悲伤不请自来,兀自在他那称得上秀气的眉眼之间徘徊了好一会儿。后来,冯卫宁无数次地去回味那个眼神的深意,希望可以捕捉到其中哪怕一丝一毫的杀心,却一次又一次颓然而返。他得出的结论是,那是一个柔弱之人,毫无主张之人,盲从之人,总想着抽身而去之人,直觉告诉他,这样一个略显迟钝的角色,策划出一起处心积虑的谋杀行动的可能性很小。

可随后事件的进程又显得太过荒诞不经。按何秋的说法,那个时分,他们的车子已经来到了滨江汽车城那片老旧的厂区,清一色的破败楼房,还有年代无从查证的平房里面，已经大多数搬空了居民，只有一些垂老的职工，还有捡拾破烂的民工滞留在黑洞洞的窗洞后面勉强度日，厂区里那几条过去四通八达的水泥路上也落满了泥灰。

已经临近昼与夜那幽冥的交界点了，他们那辆被挟持的路虎驶入了厂区道路两边堆积如山的杂物包围中，那里，一场最后的撤离正漫无边际地进行着，他们沿途看见了桌椅，歪倒的电视机、音响，没有主人的破鞋，还有缺胳膊少腿的玩具，黑白相框里狞笑的老照片……何秋说自己受到了更大的惊吓，甚至都有点儿忘记了那个架着刀的劫匪，一心想着要逃离那片鬼魅之地……他说自己那狂踩油门的一脚，也像是受到了莫名的蛊惑，那辆一向都在自己的操控之下服帖、温顺的路虎，居然发了疯似的，沿着那条坡道咆哮俯冲，最终撞破滨江路边失修的护栏，滚落进了冰冷的江水里。

那实在是太过荒诞不经的一幕，刑警冯卫宁极力要从何秋的眼中搜寻谎言的踪迹，但是那会儿，那个结束了诉说的目击证人，像是一位终于抵达了终点的长跑者，瘫坐在他对面的那张椅子里，几乎第一时间就将四肢蜷缩了起来。那个之前还颇有几分忧伤的男人已完全收回了他的目光，那内含的眼光后来一直保持在他鼻子底下的那张桌沿儿以下，变得空虚而无助，刑警冯卫宁不禁对他轻蔑起来：这个孬种，谅他也没胆杀人……

接着传讯小安。那个小安，在接到通知的一瞬，正打包行李准备搬离，那似乎印证了逻辑上存在的情杀可能。她竟怀抱着那只之前从沈阳老家空运而来的老狗，直接就来到了讯问室。

在遭遇到了理所当然的阻止后，此前她一直隐忍着的悲伤一下子爆发出来，当众号啕大哭。那只老狗，真的十分衰老了，其中的一只眼睛被额顶肮脏结团的狗毛覆盖，已经完全没法儿睁开，它就那样惊惶失措地仰头望向那个失控的主人，那几近失明的病眼里渗出的泪水也浑浊未明，仿佛垂挂了经年。

“他是个病人你们知道吗，在那刺骨的江水里，绝对没有生还的可能的，你们知道吗？”

小安反倒质问起了他们，而刑警冯卫宁却不露声色，隔着那张长桌，观察、分析着她的哀伤。是的，过去的这段日子，她显然一点儿也不好过，她的那张宽脸明显有些浮肿，两只眼睛周边，也残留了长久哭泣的痕迹，但她此时的眼泪，不知为何，对于冯卫宁而言却没有多少说服力。她的长相，怎么说呢，有那么几分凶猛，茂盛而蓬勃的毛发，即使在出门之前已用心梳理、收束过，却仍然想要迸发而出，不管不顾地顺着她那饱满的胸脯流淌到那明晃晃的桌面上来。她的妆容，也不能说不精致，眼线唇线什么的，看上去就训练有素，但在那仔细铺设的粉底之下，那圆鼓鼓的鼻翼，还有外翻的厚厚嘴唇，却有一股嚣张之力，同样有那么点儿想要喷薄怒放的意思。那会儿，这个女人正对着讯问室里的两个人，诉说秋天的那个深夜，家明突发心脏病的险情："他真的差一点儿就走了，那天夜里，守在他身边，我迷迷糊糊的，好几次都听不见了他的呼吸声，好几次，我都以为阎王真要将他的呼吸收回去了……"

他就是不相信她，即使在如此真切的描述中，刑警冯卫宁还是感到了这个女人急于要推卸所有干系的焦躁，他没法和身边那个埋头不起的同事交流这个感受，只是有点儿机械地在自己面前的记录纸上，胡乱描画着"情杀"这两个字，它们以各种变体，还有变幻的笔画，填满了他面前的那张白纸……

当然，那两个人，何秋和小安之间的奸情已是确凿无疑的了，但他们又为何要以那样决绝的方式，那种自杀式的投水，来完成自己的计划呢？一个很大的可能是：那个同车坠江的何秋，还有他口中言之凿凿的那个劫匪，不是都会被江水淹没，同归于尽了吗？

黑暗的江底，那个紧急逃生的过程，在之前何秋的诉说中，也变得混沌一片……他说，江水的急流，不知是从哪一扇没有关严的车窗之外一拥而入的，黑夜里那依稀残存的光亮，也彻底消亡了，刚才还迫在眉睫的那起劫持闹剧，眨眼间就被搁置在了一边……何秋说在迅速湮没头顶的冰冷和恐怖之中，自己拼命挣扎，左侧的那个车门，居然无声地就弹开了，那车门真的像在梦里那样，比一片儿薄纸还要无足轻重……他说自己在那泥浆一样的深水里继续抗争、扭动，生命在那样的绝境中就像是一只鼓胀的气球，他只感到了那一阵从自己肚腹深处源源升起的鼓胀，那鼓胀引领着他，最终一个腾跃，来到了开阔的江面。

另外的那两名乘客呢？

打捞队是第二天上午才陆续赶来的，那几个胡子拉碴的潜水员，在那凛冽的江风中不紧不慢地吸烟，皱着黧黑的面皮，吞下了几大口烧酒，才叹息着沉入了江水深处。

家明的身子卡在了车子副驾的座位里面，据说连安全带都没有来得及打开，而另外的那位，那个何秋口中阴险的劫匪，却不翼而飞……

讯问室里，对小安的审讯仍在继续，却陷入了迷局，刑警冯卫宁装作漫不经心地提到了那个何秋的名字，他没有想到对面的那个女人，虚浮的脸上竟掠过一丝讥诮的笑容，她说："一个怪人，你其实是没办法搞懂他的思维的，他把一切的一切都藏在肚子里……投江？天哪，那也是可以用来对付劫匪的办法吗？"

冯卫宁捕捉着她脸上的每一根神经，在说出"投江"那个词时的每一丝悸动，但却完全没有发现一点儿可疑的震颤，那清清白白的鄙夷神情里头，甚至连最起码的亲昵也没有。

至于另外的那个男人——家明，在小安那里，更多的还是只有怨恨。她居然当着对面那两个警察，抱怨起别墅区里那隐秘的赌局来，她说："你真的搞不懂那究竟是一群什么样的人……说是什么生意伙伴，还有几十年的老同学，成天不知在那别墅的地下室里干些什么勾当，我想去看看还说我会带去晦气……"她提到了不久前家明同那帮牌友发生过的一次争吵，具体原因家明不愿细说，只说那是一帮贪心不足之人，"我就说早晚会出事儿的嘛……"

她忽然意识到自己说得太多了，就猛地住了嘴，那种刻意掩藏起真心来的呆滞神情，又重回她的脸上。刑警冯卫宁紧盯着一米开外的这个女人，他几乎看见了长久的时间流逝后，那脸上浮起的一丝娇羞，那算得上是说谎背后的胆怯吗？

再一次，他陷入了巨大的迷雾之中。

他最后还是前往了案发的那个江边，来自打捞现场的一条线索，似乎印证了何秋所言不虚。

那是一个皱巴巴的破烂钱包，钱包里有一张居民身份证，指向了那晚车上的第三个人，那个何秋口中的劫匪。只是有些出乎冯卫宁意料的是，那劫匪的居住地，恰巧就在路虎坠江的那片旧厂区，也就是那座几近废弃的汽车城旧址。

那天下午，康城冬日稀罕的艳阳明晃晃地照耀在冯卫宁脚下的灰白水泥路上，他遇上了最后一批拆迁证办理的现场。过去的那幢三层办公楼的院坝前排起了长龙，有点令人发怵的是，那守候的队伍中间，却几乎不见什么人影，代表着那些终将要来领证的职工的，是各有其主的那些旧板凳，肮脏的沙发，塑料脸盆和水桶，甚至还有沾满泥浆的高筒皮靴。过去生活的皮肉，被血淋淋地撕扯开来，展示在太阳底下，让冯卫宁回想起何秋在供述里说到的路虎坠江当晚，行至这片废弃之地时，如何被鬼魅追赶。

按照身份证上的详细地址，他找到了那个劫匪的住地，居然是在康城有名的民国建筑圆庐。那座碉堡似的平房之内，同样一片兵荒马乱，中央的那个舞厅，丢弃着所有那些厨房用具，如同一场不可一世的霉菌爆发着。冯卫宁在那扇铁栅栏门前拍打了好一会儿，只听见了空洞的回响，还有簌簌落地的铁锈，只好作罢。

在圆庐的拐角，冯卫宁遇到一名单衣男子，那人手挎一件黑蓝的棉袄，大声喘息着攀上这并不算陡峭的石级来。他竟然认识冯卫宁打探的那名劫匪，他说厂里的人都知道他是个无可救药的粉哥，之前顶替去世的父亲进了工厂，那绝望的母亲之后也跑回了邻县的老家，他后来就一个人住在圆庐其中的一间厢房里，在那铁栅栏门里进进出出，街坊邻居们担心他惹事，平时哪怕只是去厂区转一圈，也会把自家的大门锁死。

那人有些疑惑地回望冯卫宁，说他都消失好一阵了，今天不是要办拆迁证吗，也不知行政办是不是把通知发到了他本人手里。

冯卫宁查勘的脚步越发犹豫和迟疑起来，他还是去那发证现场转了转，在下午那点儿蒸腾而起的热力下，之前濒死的办公楼前，到底还是闹腾了一会儿。不知为何，他并没有径直去门边的那张办公桌前细问，而是远远地，在可以尽览那片白花花平坝的缓坡上久久伫立，不愿加入那杂沓、暗淡人群的争执中去，他多少有点儿盼望那争执快点儿过去。

他，刑警冯卫宁，恰巧是一名文史爱好者，站在那天黄昏来临的光线里，回想了一下关于那座民国建筑的传说……关于上个世纪三十年代的日子，关于圆庐最早的主人，那个国民政府的高官，以及他的那个来自苗寨的情人。记忆中的老照片里那个宽皮大脸、不愿安分的女人，不知怎么，和之前他讯问过的小安重叠在了一起……在刑警冯卫宁的想象中，那个高官和那个苗家公主的爱恋，居然也和那起汽车坠江事故相关的两男一女一样，中间存有太多的缄默与未知，在刑警冯卫宁的心中，成了鬼魂对鬼魂的爱恋。

他不知道从小就在那亡灵密集的昔日舞厅近旁度日，会是一种什么样的感受，比如那个传说中的劫匪尚在年幼的时节，夜半被一泡热尿惊醒，穿过那黑漆漆的厨房，也就是那昔日的舞厅，奔赴圆庐以外的公厕，他会不会偶尔被某个盘桓不去的鬼影吓得冷汗淋淋？

一定是这样的，刑警冯卫宁在已经到来的夜晚微光中，再次掏出那张斑驳的身份证。他端详着那个灰蒙蒙的头像，愈发感觉，那个现身于那起谜团遍布的坠车事件，终又杳无踪迹的劫匪，说不准本身就是那老屋遗留下来的一个鬼魂。

他最终朝那明亮的江边走去，沿路都是疯长的芦苇。那一段的柏油老路马上就要翻修，即将与长江边上那宽阔腰带般的豪华水泥路连通，所有的遗迹都终将消亡，包括这起坠车事发的现场，那几道深深的车辙印迹，那被何秋那辆路虎撞破的条石的护栏，都将消逝不见。

刑警冯卫宁一直向那最后坠落的豁口走去，夜色已如此浓郁，如果有人这时遇见他苍白的面容，一定会被那上面确凿无疑的悲伤打动。

——原载于《山花》2017年第12期

作者简介

贺彬，重庆文学院签约作家。先后在《天南》《大家》《山花》《红岩》《中篇小说选刊》《小说选刊》等期刊发表中短篇小说多篇。

短篇小说

温暖袭人

■ 刘学兵

怎么说呢。

依晶晶居然离婚了。连依晶晶自己都没有想到，对于离婚，她自己会如此坚决和果断。从结婚的那一刻起，谁都不愿意去想在以后的日子里，在某一天，会离婚。依晶晶更没有那么想过。在她婚后的三五年里，每当依晶晶看到别人离婚，从共同的生活里各自转身，渐行渐远，她都认为他们背叛了各自的过去，简言之，就是对各自的承诺进行否定和背叛。有一段时间，依晶晶甚至认为离婚就是一种罪过。

依晶晶起床打开了窗户。这是凌晨两点。正是夏秋之交，曙色已在东方的天际蠢蠢欲动，但四周依然流淌满了寒意。依晶晶裹了裹睡衣，任由窗户大大地开着。一年四季，花开花落，冷热交替，依晶晶感受了近四十年，对她来说，这一点点凉意，让她感觉到的只是丝丝的凉，而非冷。

失眠已经习惯，成了自然。窗外的高楼都在黑暗中静立着，有几个窗户还亮着光，星星点点的感觉，那些大楼仿佛是黑暗的天宇，而那些灯光，仿佛是天宇间的星星。然后，其他的黑暗都向依晶晶压过来，挤压到她的眼前，挤压到她的胸，把她凌乱的长发挤压得向身后长长地飘了起来。肩上的吊带斜挎着，一只乳房探头探脑地露出来，她似乎忘记了什么叫羞涩。

这个时候，依晶晶看上去更像一个女人。

依晶晶刚进学校那阵儿，活泼开朗，好唱喜动，说起话来一长溜，剪不断，理还乱，真诚得让人感动，遇到同事，口未开，先把笑容挂在脸上，然后才甜甜地问候，声音悦耳动听。现在呢，在单位，依晶晶大多时候都是以领导的形象出现的。她着装严谨，走路身子挺直，步履稳健，目不斜视，面色严峻，好像时刻都在思考什么问题。这些都是拜她屁股下的椅子和头上的帽子所赐。久而久之，依晶晶就是极力去掩饰，那种气场也会不经意间流露出来。留在别人的眼里，那就是高贵。好在无论是做事，还是做人，依晶晶都是低调得不能再低调了，因此她和同事们相处得还不错。但是，回到家里就有些麻烦，尽管依晶晶小心翼翼，满脸堆笑，那笑呢，差不多快到了谦卑的地步，偶尔趁女儿不在时还向老公撒个娇，或者寻找机会在老公怀里摆一个小鸟依人的造型，每当这时候老公就会推开她。老公会说，在单位都是领导了，要注意形象。可是这是在家里呀。在家里也一样，这样才更能够在单位把领导的形象体现出来。于是家庭就成了单位的翻版，打上了单位的烙印。女儿和老公把她当作领导，当作全家之主，大事小事都要依晶晶做主，拍板定夺。就连过年回乡下走亲戚，哪天去，先走哪家，红包里包多少，也是依晶晶说了算。

日子过得真他妈的别扭！办公室没有人的时候，依晶晶就会对自己来这么一句。这句话从依晶晶嘴里说出来后，连她自己也吓了一跳，这是我说的话吗？

早已过了午夜，算是今天了。

算上今天，依晶晶离婚刚好一年。一年前的今天，依晶晶和老公刘东胜用了两个小时的时间确定是不是离婚，再用两个小时的时间进行财产分割，然后再去婚姻登记部门办理离婚证，花了不到二十分钟。总共用了不到五个小时，就结束了他们长达十四年的婚姻。没有喜，也没有忧，更没有痛哭流涕和死去活来的挽留，很平静，一切水到渠成。从婚姻登记部门出来后，他们各自转身，像平时从家里出门一样，到自己的单位上班。这是平静而繁忙的一天，也是简单地重复昨天的一天。到了晚上，依晶晶回到家里，刘东胜也回来了。依然是刘东胜到厨房里忙碌。依晶晶慵懒地躺在沙发里看一档综艺节目，好像一天的工作把她身上所有的热情都搜刮走了。饭菜端上来，他们在同一张桌子上吃了相同的饭菜，然后睡到了不同的床上。半年后，刘东胜买了房子，就搬出去了，连同刘东胜一起搬出去的，还有他们十一岁的女儿欢欢。刘东胜答应离婚的唯一条件，就是女儿归他。

依晶晶感觉得出来，女儿欢欢对刘东胜要比对自己亲热得多、依赖得多，甚至可以说女儿有些不喜欢自己。这和自己小时候不喜欢母亲何其相似啊，仿佛天注定一般。坦率地说，依晶晶喜欢女儿，是发自内心的喜欢。依晶晶当年不喜欢母亲，那是因为母亲重男轻女的思想严重。依晶晶还记得自己小的时候从来没有上过桌子吃饭，家里有什么好吃的东西，母亲都给弟弟留着，等她出门了，母亲就拿出来偷偷给弟弟吃。就是现在，母亲依然公开对依晶晶说，她的东西要留给弟弟的，依晶晶想也别想。依晶晶和弟弟常常吵闹，弟弟不敌，就找母亲哭诉，母亲不问青红皂白，抓住依晶晶的长发原地旋圈儿，直到把依晶晶的头发完全缠在自己手掌上，转得依晶晶头昏眼花，长发横飞，眼泪横飞。有时候母亲自己和父亲赌气，也把气撒在依晶晶身上，抓住依晶晶的耳朵使劲儿往上提，痛得依晶晶龇牙咧嘴，好半天才哭出声来。父亲是个惧内的男人，他默默地看着依晶晶在母亲的手下无力地挣扎，却不敢说一句话。

读中学那阵儿，每到周末，同学们都争相回家和父母团聚，但是依晶晶怕回家，怕回家见到母亲那张愤怒的脸。有好多个周末的夜晚，依晶晶独自徘徊在学校的操场上，望着教师宿舍的窗户透出的灯光，想象那窗户内其乐融融的景象，泪水便不知不觉地爬满了她的面颊。她无数次想到了那个卖火柴的小女孩，觉得自己比那个卖火柴的小女孩还要苦。有一次，母亲不知道为什么事情生气了，照旧伸手去抓她的长发。依晶晶实在忍不住了，她一把抓住母亲的手，用力捏着，眼睛死死地盯住母亲的眼睛，恶狠狠地说："要是你再打我，我就杀了你，把你割成一块一块的，放到床底下喂老鼠……"母亲没料到，刚读初一的女儿会说出这样的话来，她惊恐地睁大眼睛，然后"哇"的一声哭了起来。依晶晶也哭了,她被自己的话吓哭了。

从此母亲再也没有伸手去抓过依晶晶的长发,也没有伸手去揪过依晶晶的耳朵。但是,母亲的目光里时刻对依晶晶充满了敌意。到现在依然如此。

依晶晶的母亲不喜欢女儿,但是依晶晶喜欢女儿。离婚的时候,她本来想要女儿欢欢的监护权的,可是欢欢放弃了她,放弃了母亲。

时间过得真快啊,眨眼就是一年。离婚一年,依晶晶没有一丝后悔的意思。她总是在想,刘东胜是否也像自己一样,感觉离婚是一种解脱呢?

依晶晶感觉呼吸有些滞重,突然想找个人一起吃点东西。她打开了客厅里的一盏小灯,灯光昏暗而暧昧。暧昧的灯光下,是适合男人和女人做点事情的。依晶晶找出一只高脚玻璃杯,想了想,又拿出一只。她想象着,自己和一个男人端起杯子,轻轻碰下,在“叮”的一声脆响中,也许接下来就是很美妙的故事。依晶晶差不多一年没有经历那些美妙的故事了,很想经历。她放下玻璃杯,双手伸到睡衣里,游到胸前,把两个还算饱满的乳房向上托了托。她继续想象,要是这是一双男人的手,从后面自己的腰际环抱过来……依晶晶的双腿有些发软,浑身禁不住战栗了一下。依晶晶的这种感觉转瞬即逝。她脸上除了有点儿发烧之外,什么也没有留下。

依晶晶倒了两杯红酒,那猩红的液体在高脚杯里沿着杯壁荡了几圈儿,停下来,充满了奢侈的诱惑。遗憾的是没有什么可口的菜。没离婚之前,冰箱里是从来不缺菜的。不用依晶晶担心,也不用她念叨,刘东胜总是能把菜从市场上买回来,荤菜、素菜、生食、熟食,他会分门别类地放到冰箱里,到了做饭的时候,刘东胜再把菜从冰箱里取出来,到厨房里操练锅碗瓢盆,演习柴米油盐。而且,刘东胜把这些操练和演习做到了极致。但是,这恰恰是依晶晶不满意刘东胜的地方。

每当吃饭的时候,依晶晶都会说:“这就是你一辈子的追求吗?”

刘东胜就笑:“不好吗?”

依晶晶就说:“这叫没有追求!”

这一年来,依晶晶没有什么不习惯的地方,如果说真的要找一点儿不习惯的感觉的话,那就是冰箱里经常没有东西下锅。生食也好,熟食也罢,荤菜也好，素菜也罢，整个冰箱空空如也，除了一个躯壳，就剩下运行时嗡嗡的电流声。冰箱里没有食品，就没有了生气，就没有灵魂，就成了一种摆设。但这对于依晶晶来说，也不算事。如今商场里各类吃的比比皆是，哪样不能凑合着吃啊。更何况依晶晶怕胖。不知为什么，三十岁一过，身上的肉就越来越多。吃饭的时候，依晶晶老是怕沾上油腻，怕那些油腻一夜之间就爬到肚皮上去。身体这东西就是怪，想胖的时候胖不起来，一旦胖起来，喝水肉都会可劲儿地长，怎么都收不住。很多时候，依晶晶晚上只吃一点点水果。女人，尤其是快四十岁的女人，保持身体的正常似乎成了她们唯一的愿望。

继续找吃的。

依晶晶找了一会儿，还好，没有让她失望。找到小半包五香瓜子。那是女儿一周以前来看她时留下的。都受潮了，失去了它应有的香脆。就像他们的家一样，失去了从前的温馨。

没有人陪，自斟自饮也不错。五香瓜子下红酒，这种吃法不多，依晶晶也是平生第一次。瓜子不香，红酒更是有一股难言的涩味儿。依晶晶居然喝了两杯，并且意犹未尽。

依晶晶不是对自己和刘东胜的婚姻没有反思过，相反，她时常思考，怎么就离了婚了呢？难道就非要离婚不可吗？为什么不能凑合着把这日子过下去？到最后依晶晶都会说服自己，这个婚，该离。因为依晶晶认为和刘东胜过的日子，不是自己想过的那种日子。你想要家的温馨，他要给你讲形象；你想要撒娇，他还要给你讲形象；你想要小鸟依人，他继续给你讲形象……依晶晶就不明白了，女人在家里，在老公面前，把形象降低那么一点点，又怎么了？这他妈的又不是要把女人弄成一个形象工程。这不是依晶晶想要的生活。不是想要的，凑合也没有用。难道这不是离婚最充分的理由吗？

当然啰，说起依晶晶离婚，就不得不说到刘东胜。刘东胜这个人，用依晶晶的话来说，那绝对是一个好人。

刘东胜个子不高，还有些瘦。如果依晶晶穿高跟鞋，他甚至看上去比依晶晶还要矮一些。小眼睛，高鼻梁，戴一副近视眼镜，不爱说话，看上去文质彬彬的。刘东胜在一家事业单位做会计，很枯燥的工作，因此，他这个人也很平淡。工作勤勤恳恳，本本分分，不喜欢和人接触，和人家搭话不过三句，他就保持沉默。他除了工作、钓鱼和下厨，实在找不出更多可圈可点之处。不过刘东胜对这些爱好很专注。比如他热爱自己的本职工作，做账从来都是一丝不苟，因此极少有过差错。再比如钓鱼，技术也是到家。差不多每个周末他都要出去，自己开车，有时候带着女儿，有时候孤军深入，有时候头顶烈日，有时候独钓寒江，每每归来，必是一派丰收的景象和充满阳光的笑容。刘东胜钓鱼的瘾很大，开车出门钓鱼，最远的一次，他竟然驱车三百多公里，在一个看上去水库不像水库、鱼塘不像鱼塘的山谷里钓了一天鱼。刘东胜说，这鱼，才是纯天然无污染的。最郁闷的是，他们钓的鱼还没有能带回家。不是人家没收了他们的劳动成果，而是他们根本就忘记了把钓的鱼拿上车。收起渔具，父女俩像做贼似的，开着车一溜烟就回到了家里，结果钓的鱼还喂在水里，忘了取出来丢进后备厢。这和他工作时的谨慎、心细有很大的差异。三百多公里的路程，依晶晶怎么也弄不明白，女儿欢欢宁愿跟随父亲舟车劳顿，也不愿陪在自己这个母亲身边。

再比如，刘东胜还弄得一手好菜。这个手艺从他们谈恋爱，一直延续到现在。那时候，依晶晶觉得刘东胜了不起，自己嫁给他，一辈子有享不尽的口福。现在呢，刘东胜的这一手好菜对于依晶晶来说，简直就是耻辱。一个男人，就应该去广阔的天地里打拼，窝在老婆身边，窝在厨房里，有什么出息？

依晶晶出生在农村，早上起床煮饭，吃完饭自己去读书，中午回家依然要生火煮饭。农村烧的都是干枯的杂草，满屋的柴烟汹涌，要是遇到夏天，煮一顿饭，就在灶间坐一顿饭的时间，流一顿饭的汗水。母亲对依晶晶不怎么好，从来没拿好脸色给她看过，动手就是抓头发、揪耳朵。好在依晶晶读书很争气，从小学一路读到大学毕业，好像就没有在读书的问题上遇到过什么难题，遭受过什么挫折。大学毕业后，依晶晶做了教师，分到了一所乡村小学教书。那所乡村小学很偏远，从县城乘坐早班车要走近两个小时。那个时候依晶晶和刘东胜刚结婚，就住在县城刘东胜父母留下的房子里。每天早上，刘东胜四点就起床，给依晶晶煮早饭，顺带还要为依晶晶准备一份午餐。那个学校中午没有饭吃，只能自己带。到了晚上放学，依晶晶又坐末班车回县城。他们的家离车站还有一段距离，每天早上，依晶晶吃完饭后，刘东胜都要打着手电筒把她送到汽车站，坐六点钟的早班车去学校。刘东胜等依晶晶坐上车，才把手中的饭盒递给她，说："记着中午要热热再吃，不能吃冷的，对胃不好。"刘东胜趴在依晶晶座位边的车窗上，汽车缓缓开动了，他还忍不住朝前走两步，一副难舍难分的样子。每到这个时候，依晶晶的心里都被一种感动充斥着，眼泪在眼眶里打转。这个男人，是多么好哇。直到汽车消失在县城昏暗灯光尽头，刘东胜才回家，脱衣上床，再睡一个回笼觉。春夏秋冬，寒来暑往，刘东胜天天如此，时间可以按秒来计算。哪怕是生病了，他也坚持把依晶晶送到车站，然后一路咳嗽着回家。看着刘东胜打着手电一晃一晃忽明忽暗地向家里走去，依晶晶知道，刘东胜的一生都会在自己心里走来走去，是永远走不出去的了。

依晶晶在那个学校教了五年书，刘东胜就这样整整坚持了五年。直到依晶晶调回县城的小学，那段艰辛的岁月才算结束。

然后，依晶晶凭着自己卓越的才能，开创了属于自己事业上的一段好时光。她从普通教师做起，然后是教研组长、教导主任，再到学校办公室主任，到现在学校重点培养的中层干部，这一路走来，依晶晶做得洒脱，做得游刃有余，做得大家心服口服。依晶晶变得越来越沉着，越来越老练，遇到各种突发事件都能处变不惊，各种事情做得合情合理，天衣无缝。在各种应酬上也是从容应对，哪怕喝酒喝得找不着北，喝得肝肠寸断，也不会乱了方寸，有失礼节。依晶晶长袖善舞，运筹帷幄；依晶晶威风八面，风光无限。

刘东胜还是一个孝顺的男人，不仅对自己的父母孝顺，对依晶晶的父母也孝顺，他的一手菜做得更是让依晶晶的父母吃得心花怒放。每次和依晶晶回家，父母都像过节一样，从自己地里选优质的蔬菜回家，再到镇上买许多肉类食品。老两口不慌不忙地把菜洗干净，切好，单等刘东胜回家下锅。在做菜这个环节，刘东胜最引以为荣的就是他对食盐的配用。哪种菜该放多少盐，在什么时候放盐，放生盐还是放调味儿盐，他都是有讲究的，一点儿马虎不得。盐没有配用好，会废掉一个好菜的。刘东胜对于盐的用法是这样的：如果一桌子包括冷盘在内有十个菜，那么第一个菜的盐放得最重，换句话说，第一个菜最咸，以后的菜的盐量逐渐减少，到最后一个小菜汤，根本就不用放盐了，而所有桌子上的菜，味道儿最美最鲜的，无疑就是这最后一个小菜汤。简单地说，这实际上就是一个味觉的适应过程。刘东胜边做边给两位老人讲，听得两位老人连连点头，不停地说有道理有道理。

菜的道理说完了，刘东胜又扯到了两位老人的身体，免不了一番问长问短，嘘寒问暖。如此一番过后，刘东胜就给二老推荐专题片，说某某台的养生专题片不错，老少皆宜，抽空可以看看。现在日子过好了，要多注意身体，有什么不适的情况，一定要及时去看医生。这个刘东胜念叨起来就没个完，好像两位老人不是她依晶晶的父母，反倒像他刘东胜的父母一样。

依晶晶的母亲更是面若桃花，笑得眼睛都眯成了一条缝。她偷偷地看着依晶晶，不停地挤眉弄眼，想必她是想起了多年以前依晶晶要拿她喂老鼠的话吧，话里话外能流出一点儿弦外之音来。这女儿啊，嫁出去，就是泼出去的水哟，女婿儿女婿儿，好歹也是半个儿子呢。那意思分明就是说依晶晶这个女儿，还不如刘东胜这个当半个儿子的女婿。

有一段时间，区里打造文化品牌，提出的口号是——文化让全区走得更远。依晶晶老家这个镇呢，选择了书法，全镇一时掀起了一股书法热。依晶晶的父亲脑子一热，喜欢起书法来。刘东胜不仅给老人买了好多宣纸和字帖，还为老人买了一支价格不菲的毛笔。老人也不客气，一一笑纳。摆上桌子，挥毫泼墨，写了几个简单的字，平躺着看还有模有样，往墙壁上一挂，就完全走了形。老人也不计较，说刘东胜这个人，嗯哈，刘东胜这个人嘛，要是能喝点酒就好了。刘东胜不喝酒，依晶晶的父亲却喜欢喝酒，刘东胜不能陪他推杯换盏，言下之意，这也许是他认为刘东胜美中不足的地方。

当然，刘东胜在周末也有不出门钓鱼的时候。这也是刘东胜与众不同的地方，他要么驱车几十甚至上百公里不辞辛劳去钓几条所谓的原生态鱼，要么就待在家里，寸步不离。早上吃过早餐，就打开电视，手里拿着遥控板，一路搜寻下来，遇到好看的就逗留一会儿，遇到不好看的就一闪而过。什么是好看的，什么是不好看的，在刘东胜那里好像也不怎么好区分。有时候一部经典电影他一闪即过，有时候一个养生专题片，他也会看上老半天。按年龄算，刘东胜应该还没有到看养生专题片的时候。有时候刘东胜手里会拿一本书，不是女儿看的童话作文书，就是依晶晶看的妇女生活类杂志，匆匆翻几页，眼睛又盯着电视。刘东胜偶尔也倚在沙发上打一个小盹儿。很难说清楚他是在看电视，还是在看书，或者，本来就是在打瞌睡。当依晶晶把屋里所有清洁都做完，用手支撑着腰，抬起头问有没有遗漏的地方时，刘东胜嘴里答非所问地吐出两个字："不错。"依晶晶发现刘东胜说这话的时候连眼皮都没有抬一下。依晶晶走到他身边，一连叫了几声刘东胜，刘东胜这才恍然大悟似的说："我去买菜了。"然后，把皮鞋当拖鞋，趿着走出门，关上门后，再蹲下来将皮鞋的后跟拉上，大步流星地向菜市场走去。

那五年的农村小学教学生涯成了依晶晶这一生中最美好的回忆。有多少个夜晚，依晶晶和刘东胜在滨江路上并肩散步，说到动情之处，依晶晶都会抓住刘东胜的手，这辈子她可以对不起父母，可以对不起女儿，甚至可以对不起领导、对不起学生，也绝不能对不起他刘东胜。刘东胜面无表情，轻轻地掰开依晶晶的手说："大街上，拉拉扯扯的，也不怕人家笑话。"

依晶晶说："我是你老婆呢，又不是小三，谁会笑话？"

"你看你自己还有没有一点领导的形象？"刘东胜面露愠色，丢下依晶晶扬长而去。

其实，依晶晶是一个比较传统的女人，从衣着到言行，都表现出极高的素养，她大度而不傲慢，为人谦逊但绝不妄自菲薄，工作虽然繁忙，却干得井井有条、从从容容。对于这个社会的道德沦丧，对于满街小三横行，她有自己的看法和见解，从不随声附和。可是，她就是不明白，两口子在大街上拉拉手，那是再平常不过了，难道这也有伤风化？

刘东胜怎么会这样呢？

结婚十年后，依晶晶终于对自己提出了这样一个非常严峻的问题。

还是情窦初开的年纪，依晶晶就开始憧憬自己男人的模样。高大英俊自不必说，待人随和，具有亲和力，能言善辩。当然，一方诸侯自然是好，有一份稳定的工作也不错。令依晶晶惊讶的是，结婚十多年了，自己心目中的男人始终和现在的刘东胜无法重叠在一起。

依晶晶猛然发现,这不是她想要的生活,刘东胜也不是她想要的男人。

十四年了。依晶晶如梦初醒。

有一件事情依晶晶记得很清楚。女儿欢欢小学毕业准备升初中,挑学校挑了好多所,就是没有一所她满意的,整天嘟着小嘴对谁都不满意。后来,欢欢不知道在哪里听说了市九十四中,就非要去九十四中不可,还说好多同学都盯着九十四中,她非九十四中不读。身在教育系统,依晶晶哪有不知道九十四中的,欢欢还真会挑学校。九十四中是全市重点中学,实力雄厚,师资力量强大,在全市大名鼎鼎,据说现任市长的中学时代就是在九十四中度过的,再往学术方面靠,还出了好几个中科院院士呢。但是,越是这样的学校,也就越不好进去,你即便是考出了高分,也未必能进去。依晶晶在学校教了这么多年书,在领导圈里打拼了这么多年,怎么会不知道里面的子丑寅卯呢。

依晶晶对欢欢说:“宝贝儿,九十四中不好进哟,以你现在的成绩,读不了呢。”

欢欢说:“不管,就要九十四中!”

依晶晶说:“确定吗?”

欢欢说:“非九十四中不读。”

接下来依晶晶不得不四处托关系让欢欢进九十四中。最后,依晶晶在自己的同学中找到一个叫方亦然的,他在市委宣传部任职,方亦然又找到他中学时的同学——市教委的一个副主任,说了不少的好话,总算是把这件事情摆平了。为了对方亦然表达感激之情,依晶晶在区里唯一的五星级酒店摆了一桌酒席,宴请方亦然。当然,也包括那个市教委副主任。不承想临到吃饭那天,市里偏偏对依晶晶所在的学校进行安全大检查,安全重于泰山,她这个办公室主任自然得是全程作陪。依晶晶只好叮嘱刘东胜先陪着客人吃饭,自己这边结束后就赶过去。晚上七点多,当依晶晶赶到酒店时,刘东胜和其他两个人正围着大圆桌,三个人六只眼,刘东胜的两只眼对着手机只顾聊天,另外四只眼相对来说比较随便一点儿,低声交流着什么。一大桌子菜,谁也没有动过一筷子。依晶晶差点儿没有气昏过去,不停地道歉,同时自罚三杯,以示自己道歉的诚心。最气人的是,那个市教委副主任说的一句话:“依老师,你这么豁达，让人佩服，他可不像你老公的样子哦。”这话是当着刘东胜的面说的，无疑是在抽刘东胜的耳光。可是刘东胜仿佛没听见，脸上始终挂着不咸不淡的笑容。依晶晶心里有说不出的难受，但她依然面带笑容，不停地道歉。整个席间，气氛也像刘东胜的笑容一样不咸不淡，总感觉怪怪的。回到家里，依晶晶发现，刘东胜居然没有打领带，皮鞋呢，也根本就没有擦。

女儿欢欢听说读九十四中已经有希望，一下子搂住刘东胜的脖子，不停地说：“谢谢爸爸，谢谢爸爸。”

刘东胜也不说话，任凭女儿欢欢的几个谢谢，就夺走了依晶晶所有的努力和功劳。依晶晶再也没有忍住，她一声尖叫：“刘东胜！你怎么可以这样？”

女儿欢欢从来没有看见过妈妈这样愤怒，她吓坏了。

依晶晶感到前所未有的绝望和恐惧。天哪！自己居然和这样的男人生活了十四年，仔细想想，还真是后怕。再想到自己还要和刘东胜生活一辈子，那种绝望和恐惧就越来越强烈。她一下子失去了生活下去的信心，好像生命已经失去了方向。依晶晶倚在七楼的阳台上，看着阳光静静地从小区的一端流向另一端，葱绿的树叶在阳光中泛着迷人的光芒，几个孩子在草地上追逐，还有几个老年男女聚在一起，神情看上去很兴奋，个个眉飞色舞，也许又在探讨坝坝舞的某个动作吧。依晶晶的眼睛一闭，头脑里一片空白，整个人倾斜着，一头向栏杆外栽去……

刘东胜在那一瞬间抱住了依晶晶。

依晶晶睁开眼，淡淡地说：“刘东胜，我们离婚吧。”不等刘东胜回答，她又说：“离了婚，我才能活下去。”

刘东胜说：“为了欢欢，能不能不离婚？”

依晶晶说：“不能。”

刘东胜说：“你在外面无论做什么事情，我不管你，我只要这个家完整。”

“无论做什么？”依晶晶怔怔地看着刘东胜，“所有？”

刘东胜点点头。

依晶晶说：“一切？”

这一回刘东胜没有点头，但是依晶晶已经明白了刘东胜的意思，在家庭和一个男人的尊严之间做选择，刘东胜要打算放弃一个男人的尊严。

依晶晶很痛心。

“还是离了吧。”依晶晶最后说。她提出了一个条件，离婚的事情不能让双方的父母知道，更不能让双方的同事知道。

刘东胜答应了。

依晶晶和刘东胜离婚的事情果然没有几个人知道。在知道的几个人当中，有一个是方亦然。

方亦然是依晶晶的大学同学，现在是市委宣传部文艺处的处长。他对依晶晶的离婚没有表露出丝毫的兴趣，这个社会，离婚的事情司空见惯，每天有多少人结婚，又有多少人离婚，还有多少人离而未离，悬而未决，谁也说不清楚。人们更多的是冲着钱在忙碌，谁还在乎你一个学校办公室主任的离婚结婚这些家庭琐事呢。再说了，这个年代也不是嫁鸡随鸡嫁狗随狗、从一而终的时候了，有必要对离婚这件事情大惊小怪、津津乐道吗？话虽如此说，但依晶晶还是一再叮嘱方亦然，不要把自己离婚的事情往外传。

方亦然笑道：“怕啊，怕就不离嘛。”

依晶晶说：“毕竟是学校的领导，还是要注意一点儿影响，注意形象。”

说完这话，依晶晶惊跳了一下。这怎么像刘东胜说话的口气和方式？

依晶晶就是这么个人，她不怕死亡，但是她怕自己离婚后带给学校和领导的负面影响。她之所以不张扬离婚的事情，主要还是想给刘东胜一个机会，要是刘东胜改掉他那些不良的习惯，她还是想和刘东胜复婚的。当然，前提是刘东胜不再娶，而她依晶晶依然单身。

方亦然对依晶晶一番安慰后，话锋一转说，不再谈离婚的事情：“我听说你的文学功底不错，还在晚报上发表了几首诗歌，要不要加入市作协啊，这个对我来说是小事一桩。”依晶晶从方亦然的眼睛里看出了一种渴望，似乎正期待着答复。但是，依晶晶从方亦然的眼睛里还看到了另外一种渴望，这种渴望令依晶晶不安。这也许就是刘东胜说的“无论什么事情”的事情所包含在内的事情吧。

在读大学的时候，方亦然就对依晶晶展开过追求，不过那时依晶晶一心放在学业上,对男女之事总是一笑而过。后来方亦然索性把事情公开化,依晶晶就接受了他的一次约会,表明了自己的态度,彻底断了他的念头。方亦然是一个十分精明的人,他的高明之处就是绝不在一棵树上吊死。依晶晶态度明确,他立马转身锁定了下一个目标。

这么多年过去了,他还没有放下。

依晶晶没有立刻答应方亦然。她笑了笑说:"入作协的事情就放一放吧,那几排文字,也叫诗啊,去作协里滥竽充数,很没有面子的,到时说起是你介绍我进去的,岂不拖累了你?"

方亦然也一笑而过。

今天,依晶晶将和刘东胜复婚。离婚一年过后,依晶晶答应和前夫刘东胜复婚。当时,她只是随口说了一个去登记的日子,但是,谁都没有想到,从去年离婚算到今天去登记复婚,刚好一年。生活有时候真的像是在开玩笑,又像是在玩游戏。玩到最后,大家都觉得玩累了,玩不起了。

是依晶晶无奈之下被迫答应的,也算是对自己的屈服。不管怎么说,有一个家,总比没有强。

依晶晶和刘东胜离婚的事情最终还是被双方的父母知道了。两个家庭,四个老人轮番上门游说,尤其是依晶晶的父母亲,每次来都杀气腾腾的,非逼着依晶晶和刘东胜复婚不可。

"现在这个社会,像东胜这么好的男人有几个?你还要人家怎么样?"父亲从来没有这么公然指责过依晶晶,这次也站出来,说依晶晶书读多了,知识越多想法越多。

母亲更直接:"我看你就是个疯子。"

"我就想他像个男人。"依晶晶也拧。

"刘东胜不是个男人吗?"父亲拍着桌子,喘着气,差点儿没背过气去。直到父亲把那颗花白的头在墙壁上磕出了血,依晶晶才含泪答应父亲和刘东胜复婚。

欢欢一直盯着依晶晶,神情怪异。但依晶晶从女儿的目光里看出了一种漠然。

复婚后的一个月，依晶晶和刘东胜进行了一次面对未来的实质性的谈话，具体如下——

依晶晶说："这一年，我没有做对不起你的事情。"

离婚后，为了不被周围的亲戚朋友和同事识破，他们走得很近，看上去完全是一对恩爱夫妻。他们都善于伪装，把工作愉快、家庭和睦的一面在世人面前展示得淋漓尽致，而在暗地里，在他们各自的生活里，一言一行，所作所为，几乎都没有离开过对方的视线。

所以刘东胜说："我知道。"

依晶晶说："今后有什么打算？"

刘东胜说："还没有想过。"

依晶晶说："你今后工作相对来说轻松一些，该想办法挣钱养家。"

刘东胜说："现在不是很好吗？你有工作，我有工作，周末还可以出去散散心，你还想怎么样呢？"

短短的沉默。

依晶晶说："我想开一个家政公司，让你来打理，和我比起来，你的时间相对要充裕一些。"

刘东胜说："我不想打理公司。"

依晶晶说："那你想做什么？"

刘东胜说："以后工作轻松了，白天在办公室打瞌睡，晚上就去开出租车。"

依晶晶略显意外："怎么想到去开出租车？"

刘东胜说："我没那么多精力去打拼，都四十岁了，没意思。再说了，开车是我的手艺，不用，可惜了。"

依晶晶说："才四十岁，正是年富力强的时候哇，有没有想过超出自己能力以外的一点儿追求？比如，有挑战性的，存在风险的，但是又极有可能挣大钱的。"

刘东胜说："没有想过。"

依晶晶心里一片惨然。

复婚三个月后,依晶晶再次选择了离婚。

不过这次没有第一次离婚那么顺利。

在他们去办理离婚手续的前几天,依晶晶感冒了,很严重,还住了好几天院。本来依晶晶想叫自己的妈妈来照顾一下自己的,刘东胜坚决不同意。他知道依晶晶和她妈妈心里都有一个结,这个结,也许她们母女俩一辈子都解不开了。刘东胜到单位请了假,在医院里照顾依晶晶。

平时两个人各自上班,白天很少在一起,有很多话要说,可是都没有时间。有时候要商量一件事情吧,一般都放到晚上睡觉的时候。依晶晶刚开口,刘东胜就说:"你是领导,这个家你说了算。"一句话就堵回来了。依晶晶再想说什么,刘东胜就打起了呼噜,也不知道他是不是真的睡着了。住院的这几天,刘东胜和依晶晶难得这样白天夜晚都在一起。本来有很多话要说,可一想到离婚的事情,两个人都觉得憋屈,开口闭口都是离婚的事情,闹得大家都没有了说话的兴趣。有时候两个人就这么大眼对小眼,然后就奇怪地笑起来。依晶晶为什么要笑,刘东胜不知道,刘东胜笑什么,依晶晶也不清楚。笑对于他们来说,已经成了相处的一种形式。不管怎么说,笑起来,就会缓和气氛。笑,总比横眉冷对好;笑,更比哭好。

依晶晶依然惦记着离婚的事。她说:"东胜,我还是想离婚。"

刘东胜还是那句话:"你说了算。"

依晶晶一阵咳嗽,挣扎着坐起来尖叫:"刘东胜!你会不会说,不!!!"

刘东胜就笑了。

然后,依晶晶也笑了。

有一天,依晶晶刚刚从睡梦中醒来,她一睁开眼睛,发现刘东胜正蹑手蹑脚地向床边走来。她不知道刘东胜要做什么,赶忙将眼睛闭上,想弄个明白。刘东胜来到了床边,将依晶晶露在被子外的胳膊轻轻抬起来,再轻轻地放进被窝,然后将被子掖了掖,稍微用力按严实,然后又蹑手蹑脚地向门外走去。到了门口,他像是突然想起了什么,停住脚步,又走了回来,悄悄地来到床的另一边,看了看,确定依晶晶的另一只手也在被窝里后,才静静地向门口走去,然后轻轻带上门。

在冬天的夜晚，依晶晶睡觉的时候喜欢把双手放在被子外面，刘东胜就常常数落她，说长期这样，年纪大了，两只胳膊就会落下病根。然后把依晶晶的双手放进被窝里，自己一只胳膊环抱过去，搭在依晶晶身体上，手顺势盖在她的双手上，防止她再次将手伸出被窝。依晶晶喜欢刘东胜这样紧紧地抱着自己睡觉，那样很温暖。哪怕在他们离婚这一年的日子里，依晶晶一个人睡觉，她依然感到刘东胜的温暖无时无刻不存在着。在身体的每一部分，在家里的每一个角落，在生活的每一片空气里。

不知道这算不算是自己一直想要的小鸟依人，依晶晶想。总之，她感觉到了温暖。有时候，温暖其实就是这么简单。

那天晚上，刘东胜那个掖被子的举动在依晶晶的梦境里反复出现了成百上千遍。

——原载于《安徽文学》2017年第1期

作者简介

刘学兵，鲁迅文学院第三届西南班学员，重庆市作家协会会员，巴南区作家协会副主席。先后在《短篇小说》《延河》《小说月刊》《羊城晚报》《安徽文学》《厦门文学》等报刊发表文学作品70余万字。

重庆刀客

■ 燕刀三

入秋已经很久了。

天气本该渐渐转凉，但是今年却不，秋老虎的余威不减，到了深夜，反而闷得人更加心慌。一朵黑云卡在群山之间，遮蔽了稀稀落落的星辰，大地因此漆黑。

田坎上歪着几排桑树，蔫耷耷的，好像被扔进了大蒸笼。

“这鬼天气，蛇都死绝了。”罗宾咒骂道。

他举起火把，就着身旁的桑树递过去，干枯的叶子着火即燃，窜起一团火光，把趴在地上掏蛇洞的王跛子吓了一跳。他哈哈大笑，王跛子也大笑。

“罗宾汉，”王跛子跳起来，他跟罗宾一样，浑身上下只穿着一条火红的裤衩，其余部分光溜溜的，糊着稀泥，他说，“你烧荒是不？”

“你以为我不敢？”

“得了，你敢！”王跛子把手里边的火把晃了晃，道，“再怎么着，也得先办正经事儿。我都闻到蛇的香味了。”

“今晚没搞头，要下暴雨啦。天气预报说的。”

“天气预报？报天气的全是他妈的猪猡！”

“嗯，同意！猪猡！”罗宾说。

“你才是猪猡！”王跛子一拳擂在罗宾肩头，说，“我烧了你眉毛胡子，你信不信？”

“得了，劳改犯。得了得了，我信！”

罗宾和王跛子的家在施家梁，相隔一条田坎，距离西山坪劳改农场仅七里路。王跛子在农场劳改了足足十三年，听说他是在年龄刚够得上法律惩办的那阵，提刀卸了仇家的膀子。十三年连一天都没减免，因为在狱中又与人斗殴，几拳致人重伤。

五天前出狱。家里二老没了，只好暂时在罗宾家落窝。罗宾自幼就孤儿一个，乐得有人相陪。

“跛子，河对面新修了条高速路，知道不？”

“听说了，还没见过。”

“直通重庆，二十几分钟就到。”罗宾说。

“关我什么鸟事？”王跛子不屑道。

“我也不喜欢。”罗宾说，“看见那些快速运动的玩意，我就头晕。我宁愿一辈子在施家梁打蛇。”

“真老土，我看你是怕嘉陵江淹死你吧？”

“我呸！淹死我？我的水性比你好。”

“我不信。你能举着火把泅过河？”

“不试试，你当老子是个球！”罗宾怒气冲冲道，“哥子我今天不光要过河，还要到重庆玩玩。有种你别去。”

“有种你才别去。”王跛子赌气道，“我输给你不成？”

“好，他妈谁散劲谁是瘟丧。”罗宾说。

罗宾几步蹿回家，从墙上摘下一把焦尾琴，斜背在背上，然后头也不回地朝河边走去。这些年，罗宾只要出远门，一定得把焦尾琴背着，这已经是他的习惯了，村里人知道他行事怪诞，在外边多与人不合，心想定是在琴里藏着机关，也就不以为奇。王跛子却不知道，伸着脑袋左瞧右瞧，瞧了老半天。

"背个什么破玩意儿，到重庆卖唱是不？"王跛子瘸瘸拐拐地跟在后面，一路大笑，笑得直不起腰，"就我俩？多少钱一曲？一块还是一毛？也得逮个小姑娘陪着托铜盘才是。"

罗宾闷着头到了河边，一路朝河心走去。他的水性果然很好，火把没有弄湿就游过了河。王跛子的倒被河水冲熄了。

王跛子把湿漉漉的火把递过去点，突然呱的一声，一个黑物在焦尾琴上乱扑腾，把王跛子和罗宾都吓了一大跳。

罗宾就着火把一看，原来是个特大的癞蛤蟆，一条腿被两根琴弦缠住了，吊在半空，气囊一鼓一鼓的，睁着两只眼睛惊恐地盯着火。罗宾拨开水草，把它一把扯了出来。

"烧死它。"王跛子咯咯笑道。

"烧你个娘。"罗宾说，"留着，等会儿派得上用场。"

他们翻过两三道坡，再穿过一片竹林，拐个弯，果然有条高速公路横在面前。一道铁丝做的隔断挡住了他们的去路。王跛子捡块石头，几下就把隔断砸了个洞。他们利索地爬了过去。

罗宾扯下一根琴弦，一头拴住癞蛤蟆，一头拴块石头，然后扔在公路中间。王跛子问他干什么，他嘿嘿冷笑，只说让它死得有价值些。等了一会儿，开过来一辆大巴车，车开得并不算快，发出吃力的嗡嗡嗡响声，听上去就知道超载了。

车开过来，不出罗宾所料，好像正是从癞蛤蟆身上碾过的。罗宾赶紧跳过去，抓起癞蛤蟆。那只癞蛤蟆还活着，只是左边前后两腿被碾成了扁平的肉饼。它痛苦地呼吸着。王跛子立即明白了罗宾的用意，轻轻一蹿，挡在大巴车前面，嘴里"嗬嗬——嗬嗬——"地乱叫。司机做梦也不曾想到，竟会跳出个举着火把、穿裤衩的怪人拦在高速路上，他着实吃惊不小，赶忙踩住刹阀。那车刚好碰着王跛子的肚皮，停了下来。

"赔我蛤蟆，赔我蛤蟆！"罗宾提着癞蛤蟆跑上去，嚷道，"死瘟丧，赔我蛤蟆！你赔是不赔？"

"你敢不赔？不信我烧了这破车！"王跛子咬着牙威胁。

司机知道今天算是碰上踹客了，只好自认倒霉，叫售票员让他俩上车，每人给了十块钱了事。

车上座位坐得满满当当，连通道上也挤满了人。一个孕妇挺着大肚子，堵在门口，全身都汗透了。她瞥见罗宾和王跛子上车，赶紧把手紧紧扣住吊环，臀部却拼命往后面缩，想腾出点空间让他们过去。

罗宾扫了一眼那些落座的乘客。他们有的闭目养神，有的投过来好奇的目光，有的像什么也没有看见，两只眼睛空洞洞的。就近坐着一个胖子，他把头靠在后垫上，半张着嘴，死死盯着那只垂死的癞蛤蟆，也不知道他想些什么。

"喂，罗宾汉，他盯你的蛤蟆。"王跛子说。

"是吗？"罗宾说，"他为什么要盯我的蛤蟆？"

"他说你的蛤蟆好看。"王跛子想了想说。

"他没说。"罗宾说，"他像猪一样，什么都没说。"

"他说了，我听见的。"

"他没说。"罗宾扭过头，问胖子，"你说没有？"

胖子气哼哼地别过脸去，懒得搭理他们。

"这么说，你真说了！"罗宾提高嗓门，同情地道，"你看它多可怜，你居然说它好看？你这没心肝的，我要让你说个够。"

"我没说。"胖子辩解道。

"你没说？"罗宾有点生气了，把癞蛤蟆凑到胖子面前，几乎贴着他的鼻尖，吼道，"你说没说就没说？"

"我没说。"胖子继续辩解。

"你说了。"罗宾说。

"你打个光条条儿，我就怕你？"胖子突然冒出这么一句话。

王跛子扑哧一声大笑。罗宾也忍不住大笑。

"他说你是光条条儿。"王跛子说，"哈哈哈，他说你没穿裤子。"

罗宾把裤腰橡皮筋拉起来，又放开，把肚皮弹得砰的一声响。

"听见没？"他说，"我穿着裤子。"

胖子不理他。罗宾猛地探出一只手，揪住胖子的衣领，轻轻一提，将他举过头顶，然后手腕轻轻一送，谁也没看清他使了什么法子，那肥胖的身躯就像一片树叶似的，从窗口飞了出去。司机本想停车，却被王跛子喝住。

罗宾示意孕妇坐上空位，孕妇又感激又害怕，胆战心惊地落了座。

“这招叫什么?”王跛子问。

“沾衣十八跌。”罗宾说。

“狗屁。”王跛子说。

“就叫沾衣十八跌，真的，不骗你。”罗宾说。

“狗屁。”王跛子说。隔一会儿，又说，“那老头儿教你的比我多。”

“你做劳改犯那阵，他又来过。”

“就为教你这招?”

“不是。”罗宾说，“他教我用刀。”

“刀?”王跛子说。

“嗯!”罗宾说。

“菜刀，是不?”王跛子忍住笑，“你的刀呢?”

“刀无处不在。”罗宾脸上露出孤独的神情，说，“刀在心中。”

“嗬，深奥!”王跛子说，“你是他妈的哲学家。”

“老头儿有真功夫! 教了几年，走了。”

“走了? 你是说他死了?”

“不知道。”罗宾有些木然地说，“总之他不会再回来就是。”

“他叫什么? 我忘了。”

“我也忘了。”罗宾说，“反正他走了。他走了，我觉得孤独。”

两个人忽然沉默不语，车内便静得可怕。几乎每个人都把他们盯着，空气又闷热又紧张，罗宾和王跛子感觉他们像是紧盯着两匹随时要咬人的狼。

只听见车轮碾在路面上，发出呜呜的响声。

车从北环下了高速公路，拐过新牌坊，驶进江北区最繁华的商业中心，在站上停下。罗宾和王跛子下了车，满眼都是高楼大厦，霓虹灯挂在半空，晃得他们直喊头晕。他们完全找不着东南西北。

两人互相望望，看着对方光溜溜的模样，忽然有些害羞。

“得遮一遮。”王跛子建议，“像城市人一样。”

“有道理。”罗宾说，“像城市人把自己裹起来，别让人看见。”

他们沿着车站围墙走，围墙外边的树木投下一片阴影。他们沿着阴影走。走到门口，侧面有一排大理石砌的阶梯，一个蓬头垢面的乞丐蜷缩在阶梯最下方，好像睡熟了。

罗宾和王跛子走过去，绕着圈看了会儿。王跛子蹲下身，开始剥乞丐的衣裤。乞丐被惊醒，大声嚷嚷，王跛子顺势给他一耳刮子，他立即哑了，顺从地让王跛子剥。王跛子先剥下破风衣，嗅了嗅，觉得太臭，就递给罗宾，罗宾把它穿上。接着他又脱下乞丐的裤子，那是留给自己的。

就这样，他们在街上大摇大摆地溜达，虽然夜深了，但行人并不少，很多商铺也还没有打烊。他们跟大多数人一样，没有目的，拖着幽灵般的影子游来荡去，像闯进富人区的乡巴佬，没有想过撞大运，只是想瞧瞧稀奇。

这时从黑暗的角落踅出来一个老女人。老女人涂着很厚的脂粉，瘦骨嶙峋的，长相非常的不负责任，有点儿像鬼。

“嗨！”她冲着罗宾和王跛子说，“玩会儿，便宜得很。”

“玩什么？”罗宾和王跛子同声问。

“年轻人，装什么蒜！”老女人说，“不就那么回事吗？”

“嘿嘿，懂了。”王跛子笑道，“多少钱？”

“五十。还可以讲。”

“只有二十，两个人。”王跛子从裤袋掏出皱巴巴的钱。

“开玩笑！”老女人撇了撇嘴，“一个才十块，简直不把人当人，什么社会！”

“社会就这样。”王跛子有点儿不耐烦，说，“要干就干，不干就滚！”

老女人犹豫不决。王跛子和罗宾看着她，等她决定，但她还想加价。

“滚！”罗宾突然吼道，“死瘟丧，快滚！”

老女人没好气地闪进暗影里，不见了。

罗宾和王跛子继续溜达，弯弯拐拐到了北滨路。他们趴在栏杆上欣赏河对岸的夜景。对岸就是重庆市区，摩天大楼鳞次栉比，亿万盏彩灯拉成无数条光网，把天空照耀得如同白昼。罗宾和王跛子感叹不已。接着他们为去不去对岸争论起来。最后，罗宾说不去，因为忽然不喜欢那些光。王跛子说，你不去我也不去，我一个人去兴许比你还孤独。

于是他们又说，本来说好今晚吃蛇肉的，蛇没打着，怎么稀里糊涂跑这儿瞧这些无聊的灯！王跛子问罗宾，你手里提的什么？罗宾说，是癞蛤蟆呀，这会儿好像已经死了，所以它又叫死蛤蟆。王跛子说，真有你的，提着个死蛤蟆想跑遍全城是不？干吗不找个馆子炒来吃了？罗宾说，好主意。

他们走进附近的小餐馆，店老板瞧他们那副行头，不想热情都不行。他们把二十块钱扔给老板，说看着钱做几道菜，再就是把癞蛤蟆剐了，整一个汤什么的，反正要保证吃饱。店老板心想真是碰到两个胎神了，要吃饱还不容易？于是端了一甑子毛干饭，把癞蛤蟆宰了，混些杂七杂八的菜煮了一盆火锅。

罗宾和王跛子吃得直冒汗。这时候，门前那条滨江路上，忽然轰隆轰隆飙过来几十辆摩托车，乱哄哄的。车手全是年轻人，蓄着稀奇古怪的发型，穿着比发型更稀奇古怪的服装。他们把摩托车当成飞机开。

店老板看见他们，慌了神似的，赶紧跑去拉下卷闸门。

"他们是做什么的？"罗宾不解地问，"老板，你好像怕他们。"

"嗯，怕！谁不怕？"店老板说。

"怕什么？怕他们开摩托车撞你店铺？"

"那倒不会。怕他们白吃白喝，还白拿钱。"店老板摇头道。

"没有王法了？"罗宾说。

"王法？"店老板冷笑道，"他们就是王法。"

"你是说，王法也拿他们没办法？"王跛子搭话。

"我可没这么说。"店老板道，"他们是著名的摩托帮。"

"死瘟，犯了法可以不坐牢？"王跛子愤愤道，"这么说，我明白了。"

"你明白什么？"罗宾问。

"这十三年的牢，我算是白坐了。"王跛子说。

"哈哈，你活该！"罗宾说，回头又问店老板，"刚才你说什么？你说摩托帮？"

“对呀，”店老板说，“滨江路这片，是他们的势力范围。”

“还分成片？”罗宾说，“听你的意思，有很多帮派？”

“听说有五六个。摩托帮排名第三。”

“都是哪些？”王跛子又插话。

“飞龙帮、斧头帮、98学社、肉摊帮……”

“肉摊帮？很有创意。”王跛子笑道，“吃肉的？”

“还真让你猜对了，”店老板说，“他们控制着好几家大型农贸市场，肉摊菜摊都要交保护费。上个月他们跟摩托帮火拼，吃了亏，老大重伤，成了植物人。现在老二当家。”

店老板刚说完，卷闸门“哗啦”一声被推上去，两个大汉猫着腰钻进来。头一个满脸横肉，穿皮裤；后面的剃了个朋克发型，怀里抱着头盔。他们朝四周扫了一眼，径直走到柜台边。

剃朋克发型的拉开抽屉，抓了一把钱塞进头盔，接着又去抓第二把。

店老板跟在后面，心痛得要死，但还得赔着笑。

“两位老大，少拿点儿，”店老板终于央求道，“这几天生意不顺。”

“生意不顺？”穿皮裤的说。

“不顺。”店老板说。

“这么晚，还有人照顾生意，还说不顺？”穿皮裤的指着罗宾和王跛子，突然吃吃地大笑，说，“看他们那副打扮，真酷！够时髦！像有钱人。”

他俩走到罗宾和王跛子面前。剃朋克发型的拿起筷子，伸进火锅盆里搅了几搅，什么也没捞着。突然他也跟着大笑，弯着腰笑，笑得泪花儿滚进盆里。

“有钱人，有钱人！”他说，“就差汤没喝干了。”

“他们没有钱。这是赔本买卖。”店老板讪讪地说。

“哦？”穿皮裤的说，“听你的意思，他们是来吃混食的？”

罗宾和王跛子相顾一笑，心想这毛头不是分明在咱们头上找虱子吗？当着咱们的面打劫，还踏削人，没王法就算了，王法也值不了几块钱，但眼里总不至于没我罗宾和王跛子吧？两人扔掉筷子，噌地站起身来。

两个摩托帮大佬立即露出鄙夷的神色。穿皮裤的大汉绕到罗宾背后，伸手拨弄琴弦。琴弦发出“咚咚咚”巨响。

“你们是艺术家？”穿皮裤的问，“服装设计得蛮不错。”

“抢的。”罗宾说。

“哦？这样就更有个性。”穿皮裤的说。

“是吗？”罗宾说，“我倒没发觉。”

“艺术家，你觉得我这皮裤怎样？”穿皮裤的问。

“像坨狗屎。”罗宾平静地说，“反正我不喜欢。”

“哎哟，这你就不对了。”穿皮裤的说。

“怎么讲？”罗宾问。

“我这皮裤三千块，每个月上四次油，知道不？”

“知道了。”罗宾说，“不过我觉得它只值一块钱。”

“怎么讲？”穿皮裤的不解地问道。

罗宾忽然大喝一声，身子腾地前躬，左脚撩空，右腿画弧，使了个漂亮的过桥摔。那穿皮裤的连哼都没来得及哼一声，就从罗宾背后飞起来，弯了一个圈儿，一屁股坐进滚烫的锅里，皮裤吱的一声烫得稀烂，痛得他哇哇怪叫。

“信了吧？我说它只值一块钱。”罗宾指着他烫烂的裤子，耸了耸肩。

剃朋克发型的见状，抖出一把刀子，向罗宾小腹捅去。罗宾闪过身，左手食、中二指夹住刀尖，一扭，刀子立即断为两截。

这两手干净利落，把摩托帮大佬们给吓破了胆，他们一边发着狠话，一边抱头鼠窜。

店老板瞠目结舌，隔好一阵子，才醒豁过来，急得满屋乱转。

“停停停，你转个啥？”王跛子不耐烦地说。

“完啦，完啦。”店老板搓着手心，说，“死定了。”

“死定了？谁死？”罗宾问，“是你还是我？”

“两位大哥，求求你们离开这里。”

“为什么？”

“救命！”

“救谁的命?”

“救我们三个人的命。”

“我们没有命。”罗宾和王跛子笑道,“我们叫亡命。”

“那就算救我的命。”

“救你的命?”罗宾问,“你的命值多少钱?”

“钱? 哦,对对对。”店老板说,“我给你们钱。”

店老板从皮夹摸出来三百块钱,双手递到罗宾手里。罗宾还给他一百,又把另一百递给王跛子。

“一人一百。”罗宾说,“这样谁也不欠谁。”

等他们走出卷闸门的时候,这才发现门口远远围了一大圈摩托,原来出口早就被摩托帮的人阻断。摩托帮的人见他们出来,一个个盯着他们看,谁也没有吱声。从他们的表情判断,他们不相信眼前这两人有什么能耐。

罗宾和王跛子就着石坎坐下。摩托帮的人也不相逼,像在等人。王跛子的手心有点儿发汗。

“他们像在等人。”王跛子说。

“像是。”罗宾说。

“他们在等谁?”王跛子又问。

“不知道。”罗宾说。

“我们先杀出去。”王跛子说,“他们的人会越来越多。”

“我们能杀到哪里去?”

“不知道,反正杀出去就行。”

“那样的话,我们反而杀不出去。”罗宾索性躺下来,望着天上的乌云,沉着嗓子说,“那样的话,我们反而会被围困一辈子。一辈子都抬不起头,知道不?”

“我不懂。”王跛子说,“你他妈玩什么深沉。”

“那个老头儿已经死了。”罗宾说,“你知道不?”

“哪个老头儿?”

“我们的师父。”

“哦,他死了!”王跛子有点儿失落,问,“怎么死的?”

“被刀杀死的。”

“谁杀死的?”

“我。”

“你怎么杀死他的?”

“因为速度!”罗宾眼眶里不知什么时候闪着泪花,补充说,“速度杀他!将来速度也会杀我!”

“他很痛苦吧?”王跛子叹口气。

“不!”罗宾说,“他笑着。”

“他为什么笑?”王跛子问。

“不知道。”罗宾说,“我猜他在这边很孤独。”

“所以他宁愿死?”王跛子说。

“也许是。”罗宾笑笑,歇了一会儿,又说,“也许在那边他一样孤独。”

“他孤独,是因为没有对手?”王跛子说。

“也许是。”罗宾说,“也许相反。”

他们正说着话,突然听见摩托帮的人骚动起来。罗宾和王跛子站起身,放眼望过去。圈子打开一个缺口,驶进来一辆黑得锃亮的劳斯莱斯,停在罗宾和王跛子丈把远的地方。

先前剃朋克发型的从车里钻出来,后面跟着两个身材魁梧的人,都光着膀子。一个三十来岁,提两个簸箕大的拳头,右边手臂上文着龙,龙头一直伸到胸口;一个四十来岁,抄两把斧头。摩托帮的人看见他们,便自觉向后散开,眼睛里流露出钦佩的神色。

“年轻人,你们好。”那个抄斧头的说,声音细,听上去斯斯文文,“我来介绍一下。我叫钟五,他们叫我钟老虎或者老钟,手下有一百二十号人,都是靠斧头吃饭……”

“哦,久仰。”罗宾扭头对王跛子说,“看来是砍柴的。”

“不是。”钟老虎说,“我的斧头不砍柴,砍人,它喝过十六个人的血。”

“挺吓人的。”罗宾说。

“他叫蟒蛇，飞龙帮的老大，连续四届的重庆散打冠军。”钟老虎向提着簸箕拳头的那位努了努嘴，说，“你们很幸运，碰上了好年代，居然让飞龙帮的老大亲自出马，这样你们就死得痛快些。”

“你的意思是说，要杀死我们，对不？”罗宾问。

“嗯。”钟老虎点头，“很快你们就会顺着嘉陵江，漂进长江，像高空漂移，很快，挺好玩的。”

“为什么要杀我们？”

“因为你们弄伤了摩托帮的老大。”

“是他先挑衅的。”罗宾说。

“那不重要。”钟老虎说，“重要的是我们曾经欠他一个人情，而现在他又找到了我们。”

“好像杀人对你们来说是一件挺简单的事儿。”

“不简单。”钟老虎说，“但该死的都得死，因为他们破坏了重庆市的统一。”

“统一？”罗宾不解地问，“难道重庆市还没有统一？”

“不错。”钟老虎说，“重庆六个帮派，要团结，要统一。”

“整得很正规，像警察。”

“当然。我们比警察更正规。白天是警察的，晚上是我们的；看得见的是警察的，看不见的是我们的。警察是我们的兄弟和竞争对手。”顿了顿，钟老虎望一眼身后五光十色的重庆市区，动情地说，“你们看，重庆多美！多好！秩序井然。但是它离不开我们这些为它工作的人，当然，还有警察。”

天空突然扯起一道闪电，把大地照耀得如同白昼，接着炸响一个焦雷。雨滴大颗大颗地砸下来。

“别废话。”飞龙帮老大不耐烦了，用比炸雷还响的声音说，“老子拳下不打无名鬼，报上名来。”

“我叫罗宾，他叫王跛子。”罗宾说，“王跛子叫我‘罗宾汉’，我叫王跛子‘跛子’。”

“好名字！”钟老虎斯斯文文地赞道，“小时候我想做佐罗，但是我不会用剑，也没有佐罗长得帅，所以只能做钟老虎。”

王跛子插了嘴，“小时候我也想做佐罗，可惜佐罗不瘸。”他说，“再说我没有生在法国，上帝安排我生在中国，上帝的意思不好违拗，所以我只能叫王跛子。”

“是吗？那倒挺有意思的。”钟老虎侧了侧头，睨一眼王跛子，嘴角挂着一丝轻蔑，不屑地说，“你也长得挺有意思的，有点儿惊世骇俗。”

“完全赞同。”罗宾忍住笑，说，“不过长相是父母给的，没有办法，对不对？”

“对极了。”钟老虎望了望天，雨越下越大，他呵了一口气，说，“同志，咱们不聊了。明天，白道上有几位朋友要谈笔生意，这事完了，我要回去睡个懒觉。”

“可以，同志。”罗宾说，“我也想快一点儿了事。”

雨噼噼啪啪地下，每一个人都淋得透湿。罗宾摘下背上的焦尾琴，轻轻一掀，琴的侧面掀开一条缝，他伸手摸出来一把短刀。

那刀有尺把长，宽宽的，没有刀尖，刀柄微微向上翘起，缠着黑布。在电光映衬下，寒光闪闪。

王跛子吃了一惊，他想凑上去瞧个仔细，但罗宾已经提着刀迈向前方去了。王跛子本想冲上去阻止他，但是，忽然感觉脚根本就挪不动，只好傻傻地站在原地，眼睁睁看着他靠近钟老虎和蟒蛇。

钟老虎和蟒蛇像两座铁塔，分立在离罗宾几步远的地方，一动也不动。在他们四周，腾腾地冒起一股杀气。

罗宾径直走去，终于走到他们两个人之间。一条巨大的闪电仿佛撕裂了天幕，发出强烈刺眼的光芒。这时候，“喀嚓”一声，头顶又滚动一个焦雷，几乎所有的人，都下意识地用手遮住眼睛。

闪电过后，王跛子手搭凉棚，歪着头，吃力地瞧向前方。他看见钟老虎和蟒蛇仍然像铁塔一样挺立着，一动也不动。罗宾已经从他们之间走过去了，但他没有停，他仍然在走。

王跛子懵了。罗宾忽然站住，转过身，向王跛子招了招手。

“走啊！跛子。”罗宾说，“傻了你啦？”

“他们……”王跛子问。

“他们走完了人生旅途。”罗宾说。

罗宾刚一说完，两座铁塔轰然倒下，溅起地上的雨水。顷刻间，雨水鲜红。王跛子怔怔地看着罗宾手中的刀，刀刃上淌着一丝血。他一下子便明白了。

好一阵瓢泼大雨，将暑气驱得干干净净。罗宾感觉有点儿冷。摩托帮的人见出了命案，知道事情闹大了，发动马达，东奔西窜，逃得不见人影。连那个剃朋克发型的也跑掉了。现在只剩下雨打在地上，噼噼啪啪地响。

有命案当然就有警察，这时候，警笛声从四面八方传来，越来越近，无数警车把现场围得水泄不通。罗宾和王跛子举目望去，全是荷枪实弹的警察和晃得人睁不开眼的红光。

“你们被包围了，放下武器！”警察展开心理攻势，用喇叭高声喊话，“你们被包围了！你们被包围了！”

罗宾趴在栏杆上，一边弹响琴弦，一边望着对岸，对岸那些高楼大厦和扑朔迷离的灯光，令他看上去很迷惑。

“怎么办，罗宾汉？”王跛子急了，问，“就这样等死？”

“你有办法？”罗宾问。

“我没有。”王跛子想了想，说，“你有。你有刀。”

“我也没办法。”罗宾说，“他们有子弹，子弹的速度好像比刀快。”

“我们总得杀出去。”王跛子说，“我们被包围了！”

“杀不出去！太强大了。”罗宾笑了一下，说，“其实，我们自打娘胎生出来，就已经被他们包围了。”

“我有点儿懂了。”王跛子点头。

“你很聪明，跛子。”罗宾说，“梦里不知身是客，其实我和你只是天地间的过客。”

高音喇叭还在喊话，那声音夹杂着滚雷，在空气中忽远忽近。

“你今后有什么打算？”罗宾忽然问王跛子。

“今后?”王跛子冷笑,“我们还有今后?”

“我是说以前。”罗宾更正道,歇了会儿,又补充说,“今后就是以前,死了就是活着,没有区别。”

“我的以前?这个,我想想——”王跛子想了好一阵,说,“我没有以前。我以前成天想着的就是越狱,逃出去。”

“逃到哪里?”罗宾问。

“施家梁!”王跛子说。

“嗯。”罗宾说,“你的理想比较远大,令人钦佩。”

“你呢?”

“我以前想当兵。”罗宾说,“想打仗。那时候,中国至少有两亿年轻人渴望当兵。”

“可你最后,还是只有当农民的命。”王跛子说。

“对啊,后来我不想当兵了。当了兵也是逃兵。”罗宾说,“我只想专心做个农民。”

“为什么?”王跛子问。

“你还记得那个小姑娘不?”罗宾说,“她家离我们家不远,住在施家梁坞口。”

“记得,当然记得。”王跛子说,“可惜十六岁那年被卖到静观镇去了。现在已经背上孩子了吧!反正没你的戏。样子嘛,长得不错。”

“长得是不错,挺考验人品的。”罗宾说。

“哦?你被她考验了?”王跛子笑嘻嘻地问。

“怎么可能?”罗宾说,“连手都没有摸到。”

“难怪,难怪。”王跛子煞有介事地点头,“忘了你是没有人品的。”

罗宾一巴掌拍在王跛子后脑勺上,说,“猪啊你,没人品我会连手都摸不到?”

“那是,那是。”王跛子忍住笑。

“以前我想娶她。我一直喜欢她。”罗宾认真地说,“这是我以前唯一的打算。”

“娶她?”王跛子终于忍不住,忽然大笑,止不住地笑。罗宾被他感染了,说,“日你娘的,笑什么?”话还没说完,也仰头大笑。两个人肆无忌惮,好像什么也没有发生,只蹲在地上,捂着肚子笑,嘎嘎的笑声远远地传播出去。

“这么说,我们是情敌?”王跛子站起身来,说。

“谁跟你是情敌? 多没品位。”罗宾说。

“你知道我为什么坐牢?”王跛子问。

“关我什么事。”罗宾说,“那阵子我不在施家梁。”

“我杀的就是买她的人。”王跛子说,“只卸了他膀子,算是救了他一命,说起来,他还得叫我救命恩人。”

“那你也得叫我救命恩人。”罗宾说。

“为什么?”王跛子问。

“我们是情敌,但我没有杀你。”罗宾说。

于是两个人又大笑。他们笑着笑着,突然一声枪响,焦尾琴被打得粉碎。警察发动攻势了。

“警察最没有耐性。”罗宾指着扑在地上的两具尸体,说,“跟这两个死瘟一样,太粗鲁。”

“那我们就投降吧,大不了回去再坐大牢。”王跛子说。

“不是投降!”罗宾说,“如果我们杀上去,就等于死,知道不? 死是一件太简单的事,死才是投降!”

罗宾掂掂手中的刀,凑近鼻子,用力嗅了嗅生铁的味道。刀还是那样寒气逼人。王跛子无意中瞥见上面镌刻着“民族英雄”四个字,又想笑。

忽然,罗宾手一扬,那刀飞速地旋转着,划出一道大弧线,向嘉陵江坠去。在电光下,它像一抹青烟。

“是师父的刀,还给师父。”罗宾说,“走吧,跛子。”

——原载于《延河》2017年第2期

作者简介

燕刀三，多家纸媒文学编辑。对小说、诗歌、随笔、散论均有涉猎，作品散见于全国各种刊物。开创“异象主义”诗歌实验写作，创办《异象诗刊》。

少女的舅妈

■张者

舅妈的骨头疼有好长时间了。舅妈在县人民医院看了，在省人民医院也瞧了，拍片子花了不少钱，还是不知道啥病，当地医生不敢确诊。不过，舅妈却坚信自己得了癌症。舅妈说："俺得的肯定是癌症，俺做梦都梦到了。"

这话舅舅就不爱听了，就和舅妈吵："你那是啥梦啊？"舅妈说："你别讲啥梦，反正俺梦到了。"舅舅说："梦都是反的，这说明你没得癌症。"舅妈说："那不一定，俺做梦都是真的，俺曾经梦到发鸡瘟了，结果全中国都闹禽流感。"舅舅不想给舅妈解梦了，最后决定去北京。舅舅说："咱干脆到北京找外甥女，咱外甥女在北京大医院里上班，让她看看到底是啥病？"

舅舅和舅妈的子女都在外地打工，地交给老两口种了。老两口守着一家人的地，日出而作，日入而息，过着鸡鸣狗吠的日子，简单而又平静。平常没有啥娱乐的，舅舅和舅妈就守着电视看，不追韩剧也不追美剧，只追新闻联播后的天气预报，最关心三个地方的天气。一个是北京，那是外甥女上学的地方；一个是重庆，那是儿子打工的地方；另一个就是新疆，那是女儿打工的地方。

舅妈生病后平静的日子被打破了，先是跑县人民医院，然后去省城。舅舅要带舅妈去北京看病了，舅妈同意了。舅妈还从来没去过北京呢，有点儿小激动："咦，临死了去趟北京见见外甥女，看看天安门，死了也闭眼了。"

就这样，舅舅和舅妈去了北京，只不过两个人的目标不同，舅舅是为了给舅妈瞧病，而舅妈是为了去北京开开眼，见外甥女，看天安门。

舅妈的外甥女是一位美丽的少女，叫毛秀，在北京读医科大学，正在某医院实习。少女听说舅舅和舅妈来北京看病，不敢怠慢，让同学开着车到火车站接。少女见舅舅满脸愁容，舅妈却乐呵呵的。少女就问："到底是谁得了病呀，是舅舅还是舅妈？"

舅妈说："你瞧耶，你姥死了十几年了，你舅他妈还得啥病？"

少女知道舅妈误会了，连忙解释说："在北京讲普通话，不叫妗子，叫舅妈。"舅妈哈哈笑了，说："普通话好，知道亲，叫舅妈比叫妗子亲，舅妈毕竟是妈呀。"

舅舅见舅妈和外甥女斗嘴，就说："看你贫的。"

舅妈瞪了一眼舅舅捶着后腰对外甥女说："俺骨头疼，得了癌症。"

舅舅有些火了，说："整天怀疑自己是癌症，饭也不吃了，活也不干了，气死人。"

少女笑笑说："没什么，没什么，不就是腰疼嘛，北京积水潭医院的骨科是中国最好的，肯定能治好。"

舅妈说："俺不想治，癌症治不好。"

少女说："哪有那么多癌症，你说是癌症就是癌症了？是啥病到医院拍个片子检查一下就知道了？"

舅妈一听说又要拍片子，急了："俺不拍片子，在家拍片子都花了三四千了，光照相不治病。你带俺去天安门瞧瞧。"

少女笑了，说："先看病，看了病再带你去天安门，"少女见舅妈不高兴了，又说，"你们原来拍的片子带没？先到医院找专家看看。俺找熟人，不花钱的。"

舅妈听说不花钱就能看病，笑了："哎哟娘呀，俺外甥女当了大医生，看病都不用花钱了。"

少女的同学开车带舅舅、舅妈到了积水潭医院，挂了专家号，不用排队，通过朋友直接找到了专家。专家把带来的片子看了看就让舅妈一个人出去了。大家见专家这样，气氛一下就沉重了。"不太好，"专家指着片子上的一截发黑的骨头专家对少女说，"你看这阴影，第五节脊椎，可能是骨癌。"少女看看那截发黑的骨头，说："这也太腹黑了，怎么可能呀？"专家说："骨癌在我国的发病率越来越高了。"少女愣了，望望站在一旁呆若木鸡的舅舅。专家问："患者今年多大年龄了？"舅舅回答："五十多了。"专家点点头，说："这个年龄段是骨癌发病最常见的年龄。"少女说："医生，你看仔细了，不应该呀？"同学碰了碰少女介绍道："这是咱的骨肿瘤专家刘教授。"

刘教授望望少女说："你俩都是学医的，正在实习？"刘教授的言外之意是说，是学医的就不可能不知道我这骨肿瘤专家。少女有些不好意思了，点点头，恭恭敬敬喊了一声老师。

刘教授说："其实当地省级人民医院根据这些片子完全可以确诊。"

少女问："那他们怎么不确诊呢？"

舅舅突然骂："日他姐，你不知道俺老百姓在基层有多难。他们不确诊，就是让你一次次去拍片子检查，让你花了钱还不治病。"

刘教授说："也不排除当地的医生不敢确诊，确诊为癌症就意味着宣布了死刑。"

少女捂着嘴，都有哭腔了，说："刘老师，这，你能确定吗？"

刘教授回答："差不多。可以再拍个片子核查一下，最好做个切片。"

舅舅很敏感地问："那要多少钱？"

刘教授说："这个不多，只要三四千。"

刘教授望望少女，手却没停，开着复查的单子。刘教授说："我把单子给你开了，这种事最好和病人商量一下吧，需要她配合，瞒也瞒不住。"

少女手里拿着单子，出门见到舅妈正在一棵树下发愣。少女见了不敢直视舅妈的眼睛，更不知道怎么开口。舅妈望着少女却笑了。说："俺说是癌症吧。"舅妈说这话极其轻松，还带着愉快，完全是以一个胜利者的口吻，望着舅舅得意地笑。

少女把情况如实告诉了舅妈。舅舅这时从腰里掏出一沓汗津津的钱，说："再拍片子复查一下，医生说做个切片。"舅妈一把把钱抢了去，说："这钱是咱一年的辛苦钱，光照片子也治不了病，还不如俺买好的吃了。"

舅舅说："你就知道吃，看病就看病，吃不吃的有啥关系。"舅舅坚持要复查，舅妈急了，说："这钱就算你给俺复查用了，钱就是俺的了。"老两口起了争执，少女连忙劝，对舅妈说："咱应该听医生的。"舅妈说："那中，俺也要听听医生咋说，要是能治病花钱也值，要只拍片子不治病，那不中。"

一行人回头又找到了刘教授。舅妈问："俺这骨癌能治吗？"

刘教授说："要动手术。"

舅妈问："那得花多少钱？"

刘教授回答："要十几万。"

舅妈说："俺没钱。"

刘教授叹了口气，说："借借，病还是要治呀。"

舅妈说："这病俺不治了，把俺活剥了也卖不了十几万。临死了俺不挨那一刀，到时候俺蹬蹬腿走了，借的钱咋还？"

刘教授问："有医保吗？"

舅舅愁眉苦脸地说："有新农合。"

舅妈说："那有啥用。俺在北京看病，有医保回家也报不了呀。"刘教授望望舅舅和舅妈，自言自语地说："想办法让当地医院开个转院手续。"舅妈道："那比登天还难呢，哪个医院也不会把俺往北京转，在当地一刀下去，把你开死了去㞎。"刘教授说："你别急，总理都承诺了，2017年底前全国医保联网，到了2018年就好了。"舅舅掰着手算，说："现在不就是2016年腊月了嘛，过了年就是正月，那也没多少日子了。"舅舅说着脸上露出了希望之色。

舅妈说："还不知道俺能不能等到那一天。"

刘教授很平易近人地笑笑，说："骨癌虽然扩散得慢，也不能等，越早动手术越好，后期会很疼。"刘教授沉了沉又说，"这病动手术晚了，就不能正常劳动了，可能要一直躺在床上。"舅舅说："只要能保命，躺着就躺着，总比死了强，俺伺候她。"

少女和同学互相望望，似乎被舅舅的话感动了。

舅妈却冷笑了一声，说："那活着还不如死了。"

少女说："钱不是问题，大家可以想想办法，还是要尽快做手术……" 少女话还没有说完，舅妈转身就出了门。少女连忙和刘教授打了个招呼，去追舅妈。舅妈径直出了医院大门，头也不回，坚决不复查，更别说做手术了。

回旅馆的路上，舅妈说饿了。少女在路边找了个馆子吃饭。舅妈点了一大桌菜，说："俺请客，谢谢外甥女带俺看病。"舅妈点的菜，鸡就有三种：红烧鸡、清炖鸡、宫保鸡丁。舅妈吃得特别香，说："从小到大我最喜欢吃鸡，可一辈子也没有好好吃过鸡，来客了家里杀一只鸡，最多能吃一个鸡头，这回好了，吃过瘾了。"舅妈一边吃还一边夸这大城市的馆子就是会做，好吃得很。

望着满桌的菜少女和舅舅连拿筷子的力气都没有了。

舅妈在北京住了几天，少女带他们在北京转了转。舅妈一路上啧啧称奇，说："北京真大，北京真好。得癌症真好，不得癌症肯定来不了北京，也看不到天安门。"少女带舅妈和舅舅在天安门拍照，舅妈先是和舅舅合影，又和少女合影。最后一人再照一张单人的。舅妈说："这一张一定要照好了，背景有天安门，等俺死了，就把这张照片挂在恁舅的床头，想俺了就瞧瞧。"舅舅见舅妈这样说，很不满，嘟囔着："把死挂在嘴上！这才是在天安门，还有地安门呢。"舅妈说："那咱到地安门瞧瞧。"舅舅坚决不同意。

舅妈和舅舅走的时候，舅妈拉着少女兴高采烈的，少女却垂头丧气。少女的同学问："到底谁得了癌症？是你舅舅还是舅妈？"少女无语。

舅妈回家后，少女时刻关注着舅妈的病，打电话问舅舅情况怎么样？舅舅在电话中说："她现在啥活也不干，除了看电视，就是吃鸡，把吃鸡当成家常便饭了。"舅舅还说，"我们这一带又闹鸡瘟了，大家都不敢吃，她吃。"少女问："是不是禽流感呀，那可不能吃。"舅舅说："那谁知道，乡下人也不懂。老百姓在鸡还没发病前，急着卖鸡，鸡便宜得很。你舅妈一个集就买十几只，一天杀一只。"

舅妈见舅舅正和外甥女打电话，把电话抢了过去。说："人家不敢吃，咱吃。都得癌症了，还怕啥鸡瘟？禽流感也不怕，狠劲吃，吃够，死了也闭眼了。”少女在电话中不响。舅妈说：“过年回来呀，今年你表哥、表妹都得回来，咱热热闹闹地过个年，过了年俺就死。”

少女说：“舅妈，俺今年回去陪你过年，你不准胡说，你那病还能治。”

舅妈说：“俺的病你别对你表哥、表妹说，等过年回来了再说，省得他们惦记。”

少女挂了电话，心中稍稍有点安慰，舅妈还能吃鸡，这说明舅妈的病情还没有恶化。少女心中暗暗给舅妈使劲儿，希望舅妈能多坚持一些时间，最好能坚持一年，到了2018年，那时候全国医保就联网了，舅妈就可以来北京做手术了。

少女是学医的，心里明白，这病在当地医院做手术没有把握，到时候钱花了，人也没了。相比来说，在北京的把握要大得多。可是，如果没有医保，这十几万的手术费舅妈肯定是负担不起的。表哥和表妹都在外打工，表哥要娶媳妇，表妹要买花衣裳，根本没有钱给舅妈治病。如果舅妈四处借钱，手术做了，家庭也就破产了，借的债也无法还上，这让舅舅今后的日子怎么过？要是走医保就不同了……

少女上网查了一下总理的承诺，少女在网上搜，发现总理在两会期间确实向全国人民有一个承诺：“争取用两年时间，2017年底前，使跨省异地住院费用能够直接结算。”也就是医保卡全国联网，直接刷卡结算。这是一个振奋人心的好消息，而且卫计委已经开始了工作，向社会公布了进展情况，已经基本实现了省内异地就医联网结报，部分地区开始了跨省就医结报试点。

少女在网上看了有关报道后，给表哥、表妹打了电话，把舅妈的病情都说了，让表哥和表妹早点有个心理准备，趁着舅妈状态还可以，过年回家团聚一下。表妹还在新疆拾棉花，一听舅妈的病情就哭了，说：“俺妈命苦，这病哪有钱治呀。”

少女说：“你也别急，骨癌扩散慢，只要能坚持到2018年，全国医保联网了，就可以到北京做手术了。费用至少可以报销70%以上。”表妹问：“能熬到那个时候吗？”少女回答：“坚持一下应该没问题。”

表妹叹了口说：“2018年快点来吧！”

少女挂掉电话,不由嘴里哼起了艾敬的一首老歌《我的1997》。少女哼着歌打开了电脑,把艾敬的那首歌又听了一遍。少女感觉歌词已经过时,便把歌词改了,其中有这样的句子:

2018快些到吧!　医保联网会怎么样?

2018快些到吧!　我就可以救救舅妈。

2018快些到吧!　让舅妈住进积水潭医院。

2018快些到吧!　俺的舅妈要做手术。

2018快些到吧!　让我为舅妈陪病床呀!

少女抱着吉他自弹自唱,声调忧郁而又伤感,曲子虽然还是艾敬的,词改了,想表达的内容也就不一样了。少女用手机录了一下,发给了表妹和表哥。中午的时候,少女突然接到了表妹的微信语音,说:"你火了,成网红了。"表妹让少女看她的朋友圈。少女看了表妹的朋友圈,发现表妹把她改编的歌公开在朋友圈里。表妹还写了一段话:"妈妈是骨癌,没钱在北京动手术,要等到全国医保联网的那一天……2018快些来吧。"表妹的朋友圈有很多点赞和留言,转发率极高。少女心中很温暖,觉得网友心情都是一样的。在一个国家里,为什么要有那么多限制呢。医保联网是每个人的愿望,特别是家中有老人的。有多少家庭因为医保不能联网,老人和子女不得不分离呀。

少女从小是舅妈带大的,和舅妈是有感情的。少女父母离异,各奔东西,少女成了孤儿。少女小的时候被妈妈交给了舅妈,说让帮助带几天,从此就杳无音信了。

舅妈可怜这被爹妈抛弃的孩子,视为己出。小毛秀怕冷,早晨舅妈总是把衣服烤热了才给她穿上,相比表哥和表妹就没有这个待遇了。过年过节舅妈要杀鸡,舅妈不让毛秀吃鸡爪子,说女孩子吃了鸡爪子写不好字,写字像鸡刨;也不让吃鸡头,说吃鸡头嘴里藏不住话,喜欢传闲话。只让毛秀吃鸡翅膀和鸡大腿,说毛秀长大了要展翅高飞,要走向全中国。可是,小毛秀就不明白,为什么让表哥和表妹吃鸡爪子和鸡头呢,他们就不怕吗?毛秀长大了慢慢懂了，舅妈这是对自己好，这种好是亲生的表哥和表妹都没有的。

晚上，同学朋友圈里也转了少女改编的歌。其实，少女并没有贴在自己的朋友圈里，也没有转发，没想到表妹的朋友圈通过一个神秘的渠道转到自己同学的朋友圈了。少女就抱着吉他又唱了一遍，唱着唱着眼泪就出来了。这时，同学应声而来，说："我猜就是你唱的，别人唱的没你这个味儿，你都可以上《中国好声音》了。"少女苦笑了一下，说："我哪有那个心情，我只是为舅妈加油、祈福。"

过年的时候，少女和表哥、表妹都回到了家。舅妈很高兴，要起床，让舅舅拦住了。

舅妈说："过年了你也不让俺起来，俺死后还睡不够吗？"

舅舅说："你刚打了杜冷丁，药劲儿一过，你又直不起腰了。"

舅妈说："过年了，不让它疼了。"

舅舅说："办理麻卡时，在派出所都备案了。领取杜冷丁是有数的，不能打太多，要不就不管用了，会越打越勤。"

舅妈说："过年了，我不管，只要疼就打，过了年再说。"

少女和表哥、表妹就来到床边。少女说："我们都来陪你，你不用起床。"舅妈不干，坚持起床，说："恁不让俺起床，那咋过年？"舅妈就起来了，和大家一起忙年夜饭，像个好人。这时，大家几乎把舅妈的病都忘了。当然，只有舅妈自己知道，疼痛就像窗外的鞭炮声一阵紧似一阵。舅舅一直观察着舅妈的表情，舅妈却平平静静地收拾那几只刚杀的鸡。舅妈的儿子在重庆打工，学会了做川菜，带回了辣子鸡、口水鸡的做法。舅妈很期待，说："辣子鸡是鸡和辣子炒的，口水鸡难道是鸡和口水炖的？"舅妈一下把大家都逗乐了。表哥说："口水鸡的意思是，那鸡让人看着就流口水。"舅妈说："那不成黄鼠狼了。"少女笑得不得了，笑着和表妹打成了一团。

舅妈收拾完鸡，号称去解手，忙着向里屋走，舅舅连忙跟上了。舅妈把舅舅推了出来，说："俺解手你也跟上，让孩子看见。"舅舅出来时，少女也笑舅舅，说："过年这段时间，你就别管了，由我们照顾舅妈。"少女就进去了，少女见舅妈没有解手，正往胳膊上注射。少女吓着了，这一幕简直和电影里吸毒的镜头差不多，舅妈的胳膊上有密密麻麻的针眼。舅妈见少女进来了，连忙让少女噤声，说："要吃年夜饭了，我再打一针，你别告诉恁舅。"少女说："舅妈，你要是很疼，就躺在床上。"舅妈说："那咋行，要吃团圆饭，再疼也要坚持，打一针就好。"

舅妈打完针和少女谈笑风生地出来了。

要开饭了，舅妈让儿子去放炮。少女扶着舅妈站在门前，望着舅舅和表哥放炮。舅妈听着鞭炮声，望着炮火连天的除夕夜，脸上极为满足和平静。

过了正月初五，表哥、表妹、少女都有了去意。门口的国道上开始有了各种各样的告别和短暂的鞭炮声，这是当地的风俗习惯，过年后亲人离去要放一挂开路鞭炮。少女开始和表哥、表妹讨论行程。

晚上，舅妈把一家人喊到床边，说："哪个也不许走，过了十五再走。"

表哥不干，说等到十五再走，就很难找工作了。舅妈眼圈有些红，说："俺不想拉你们的后腿，就是不舍得你们。"少女说："舅妈，我相信你没问题，你只要坚持到2018年，全国医保就可以联网了，到那时我回来接你去做手术。"舅妈摇头，说："俺坚持不到那个时候了。"少女就坐在舅妈身边，帮舅妈算时间，说："现在年也过了，2017年还剩下10个月了，我相信你能坚持到2018年。"少女说着把耳机给舅妈带上，让舅妈听自己唱的那首歌。舅妈听着十分惊异地望着少女，说："这闺女唱得真好。"舅妈叹了口气，"唱得再好也没用，俺等不到2018年了。"

表妹在一边说："这是毛秀唱的。"

舅妈欢喜地望着少女，说："你咋都进手机彩铃了。"少女笑舅妈："还知道手机彩铃呢，这可不是手机彩铃，这是我专门给舅妈录的。"舅妈让少女教自己录音，少女说："这很简单呀，要不你也唱个歌录下来。小时候你不是经常给俺唱歌吗，俺是在舅妈的歌声中进入梦乡的。"舅妈说："那不是歌，那是小时候俺娘教俺的。"少女说："对，那不是歌，那是民谣。"少女就轻轻地唱那《喜鹊出嫁》：

出嫁那天早上，
日头挂在树上，

十二头猪，
十二只羊，
十二峰骆驼排成行，
前面抬着花花轿，
后面还有顶子床，
顶子床上一碗油，
姊妹三个来梳头，
大姐梳得呱呱悠，
二姐梳成看花楼，
就数三姐不会梳，
一梳梳个燕子窝，
燕子去喝水吓得乱撇嘴，
燕子去坐窝吓得乱跺脚，
燕子去下蛋吓得乱叫唤，
…………

少女唱着引得表妹哈哈大笑，表妹说你要是用吉他谱曲，就算原创了。少女连连点头把手机交给了舅妈，让舅妈把肚子里的民谣都录下来，将来俺给舅妈谱曲，变成彩铃，这也是非物质文化遗产呀。舅妈高高兴兴地把少女的手机接过来，让大家都出去，要不就唱不出来了。舅妈还让舅舅出去找人打打麻将。舅妈对少女说："你舅过年过节喜欢去搓几把，今年俺这病让你舅过年连麻将都没打。"又对舅舅说："今晚俺给你放大假了，好好去玩，打个通宵。"少女也让舅舅去玩玩，说家里有我们三个呢。舅舅高高兴兴去了，临走还给舅妈打了一针杜冷丁，让舅妈别累着。

夜里，少女和表哥、表妹在外屋打扑克斗地主，三个人时不时地听一下里屋的动静，听到舅妈还在嘀嘀咕咕地录音。少女喊舅妈别累着，舅妈回答："累不着，你们都睡吧。"

第二天，大雾。天刚蒙蒙亮的时候，舅舅蹚着浓雾回来了。舅舅见舅妈隐隐约约地站在堂屋门口等自己，穿了一身新。舅舅还说了一句，“这么冷你站在这儿干啥？”舅妈却不吭声。舅舅走近了想把舅妈拉回去，一用力，舅妈晃悠着打了个转，整个身子却硬着，悬空在那里。舅舅大吃一惊，打开房门灯，发现舅妈用一根麻绳把自己悬在门头上了。人早就去了。

不久，哭声穿过浓雾从院子里扩散开来。

邻居们三三两两地上门了，大家好像一点儿也不意外。乡间的一场极为普通的葬礼按照惯例有序而又如泣如诉地展开了，这和乡下无数的红白喜事一样，就好像早有预案。乡亲们私下里当然有议论，说都得了癌症，死是早晚的。她舅妈是上吊死的，真会死呀，趁着孩子还没走，把事办了，要是孩子都走了，又赶着回来办事，那要多花多少钱呀。她舅妈会过日子，一辈子都替孩子着想。

少女不愿意听村里人的那些议论，连忙把手机打开，想听听舅妈录的民谣，那可是舅妈最后的声音呀。少女一听就哭了，舅妈没有录什么民谣，舅妈录的是向每一个亲人告别的话。

其中一段是对少女说的：“2018俺就不等了，俺这病做了手术也是一个废人，瘫痪在床有啥意思。就是国家给俺报销，那也是钱呀，花那钱干啥，把钱花在更有用的人身上吧……”

——原载于《当代》2017年第3期

作者简介

张者，本名张波，中国作家协会会员，重庆市作家协会副主席、小说创委会主任。主要作品有长篇小说大学三部曲《桃李》《桃花》《桃夭》，长篇小说《零炮楼》《老风口》，中篇小说集《或者张者》《朝着鲜花去》，散文集《文化自白书》等。曾获庄重文文学奖、百花文艺奖、重庆文艺奖等。

困扰

■江一桥

昨天是七夕情人节,没有人来亲我,只有蚊子来亲了我一下!

看到这条微信,她发的微信,他感到非常惊奇,因为平日在这老街坊微信群里,她是个沉默无语的人。惊奇之余,他盯着手机,以为她会接着再说几句,可她没有,群里老街坊们可能也在等,等她再说几句,成为一个话题,便可热闹一下。然而她说了这一句话后,就保持一贯的风格,像没说过一样,继续沉默,潜水。这个微信群全称是老河街老街坊微信群,简称老街坊微信群。怎么建起来的,谁是群主,他不知道,他想她可能也不知道,都是被动加入进来的。在街上遇见某个多年不见的老街坊,几句问候话后,老街坊要了电话号码,说:老河街有个微信群,我回家上网后拉你进去,你看到点一下"确认"就可以,今后大家联系和聊天就方便了。

微信群,好。他加入老街坊微信群没多久,居然在这群里看见她也加入进来,用实名加入进来。他立即加了她,她很快"确认"。可她一直潜水,就是刚加入进来时,连见面的招呼也未打。快一年了,每天打开手机看见她名字和照片,他的心便会起波澜,总希望她说点儿什么,从而可以和她对上话。然而，她在群里就说这么一句，再没有了。

只要和她有关的事或消息，都会让他紧张或激动，几十年了，从年少懂事开始。他总结过，觉得自己一生中最执着、最顽强、最疯狂的事，就是暗恋她。

昨天是七夕情人节，没有人来亲我，只有蚊子来亲了我一下！是玩笑话，微信群里公开说的玩笑话。然而如果对她有所了解，你就会觉得这话带有很浓的情绪。反过来说，认为她这话带有很浓情绪的人，也就是对她比较了解的人。宛若天上的一团浮云、长江里的一朵浪花，那浮云远在天边，那浪花转瞬即逝，心有灵犀，这浮云和浪花便有了变幻莫测之色彩，从而使人遐想联翩。现在的微信，标点符号基本不用或乱用，细读后，他发现她正确使用了标点符号，而末尾这个感叹号，更是让他寝食不安。

从十二三岁开始，他就暗恋她，虽是老街坊，可这几十年里，他和她只说过一次话。他俩说话的那一年，他四十二岁，她应该是四十一岁。当时他对她说："我们两个还从来没有说过话唷！"她笑道："对头，我们两个还从来没有说过话。"就这一句，他俩一人说了一句，因机缘不凑巧，再无机会说话了，直到现在。现在有了微信，可以说了，可他始终在等待机会，等待合适的机会和她说话。现在机会来了，他想，我要在明年的七夕情人节时，给她一个惊喜。怎样的惊喜哩？反正不会只有蚊子去亲她了。她会接受吗？智能手机是忠实的仆人，形影不离紧随其身，可生活在移动互联网时代中的他，却要用传统的方式去慢慢想、慢慢安排，觉得这样才有可能达到自己想要的结果。

她叫杜安，老河街的人叫她安安。

他住上河街，安安住下河街。上、下河街的分界是一条水沟。水沟是明沟，只有安安家门前有块水泥板盖着，像个小桥。他家地势稍高，两家相距四五十米吧，站在自家门前，他能看到安安的家。顺家门前石梯坎路往下，过水泥板桥，穿一小巷，视线豁然开朗，下面的长江及江面上行驶的轮船跳入眼帘，还能望见斜对岸江北那白塔。顺石梯坎路继续往下就是弹子石码头，这里有到朝天门的轮渡趸船。那条小巷巷口的右边，有棵苦楝树，苦楝树旁有个厕所,用木板搭建的简易厕所。苦楝树曾遭雷电劈过头,其枝丫横着长进了厕所内。每次去厕所,在水泥板桥上,都能看清楚安安家的堂屋。这水泥板桥一米来宽、七八米长,每次经过水泥板桥时,在水泥板桥上他都无理由停留,脚步不能放慢,眼睛却可以往安安家里看。久而久之,在水泥板桥上看安安的家,成了他的一种向往,一种强烈的向往。每次看到安安,他觉得安安也在看他。有好几年,他总想喝水,喝了水尿多,就有理由往厕所跑。来回一趟,如果去时没有看到安安,返回时看见了,他会暗自高兴好久;有时去时看到安安,感觉安安也在看他,返回时,安安却不见了,他会有失落感,于是马上计算下一趟该什么时间再上厕所。

一年夏天,夜里下了一场暴雨。清晨,他去厕所时路过水泥板桥上,安安家门虽开着,却没有看到安安。水泥板桥下的水比平日大了许多,流得哗哗啦啦的,跳起的水花溅到沟壁上。沟壁边缘的一丛夹竹桃,被这水花撞得不断上下起伏,仿佛在与过往的人打招呼。没有看到安安,他有点儿失望,莫名其妙地对着那上下起伏的夹竹桃挥了一下手,像是对那招呼的回应,心里则期盼:返回时能看见安安。下小桥,穿小巷,进厕所。原本小便,忽然就想大便了,他放纵和鼓励自己:也许蹲一蹲就屙出来了。裤兜有手纸,解裤蹲下。蹲下后猛地看见下面水里有幅画,一幅神奇而美妙的画!这木板搭建的简易厕所如此这般:木板下的坑不深,下雨后坑里积满了水,得勾头小心翼翼做选择,不然溅一屁股水。看这幅画时,对方也在偏头看。居然是安安。这是个相当独特的视角,恰好两人均在出恭,坑里的水是一面镜子,平整而明亮的镜子。

两瓣白馒头,一片黑森林。

这双人合影,举世无双。两个都偏着头看,可能有十来秒钟吧,确定看清楚了对方后,他先退缩,后起身提起裤子逃也似的跑出厕所,穿小巷后大步跳过水泥板桥,跑回了家。接下来的三天,他绕很远的路,去弹子石街上公厕解手。三天后,再去,过水泥板桥时,安安坐在家门口的小凳上,好像有意在等他,其眼神复杂,似疑问加恨意。去了厕所返回时,安安仍端坐小凳上,并且歪着脖子盯着他看,看得他脸红心跳,低了头疾急步走过水泥板桥,又逃也似的跑回家。过后几天,每次看到安安,都觉得安安的眼睛里有疑问加恨意。

对这眼神,他既琢磨不透又遐想联翩,是在恨我看见了她的两瓣白馒头、一片黑森林?或是在怪我憋了整整三天,没有去上厕所?

安安这眼神,犹如一粒坚实而饱满的种子,深深植入他心田。这种子发芽长苗,茁壮成长,最终盘根错节,长久地困扰着他,一直到现在。

老河街这木板搭建的简易厕所,靠苦楝树这面只有半截墙,夏天解手蛮安逸,因在风口处,上河风或下河风均穿堂而过,故无苍蝇和蚊子,解小便可一边解,一边吹口哨,同时欣赏下面进港出港的船只和斜对岸江北那白塔。冬天则不然,呼呼的河风吹得屁眼紧而痛,双腿蹲麻木了,也许还屙不出屎来。他脑海中曾数以万次复原他和安安这双人照。这双人照的背景丰富而多彩,有蓝天和白云,还有那伸进厕所内的苦楝树枝条,碧绿的苦楝树枝条。(在这厕所里,他曾看见一老头儿摘这苦楝树的嫩枝嫩叶代替手纸。当时这老头问他:小崽儿,有没有多的这个?问的同时,老头伸出手,对着他用食指和大拇指搓了一搓,接着朝后在空中抹一抹。他先吓一跳,以为老头找他要钱,看老头的手那么抹一抹,方才明白老头问他有没有多余的手纸。因手头只有一小片可怜的旧报纸,确实分不出来,他爱莫能助地摇摇头。这老头便半起身,一手提裤子,一手有选择性地摘了伸进厕所内的苦楝树的嫩枝嫩叶——可能认为嫩枝嫩叶柔和点,不至于伤到屁眼——当老头完事起身时,他瞥见老头的两瓣屁股像一张唱戏人的脸。)

在木板搭建的简易厕所里,看到安安的两瓣白馒头、一片黑森林时,他十六岁。安安应该十五岁。

幸运,他十七岁时当兵了,而没有去农村当知青。

当兵走之前那几天,他想给安安写封信,可他不知怎样写,又想就是写了,自己肯定无胆量当面交给她,那这事就变得复杂了,所以他没写信,而是去厕所时在水泥板桥上,放慢脚步,眼睛一直朝安安家里看。如果看到了安安,就看得大胆些,好像以此向安安表明什么。

当兵第二年,他知道安安去了大竹县当知青。三年后,他复员回重庆工作了。星期天从单位回到家里,仍去下河街木板搭建的简易厕所解手,在水泥板桥上，还是朝安安家里看，只是看不到安安了。从邻居嘴里知道安安在大竹县幸福公社幸福大队幸福一生产队，他鼓起勇气给安安写了一封信。信的开头，俗气地套用当时毛主席他老人家形容中国和阿尔巴尼亚关系的那诗词：海内存知己，天涯若比邻。内容简单，就短短两行。说他要来大竹县一趟，又说他单位有大竹县招工的指标，他和劳资科科长混得很熟，科长答应帮他的忙。无一句与情感有关的话，无一句算得上是追求她的话。称呼是杜安，您好！结尾是祝您愉快！落他的名字及时间。

信发出的第三天，他请假去了大竹县。临近岁末，天气寒冷。穿着铁灰色夹克式工作服，的确良军裤，白色回力鞋，背一个军用挎包，他最大的特点是肩头上披着一件军大衣。他的穿着，一看就是个转哥。到达大竹县幸福公社时，近傍晚，天阴沉，厚重的云层像要塌下来似的压得低矮，雪雨霏霏，时不时还吹股呼啸的北风。从公社到大队到生产队全是小路，泥泞的小路，黄泥巴粘在鞋底鞋帮上，甩也甩不掉，就是甩掉了，走几步马上又粘满，白色的回力鞋，变成屎样的黄色了。这十几里路，他走得相当艰难。四野迷蒙，路上无行人，好难得迎面来了一老一少，他便停步问路，侧身让路。让路时他看清楚这老人胡子已白了，穿件阴丹蓝的长衫，为了抗冷，腰上勒了一根稻草搓成的粗绳；少年十来岁吧，穿得单薄，两柱仿佛已经变硬的浓涕挂在鼻孔处。这一老一少，居然没穿鞋，光脚板的皮肉皲裂开来，看得他心紧而生疼。应是家里出了不幸之事，这一老一少神色慌张，急匆匆赶往幸福公社所在的场镇。由此他联想到安安在这儿的日子肯定不好过，于是决定，见到安安后，军大衣留给她。这军大衣她穿可能稍大了点儿，然而在这人烟稀少的农村，在这泥泞的路上，她披着或穿着能遮风挡雨，身子骨会暖和许多，夜里还可以当条被褥御寒。

他没有直接去安安的幸福一生产队，摸黑去了幸福三生产队。三生产队有他一中学同学，同学的家也住上河街。在寒风冷雨的黑夜里，他头和双肩上扛着白茫茫的雪雨，推门而进时，这同学大吃一惊。

另有五个男知青也在这里。因为明天幸福公社所在的场镇是赶场天，他们提前聚在这里，为了明天好去赶场。可能中午胡乱吃了一些东西，说是冬天，晚饭免了，就挤在床上摆荤龙门阵熬过漫漫长夜。因他的到来，同学生火做米饭吃。焖锅饭，很快的。舀饭前，同学悄悄告诉他，先舀小半碗，快吃，然后再去舀时，一定把碗舀满。这他懂，刚到部队新兵连时，也吃过抢饭。无菜下饭，捞泡菜坛捞了半天才捞到几坨老萝卜，咸得死人。然而不在乎下饭菜，饭焖好后，全变成闷生，无人说一句话，舀了锅里的饭，飞快地往嘴里扒。真的就有人没舀到第二碗，连锅巴也没有了。于是碗筷丢进锅里，不洗，用水泡着，说明天用时再洗。吃了米饭，个个显得亢奋，完全无睡觉的意思，就是要睡，很困难，一张床，七个人，不知怎么睡。五个知青又挤到了床上，要一个叫财扒的，继续讲他的桃花运。这非常刺激，二十刚出头的年轻人，来到这穷乡僻壤当知青，吃无可求，穿无可奢，唯男女之情，是不费成本最为向往之事。

桌上燃盏煤油灯，火苗小而弱晃动得厉害，好像快没油了。他坐在桌子旁，背靠墙壁。是土坯墙，稍靠重点，就有土块或土渣簌簌发响往下掉，活像蜈蚣或耗子顺墙壁爬下地。同学陪他也坐在桌子旁。相互问了家里的情况，之后同学问他当兵几年的事，他问同学这生产队每年分多少斤粮食，谷子多少，杂粮多少，每日的工分值几分几角，等等。他没有提及安安，而是想明天去赶场后，单独和同学相处时再打听，或就叫同学带他去安安的幸福一生产队。怕那封信安安还未收到，如果仓促地去了，会显得唐突。他极希望明天去幸福公社赶场时，在场上遇见安安最好，那一切水到渠成。他蛮注意的，背并没有靠在墙壁上，可身后又有簌簌响声，他便怀疑地扭头看，却是一巴掌大小的土块，要掉不掉地悬着，只一根稻草连着它。回头，他抱歉地对同学一笑，说：这土坯墙茅草屋你住着还习惯吧。同学笑答：生产队穷，这本是生产队的牛棚，我来了没地方住，只好暂时住这儿，说是过两年替我建新房。这本是牛棚的土坯墙茅草屋，只能用“破烂不堪”来形容，墙壁上有好几个地方已经被耗子打洞打穿了，用旧鞋和稻秆堵着，而顶上的茅草倒厚实，能挡风雨。

他的军大衣因淋了雪雨变得湿润而沉重，可几个知青特别喜欢这军大衣，吃饭前，均抢着穿了穿，其中叫财扒的这个知青，穿上后还学样板戏《智取威虎山》中的杨子荣撩衣跨步向座山雕献联络图那动作。作古正经，这财扒学得极像,引得他们哈哈大笑。此时,五个知青横躺在床上,军大衣被拉伸了盖在他们的小腹或大腿上,而边上的两人因盖不着,各自伸一只手进军大衣的袖管里。

夜已深,半山坡上孤零零的土坯墙茅草屋,其木板门被风吹得吱嘎吱嘎响个不停,似鬼在推门。油灯火苗更加微弱,好像为了节约,同学不拨灯芯。渐渐地,他和同学的话少了,却被那边床上财扒讲的桃花运所吸引。这财扒讲得具体而生动。具体到:我打了第一炮后,还没歇几分钟,我弟弟还是粑的,她就用双手来搓,像搓红萝卜那样,先慢慢搓,然后加点力使劲儿搓,再然后,她趴下身子……哎呀我受不了了,就一下翻身起来,重新把她压在下面。不得了了,我上下运动没几下,她如山洪暴发,半边床都被打湿透了。这时就有人问:她总共搓你几回?财扒回答:三回。另有人问:那么这样算起来,你一夜连续做了四回。这财扒也好耍得很,说让我想一想,究竟是几回?还正儿八经扳指头算了一算,再高高地伸出四个指头,霍然道:就是四回!床上几个知青,公鸡似的喔喔大叫,说不得了了,你一夜做了四回,你弟弟恐怕被磨破皮了哟!财扒仿佛才从那女人身上下来,大喘着气道:你们往两边挪一挪,不要把我挤得死死的,我累得很,让我好好躺一下嘛。另四个知青,意犹未尽,为了讨好财扒,让他继续讲下文,便舍己为人往床边让,有个干脆坐了起来,让财扒躺得舒服点。

听到这里,他轻声问仍陪他坐在桌子旁的同学:财扒讲的这个女人,是当地的农民还是知青?这女人真有这么厉害!?

万万没想到,同学同样轻声回答他:是个知青,我们幸福一生产队的哟,你应该认识,她家在下河街水泥板桥旁边,她叫杜安,安安。

听到这些,犹如五雷轰顶,几乎晕倒,可他咬牙坚持用双手撑着桌面,而没有倒地,只是让头趴在了桌面上。快窒息了。他的脸肯定骤然间失去血色,额头冒冷汗,屁眼一阵紧、一阵松,全身有了要抽筋打摆子的前兆。他使劲儿硬着腰,双腿夹紧,不让抽筋打摆子发作。好在煤油灯即将油干而熄灭,这茅草屋内正坠入黑暗之中,他们看不清他的面孔,也就看不见他眼睛里的痛苦和绝望。床上的知青发觉桌子这边不大对头，好似出了状况，而同学只是问他是不是路上淋雨感冒了，要不要去大队赤脚医生家要点儿药来吃。床上的五个知青，早已看出军用挎包里装着吃的东西，只猜测他嫌这儿人多，就不拿出来吃，所以对他这个每月领粮票和工资的转哥，心存羡慕嫉妒恨吧。于是讥笑他听了这等艳事、这等好事，从而不能自制，还问他是不是流尿了。或干脆问他是不是跑马了。这其中，财扒笑说了一句让他终生难于释怀的话：当兵三年，见到母猪当貂蝉！

财扒是老三届的，来这儿当知青已经五年多了。他们几个新三届，均比财扒小几岁，所以在这儿，财扒是大哥，显得像个强者。

第二天上午在幸福公社的场镇上，他看到了安安。

当时他和同学及几个男知青站在公社大院外一房檐下，这儿是男知青赶场时的聚集点。没啥内容，就站在这房檐下闲聊一会儿，交流招工回城和推荐上学的信息，也说说那些从北京和上海传出来的小道消息。他们穿单衣单裤，都冷得脸青嘴乌，可无一人说冷，像在比赛谁更抗冷。天仍彤云密布，飘着白毛似的雪雨。缩着身子聊一会儿，确定无人请吃午饭后，几个男知青便告辞回各自的生产队，都有二十多里甚至三十多里的路程要走。看几个男知青朝几个方向，踏着泥泞小路，逐渐消失于漫漶如帘的雪雨之中后，他回头，就望见从那边街尾处，几个女知青夹杂在赶场的农民中，朝他和同学这边走来。像当地的农民，都戴着斗笠，只是她们的斗笠比农民的稍小，戴着还算好看。除此之外，与农民最大的不同是她们都穿红色或绿色的塑料雨靴。离这房檐下还有一段距离时，他看到了其中的安安。几个女知青，也看见了他俩的表情。不知为什么，她们忽然嘻嘻哈哈起来，从他俩面前小跑而过，其中一个还锐声喊了一声他的名字。就在这时，不知怎的，安安的斗笠掉下地了，她还不知道，仍跟着几个同伴朝前跑。便有一农妇高声喊：知青妹儿，你的斗笠掉了哟！听到喊声，安安才发觉是自己的斗笠掉了，便敏捷地停步转身，快速返回来捡斗笠。当弯腰捡斗笠之际，她偏头看他。像在下河街水泥板桥上那样，他俩四目相对。只是这次极短，一晃而过。捡起斗笠，她起身追赶前面的同伴，前面的同伴驻足回身朝她又叫又笑，她亦跟着叫跟着笑。这叫声和笑声爽朗，活像在这雪雨中的赶场天，她们有了意外收获，突如其来的意外收获。听得出，安安的叫声和笑声最特别，仿佛收获最大，所以最开心。

这出乎他的意料，原以为安安看到他时会流露出羞愧，或者会出现像在老河街厕所里看见她两瓣白馒头、一片黑森林后的那眼神，起码应该是复杂的，似疑问加恨意的眼神，绝不应该是这一晃而过开心的眼神，还留给他一串爽朗的叫声和笑声。返身来捡斗笠之际，安安神采奕奕，敏捷若鸟，捡起斗笠追赶前面的同伴时，额头上那迎风分开的刘海，如同鸟儿翅末之羽毛，飘逸而俊美。这对他来说，是难于承受的又一击。他努力控制住情绪，虽面无表情，可由内而生的寒意，几乎使他的心脏停止跳动。军用挎包里，有固体酱油和重庆特产怪味胡豆，及出口转内销的猪肉罐头，这时，他果断取下军用挎包递到同学手上，尽量装出热情的口吻，说：这些，都是给你准备的。看了挎包里的东西，同学没有显出多么高兴，而是说：对我们男知青而言，吃不算啥子，走到哪里都可以弄几口来吃，女知青可能要艰难些，她们一般来说不敢乱来。同学的意思是男知青要是没吃的，可以偷鸡摸狗，女知青则不然。说了这话之后，手拿着军用挎包，同学思索片刻，有点儿起疑地问：你来这儿，是想看到哪个女生吧？听到这话，他真想大哭一场，然后把实情告诉同学。可他毕竟当了三年兵，打过枪，炸过手榴弹，经历过许多磨炼，（记得班长训新兵蛋子时，常说：男人哭，是最没有出息的。）所以，他坚决否认了同学这说法，坚持说，他就是出差到大竹县城公干，绕了点路来看同学。同学相信了他，说了很多感谢的话，特别强调他是个重情义之人。

本想中午请同学进饭馆吃一顿，可此时他只想快点离开这伤心之地，他说他得走了，去县城公干。于是同学陪他穿过街面去场镇另一头的公路边等过路的客车。在街面上，他远远地看见财扒独自一人在那专卖猪儿的坝子里转来转去。觉得奇怪，他抬手，指着挤在农民堆里的财扒，问同学：这财扒要买猪儿回去喂？同学笑了，回说：哪有知青喂猪儿的哟，财扒会砍皮。怕他不懂这砍皮，同学伸出两根手指，在他的衣服口袋前夹了一夹。又说：上个赶场天，财扒砍了一头大肥猪，所以这几天走桃花运，轻而易举就把安安搞到手了。听了这话,他的心又被狠狠一击,思忖财扒上个赶场天砍到大肥猪,也就是说,是这两天才把安安搞到手,于是后悔自己晚来了几天,由此铸成遗恨终生之事。再想,安安不应该是见钱眼开的人,财扒定是使用了肮脏卑鄙的手段,安安才会委身于他。不由得,他恶狠狠地骂了一句:财扒这个狗杂种!本想在心里骂,可竟然骂出了声。听到这骂声,同学吃惊地看了他一眼,不知他为什么这样骂财扒。这是双重的诅咒,知道他会砍皮后,这财扒二字就显出了本来的贬义,骂财扒为狗杂种,他心里有了一丝快慰。

到了场镇另一头的公路边,见过路的客车从远处开来了,他把军大衣披到了同学的肩膀上,说:这儿冷,你拿去穿。昨天夜里,同学曾用水洗净他回力鞋上的黄泥巴,又使劲儿用干布擦拭,还把回力鞋放在灶坑里的热柴灰旁给烤干了,这过程,流露出浓浓的羡慕之情。看同学如此,他主动提出用回力鞋换同学的解放胶鞋穿。可惜码子不对,没换成。此时,同学披着军大衣感动得要命。他上了客车,同学站在原地朝他挥手。有瞬间的恍惚,这挥手的同学幻化成了安安,手里捧着那些吃的、肩头上披着军大衣的安安。然而这是不可能的,说不定财扒又砍到一头大肥猪,那么今夜安安又会被他压在身下,说不定又是三回或四回哩。车子开远了,看同学还在原地挥手,他不禁怃然长叹,之后感觉有虫子在脸上爬,痒痒的,伸手去摸,却是两行冰冷的泪水。这样默默流泪,是他有生以来唯一的一次。回渝的途中,唯一使他感到庆幸的是,写给安安的那封信里,没有一句与情感有关的话,也无一句明确追求安安的话。他想不管这封信落到谁的手里,自己都不至于被当成嘲笑的对象。

这年他二十一岁,安安应该二十岁。

就在这个赶场天,财扒拉幸福三生产队这知青进饭馆,请吃了一份回锅肉和一个帽儿头(即半斤米饭),再花八元钱,军大衣易手。下午,敢说敢做的财扒,披着军大衣,哼着《智取威虎山》中杨子荣打虎上山的唱段,优哉游哉地又去了幸福一生产队。很快,知青返城了。安安顶替母亲进南岸纺配总厂的检验室。财扒回渝后,没去弹子石搬运站上一天班,而是继续经营那砍皮的手艺，常年在长江下游那几个大城市里走动。当然，那几个大城市的拘留所和劳教农场，也是财扒常去光顾的地方。

他结婚安家后，回老河街的次数少了，回去了，去厕所时在水泥板桥上，眼睛还是要瞅安安的家。在那条小巷里，他曾迎面与财扒相遇，他微微点头，财扒同样如此，然后擦肩而过，像认识又像不认识，归根结底一面之交而已。始终忘不了在幸福三生产队的那一夜，财扒曾讥笑他当兵三年见到母猪当貂蝉，所以，他内心充满了对财扒的敌意，甚至认为本属于自己的安安，被财扒硬生生从手中夺了去。那几年的冬天，他看见财扒披着那件军大衣在安安家进出。他还看见怀了孕挺着大肚子的安安，也披过那军大衣。水泥板桥的沟壁上，那丛自然而生的夹竹桃，早已长得老高，茂密的枝叶绿得似墨，其味近乎闷人，在如此视觉和气味环境中，每每看到那军大衣就会给他刺激，看到它即觉《西游记》中的孙大圣，变成一群有尖牙的小虫子钻进身体里，五脏立马有被啮噬之痛。随时间推移，这痛变得轻微，继而能够忍受了，且转换成一种臆想成分居多的负重感，然而，这负重感类同寒冬或酷暑时喝一杯冷热不均的水，不解渴不说，反而越喝越渴。年少时植入他心田的那粒种子，早已发芽长苗，每看到安安一次，虽有无所求的意思存在，其实这苗就往上蹿一截。

中年时恰到好处地赶上了趟，他居然陷入一场婚外情。这女人说自己的男人说得刻薄：一年到头，肿脸皮泡得像个尿胞脸，看到连食欲都没有了，十天半月好难得想和他要一回，上床了却像洗帕热水脸，不到一分钟就完事下来了，你说气人不气人！既然不能在一起好好过，他叫她离婚，她推三阻四，完全没有重新组建家庭的意思。由此，他怀疑她刻薄自己的男人，不过是为她偷情打掩护罢了。这女人最大的特点是做爱后东问西问，什么都要问，仿佛这是她献身后应有的权利。她问，他必须如实回答，不然，她就威胁他：你还想不想下回！一次，她问了他和妻子做爱时的细节后，又问：你究竟喜欢什么类型的女人？他随口而答：就喜欢你这种类型的女人嘛。像有特异功能，这女人看穿了他的言不由衷和心中郁积的垒块，逼他说出实情。觉得无退路了，他便实话实说：我喜欢安安那种类型的女人。睁大了眼睛，这女人问：你说的是老河街的杜安，安安吧！？他反问：你认识杜安，安安？她说：岂止认识，当知青时，我们是一个公社一个大队的，对她，我很了解。这女人一下子变得柔情似水，用手搂着他的脖子，要他讲他和安安的故事。于是，他从十二三岁起头讲，讲每次上厕所，过水泥板桥时都盯着安安的家看，每天喝很多水，就为多上几次厕所。又讲十六岁那年夏天，在厕所里看到安安的两瓣白馒头和一片黑森林，所以当兵那几年，老做同一个梦，吃了两个白馒头，就在一片黑森林里瞎逛。当兵复员回来，鼓起勇气写信给安安，然后请了五天假去大竹县，却在幸福三生产队那同学的茅草屋里，听财扒讲如何和安安做爱。此时的他，竟把当年财扒那讲述，依葫芦画瓢复述了一遍，甚至学着财扒的口吻，轻佻外带着自满和骄傲。讲毕，他惊讶自己居然会像背小学某篇课文一样，一字不差地复述了财扒的讲述，绝对无遗漏。这显得厚颜无耻，赤身裸体的他，活像在讲安安如何委身于他。事实是，讲完这一段，他脸色兀自变得相当难看，除愤懑外，眼神显露出一种要报复谁要打击谁的欲望。这让他身边的女人吃惊不小，那本搂着他脖子的手收了回去，曲拳护在了自己胸前，怕他一时失控而出手袭击她。有几秒钟时间，这女人感到了恐惧，第一次后悔不该如此刨根问底。然而他讲起来就停不下来了，除了把所思所想所恋和盘托出外，那几个主要场景被他反复讲了好几遍，并且越讲越细致，越讲越生动，越讲越难掩激情。特别对那件军大衣，他耿耿于怀，说本身就是要给安安的，结果转了两个人的手，安安穿上了，却和他一点儿关系也没有。他的讲述，有吃着碗里的，盯着锅里的，心头还想着别人的嫌疑。可总的来说，这女人听得津津有味，大呼过瘾，最后用手抚摸他的脸颊，惋惜道：真是个大错误啊，我看你和安安本是天造地设的一对，可惜了，可惜了。他回说：鬼知道哩，我和安安到现在连话都还没有说过一句。这女人说：这才叫恋爱，无言之爱、深入骨髓的深沉之爱。我猜测，安安肯定也喜欢你。他酸酸地回答：这很难说的，她和财扒一夜能做四回爱，我哪行哟。这女人便笑容可掬地批评他：你不能胡乱猜想，凭空下定论，我告诉你嘛，人跟人不一样，性跟性也不一样，这些都是爹娘给的，不是哪个自己能够改变。况且，茫茫人海中，要找到个各方面都满意，能和谐相处的人，那真是针尖对麦芒，难找啊。你跟安安在一起，说不定一夜能做五回或六回哩，因为你欲念的潜能会彻底爆发，你信不信？不知这话是对他的袒露表示安慰，或是鼓励，抑或就是嘲讽。寻不到合适的话语作答，只觉这五回或六回和欲念的潜能会彻底爆发，是无稽之谈；他和安安做爱，好像在梦境里发生过。

此次后，这女人主动疏远了他。他后悔不该一时兴起，对这女人如此深入讲了自己的隐私，这从未对任何人讲过的隐私。怕这女人碰到安安后，长舌多事，问安安或对安安讲他所讲的，所以，他专门找到这女人，颇为严肃地告诫道：你碰到安安，千万不要问安安，不要在安安面前提到我，更不能对安安讲我对你讲的一切！这女人听了，秉性犹然又笑着批评他：碰到安安，讲不讲，问不问，这是我的权利，是我们女人间的事，你操那么多心做啥子嘛。这让他惶恐不安。在那一段时间里，曾有几次与安安打照面，同以前一样，没什么意外，也没什么变化，如果离得比较近，安安会对他浅浅地一笑，像大多数老街坊相遇那样，点点头，浅浅地一笑，就算打过招呼了。这时他俩还真的没有说过一句话。

星期天，他坐朝天门到弹子石的渡船回老河街。这时候重庆市区的长江，早已有多座大桥，坐公交车更快速方便，然而老河街的人，即便多绕路，依旧喜欢或说习惯于坐渡船。在趸船客舱里，他本低头想事情，忽觉前面这个人的气味非常熟悉，抬头看，就是安安。心有灵犀，安安亦感觉到了他，侧身过来，和他目光相迎。

咧嘴一笑，他算打了招呼。腮边泛出红晕，安安微笑点头。

这是难得的机会，必须抓住，他对安安说："我们两个还从来没有说过话哟！"

"对头，我们两个还从来没有说过话。"腮红加重了，安安含笑而答，同时轻扭身体，和他正面相对。

人堆里突然相遇，应该选择重点，他就想问：我当兵复员回来那年，曾给你写过一封信，你收到没有哟？可转念一想，万一那封信没有到达幸福一生产队，那这不成无中生有了吗，显得非常的不礼貌。如此一犹豫，他思维左支右绌卡壳了，纠结中欲言又止，便窘态十足。安安不着急，仍含笑等他说话，眼神流露出来的意思是：我们两个是从小看着长大的，我俩的关系除了是老街坊外，应该还有点别的嘛，所以，现在你想问什么就问嘛，你想说什么就说嘛，我会好好回答你的。然而就在他说了这么一句话，她回答他一句话后，第二句话还不知怎么说起时，水手的哨子响了，趸船客舱门哗啦打开，要上船去争座位的人群，一下子冲散了他俩。他被人群推着到了后舱，安安却进了前舱。他想应该主动去前舱找安安，继续刚才的对话才对，并且已经想好，先说点别的，再婉转问那封信。因是星期天，坐渡船的人多，从后舱去前舱有点困难，他又犹疑不决，奢想在下船时，走快点可以在趸船的跳板上与安安会合。正值春夏交替的季节，长江已进入汛期，江水浑黄，而嘉陵江水仍荷叶般淡绿，渡船行至两江汇合处，就有几个小娃儿拍着手高声喊：两种颜色，两种江水！眼下的长江、嘉陵江一浑一清，一黄一绿，相互冲撞后便浑然交融成一江的豆沙色。以此为联想，思忖等会儿下船之时，他和安安也该这样交融到一起，再作交谈，应是顺理成章之事。于是他倚在舷栏上，觉得今日波涛撞击船帮后，跳起的朵朵浪花特别美丽而活泼，江风遒劲，却似一只温润的手在抚摸他，而远处蓝天白云下那白塔，则像个智者，主动跑到眼前，向他祝福哩。如此一来，浪费了宝贵的时间，渡船到岸靠了弹子石趸船。哨音响，舱门打开，他快步下船，要在跳板上与安安会合。可万万没料到，安安走了另一条跳板，他俩平行而走，中间隔着一段江水，散发着汹汹野生气息的江水。走到一半时，安安用手拢了拢那被江风吹乱的头发，然后朝他摆了摆手，像是再次打招呼，又像是继续刚才在朝天门趸船上的那对话。像熟悉又亲密的人那样，他对她也摆摆手，算作回应。他觉得安安摆手有提醒他的含意，下了跳板，可以会合，然后两人一起走往河街。毋庸置疑，他觉得还有时间，机会尚存，通往河街的那条石梯坎路上，他俩可以继续刚才已经开始了的对话。一定要问她收到那封信没有。不管收到或没有收到，他觉得以此作为话题，他俩必有好的交流。还得说说那件军大衣，原本就是要送给她的，以此表明那年的大竹县之行，他就是为了去看她。诸如此类的话题，他有理由相信，能拉近两人的关系，乃至希冀这关系朝前走一大步。最后，千万不要忘了把BB机号告诉她,叫她有事可呼他。但是还未下完跳板,无意中抬头,他看见岸坡上,老河街尽头简易厕所旁那棵苦楝树下,有个人正朝下面的码头挥手。这个人是财扒!显然,安安在船上早就看见了财扒,在苦楝树下等她的财扒,所以才会在跳板上对他摆手,表示这次相遇和对话已经结束。

似乎命中注定,他俩一生中只有这么一句对话。像归纳总结之语。他说:我们两个还从来没有说过话哟!安安回答:对头,我们两个还从来没有说过话。她的嗓音,是他想象中的那种,轻柔而带点神秘的甜味。这一年,他四十二岁,安安应该四十一岁。也是这一年,老河街被规划了。隔了两年,在推土机的轰鸣声中,那水泥板桥、小巷、简易厕所和苦楝树统统消失了。

老河街消失多年后,人人都玩智能手机了,就有人建老河街老街坊微信群。在这个群里,安安突兀地发条微信:昨天是七夕情人节,没有人来亲我,只有蚊子来亲了我一下!然后沉默无语,一以贯之地潜水。这条微信,让他寝食不安;不为生计奔波,已衣食无忧,但那困扰一直存在。他决心在明年的七夕情人节时,给她一个惊喜。怎样的惊喜哩?反正不会只有蚊子去亲她了。他一直在冥思苦想,用什么方式让安安接受,才有可能达到自己想要的结果。

看到这条微信的前两个月,在一次中学同学的聚会上,当年幸福三生产队那个知青,端着酒杯问他:财扒说,在毛主席逝世前一年,他在幸福公社曾收到一封你写的信,我觉得好神奇,你怎么会给财扒写信,你真的给财扒写过一封信?苦笑,左右摇头,他端着酒杯主动与同学的酒杯碰了一下,抿口酒后说:可能吧,都几十年了,我记不太清楚了。同学喝了酒,酒杯悬在了空中,有点想不通地再问:你跟财扒又不熟悉,又不是街坊,你怎么会给财扒写信?你写信的内容,是啥子呢?不回答这事,他有意让同学想不通,就端起酒杯又和同学碰杯,并先喝了酒,问:安安现在过得怎么样?没有喝酒,重重地放下酒杯,同学讲:财扒已经三四年无一点儿音讯了,不知是死在了外面,还是在下江哪里入赘当了别人的女婿,说不定,早已儿女一大堆哩。反正三四年了,一点点消息也没有。在前,也有过一年或两年不回家,但过三四个月,最多不超过半年,总归是有消息传回家。财扒这人,类乎神奇,除来无影去无踪外,居然还会上海话和江浙话，甚至会讲宁波话。听到这里，他沉住气，又端起酒杯要与同学碰杯，同时颇为平静地问：那安安怎么过？同学端起酒杯，没有和他碰杯的意思，只叹息道：老样子，一副嫁鸡随鸡、嫁狗随狗的样子，一个人默然地带着娃儿坚守那个家！之后，他转移话题，频频和同学碰杯，直到同学酩酊大醉。

夏去秋来，国庆节后仍细雨绵绵。这天，他同往年一样，打着雨伞独自去了涂山公墓。这天是他母亲的忌日。用伞遮挡雨水，俯身点燃香烛和纸钱，他在母亲墓前祭祀完毕，然后同每次一样，沿台阶慢慢朝下，专选那些新墓碑看。看哪年生，何时死。看了四个新墓，碑上的文字无故事，均是活够了方来这儿歇脚安家的。再看第五个，墓碑上的照片和名字，竟然是杜安，安安!!

雨仍在下，他手中的雨伞，在看到安安之时，就掉落下地，被风一带，顺着台阶翻滚而去。差点儿跌倒，好在他伸手扶住了安安的墓碑。喘了几口大气，他稳住自己后，就势坐在了安安墓碑前的平地上。地面流淌着雨水，无声地流淌。那翻滚而去的雨伞，被个守墓人捡到手。这守墓人走上来要扶他起来，并说地下这么湿，你坐在这里，肯定要不得！伸手接了雨伞，他对守墓人摆手，意思是我还行，不用扶，我就在这儿坐一坐，没事的。守墓人便走开了，不过频频回头，生怕他学古人，撞碑破墓化蝶做出啥不同凡响的举动来。雨不大，仍是无声的毛毛雨。这儿有种宁静的气氛，四周的翠柏和墓碑似乎吸纳了阳世的嘈杂，而又传递出阴世的静谧，这儿仿佛有个阴阳之世的通道和连接点。这个通道和连接点在哪里哩？他觉得这个通道和连接点，就在他的屁股下面，无声流淌的雨水，犹如一股带电的泉水，正把他送往阴间安安的所在之处。

坐在雨水流淌的地面，盯着安安的墓碑，被宁静的气氛所控制，他不知待了多长时间。

失魂落魄地回到家洗了热水澡，换了干净的外衣外裤，他坐在沙发上，拿着手机看老河街老街坊微信群里，“安安”依然浅笑着而安静地存在着。似溺水人抓根稻草，挣扎着上了岸的感觉，他梦游般写文字在群里问：你们知道安安吗？又直接问：安安还好吗？没有回复。没有回复。原本热闹的微信群里，没有人理会他。他继续梦游，点开安安，一对一，先用文字问安安：安安，您还好吗？接着就直接用语音问：安安，您还好吗？他反复问。

翌日，老街坊微信群里有人回复他，说安安一个月前就走了。于是群里就有人提议，哪天约一约，我们去安安的墓地看一看，毕竟是老街坊，她走时，大家都不知道，没有去送她一程。就有人问他知不知道安安走了这事，并问他去不去墓地看安安？

他回了一句：我去墓地看过安安了。立马有人说他古怪、奇葩，既然知道安安走了，还去墓地看过安安了，为啥子还要在群里明知故问！？冥思苦想，寻不到一句话来作答，他觉得机会已经降临人却走了，唯心中的那困扰，越发重了。

——原载于《红岩》2017年第3期

作者简介

江一桥，本名江忠平，重庆南岸区弹子石人。在《当代》《上海文学》《红岩》《青春》《青年作家》发表多部小说。其作品曾被《中篇小说选刊》《北京文学·中篇小说月报》转载。获第六届重庆文学奖中篇小说奖。

燕子筑巢时，你在干什么

■ 第代着冬

我以前跟表舅不熟。他在一所偏远的乡村中学教书。据母亲说，表舅天生是块教书的料，笑声朗朗，口若悬河，言行不羁。母亲念叨了几年，说法终于得到证实。秋季开学，有消息传来，表舅调进了县城的重点中学。这个消息一度令母亲喜出望外。经过多年唠叨，她终于在县城有了个亲戚。为了表示她直率的性情，母亲数次强调要请表舅到家里来吃饭。隔上一阵，她又像跟谁较上了劲，像个反对党似的站到客厅中间，大声否决说："不，上馆子。"

对母亲的虚张声势，爸爸一如老练的政客，习以为常，无动于衷。他偶尔从老花镜上方抬起目光，除了打量着妻子，也打量窗外的云朵。他让母亲自得其乐，自己则安稳地坐在一张沙发上，裹着一身发暗的睡衣，像一把被遗弃的大提琴盒子一样一动不动。

母亲还没做好迎接的准备，表舅不请自来，哄然出现的笑声惊飞了我们家楼下的画眉。那天，时间还早，空气是灰色的，当我们在瀑布一样大声喧哗着的笑声里打开大门时，看见表舅手里提着一只鸡、一只兔子，弯曲的单薄身形衬托着县城凌乱的背景和昏暗的远山，像一只孤独的括弧，显得格外抢眼和突出。

跟表舅一起来的，还有表弟。表弟跟表舅相反，一身肥肉，面无表情。据母亲说，表弟小时候不这样，他出生时，小得像只皱皱巴巴的老鼠，表舅连摸都不敢摸他一下。看着表舅把鸡和兔子拎进厨房，熟练地用菜刀将它们分解成皮毛和肉。母亲旧话重提，表舅说："我怕把他摸破了。"

"没说实话。"母亲不以为然。

"我承认。"表舅当着表弟和我们的面，喉咙里一阵乱响，从胸腔发出两声沉闷的笑声，又用食指交替压住两边的鼻翼，往空中擤鼻涕。他擤鼻涕的动作熟练、灵巧，声音非同凡响。擤完鼻涕，表舅继续说："看他长得皱皱巴巴的，我不敢摸。我问老婆，这家伙怎么皱得像只田螺？他妈说，在肚子里睡久了，睡皱了。"

"你还是老师，这点儿知识都没有。"

"跟我教的不是一个专业。"

在母亲和表舅说话时，表弟一言不发，闷头吃花生。他吃得很专注，用食指和拇指将花生外壳捏破，剥开，取出花生米，细致地除去暗红色的膜衣，才撮起两片嘴唇，将手心的花生米吸进嘴里。吃完花生，表弟开始削苹果，他削的苹果皮又匀又薄。母亲夸张地惊叹说："别看表侄儿的手指又粗又大，动起刀子来，灵光得很。"

"姐，你不知道，他上厨师学校一年了，光萝卜皮就削了一卡车。"

"削萝卜皮有啥前途？"

"削萝卜皮是为了练习刀功。厨师学校的校长说，如果刀功好，可以到县委工作。"母亲很惊讶，数次插话追问，表弟到县委干啥？当领导还要学煮饭？表舅骄傲地笑了，他痛快地擤了一下鼻涕，否定了母亲的说法。他说，"只有刀功好，才能进县委食堂当厨师。我想好了，等他当了厨师，我就不用教书了，遛遛鸟，下下棋，后半辈子坐在家里享清福。"

表舅一副很沉醉的样子。

之后，我陆续见过表舅几次。他有时带着舅娘，有时带着表弟，有时一家三口集体出动。我听得出来，表舅想找个地方倾诉他的快乐。正如母亲所言，表舅现在的生活没啥可挑剔的。人到中年，教书业绩得到广泛认可，儿子茁壮成长。在可预见的将来,傻子都能看出他令人羡慕的人生轨迹。快乐使表舅越来越爱笑,越来越爱擤鼻涕。他的笑声变幻莫测,擤鼻涕的手段推陈出新。即使是陌生人,看见他大笑和擤鼻涕,也会相信他的生活充满希望。

进入暮秋,表舅就不大来我们家了。忽一日,胖胖的舅娘哭哭啼啼地带着表弟给我们送来一个令人震惊的坏消息。她抹了一把虚浮松弛的脸说,表舅活腻了,到处寻死。母亲尖叫了一声,吓得长年处变不惊的爸爸也像一块活动的破布离开了沙发。我们家有点儿乱,不知谁问了一句,死了?

没死成,把腿给摔断了。

舅娘潦草地回答。

在舅娘跟我们说话时,表弟像个局外人,仿佛什么事也没发生。他从茶几上翻出零食,放到嘴里,快速运动咬肌,以嚼碎坚硬的干果。表弟的吃相敦厚稳重,似乎总缺那么一口吃食。母亲知道表舅没有生命之虞,表情松弛下来,从食柜里找出水果,递给表弟。表弟松下咬肌,像少女一样害羞地笑了。

"为啥呢?上个月还活得好好的。"

"说来话长,都是他帮腔惹的祸。"舅娘拍了一下表弟的头。表弟的头发像一朵黑色的棉花,又厚又软,手掌的力量几乎传递不到头皮。舅娘见表弟不为所动,厉声说:"傻子,你只知道吃,如果你老汉(老爹)死了,吃啥?"

"西北风。"

表弟语气诚恳地回答。

舅娘不再理睬表弟,她从公园说起,给母亲说表舅寻死觅活的事情。

我们县城只有一个公园,叫人民公园。占地一百亩,不大,风景少,人民也不多。表舅刚从乡下进城,以为城里人的周末应该在公园里度过。他除了到我们家见他表姐,周末基本上就泡在人民公园里。为了显得更专业,他像那些成天在人民公园打发时间的老年人一样,专门给自己添置了一只硕大的塑料茶杯。茶杯顶部有个提环,一次能装两斤水。周末,表舅提着像尿液一样发黄的两斤茶水,无所事事地在公园里乱走,傻笑,擤鼻涕。白天,公园里的人们除了呆坐和游走,还自发形成一种娱乐——下象棋。我试过表舅的象棋技术，实事求是说，他的象棋技艺极其业余，胆子却是大师级的。他基本上是当头炮开局，然后带着一股同归于尽、鱼死网破的邪劲儿，顾头不顾腚地死缠烂打，直到丢盔弃甲，老帅被擒。他这一路数在人民公园讲究实际的娱乐圈中很难约到棋友，在舅娘的转述中，我们眼前都无一例外地浮现出表舅提着大号塑料茶杯，挤在三五个白头发老人中间，上蹿下跳替别人着急的痛苦模样。

表舅不是一个善于察言观色的人，按照他肆无忌惮的性格，忍不住支招是可以理解的。他初入人民公园那段时间，只发生了一些小不愉快。他支对了，对手说他讨卵嫌；他支错了，被帮的人说他讨卵嫌。表舅擤着鼻涕，面红耳赤地申辩几句，顶多不欢而散，没有发生大事故。直到一个月前，表舅遇到一个小个子，他才像一辆运行良好的列车，被一颗小石子强行抛出了原来的轨道。舅娘讲到小个子时，用猪大肠做了比喻。她进县城后在农贸市场卖猪肉，喜欢用猪的器官打比方，她说："那是个猪大肠一样的人。"

轮到我爸爸吃惊了，他问："啥意思？"

"只配装屎。"舅娘恶狠狠地回答。

舅娘说的小个子是轮船公司的水手，长得很伶俐，却口吃，笨嘴笨舌。他初入人民公园娱乐场，对表舅不了解，见他信心满满，以为遇到了高手，很乐意听从他的指导。在表舅的指挥下，小个子像个急于投胎的死鬼，一路狂奔，自投罗网，很快成为被人讪笑的角色。小个子自尊心受到了羞辱，想在表舅身上找回来，他说："你，你他妈的，瞎……"

"瞎指挥。"表舅替他说。

"害得，害得老子……"

"输了。"表舅像给学生解题，骄傲地露出答案。

"老子要，要捶……"

"捶你。"

他们像两个蹩脚的相声演员，没人捧场。在人圈外的一块空地上，两个人无聊地耍了一阵嘴皮，表舅放下茶杯，接受小个子挑战，很认真地打了一架。别看表舅身形单薄，长时间为人师表，不擅长体力劳动，但他脚长手长，棋盘上的劣势很快转化为实战中的优势，三拳两爪就把小个子掀翻在地。表舅举着拳头，强迫小个子大声说“服，我服，我服了”。

那场根本不配一提的打架斗殴表舅很快就忘了，周末，他继续提着大号塑料茶杯，在人民公园充当日子过得逍遥自在的市民。可是，小个子无法化解棋盘上受辱所带来的次生伤害，他知道表舅是人民教师，尽管他尊师重教，但人民教师也不能无故殴打无辜的工人阶级。小个子给县委写信，又给县政府写信，没啥结果。他不得不找表舅所在的重点中学的校长讨要公道，继而打着横幅到县教委示威。白布做的横幅像条挽幛，看上去很无奈，也很悲凉。横幅上用红墨水写着八个血淋淋的大字：惩治凶手，还我公道。在表舅提着大号茶杯游走于人民公园时，小个子举着横幅在县教委门口大喊大叫：“打……打人……打人者下台。”

等到表舅知道小个子的所作所为，为时已晚。上面为了平息风波，暂停了表舅的教师资格，降为校工，成为更夫，替住校生守夜。在我们看不见的那些夜晚，表舅提着手电筒，像个幽灵一样穿过层层黑暗，对着渺茫的星空悲叹命运的无常。他经历了数周的思想斗争，决定以死讨回自己的清白，从此，他踏上了一条寻死之路。

起先，他想在家里上吊。表舅寻了一根捆猪头的小绳子，把它搭在挂吊扇的铁钩上。表舅自杀时，表弟坐在旁边削梨子，他让纸一样薄的果皮继续敷在梨子的表面，仿佛没有被削开。等表舅拴好绳扣，表弟才提醒他说：“爸爸，绳子细，挂不住。”

表舅真心想自杀，但他想死，不等于儿子可以不孝顺。他从凳子上下来，打算先揍儿子一顿，再死。正在表舅忙于找东西揍表弟时，舅娘卖肉回来了。她以生意人的精明，一眼就看到了问题的症结。舅娘说：“你揍儿子有啥用呢？又不是他不让你教书的，有本事莫把家里搞得鸡飞狗跳，要死去学校死。”

“后来，他觉得我说的话也有几分道理，就安心在巡夜时跳河。等他翻过围墙跳下去，才发现秋天水枯了，原来有水的地方变成了一片沙地和草滩，没死成，把胫骨摔断了。”舅娘说着捞起衣襟的下摆，试图抹泪，等她将油渍麻花的衣摆举到眼前，才发现眼泪早让自己说干了。她不好意思地抖了抖，假装拍掉上面的肉屑，又尴尬地放下来。

“你是真傻呀？”沉默寡言的爸爸也被表舅一波三折的故事调动起情绪，他拍了一把表弟的厚头发说：“准备上吊的是你亲爸爸，你怎么能提醒他找根粗绳子呢？”

“他想玩，我就让他玩一下，”表弟停止咀嚼，抹掉嘴角的碎屑说，“我怕绳子细，挂不住，把他摔痛了。我想等爸爸挂好了，再把他抱下来，他觉得没意思，就不玩了。”

“你们别说，表侄儿蛮有心计。”母亲用欣赏的口吻说。

表舅寻死的事情经过学生们添油加醋，闹得满城风雨，表舅一夜成名。社会的高度关注给官方施加了空前的压力。他们处理表舅的目的是求稳怕乱，没承想，表舅比小个子更像敢死队里的狠角色。毫无悬念，等到表舅康复出院后，他不仅荣归教师岗位，甚至额外看到了前来慰问的三个花篮和十几条腿——其中两条腿是校长的，它们很内疚地伫立在表舅面前，如同一只等待烧烤的鸡在向火焰致敬。

死而复生的经历使表舅坚定地认为，后面的日子是赚来的，其赚取利润的多少是一道简单的算术题，多活一天，就多赚一天。表舅重返教师岗位后做的第一件事，就是把几十年攒下的辛苦钱从银行取出来，又向他表姐借了一笔，通过一个学生家长的关系，在城北郊区买到一块地皮。经过三个月挑灯夜战，表舅除了现在居住的一套小户型二手房，又在城北郊区有了一栋二层小楼。

小楼竣工不久，表舅邀我到他的新房参观。从县城中心的人民公园出发，坐上唯一一路公交车，到终点站，换乘一辆人力三轮，驶入像乱绳一样纠结的县城小巷。小巷湿湿的，时而一摊油渍，时而一摊水洼。空中经久不息地流淌着一股无名的腥味，夹杂着粪臭和食物的气息。空气像死了一样，停滞在大片厚重的浑浊里。

下了人力三轮车，面前呈现出郊外的田野。沿着田埂往前走，迎面是一幅粗朴的风景。金黄色的油菜花凋谢了，晚开的桃花谢了一半。空旷的田野上，一群群燕子斜着翅膀，像织机上的梭子一样在屋檐下穿梭，空中停留着它们筑巢时的欢快鸣叫。在燕影模糊的山脊上，一栋还没有拆除脚手架的新建小楼如同一只流浪者遗弃在路上的鞋子，孤独地向远处张望。它的前面，隔着大片菜田，是县城的酒厂，大股酒糟子味道顺着柔软的春风飘过来，仿佛田野上正在举办一场盛大的酒宴。

来到新房，我看见表舅在他小楼檐下的墙缝里平整地插了几块杂志大小的竹篾板。几只燕子来来往往，从田野上衔回湿泥，忙着在竹篾板上筑巢。表舅看着燕子们进进出出，擤着鼻涕说："表侄儿，你觉得新房怎么样？"

"太偏僻了。"

"你不懂。"表舅从西装内衬里掏出一页叠好的纸，打开。上面是他从网上下载的全县城市建设工作会的新闻。县长在新闻里说，城市向北拓展是本届政府既定的城市发展战略，在本届任期内，县城将向北扩大一倍。表舅挥着瘦长的胳膊，像个指挥千军万马的将军。他说："三年后，这里将形成城市副中心，有一个大型广场和两个大型超市，配套的医院和学校一应俱全，到那时，我跟你舅娘和表弟住在宽敞的房子里安居乐业，一家三口，其乐融融。"

那天，表舅给我勾画出一个虚拟的未来，可惜的是，他的梦想直到表弟去世五周年也没兑现。五年后，那里并没按计划崛起，不仅没成为城市副中心，甚至比表舅修新房时还破旧，一片撂荒地的败落景象。原因是两年后我们换了县长，新县长重新调整了城市发展战略，他决定，城市向南发展。

借用舅娘的比喻，人生像个猪腰子，不等到开膛剖肚，谁也不知道它有多少分量。可能是命运有意要考验一下表舅的忍耐力，正当他为家庭的未来忙得晕头转向时，没有任何铺垫，表弟像个不负责任的背包客，说走就走，死了。

表弟在去厨师学校的路上，死于一场诡异的车祸。据目击者说，一辆载重货车撞断了路边一根废弃的电线杆。电线杆砸下来，打飞了一个小贩撑在路边的雨篷。巨大的冲击力将雨篷上一块起镇篷作用的砖头像炮弹一样弹飞，划过三十米弧线，击中了表弟脆弱的后脑勺。没有过渡，他直接死了。仍然是据目击者说，电线杆缓慢倒下时，有一段时间可供人们反应。当时，行人在一片惊叫声中像舰艇划开的水波，迅速往两边撕裂，把表弟一个人留在路中间，他像个迷路者。表弟是那天唯一一个背向电线杆的行人，他埋头吃着食物，死于一块飞奔的砖头。

表舅赶到现场时，街上只有一只表弟留下的旧皮鞋，像鳏夫一样孤独。

接下来，表舅跟舅娘经历了短暂的痛不欲生，马上又陷入一场旷日持久的官司之中。表弟遇到的车祸跟普通车祸不一样，十分吊诡。货车司机信誓旦旦地说，如果供电公司及时搬走废弃的电线杆，他的车即使冲上人行道，也轧不死三十米外的胖子。供电公司的律师说，如果不是小贩占道经营，废弃的电线杆即使是个神枪手，也瞄不准一只普通的砖头。占道经营的小贩十分无辜，他逢人就挂着两行委屈的眼泪说："请问，你们见过砖头长翅膀吗？见过砖头像飞机一样平地起飞吗？"

表舅来不及思考自己的生死，他要为表弟讨回公道。要讨回公道，就得先当观众，看那三家在法庭上缠斗。一时间，死掉的表弟仿佛成了配角，表舅置身事外，耐心地看三个主角登台亮相。诉讼期间，我多次去看望表舅，他比预想的要坚强和冷静，似乎这场官司调动了他全部的生活热情。表舅一如既往地擤着鼻涕，大声问我："表侄儿，你说，怎样才能让他们死得硬邦邦的？"

"表舅，莫乱来。"

"我们是受害者，怎么会乱来？"

"那就相信法律。"

"我当然相信法律，老子还相信法律的亲戚和情妇。"

表舅满口粗话，像个神情亢奋的酒鬼。

表舅的新房仍然荒在郊外，他没有心情去打理他曾经规划的新生活。又一个春天来临了。头年筑巢的燕子孵了几只雏燕，带着新生的燕子迁往别处兜了一圈，又回来了。桃花谢到一半，郊外的田野上又有了燕子初归的鸣叫，它们像投资过新房的股东，也不管表舅的心情，私自沿着去年的路线，衔着田泥到檐下筑巢。

官司结束了，它仿佛是某种标志，表明驱动表舅和舅娘活下去的动力彻底熄火。在经历了短暂的迷惘和困惑之后，舅娘首先没有了活下去的信心。她原来丰腴的脂肪无声无息地枯萎了，变成一张很薄的皮肤，长时间地卡在骨头和床铺之间，静得连皱纹都懒得动一下。她一旦下床，就满屋子寻刀子，寻绳子，寻农药，其强烈的求死欲望远远超过表舅当年。

母亲担心她表弟一家出意外，让我搬到表舅家居住，名义上是安抚他们的悲伤，其实是防止他们自杀。我按照母亲的指点，进屋就收缴了一切有可能成为帮凶的利刃、绳子、布条，连墙上的铁钉我也换成了不能承重的粘贴挂钩。接着，我着手处理表弟的遗物，包括他吃过的零食，一概丢掉。但是，舅娘不同意我把表弟的骨灰安放到外面。她常常冷不丁地抱起表弟的骨灰盒，在手里掂了掂分量，问我："你表弟？"

我肯定地点点头。

"不像，变轻了，他原来是一百八十斤的大胖子。"

"人会变化的。"

"我懂了，他好久没吃东西，瘦了。"

表舅不像舅娘那样谵妄，他向学校请了长假，安静地待在家里。他变得跟我爸爸一样，沉默寡言，不苟言笑，既不乱擤鼻涕，也不变着法子大笑，两眼空洞地望着我和墙壁，仿佛我们身后站着表弟。为了转移他们的注意力，我给他们的手机上下载了微信，转发一些笑话。看完笑话，表舅悲观地说："无聊。"

安放好表弟的骨灰，舅娘仍然言语谵妄，表舅也一如既往地神情枯槁，眼神涣散，似乎正在抗拒命运强加给他的全部不幸。母亲来看过两次，觉得我用的方法很被动，让我再试试别的办法。我先想到搬家，带着表舅去看了荒在郊外的新房，新房的屋檐下，燕子的巢窠已经筑得像蜂房一样大了，里面响起雏燕讨食的"吱吱"声。表舅看上去对新房很厌恶，他板着脸，露出腮帮子瘦出的两个大坑，以及大坑里凸起的牙床。

后来，我想起有个同学在县城"百合花之春"当志愿者。"百合花之春"是个私人会所，参加活动的全是失去独生子女的父母，被称为"失独者"。我约同学出来喝茶，同学爽快地说："让他们马上来。"

"有用吗？"

“没用我会让他们来？当然，以你的智商也只能提出这样的问题。”

“好，我领教一下你的智商。”

我用剪刀、石头和布，让他付了茶钱。

为了让表舅干干净净地去“百合花之春”，我带他去理发店剪掉了刺猬般的硬发，又带他到酒厂，免费洗了一次水流充足的淋浴。脱光衣服，我发现，表舅脸上表现出来的瘦削只是冰山一角，痛苦使他迅速消瘦，还不到五十岁，看上去，表舅身上所有的器官都像老年人那样往下垂。两腿间的家伙像只垂头丧气的老猴，仿佛在向一去不返的青春致哀。下坠的睾丸拉长了阴囊，像只旧口袋一样丑陋不堪。

表舅和舅娘参加“百合花之春”活动后，生活渐渐恢复常态。表舅夹着教案去学校上课，舅娘提着刀具到农贸市场卖肉。我也回归正常轨道，接受单位指派，外出收一笔旧账。那笔旧账很复杂，我昏头昏脑地在轮船、火车和长途大巴车上辗转一个月，跨越三省十二县，也没收到一分钱。其间，我除了给父母报平安，也常常给表舅打电话。他和舅娘的精神面貌有了明显变化，我甚至能隐隐听见电话那头擤鼻涕的声音。除了通电话，表舅还通过微信给我发来一些毫无规律的数字，从数千到万余不等，不知什么意思。

等我回到县城，发现表舅和舅娘似乎正在从表弟离世的阴影里走出来。他们添置了运动服，忙于锻炼身体，说不上红光满面，脸上也长了肉，比我出差前强多了。表舅见我面露疑惑，拿出手机说：“表侄儿，你不知道，我们到了‘百合花之春’才懂得一个道理，只有更好地活下去，才是对逝者最好的怀念。”他进而以开导者的姿态，目光炯炯地说：“假如我们死了，连怀念你表弟的人都没有了。所以，我们得把身体锻炼好。”

“参加活动的人都锻炼吗？”

“都锻炼，上了年纪，运动不能太剧烈，只能坚持快走。”表舅打开手机微信，找出他新加的朋友圈说，“我们每人都有个计步器，每天的步数自动发送到朋友圈里，比比谁是当天第一。”

“你们是第一吗？”

“哪有那么容易?”舅娘低头刷着朋友圈,插话说,“我们从倒数第一名向上赶,过了第五名就很难了。有一天,我和你表舅走了两万步,走了差不多十公里,才当了第二名,第一名怎么也当不上。”

“数字有没有假啊?”我想起表舅发给我的数字,原来是他走路的步数。表舅听见我怀疑,他对着空中大声擤着鼻涕,表情倔强地说:“人可以搞假,机器怎么会?你是多少步,它就传多少步。你别管,我们想好了,再加一把劲儿,争取当一回第一名。”

整个夏天和秋天,表舅和舅娘工作之余的注意力都集中到走路上。从表面上看,他们有了一股强大的生活动力,表现得坚韧、乐观、忘我。他们像一对上好发条的闹钟,坚持晚饭后上街乱走,时间长短不一,运动量在万步以上。我看过他们计步器自动发送到朋友圈里的记录,他们最多的一次走了三万步,近二十公里,仍然排在第二名。而稳居第一名的,是一个叫“百合”的。表舅指着那个头像说:“她是张姨,就是她跟老公祁先生创办了‘百合花之春’。”

我假装没兴趣。

我想知道表舅当不了第一名的秘密。

经过同学介绍,我在一个别墅区顺利地见到了张姨和她老公祁先生。祁先生穿戴简洁,像个有文凭的知识分子。他跟墙上照片里的祁先生判若两人。墙上的祁先生戴着硕大的金项链、金戒指,鼻子下面挂着两排整洁的烤瓷牙,在世界各地乱笑。如果不了解他的身世,会误以为祁先生是个匆匆忙忙的旅行社导游。其实不是,祁先生曾经是个高调的商人,他的高调源自生意上的成功。假如不是他们的独子随着那辆被撞变形的法拉利跑车去了天国,祁先生或许还会给墙上增加一些露牙的照片,让它们保持着大笑的姿态,前往世界各地。

“过去的生活没啥意思。”祁先生轻描淡写地说。

当他们咽下了表舅一样的痛苦之后,在社会生活中调转了一下角色。祁先生出资创办了“百合花之春”,从赚取别人的利润变为帮助别人。祁先生等我看完墙上的照片,在沙发上坐下来说:“我觉得,比起做一个成功的商人,帮助别人更快乐一些。"

"人们会感谢你的。"

"不用。"祁先生迅捷而果断地说。在他掐掉话头时,我假装喝茶,清了清嗓子,空出时间供大家沉默,然后把话题引到走路上。我问张姨:"张姨,为啥我表舅老是第二名,你老是第一名呢?"

"我把计步器绑在狗腿上。开始,他们走得慢,我把计步器绑在大狗上;等他们身体健康了,我再把计步器绑在小狗身上。小狗步子快,他们只有练得比正常人还要健壮,才能当上第一名。"我打断张姨的话说,这不公平,表舅不成了跟狗比赛?听见我抗议,沉默了好一会儿的祁先生插话说:"小伙子,你可不要告诉你表舅,他们心里有个目标,才能渡过这段最难熬的时光。我们是过来人,知道该怎么做。你放心,他们迟早会知道的,只是现在不是时候。"

我没有听从祁先生的劝告。

问题比我想象的要严重,听了我带回来的真相,表舅还好,舅娘立马对走路没了兴趣,甚至毫无过渡,一下子变得神神道道,老是担心睡在外面的表弟变轻了。我慌了手脚,找到在"百合花之春"当志愿者的同学,他除了嘲笑我的智商,也没啥更好的办法。他问我,谁还相信一个被拆穿了的魔术?继而下了最后通牒,他说:"瓜娃子,你自己想法收场。"

冬天还没过去,舅娘的神志进一步恶化,她像个不愿上幼儿园的小孩,再也不愿参加"百合花之春"的活动,回到了最初找绳子、刀子、农药的状态。我心急火燎,想搬回家住,挨了母亲一顿臭骂。在我感觉走投无路时,表舅再一次停止了擤鼻涕,像尊雕塑,放学回来就坐在电脑前写信。那封信是表弟生前给自己写的,他受到一个游戏软件的蛊惑,决定给自己写一封信,送信时间定在他五十岁那年。表弟对这封信极其重视,断断续续写了一年多,不停地修修改改,到他去世时,电脑里也只有一句话:朋友,我给你写封信。

表舅接着表弟的话往下写,不知是写给自己,还是写给表弟。冬天结束时,表舅才把信写完。等他关上电脑,表舅像变了个人,一到周末,就早出晚归,像个沿街叫卖的小贩。晚上回家,有时干干净净,有时又沾满尘土。没费吹灰之力,表舅怪异的表现迅速把舅娘从谵妄中拉了出来,她怀疑表舅有了外遇。舅娘说:“我听人说过,两口子的感情被孩子带走了,男人很容易有外遇。”

“表舅不像有外遇的人。”

“别看他瘦,死鱼鳅也有饿老鸹啄,我不能不防。”

一旦涉及男女之事,舅娘像个哲学家。

不用我寻找开解方法,表舅和舅娘的生命活力被他们自己弄出的外遇之战激发了。舅娘表面上不露声色,暗地里留意一切蛛丝马迹,只要表舅一出门,她就像训练有素的侦探跟踪追去,期望一举擒获不要脸的第三者。但表舅道高一丈,他路线诡异,行踪飘忽,最多走过三条巷子,就能把身后的舅娘甩得无影无踪。

我很高兴两个人丢下悲伤,玩猫捉老鼠的游戏。借机抽出身来,再次接受单位的指派,出门追烂账。大概是因为春节前后人们不想脸面上太难堪,我顺利地要到一些货款,拿不出钱的进货方也用物质做了抵押,我意外搞到一辆没有车轮的汽车,用另外一辆汽车把它拖回了县城。

开春了,大地回暖,燕子沿着去年的路线,重又回到县城郊外的农家。母亲不再操心她表弟活不下去了,让我回家,看呆坐的爸爸如何把自己打扮成一个大提琴盒子。

一天,舅娘拍开我家的房门,坐在沙发上放声痛哭,我以为逮到了表舅的现行,结果仍然一无所获。经过母亲的劝慰,舅娘停止了哭泣,但她要我去帮忙逮表舅。

母亲答应了。

跟踪表舅的过程完全不像舅娘描述的那么复杂,他只是在第一条巷子的角落里往刺猬般的硬发上套了一顶草帽,披了一件骑车人用的红色雨衣,就把急火攻心的舅娘骗过去了。我跟在表舅后面,在公交车的终点站换乘了一辆人力三轮车,穿过小巷浓重的腥味,进入北郊的田野。田野上,筑巢的燕子发出阵阵欢快的鸣叫,如同一道道发往春天的隐秘电波。快到新房时,表舅回身说:“表侄儿,别躲闪了,你以为我不知道你跟在身后?”

表舅把我带进新房。

荒废多年的新房变了模样。脚手架拆除了，大门上挂了一块“燕子之巢”的门匾，环布于檐下的燕窝像宫殿一样华美。走进大门，室内装饰一新。看得出来，表舅是想模仿“百合花之春”，也搞一个失独者会所。新装修的会所里，设了书吧、茶吧、恳谈室、健身房，表舅甚至在客厅搞出一块空地，摆了一副巨大的实木象棋。我问表舅，明明是一件有意义的事，为什么要瞒着舅娘呢？表舅回答说：“吃醋是她活下去的良药，一旦听说有第三者，她劲头十足，活得比谁都精神。”

“她马上就要知道真相了。”

“不怕，”表舅说，“我了解你舅娘，祁先生的经验也告诉我，只要她发现自己还能够帮助同病相怜的人，就一定不会再寻死了。”

表舅举起食指，朝天擤了两下鼻涕。整套动作轻盈迅疾，令人眼花缭乱。

表舅擤鼻涕的声音惊动了筑巢的燕子，它们从檐下弹射出来，像几粒粗大的黑色弹丸，滑过田野上颤抖的阳光，欢鸣着融入清澈湛蓝的天空。

——原载于《安徽文学》2017年第3期，《小说选刊》2017年第5期转载

作者简介

第代着冬，中国作家协会会员，出版作品集10种。作品多次被《小说选刊》《中华文学选刊》《长江文艺·好小说》等刊物转载。多篇作品入选《中国年度短篇小说》《21世纪中国小说年选》《中国短篇小说100家》等选本及教辅读物。曾获《中国作家》年度奖、《民族文学》年度奖等文学奖。

珍爱

■贺芒

一

木门半开着，可以将室内的陈设尽收眼底。

左边是一只老式立柜，粗重的四条腿托起笨重的柜身。透过毛糙的玻璃，可以看见棉签、酒精和大大小小的药瓶。右边是洗手槽。这些都是平淡无奇的，不足以使秋音的目光过多流连。唯有屋子中间挂着的一条浅蓝色的帘幔，掩盖着一些神秘，勾起了秋音的好奇。

一阵风吹来，一股浓郁的来苏水的味道不由分说地钻进秋音的鼻子，世界上没有一种味道会比来苏水更加冷冰冰地不近人情，它可以灭绝人的一切欲望，在杀死有害细菌的同时，也摁灭了其他的活跃分子。秋音正待转身离去，风吹起那浅蓝色的帘幔，她不由得驻足凝睇。

那是一张长约一米的检查台，铺着洁白耀眼的白布单子，医生站在检查台一侧，背对着秋音，挡住了台上躺着的患者。于是秋音看见患者的两条光腿，分开踩在检查台两侧的不锈钢托上。

这里是妇科检查室，平常不但要拉紧帘幔，还要关紧门扉。可是这一天，没有关门，而且帘幔还被风卷起一角。

后来，秋音常常想，要是那天没有站在妇科检查室门边，或者是站在那里，而没有一阵风吹来就好了。为什么她刚好站在那里，并且刚好刮来一阵风呢？风吹开了帘幔，她就像被吸铁石吸住了，动不了脚步，看了她不该看的一幕。

风静帘垂，一切又被遮得严严实实。可是医生的话音却清晰地从帘幔那一边传了过来："——过两天，来做人流手术。"

医生撩开帘子走出来，惊讶地看了一眼敞开的门，然后两道冷冰冰的目光射向了站在门口的秋音："你干什么？"

冷冷的目光在对秋音进行解剖，好像手术刀解剖人体器官一样。在对方的冷静中，秋音愈加慌乱了，变得口吃起来："我……我来看……看病。"

随后出来的人就不仅仅使秋音口吃了，而是瞠目结舌，不亚于大白天遇见了鬼。

是办公室黄主任。

二

秋音到妇产科诊室看病，是因为乳房疼痛。

这种疼痛持续很长时间了。开始只是经期来临之前痛几天，现在，离经期还早，就痛起来，由胀痛发展到针锥似的痛，又像烙铁烫红了在乳房上烙着碾着。每到这时候，她就像刺猬，要是有谁碰她一下，她立马就会跳起来，竖起浑身的刺向对方进攻。

丈夫林泉戏称，她那两个宝贝简直就是弹药库，一触即发。

实际上，秋音的乳房长得很美，白皙、圆润，保持着这个年龄段少有的挺拔，并不像哺乳过的妇女。秋音发育得很早，别的女孩胸部还是一马平川时，她就已经隆起如花蕾了。长相平淡的秋音，胸部丰满，姿态曼妙，这也算平淡之中的亮点了。秋音知道自己的优势，因此格外爱惜自己的乳房。对外衣并不讲究的她，对文胸却挑剔得很，型号、杯型、质地、品牌，无一不细细考察。

她的衣柜里，放着好几个价格不菲的文胸。做工精细，质地考究，全是秋音从商场里精心挑选来的，只要穿在身上，它们就尽职尽责地托起双乳，细心呵护，让秋音觉得舒适无比，甚至分不清它们到底是一种工具，还是她身体的一部分。因此，她就像珍爱自己的乳房一样珍爱着这些精挑细选来的文胸，用过之后，必定用上等洗衣液细细搓洗，悬挂晾干，再好好收藏。因此，每一个文胸都还保持着刚买来的样子。

随着疼痛的加剧，秋音不得不考虑去看病。因为她一度怀疑有患乳腺癌的可能性。像她这种年龄的女人，乳腺癌的发病率是很高的。想起那些患病的女人，被推进手术室，切割癌变的乳房，胸前像秋风扫荡过的原野，空荡荡的，她就感到一阵冷彻心扉的痛。

黄主任不止一次透露过对秋音的羡慕：你身材真好，该凸的凸，该凹的凹。一次和黄主任一起出差，住一间房，沐浴出来的黄主任穿着一件半透明的睡衣，秋音第一次看清了她乳房的形状，如两条丝瓜一样蔫蔫地耷拉着，黑黑的乳晕透出来，于是两片浓重的阴影镶在那件粉嫩的睡衣上。既然胸部长得不好看，就不该穿半透明的睡衣。秋音的眼神回避着黄主任，黄主任的眼神却紧紧地衔住秋音：你的胸长得真好，怎么长得这样好呢？造物主真不公平呀！

秋音却觉得，造物主真是公平呢，让你有了这样，就失去那样；有了那样，就剥夺你的这样。黄主任有职位，她秋音就没有，虽说能力不相上下。黄主任身材不行，却有不少男人围着转，秋音身材好，打望的人多，真正搭理她的男人，倒没有。就算是丈夫林泉，也很少碰她。夫妻生活，甚至几个月也没有。好不容易有一次，林泉总是令人气馁地蔫下去。现在，她老是疼痛，林泉更有了远离她的理由。

秋音觉得自己正在枯萎，皮肤一天一天地失去水分，人也不可救药地瘦下去。人瘦了，穿裤子空荡荡的，那裤子不像是穿在人身上，倒像挂在衣架上。黄主任那母马般肥硕的臀部，简直要撑破了裤线，秋音真的觉得自己逊色很多啊。

依然饱满圆润的胸部，是秋音身上最后一丝春色，因此显得尤其珍贵。

三

这位妇产科医生长得并不差，柳叶眉，双眼皮，皮肤也细腻，单从五官上来讲，也算得上美人。可是秋音却找不到美的感觉，只觉得她的表情特别冷，就像诊室里开放的冷气一样。特别冷的表情将她脸上的美冻僵了。

她一边询问，一边笔走龙蛇地在病历上划拉着：

“痛多久了？”

“是胀痛吗？”

“月经准时吗？”

“采用什么方式避孕？”

……

语气十分冷淡，秋音感觉到，自己在她面前，不再是七情六欲、色彩丰富的女人了。

如果不是生了病，万不得已，秋音是绝不愿意到妇产科来的。这里和其他科室都不一样，总是要撕扯开表面，洞穿秘密，把情与爱，还原成一些器官，以及一些冷冰冰的器械。

秋音是在妇产科有过一些经历的人了，生过孩子的女人，谁都在妇产科有过经历，也都上过那张铺着白布单子的妇科检查台。秋音上过好几次检查台，也有过在产床上的惨痛经历。因此，当她经过妇科检查室，看见那张检查台时，才不由自主地停下脚步。

询问完毕，医生丢给她一张单子：“先去做一下红外线检查！”

秋音喏喏退出，来到红外线检查室。一个四十岁上下的女医生在桌前翻阅一本厚厚的《内科学》。

医生命令她坐到检测仪前。

“解开上衣，将乳房全部裸露出来！”语气冷淡，措辞精确，不含一丝半点儿的感情色彩。

秋音于是解开上衣纽扣，再解开文胸背后的搭扣，将文胸拉至颈部。

医生拿起检测仪探头，托住她的乳房，并不断地变换方位。秋音的乳房，皮肤吹弹可破，形状饱满，好似水蜜桃，里面充盈着汁水，沉甸甸的。可是，被检测仪的探头托起时，它们变得什么也不是，只是一堆软体，由纤维组织构成的软体，毛细血管在里面纵横交错。秋音在显示屏里看见了它们，灰乎乎的一团，海绵体似的，经脉清晰可见，阴影与光点明显。秋音一度产生疑惑：这个灰乎乎的，发生病变的海绵体，是自己的乳房吗？生动的，活泼的，色泽盈润的乳房。

林泉说过，秋音的乳房适合入画，皮肤瓷白光洁，粉红的乳头好似樱桃。

检测仪的探头继续移动，医生说："这里，这里，有结节，是乳腺增生。"医生并没有看显示屏，也没有看秋音的乳房，检测仪的探头，就是她的手的延伸，感觉着纤维组织的病变。却不曾真正用手触摸一下。

医生的诊断结果为：乳腺增生。某些部位形成严重的结节，如不加以治疗，会发展成为包块，癌变的可能性很大。

四

回到家，秋音忍不住对林泉说："我在医院看见黄主任了！"语气里有掩饰不住的兴奋。

哦！是吗？林泉一边漫不经心地回答，一边摁着遥控板更换着电视频道。

秋音不满地夺过遥控板："你猜她为什么上医院？"

"上妇产科医院的，不都是女人那些病吗？"林泉打了个大大的呵欠。

"黄主任怀孕了！"秋音终于扔出这个爆炸性的新闻。

林泉呵欠打了一半就定住了，张着的黑洞洞的嘴里，露出两颗被烟熏黄的牙齿。短暂的惊愕后，他哈哈笑起来："真是，这真是的，她今年都四十了吧？还怀孕！"紧接着津津有味地推测起来："到底是谁让她怀的孕呢？据说，她老公早就没那方面的能力了。"

秋音瞪了他一眼："谁说的，人家自己说她老公威武雄壮得很呢！"说这话时，秋音感到一阵没来由的气馁。

林泉也气馁了，半晌，方说："她在那种地方遇到你，不觉得尴尬吗？"

当时，秋音站在门边，怎么也没想到跟着妇产科医生后头出来的，适才还躺在检查台上的，居然是黄主任。秋音慌乱的眼神像一群受惊的鸽子一样四散逃逸，黄主任倒比她还镇定。微微地笑了笑，就从她身边过去了。

“遇到这种事，是你运气不好。自己要多加留心才是。”林泉说。

秋音脑子里全是黄主任怀孕的事。当她躺在检查台上接受检查时，又是什么感觉呢？或者是过两天她去做手术，躺在手术台上，又是什么感觉呢？现在，人流手术是越来越方便快捷了，手段也越来越先进，无痛人流早已得到推广。可是，秋音仍然固执地想，她在接受检查或手术时，会是什么感觉呢？

将女人最隐秘的部位暴露在陌生人面前，接受冰冷的器械的探索、搅动。没有色彩，没有线条，没有温度，情与爱都还原成器官。

秋音接受的是器械治疗，医生说这种治疗效果好，没有副作用。

当秋音将红外线乳腺治疗仪的探头放在乳房上时，开始并没有什么感觉，在电流的作用下，探头慢慢变热了，发出的电流轻轻击打着她的乳房，仿佛无数枚针刺入乳房里的那些病变组织，轻轻地挑开结节，舒活着经脉，恰到好处的温度与强度，她被温暖着，被摇荡着，被抚摸着。这么温暖、刺激的抚摸，轻微的疼痛反衬出无比的快感。秋音闭上眼睛，仔细搜索着那轻微的刺痛，那深入内层组织的力度。治疗仪探头夹层里的药片在电流的热度下，发出中草药的暖香，在这暖香的包围下，秋音觉得自己似乎要升腾而起了。

“啵”的一声响，时间到，治疗仪停止工作了，秋音一时间怔在那里，竟然舍不得将余温尚存的探头拿开，就让它贴着自己的皮肤，直到它彻底冷却。

秋音将冰冷的探头拿开，仔细瞧了瞧，那夹在探头内层的药片白了，凉了，热散尽，香也散尽，一切气息都散尽。

秋音将探头放下，回身看了看背后那张铺着白色单子的检查台，是黄主任躺过的，许多认识或不认识的女人躺过的。她看见台尾两个支撑脚掌的不锈钢托，锃亮，镜子似的照出她变形的脸。伸出手摸了摸，冷得彻骨，秋音仿佛嗅到一丝淡甜的血腥味。她惊异地朝四周看看，一切都井然有序，摆在柜里的酒精瓶子、药用棉签、贴着标签的药瓶，整整齐齐，像列队的士兵。每一个角落都很干净，连一丝头发也找不着。空气里浸着冷冷的来苏水的味道。

来到医生的诊室，医生命令道："解开上衣，我再检查。"于是，秋音解开上衣。

不苟言笑的、五官端正的女医生伸出十指，用指肚托住秋音的乳房，按捏了几下。秋音看见，她十指修长，椭圆的指甲盖是玉兰色，按在她的乳房上，像十枚冰冷的梅花针。没有温度，没有传递，亦没有交融。

五

"喂！用劲儿呀！再使点劲儿，就像解大便那样！"

秋音躺在产床上，按照医生的要求，苦苦挣扎着，汗水流出来，早已浸湿了身下的床单。在撕心裂肺的痛苦中，一切感觉均已淡然隐退，但是，放在床尾两只不锈钢托上的脚掌，却清晰地感觉到冷，冷意从脚心一直传到全身，乃至发尖。

宫口开七公分。医生说，得消消毒。语气是那么淡然，对秋音的痛苦熟视无睹。

酒精浇上去，秋音感到自己的身体着火了，灼人的火是从某一部位开始的，然后蔓延至全身。秋音在火里挣扎，但是，怎么挣扎得过熊熊烈火。五脏六腑都燃起来了，秋音盼望自己快快变成一堆灰烬。但是，在烈火的烤灼下、蹂躏下，她倒愈加鲜活了，想变成毫无感觉的灰烬，不过是奢望。

"小张，你过来！"医生喊到。

"看见了吗？这里是会阴，已经裂开，消毒后可防止感染。现在还看不到胎儿的头，可以这样测到胎儿的位置。"

秋音感到手指伸进了自己的体内，哆嗦了一下，却是为脚掌踩着的不锈钢托，为了那份冰冷。

"回去好好写一写实习生日志。产妇宫口全开，胎儿头部尚未出现。立即实施剖宫手术。"

秋音被推进手术室，白色手术台，白大褂，白口罩，满世界的白，仿佛才下过一场大雪。秋音冷得直抖，牙齿咯咯地上下撞击。麻醉药注射后，还是冷。

手术刀剖开她的肚皮，像裁缝的剪刀剪开一匹布，工匠裁开一张纸，秋音甚至听见了“嘶嘶”的声音。淡甜的血腥味传来，穿透凉凉的来苏水的味道，带着一丝暖意。

真实经历过的场景，有时也会出现在秋音的梦中。她会突然大喊着从梦中醒来，满头的汗水。

她又一次从这样的梦中惊醒。到底是梦，还是一种固执的回忆？黑暗中，她努力瞪大了双眼。久久无法入睡。

再一次想起黄主任怀孕的事情，想到她躺过的那张检查台以及即将去躺的手术台，那些将会进入身体的冰冷的器械。心里竟然升起一丝对黄主任的疼惜。

其实用不着林泉打招呼，黄主任的事她也会守口如瓶。开始是出于利益关系的考虑，可后来就不全是了。她越来越感觉到内心里无法抑制的疼惜。

黄主任这个女人并不招人喜爱，风骚，走上级路线，善嫉妒，而且，她的这档子事，完全与秋音无关。被秋音碰到，拿林泉的话来说，叫运气不好。

身边的林泉睡得真香，鼾声如雷，根本不知道秋音刚刚经历过一场血与火的洗礼。

器械治疗每天都得进行，所以秋音每天都有那么一会儿不在岗。开始向黄主任请假很顺利，听说秋音乳腺增生，黄主任还表露出十分的关切：“早治早好，拖严重了就麻烦了。”她还感叹了一句：“女人到了这个年龄，真是万事不由人哪！”

秋音有些恶作剧地想：她的怀孕，也是由不得她的事吗？虽然黄主任处处表扬她老公强壮，但她老公的那方面不行已是公开的秘密。

后来，再请假，黄主任就有些不置可否了。再后来，黄主任表情严肃地在会上说：“最近，有些同志长期在上班时间请假看病，要注意影响。生了病，应该早点儿去治，但在时间上要协调好。”接着，她咳嗽两声，清了清嗓子：“厂里马上要下一批待岗名额，不能坚持工作的，不要怪别人不讲情面。”

做了人流手术后的黄主任看上去反而更精神了。她倒是没有因病耽误工作。有两天没来，说是家里有事。然后按时上班，一切与平常无异，只是每天携带一只绿色的保温桶，里面是金黄油亮的鸡汤。

生病或者上班不在岗，任何一条，都可成为下岗的理由，何况秋音两条都占。回到家，秋音还有些紧张。林泉说："我没说错吧，在医院碰到黄主任，是你运气不好。你们办公室，在上班时间买菜、做饭、搞推销挣外快的，还少吗？哪一个有你的理由正当？可是，铡刀偏偏举在你的头上。"

秋音不想下岗，不但不想，还指望能有所发展。丈夫只是个平庸的技术员，事业上一直没有起色。那就不能给黄主任任何把柄。

可是，秋音却止不住地怀念治疗仪探头温暖地在乳房上移动，电流轻轻地击打着皮肤的感觉，那一种抚触一直深入她血脉深处。

秋音还是在固定时间来到妇科检查室，"啵"的一声，打开治疗仪。电流声"嗡嗡"地响，好像春暖花开时无数的蜜蜂飞旋、舞蹈。药片被加热，中草药的暖香传来，一种令人迷醉的味道，车前草、田七、白芷，仿佛让人置身山野。她裸露出乳房，将探头放在上面，电流变成了温热的手指，按捏着、挤压着，又变成了舌头，舔舐着，碰触着。在温度与水分的滋养下，她感到乳房像花蕾一样被催开，洁白盈润，好似开在山崖的野百合，自由自在地生长，放肆地挥洒着浓郁的香气，引诱来蜜蜂无数。它们"嗡嗡"地唱着，把刺直探入花蕊。没有结节，也没有病变，只有芳香的液体在体内流淌。

"啵"的一声，治疗结束，探头渐渐冷却。热散尽，芳香散尽，一切都冷了，白了。秋音从花的梦里醒来，将探头放回原位，转回身，看着检查台尾的不锈钢托。不知为何，心里充满悲哀。

一个疗程15天，她决定，这个疗程结束了，还要再做一个疗程。

六

治疗的基本原理是舒筋活络，打通结节，秋音对林泉说："说不定，你的按摩也能起到相同疗效。如果要我停止治疗的话，你就得承担起治疗的义务。"

好啊，林泉嬉笑着凑上来。他撩开她的衣衫，解开她的胸罩。十指在她的乳房上胡乱地按捏着，然后，喘着粗气，急不可耐地把她扳倒在床。

秋音任他捏着，心里的失望却越来越深。他的手指，没有她所贪恋的温度，而是冰冷汗湿，蛇一样地在她乳房上蜿蜒爬行。粗重的喘气，带着夸张的成分，不过是戏开场之前的鸣锣。没有适宜的温度与水分，没有真心渴望的交融，她自己提前萎谢了，便一把拨开林泉的手。

"是你自己不让我治的啊！"林泉翻身睡去。

黄主任怀孕做人流的消息在厂里不胫而走，虽然黄主任自己稳若泰山，好像从来没听过什么风言风语。但秋音感到，她看自己的眼光越来越凌厉了。有时候，那目光像刀子一样，一层层挑开秋音的衣服，让她裸露在众人面前。秋音暗暗叫苦：苍天在上，我可没透露过半点儿消息。可是，她能去和黄主任解释吗，为这种事？

秋音感到一种危机，往厂长那里送了礼，心里稍稍安稳些。林泉劝她："这个节骨眼上，你就不要在上班时间去理疗了，省得被人抓住把柄。"秋音坚决地回答："不行！我绝不能让那些结节发展成包块，再发生癌变。要治就治彻底，不能留下后患。"

她如此眷念治疗仪探头带来的温暖与芳香。

大家对谁使黄主任怀孕这个问题也怀有浓厚兴趣，猜测不已。

四十岁的女人还能怀孕，到底需要多少爱恋与激情呢？秋音不由得羡慕起黄主任了。不过，爱恋与激情最终还是被冰冷的器械变成血肉模糊的一团。秋音感到由衷的疼惜。

到底是谁使黄主任受孕，秋音倒没那么关心了。

谁使黄主任怀孕这个问题还没有水落石出，新一批待岗名单公布了。秋音正在其中。原来送的礼没有起作用啊。

秋音送的礼是精心挑选的一盒雨前龙井，两百多元，盒子上画着嫩绿的、尖尖细细的茶叶，羊脂白的茶碗，里面是翡翠色的茶水，清澈碧绿，清心寡欲得很，不会生起一丝杂念。

厂长不要她的礼物，让她拿回去，她硬将礼物塞到厂长手里，推辞间，厂长的手不小心碰到了她的胸部。那天她穿得很朴素，可是内衣很华丽，是一件新款的绣花文胸，那质地像皮肤一样光滑，像皮肤一样自由呼吸。那文胸将胸形衬托得很好，像山峰一样挺立。

厂长站在那里发愣，趁这个时候，秋音将茶叶盒子塞到他手里，转过身飞也似的逃了。

在宣读待岗者的名字时，秋音看见黄主任脸上有少见的一片春光。

秋音感到脑袋发涨。下岗了，儿子的高额学费谁来负担？父母的赡养费谁来出？自己的医疗费谁解决？万一真的发展成为乳腺癌……后果真是不堪设想。已届中年的女人，就算是能干，也很难找到第二份工作。

真是从未有过的灰心丧气。一出厂门，秋音马上去了妇产科医院。

将那通上电的探头放上乳房，她终于松了口气。心境慢慢地安静下来。电流好似蜜蜂的小刺，探入花蕊，吸着花粉，花朵快乐地战栗，狂野地舞蹈，汁液芳香，花瓣饱满，压抑不住的春色，想不招蜂引蝶都不行啊。

“啵”的一声，时间到，电流被切断。秋音将探头放下，整理好衣衫，转过头来看着背后的那张检查台，怔怔忡忡。不锈钢托发出清亮的冰冷的光，春天花开，好像从来没有发生过。

来到医生诊室，医生伸出十指，用指肚掂着秋音的乳房，轻轻按捏。十指冷冷，充满理性。

“最近还有痛感吗？”医生问。

秋音想了想，答：“痛的时间少了许多了。”

“是吃药呢还是继续接受器械治疗？”

“医生，我是不是好些了？”秋音问。

正在病历上划拉的医生抬头看了她一眼，眼神平淡：“现在还说不清，需要继续观察。最好继续治疗，效果才会出来。”

“我再想一想，行吗？”秋音说。

一个疗程花费200元，需要20天，来去公车费每天4元，将近300元钱呢。如果还在岗，可以不考虑，可是现在待岗了。

七

秋音回忆着，咂摸着留在乳房上的带刺的温暖。那刺是春天刚发出来的茸刺，刺在皮肤上，疼痛与酥麻相交织。

“你怎么那么笨，礼也不会送？一盒茶叶！人家的柜子里全是茅台、玉溪，怎么会看得上一盒茶叶！”林泉喋喋不休地数落着。

秋音还在想着那带刺的温暖，她将林泉的手放到自己乳房上，可是那双手因激动而流汗，汗水使得它们更加冰凉。她失望地将它们挪开，又灌了热水袋放在胸部，温暖传递到皮肤上，可是没有了刺，也就没有了振荡，没有了交融。春天不再来，百花不再开。她托起乳房，它们软软地耷拉着，这是人体的软组织，它们内层的纤维组织发生了病变。

“这下家里少了一份收入，可怎么办好呢？谁不好得罪，怎么得罪了黄主任呢？”林泉还在念叨。秋音想，我什么时候得罪了她？要是能把心剖开来看，在这起事件中，恐怕最疼惜她的，就是我了。这番话也就是在心里想想而已，要是说出来，林泉准当她疯了。

“亲爱的，你再去厂长那里一下，带上茅台、玉溪，或者干脆封个红包，别再带那劳什子的茶叶了，好吗？就算是为了这个家。”林泉万分恳切地望着她。

要是能上岗，也就能重享春天了。

秋音真的封了个红包，走出家门，再一次来到厂长家。

厂长很严肃，说：“生了病可以理解，但是因生病耽误太多的工作，这就不对了。厂里从来就不养病人、闲人。”

忽然，他转了话题：“你得的是什么病？”

秋音难为情地低下头：“就是妇科病。”

“听说是乳腺什么的？好些了吗？”厂长的口吻变得关切而狎昵。

秋音勇敢地抬起头来：“我得的是重度乳腺增生，很容易发展成乳腺癌，所以我需要钱来治。我是来请求你让我重新上岗的。”

厂长抚着下巴：“这可不由我一人说了算。”他的眼睛斜睨着秋音挺拔的胸部。

“我明白。”秋音说。屁股朝厂长这边挪了挪。厂长顺势将挺拔的双乳握在手里，抚摸着，搓捏着。

“这比姓黄的那对宝贝强多了。”厂长向她耳语。

秋音只感到一阵彻骨的疼痛。乳房在厂长粗大的手里，只是一堆软体，病变的软组织。

冷不丁地，她瞅见了不锈钢的沙发扶手，泛着清冷的、坚硬的光。

妇产科的检查台，那两个不锈钢托，就是这般冷硬。那似梦非梦的一幕，猝不及防地闯入她的脑海：她分开双腿，弯曲双膝，脚掌踩在不锈钢托上，正在等待冰冷坚硬、不通情理的器械进入体内，它会进去挖掘、搅动，直到她血肉模糊。

她好像听见医生说："这是会阴，已经裂开，需要消毒。"裂火焚心的痛苦，在医生那里，只是酒精、药棉与消毒，以及实习生的观摩。

一把雪亮的手术刀剖开她的肚皮，就像裁缝剪开一块布，工匠裁开一张纸，她甚至听见轻微的"嚓嚓"声，一股淡甜的血腥味冲鼻而来。

惊恐万状的秋音一把推开厂长，逃也似的从厂长家飞奔而出，隐约听见厂长在她身后扔下一句："神经病！"

八

客人是一位与秋音年纪相仿的女子，有些紧张，也有些害羞，双臂紧紧护在裸露的胸前。秋音笑笑："不用担心，我自己也有这个病，现在好多了，贵在坚持。"

秋音拧开玫瑰精油的瓶盖，倒出一些在右手掌心，轻轻涂抹在客人的双乳上，那是一双哺乳过的，有些松弛的乳房，期待在她的按摩下，重新变得紧致、挺拔、健康。秋音的手指擀过客人娇嫩的皮肤，里面的结节一个接一个，珠子似的串联在一起。一个女人，要经过恋爱、结婚、生产、哺乳，多少苦痛，才能在人体的软组织里形成这么多的结节。秋音的心里充满了温柔与怜惜，她用指肚弹着，指关节敲着，掌心按着，精油顺着手上的温度浸进肌肤，在皮肤内层组织里激荡开阳光与风，舒散着结节，活络着经脉，千万朵玫瑰得以复活，摇曳生姿，芳香馥郁，盛开得最美的，就是客人胸前那两朵，它们绽放得汪洋恣肆，毫不吝惜地吐露着芬芳。

这是秋音的美体按摩店，门脸不大，就十几个平方米，整齐地排列着四张小床，一律铺着粉红色床单，散发着春天的浪漫和温馨。秋音背后的橱窗里，各种式样精巧的瓶瓶罐罐次第摆开，里面存放的，除了玫瑰萃取的精油，还有百合花、茶花、迷迭香、薰衣草……，没有酒精、药棉，也没有冰冷的器械，只是存放着花朵、阳光与风。

秋音像一个园丁，成天忙着松土、施肥、灌溉，一朵朵的鲜花在她手里绽放，有玫瑰，也有百合，还有迷迭香……，姹紫嫣红，香气浓郁。

春风沉醉，百花开放的一天，秋音的美体按摩店前，徘徊着一个女人，她时而看看门店里面，时而打量着橱窗里的瓶瓶罐罐。当秋音走到门外，那个女人却迅速地转身离去。那瘦长的身形、肥硕的臀部，让秋音刹那间想到了黄主任。

厂里效益不好，听说黄主任也离职了，不知所终。

秋音回到店里，沉浸在那花的世界里。精油是摘取的花朵洗净、晾干后萃取而成的，但是，在一定的温度下，被摘取的花儿就会迎来盛大的复活。

——原载于《红岩》2017年第4期

作者简介

贺芒，重庆大学教授，文学博士，重庆市作家协会会员、重庆市散文学会理事，曾出版散文集《水晶情怀》、长篇小说《危险关系》。在《青年文学》《鸭绿江》《红岩》《莽原》《小说月刊》等杂志发表小说若干篇，在《当代文坛》《小说评论》《学术月刊》《社会科学家》等刊物发表文学评论多篇。

泉

■郑劲松

一

洞口有一块苍青色的巨石，一丈半高的地方挂了一个泉眼。整整三十年没泉水了。见过泉水的老人们讲，石眼里长着一株绿草，水是从草下流出来的。

正对着洞口的是一条不规则的石子路，两边是棕榈、芭蕉和松柏。穿过丛林，绕过一道山梁，石子路就断了。横着一条鸡肠小道，顺着这一冲绿色的稻田延伸，便是一个小型商店，土木结构，檐下伸出一截竹编篷子。丁卯、甲午两个老头手摇纸扇，坐在石凳上聊天，或者一阵长时间沉默。脚下一个大茶桶，专给过路人解渴。赶集的、挑粪的、锄草的、放牧的，都可以在这儿喝上一盅。不给钱，两老头说，这是给子孙后代积点阴德。

"丁卯爷，那个无底洞的泉水咋个没了的，你知道不?"一个穿短裤围汗巾的小伙子放下盅，用草帽扇着风问。丁卯爷一怔，看见了后生脖子上一跃一跃的是一株黄了的绿草，正顺着汗水往背心滑动。"你，哪儿来的?"丁卯爷怪声怪气盯着那草。"那边土里呢，锄草呢!"小伙子将草帽在手中旋了一圈。"那你得把草拿下脖子来!”丁卯望着后生,眼光绿绿的,黄草就滚落到胯下了。他退了两步,黄草在地上翻了一圈,正好浸在茶水里,更加枯黄了。丁卯爷似乎听见泉水流动的声音,扇子停在空中。有一阵微风吹过路边的稻田,禾苗正盛,滚过一层层绿波。

甲午还在观察那稻子,想着黄熟时天底下的情景。两个人的对话,他没听清楚,风吹来时,他正听见一股泉水的声音。回头来看见一个割完牛草归来的妇女正仰头喝茶,颈上也有一些杂草。“真爽口!”妇女道一声谢,放下盅子,颈上的草就顺手翻了下来,也浸在地上的茶渍里。她转身走过去,背上的草筐很大,一团阴影照在脚下,走动时身子东边的一团阴影就跟着移动。前边另一条小黑影,是锄草的小伙子,草帽不戴,挂在臂上,圆圆的影子宛如让他踏着两个轮子走。快过一道桥时,妇女看见了一团高粱地,长势很好。四周的庄稼都要逊色很多。她苦笑了两下,汗水流下脖子,草也掉了两根。小伙子坐在桥墩上,也望着高粱地。一回头,突然发现妇女也躬背站在眼前,一筐牛草在背上摇摆。“小二,来帮你娘背一会儿?”妇女这才发现儿子等在桥边。“我不是叫你早些回屋吗? 太阳很毒的!”小二要去背牛草,妇女抓过草帽来扇着,脊背和衣服连在一起了。“小二,歇一会儿再走吧,煮饭还早! 今天下午不出工了,太阳太毒!”他们坐在桥墩上,影子倒下河去。河水很浅了,看见河沙和石头,拦鱼的河网,上游浮过来化工厂的泡沫……两岸都有农夫担水去打田打土,久旱未雨,沙地被踩得哗啦哗啦响。

“娘,昨晚我梦见那股泉水流出来了,还有一个葫芦罐。”妇女知道儿子昨晚又背着自己去镇上看了电视剧《八仙过海》,她也看过一次,铁拐李那小子,就有那样一个葫芦罐。鬼气得很,好像自己也做了那梦。她看见自己过了一条从没看见过的河流,一个好像见过面的男人在沙坝上狂奔。一群赤身裸体的儿童嘻嘻哈哈倒退着跑步,青草一遍一遍地长出来。难怪今天早上牛草这么多,又嫩又好。“我梦见过那股泉水!”她望着河水说。她是见过那泉水的,儿子出生时,泉水已经停了半年了。“娘,今天下午还是去吧,土里草太多了,扯不完。”“娘怕太阳毒了你!”她把草帽给了儿子,才看见河中没了他的影子,挑水的农夫没了,只有自己的影子在水里铺陈开去,阴森森的。她仍去背草,小二一把夺回筐子背了过来。他听见绳子“噌”了一下,草又掉了一根,妇女拾起草来，扔进河里，一个漩涡下去，另一个漩涡上来，青草攀着水波往下游走去。水声很响，农夫挑走一担水，她的影子就浅一层。她站起来，仿佛真的听见了泉水流动的声音。“是那水！”她自言自语又摇摇头走了。两个影子一前一后往河西的村子移去。

二

外面是酷暑，洞里却很冷，三人都打了一个寒战。洞里反扑过来的风把三个人的油筒吹灭了。“丙庚不要忙着往外走！等我把火打燃！”甲午走在中间，取出火石在粗布上使劲儿一擦，一朵小火花亮了起来，淡淡地染上了每个人的面孔，其余各处还是黑森森的。风没了，三张红扑扑的脸浮在夜空中。洞里明亮起来。往上瞧不见洞顶。左脚一侧是斜长的滑坡，有水声潺潺地从坡底流过。右侧是坚固的岩石。人们把这个没名的洞叫作无底洞。据寨子里有阅历的风水先生讲，下面这道水是通往阴河的。油筒弯弯曲曲地把火光引向洞子深处，像三只萤火虫在漆黑的天底下摸索。这条路上显然很少人来，很多青苔，还有些白嫩的草。偶尔也有些蛇骨，三人便揣了一些到包里。洞生在这偏僻的山区，外面的人很少知道，附近的学校每年一次春游，也只能让学生在上面的几个大洞子里玩。那里面有很多石锅、石椅、石桌。

甲午将油筒倒立了一下，火光更亮，丁卯和丙庚都看见他有些战栗。“你们看这洞硬是没底！”“怕了，甲午？”丁卯说：“是有些害怕，这样走下去，会走到阴间去的！”“说人家个球！你硬听那牛鼻子道士的话，他在街上打什么赌，赌什么输赢？”丙庚有些怒气，掉头继续往洞下走去。“老子就是要给那道士看看，走到阴间，也要看看阴间是啥样儿？”三支火一高一低往洞底走去，时快时慢。

这三人都是寨子里名头很响的药农。甲午、丁卯、丙庚，都是他们的名字，是根据天干地支乱编的。三人同龄，正三十出头。丙庚结婚不久，其余两人孩子都会叫爹了。他们胆大心细，找药为生，去过云南、贵州、广西甚至西北一带，不像村里人那样迷信，他们不信鬼神。老三丙庚脾气很犟，因为寨里一个道士给他老婆算命时说命不好男克女，婚后要改嫁二夫，他七孔生烟，将道士狠狠地打了一顿。今日上街见道士拉开圈子散布无底洞传说，说里面有七仙女啦,有阴河啦!他扒开人群说了一声:“那个洞有底!”众人大惊,他已返回到了街心,打了五斤煤油,回村子去了。人群又一次看见他经过道士面前,身上掉下来一株草,黄了。

“丙庚!你硬要和那道士打赌!”走到最后的丁卯说:“打!”“赌什么?”甲午问。“老婆!”哈哈!二人笑起来。丙庚听见笑声里面有股泉水流动的声音,也暗笑了一回。这时,“呜!”又一股阴森的风吹过来。三盏油筒灭了两盏,就丙庚的还在黑暗中闪光,宁静而温暖,听得见各自的心跳。“真的有鬼?”“二巫子!”“说人家个球!本来这打赌是我的事,你俩和我好,帮我出气,这也值得谢一回。看来这洞,真的无底了,你们看看还有多少油?”丙庚靠在一面湿漉漉的岩壁下,面孔绿阴阴的。“还有一斤多。”两人答道,“喂!丙庚,你硬是想走下去?”“想。”甲午面色也难看了些:“我说丙庚,你还是别这样做!”“我晓得,你们有老有小,就害怕死在这洞里,是不?这半生什么地方没闯过?对啦!你们应该回了!别陪老子瞎闹!”说着话,他把油筒伸过来,说话声撞在壁上湿漉漉地碰了回去,有些空旷但又是滋滋的。“丙庚,你也不照样有了家!”“家,你们没听说我们出去了,那骚娘们跟道士扯不清!”两人想笑笑不出来。这火有些鬼气,似乎突然袭来高粱糍粑的味道。悬崖很高,左右都是石头。洞里渐渐凉了。丙庚不声不响地解下丁卯身上的油葫芦。摇了摇,倒了些在自己的里面,再将甲午的也倒了一点。把火石子递给甲午:“你们转去了。如果我晚上没回来,你们也帮我瞒着!老婆嘛,由她死活!我还是想打这个赌!”

丁卯和甲午劝了好一阵,油筒又灭了三回,拗不过他,于是珍重地捏了一把手,再倒点煤油,就慢慢地,步履沉重地往洞口爬去。一路上就听见流水潺潺的声音。偶尔一只蝙蝠打着壁头,洞里就“轰轰”地响,那尾音就像一支歌子吹向背后或更远处。时不时会产生幻觉,他们看见丙庚留恋地望了他们一眼就扭头举着火往前探去了。火光将壁头照得很近,水珠在青苔上流动,闪闪发亮。大的水珠里映着人的面孔,像一颗颗眼泪。一直爬到洞口,他们还没忘掉这个令人恐怖的诀别幻觉。

还是下午,林子里很静,均匀地洒着些阳光。二人瘫倒在地,才知道自己全身都湿透了，染满了红、黄、青、黑各色泥巴。有的根本不是泥，散发着高粱的味道。他们感到口渴，仰起头往洞边看去。“妈呀！”他们大吃一惊，泉水没了，洞口干枯着，那草不知踪影。一朵云溜过天空，村子里移动着一团大大的阴影。“啪！啪！”两只油筒砸在石头上，破了，煤油味迅速弥漫了山野。他们一下子有了全村子要着火的预感，但若干年后，这火也没有如期发生。

三

一天过去了，那人还没回来，一个月过去了，那人还没回来。拖一身泥水回到家，洗完澡，丁卯就听见村子外面人声鼎沸。“那是甲午家里的！”丁卯透过泥墙大门看见了机耕道上跑来了一条狗，后面是一个小孩。

“丁卯表叔，我爹叫你过去！”那男孩快一米高了，狗儿在他脚边追着一棵小草，然后翻起舌头，瞧他。“甲午！”“我爹！”孩子好奇地答应着，用眼神忍受丁卯眼中的迷惘和惆怅。狗儿一转身，他也转身跑了。丁卯认识这个男孩，是甲午的小儿子三三。

一阵逆风吹起，正值换毛季节，一丛黄白黄白的狗毛被微风卷到了他的脚下。“是你，丙庚！”他忽然觉得有个人举着油筒火把站在自己的面前。四周漆黑，空气是冷冷的。“抽一支烟吧！找得你好苦！你那老婆天天来骂我俩，硬要说什么你找到了灵芝草，我们把你害死在洞里了！你回来就好了！”丙庚一声不吭地听着，转过身去，丁卯只好把烟筒插在自己嘴里，火石子使劲在粗布衣上一抡，一朵火花在手中升起。他用另一只手捂住火，侧下头去点烟，眼睛一亮，刚才的一切全不见了。他记得这或许是昨晚上躺在床上的一个梦，又似乎是今天早上在洞里产生的幻觉。连日来，他和甲午假说进山采药，秘密地进洞找人，除了满洞的煤油味，什么也没有。泉水也死了，一出洞就口干得要命。

没几天事情捅穿了，那女人就气死般从东往西骂。道士也纷纷在茶馆里散布谣言：丁卯、甲午为了灵芝草害死丙庚，那仙泉也不流了，从此要旱上好几年。两人灰溜溜地倒在家里，不敢出门。这样想着，丁卯发现自己已经来到了桥上。没几步便觉得很累，坐在桥墩上看水，顺便吐了一口痰在河中，一个漩涡吞了下去。河水要干！他想："丁卯，你也坐在这儿？"他听出是甲午的声音，他在桥那头，失魂落魄的样子，旁边站着他的儿子和小狗。"啪！"三三给小狗一拳，小狗从桥上呼地跃起，腾到很高的空中射向河心，沉下去，水花溅得老高，阳光里，绿莹莹的狗便在水花下出现了，自由自在地浮过岸去，把尾巴正对主人咬了两声。村里便静静地展开了一片碧绿的稻田。

"那妇人呢？"

"嘿，真是！老子一句话揭穿她老底，说跟臭道士……"

"她却又怎么样了？"

"丙庚惨！那妇人硬有点那个！我这样说了，反倒不骂我们了，鼻子眼睛一揩，笑着走了！"

甲午讲着，似乎又看见了那女人回头一个"哈哈"，也就笑了，过来和丁卯在一起。河水很平稳，像一块透明的皮带整块在桥下移动。这桥要倒！他们想。狗儿回来了，小孩子和他站在一块儿，大人的口里不时飘来一股青烟味儿。孩子重新驯狗。"三三，不要给老子整死了！"甲午狠狠地给了孩子一掌。站起来，孩子痛得流下眼泪，泪光中的阳光很刺人，两个黑影贴着机耕道，移进村子去了。

两个月后，估计丙庚再不会回来了，寡妇和道士结了婚。女家由东村搬到西村，土墙也推倒了，平成一块黄泥地，种上高粱，几天后就长得嫩嫩的。妇人从地里回来，也笑盈盈的了。拖家具的马车经过桥上时，常常看见两个人坐着不语，望那河水一寸寸浅下去。车轮碾过，扬起阵阵尘土，女人也没看清他们的脸，搬完家，她已经觉得二人很陌生了。那是城里人回乡观风望水的吧。她想。

半年后，孩子"呱呱"落地。道士觉得头痛异常，进山找了两服药吃了毫不见效。为了照顾产妇，他强忍着不进城去医，一天夜里在床上死了。女人怀抱婴儿，呆呆地看亲戚朋友们收拾一切，其中有两个人，就是甲午和丁卯。我见过他们，她想。哦！他们是一起的，那么他也要回来了。几个月前的事，她一夜之间全忘了，曾经陌生的人又熟悉起来。她仍然默不作声，自己的爹也从娘家赶了过来，说是农忙时节都来这儿住着，帮自己料理田地。她在鞭炮声里逗着孩子，孩子笑得很甜。这孩子后来取名叫作小二。这是她的第一个孩子，为啥取这名字，谁也不清楚。

从此后，甲午和丁卯再也不进山找药了，本分地务农。二十年过去了，五十挂零，儿子长大了，桥那头也有了小商店。二人在暑天里搭起一截棚子，给过路人施茶。第一次就遇上了那女人和小二。她骂了"你们还晓得积点阴德！"端起茶就喝了一肚子。小二也喝过了，背上草，和他娘走过桥去。丁卯和甲午望着那背影，突然觉得胸口很闷，每人喝了一碗茶，又听见山后好像有泉水流动的声音。眼睛盯着茶叶，茶叶却变成了绿草在水中荡漾。

十年又过去了，喝茶的人依然很多。小二长得和丙庚一样高了，不像他爹，但命运相似，也没婚配，锄草归来，他只和母亲喝碗茶，客气地道声谢。后生肤色很好，在全村数一数二的嫩气，虽然日晒雨淋，三十岁看上去仅有二十二三，有好几家托人提亲了，就是他娘不同意。有人说，她留来守着断气的！

那块屋基土里，高粱茂密得能够藏人，一派丰收在望的景象。

四

他再次转过身来，前面是一片黑暗。只有自己的这支油筒亮着，两边的石崖紫碧紫碧的，豆大的露水零零星星地打在石板上，叮咚作响。他还从来没听见过这样美好的声音。口渴了，喝岩石上的露水，甜甜的，别有一番滋味。真的没有底吗？他想。没有两个生死同舟的伙伴，他开始觉得空虚和孤独，随后便是一阵恐惧。"丙庚，实在走不通了，就回来，我们还来接你！别把老婆丢在世上不管不问！"胸前是一团空旷的黑色，他隐约听见了两个人告别时说的话："你们有家有室，回去吧！就是走到了阴间，我也要把洞底找到！你们回去，那女人想咋办就咋办，那道士早死！"

火苗燃得更大了，他听见了自己的心跳，正与滴水声合拍。他下意识地擦擦手，眼前仍是一条宽不足三尺的通道。地面干燥，铺着细沙。说不定这是通向天堂的，也说不定拐过弯去就会遇见七仙女。他努力地回忆着关于无底洞的种种传说，在沙上走着，像走在梦里。真的是梦？他想，那么我醒来又该躺在自己的黄泥小屋里，推开窗子，看看天气，然后吃两个葛粑，又进山找药。这座山，九坑十八洞，没一个洞有底。但这个洞他从来没来过。沙路一完，抬头望天，不到一丈处，吊着各种各样的石头，有的像玉米，有的像小孩，有的像谷穗，他不敢再望了，怕那些石头掉下来。他右手举着油筒，左手往外打了一掌，没有壁头，每挪一步，四周都响一阵！这是一个空旷地带。他好像听见了女人在哭，有人在放鞭炮！他觉得没油了，找一块石头坐下，取下腰上的葫芦，把里面的油全部倒入油筒中。他把葫芦扔在石头上，一阵空响，好像有人在里面瓮声瓮气地说话。丙庚听得出，这很像臭道士在念经，不由得猛踢了一脚，响声不绝于耳。它滚进了小通道，倒在沙中。煤油味浸过泥沙，沿着他的脚印，拐弯抹角，上坡下坎，飘出洞去了。

油筒还有三尺多长，竹竿已经变得古黄起来，他觉得自己的手也变得粗糙了，仍不觉得饥饿。他坐在石上闭上眼睛，想休息一会儿。四面的寒气围过来，一个寒战，他站了起来，继续往前走，进了一条小石子路，又有些寂寞了，他开始想一些流浪云、贵、川、藏各处险山挖药的情景。在川藏边界，他用葛藤做过索道，荡秋千似的过了一条数丈宽的河流。在贵州的一个茅洞里，他遇到过当地人称“野鸡航”的毒蛇，鸡尾、鸡冠、蛇身，能飞能钻，闻风而至。他用一把二尺长的刀倒插在地上，野鸡航向他飞来时，从头到尾划破了。那皮卖了个好价钱。胆是自己吃的。村里人都怕他，说他像鬼，敢吃毒蛇胆。

又走了一两里路，他心里一片澄碧，什么也不想，什么也不念，脚步轻快起来。前面又有冷冷的风声，他紧握油筒，贴壁爬行。“噗——呼”，一筒冷风吹来，这风太冷了，比西藏的冰山还冷，他准备往后退，可是迟了，脚下沙一滑，身子往下仰。这就是阴间了，他暗暗叫道，同时紧闭眼睛。过了一会儿，身子重重地掉在地上，他昏了过去。

他醒来，听得见头上的呼呼风声，却不敢睁眼，怕看见一个青面獠牙的世界。风声很大，像一群人黄昏时在草丛里呼唤：“丙庚——丙庚——丙庚——”他终于大胆睁开眼来，日光明媚，自己正躺在一条小河旁。河不宽，却难以看见对岸长着什么，大概是些茅草，他想。他怀疑自己正在梦中，可脚下是草坪，也有鹅卵石在水里，水很清，浮着自己那根黄色的油桶。这是什么地方？他往河上游看去。这条河就是我家乡的那条吧。又不像，那两岸是稻田，也是竹林，水上有桥，也有渔船。这是阴河吧！不会这样明亮的，他掬了一捧水洗脸，清甜清甜的。他喝了几口，抖抖灰尘向上游走去。沙地很柔软，没有太阳，却有日光，空气暖暖的。他感到自己一下子失去了记忆。不知道为什么来到这个地方。影子倒在水里，油桶像逆水的舟，跟着他的影子飘来。

"汪！汪！"一丛桃树下响起两声狗叫。他看见了一个河边村落。河对岸仍给烟雾罩着。他走进村去，那桃花开得正茂，却有许多的人影在上面吊来吊去。走近了，才见许多漂亮的女子正在采摘果实。光影变换，这修长的女子硬像是结满桃枝似的。他感到饥饿了。走到树下，说："可以吃一个吗？"没有人回应他。一个女孩从树下下来，白白嫩嫩的腿往他脸上一踩，他连忙躲开，谁也没有多看他一眼，好像根本不认识他这个人似的。自己是一团空气？他想。女孩咬起桃子来，芳香四溢。他实在忍不住了，跳上树，摘几个啃了起来，还是没人理他，见鬼了！他骂了一声。

穿过桃林，是一条古朴的小街，这也似曾相识，但想不起来了。自己走过的街道太多了，每次卖药回家躺在床上，就看见满屋子的大街小巷重重叠叠。摸摸口袋，还有几块钱在，他走向屋檐下的一张肉案。"师傅，这肉咋买？"屠夫用布擦擦刀没吭声。"听见没有，这肉咋卖？"还是没有吭声。那屠夫却一边揩刀油，一边叫道："卖肉哦！卖肉哦！新鲜的猪肉，四块二，便宜！""你没把老子放在眼里！"丙庚大怒，一把提起肉来，"割两斤！""唰！"刀宰了下来，他连忙缩手，肉成了两半，却没有给他，那张油嘴正张开叫卖。丙庚提起一块就走，迎面两个人走来，让不及了，撞个正着，轻轻地像一团风，回头，两人已经在身后了。"妈的，这真是阴间！"他走进临街的一家小食店。"老板！来半碗红烧肉！"没人理他。有几个客人在吃饭，厨师没事了，坐在灶前，唱起戏来："想当初，在两狼山一战之中，杨大郎替了宋王死，二郎替了赵德芳……"这是《杨家将》里的，他喊："听见没有，老板，加工肉！"老板没动，客人吃完了，就去收拾桌面。丙庚急了，也许自己真的成了一团空气，好，老子自己来。他走进厨房。厨师收拾好碗筷，听见锅里"噼噼啪啪"的油响，跑进去一看，但见锅铲在自动翻飞，香料、盐料、辣椒自动飞入锅中，肉一条条地切开了，从菜板上腾过空气落进锅中。"妈呀，有鬼呀！"那边大街小巷都喊了起来，顿时人声鼎沸。他毫不理会，弄好菜，自己倒了酒，坐在桌子上慢吞慢嚼。

老板回来了，后面跟了一大群人，围在门口惊恐万分，只见桌上碗筷自己游动，肉片一块块地在空中消失，酒杯自己倒立在空中，香气弥漫了整个屋子。“真的，见鬼了！”人们大叫着拉拉扯扯地回退。“啪！”一阵鞭响破空而来，一个黄袍道士出现了。他右手拿一方箭牌，左手执一个铜瓶。面目看不清楚，有人在身后抬着担架，装着屠夫和老板。像那个臭道士！丙庚觉得记起了什么，拾起酒杯砸了过去，人们看见酒杯从桌上飞来，“啪！”黄袍道士挥手将它击碎，五颜六色的玻璃屑散落一地。

“上有玉皇大帝，下有波罗玉地群，端公独行千里路，提起宝剑斩妖精。姜太公在此，太上老君句句如令……”

这种收鬼的把戏，丙庚不知见了多少，他一点儿也不信鬼，不相信那木剑真能把自己杀了。“臭道士！”他骂了句。担架上的人像埋在沙里似的叫着“有鬼！”他看见臭道士把瓶子打开了，口里念念有词，突然往空中撒了一把米，一顿足，屋子在动。“你那瓶子怕要装我！”丙庚继续喝酒，人们看见杯子在空中游动。“轰——”瓶口突然长大了，一个幽深的黑洞，冷风骤起，丙庚有一种重回洞中的感觉，然后响声没了。四处是硬的壁头。他相信自己是被装进去了。我是一个鬼？死了？这是阴间吗？原来鬼是把人当作鬼的。我死了，阴间也无非是这样！那道士，他娘的可恶。

小街的人们看到黄袍道士进了门，用鸡血封了瓶口，木剑在上面划了一个“×”。人们连声称谢，醒来的厨师和屠夫跟到村外桃林里，桃枝上的女子扔了几个红水桃，道士塞进了口袋。

他闭了眼，整个身子在地上浮动，不知要到什么地方去，昏迷前他使劲地想。

好奇的儿童看见老道士沿河边向下游走去，最后把铜瓶埋进沙里，那地方迅速长出了一株绿草来。

五

已经是正午出工时候，凉棚的影子“阴”了好大一块地。石凳上坐满了人，喝完茶道一声谢，又都陆续走了。茶要倒完了，丁卯去屋后水井里担了一担水来，甲午把墙边的火炉拨燃。两人打开蒲扇在石凳前踱步。这全是从洞里搬来的，天然得很，光滑明亮。店员偶尔从柜台里转出来，没事就往石凳上一坐。“清凉圆润，一定是洞中七仙女坐过的！神仙坐的，凡夫俗子当然坐着舒服。”他说。

阳光依然很毒，这阴凉里也浸满了热气。店员踱回屋内，卖了几包烟，扑在柜台上，他也快四十出头了，戴着一副账房先生特有的眼镜。这地方没多少人戴，人们戏称他为“四眼狗”。

“丁卯，甲午，你们两老真是，咋不收点茶水钱？卖他半年，就够一台风扇了，免得这儿受罪，你们也不是和尚，成得了佛？”“四眼狗”从眼镜下方把话传了出来。丁卯听得厌了，用蒲扇斜指道：“‘四眼狗’，你龟儿子守着这庙子才跟和尚差不多，一天到晚在佛珠上倒手指头！”甲午也背对着他说：“你有种，咋不买台放店里，让大家伙儿接接过河风呀？”“你们——”有人来买盐，“四眼狗”就不再吵了，去称盐，然后伏在案上拨着佛珠。“三下二去五进一，六上三去五进一，五上五……”那声音很低，像浸过茶水似的。丁卯看见水壶“噗”的喷出一口白气。“开了！”

走进阴影来的，是那妇女和小二。她背着一个筐，手里拿着一把镰刀。小二蹲在石凳上，汗巾变污了，正系在腰间，头发凌乱。母子俩都不出声，仰头喝茶。他们看着二人喝茶，喉结都向外凸，一上一下地鼓动，“泉！”就在这时，两个老药民听见了一股泉水流动的声音。

母子二人阴沉着脸走出去，两个影子变长了，拂过那一片稻田。稻谷抽穗了，一阵风里，全都仰头向天。天空的云是白白的，静静地看着人间，这些面朝黄土背朝天的人，日出而作，日落而息，听得见黄土地这支古谣还在沉沉地吟唱。“报应！”店员在柜台上骂了一声就睡着了，丁卯和甲午往茶桶里倒开水，再加些茶叶。没人来，他们倦了，也在一条长凳上打瞌睡。

嗒！嗒！嗒！他们听见一种脚步声，走在空旷的黑洞里。二人突然这样想。“这茶，卖的？”一个汉子的声音，甲午已经睡去了，丁卯揉揉眼仍觉得很倦，好像站在桶前的是一株草，嫩嫩的草。他闭了眼知道这似乎是在做梦，“喝吧，伙计！”那株草自动探进桶来，端一碗茶，接着是一株草下经久不息的泉流声。丁卯看见了水花四溅，弥散着一种红桃子的香味。奇怪，桃子早收过了嘛！他想。“这店子什么时候修的？”丁卯仍不睁眼，就听见脚步声进店去了。“你买啥？”是“四眼狗”醒来发出的声音。“不买啥！我问你，这店啥时修的，我怎么没见过？”“二十年啦！”店员重新戴上眼镜，没精打采地说。“那臭道士呢？”“哪个臭道士？哦，是的，你说的小二他爹，入土三十年啦！”“小二？”“刚才过去哩！”“刚才！”“我怎么不认识？”“你从哪儿来的？”“那边！”“本村的？”“是的！”“我不认识你！”“我也不认识你！”一种“咔嚓咔嚓”的脚步声传出店外，在太阳下响得更加干脆。

“四眼狗”伸伸懒腰，清醒过来，甲午、丁卯也一下子醒了。“他是谁？”“声音咋个这样熟？”店员顺手往桥边指去。一个汉子缓步走在太阳底下，身上的衣服古朴得很，溅满泥浆。这是人是鬼？大热天的，咋个有泥浆？他们不解地想。背影很熟，瘦长瘦长的。“是哪儿见过的，丁卯？”“甲午，你想起来了？”“没有。”三人开始喝茶，摇蒲扇，说这家伙是个疯子、痴子，或者就真的是鬼。每人都互相取笑了一阵。桶里的茶叶开始发胀了，一片片浮上来又沉下去，紫碧紫碧的，浅淡而苦涩的茶叶在篷下的空气里流转。这是洞中露水的味道，丁卯突然感到三十年前的一切走回到了面前，茶在他的凝视下，全沉了桶底，照得见自己的脸，发白，眉也白了。

六

一群吃着红水桃的孩子从下游水天相接处跑来。

阴河涨水了，那株绿草被冲得不知去向，水一退，一切都恢复了正常。河那边依然看不清楚，像长满了茅草，没有阳光，天却很亮。孩子们嬉闹着，偶尔“扑通”掉一个在河里又爬上来，碧绿的水波也从下游被牵了一层上来，还推着一支古黄色的油筒。“瞧呀！”一个孩子发现沙里倒立着一个漂亮的铜瓶，上面滴满了红色，还画着一个“×”。伙伴们围了过来，几只手在上面敲了敲，隐隐约约地，他们听见村里的鸡啼叫了。河对岸，茅草上正卷过一场风，有一团美丽的红色羽毛飘过来，消失在碧光水影里。

“打开看看，小二！”有个孩子建议。

“你来开，阿毛！”小二说。

“听大人们说，这河边沙坝里的瓶子玩不得，里面装着鬼的。”

“我没看过，开开看。”

“你来，小二！”

“不敢，三三，你来！”

“好吧！”三三从小伙伴手里要过一把刀，“哗啦啦”一阵水响，那油筒顺着流水继续往前移去，像一只渡船，分开水花，水花缠在几根水草里，闪着绿色的光芒。“啊——嚏！”几个小孩同时打了一个喷嚏！“有人念我了，我们得走了！”“看看再说，让开点！”小刀子开始划破铜瓶盖。盖很硬，一下只能破开一粒米那么长。

丙庚还在里面睡觉，“臭道士！鬼，老子是鬼，还是你们是鬼？”他喃喃地骂道，自己觉得只不过躺了一天的时间。这瓶子突然开始摇动起来，有一棵大树被连根拔起的声音在黝黑的天空鸣叫不已，又犹如涨潮退潮的声音，接着是瓶底有些变暖，照着阳光了吧，他默默地想。好像又失去了记忆，他待在体温里。大地翻转了，剧烈地摇动起来，他吐了两口，却感到吐的是泥沙。突然瓶子外面有孩子嬉闹的声音，刚才孩子们的对话他都听清楚了！唉！天无绝人之路！他暗自高兴起来。

一股黄风从上游吹过来，很多羽毛落在水上。三三“啪”地撬开盖子。因为用力过猛，他跌在了河沙上，铜瓶滚在水草里。一道无比强大的光一下子照亮了整个空间，丙庚觉得瓶口是一个大门洞。他走出瓶来，一群孩子正在绿茵茵的地上趴着，看见如树桩一样的光，“哇！”地一阵惊叫，连滚带爬地沿着河边跑进村子。“妈呀——有——有鬼！有鬼——！”

“有鬼？！”丙庚抖抖衣服，他狠狠地踢了铜瓶一脚。“——哧——哧！”那东西滚进水里，迅速卷进一个漩涡，又浮上来，向天边浮去了。

哦！我是从哪儿来的。他走着，看见那天掉下来的地方。我还是摸回去，找那臭道士算账！那女人没说的，不要了！怕啥！他想。煤油味袭来，一缕又一缕。哦，这是我的油筒。那东西还停在水边，一丈远的地方是一道石梯子，两丈高处有一个阴森森的洞。我是从这儿滚下来的。他捡起油筒，很沉，摸摸口袋，万幸，这火石子还在。火石划燃了，一朵火花倒影在水里，远处美丽的羽毛也向火花奔来。“呼！”油筒引燃了。奇怪，这水还能燃，这阴间还好，他笑了一回，便开始登梯进洞，风没了，洞很干燥，依旧狭窄，向上望，不见洞顶。石崖紫碧紫碧的，踩在柔沙上很舒服。油筒光认识这一条路，自动地向前吐着火苗。出现一块空旷的地方，他想起来了，下来时曾在这里坐过。每移一步，四周“咚！咚！”应着，不知多宽。过了空坝，又是一条小沙路，刚进了两三步，就看见一个葫芦躺在沙里，这是我扔的，脚一碰，便化成一团灰尘散落在沙中。怪了，老子下去能有多久？他不敢久留，带着油筒往前大步走去，四周岔洞很多。水声零星地响着。这很好听，他想起了在外省抓药时，偶尔去城区看一回电视，那里头有这响声，洞里天然地播放着音乐。开始上坡了，石子路，左边一侧是斜坡，下面有潺潺流水，想必快到洞口了。

老子回来了！他叫了一声。有泉水在洞外流着。爬几步又没有了，油筒火一下子灭了，他钻出洞来。口渴得很，他转到左边的巨石下，泉水早就干了，绿草不知去向，泉洞如同一只干枯的眼睛，没有半丝神采。他妈的，算我倒霉！洞口积了好些泥，很久没人来过了。怎么，最多不过三天嘛！他想着，抖抖灰尘，走进林间小道。正值中午，阳光透过叶子落在自己身上，光斑也这样灼人。他觉得这路有人修过了，那天出来树没有这样高。那天，林子里还有许多鸟儿在叫呢。

七

走上机耕道，向西，他记得这样走可以过桥去，西村就是道士的家。“无底洞有底！老子赢了！”他暗暗骂道。这时候，他遇见一个老妇人和不过二十二三的一个年轻汉子。女人背着竹筐拿着镰刀，汉子缠着帕子。女人瞧了他一眼，一点儿也不认识。三个人的影子在这儿碰了一下又分开了。丙庚想追去问点什么，又止了脚步。回头，看见一个商店在太阳底下闪光。这店，老子咋没见过，几天工夫就修好了？这么旧了，难道真像臭道士吹牛说的“洞中方数日，世上已千年”吗？他走到篷里，先喝了茶，两个要死不活的老头伏在木凳上睡了。店员也惺忪恍惚的。问了话出来，他吐了一口痰，往桥上走去。

丁卯和甲午怎么也想不起这来人是谁，索性喝了茶，又吹起了三十年前的无底洞之行。二人心中有愧，暗想：那丙庚恐怕骨头都化成一堆沙了，咱三个浪迹天涯，生死相交，我们活在世上，他却先去了阴间，妻子嫁了，房子毁了，一个种子也没留在世上。

"甲午，你看这人是不是丙庚？"

"哦，有点像！"

"不可能！你们二老发疯了，把梦里头的事扯到凉篷下来谈，大白天的活见鬼，亏你们虚长了几十岁！""四眼狗"正抓一把糖放在盘上称，二人说的话让他心中一麻，插话道。丁卯、甲午觉得有道理，都三十年了，还管他做啥！

"啪！啪！啪！"丁卯的小儿子阿毛和他的小狗从屋后跑了出来，手里摇着一根牧鞭。"爹，我今天要跟三三哥进山放牛！"

"去吧，可别到洞子里去玩，那儿有鬼！"

三三！丙庚已经走得很远了，可阿毛这句话却听到了。这些孩子的名字我在洞里听到过。这是咋回事？唯一不同的，是自己来到这个世上，不再是一团空气，人们能看清自己的形状，听得我说话了。他悻悻地走着，到桥墩上坐下，望着河水从一片庄稼底下静静地流走。

"去吧！阿毛！顺便告诉你三三哥，别到洞子里去玩，那儿真的有鬼出来了！"甲午惊慌地对阿毛说，孩子应了一声。鞭儿一响跳出了阴影，转进一条小路。于是，他看见了山脊高粱地上摇动的牛尾巴。

"阿毛！"丙庚又是一惊。河很像洞下那条，我回到了洞底？不可能！他想。久旱未雨，有很多农夫下河担水，上面一层层地往下浅，泥土味从河沿上飘来，有些黄色的水草也卷在波浪中，有些小鱼正攀缘波浪。要涨水了！他突然说了一声。

头顶的云朵浓了起来，太阳闪了一会儿阴。丁卯和甲午走出篷来："对，要下雨了！"

八

这块屋基土上的高粱茂密得能够藏人，一片丰收在望的景象。他站在高粱地里，衣服被风卷起来。太阳隐去了，天上满是云团，高粱地深处传来些蝉鸣和蛙鸣。也有灰色的蜻蜓和燕子从高粱穗上掠过。我没走错吧？这该是老子的黄泥小屋呀！他看着脚下破烂的旧鞋子，地上也有些碎瓦片和墙筋。他记得自己从西村臭道士家绕过来的，（那房还是老样子，像一堆蜡黄的纸钱），横穿机耕道，折过一条山沟。这条路再熟悉不过了，怎么会变成这个样子。

"这是老子的老房子啦！天！"他发疯似的摇着近旁的高粱秆。一个扛着犁头的老人走来了，七十开外，很硬朗，白发白眉。他正是小二的外公，女人的父亲，丙庚从前的丈人。这阵农忙，要翻一些土来种萝卜。二十年来，女人的田里土里都干着，种了几块菜土。总算把小二拉扯成了人。老道士一死，她也就认命了，活下去吧！她常对父亲说，我再也不嫁了，守着这庄稼和儿子也能活一辈子！

"你叫啥？疯子！"老人站在丙庚身后，他没听见，仍旧猛摇高粱秆："我的房子呢？老子的房子！"

"你的房子？你是谁？"老人听得害怕起来，犁头从肩头滑落，栽在机耕道上。

"我！"丙庚突然转过身来，泪流满面，风卷着他的乱发。他仿佛看见了自己的黄泥小屋立在眼前。"我是丙庚，快开门！"他一下子跪在地上，手被高粱秆划破了，血顺着脚印流到地面上来。

"啊！鬼！有鬼！——丙庚？——鬼！"老汉大叫一声，踉跄着奔向商店。犁头在身后动了两下，向前推出了三尺长的小土沟。它倒下了，在草丛里，血流顺着小犁沟向远方默默走去。

他感到这已经不是初秋了，红艳艳的一片，像有一条河流拥簇着自己在波浪上爬行，时而被深埋在水中，时而水花在空中开放，五颜六色，晶莹透明……

已是夕阳西下黄昏来临，农夫中有些收工回家做饭，店前又聚了一团黑乎乎的人头，肩上都淌着汗。他们喝着茶，也听见两个老头冷声冷气地讲着今天的故事，那语调很神秘，不时有人取笑两声。

“鬼——鬼——丙庚——回来了!”

人们一齐掉头,看见了小二外公跌跌撞撞地跑过来,晕在篷下。丁卯上前一把捏住老汉左手命脉,喂了两口茶。老人醒了,叹道:“鬼!鬼!丙庚——”人们“轰”的一下散开,惊恐万分。“在哪儿?”“高……高粱地!”背牛草的女人和小二也回来了,听后大吃一惊。我出工时,就看见了他,我没认出来,真的是他!“在哪儿?”女人将草一摔,散了,一株株草在地上立了起来,飘荡着。

整个村子的人迅速赶来,有人说高粱地里早没人了,那犁头自己插在土里,翻倒了一大片高粱。“啊!我的高粱!”女人和小二疯狂地向西村跑去。“我的高粱!我的高粱!”

人们不知所措,除了道士,本村再没人收鬼了。丁卯喝了一口茶:“我看真的是他回来了,恐怕不是鬼,洞中数日世上几十年嘛!”

“对,是他!丙庚兄弟!”甲午一招手,“走,去洞里看看!”

“爹爹!爹!”一群人往林荫道上走时,迎面飞上来两个孩子,后面走来一头慢腾腾的牛。

“阿毛!”“三三!”丁卯和甲午十分担心地抱着自己的儿子。

“爹,那泉水又流出来啦!”

“什么泉水?”“神水!”村民们一片唏嘘声。

“真的吗?阿毛!三三!”

“龟儿子哄你!”

村民们欢呼起来,牛也转过身子,领着人们走向山洞。林荫里浸来一股红水桃的香气。“是这香气!”丁卯、甲午高兴地叫道。人们发现珍珠宝藏般地向前挤。

果真是那泉水!在洞口巨石上一丈半高的地方,石眼里倒长着一株绿草,水是从草下流出来的。

洞口的泥土湿润了,看得见有两路脚印,一路出来,一路进去。只不过进去的那条路略带些猩红的血。

——原载于《滇池》2017年第5期

作者简介

郑劲松，西南大学工会副主席，西南大学文化与传播研究中心副主任，北碚区作家协会副主席兼秘书长，《中国诗界》杂志特约主编。曾在《中国作家》《星星》《时代文学》《滇池》《光明日报》《诗歌月刊》等报刊发表诗文、小说300余篇（首），获第三届孙犁散文奖，首届林非散文奖，第二、三届世界华文诗杯新诗奖，首届、第二届重庆文学奖，徐霞客文学奖，出版有散文集《永远的紫罗兰》。

大哥

■子民

大哥在家庭中已经只剩个名义,实权旁落好多年了。这年头,有钱的才是大哥。尽管大哥还经常提劲儿:“我是大哥! 错说一句也作数!”那都是在酒杯子后面提虚劲儿,求个自我安慰。老三和老五早就不买他的账了。能和老三老五斗个平手,大哥已经很有面子了。

前次看见大哥,邋遢多了。泥糊捎带的光脚板笼在胶鞋里,青筋毕露。裤管上的泥巴层次分明,下半截湿润,上半截干燥,一看就知道是穿的回笼货。老式卡其布中山服,单穿。还经常解开扣子,露出肚子上那两条巨大的刀疤,好像经历过两次剖腹产。其实他的刀疤比剖腹产的疤大得多,也恐怖得多,像两条巨大的蜈蚣在肚皮上扭动。大哥中气还在,吆喝一声还是四山震颤。我说:“老大,你那裤脚生怕搓一搓,那泥锅巴都老得像烤煳了的。”老大哼一声,鼻音中甚为不屑:“落草就在泥巴里打滚儿的农民,裤脚上有泥巴算个球! 六十岁了,泥巴早就埋过心口儿了,哪天一口气上不来,身上盖泥巴,底下铺泥巴,哪个给我洗,哪个给我搓?”我羞愧,哑口无言,老大雄辩。老大说得对,再体面,一口气上不来,铺的盖的不都是泥巴? 要盖不上泥巴铺不上泥巴那才叫造孽。

老大小学三年级肄业，说话总保持他背《三国》《水浒》的气场。其实《三国》《水浒》他根本读不顺，尽认别字还不准追究，牛胯扯到马胯，高俅董卓混为一谈，张飞扯李逵，关胜说成关羽，地名更是随心所欲乱点鸳鸯谱。一千年历史被他玩弄于泥糊捎带的股掌。最要命的是，他从书中别的没悟到，倒习得一身匪气。动不动就智取生辰纲、鲁智深三拳打死镇关西。有次就一拳敲落人家三颗牙齿，还得意扬扬。这纯属鲁智深惹的祸。莫看他一米六的个儿，单听声音，洪钟一般，确实了得！真要是上了梁山，说不定还能混上一把交椅。现在，大哥虽然带着汉朝的官腔、宋朝的匪气，其实早就不看书了，心思都在酒里。

端起酒杯更是威风八面，苞谷酒，装三四两的杯子，一口一杯，人说喝三杯他绝不喝两杯半。开喝的时候手抖圆了，像帕金森病人，喝上三四两就不抖了，还说："看嘛，酒管我的病，酒管我的命！"其实我明白他那是脑壳里的线圈遭酒精给烧坏了，现在就剩一根筋了。我说："你那肚子，开了两次刀，里面都是一团烂棉絮了，还猛喝，要是肠子再堵到起，哪个医生给你理得通？"他更有理由："阎王要我三更死，我绝不拖延到五更！"这号人，啥都想通了，你拿他莫球法！

酒是老大的命根子，大嫂死后喝得更凶。家里泡两百斤蜂糖酒，啤酒十件十件码在阶沿上。来人就拉到喝，死皮赖脸地喝。从来不泡茶，自己渴了、客来了开啤酒解渴。早上起床就先"咕嘟"两瓶啤酒，去坡上干活的时候，背篓里还装两瓶，中午回来再"咕嘟"两瓶，下午下地又两瓶，晚上回来不计数，喝晕作数。一件啤酒，不来客人，勉强够他喝一天。

后来，我才慢慢理解了他。儿女都在外打工，老伴也走了，一个人在家，孤单。白天有活路混到起不觉得，夜里就觉得了。到夜深，夜食莺、蛐蛐偶尔叫唤一声，凄苦之味翻江倒海。老鼠猖狂，灯没关就大摇大摆出来打望，灯关了更不得了，到处打架、撕咬、交配、啃木头，通宵不歇。狗日的精神比人好。大哥肯定烦。人，生活到这份儿上，你还要他保养、死乞白赖地活？

大哥勤快，一个人种六七个人的地，每天起得比雀儿还早。收庄稼的时候，满屋都是堆成山的苞谷、洋芋、番苕，地坝里还用胶纸遮着大堆大堆的。吃不完，就喂猪养鸡。去年他一人杀了四头过年猪，两三百斤一条一条的，鸡子上百个，随时杀来下酒，不卖。他养的猪啊、鸡啊，过得比上个世纪八十年代的我们还滋润，它们粗粮细粮兼搭吃，终年吃不完。我们弟兄几个叫他莫种这么多地，吃不完糟蹋了。他说："不种，那就糟蹋了地！"其实，到第二年要杀年猪了，腊肉吃不完，大罐二罐地煮来喂了黄狗。

他说："我多种一点儿，后人不论啥时候、挣钱不挣钱，只要回来，我这里有酒有肉，管吃管够！"可能这才是他的初衷。可是后人不领情，说千把块钱给你买几大袋苞谷、洋芋。这些混账东西吃喝的时候不留情，吃完还说大话。真叫他掏千把块，怕是舍不得的。

老大一年到头的酒钱都是自己养蜂子挣的，三十几桶蜂子，一年取好几百斤糖，酒钱足够。老五最看不起老大，喝了老大的酒还挖苦老大："老大，喝你的酒真的不忍心啊！一瓶啤酒要好多蜂子来背，要背好久哦！我挣钱不麻烦蜂子，也不麻烦地，我靠划算，哈哈哈！"老大不以为意地说："你倒是不靠蜂子不靠地，你啥时候也能摆一阶沿啤酒，泡两百斤蜂糖酒，杀个鸡子请大哥也喝一顿？可惜你那个家就剩下四壁墙了！不是说你的话，老五，不管喝酒种地打架养蜂子，你老五都不是对手！我黄忠虽老宝刀不老！"老大边说边摩拳擦掌。老五也有说的："动不动就是你那蜂糖酒、啤酒，这些都是低档次的。我们要的是物质精神双重享受，你给我打两盘麻将、斗两盘地主试试？量你也不行，智商！晓不晓得，智商！"老五边说边敲着自己的脑瓜儿。老大不见气，说："来，喝！"老大海量，不光是酒量。

蜂子要分桶的时候，老大自觉忌酒。什么都放下，全天候全身心地投入招蜂子的事业。那时节你才看得出他对蜂子的感情，那呵护，那疼爱，就当他的孙子一样。有时候蜂子不领情蜇了他，他没有一点儿疼痛的感觉，等蜂子扯掉了屁股上的针自觉飞走之后，他才慢慢拔出毒针来，摇摇头说："可惜了，本来还能打半个月的花。"

大哥终究是大哥！

——原载于《微型小说选刊》2017年第23期

作者简介

子民，本名郭子民，男，重庆城口人，重庆市作家协会会员，中国诗歌学会会员，在中国文学核心期刊发表过小说和诗歌。

夜间飞行

■朱雀

天空中看不到几片云彩，海鸥们展开石板灰色的翅膀，在小岛南端的海滨上空悠闲地打旋儿。来自贝比岛的卡鳅在餐厅享用了晚餐，他吃得很简单：两个蔬菜肉饼配一份椰子汁就填饱了肚子。小家伙的心思显然不在吃饭上，他一边紧紧握住手心的叉子慢慢吞咽，一边眺望跟太阳越靠越近的海平面。

“班德尔的神保佑，海水开始退潮了。”卡鳅眨巴着大眼睛咕哝道，另一只手放在胸前的海星护身符上。

这是卡鳅的第一次个人夜间飞行。实际上，他离驾驶这艘单人胡桃木小飞艇的法定年龄还差两天，但今天是一年里的特例。这时的海平面上，太阳除了额头还露在水面，另外一大半已经沉到了海里。天空不再是刚才那般金灿灿的颜色了，沙滩上稀稀拉拉散落着几个人影，不知从哪里渗出的紫蓝色蔓延开来。西天的云彩越来越淡，最终融入正在扑落的暮霭中。

出发的时间到了。卡鳅换上飞行服，再次检查了一遍风力储存器：它是班德尔人特有的技术，像引擎般镶嵌在飞艇的尾部，为飞行提供能源。飞艇顶部有一个热气球一样飘浮着的气泡，里面是一群叽叽喳喳扇动翅膀的巨蜂鸟，卡鳅听到它们抱怨“又饿了”——真是一群不让人省心的饶舌鬼。当然啰，没有它们的动力支持，飞艇也跑不了这么快。

他抓住飞艇头部的牵引绳，在沙滩上吃力地拖拽着这个比他高半米、体型粗壮得多的大家伙，直到有三分之一的体积浸入海水。卡鳅大半截身子淹没在水下，有一点儿小小的晕眩——近两年每次爷爷开渔船载他出海，这种情况都会出现。

不过他很快振作起来，爬进了飞艇的驾驶舱。驾驶舱只容得下他大半个身子，肩以上的部位都露在外面。这当儿，半圆形的防风气泡膨胀起来，如同一个透明的玻璃罩，环绕着卡鳅，将他整个儿保护在里面。

海风愈发大了，波浪激烈地从东方涌来，沾水的胡桃木飞艇在灰蓝的海面上左摇右晃地颠簸着，轻盈得跟一张纸似的。卡鳅按下控制台上的红色按钮，没过几秒钟，整个小艇振动起来，气泡顶端发出类似螺旋桨转动的声音，又像蜂鸟在高速拍打着翅膀。飞艇周围的海水开始顺时针旋转下陷，形成一个大的漩涡，发出的声浪清脆悦耳，有如一朵盛开的蓝白色玫瑰。不一会儿，飞艇悬浮起来，开始稳步上升——最终骤然腾空拔起。最让卡鳅兴奋的就是起飞瞬间的失重感，飞艇四周吸附的水流被强大的上升力甩离了壳体，只留下一道道竖直的水痕。

一些稀薄的云絮从舷边掠过，能看到月亮了，薄荷色，小半边跃出海平面，向太空散发出柔弱的光线。瞪大眼睛，你或许还能看到水珠从它椭圆的表面滑过。卡鳅寻思，在去班德尔的里程中，如果他是最快的飞艇手，能不能追上月亮这个家伙呢？前段时间，他读过几本科普杂志，很漂亮的纸张和印制效果，上面有很多彩色大图，还有一些生动好读的文章。只不过有的内容太过奇特了，比如说月亮，这究竟是怎么回事儿？月亮有生命吗？它究竟有多大？据说月亮直径竟然达到了几千千米，这搞得卡鳅完全失去了参照，因为他无法想象几千千米是什么概念，或者，指不定这些信息都是编造的。

还有文章说，天上的星星绝大多数都比月亮大得多，真是这样的吗？卡鳅望向周围，那些个闪烁不定的星星看上去比豆荚里剥出来的最小的豆子还要小。所以班德尔的智者说，凡事如果不自己验证一番，别人说的话难免会让你困惑不解。

“我一定是最早出发的。”卡鳅想，到现在他还没看到别的飞艇，“好多小伙伴不需要赶时间，可以偷懒晚点儿出发，可是我离起飞地太远，只好多辛苦巨蜂鸟们啦。”

风力储存器平稳运行的嗡嗡声，还有鸟儿们有节律的振翅声（事实上你无从分辨它们振翅的频率），似乎预示着一切顺利。前方是绵延的混色云层，卡鳅后脑勺舒服地靠在气泡上，幻想着自己是不是可以打个盹儿，偶尔拉拉操纵杆，在两眼一闭一睁之间，飞行考核差不多就完成了。

不料他眼睛还没闭牢，一个尖声尖气的男声就透过气泡闯了进来：“伙计，帅哥！你的风够吗？”

他偏过头，看到右侧一艘正和他并肩飞行的灌木飞艇，艇身上缀满了不认识的花朵、野果甚至穿插纠缠的树枝荆棘，吊顶里也不是蜂鸟在作业，而是五六只呆头呆脑的猫头鹰。气泡里的人一头杂草般凌乱的墨绿色卷发，年纪似乎比卡鳅还小，正咧着嘴朝自己傻笑，露出两瓣大大的兔牙。

“猫头鹰？”卡鳅发出一声惊叹，“你确定它们有你需要的飞行天赋？”

“可不是吗，我的亚姆尼亚雀鹰跟人掷骰子时做抵押了，”卷发男孩说，“只好偷偷借了我奶奶的几只替补猫头鹰用。不过这不是重点，帅哥，我起飞没多久就发现储风器的风量不够了，不知道为什么它们才灌了三分之一，昨天可是给它喝了一晚上的风的！”

“现在掉头，回最近的飞艇站进行补救，还来得及吗？”卡鳅问。

“你瞧，这才是问题所在！”卷发叫道，“看看我的吊顶，伙计，你觉得我有钱给我的飞艇蓄能吗？我只能把它放在海滩上喝风，然后，失去这次考核资格！”

“可是我的风也不够啊，”卡鳅挠了挠头，“我的意思是，我有一点儿多余的风量，可你的风量只有三分之一，即使我把多的给了你，你还是不够。”

卷发好像根本没有听见，自顾自地继续说：“夜间飞行没你想的那么简单，小伙子！特别是夜间飞行考核，要知道，每年的这个时候，飞艇委员会要考核的可不光是驾驶技术。纯粹的飞艇技术嘛，实在没什么值得考核的。”

“是吗？我就觉得你很有必要接受考核，”卡鳅翻了个白眼，“免得关键时刻发现风箱没有灌满。”

“不用你提醒我啊伙计，我承认这点儿没做好。但是你得关心下更重要的，比如飞行路线什么的，你看看，前面的云层是不是密集起来了？”

“你到底想说啥？”

“我们可以做一笔交易，”卷发用舌头舔了舔凸出的门牙，“你负责提供动力，带我的飞艇抵达终点班德尔，我来指导你在飞行中遇到的技术难题，或者，不管是不是技术性的问题都行。怎么样？帅哥，说真的，现在的风越来越大了。”

“你来指导技术问题……你的年纪恐怕比我还小吧，你满十三周岁没有？”

“我已经开过六年飞艇了，驾驶经验绝对比你丰富。”

“不是已经说过了嘛，我的风量也不够帮你，如果一定要这样做，我们都只能迫降在海上啦。”

“没问题，我来告诉你怎么做——”卷发说，“等会儿我飞到你后面，用两条牵引带挂在你风力储存器的接口上，我调低自己的风量变成推进模式，然后你只要继续飞就得了。”

“我觉得不怎么靠谱啊，这样做行吗？”

“你本来也需要一个技术指导，提醒你怎么随机应变。”

卡鳅将控制杆往前推，飞艇顿时提速了不少，落下的灌木飞艇跟了一把，两艘小艇先后追随着保持匀速。卷发扔出两根牵引带，带子软软地飘在空中，随即像产生了什么化学反应似的，突然变得又硬又直，一左一右勾连上了前面飞艇风力储存器的接口。出人意料的是，“合体”飞艇的速度似乎并没有发生明显变化，它们飞得反而比以前稳定了——就像两个没带车厢的火车头，轰隆隆地呼啸着前进。

“哈哈，怎么样，情况还好吧？”

“嗯哪，感觉还行。但愿你的飞行经验能让我们顺利飞到班德尔。”

“我，资深飞艇驾驶员金吉尔，向你保证绝对没问题！你叫什么名字？”

“卡鳅。”

“贝比岛的娃,我说得没错吧。”

“我祖父母都是那儿的渔民,我也是在岛上出生的。”

“你有点儿不一样的啰,”金吉尔龇牙一笑,“按说,那里多数人都是捕鱼为生,你应该去学开船才对。”

“我可不喜欢开船,”卡鳅摇摇头,“我晕船,从没出过远海,上次坐爷爷的船是一年前的事了。”

金吉尔深表同情地点点头说:“要是你驾驶飞艇,在贴近海面的高度滑行,你也会头晕吗?”

卡鳅发现他话有点多,回头翻了个白眼说:“我没试过这个,最好是不要试。”

“哎哟喂,这可不像一个已满十三周岁,正在参加夜间飞行的、伟大的班德尔人说的话。”金吉尔的语气、神情都透出跟他的年龄不相称的老成,“一个合格的飞艇驾驶员,在任何情况下都要应付自如,否则怎么能保证飞行安全,我说的没错吧?”

“你老是喜欢用问句。如果你觉得自己是对的,直接把观点说出来就好。”

“在意对方的感受,询问并尊重他的看法,是一个文明人应有的风度。”

“现在,老老实实在后面跟随我,就是你最好的风度。当然喽,你也可以好好欣赏下舱外美丽的夜景。”

飞了大约一个小时,他们稍稍降低了飞行高度,透过稀薄的云层可以看见散布在海面的拳头大小的岛屿。这几座海岛卡鳅都很熟悉,他早已从地形图上记住了它们的位置和形状。那座像乌龟般中间拱起、有头有身的是咴儿岛,岛上有附近海域最著名的木匠公会,匠人们几乎承包了所有飞艇壳体的设计和打造。咴儿岛旁边靴子形的小岛是薄雾岛,岛上的种植园向木匠们提供最好的木材和树胶。卡鳅想,说不定以后他也会像那些著名的飞艇手一样,获得上岛旅游参观的机会。

特别醒目的是一座色泽鲜艳的小岛,岛上的灯光五彩缤纷——这是专为班德尔航线设置的中间站,既是夜航的路标,也是飞艇的临时停靠地,用来防范飞行意外的发生。从高空俯瞰,可以发现有几艘小小的飞艇正开着航行灯朝它靠近。这样的小岛在航线上一共有两座，看到第一座岛，说明他们已行进了约三分之一的航程。

月亮完全升到了海平面上方，薄薄的，看上去并不太大，卡鳅不自觉地朝那个方位飞着。前方是堆积得很高很厚的云层，云层的中间部分颜色浓重，四周泛出浅淡的褐色微光。

“伙计，专注一点儿，我们得当心啦。”金吉尔高声提醒。

随着距离接近，云层变得越来越庞大，风力也开始增加了。这一堆巨型乌云，犹如顶天立地的山岳，盘踞在航线上，占领了一大块空间区域。云层聚集翻卷着，浓厚致密的内部不时发出闪电的强光，然后是隐隐的雷声。要飞往班德尔，必须得穿过这一片云层。这时候，他们周围已经悬停了七八艘差不多规格的飞艇，大家都打着转，犹疑不前的样子。这情况算不上什么意外，因为飞行路线是固定不变的，一个飞艇驾驶员必须掌握安全穿越乌云的技术，这是班德尔航线和飞艇考核委员会给他们的考验。

“真糟糕，金吉尔，我们卡住了，”卡鳅揪了一把自己的黄发，“这比低空海面滑行麻烦多了。我本来定了一个目标，要是行程顺利，最后一段我就低空从海面滑行过去，出发前还提醒说最好不要是开玩笑的。毕竟我都有一年多没和爷爷出过海了，现在我是一个贝比岛的青年……好吧，青少年了，但是我没料到乌云有这么可怕。”

“小卡鳅，可别随便把它叫作乌云，”金吉尔拖着懒洋洋地声调说，“那是一片相当大的积雨云。它还有一个更可怕的名字——雷暴云。这家伙可不是吃素的，它内部聚集了太厉害的能量，可能会有雷电、冰雹、阵性降水和大风，甚至龙卷风。它是可以让飞机坠毁的死神，更别说玩具样的小小飞艇了。我们唯有祈祷不会遭遇龙卷风，感谢班德尔的神灵庇佑。”

卡鳅难以置信地打量着大山峭岩样的云海，脑子里很难将它和那些温和、虚空、湿润的聚合物联系在一起。

金吉尔说：“你想驾飞艇贴海面飞行，这个其实不算什么。坦白地讲，我飞了六年，吃过很多很多苦头了。这次夜间飞行确实很关键，因为涉及我们正式的飞行资格，我当然不想折在这里。话说回来，这样的乌云，是我以前也没有见过的，卡鳅兄弟，今晚就算是对我们驾驶技术的考验吧！”

“喂喂，你真的有六年驾龄？”

“很快你就能看得到了，我们先来开路吧。”

正当“合体”飞艇打算加速前进的时候，一艘红色小飞艇出现了。它显然将动力调到了最大值，远远地都能听见一股强风在风箱里呼啸打转，随即像一头小公牛似的一头扎进了云堆里，墙壁样的乌云裂开一个不大的洞口。卡鳅说：“能不能降低高度，从乌云底下飞过去。”金吉尔正色告诉他：“积雨云的下端才是最危险的，千万不要有侥幸心理。”红色飞艇带了个好头，好儿艘本就跃跃欲试的飞艇都鼓足了勇气，它们拉足风力，一艘接一艘冲入了云层。这样一来，两个小家伙的“合体”飞艇反而落到了后面，他俩跟随着一艘锡纸艇在别人开辟的通道里飞行。

浓云里黑沉沉的，除了偶尔亮起的闪电让人短暂失明外，只能凭借航行灯的光照辨识方向。卡鳅第一次遇上这么复杂的飞行状况，感觉像掉进了深不见底的洞窟，目力在这种情况下完全失效，只能靠一个简单的陀螺仪确定大致的方位。最危险的是飓风和闪电，不要说被卷入或劈到，即便是储存器或气泡受到损伤，飞艇也只能在中途紧急迫降了。卡鳅忽然记起儿时独自迷失在热带雨林里的情景：藤蔓缠绕，叶树密集，那样的暗无天日给人造成惶恐、无助的感觉。而眼下的情况是，耳道里充满震颤心房的低沉雷鸣以及艇尾风箱的嗡嗡声，稍远处偶尔被照亮的乌云像一重重坚固的城墙，近处则是空洞缥缈的雾气和水滴。气泡的除湿功能也不太灵了，舱外的图像显得黏稠模糊，四分五裂。

“密切注意周围的情况，尽可能避开雷电，还有冰雹和暴风。”金吉尔几乎是喊叫着说。

“我知道，别以为我一点儿也不懂，”卡鳅说，“咱们不跟那艘蓝色鲨鱼艇了，那边气流好乱，我们往右转试试吧。”

没有人能判断云团到底有多大，朝哪个方向更容易出去。卡鳅不时会回头观察，金吉尔一直在确定飞艇的方位，他一会儿看看控制台上的仪表，一会儿眼珠四处转悠，口中念念有词。如果说前一段路还是在空中飞翔的话，现在这一段就好像潜艇下潜到了深海，那里面暗黑、沉闷、窒息，在无力的同时又像有力量在蓄积，这是飞艇的力量、人的意志和智慧的力量，还有云层蕴含的巨大力量。

胡桃木飞艇的艇身摆动得愈来愈剧烈，其后的灌木飞艇也受到了影响，卡鳅的飞艇向左倾斜，金吉尔就随着向右摇摆。鞭炮般炸响的气流惊吓到了透明气泡里的巨蜂鸟，它们扑扇着翅翼，发出匀密的振动声。倒是那几只猫头鹰沉着得多，不过这可能跟它们目前的工作量较小有关。这会儿几乎全是金吉尔给卡鳅发布操控飞艇的指令，在这样的环境下，卡鳅的手显得有点儿不听使唤，但还是严格地听命于新伙伴的指挥。他们也不时碰见别的飞艇，在气流的冲击下，所有飞艇都开得晃晃悠悠，就跟喝醉了酒似的。只有亲手操控过的人才能明白，用在操纵杆上的力道比吃饭握勺子的力道大得多了去了。

“我感觉，飞艇差不多快要散架了！”卡鳅大声喊叫着。

他的话并不夸张，飞艇已进入云层的深处，气流忽而上升忽而下沉，极不稳定，银蛇般的电光在身边闪烁游荡，卡鳅发现有一艘小艇没有向前，反倒在慢慢后退，是风力太强，还是驾驶它的人被吓坏了，开始打退堂鼓？

“要不干脆折返，找回家的路吧，”卡鳅的语音有些颤抖。驾驶舱里的温度很低，最初的湿润感变成了僵硬的冰冻感，“手好僵，我都快扳不动操纵杆了。”

“咱们有点儿迷路了，卡鳅，”金吉尔摇头叹息，“但是，听我说，现在前进还是回头又有什么区别呢？云层里没有地图，不过我知道，向前走，一定没有错。相信我的判断，伙计，不要再搞什么右转左转了，我们就一直往前！”

“你是智者呢还是天生的赌徒？”卡鳅其实都快听不见金吉尔的声音了。他把飞行服的拉链拉到下巴位置，再仔细检查了一遍防风气泡的密封状态，接着将操纵杆推到最高档，合眼在座位上做深呼吸。

不知过了多久，仿佛无休止的震颤和上下颠簸都消失了，不再有气流击打艇体的声音，卡鳅才反应过来。电闪雷鸣忽然不见了踪影，眼前只有乳液般的薄雾，轻轻缭绕在驾驶舱四周，就像清晨山谷间班德尔神明的白色吐息。他心头一下子感到空落落的，如同刚刚还在猛烈喷发的活火山瞬息之间灼热的岩浆凝固冷却，天雷滚滚的轰鸣也被死灭的寂静所替代。

金吉尔解释说："飞艇可能是闯进雷暴云的核心地带了，就像台风眼，风暴的核心地带反而成了最平静的地方。"他自己其实也没有真正经历过，多数情况下，大多数飞艇都是循云朵边缘的气流通道冲出去的，很少误打误撞能来到这片区域。这里是乌云隐秘的心室，与外界相隔绝，异常安静。卡鳅有一种置身月亮内部的感觉，或者说，这场景完全符合他对月亮的想象。

"这儿是月亮王国，"卡鳅有几分恍惚地说，"有宫殿、兔子和好吃的点心。"

"我们就待在这儿怎么样，金……金吉尔？"卡鳅让飞艇减速了。

"亲爱的朋友，你在说什么呢！"金吉尔正在专心观察云中的变化，没有听见卡鳅的呓语。

"月亮王国。很安全。"

"安全个屁！"金吉尔大声嚷嚷起来，"不要胡说八道，这儿虽然暂时很安静，实际上相当危险。一旦气流开始重新移动，我们就会被撕扯成碎片！"

脑袋向前一磕，卡鳅仿佛闻到了一丝海水的咸腥味，原来他碰到了海星护身符。什么月亮王国，这可是在云层里！他终于清醒过来。

"做好准备吧，我们要尽快冲出去！"金吉尔表达得非常清晰。

"没问题。"卡鳅回答。

飞艇抖动了一下，速度忽然加快，半小时以后，闪电和雷鸣声又回来了。这时四周好像变亮了不少，卡鳅看见好几盏航行灯从眼前掠过，显然又有一些新飞艇冲了进来。金吉尔不断下达操作指令，他们在一个闭合的环形通道里打转，反复变向，接着又向前直冲了很远。某一刻卡鳅见一道闪电在百米外亮起，他下意识地合上眼，光线穿透了眼皮，一切都处于银色强光的笼罩中。进入云层以来，控制台上的仪表指针持续剧烈摆动，来回乱窜，有时处于失灵状态，如今稳定多了，估计飞艇已经接近云层的边缘了。

"加大速度，加大速度！现在可以一直向前了，可以一直向前了！"金吉尔激动得口齿都有点结巴。

卡鳅把操纵杆向前推到底，飞艇发出沉闷的咆哮声，就在一瞬间，混沌消失了，大片裹挟着咸腥味的新鲜空气迎面扑来。一轮皎洁的月亮高挂在墨蓝色的天空，那一堆聚合不定、崇山峻岭般的庞然大物留在了飞艇的后方，同时脱离云层的还有好几艘刚经历了千难万险的飞艇，大家都下意识地放慢了速度，似乎还想在胜利的余绪中沉浸一会儿。遥远的天际有一个酒红色的小点，是那头率先挑战乌云的公牛，它可能是所有的飞艇中速度最快的。

“太厉害了，他肯定会得到‘优秀’。”卡鳅赞叹道，“他没有想太多就冲进去了。”

“我只能说，一个真正优秀的选手不会这样冲动。”金吉尔皱了皱眉头，“不过他要立志做一个赛艇手的话，班德尔的神一定会护佑他。”

“没想到你真的这么有经验，我的朋友。”卡鳅回过神来，“一开始，我觉得你牛皮吹得有点儿大了，不敢相信。”

“那是当然的啦，我都不知道是第几次穿越大型乌云了。”金吉尔用手指漫不经心地插梳着头发，“你用一次拖艇的人情换来了专业的指导，我想说，真的非常赚。”

两艘拼在一起的飞艇穿过薄薄的云朵，继续在夜空中飞行，其间又有几艘飞艇超过了他俩，不过他们都没有穿越云层前的速度、激情和狂傲了，驾驶员们现在只想完成自己唯一的使命：飞往目的地。

“我看到第二座岛屿了，”卡鳅说，“接下来不会再有大的危险了吧？”

“根据我的了解，委员会不至于再为难我们了，毕竟这只是个仪式而已。尤其是老爹老妈们，如果觉得太危险，他们会提出抗议的。”

“嗯，说的有道理。”

“接下来，你就去干你该干的事吧。”

“什么是我该干的事？噢，差点忘了。”

“难得有我照看着你，”金吉尔似笑非笑地说，“作为飞艇驾驶员，你有必要掌握这门技术。来，我们降下去吧。”

熟悉的失重感又来了。卡鳅按下绿色按钮，巨蜂鸟们放缓了振翅的频率，像获得了恩赦似的，在气泡里自由地飞来飞去。随着风箱噪声的减弱，合体的飞艇慢慢降低高度，向海平面接近。这一带海面也不是空无所有，在离巴伦岛两三千米的位置，有十余艘单人船在随意滑行，木船、金属船、纸船，各种材质的都有。

班德尔的船不使用帆，但同样依靠风力，所以风力储存器又派上了用场。卡鳅半眯缝着眼，竖起耳朵仔细地听：他听到从不同方向刮来的海风汇聚到一起形成了取之不尽的能量；班德尔人用传统的方式收集能量，用在船舶和飞艇上，然后驾驭这片海域。

金吉尔取出一张纸，几支彩色笔，开始画一幅画。他先画月亮，接着点染出海水，再放上几艘小船，最后才绘制空中这两艘连体的飞艇。粼粼的水波接收又反射着来自月亮的光线，相互混融成一圈圈破碎的光环，漩涡般在画面上晕眩，打转。

"我被限制在飞艇里，"金吉尔喃喃地说，"看到的只是局部，看不到整头大象，这才是最困难的。这幅画需要一点想象力，跟技术没有太大的关系。"

"拜托，别提你的画了好不好，"卡鳅的脸颊微微抽搐，额头缀满细小的汗粒，"我头晕，恶心想吐。我要把高度拉回去了。"

"别急啊，卡鳅。"金吉尔将目光从画纸上收起，"我说，你丢了魂儿似的盯着海面，眼睛一眨不眨，能不晕吗？把你的注意力转移到别处试试。"

那我就转换一下，卡鳅想，尽量克制住拉高飞艇的念头。他找到一只小船舷边的杏黄色浮标，月光下的浮标像一尾舞蹈的小鱼。随后目光移到远处，那里有一只鲸的尾巴，它藏在云彩的阴影里，喷出矮壮的水柱悄悄换气。

"看那只船，金吉尔！"卡鳅指向一艘小小的纸船，兴奋地挥起了手，"是我的表弟，小斑比的船。嘿，他明年也会报名参加夜航考试。"

海水涌动着，一个大浪打来，小船颠簸起伏，接连后退。不知不觉间，卡鳅又紧张起来。尽管没有风暴，但波浪一点儿也不叫人安生，单人小船在海上犹如玩具，它们只能顺应洋流，在前进中后退，后退又再度前进。小斑比的纸船在船队中并不显眼，它过分轻盈，很容易被风浪挟持，但却不屈不挠，一直奋力向前突进。

卡鳅松了一口气，他感觉自己已不那么紧张，不那么提心吊胆。跟关注小船队训练同步，他驾驶飞艇平稳地贴近海面，超低空飞行了将近二十分钟。

"我一定能成功，"卡鳅兴奋地说，"今晚飞完夜航，我将拥有飞艇驾驶执照，成为一个合格的飞艇驾驶员。”

“没问题的，伙计，你很厉害嘛。”金吉尔的彩笔画也成型了，画的是夜幕下的大海，两艘小艇飞行在又圆又大的月亮中间，色彩和构图都漂亮极了。

小卡鳅反复端详了这幅画：“画得相当的好。不过你也画得比较传统。你有看过《科普》旬刊吗？月亮不只是一个圆圆的球。”

“不是，那我——大概眼盲了？”

“它不是一个普通的球，科学家说它的直径有几千千米。你见过如此庞大的家伙吗？比一百座积雨云还大，它眨眨眼，也许就能把整个班德尔吹走。”

金吉尔瞪大浅蓝色的眼睛说：“我的天，我真的不明白。”

“噢，你知道，我只是好奇，”他稳住操纵杆，“月亮上不一定有生命，但我觉得上面有月亮王国，这确实是说不准的事儿。就像这片海域有波奇王国一样！”

金吉尔愣了愣，摇晃着墨绿的卷发哈哈大笑起来：“好吧，我相信你，我的朋友！”

飞艇行驶得很平稳，而月色在不停地变化：刚升上海平面的时候，卡鳅看到月亮还是薄荷色，不一会儿就成了银白色，大大方方地挂在夜空中了。天空的边缘有几颗星星若隐若现地闪亮，卡鳅想，它们会不会是另一个世界的月亮呢？一个大得多，更加气派更加明亮的月亮。不过他并没有羡慕或是失落，他只是欣赏和感激眼前的这一个，因为它让他的内心充满平静和喜悦。

不远处的大地上浮起一片闪亮的灯海——班德尔很快就要到了。

——原载于《人民文学》2017年第7期

作者简介

朱雀，著有长篇小说《梦游者青成》《轻轨车站》，诗集《阳光涌人》。曾获重庆少数民族文学奖、巴蜀青年文学奖新人奖、《诗选刊》“2009年中国年度先锋诗歌奖”、第六届重庆文学奖。

小人物

■ 泥文

老大与老二

老大收工时，天已煞黑，但所幸的是今夜有微薄的月光。尽管走起路来深一脚浅一脚，背在背上的犁铧敲打出的节奏有点儿紊乱，但老大还是觉得受用。用他自己的话说，坐办公室的爱他的笔，我种田的人没有理由不爱自己吃饭的“家伙”。

在老大跨越一道田坎时，五个脚趾没能抓牢好，脚下一滑，身子往下一沉，整个人倒在了田里，犁铧“咚”的一声撞在田坎上。老大爬起来，伸了伸背，腰扭了，有点儿疼。老大狠狠地骂了一句，你妈那个×，在这时节还跟老子过不去。

这些日子老大很忙，插秧时节，要收要种。自己一家五口人的田地，老二一家四口人的田地，还等着他去犁耙呢。用一句土语说，真是忙得屁眼儿插针不进。想起老二那见了几天世面就一副不得了的样子，老大就来气，很想撒手不管。但想想毕竟是亲兄弟，能帮的还是得帮，一根藤上吊着的两个瓜，哪能不磕碰几下呢？

老二回来过春节时，说得满嘴白泡子股是股地流。他说城里那才叫好，就是走一步路也比农村好上十倍。哪像农村，土里来土里去，不要说是上坡种地，就说走几步路，爱惜鞋子脚又要受罪，要不想脚受罪，鞋子又遭不住。说着老二从屁股兜里掏出一包印有“心相印”的纸，从里面抽出一张，就擦起他的皮鞋来。

老大提起放在地上的猪潲桶，他只觉得那么好的纸，从那精美的包装来看，肯定是金贵的了，用来擦鞋好可惜。老大看不惯地皱了皱眉头，拖着浓重的鼻音说，老二，你说你婆娘在家图个啥？喂几头猪，种四个人的田地，还拖着两个小孩儿，空下来连看个电视的时间都没有，你说你在外面潇洒了，屋里这个摊子咋就这样？

喂猪？能顶个球用。一头猪从小喂到大，除了本钱、粮食钱、工钱和打预防针的钱，请问还有好大个搞头？老二边擦鞋子边头也不抬地说。种地就更不要说了，你说你一年忙到头，有几个剩余的钱？不是说的话，我们在外面一个月的工资能买你一年的稻谷。老二伸直腰，嘴瘪了瘪，眼睛里透着不屑的光。

老大的气上来了，我说老二，你行？那还要你婆娘种啥地，干脆把她们娘儿几个接到城里去算了，在家这不是给你丢面子吗？话说回来，如果农民都不种庄稼，不饿死几个才怪。

老大，话是有这么一说，但那也只是对那些没有办法的农村人说的。在这大好的形势下，有办法的人谁不出去淘金？就说你吧，你儿女都出去挣钱了，你又何苦呢？还那样没日没夜的。老二用手将油光水滑的头发轻轻捋了捋，好似奶孩子的妇女为她的孩子捋被子一样，轻轻柔柔的，不带一缕风声，以防整乱了他的发型。

我可是蹦跶不动的人了，哪敢跟你比，想飞就飞，想跳就跳。我这老农民一天不做就浑身不自在，也许是天生的贱命啊，变了泥鳅还能怕泥糊眼？老大带着揶揄的口吻说。

人生短短几十秋，能行乐时且行乐嘛。老二说，老大，你都近六十的人了，图个啥来着。儿女都各奔前程，自立的自立，另创天地去了，你要是累死了，到时可不好写祭文。

我累却是累有所值，你看我能把楼房累起来，你呢？老大真有点儿生气了。

你这些年在外，不是我累，你家田里的活你婆娘能搞得清楚？不是我说你，你不要真以为进了几天城就是城里人了，说话要实在一点儿。

我有啥不实在了？我没给她们寄钱吗？我让那哈(傻)婆娘请人犁耙田，给钱。谁知她却请你了，而你也一根筋地不向她要钱，这是一个现实的社会，我说你才不实在呢。现在在农村砌什么房子，真是老土一个，还不如把钱放在银行让它下蛋。

你……老大被老二噎得说不出话来。

老大将犁铧扶正，用力在上面压了压，这样就可以松手了。他蹲了下来，从衣袋里掏出一个小塑料袋包裹着的土烟包，慢慢裹起烟卷，远处的山黑漆漆的，已看不清白天时的模样了。老大的目光在他点燃的土烟冒出的火星子里，显得幽远而深邃。

老大那年冬天得了胃穿孔，躺在病床上，看到风尘仆仆赶回来的儿子，很欣慰，尽管做手术的钱是他自己出的。大妹二妹都放下家里的活儿来看望他，女儿在外由于条件限制没能回来，但也打电话寄钱来了。想想养儿养女就是图这样一个盼头。而老二却一个电话都没舍得打。老大想，也许是到年关了吧，他也要回来了。想想这些年给他家忙活，他不可能不会没有表示吧。当然老大不是想得到个啥，而最主要是想在心灵上得到一丝慰藉。这不，出院那天，老二的婆娘提上一斤白糖、两斤蜂蜜来了，都让老大全部退了回去。

老二回来时，已是大年边上了，他买了一台21英寸的液晶彩电，老大知道这是去年春节他说了他的缘故。这可不得了，老二叫嚣开了。他说，他是这个村子里第一个用这样高科技产品的人。液晶的，看好久都不会胀眼睛。城里人现在最流行这个。一院子的人都像看稀奇一样，来来往往地进出于老二那土砖垒起来的两正两退的土房子里。

老大一根筋地在家里等着，他想老二再怎么说也应该来问候问候他吧。不说帮他家一年忙到头，就说他是当哥的，刚动完手术不久，身体也还没有痊愈，老二就应该来。几天过去了，老二没有来，连动静都没有一个。老大每天都注意屋外面的动静，如果他精神好一点儿，他就会拖一把椅子坐在门口，不停地张望老二能够出现的那条路。可始终都没看到老二的影子。老大的婆娘知道老大那坐立不安的心事，她说，老二现在忙着呢，每天上他家看电视的人他都招呼不过来，还会有时间来看你？你就省省心吧。

老大拖着病弱的身体出现在老二的家门口，这让老二感到意外。以往老二回来，老大是从来不来的。老二知道老大不喜欢附和，你越是显摆，他就越是不会来附和。所以老二曾对老大说，像你这副德性，只适合在家种田，在外面这是根本行不通的，如果说近点儿，在农村你也会吃力不讨好。

我要讨好谁了，自己种自己吃，行得正坐得端，心里无冷病胆大吃西瓜。这是我的本色，也是乡邻的本色。老大说，当摇尾狗那还是人吗？

老二说，老大，不要把话说得这样难听嘛。都几十岁的人了，难道你不知道有"圆滑"这个词？会附和那叫圆滑，于自己于他人都会有好处。人不求人一般大，但你平常没有给自己留一条路，在要求人的时候再去铺路那可就晚了啊。

老大说，有事无事地我会得罪谁了？除了得罪你，我看我也没得罪谁。就说你这土房子吧，乡邻们还不是看在我面子上才来帮忙把它砌起来，就你那两下子，还差得远呢。

是，是你的面子。我领你的情了，说实在的，我现在还看不上，你看这房垛子，东偏西倒的，看着就吓人，觉都让人睡不踏实。

老大气得说不出话来，吼了一句，老子这是背人过河把他卵子给顶了，倒走不脱人……话还没有说完，拖起老二家靠墙的锄头就要挖老二家的墙壁。村邻们赶忙抱的抱，拉的拉，劝的劝，说老二的不是，这才好不容易将老大的火气平息了下来。

老大，到屋里坐嘛，你身体还没有完全康复，不要动这么大的火啊，伤身。老大听老二这样说，原本心存气愤的心慢慢地缓和了下来，老二还是记挂着我嘛。

老大来到老二的堂屋，看到许多人都围着那台21英寸液晶电视。一向直来直去的老大眼睛还没从电视上收回来，口里的话就出来了，我还以为是啥西洋镜儿呢，不就是面板平一点儿嘛，还这样小，哪有我家的好。我们那是29英寸的，电视里的人看着都比你这个大多了，看起都来劲儿。

呵呵，乡下人就是乡下人，没见过世面我不怪你。你那个电视才值几个钱？再说，你那个电视怎可与此时的科技同日而语，你那是老一代，早就淘汰了。健康电视你懂吗？这是人性化的科技。

我不懂，我是乡下人，你呢？什么健康不健康，我看了这么多年的电视还不是活得好好的。要说健康，如果说是挑抬，哪怕我比你大十多岁，不是夸大，随时随地都会比你行。

有几斤力气显啥子摆嘛，那是哈(傻)儿力。老大，不是说你，人活到这个份儿上，也算是可悲的，特别是在现在这开放的大好形势下。当然你的时代与我的时代不同。说实话，我这几年也不是白混的，现在我在我们单位已做到主管了，工资是我原先的两倍，又好耍又受人待见。

是，我那是哈(傻)儿力。但不是我下哈(傻)儿力，你从小到大能有这么舒服？说完，老大不禁有些伤感。

老大的父亲在淋了一场大雨后，就染上了肺结核，一年四季难得几天下床。母亲体弱，时常生病。正在读书的老大骤然间承受了家庭里的重担，十四岁的他很快就学会了用力气挣工分养家。老大后面有两个妹妹，而老二最小(之所以叫老二，那是这里的风俗习惯。排行里一般都是只将男孩排进去)，与老大的岁数相差十五岁。后来父亲死了，解脱了他自己也让家人解脱了，而老大也扮起了顶梁柱的角色。再后来，老大就跟来队里烧砖瓦的孙师傅学了烧砖瓦。建房，娶妻，送两个妹妹出嫁，送母亲长眠地下，让老二读高中，给他建房成家。这一切都算过去了，也随着时间沉睡了。

老大开始收老二家的钱了，这是从老二说他不务实那年春节后开始的。但没有外面的人收得多。老二的婆娘按照请外面的人那样给他，老大都会退回10块。收第一次钱时，老大觉得这亲情是不是远了？几天的忙活收了不到100块，可怎么都觉得烫手，沉甸甸的。但老大想起老二那副不念恩情的样子，那些胀人的话，就来气，为啥不收？不收白不收，在他眼里亲情还不如一张纸。再说，老二挣得到钱，他不想欠我的情，我也不想他记着我的情，过去的情那是我的义务，但现在没这个必要了。

老大揉着腰来到老二家，老二的婆娘正在喂猪，两个孩子在那橘黄的灯光下做作业。老大说，明天给你们犁耙田。老二的婆娘说，好的，那我一大早去给牛割些草，你早上来我们这里吃早饭吧。老大说，早饭就不来吃了，我早上直接去你们田里吧。

天色已大亮,老大心里急得不知怎么办才好,可自己真的动不了,一动腰就像被针扎一样。说好了要去给老二家犁耙田的,老二的婆娘肯定早就在那里等着了。无奈的情况下,老大叫婆娘去跟老二的婆娘说,明天再给她家犁耙田吧。说完这话时,老大真的感觉自己老了,昨天收工就那样轻轻地扭了一下,就痛成了现在这个样子,唉,岁月真是不饶人啊。

第二天,第三天,老大的腰丝毫没有减轻疼痛的迹象,尽管吃了药打了针。老二的婆娘来看他的时候,问候了老大几句。但老大知道老二的婆娘来的真正目的,那是看什么时候才能给她家犁耙田。老大知道季节不等人。老大说,你去另外找人吧,看样子我一天两天是下不了地,趁这些天有雨水把地犁耙了。

没想到真要出去找人来犁耙田还真不容易,老二的婆娘出去跑了两天,还是没有收获。现在的青壮年都已出门打工挣钱去了,而在家的老一辈儿哪一家都是一大堆的活儿,自己都忙不过来,哪有时间去挣你那一点儿钱。

在实在没有办法的情况下,老二的婆娘就给老二打电话。老二在手机里叫嚣起来,老大是不是不想给我们做了,我又不是不给他钱。他真的不干,这田就不要种了,我养得起你们,你在家就做能做的吧。这话不到一天就被添油加醋地传到老大的耳朵里。老大骂娘骂爹地叫骂起来,老二这个没良心的东西,老子痛成这个样子,他不关心不说,还说我的不是,你以为挣了几个臭钱就真了不起了,有本事你就拿钱去找别人啊,哪个找不到。

在第七天,老大的腰疼好点了,他觉得已无大碍,忍着腰疼帮老二家把田犁耙了。

老二的婆娘在老二的指使下从镇子上买来了液化气罐和燃气灶,老大看着这罐罐有点儿瞧不起。这一开一扭就来火的东西,虽然不好将就,但没有柴火和煤燃烧的那些黑烟。老二的婆娘只在送煤气罐的人给调好的情况下用了三天,就出现了问题。要不火是全红的,烧起来没有火力,要不这里漏气那里漏气。搞得一顿饭下来,手不停脚不住的。更多的时候自己搞不懂,又得等人家来帮着调试,烦都烦死了。你想这罐子里的气体的危险,在电视上出现过多次,一旦操作不当,爆炸了,水泥屋顶都能炸穿。老大瘪了瘪嘴说,老二这都是钱烧的,头脑有些混乱了。

这些天老大觉得有些窝火，儿子在电话里说做主管的老二有点不地道。说好了帮儿子做好跳槽的准备，但当儿子辞去了原来的工作，到他那里时，老二打起了官腔。老二说，哎呀，这两天单位没有招人，过些天再来吧。我一定会把你这事办妥。儿子说他明天起程，趁这个机会回来玩一段时间。老大说，回来吧，你都好几年没回家了，难得有这个机会，你妈每天都在念叨着你们兄妹。

儿子回来看到这烟熏火燎的，也提议去整一罐液化气回来烧。老大说，我又整不来那洋玩意，到时不要学老二婆娘那样把它整回来当作摆设。儿子说，没事的，这个好学，我在家的日子一定把你们教会。空余时间，儿子到老二家去把那个有些日子没烧的液化气灶一倒腾，就又开始燃烧了。老二的婆娘一个谢谢连着一个谢谢地感谢着，还特地煮了一碗荷包蛋。

老大开始喜欢上了用液化气煮东西，方便好使，不像烧柴烧煤，时常被烟熏得眼泪直流。特别是下了几天雨后的柴火，燃烧起来的那个烟啊。老大说，难怪老二心思都完全不放在农村了。

儿子说，老二现在可是红人，本来又有点文化，自己又肯学肯动，又有一张抹了蜜的嘴，他现在可是天时地利人和都占啊。

老大说，这就好。总算是我们这根藤上还有那么一个甜瓜啊。你就要跟你叔多学学，不要像我一样，你的文化不比你叔低，又有一个中专文凭。

儿子在家还没玩到半个月，老二打电话来把他叫去了，说是单位里招质检，如果干得好以后还会有上升的机会。老大高兴得不行，到底还是一家人，至少他是想着有这么一个侄儿的。想着有这么一个侄儿，也就是说还记得有这么一个当哥的。老大想，这些年的辛苦和付出还是没有白费。

老二打电话给老大说，让他帮着办一下改建房屋的手续。老大揉了揉了耳朵，以为是自己听错了。你是哪根筋不对哟，这时候想着要在农村砌房子了？

哎呀，老大，一个时候唱一个时候的歌嘛。现在人又长了几岁想法不同了，你不会有意见吧。哦，对了。办手续花的钱你向我婆娘讲一下就是，到她那里拿。至于工钱到最后结算。

放屁。你这是说的啥子话？你说，兄弟之间谈钱这算什么啦？有些东西是钱买不来的，枉你在外面跑了这么多年。

哎呀,老大,你不要冒火嘛。人亲钱不亲。有一句古话说,亲兄弟还要明算账哟。

放屁。你要算,从小到大你能算清吗?我看你是被外面那些铜臭味毒害太深了。你书读得比我多,见的世面也比我多,但你的想法却是如此混账。

老大啊,这是我的错吗?或许哪个时候你出来体会一下就知道了。说实话,我现在感到很累,在外面也不好混啊,终究我们不是城里人,付出的永远比得到的要多得多。

嘿,说实话了啊。以前你那一副姿态到哪里去了?

叶要落了,就得想着根了。不要到叶落了的时候才来找根的位置,那时可能就有点儿迟了哟。老二说完这话时,长长地发出一声叹息,接着挂了机。留下老大拿着话筒,有些茫然地站在那里,许久说不出话来。

老二要离婚,这在这个小山村里,犹如晴天里的霹雳,在四周荡来荡去,久久不绝于耳。

老大听到这个消息时,气得把锄头狠狠地往地上一趸,这龟儿子硬是骨头长硬了。放着这么好的婆娘不好好珍惜,都几十岁了还想翻筋倒怪。他在外面潇洒,婆娘在屋里撑起一个家,真是身在福中不知福。

在一棵油桐树下坐着,老大狠命地抽着土烟,时不时地抬起头来看那带花的桐子。桐子渐渐大了,花即将被它排解开了,老二的做法就像这桐子?

有一个关键老大想不通,老二既然要离婚,又为啥要把房子建起来呢?还是两楼一底的小洋房,比自己的那个一楼一底气派多了。家里的电器也备得差不多了,什么洗衣机、冰箱啊。唉,这老二啊,真不知他在搞什么鬼。

老大来到老二家,看到老二的婆娘仍然如往日一样该忙什么就忙什么,从外表看老大根本就看不出来她的想法。老大也不好开口说什么了,问了一些不咸不淡的话后,就一步一摇头地回去了。

老大失眠了,这是这几年来少有的,而且是为了别人的事。老大越想越不能入睡,越想越气愤。你说这老二才吃了几年城里的饭,就有了陈世美一样的想法和做法。儿子都十岁了,女儿也有八岁了啊。人活一辈子不就为了吃饱穿暖,有一个好婆娘,有传宗接代的好儿女吗?老二可是一样不缺啊。想着想着,老大真的不能入睡了，爬起来，来到屋顶的平台上，一口接一口地抽着烟，默默地看着在星光照耀下显得有些朦胧的远山。离婚是伤风败俗的事，这有损颜面啊，有损先人的颜面。想到这里，老大又仿佛看到了老二婆娘那任劳任怨的身影，就是在老二提出离婚的这个节骨眼儿上，她还是那样一如既往地坡上坡下的。多好的女人啊。不行，我一定得阻止。在这瞬间，老大做出了一个决定，去老二打工的那个城市，让老二回心转意，说不通，就是动粗也要让他撤回“离婚”这两个字。

花花绿绿的城市让老大头有点儿晕，各种车声、南来北往的方言更让老大在新奇的同时也摸不着头脑，要不是儿子来接他，靠他自己还真找不着北。想想自己这几十年村里村外，这个乡跑到那个乡，山里山外的烧砖瓦的生活，多少还算是见了一点儿世面，但与这比起来，还真是小巫见大巫了。

老二在老大来到这个城市不到一个小时就来见老大了，这出乎他的意料。原先老大是这样想的，老二肯定不会来看他。那些年老二回家都没主动来看过自己，更何况他这次来这里，是带着对老二不利的动机来的。

老二看了看老大，就又把头转到了一边，目光里蕴含着让老大搞不懂的情愫。我说老大啊，你怎么想起要出来玩了？

玩？你说我会有这个闲心吗？我说老二，你是真不知还是假不知呢？难道你侄儿没有跟你说过我来的目的？

是啊，我真的不知你会来，不信你可以问你的儿子，看他是否跟我说起过。我也是在之前不久才听到侄儿说起，我就请假过来了。其实老二早就听说了，只是不想提起而已。

还有一个呢，为啥子不带来让我见一下？老大从见到老二开始，语气里全都是火药味。

谁啊？老二看起来一脸的茫然。

这龟儿子，做作起来还蛮像回事的。老大在心里狠狠地骂了一句。你说还会有谁啊？嗯。算了，我也不跟你兜圈子。你不是要离婚吗？我想看看未来的弟媳妇儿是不是比你屋里的女人多长了个啥？

哦，你是为这个事来的啊。我说老大啊，这关你啥事，你犯得着这样辛苦吗？

你说啥？你再说一遍看看？！老大咆哮了起来，人也从椅子上跳了起来。

不是我说你，人都这样的年纪了还这样大的脾气做啥吗？再说我又不是两三岁，自己在做什么难道我还不清楚？老二把声音降低了两分贝，不卑不亢地说。

我看你是吃不得三天硬饭，见不得几天世面。难道你就一点儿良心都没有，你婆娘是哪一点对不起你？她是好吃懒做，还是偷人养汉了？

我可没这样说，这都是你说的。老大，你那守旧的思想用在现在是过时了，两个人生活不光看那些。最主要看说话做事有没有共同语言，有没有共同爱好，最关键的是彼此相不相爱。没有爱情的婚姻那与坟墓没多大区别。

爱情？啥叫爱情？病了能给你端茶递水，饿了能给你生火做饭，这不叫爱情啦？是不是像电视里那些见面抱一下，亲个嘴，无所事事地卿卿我我才叫爱情？我呸，你又不看看自己都几十岁了，还做一些孩子做的事。更何况，你都是有婆娘娃儿的人了，做出这样的事你不觉得羞耻吗？

羞啥子耻哟，我这是寻找真爱，你懂吗？为了爱付出再多也是值得的。我看你永远也是不会懂，这些东西你没经历过，你怎么会知道它有多吸引人？唉，老大啊，我为你叹息哟。

叹息？叹个球。我看你是地地道道的陈世美。

老二看了看门前围着的人，知道自己跟老大是说不出个结果的，搞不好他还真会给自己两下，要打自己是打得赢他，但这样自己就真的不是人了。留下一句，老大，你在这里耍，我还要上班，晚上再过来。挤出人群就开溜了。

老二带来一个女孩，很水灵的。老大看着就有些眼直，这简直跟电视里出现的那些女孩没多大区别。年龄跟自己的儿子差不多。老大在心里长长地吐了一口气，难怪啊！

老大把儿子拉到一边问，你叔跟那个女孩在一起多久了？儿子说，爸，你就不要管叔的事，再说你也管不了。人家见的各种大小事情比你这些年吃的盐还多，难道自己会没有分寸？

你说啥话，你不知道姜是老的辣这句话？虽然你爸我没见过什么大世面，但大小事情也经历得不少，不要以为你们在外跑了几天就能胡乱搞。如果你以后像你叔，看我不打折你的腿。

老大等老二把那个女孩送走了后说，老二，你说怎么办，给我个结果。有些东西是好看不管用的，你不要害人害己。房子有了，钱有了，名气有了，你就思变了。你对得起天地良心？

良心？良心值几个钱？老大，不是我说你，你那些在现在是行不通的，特别是在外面，你有几斤良心人家就会践踏几斤，绝对不会心慈手软。更何况我决定在离婚时把房子及家里现有的一切都留给她们娘儿几个。话说回来，现在是一个讲"实惠"的时代。实惠，你懂吗？说话，走路，交往，都是为了自己能有个实惠。如果不实惠，自己何苦又出来混呢？还不如像你一样脸朝黄土屁股沟子朝天算了。

你……老大一时语塞，气得唬地一下子站了起来，提起一根凳子就扔了过去。老二展开腿一踢，凳子像长了眼睛似的又原路返回，正中老大胸部，老大就像根面条一样往地上滑。儿子赶紧跑过去抱住。老二明白自己无心的过失把事情闹大了，掏出手机颤抖着打120。而自己小时候老大对自己的好终于一幕幕重现眼前，挣工分那年月缺吃少穿，老大总是先把妹妹和弟弟给喂饱了，穿得不比别人差多少了，自己才端着野菜羹吃得美滋滋的，穿着补丁加补丁的衣服乐呵呵的。

老大在医院里醒了，开口就冲老二骂，龟儿子的，只怪自己枉充能人，狗拿耗子，你现在能干了，跟那狗一样眼皮一盖就不认人了，只怪我自己没长心眼，养了一个白眼狼。明天我回去了，不过，去来的路费你非出不可。这是你说的，这是一个实惠的时代，这几天的工钱你也得出。

老二头也不回地走出病房说，你美嘛，你！我请你来啦？

老大的婆娘来找他，老大正在给田里的秧苗施肥。老大的婆娘说，儿子打电话回来说老二出事了，被人打了，好像是为了与那个女娃儿的事。老大头也不抬，这关我啥事？那个没有良心的东西，以后少在我面前提起他。说完老大抓起一把复合肥狠狠地向远处撒去。

老大洗完手，倒了一杯自泡的治腰酸腿痛的劳伤药酒，抓了两把生花生，刚在桌子边坐下，老二的婆娘来了。老二的婆娘讪讪地在小凳子上坐下，嘴唇动了动又把话收了回去。她知道老大从去老二那里回来，就再也不想听有关老二的事了，就把目光转向老大的婆娘。

老大的婆娘看了看老大说,他婶子有啥事儿就说吧,一家人怕啥嘛。

这……还不是为了根子他爸啊。根子是老二的儿子。

我说他婶子啊,他叔这样对你,你还这样关心他做啥?他可是花心萝卜一个哟。

这有啥子法,谁叫我是嫁给他了。怪只怪我没有一个好长相,也没有读过啥书。

唉,你这又是何苦呢?

嫁鸡随鸡嫁狗随狗,我识字少,但就知这个理儿。老二他那样做,自然有他的道理,但他现在被打了住进了医院,我总不能在这时候还去理那些陈芝麻烂胡豆吧。我想去看看,但又不知怎么走……

他婶啊,要不让老大送你去县城车站吧,把你送上车,那边下车就让娃儿来接你好啦。

接啥子接?老大起身把板凳用脚往边上踢了踢,端着酒杯站了起来,就在老二的婆娘和自己的婆娘说话的时间里,老大已喝完了杯里的酒。

算了,我陪他婶子去一趟吧,谁叫我们是打断骨头连着筋呢?老大说完头也不回地进了里屋。

老二没想到老大会再来这个城市,而且还是为了自己。他的婆娘会来,这在他的预料之中,所以他一点儿也不意外。

老二躺在病床上撑了撑,说,老大,你来了。语气中已没有了往日的气焰。

老大紧抿嘴唇,绷着脸点了一下头,下意识地看了看头上缠着绷带、右腿夹着钢板敷上石膏的老二。吼道,人呢?龟儿子的让他跑了吗?

老二有点有气无力地说,没有,他们出了药费。

药费?那这疼就算了?

不算了还能怎样?他是个人找的。人家不去告他拐骗良家妇女就不错了。老二的婆娘在一边轻声接过话头。

老二看了看他的婆娘,目光转了转,两个娃儿还好吧。

好着呢。就是听说你被人打了,哭着呢,他们都有近两年没看到你了。老二的婆娘的眼泪在眼眶里打转,怎么搞成这样子嘛。

这……不关你的事。

你个黑了良心的东西，人家啥都不计较，求我带她来看你，你就是人，她难不成天生就是贱命！人家这叫有情有义，你还没有搞懂？

老大，我知道，这点我还是清楚。但出了这事确实不关她的事，这是我自己的事，我知道该如何面对。

面对？面对个屁。这就是你不守本分、为人不尊的报应。自以为在外沾了一身铜臭味，就可以升天了。

对不起，这都是我的错，你不要怪老二。一个怯怯的声音在老大的背后响起。

老大转过身子，上次老二带来见他的那个女孩悄没声息地站在那里。

原来老二是被女孩的父亲带着儿子兄弟给收拾的。说老二四十来岁了，有家有室的人，还来诱骗他的女儿。

老大看着这个娇柔可爱的女孩，真有点儿发不了脾气。这不怪你，怪都怪老二自己。但我不是说你，你一个女孩家，一点儿自重都不知道，明知道这是一个害人坑己的事，还挖个坑往里面跳。

老二说，老大，你就不要说了。他看了看在一边瞪着一双眼看着那个女孩儿的婆娘，我想吃个水果。

老二的婆娘一边打量一边轻声骂着，小妖精，还真有迷人的本钱，不知下次哪个负心人又会送上门去？她笃定了似的，就是不给老二去拿水果。

老二出院了，但右腿的钢板还不能取，走路得靠拐杖。这需要静心疗养，要好几个月。老二因作风问题被迫辞去了原来的工作，回了家，也与那个女孩彻底分手了。老大还是一如既往地在田里地里忙进忙出，当然还有老二家的，但再也没有收过钱。老二拄着拐杖每天都要到老大家坐坐，他说，老大，现在公路通了，各方面条件也好了，等我腿好后，我们搞个绿色蔬菜棚子，种些绿色蔬菜运进城去卖，现在城里人就看好这个，肯定比种庄稼要强。老大不置可否地看看老二，在地里将老二算的账从头算了一遍。一年四季种庄稼除去肥料、人工、种子、租用耕牛等费用，还真没多少赚头。格老子的，城里人老是赚我们的钱，老子也要赚点儿他们的钱。老大朝掌心里吐了口唾沫，一扬锄头狠狠地挖了下去。

程路生

1

程路生拿到安置费的时候，他的房子已经让挖掘机挖倒了，一亩三分地被推土机彻底褪掉了皮，已面目全非。

程路生不想多看一眼他原来房子的位置，那一亩三分地，都是他不光彩的过去。日子总算有了转机，开发商看好这一片地头，就该是这里的父老乡亲的苦日子过到头啦。

程路生到路边的熟食店买了猪蹄、毛肚、猪尾巴、凤爪，顺便在小店里整了两瓶诗仙太白，五十多块一瓶的那种。这样的酒菜，对于程路生来说，他以前想都不敢想。

程路生打开酒瓶的盖子，深深地喝了一口："格老子，味道与土烧酒硬是不一样。哈哈，我也喝名牌酒了。"喝到兴头，程路生干脆坐在路边把猪蹄、毛肚、猪尾巴、凤爪逐一摊了开来，用两个指头掐上一块儿，头向后一仰，喉结一翻滚，下去了。喝上一口酒，嘴里咕噜着："城里人斯文，吃东西一点点儿吃。我以后也是城里人了，得像样点儿。"这时有酒水从嘴角流了出来，程路生抬起手，衣袖就习惯性地擦了过去。接着好似突然醒悟了一样，连声呸个不停："土惯了，入骨三分啊。得改，得改。得记牢，得记牢啦。"

一瓶诗仙太白，程路生没有仰几次脖子就干啦。程路生拿着瓶子看时，发现瓶子有点抖，还摇头晃脑的。"格老子，我把你喝干了，你还得意个什么劲儿?"顺手把酒瓶扔在身旁，人也软软地向后靠了过去。后面有一道坎，程路生就这样半躺半卧地睡在那里，嘴角的馋水挂线似的流着。

有一段日子里程路生进过城，打过工。因他做事勤恳踏实，手脚也快，只要安排了上班或加班，他都会无怨无悔地执行。在流水线上，他做的工件基本没发生过质量问题，生产主管和经理都很喜欢他，还曾有模有样地在大会上号召大家向他学习。可毕竟人的身体是肉做的，这样长时间的劳作，程路生病了。病了的程路生一连请了二十天假。因生产任务很紧，主管就安排了其他人顶替程路生，随后又另外招了人。程路生再去上班时，已没有位置了，主管让他做杂工，他不做，就这样被老板踢出了局。随后程路生就回家了，他说："我就是一日三餐喝照得起人影的稀饭，再也不去给那些狗日的老板端茶倒水，做牛做马。"

程路生说到做到，就这样一直在家待着，本就三分薄田瘦土，再加上程路生不是种庄稼的料，日子过得清贫而捉襟见肘。想做生意，但老实巴交的父母帮不了他。在村邻们眼里，程路生就是一个好吃懒做的人，眼高手低。他想以自己的名誉去借钱，那更是没有路可走。他这样的名声在外，谁会借他一笔为数不少的钱呢。一向自负的他只能遇到人说上一句，"天道不公啊"。

狗都不上门的家境，程路生眼看着自己的年岁就这样一年又一年地逝去，有时他也做起了成家梦，但那也只是想想而已。看面貌吧，面貌也不能当饭吃，何况他还长得那么普通。论家境吧，还真不好意思说。说他的能力吧，种田不是一把好手，没有学历不说，还无一技之长，更何况他还不出门打工了。想着父母在世时曾托媒婆去王家说亲，王家没有回复。后来父母在一年里相继去世，也就不了了之了。程路生两眼不觉有些茫然。

王家妹子王雨儿长得水灵灵的，是程路生的同学，两人从小到大都十分要好。用当地的话说，是在一起穿开裆裤长大的。两家家里人也知根知底，一听媒婆说程路生家，王家人就把头摇得像拨浪鼓一样。

往后的日子程路生再也不做成家梦了，他对儿时伙伴云成说："他妈的，一个人过难道就会死人啊？"云成说："路生啊，你还是进城去打工挣点钱吧，或许日子会有转机的。我们单位正招工，我帮你介绍介绍？""不啦，与其给人当狗，还不如穷得自在。"说完程路生扔下云成就走了。

2

云成推醒程路生，程路生迷迷糊糊地说："是你。"云成说："是的。"听到云成的声音，程路生又揉了揉眼睛："怎么回来啦？"云成说："回来看看你嘛。""少装了你。来，整几口。"程路生从他身边提起另一瓶尚未开封的诗仙太白，就要打开瓶盖。云成忙按住他的手："算啦，算啦。""算什么啦？是瞧不起？我知道你是好酒好菜整惯了。哎呀，我的菜！"

一群蚂蚁在那些菜上面来来回回地忙碌。程路生一边叫爹骂娘，一边顺手拿起那张用来包东西的旧报纸，点了起来。将蚂蚁连同那些菜扔到了里面，“我叫你吃？老子都还没整几口，你们就来了，太过分了。”看着蚂蚁烧死的被烧死，打转的打转，程路生又哈哈地笑了，好像他是一个胜利者。

“你说，我们小时候把家里的土烧酒偷出去喝，你一喝起来就没完没了。这时就怎么不喝了呢？哦，记得那一次，有王雨儿。在上学的路上，她也要喝，可喝了不到两口，眼泪就喝出来，脸上红得不得了。你望着她的脸一动不动，像傻了一样。”程路生说完指着云成哈哈大笑，口水顺着嘴角流了出来。

“呵呵，是有这么一次。”云成从兜里掏出玉溪，抽了一支给程路生。程路生用手一推，“今天不抽你的，今天抽我的。我今天有烟。”程路生从口袋里掏出一包还没来得及开封的恭贺新禧。

“那我们各抽各的。”云成推开程路生递过来的烟。

“你啥意思？”

程路生的脸色突然暗了下来。云成不得不接过他的烟：“恭贺新禧嘛，是得抽。崭新的一天开始啦。”

其实程路生很聪明，他曾是云成和王雨儿三个中被公认为最有前途的一个。但命运捉弄人，就在临近高考时，程路生突然病了，一病就是几个月。由于他的家庭，他也没有办法再去复读。高考后，云成幸运地进入了一所二流大学，而王雨儿落榜了。

“晚上过来喝酒，摆会儿龙门阵？”程路生看着云成说，“我那房子是租来的。要不上你家？”

“我过来吧。”云成忙接过话题，“你是知道的，我爸喜欢清静。”

程路生用右手撑了一下想站起来，可身子是软的。他只能目送云成越走越远，直到消失在那个坡道的拐弯处。看着衣衫光鲜、步子豪劲的云成，程路生的胃里五味杂陈。他此时有点相信命运了，是命运将彼此的距离越拉越远。或许这命运也是自己性格的定数。

他又将身子靠了下去，打开酒瓶盖，喝一口酒，吸一口烟。吸着喝着就把眼泪喝出来了，他突然很想他的爸妈。这两个苦命的老人，一天福都没有享过，不知他们在地底下是不是知道我们的地和房子遭占用了，要是他们还活着多好，就可以看到他们一生都没见到过的这么多钱了。

程路生吸着烟，喝着酒，流着泪，直到把天色都吸得暗了下来，直到把星星喝得冒了出来，直到把所有的不如意都流了出来，他才扔掉手里的酒瓶，倒下身子睡了过去。

3

开发商还建房，程路生没有要。程路生说："我才不要那房子，我要进城买房子。哪怕是买一个平方米也比这里强。"程路生说的城是市区。

程路生这是在摆阔。知道的人就说，程路生这是在说给王雨儿一家子听。王雨儿前一阵子与丈夫离婚了。她的丈夫在外面搞了一个女人，王雨儿气不过就离了。王雨儿家没在开发的范围里，所以三百六十五天里还得继续与泥土打交道。

程路生没事时老爱到王雨儿她们院子里去逛，反背着手，眼睛望天，在王雨儿家门前走过来走过去。有一次王雨儿端着盆走出门口倒水，看到程路生，就招呼他："路生，进来耍一会儿嘛。"

"不啦。我还忙着呢。"

"忙啥啊？现在都脱产了，城里人了。"

"嘿，王冬家喊我去凑个脚儿。"王冬他们家里开了一个麻将馆。

"哦。城里人的生活就是不一样。"

"那是，那是。"不知是程路生听不出王雨儿的话里有话，还是他故意装糊涂。口里这样应着，哼着"你是我的玫瑰你是我的花"就走开了。

先前程路生的父母在世时托的那个媒婆来找程路生，她说："路生啊，你也三十好几了，是该成家的时候了。要不要婶给你说个媒啊？"程路生一边让座一边说："好啊，单身汉的家不像家哟。""这个姑娘只是有了过去。其实，你也不要在意，人不就那么一回事儿，只要两个人在一起感情好就万事大吉了。路生，你说呢？"

"我知道。人活着不就那么回事儿？"

"那你是没有意见啦？"

“有意见又能咋样？这么多年只有婶为我提过亲。”

“哦。那是。王雨儿离婚了。”

“这我知道。”

“你们从小就很要好。”

“是王雨儿让你来的？”

“不。是她父母让我来的，她哥嫂也有这个意思。”

“那就等等吧。得王雨儿自己愿意。”

“你说这算什么？格老子原先我没钱，王雨儿的父母说七说八，百般阻挠我与王雨儿走到一起。现在看到我手头有钱，脱产了，也算城里人了，他们就来了。啥子世道？”程路生深深喝了一口酒，咂了咂嘴说，“更别说她王雨儿已是二婚了，也不考虑一下我的感受。”

“路生，你这是说的啥话？只要两个人能相爱，其他都不重要。”云成拿起程路生放在桌上的烟，自己抽上一根，也给程路生点上一根，“人嘛，有许多事情得看开点儿。”

“哦，这就是你这些年跟在老板身后学到的？就是自己的老婆跟别人好啦，也看得开？”

“我看你是酒喝差不多啦。关键是王雨儿现在没有成为你的老婆，她的过去不是你能左右的吧。”

“算啦，不提这档子事了。来，喝酒，今朝有酒今朝醉，哪管明日在何方。”

“当”的一声，他们的酒杯碰在了一起。“说真的，这些年除了你愿意与我喝酒外，这个村子还真难找到第二个，就连那些从小玩到大的人都不例外。”

“或许是各有各的事情吧。”

“是吗？”

“是啊。就如我吧，在城里为老板鞍前马后，也还不是没有多少日子与你在一起。”

“那倒也是。我真怀念你、我、王雨儿三个人在一起的日子。多纯真的年代啊。”

“看来你还是喜欢王雨儿的了。”

"是喜欢。我还是如从前一样喜欢她。但不知王雨儿是什么样的态度?"程路生打了一个酒嗝儿后说,"他妈的,说了不说王雨儿的。你看我这嘴儿?"

"要不要我去给你打探打探?"

"去个球。喝酒,喝酒。"

4

程路生爱唱歌,他说歌声最能传达感情。那时流行《让我一次爱个够》,程路生一天到晚唱个不停。特别是和王雨儿在一起时,程路生就唱得特别投入。王雨儿说:"你这样大呼小叫的,羞也不羞?"

"这是爱的力量。"程路生摇头晃脑地说,"真情无敌。"

"什么真情无敌?"王雨儿瞥了程路生一眼,"我只听说真爱无敌。"

"由情到爱还得有一个过程呢。我的情传到了,可还没人接受而变成爱哟。"程路生向王雨儿做了一个鬼脸。

王雨儿的脸红了红:"你脸皮还真够厚。"

"呵呵,脸皮厚不挨饿嘛。"程路生话刚说完,一曲《明明白白我的心》又开始了。

王雨儿看看实在没法,只好加快步子向前走了。程路生边唱边追,弄得云成在后面追也不是,不追也不是。

王雨儿不再追打程路生了,云成看这有点儿不对。在以前程路生唱抒发爱意的歌时,王雨儿都要奚落他几句。可现在王雨儿听到程路生唱抒发爱意的歌就两眼放光,有一层水韵一样的东西在里面旋来旋去。再后来云成经历了爱情,才彻底明白,他们那是相爱了。

后来程路生家去向王雨儿家提亲遭到拒绝,而王雨儿什么也没表示。程路生对云成说:"什么狗屁真爱无敌?原来在贫富面前还是不堪一击。"

程路生现在不慌,手里有钱,还怕没有上钩的鱼?程路生每天喝酒吃肉,曾有那么一两次,他向云成打听在城里购买房子的行情。可问了两次后就没有音信了。

程路生学会了咳嗽。他背着手踱着步从王雨儿家门前走过时,就会咳嗽两声。

王雨儿出来了:“家里没人,进来坐坐吧。”

“你说我们这是不是命啊,走去走来走到了这一步。”

“或许是吧。”

“或许是吧?”

“如果没有命,我们还能有今天?”王雨儿看着门外,她得防着她的哥嫂突然出现。王雨儿的哥是一个说一句话牛都踩不烂的人,而她的嫂子那一张嘴,一点芝麻小事都会被她搅翻天。

“你父母还没有松口?”程路生指的是王雨儿的父母提出的要求,如果程路生要与王雨儿好,就得先出一万元的彩礼,算是订婚。至于结婚的彩礼,那得另外出。

“不是我父母松不松口的问题,是我哥嫂在中间搞鬼。”

“你哥嫂也太不是东西了,这关他们什么事?”

“可我爸妈就听他们的。”

“你说我把钱给他们了,我们将来怎么办?我打听了,在城里买房子,那得好几千元一个平方米。我在思考着能买多大的房子。我的钱不可能光用在买房子上吧?你知道我的脾气,我又不想给人打工,我想买好房子后,自己做点什么生意,这也得要钱的。”

“那该咋办?我哥是一个说一就是一的人。可我也不能不清不白地跟你走啊。”

“这关他屁事。本来你是出过嫁的,严格说已不算王家人了。你父母都不说什么,他倒好,蹬鼻子上脸了。”

“路生,你不要这样子嘛。等我找合适的机会跟他们周旋周旋。”

“苦了你了。”程路生走近王雨儿,轻轻地将她搂在了怀里。

5

“程路生,你给老子出来。”

程路生听声音就知道是王雨儿的哥哥找上门来了。

“我当是谁呢,原来是一条疯狗哟。”程路生不紧不慢地从房子里面走出来,“我差你米还是欠你糠了。”

“我警告你,不要再去找王雨儿。不然我打断你的腿。”

“哎哟,我好怕。你以为你是谁?”

“老子话说到这里,你既然不能按我们的条件来,你就别想再见王雨儿。寡妇门前是非多,你总懂吧。要不……”说到这里王雨儿的哥哥挥了挥他那孔武有力的手臂。

“条件? 寡妇?”程路生瘪了瘪嘴,“你妹妹是寡妇啊? 那还有什么条件可提?”

“你……”王雨儿的哥哥气得在那里发抖,不是周围有那么多的人看着他,他早就上去给程路生两个耳光了。

程路生这是第九次咳嗽了,可王雨儿就是不露面。程路生感到心中有点儿失落,难道王雨儿不在?

门开着,但就是不见人。程路生管不了那么多了,抬腿走了进去。王雨儿在屋里坐着,看到程路生走了进来,起身走进里屋,砰的一声将门关上了。

“王雨儿,把门开一下吧。你这是为啥啊?”

“为啥? 你自己知道。我不是寡妇吗? 还有资格和条件来与你见面吗?”

糟了,我自己给自己上套了。程路生在心里说。

“哎呀,那不是我说的。那是你哥说的。再说,我也是在气头上,说话就没有考虑嘛。”

“你清纯,你有钱,你是城里人了,我不想累了你。你走吧。不然等会儿我哥看到你到我们家里来了,说不定他会真的揍你。”

“你不出来,我就不走。”程路生拉了一把椅子坐了下来。

“谁喊你来的? 给我滚出去。”程路生的屁股还没落下,王雨儿的哥就大步跨了进来,嘴里吼着,手从门背后提起了一根扁担。

“你要做啥? 别乱来!”

“你进屋偷东西,我打强盗。”王雨儿她哥话还没说完,一扁担就打了过来。

程路生一闪,人是躲过了,可他刚坐的椅子却遭了殃,靠背被打断了。

“哥,你别这样。你把他打伤打残,你是走不脱的。”王雨儿打开门冲了出来,一把拽住了她哥再次挥起的手臂。

“大不了我把他打死了去抵命就是。这个畜生那样看待你,你还替他说话?”

“那是我们的事。再说,你还有爸妈,还有儿子。犯得着为了我去做傻事吗?”王雨儿边哭边说。

“叫他滚,再也不要进我们家门。不然,我看到一次打一次。”

“王雨儿,我先走了。”程路生看看今天是没有结果了,此时不走还待何时?难不成硬是让王雨儿的哥把扁担砸到头上?

“再不要来了。”王雨儿含着泪说,人也随后走进了里屋。

程路生苦恼,搞过来搞过去,自己与王雨儿难道注定了好事多磨?端起酒杯,一口喝了下去。“我程路生就是程路生。王雨儿还是我心中的王雨儿,谁说她是寡妇了?她只是被命运捉弄了,二婚了而已。”

程路生夹了一颗花生米,头向后一仰,扔进了嘴里。“但不答应他们家里提出的条件,这一关过不了。王雨儿也不会跟我走啊。你说我该怎么办?”

程路生把这颗隐形炸弹扔给了云成。

“订婚的彩礼就要一万,到时还有其他的钱。再加上结婚时的开销,我的安置费就所剩无几了,还拿什么去过城里人的生活?格老子,命运真的捉弄人哟。”

“要不,你就在这里整一套房子算了。结婚时的开销能减的就减吧。”

“我不甘心。上天给了我这个做城里人的机会,我为啥要放弃?”

“其实在哪里生活不是生活?”

“你这是饱汉不知饿汉饥。你已在城里有房子,有事业,当然说话就轻松了。”

“你没看到电视上的新闻,有好多城里人,还到城郊的农村置房。城里的污染大,空气不好,对人的生命有着无法估计的威胁。”

“那我跟你换一换?”

“那我去帮你说说情?”

“说个球。我自己的事情自己去办。”

“可你已无法接近王雨儿了。”

“我不自己去，王雨儿会说我假打。”程路生扔给云成一支烟，说，“算了，不说了。免得扫了我们的酒兴。”

“过两天我的假期就到了。”

“那你该干啥干啥去。”

“有事多联系。”

“我发觉你有点老态啦。”

“呵呵呵……”

6

“王雨儿，你出来。我有话对你说。”程路生不敢进王雨儿家的门，只能在离门十米的路上叫喊。

王雨儿好似吃了秤砣铁了心，任凭程路生把喉咙喊得嘶哑了，全村的人都知道了，可她就是不出来。王雨儿她哥装耳聋了，也不理不睬。

“妈哟，你不理我，我就不能找你？”程路生咕哝了一句，脚就好像多了一个胆，已向王雨儿的家门口走去。

“哎哟。我的妈啊。”程路生刚走到门口，就感到腿上一阵撕裂般的疼痛，人也跟着倒了下去。王雨儿的哥哥的叫骂声适时响了起来：“我不打断你的腿，我看你是不会死心的。”说着手里的木棒眼看又要落下来了。程路生顾不得疼痛，双手一撑地，在另一条腿的帮助下，一个翻身躲了过去。

王雨儿哭着跑出来：“哥，你真下得了手?！人家是哪点儿得罪你了？不就是没有答应你的条件吗？再说，做了这么多年的邻居，也是儿时伙伴，一点儿情分都没有吗?”

王雨儿上前扶起程路生，可程路生已站立不稳。一用力，受伤的那条腿疼得他直咬牙。王雨儿将程路生扶到凳子上，撩起他的裤腿，里面已有殷殷血迹。

“婶，过来帮帮忙。”王雨儿对着那个给她和程路生提过亲，一直站在一边看热闹的女人叫道，“我们把路生扶到医生那里去看看。”

“王雨儿，你要是敢扶程路生去看医生，我就不认你这个妹妹。你也不要再回我们这个家了。”王雨儿的哥哥咆哮着，看起来像个无赖。

“哥,随便你吧。你现在怎么变成这个样子啦?”王雨儿泪水忍不住地往下流,声音里充满了悲切,“路生,忍着点儿。”

村子里的人们看着摇了摇头,议论开了:“你说这王雨儿他哥咋就这样了呢?”“是啊!咋就这样了呢?”“这程路生也是,王雨儿都二婚的人了。还用得着这样吗?”“你说嘛,程路生看起来是痴情,又有点儿像无赖。”“就是嘛,现在手头有钱,还怕找不到好女人?”“嗯。当初王雨儿要是跟他程路生,也就不会答应她爹妈嫁给别人了。”“嚷什么啊,别人的事少说为妙。该做啥做啥去。”在一个年龄稍长的大爷的呵斥声中,人们这才渐渐散去。

王雨儿在门前转来转去,她哥在门口站着,“这个门你再也不要进了。”王雨儿看着父母的脸,可她的父母看了看她哥的脸色,也对她不理不睬。

“哟,我说王雨儿,你在哪里惹了这么大的骚味儿啊,多远都能闻到。你真会辱没门楣嘛。”王雨儿的嫂子阴阳怪气地说。

“嫂子,你不要这样子。我只是尽了做人的本分。哥把人家打伤了,我这是帮哥,你知道吗?”

“哟。打伤谁啦?你的情夫吧。”

“你……真是不可理喻。”

“谁不可理喻了?你个扫把星,要不是因为你,你哥会打人吗?要不是你,我们会在人家面前丢尽脸面吗?”

“你……”

“我什么我?当初你离婚后我就不让你进这个门,还不是你那背时的哥心软。说什么,横竖都是兄妹。你看你,好心当作驴肝肺。天生的狐狸精。”

“谁是狐狸精?嫂子,咱们就不能好好说话吗?”

“好好说?跟你?我说你是狐狸精那是抬举了你。你连自己的老公都守不住,现在却来勾引程路生。人活到你这个份儿上活着还有意思吗?”

王雨儿的嫂子说完话就把王雨儿的哥推进了屋里,接着走出来又将王雨儿的父母推了进去。眼看父母就要消失在自己的面前,王雨儿绝望地叫了一声妈,可她的妈只是含着泪看了她一眼:“你既然有出路,那你就自己过自己的吧。”

王雨儿无声地哭着,看着快速合起来的两扇木大门,身体瘫倒在地上。

王雨儿感到天塌下来了，她无法想象自己的亲生父母和亲哥为啥会这样对她。难道钱在他们眼里比骨肉亲情还重要？王雨儿爬起身离开院坝，她不知该走向哪里。她想去找程路生，可自己不是清白之身，而她更怕村邻们唇舌的长枪短炮。不明媒正娶自己又如何面对？她沿着小路漫无目的地走出村而后又绕回来，看到程路生的窗口亮起的灯，眼泪又流了出来。她知道那里面是温暖的，但这温暖在触手可及的地方却不能得。她哀叹一声又转身将自己投进夜色里。

7

王雨儿死了，这出乎全村人的意料。人们都在想：王雨儿她哥嫂不让她进那个家门了，她不是与程路生要好吗？为何不就这样跟了程路生？为啥要想到死呢？反正过婚嫂，连夜讨。还有什么脸面好顾虑的嘛。

王雨儿是在坡上那棵树上吊死的。那棵树记不得有多少年轮了，没有人知道。反正从云成、程路生、王雨儿懂事起，这棵树就这么大，好像再也没有长过。每年夏天，他们都会爬到上面去玩，王雨儿爬不上去，云成和程路生都不拉她，她就在下面哭。捉迷藏时，云成和程路生喜欢躲在这棵树的上面，它枝叶茂盛且密不透风，王雨儿时常都找不到他们，满山遍野地喊叫。

王雨儿死了有老半天了，还没人给她收尸。看来她的父母她的哥嫂是彻底不要她了。这让程路生都感到绝望。程路生拖着他那条伤腿，拄着一根木棒，终于来到了那棵树下。王雨儿还吊在上面。

程路生没有哭，也没有泪，但他在叫喊："雨儿呀，你还在上面玩，难道不累吗？下来吧，下来我俩一起玩。"

"怎么还不下来？那好，我来接你下来。"程路生扔掉木棒，双手抱着树干往上爬，树干上留下了一道弯弯曲曲的血印子。

云成来的时候，程路生已把王雨儿从树上放了下来。像小时候在一起玩一样，并排着躺在那里。程路生两眼望天，王雨儿双眼睁得大大的也望着天。

"路生，想哭就哭吧。"

"雨儿走了。她这一次是真的不要我了。"

"谁说的？王雨儿就是为了要你，她才走的。"

“你胡说?”

“昨晚有人看到她在你窗前看你了,待了很久才离去。”

“啊……我好笨。”

程路生哀号一声后,两眼直直地望着天,再也不跟云成说什么了。那样幽深的目光,云成想程路生一定是在决定什么。

云成说:“路生,天都要黑了。咱们回去吧,把王雨儿也带回去。”

“不。你走吧,我想单独与雨儿待一会儿。”

夜已深了,程路生还没有回来。云成想他一定还在坡上的那棵树下。可等云成来到那里,程路生与王雨儿两个都不见了。云成一边喊程路生一边坡前坡后地找,程路生这是上哪儿去了呢?

“救火啊,救火……”一阵呼救声从王雨儿她们家那个方向传了过来。云成心里一抖,程路生会不会……

火是从王雨儿家的堂屋里燃起来的。王雨儿平放在地上,周围围了许多干柴。程路生坐在王雨儿的旁边,手里拽着他的安置费,一沓沓地往火里扔。一股带着桐油味儿的黑烟升腾了起来,一群黑蝴蝶此起彼伏地飞舞。

云成扔掉手里的手电筒向程路生跑去,可火势太猛,方圆两米进不得人。急得云成大叫:“程路生,你出来啊!你这样对得起王雨儿,对得起你父母吗?”可任凭云成把喉咙喊破,程路生还是把一沓沓钱往火里扔,口里说着:“雨儿,把钱收好。马上我就来找你,找我的父母。我们在阴间里去过我们没有人打扰的生活,过属于我们的城里人生活。”

程路生的衣服上着火了,头发眉毛着火了。他仍不紧不慢地往火里扔钱,最后他的叫声被噼里啪啦的柴草木棒燃烧的声音所淹没,人也随后倒了下去。

在人们提着水桶水盆把火浇灭的时候,王雨儿与程路生已面目难辨。这时王雨儿的哥哥不知从哪里冒了出来,衣服被烧得破烂不堪,头发眉毛也被烧焦。“这个下十八层地狱的程路生、王雨儿,你们害得我们好惨啊!可惜那么多钱啊!”说完就瘫坐在了地上,他脸跟那翻腾的黑烟一样难看。

——原载于《延河》2017年第8期

作者简介

泥文，本名倪文财。中国作家协会会员，重庆市作家协会全委会委员。著有诗集《泥人歌》《我多想停下来》。诗集《泥人歌》入选中国作家协会“21世纪文学之星丛书·2013卷”。作品散见于数十种各级刊物和选本。

一个人的村庄

■ 游睿

冯秋离下定决心，要回一趟老家。

马上就是母亲节了，他知道，很快朋友圈里就会出现无数“孝子”，他也曾是其中之一。但这一次，他决定要回到老家，安安静静地在父母身边待几天。

算起来，这是近10年时间里，冯秋离第一次回村庄。以前逢年过节，他也曾想过回去陪陪父母，但总有一个无比坚强的理由挡住了他——忙。忙着换工作，忙着加班，忙着出差，忙着开会，忙着接孩子，忙着吃饭，冯秋离承认，他忙得身不由己。

冯秋离也曾一次又一次邀请父母来城里，但父母总以城里待不惯为理由拒绝了。那对在小山村里生活了一辈子的老人，深深理解儿子的忙，对他说的每一句话都深信不疑。

好在现在通信手段进步了，尽管回不到父母身边，他却时刻能和父母保持着联系，知晓父母的一切情况。早些年，可以和父母打打电话，现在更方便了，可以直接和父母视频。每次看到视频里父母硬朗的身体，再说一番暖心的话，冯秋离就安心了许多。就在前天，他还和父母视频了半个小时，母亲告诉他，她喂的猪就快出栏了，到时候给他腌几块腊肉寄过去。

人总是在最无助的时候才会想起父母，他们会原谅你所有的不是，并会默默支持你，默默为你疗伤。就在今天，冯秋离丢了工作，又收到了妻子的离婚协议书。这一次，他抛开了所有理由，有些迫不及待地想回到父母身旁。

冯秋离在导航上输入了千里之外那个小村庄的名字，但失望的是怎么也查不到，他索性把定位定在了附近的一个科研基地上，然后出发。他没有告诉父母，怕他们为他途中的安全担心。

开了整整一天一夜，终于到了家乡的县城。10年不回，这里早就是另外一番景象，到处高楼大厦，似乎比自己生活的大城市还繁荣许多。出了县城，沿着宽敞的柏油马路前行，冯秋离甚至不敢相信这是去乡下的路。渐渐地，周边的景物开始熟悉起来，好在那些山山水水都没变，一路前行，一路都是满满的回忆。那些肆意奔跑的童年，那些挑灯苦读的日子，那些和父母相处的年年岁岁都在车窗外清晰起来。

车在一座大山前停了下来，这座形状似驼峰的山他太熟悉了，就在他们家旁边。冯秋离的童年几乎是在这座山上度过的。但现在他走下车，眼前的景象让他不敢相信自己的眼睛：村庄里，除了几条宽敞的柏油路蛮横地镶嵌在里面外，竟然全部长满了参天大树和枯黄的杂草。在树林和杂草之间，仅有一幢完整的建筑，除此之外，目光所及之处全是断瓦残垣，土墙裂着口子，屋顶像骨折般坍塌。村庄里，没有鸡鸣也没有犬吠，没有牛羊也没有炊烟，一阵风吹过，草丛里竟然是密密麻麻的坟头。

冯秋离一阵寒战，我的家呢，我的父母呢？他赶紧掏出手机，电话很快接通，里面传出母亲熟悉的声音。

妈，你们在哪里？他问。

我们在家啊，怎么了？母亲回答说。

你确定你们都在家里？我要和你们视频。冯秋离说着，就接通了视频。视频里，母亲和父亲都在，母亲举着手机微笑着，父亲在她身后叼着旱烟，他甚至还从视频里看到了驼峰山。

难道，自己走错了地方？冯秋离回头看了看自己身后的驼峰山，他确定没错。冯秋离说，妈，你们到底在哪里，我回来了，就在村里，可是我怎么找不到你们了？

冯秋离刚说完，视频忽然挂断了。他赶紧重拨，却始终无人接听。冯秋离慌了，他搞不懂到底发生了什么？他疯狂地往前奔跑，最后走到了那栋唯一完好的建筑前面。

推开门，这栋楼里看不到一个人影，却一层又一层地装满高大的计算机。计算机的屏幕上，光标不断来回跳动，并发出嘀嘀嗒嗒的声音。

冯秋离沿着梯子一步一步往上走，一直走到最顶上的一个房间，他推开门，看见里面坐着一个瘦骨嶙峋、满头白发的人。

你来了？那人缓缓转过身，冯秋离竟然觉得他有些熟悉。

你是谁？冯秋离问。

我是你小学同学徐博，你不认得我了？

徐博？M大学的博士，IT专家？冯秋离问。

是的，徐博说，就是我。

这里怎么了，这个村庄到底怎么了，其他人呢？冯秋离有太多疑问。

徐博叹了口气，缓缓地说，村子里的年轻人全部在外面打工，定居，都和你一样许多年没回来过。留在村里的老人们一个个先后故去，现在我是村里唯一的活人了。

怎么可能，我的家呢，我父母呢？我刚刚还和他们视频过。冯秋离急了。

你的父母已经去世5年了，他们的坟头就在驼峰山下，我亲自埋葬的他们。徐博说。

你个骗子，你撒谎。他们好好的，怎么会去世？冯秋离几乎要崩溃了。

你在电话里听到的，在视频里看到的，都不过是我设置的一个程序罢了。徐博说，这是我的研究成果，早在几年前，我就把村里的每个老人进行了DNA取样，然后植入电脑。系统会按照他们活着的状态继续编程，会以他们的思维模式和行为习惯在虚拟世界里从事一切活动。简单讲，就是虚拟了一个他们，除了不能见面不能真实触摸，打电话和视频都看不出任何异常。

冯秋离根本不相信他说的话。问，我逢年过节给他们打的钱呢？他们在我儿子生日时买的礼物又是怎么回事？

和你一样，村里其他年轻人也会断断续续打些钱回来。钱基本用在机组的运行和维护上了。不过尚有结余，所以在你们有特别意义的日子里，我会根据系统的提示，用剩下的钱给你们每个人回馈礼物。徐博说。

你凭什么这么做？你凭什么不让我们知道父母的真实状况？凭什么？冯秋离冲上前，一把拧住徐博的衣领，大声骂道，王八蛋，你破坏了我的亲情，你知道吗？

徐博苦笑了一声，抬头仰望了一下天空说，我原本是为自己的父母设计了这套系统，回村里做实验的时候，所有的老人都求着我帮他们，我心一软，就答应了。如今看来，我并不觉得有何不妥。这时徐博把目光转向冯秋离，说，我倒想问问你，如果不是我告诉你真相，在你们看来，他们是不是活着，你们真的知道吗？

冯秋离丢开徐博，当即瘫坐在地上。

——原载于《芒种》2017年第17期

作者简介

游睿，中国作家协会会员，著有小说集《鸡皮疙瘩》等，曾获巴蜀青年文学奖、《小说选刊》奖等奖项。

功德碗

■ 强雯

白桂站在供台下,仰望那只被高高供奉的六瓣形铜碗,紫灰色的光晕从碗沿沉落,消失在阴影里。铜碗下,史家列祖列宗的牌位一字排开,带着整夜未眠的愠怒。白桂心中一紧。

现在是清晨六点,再过半个小时,堂屋里就会灯火通明,诵经声嘀嘀嗒嗒没完没了。那只神秘的六瓣形铜碗将会被人取下,小心翼翼地捧在手中,据说碗底有一只虎背熊,张着大口,吞吐功德水,福佑供奉人。

“功德水,每入一滴都会计入史家的福荫里。”史家的管家总这么宣讲。

这是史家人每天必做的早课。若没重要的事情,男女老少皆出席。

“什么是功德水?”六岁的儿子问母亲。

“嘘——”白桂让儿子噤声。

白桂只是史家大院的一个暂住客,初来乍到,不要求她参加早课。但回廊里窸窸窣窣的脚步声、渐次通明的灯光让她睡意全无,她悄悄披了衣,携儿子尾随前行。

史家人宽厚。

“每天早上六七点，去史家门口守着，有求必应，有求必应！”街坊邻居都这么嚷嚷。借钱的，讨饭的，求事的，都聚集于此。洪山镇说大不大，坐落在武陵山区的谷深地带，方圆百二十里，却不到四十户人，史家大院赶上了富贵，就建在洪山镇乡场的南路尽头。赶场天，去史家门前讨吉利的人络绎不绝。涪江环抱着乡场，一路小跑，到史家大院边上，步履欢快，那里有一个回水沱，暗流涌动，神秘莫测。因讨吉利而守候的乡亲们聚集于此，一边看史家大院如鱼尾激浪的飞檐，一边唠着回水沱里的陈年旧事。

“发大水时，这里不知卷了多少家当。”

“还有死人。一个身子全吃进去了。”

“也就史家敢选这个地方盖房。”

“邪不压正。”背着背篓的人说。

“说不定是以邪压邪呢，反正没挑到我，那就不是正。”提着麻袋的混杂在老乡中，斜睨着眼，似笑非笑。

“少说些没来由的话，有鱼神保佑，史家财源广进。”背着背篓的，打断了提麻袋的话，又有几个老乡围拢了过来，唠唠叨叨。

史家人每天只应允一件事。

他们相信功德贵在细水长流。

白桂奔突到洪山镇三日后，听说了史家传奇，也想来试试运气。她也是武陵山区的人，这山大，听说连着四五个县两三个省，她也不知道自己跑了多远，更辨不清方向，凭着山里人的感觉，顺着有乡场的地方走，稀里糊涂到了洪山镇。一个年轻女人牵着孩子，混在背篼箩筐旧毡帽中，说不上话。涪江一如既往洗刷着岸边砂石，澄净明亮，但求事的人只是嫌吵。

“你有什么事？”开门的人点她，人群朝前涌动了一下。

“我会做饭、洗衣。”白桂搡了一下身边的人，她把孩子抱高，想求一份工作。

管家的眼光在孩子身上停留了一下。

“孩子很乖的，不吵不闹，快叫大伯。”白桂又耸了孩子一下。

“你男人哪里的？”

“武陵山的。”

“武陵山大呢。”

“也不大,男人出去一天就能回来。”

“怎么到了洪山镇?”

“来了几个当兵的,把茅屋给抢了,牲口也死了,我带孩子回娘家要点儿钱,结果娘家人找不到了。”说着,她眼泪就含上了。

人群又嘈杂起来。“大管家,大管家,求个事儿。”有人高举手臂。

“大管家,行行好,家里等着抓药。”

白桂可怜巴巴地看着他,生怕他的视线移开。

开门的沉吟了下,招招手:“你进来吧。”

好像就是一抬腿的工夫,白桂就进了大院。她的心还跳得猛烈,但已听不到涪江声和人声。这是个与世隔绝的地方。白桂来不及看清这两楼一底的四合院,只觉得黑黢黢地全压过来,好一会儿才适应了这里的光线。这院落里不是没有光,光都聚集在天井那里,格外透亮,这才显得黑压压的厅堂、卧室、客堂,肃穆森然。她跟着管家小步前行,在回廊里转得人辨不清方向。

这数月来她一路奔逃,也见过些地主人家,但史家确实气派。

白桂握紧孩子的手,想,穷人家住的地方,一座山套着一座山,富人家住的地方,一座楼套着一座楼。她站在天井处齐人高的几株芭蕉下,搓着手指。

芭蕉旁的大石缸里盛着满满一缸水,青苔铺满缸身。三朵黄色荇菜漂浮在上面,天光凝成一团,沉落在水缸深处,若一直盯着看,好像有一个沉浮的尸体,白桂被自己惊出了一身冷汗。

环顾四周,檐角飞翘,是鱼鳞和鱼尾的造型。二、三楼之间用木楼梯相连,隐廊和回廊环绕相通,白桂想这是什么样的富家?这些廊道错综交叉,有点像断崖边上的小路,不过那些小路得爬着走,看似无穷,却是断头路,稍不留神就会摔落到深渊,这些回廊还好,人不会摔下去,还能直立而行。

“先住这里吧。”管家不知何时出现在身边,钥匙在腰间叮当作响,“你娘家几口人?哪个村的?”他话语轻捷起来,领着她绕过堂屋,向西直走。

“城口河西村的,兄弟两个,姊妹一个。”白桂随口胡诌,她听人说过城口县远着呢，跟湖北挨着，没人会去管她话真话假。可那团水缸里的天光却如鲠在喉，还长满青苔，让人浑身不自在。“嫁了之后，就再没回了，也不知道娘家人在哪里，挨了枪子儿没有。”

管家没吭声。

“我手脚利落，什么苦都能吃。孩子还能打个下手。”

管家的钥匙叮叮当当响。

“讨碗饭吃，攒点盘缠，回娘家看看。”白桂絮絮叨叨地补充着。

在靠西的拐角处，管家用钥匙打开一间门：“你就住这里吧，早中晚到厨房去吃饭。”

“多时上工？”白桂也不进去。

“先住着吧。”管家定睛看了看她，转身走了。

儿子的小手攒得白桂手心有了汗，她茫然地环顾这间偏房，小而整洁，当西晒，床单素净，比自己住过的任何地方都更像个家。白桂摸摸玉石凳子，尚有余温。

有人在门口瞧她。“新来的？”

“嗯。”

大户人家做功德呢，救济穷人。还有几个住在史家的人在天井打量她。

刚住进来几天，白桂心里不踏实，总觉得应该被问问话。但是好几天过去了，风平浪静。

史家的宾客爱聚在天井闲聊。天气晴好，阳光充沛的时候，高高矮矮的人齐刷刷出来，往那里一站，就像森林里的蘑菇，煞是好看。水缸里的荇菜一茬接一茬地长，嫩绿盖着老绿，蔓延出水缸，和青苔做了伴。有宾客主动担任剪除它们的工作。“这东西多了，也不好，会吸收天地甘露，影响施者福荫。”剪荇菜的程师兄说。

宾客待上一月半月的，说话都会变个腔调。

“泽被万物，只作疗饥的药，不可贪食贪多。”程师兄一边剪荇菜叶子，一边告诫新来的宾客。

虽然靠近乡场，宾客却绝少自由进出。“止行有礼”是史家对众宾客立的规矩。

有礼，就是不得说人是非，不得妄下结论。

三五个人闲聊：“他这个德行，怕是以后不好。”一时嘴快的人立即反应过来，掌自己嘴：“呸呸呸，我不该这样讲。”好像那果报带着链铐应声就到。

每个人都恭敬，谨慎。农村人使诈、耍赖的习性都被功德训给罩上了，犯浑不得。

孩子是例外。像史家大院里不多的猫狗，偶尔求个欢，上蹿下跳，随它去吧。对于小生命，不管好的坏的，他们总有无原则的怜悯。

但白桂不喜欢天井。那地方明晃晃的，四周的屋檐就势而来，人立其中，只觉被光团罩住一般，无法动弹。而且，她不喜欢这些人说话的腔调，动不动就是放生，蹙眉，讲因果。狼吃蛇，蛇吃鼠，鼠吃虫，不都是天经地义的事情？武陵山下的农户哪个不是这样过活？下辈子的事还早着呢。“又吃又拱。”白桂心里骂。但她也只能在心里骂，这里没有高山森林，全是青砖、雕花，叫不出名字的神仙老头儿立在屋脊上。他们的笑让她害怕，宽大的衣袖里好像藏着戒尺，随时要敲她一记。她得绷着，不能让人看出她的不乐意。实在不行，白桂便去厨房择菜、扫地、添柴火，搭把手。厨房里的人可不会讲什么果报。

但是时间一长，无所事事的人都会自发去做早课。

这也成了一天中最重要的事情。

做早课，仪式不长，也就二十来分钟。众人集合于堂屋，时辰一到，管家便举腔，诵功德训：“三德六味，供佛及僧……若饭食时，当愿众生，禅悦为食，法喜充满。”大家同声而念，唱和起伏有致。

每到这时，白桂便拿眼扫视史家老太太。这老太太最虔诚，戴顶锦皮灰帽，双目紧闭，盘腿在上，喃喃而语。念完功德训后，管家便把供台四方柜上的六瓣形铜碗取下，再念一句“果报无边，究竟快乐”，他一人领唱，史家老小一齐念上。众人再各自在心里默念今天福业。最后，碗递在老太太手中，老太太接过几滴功德水，表示今天积累的福荫。三声磬声之后，滴过功德水的碗展示给史家大小看一圈,最后,管家双手举高,放回立柱上。

所有程序都有条不紊。

刚开始,白桂并不懂做早课的规矩,不过史家人好功德,你要跟着来,他们也不阻止,她便跟着众人双手合十,做完所有的仪式。后来,她想多看看老太太,看看收容她的史家长辈。早课之后,虔诚浓重地罩在每个人脸上。众人分成几列,依次去厨房用膳。

"法力不可思议,慈悲没有障碍。"程师兄看她局促懵懂,走过来提点她。白桂冲他笑笑,听不懂,但她觉得那是一番好意。

早课之后,史家大小事宜,全靠管家张罗。

"哪里都离不开他。"吃早粥时,宾客们说,"史家福荫里有他一份。"

主就是主,客就是客,长子长孙们也各行其是。

"管家就是那些木楼梯,多亏了他,这大院几层楼才撑得下。"白桂说。待了些时日,她也学会了几句腔调。

"碗里有只熊。"老宾客跟新宾客说,"这宾客吃流水席般,还没把这大家子吃垮,多亏了那只功德碗,福荫不断。"

"那碗里的熊会吐金子,要是功德做得多,水就会变金子。史家才这么有钱呢。"

"才不是。史家儿子说了,那功德碗是唐代的宝物,所以为了守住这宝物,房子都是按照唐代人住的来修的。你看看,谁在屋檐上雕鱼尾,哪个地主儿不是雕个龙头?"有人辩解,"水里的大物是不是龙?"

"你说,这宝物怎么就没人偷?"有人抢白,半信半疑。

"谁敢在太岁头上动土?再说,偷了往哪里放?不打自招!"

大伙笑起来。

"呸呸呸,"程师兄最讨厌这些叽叽喳喳的人,一听见说人是非,便要阻止,"不两舌,不恶口。"

有人暗暗地笑,但埋着脸,强忍。

史家的功德训贴在墙上,每个房间外都挂上一块,白桂不识字,问所写为何。

“不杀生，不偷盗，不邪淫，不妄语，不绮语，不两舌，不恶口，不贪，不嗔，不痴。”

“不杀生不偷盗我懂，后面是什么意思？”

“不许与人生气，不许说重的话，不许伤害生灵，珍惜粮食，不贪食，不贪睡，与人和气，处处施恩。”

那得多吃亏。白桂想。她一个妇人带着孩子奔命，只听说好人不长命，祸害遗千年。

“吃亏是福。”大管家说。

不仅史家人，凡是住在史家的宾客，全都得守着这样的规矩。否则，就得请他（她）出去。

宾客之间，也不打听相互的背景，江湖耍杂的、异乡游子、生意人……啥人都有，至于身份，孰真孰假，史家人也不细问，来的都是功德。

“真不怕坐吃山空？”白桂有时也听见别人在问。

“做功德就不要怕这些。”

穿着滚绣褂子早出晚归的是史家的儿子们，外面的摊子扯得再大，都要守着老太太的规矩。这家人不赖。白桂看着他们一闪而过的背影，羡慕地想。别的不说，咱儿子能学到史家人的孝心就够了。

“小肚鸡肠，斤斤计较，我说你才要积点口德！”

“不要费了你几个月的功德！”

在屋里发呆的白桂惊了一跳。透过窗户，她看到史家做账师傅跑到院落中来。

“在堂上都待了三个月了，还没点眼色，顺手买点酒菜，还来报账？吃了谁家，用了谁家，要是我，早就没脸，自己走了。还赖在这里，竟然说我算错了账？”

“消消气，消消气。”有宾客跟在旁边安慰做账师傅。这个做账师傅不过三十岁年纪，一直未婚，在史家也待了三四年了，做得兢兢业业，史家对他青睐有加，还张罗着要给他找门亲事。做账先生渐渐地也不把这些宾客放在眼里了。

“只出不进，这个家怎么盘得走。”他有时也给管家念叨，管家只笑笑。

“都是些软骨头，说不起硬话。”看见明细不对的地方，他就要说。整个大院里，就他一人敢跟别人红脸。

“这也是做功德。”他给那些不信服他的人振振有词道，“‘人敬我一尺，我敬一人丈。’别拿点好处，就觉得该。人在做，天在看。”他在史家待了几年，也捡了些话语，知道它们的厉害，动不动就把它们使出来，就像亮刀子一样，明晃晃的唬人就行。多少也算个行家。

刚刚被骂了的吴姓宾客，原本是离开了，见大家都对做账师傅同情，心生不满，回过头来，一脸愠怒。

“你倒是给我说说，我哪里报账目不对了？我过去就是做账目的，我做账目的时候，你还不知道在哪里吃奶！”吴姓宾客辩白。

“一棵菜几毛钱？一斤肉几毛钱？每天好菜好酒奉上。你算来听听？用了史家多少钱。史家可不是养闲人的。”

“我在这里待不待，待多久，跟你有啥关系！你也就是个拨算盘的！”

“住在这个院里的，都不是白住的，有钱出钱，有力出力，没钱没力的，就奉个虔诚，再不济，下辈子还！”

提到下辈子，那吴姓宾客像被人诅咒了一般，满脸怒火：“你，你，你下辈子还不知道在哪里变牛变马，就你这个德行，会遭报应的。”

“我看你才会遭报应！白吃白喝，拉稀摆带！”

“信不信我杀了你——”他气冲丹田，单手戳着。

“杀人了，杀人了。”做账先生一跳三丈高，“大伙儿评评理，他要杀——了——我——”这嗓门一吼，各个房间的门窗都动了起来。

太阳原本昏沉沉的，悬挂在屋顶一角，因为这突然的闹腾，突然变得明亮起来，刺得密集的人不停地揉眼睛、打喷嚏，一层层围拢过来，做账先生在屋檐下左脚并右脚，右脚并左脚。

“他说他要杀了我！好恶毒的心——”做账先生号啕大哭起来。

“谁杀了谁？”

“怎么回事？”

“怎么闹上了？”

唉，祸从口出，那吴姓宾客有些理亏，可现在走也不是，不走也不是，人们只是将他团团围住，要听个所以。因为什么非要大开杀戒？

“各让一步，各让一步。”

白桂也跟着劝架，她想做账先生真是厉害。

拉的拉，扯的扯，秋日的太阳终究没有力气，不一会儿就被云朵遮住了半边脸，懒洋洋地趴在屋檐上。人们搓着手，感觉到风来风往的凉意。

“哎，散了散了，鸡毛蒜皮的事。”不知谁在人群里说着，大家也看得了无兴致。这样的天就该回房间睡个好觉，休养生息，念功德训。

哪知这事情还没完。

第二天，做账先生要请辞。老太太和管家在堂上听他陈述。

“他总有一天会杀了我，我留在这里干吗？我留在这里就是等死。”

“喂不饱的白眼狼。东家对他这么好，他还成日里算计，动不动就说杀人，亏他天天跟着做功德……”

“不能放他走，他用心歹毒，说不定赶走了他，他恼羞成怒，非烧了这个家不可。”

……

四角回廊里响起笃笃笃的脚步声，或急或缓，这木质的楼板，像云雾中看不见的山路，只知道那里有人，有斧头声，有等待天黑的恐慌。白桂哆嗦了下。

院子里人声如蚊虫，哄哄一团，忽大忽小。大多在说这吴姓宾客的不是。

吴姓宾客这几天都没有出门。

白桂平时是不串门的，她看见有人在敲吴姓宾客的门，可是很少见他开门。

“他是个好人，但因为这句话，犯下了罪孽。”大管家摇摇头，一副大局已定的样子。

趁人不备，白桂去厨房端了一碗粥，敲了敲吴姓宾客的门，久无声息。

“吴先生，我给你盛了一碗粥，身体是自己的，坏什么都别坏了身体。”

白桂说了一通，估计吴先生大概不会开门，便把碗放在门口。

说来也怪，天井那里的荇菜花总开不败，两三朵两三朵地接连着，看着像荷花，却比荷花小。虽然天气总是半阴不晴，却因为这点花，有了喜庆。史家虽接济了很多人，但大门平时并不打开，白桂也很少出门，偶尔跟着厨子一块出去，多数时候，待在这个四合院里，看着太阳掉在天井里，白晃晃的，犯困。

“妈妈，妈妈，我看到了枪。”儿子乱跑，总能发现些秘密。白桂一把揽过儿子，虎着脸说：“别瞎说。”

“真的，就在那个房间里。我带你去。”儿子拖着白桂的胳膊就要往后院走。后面是东家的房屋，老太太，史家长子、二子都在那里，白桂在院里站住，悄悄问儿子：“是哪一间房？”

“那间。”儿子用手指了指。

房间里影影绰绰，只有白纱幔飞起一角。

“有人看见你没有？”

“有。他叫我别碰，骂了我。”

“谁？别告诉其他人。”白桂捂住了儿子的嘴。

“白桂，你来这里多长时间了？”

“搞不清。天天在这院子里，啥都慢。”管家难得来找白桂说话，她小心恭谦地答道。

“我看你常去厨房。”

“也只是打个下手，派个用处。”

“老太太喝了你做的粥，挺高兴，你要没别的打算，就去厨房上工，最近有个伙计回家了，正差人。”

“那好啊。正闲得慌。”

“可别说闲。做功德，一刻也不得闲。”管家说，“你要有心。”

“好的。”

在厨房上工后，白桂心里就踏实了很多，也不用白日看着天井的水缸发慌，山中斧头的声音小了很多，手脚一忙起来，很多事情都会淡忘。

儿子一天天长大，眉眼之间越来越像他爹。

"你想不想爸爸。"夜里,白桂搂着儿子问。

"不想。"儿子眨眨眼,讨好地说。

"想不想爸爸来看我们?"她搂得更紧一点。

"嗯?"儿子昂起头,揣测母亲的意思,"爸爸不是变成鬼了吗?"他犹豫着说道。

"鬼也可以来看我们。"

"不要鬼,不要鬼。"儿子扑倒在白桂怀里。

过去,她觉得儿子只爱她一人,是满足,现在,她觉得这不好。

"这世上没有鬼。"白桂幽幽地说,孩子爹的身影就在门口,无声无息,含着怨气。不过她一点儿都不怕。史家大院以正压邪,有鱼神护佑,可以镇住一切风浪。

"妈妈,我看到他们枕头下有枪。"儿子始终对枪念念不忘。

"是什么样子的枪?"

"这里有一块,下面有一块。"儿子比画着,"很短。我还摸了一下。"

"不要告诉别人。"白桂再次提醒儿子,把他的手按在了被窝里。

那火药喷薄而发的声音立马变得闷闷的,好像只在胸口回荡了一下。老树林里有各种各样的声音,互相掩护,彼此唱和,唯有走火声尖啸独立。那个死人常拿枪口对着她。

枪,不是个好东西。

"日行一善,日省一过。"白桂学会了早课中的诵语。上厨时,会把这句话挂在嘴边,她拜拜灶台、锅碗瓢盆,觉得这也是善行。至于"过",还是不要去想了,夜长梦多。这几天的早课气氛有些不一样,史家儿子们锦缎的褂子在昏暗的堂屋里闪闪烁烁。仪式结束后,白桂看见这两人毕恭毕敬地给老母亲说了一句话,就行色匆匆地出门了。

"这段时间山匪乱,大家若没紧要事,不要出门。"午饭前,管家召集众人宣讲道,"如果有要回家的,各自办事离开的,我们也不强求。老太太会给大家一笔盘缠,各自保重。"

话一完，人心惶惶，这是要打仗了？老太太要离开了？

洪山镇人口稀少，只乡场稍有人气，其他人多是分散而居。他们都仰仗这史家能给大伙庇护，现在史家不仅不围户屯寨，还要遣散大家，真是泥菩萨过河，自身难保了？

犹豫的宾客看着管家的脸，莫衷一是，这些年老是有些提枪的军阀踏马而来，搞不清楚是什么派系，闹哄哄一阵，又平静几天，过段时间又闹上一阵。因为住得分散，保全很难，他们都希望史家能出面给大家防御一下。

涪江水汤汤不息，几个闲人仰望着史家大院的房子。他们指着史家屋檐灰墙上的题字“民国五年春”：“诺，就是那时候有钱了。”

“这才十几年。你没听说城里人都跑了好多了，咱这山里打起来，我就躲在岩洞里去。”

“陈世民腿给打瘸了，四角碉楼还不是不要了。”

“一个小地主，修那么个碉楼，有个啥用。”

“他那一家人咋办？”

“各保各的命呗。”

几天后，史家大院就全副武装、戒备森严起来。十来个挎枪的人围着大院走来走去，院子里的女人贴墙而行。

有时能听见乡场那方传来枪响，白桂会把儿子的耳朵紧紧捂上。

“散了，散了，这院里是要出人命了。”有人收拾起衣物，也劝白桂走，“还做什么功德，吃斋念佛，不顶用了。”

山里人打猎用的就是那家伙，白桂认得。枪不长眼睛，没准儿自己就平白无故吃了子弹。人要走不怨他们。

可是，走出去能到哪里？山连着山，田挨着田，路藏着，跟着太阳走也摸瞎。冷不丁，就得碰上个挎枪的人。她带着儿子，别人就会给儿子枪子儿。

她原本不信什么功德碗，可日日见这紫灰色的盆钵，却还有了点儿念想。这史老先生是多大的福分，让老太太这般替他超度。老太太说了，这功德碗装着他们几代人的福荫，靠得近，或许能匀点给她母子俩。

做完早课，给史家大院里的每个人分发热腾腾的馒头，世间还有什么比这更让人安慰的？

“会不会是那个姓吴的杀回来了?”有风声渐起。

“不可能。他那衰样。”

“现在这世道,今天是地主,明天就把你赶到山里做匪。”人们小声议论着,王家楼的地绅,胸口吃了一枪,躲了起来,王家楼有三层,夯土碉楼,住了王家八个人,现在全都散了。房子被姓李的豪绅接手。

“为啥吃了一枪? 咋没人管?”

“咋管,到处都是提枪的人。搞不懂是哪头哪派。”

“咱这里住的,谁敢担保没山匪?”白桂尖着耳朵听人说,“别看是镇上,史家老二跟保甲处跑得勤,不知道是什么勾当,今天说你是山匪,明天没准儿自己就是山匪。”

白面馒头吃完了,热气装进肚里,却十二个忐忑揣上心口。白桂告诫儿子,不要到处乱跑,别人房间的东西不可随便摸碰。

夜深了,人声消停了。星星在天井闪耀,青石砖地面发着幽幽的光。

连日里,上史家大院的人一律要通报姓名、事宜,连问三声若不回答,院里的子弹便毫不留情地飞梭过去。

白桂看见有人在门口刷青石板砖,似有暗红色,不敢多看。哨兵们步枪贴身,近不得。

有几夜,白桂梦见孩子爹就站在床头,一脸血迹地拉她的胳膊,非要把她从被窝里拽出来。

“跟我走。”他说。

“你等会儿,等会儿。”就像她常对他说的那样,她虽然一直在夫家低声下气,却也知道拖延之术。她手上总是很忙,不是拿了锅碗瓢盆,就是提了扫帚簸箕。孩子爹骂骂咧咧却也不得不等她,他只有这个婆娘还能使唤。

她跟他去巡山狩猎,二话不对,就把枪口对着她:“去把那只鸟给我提回来。”

灌木没身,大雾逼人,她找不到他打下的那只鸟在哪里,战战兢兢,抹着眼泪,听见身后响起的枪声,知道他在催促。回去又是一顿好打。

“哪有不打婆娘的男人?”他给她嚷嚷。

打也打了，吃也吃了，儿子还得照生。

高山上像他们这样的散户多的是，谁死了，死在哪里了都不知道。十天半月才发现尸体，匆匆竖个树枝，算是结了。可是活着就不想死的事，得求饱暖。大雪压垮房屋，她得走十几里山路去寻人帮忙，她想过跑掉，但是儿子还在雪屋里，孩子爹才不会管他。

史家大院新出生的六只小狗叫了整整一天，循着声音，终于在二楼的隔断里找到它们。白桂把小崽子们弄到柴火房，给他们弄了一个窝，母狗不知道跑哪里去了。这些小崽子们还没断奶呢。她颤颤地想。

冬至说来就来，得喝狗肉汤，这是习俗，唯有这一天要破例。

小狗在叫唤，已经能到处跑跑跳跳了。家丁们不知从哪里弄了一只狗回来，那一碗汤肉白桂看着心惊，白花花的，让人想起天井。她没让儿子喝。六只小崽子依然在大院里跑跑跳跳。

枪声是下午四点突然响起来的。

白桂正在厨房里准备做晚饭，砰的一下，她放下了手中的板栗。这一晚是打算做板栗烧鸡的。就这一声，她已经知道是枪响了。那声音就跟柴火爆板栗的声音差不多。后来连发了几枪，她拔腿就冲出厨房。

“儿子——”她刚吼了一声，就被枪林弹雨吓缩回去。有一颗差点儿打到她的腿上，她惊魂未定，揣测儿子更不安全。厨房里的女人们尖叫着抱成一团。

“打起来了——”一颗子弹，话就落了音。

史家大院虽围成个四方形，但并不是密不透风，躲在房间里稍微好点儿，在回廊、楼梯上的，多数都中枪。

白桂贴着功德训小心翼翼地行走，每经过一个房间，就迅速侧身而进，“儿子在不在？”她脑子里只有这唯一的念头。史家大院修得结实，青砖房还没有被打穿。

“不两舌，不恶口，不贪，不嗔……”她悬着心，喃喃地念着墙上的口训，“不抢不盗，不伤不损。”

天井里落下几颗子弹，树叶乱摇晃，水缸突然活了，肚脐眼撒尿一般，漏了一地水。枪声毫无章法，远近莫测。

外面的堂屋搜了一圈都没有儿子的影子，白桂的心提到了嗓子眼。她往院子后面走，那里都住着东家，上次儿子指给她看的那间房，纱帐飞扬，难道在那里？

没有掩护的地方都可能吃枪子儿。白桂贴着墙，几乎哭了出来，她不敢叫，怕儿子突然从里面冲出来，挨了枪子儿。

"白桂嫂——"有人在墙角冲她招手。那人扶着她儿子，把孩子的嘴紧紧捂上。白桂一个箭步冲过去，感觉自己像是被追赶的伤鸟，扑棱扑棱，连滚带爬冲到墙角。

晚上八点，所有的枪声才全部告停。除了几个哨兵在坚守，所有人都聚集在堂屋，说要宣布重要的事情。

香烟缭绕，史家各个祖先的牌位安然无恙，像无数个清晨一样，那只六瓣型的铜碗肃穆地立在每个人的头顶上。

"不杀生，不偷盗，不邪淫，不妄语，不绮语，不两舌，不恶口，不贪，不嗔，不痴。"老太太低声平静地说，"史家不是没开过血腥，日行一善，日省一过。"

老太太示意长子取下功德碗，看看，再递给二儿子……再给每一个史家后人、家眷，大家轮流看了一遍，然后碗传到管家手中。

"我供奉功德碗三十年，不说重话，不做害人事。你们都长大了，太平盛世求不来。这些年，军阀混战，你史家太爷有过有功，杀人偿命，谨开血腥，听我一句话，人没了，功德还在，碗没了，戒律还在。福薄惜福，福厚养福。"

几个女眷轻轻抽泣。史家儿子们兀立不语，一脸严肃。

十余个牌位的阴影包抄下来，横七竖八地斜挂在每个人脸上、身上。

"我以后，求个全尸，其他的，你们自己安排吧……"老太太哽咽了，她点了点头，管家把功德碗传递到每一位宾客手中。

"大家都看看。"

每个人都看了一遍那个碗，里面果真有一只熊，虎背大口，浅浅的一层水，尚不能淹没它。有的人咬住嘴唇，有的紧皱眉头，有的人要哭不哭。紫灰色的光晕没有了，在宾客的手中，那就是一只普通的容器。

碗递到白桂手中时，她心跳得厉害，她一直想看看这只碗，看看史家的福报，看看终于安顿下来的几个月是什么在福佑自己。

如愿以偿。

如愿以偿。

碗底的熊，四肢矫健，龇牙大口，凌空而起。水波氤氲，熊背微微蠕动了一下，哦，这就是传说中的功德水，她抽动了下鼻子，什么也没闻到。那层薄水，荡漾开来，像林中雾，聚散无常，只有老猎人才知道如何循着脚步安全前行，但是也有例外，孩子爹把她和儿子远远抛在身后，一路骂着“死婆娘”。

她躲在岩石背后，等待男人怒不可遏的训斥。那是一个断崖的山壁，小路狭窄，刚好两脚宽，人却得弓着腰前行，“死婆娘，还不滚出来，你咋不死——”话音未落，她听到沉闷的几声巨响，她几乎使出了一生的力气，掐断了这句话。孩子爹的腰部以下，全埋在岩石里了，像被掐成两段的蚱蜢，只是蹬着腿。

铜碗从白桂手中“哐啷”滑落，当当当当滚了几圈，残存的功德水淹没在阴影里，她握紧了拳头，感到空气中有无数的小虫子，轻轻地在颤抖。

——原载于《中国作家》2017年第10期

作者简介

强雯，中国作家协会会员、重庆文学院签约作家。有近百万字中短篇小说散见于《人民文学》《中国作家》《红岩》等文学刊物。出版有长篇小说《养羞人》《吃鲸鱼的骡子》。曾获第六届、第七届重庆文学奖，首届巴蜀青年文学奖，第三届红岩文学奖。

雪落之时

■邓雅心

1

这天是个很特殊的日子，大年三十早上六点，一盏灯亮了，先起床的是一个女人，长相平凡，头发凌乱，她穿一身臃肿的红色格子棉袄睡衣走进客厅，眼神暗淡，像是走进一家医院。客厅家具是浅色调的，现代装修风格，大而冷，没有多余的布艺装饰或花卉，也没有过年喜气洋洋的氛围。她没有穿袜子，只是穿了一双棉拖鞋，踩上大块的大理石地砖，她忽然觉得自己的脊背发凉，脚板心也发凉。

她拧开水龙头，先是出来一股冷水，她就在那里木讷地站了一会儿，半分钟后，热水才缓缓送来。从隔壁房间传来婆婆的抱怨声：又放冷水！你脸是金子做的吗？

洗了把热水脸，女人的魂才算回来。女人往脸上拍爽肤水，隔壁又传来骂声：败家婆娘！化妆品一大堆了，还要买，我儿子挣钱不辛苦？我儿子是你的摇钱树？

女人眼里像是装了两块冰山，她朝婆婆半掩的房门看了一眼，依然不理。

一会儿，男人裹着睡袍出来，在卧室门口瞥了女人一眼，说：一大清早，又吵什么？真不让我睡觉吗？

男人上完厕所，在回卧室之前，又重重地看了一眼女人。

婆婆房间里传来收音机声，信号不好，吱吱呀呀的，隐隐约约听见里面说今天要下一场雪。这雪是这所城市二十年来难得一遇的。女人想，下不下雪和自己有什么关系呢？这个家早就是一座冰窟了。女人嘴角一挑，轻微地笑笑。

婴儿哭了。咿咿呀呀，咿咿呀呀，像刚上弦的二胡训练。

女人丢下毛巾，急忙跑去卧室抱婴儿，她将婴儿抱到客厅，为的是避开丈夫的责骂。她太了解他了，在他没睡够之前，他就是一头一触即怒的狮子。女人抱着婴儿在客厅急急地来回走，此时她的眼里才有了一点儿温度，温度中又略带焦虑。她轻轻拍婴儿的背，待婴儿平静下来，她才坐下来哺乳。由于长时间喂奶的原因，乳头早已变形，像两颗干黑枣，皱皱巴巴的，还有多处溃烂的痕迹。那是婴儿之前咬破的，婴儿把母亲的乳头咬破后，她就再挤一些奶敷在伤口上，让它自愈。但伤口还未好，婴儿又要吃奶，于是，婴儿每吃一回奶，伤口就是一阵钻心的痛，等婴儿吃顺了，吸上奶了，这种痛才慢慢减轻。婴儿嘴里发出吞咽声，吃得差不多了，女人便微微托起婴儿的头，试图将乳头从婴儿嘴里拔出来。又是一阵痛，比刚才更钻心。女人时常觉得自己的乳头会掉，就像红枣会掉，她额头上微微渗出汗珠，背心也烫了，脸色发黄地坐着，眼睛里一片茫然。

自从生育后，女人发现自己的魂丢了。女人想起自己生第一个孩子后的场景，那时是痛苦的、兴奋的、幸福的、满足的，喂奶也是心甘情愿的。生完第二个孩子，她开始变得毫无主见，反应也比以前慢半拍。她看着婴儿的脸，心情变得复杂。她觉得哺乳是一件极需要耐心的事，一天又一天，过得很重，也很慢，好比坐牢似的。

说不清为什么，总之生完孩子后，这个世界就变了，身边的人也变了。非常陌生。

女人将孩子放在沙发上让她自己玩，然后去厨房煮早饭。厨房像是刚被打劫过似的，女人太了解丈夫了。丈夫昨晚加班回来已十二点过了，他去厨房煮了碗面条吃了。丈夫是不会做家务的，分不清盐巴和味精，搞不清菜油和色拉油，有时稍微不慎还能引发一场火灾。对于丈夫来说，能把面条煮出来就已经很不错了，哪里还管得上收拾厨房。女人一面皱眉洗碗，一面心底生起一片阴郁。

女人想，是他俩合伙摆了她一道。

女人想起那些陈芝麻烂谷子的事。在产后，女人就不能下厨房煮饭了，丈夫在厨房倒腾半天，最终放弃了，终于同意请来保姆。保姆还没把家里的情况熟悉清楚，婆婆就火急火燎大包小包地从乡下赶来。她进门后，把母鸡扔在阳台上，母鸡在阳台上折腾，羽毛都落了几片。她把保姆赶走了，大声粗气地说：要什么保姆嘛，可惜钱嘛！我们灾荒年生娃儿，不一样地挑担子！

女人病恹恹地卧在床上，婆婆精神好得出奇，火气也大，走路轰轰的，做事轰轰的，说话也轰轰的，任何一个动作都很粗鲁，像个男人。婆婆说：有那么恼火？不就是生个娃儿吗？我们那阵子，生了娃儿还要下地干活！

婆婆整天嘴皮子不停，手脚也不停，一面做家务，一面就趁儿子不在家，对媳妇说：要不是我，你月子能坐好？没得我这把老骨头，你顶得起吗？

婆婆从不客气，把这里的一锅一碗都当作自己的。也不知害羞，当着儿子的面脱衣服去洗澡，还勤俭，时常去楼道捡垃圾，捡矿泉水瓶子，捡硬纸板。婆婆煮饭，一煮一大锅。一锅青菜，要连着吃四五天才能吃完。包饺子，光肉馅就装了一洗脸盆。在饭桌上到处夹菜，给大妞夹，给媳妇夹，媳妇的碗里堆成了一个小山丘。

女人实在受不了了，眉头皱得紧紧的，说：妈，你不要煮那么多鸡蛋，我吃不完。

婆婆说：啥吃不完？你现在还嫌多，我那时还嫌没得吃。

女人说：一天吃一个就行了嘛，我吃得都想吐了。

婆婆把筷子往桌上一拍，气不打一处来，说：那你说吃啥子？你来指挥嘛，你来当家嘛！

女人便不敢再说话了。

女人的日子不好过,夜里给丈夫在电话里诉委屈。丈夫极不耐烦地说:啥事?我刚开完会!

女人说:咱们婚前不是说好,不同妈住一起吗?

丈夫说:现在局面这样了,你说咋办?难不成你要我赶我妈走?

女人说:你就不能给你妈妈说说?按她的生活习惯,我实在受不了。

丈夫说:你给我省点心好不?你再这样闹,我也崩溃!

女人说:你有什么好崩溃的?不就是上个班嘛,家里的事情你到底管不管吗?

丈夫在电话那边捂着脑袋,感觉头快要炸裂了,接着语气不耐烦地说:我跟个牛似的,你还让我清净不?那你来还房贷、车贷,供大妞的生活费,还有小妞的尿不湿,我一个男人挣钱,养四个女人,你还要怎样?加上你自己的妈,就是五个!你能理解我不?

女人也火了,说:你拿了多少钱回来?做个部门经理就那么不得了?你陪过大妞一天吗?嘴上说要大妞独立,其实就是你自私,不想管!

男人更火,说:那你来养家,你来养!

这样,两人就吵崩了,两周说不上一句话,晚上睡觉各一床被子。

如今这个局面,不是一蹴而就的。女人的心,大概就是从那场吵架之后彻底死去了,那时她忽然觉得周围的一切都很冰冷,自己像一头母牛,孩子饿了就抱过来喂奶,孩子睡了就任婆婆摆布。婆婆天天在家,想怎样念叨就怎样念叨,甚至有点儿不可一世。起初,女人夜夜流泪,后来,女人有点儿难辨是非,再后来,女人的心就像一块石头,再久远一些,女人的眼睛里就是两块坚冰了。

还好,女人还有那么一两个闺蜜。女人说:你说,我是不是很笨?

闺蜜说:何止笨,是一孕笨三年!

女人说:我想不通,我到底做错了什么?

闺蜜说:不用想了,你婆婆来城里,压根就不打算回去的,有热水器多好啊!有天然气多好啊!城里的大好生活,谁肯回农村呢?闺蜜又说:他娘儿俩早就商量好了,你中了他俩的圈套。

闺蜜又解析说：其实也正常，有了孩子，一心都在孩子身上，哪管老公死活哟，就更不要说花心思哄男人了。

女人又说：女人没钱真可怕呀！

闺蜜说：这又有什么关系呢？等过完哺乳期，你就把大妞、二妞带走，去找个更好的工作，我就不信你离了男人会死！

女人又说：我也不是没心眼的，我这些年存了点私房钱，在我妈那里放着，时机到了，我就离婚。

2

男人在八点后起床，他埋怨女人没帮他把行李箱收拾好。女人想，我都快跟你离婚了，还收拾什么行李呢。女人不说话，依然像一个雪人一样，在屋里来来回回地走，她就喜欢看他工作不顺心的样子。

男人胡乱地收拾行李，没来得及吃早饭就走了。临走前，扔了一叠钱在桌上，对女人说：跟你说了多少遍，叫你把阳台窗户封好，小孩万一掉下去怎么办？

女人说：我也要上班，没时间弄。

男人说：周末你干吗了？

女人说：周末我要带孩子啊。

男人重重地看了女人一眼，懒得吵，转身走了。婆婆还坐在饭桌上吃饭，嘴角忍不住泛出一丝笑意。

婆婆吃完饭，婴儿哭了，婆婆急忙跑去抱婴儿，来回晃。女人也准备出门上班，在门口一面穿鞋，一面焦急地说：妈，你莫抱着娃儿晃，晃习惯了以后都要晃！

婆婆立马将孩子抱过来，条件反射地，抵抗着说道：我哪里晃了？我哪里晃了？你那么有本事，娃儿自己带啊！

女人不接话，忍着气出了门。

女人是最近才开始上班的，上班的地方离家很远，坐地铁四十分钟，是本市最挤的一趟线路。每天去上班，地铁站台上黑压压一片，跟春运似的，有时女人被挤在人海里，推推搡搡的，有一种北漂的错觉。每回下班，地铁就空了，女人提着高跟鞋下班（按照公司规定，上班必须着正装），赤脚走在空空的站台，然后疲倦地望一眼长长的铁轨。

公司是一家私营企业，做房地产销售的，也不是什么大公司，全体员工不到二十人，但装模作样的人多。

女人在公司上了三个月的班，将自己分内的事情处理得也算好的。有时候，女人想起自己背后的那个家庭，也有些逃脱的意思了，即使是下班，她也不是很想回家，宁愿在办公室坐着加班。若是无班可加，非要去学校接大妞，她还把大妞送到商场一楼的孩子游乐中心玩，十块钱不计时的那种。孩子一进游乐园，有了新伙伴，也有专门的人看管，女人就如释重负，去麻将馆打牌，舒缓一下神经，放松一下身心。

今天是大年三十，本年度的最后一天了。女人到公司后，大家都在热烈地讨论春节去哪里、回哪个家，讨论今年的奖金。女人是做后勤行政的，是没有奖金的，但她也浅浅地听着。

讨论了一会儿，阿章进来了。阿章是女人的亲妹妹，也是女人的同事。妹妹阿章比女人小五岁，女人时常从阿章的脸上看到过去的自己。过去，女人和阿章一样，每天早晨会花很多精力在自己的妆容上，但现在女人早已经不化妆了。

阿章进入二十五岁后，越来越会打扮自己，两姐妹大概都对美容有天赋，阿章的装束，每一处都十分得体，什么颜色的衣服搭配什么样的围巾和香包，都妥妥帖帖的。阿章脸上有酒窝，一笑起来，眼睛水灵灵的。阿章这两年的变化实在是太大了，她十八岁进城，时间一晃，脱掉了农村的气息，一看就是城里人。女人注意到，去年夏天到现在，阿章的衣服根本就没重样过，一天一件新的，十分干净整洁，都是好牌子的，还时不时拎一些名贵的包。

阿章说话的声音像糯米，黏而甜，大家都很喜欢她。她还很会做饭，粤菜、川菜、甜品都得心应手，还能酿一手红酒。同事总说：谁娶了阿章，可真是上得厅堂下得厨房，还进得卧房。但阿章一直单身，快到三十了，还单身。

女人曾经问过阿章喜欢什么样的男人，每说到这个话题，阿章就把眼睛放在别处，敷衍几句。

女人追问阿章到底有没有男朋友，阿章说：到时候了，自然会带给你看的。

女人就不再问了。

阿章的座位在女人的对面，但最近三个月，阿章跟女人的关系日益紧张。

有一天，阿章早上气呼呼地走进办公室，把账单往女人身上一甩，说：你怎么搞的？账单做错了，昨天我送客户那里，差点儿出事了。

女人有些懵，对完账单，觉得不可思议，查电脑源文件，数据又是正确的。难道是打印机出了问题？女人向阿章道歉，阿章念叨了一上午，抱怨说：不会工作就回去带孩子嘛！

从那天起，阿章每天都在找女人的麻烦，各种，大大小小的，有时找女人要文件，女人电脑里的文件莫名其妙地消失不见。阿章总是当着办公室所有人的面指责女人。女人起初让着阿章，以为真是自己搞错了。

后来觉得事情变得越来越蹊跷，甚至离谱。那么多同事，为什么偏偏阿章的文件会出问题呢？

有一天，阿章坐在女人对面，一面轻巧地哼歌，一面玩电脑。忽然说：呀，我桌上怎么还有瓶牛奶呢？

女人说：我给你买的。

阿章立马变了脸，把牛奶扔过去，说：谁说我要喝了？

牛奶“砰砰砰”地滚过桌面，又“咚”一声滚到了地上。办公室的人把目光全扫过来了。

女人本是想阿章无论怎样也是自己的亲妹妹，自己先低个头，打得断骨头打不断筋，凡事总有原谅的，不料妹妹当着这么多人的面损了她的面子，女人也火了，拍一把桌子，说：你不就是想让我走吗，我哪里得罪你了？

阿章猛地站起来，指着女人的鼻子，说：话是怎么说的？什么我想让你走，你自己没本事还在这里做什么寄生虫！

两人大吵起来。很奇怪，女人觉得自己如果真要吵架，是可以吵过婆婆，吵过丈夫的，但这回，她偏偏吵不过阿章。阿章有多温柔的一面，性格就有多刚烈的一面，言语之间不依不饶，咄咄逼人，她把女人数落了一大通，还带着一脸的戾气，嗓音尖厉，挨个挨个地质问：你到底做错没有？你有没有把文件弄丢？我到底是不是在冤枉你？

这样一来，全公司的人都偏向阿章这边，以为是女人的错。

女人说：行了！我已经没在说话了，你还说什么？

阿章吼道：自己没本事就回去喂奶，找不到工作到这里来混什么日子！

女人被阿章气哭了。

那场吵架之后，姐妹俩不再言好。女人想，阿章，你为何这样对我呢？我到底哪里做错了，值得你这样对我？

大年三十这天上午，阿章进来后，开始和同事讨论下雪的事情。阿章在同事面前，就像一个精灵，总是招同事喜欢，也能活跃气氛。阿章说二十年前自己还看过一场雪，今天下雪，真是令人期待啊。

同事说：今年是个好年，瑞雪兆丰年。

阿章说：如果今天不下雪，明天就一定会下雪，她已经和她男朋友约好了，去歌乐山看雪。

女人听到“男朋友”这三个字，禁不住从电脑屏幕前探出头来看了阿章一眼。

同事说：南山看雪更好。

阿章说：南山会堵车，歌乐山步行就能到。

阿章还说下午她男朋友会给她买雪地靴。

几个人七嘴八舌地说，说着说着就到了开会的时间。按照公司规定，年三十上半天班，中午大家一起吃团圆饭，吃完下午就各回各家，该坐火车的坐火车，该坐飞机的坐飞机。

大股东忧心忡忡地坐在会议桌中央BOSS的位置。他一面等大家入座，一面不安地用手里的钢笔敲桌面，“磕磕”响。大股东是个四十来岁的男人，女人记得自己才来公司的时候，每次见他，他都是高谈阔论、意气风发的。他时常对员工说：我早已经是财务自由的人了。我负责你们财务自由，你们负责我体验人生。

但最近,公司的格局变了,翻天覆地的。公司原来的大股东失势,说话也没分量了。公司化为两拨人,一拨是阿章和女人这边,一拨是小股东这边。女人明显能感到公司隐匿的硝烟,女人是不愿意站队的,但阿章和女人偏偏是大股东的属下,无论怎样都避免不了。

大家都坐齐了,开始开年终总结会。一个一个地总结,总结得差不多了,又一个一个地说来年的计划,说得差不多了,该大股东讲话了。大股东将身子朝桌前倾了倾,先前跷着二郎腿,现在也正襟危坐了。他看看各位,努力掩住脸上的焦虑,说:嗯,感谢我们团队去年的努力。然后又说了一大通可有可无的、听起来很有高度其实细细想来又没有什么用的总结语。说完,大股东落到点子上,说:现在房地产不景气,明年大家的绩效可能有调整,估计会降低一点儿提成。

大股东说:我也很为难,你看阿章,月不敷出,每个月开销那样大,那你们说怎么办?

大股东又说:如果大家对这个有异议,还有另外一个方案,这个方案也是经过我们董事会讨论决定的、一致赞同的,那就是放一个人走。现在是僧多粥少的局面,我们的团队也不免有那么一两个职位是没有实际价值的。

大家纷纷把目光不约而同地落在女人脸上。

女人说:对不起,打断下,时间到了,我要去挤奶。

女人一直在哺乳,尽管孩子已经半岁了,但女人仍坚持让孩子吃母乳,在上班期间,女人每隔两小时要去洗手间挤一次奶,然后将奶存放在冰箱里。

女人走后,会议室的气氛一下松弛下来。同事们围着桌子,关着门说自家话,大股东说:现在事情也不是专门针对她,实际上是小股东针对我,他今早对我说,公司运营成本太高,必须要走一个人。我也是迫不得已,我们之间的分歧实在太多,对我非常不利。

十多分钟后,女人回来了,先前沸腾的空气忽然凝结住了。

女人回到自己座位上,会议室里寂静得只听得到她一个人的声响,阿章闻到女人身上的乳香味,忍不住埋头笑。

大股东含笑对女人说:刚才我说得已经很清楚了吧?你现在是哺乳期,

这样也好，可以回去专心带孩子。

女人一脸严肃，语气有些硬，也有些哽，说：那公司把我开了，给我什么待遇呢？

大股东说：这个你放心，严格按照国家合同法来，该多赔一个月工资的，一定补。

然后又说：娜拉，中午一起吃饭，团圆饭。

这个女人叫娜拉。娜拉心里嘲笑道：什么团圆饭，不过就是散伙饭。

这顿饭吃吧，很尴尬，毕竟是被公司炒鱿鱼的，不吃吧，人家又说你小气。最后娜拉还是决定去吃。

吃饭席间，同事都依次礼貌性地向她敬酒，只有阿章没有敬酒。阿章坐在她旁边，端着红酒杯，跟同事说话，言谈之间神情高雅，有点高风亮节的意思，似乎是在祝贺自己这场暗战的胜利。相比之下，娜拉在一旁，就显得没什么分量了，也没什么话跟同事说。

阿章是这样一种女子，只要有她在，不出十分钟，整桌人都能以她为中心，说不清她是怎样做到的，但她就具备这方面的技巧。因此，不多一会儿，团圆饭就吃开了，大家笑呵呵的，幽默至极，其乐融融，像是多年不见的老同学聚会。只有娜拉，像个局外人，怎么都融不进去，也没有人出来从中斡旋娜拉和同事们的关系。

吃到一半，娜拉实在受不住了，就从席间默默抽离出来。娜拉走出餐厅，大街上的空气忽然变得自由、新鲜。她放眼望去，平时这里熙熙攘攘的，今天大家都回家过年了，广场上显得十分空旷，她想起这广场立着一块无字碑，人们说无字碑是最高尚的一种碑。她抬头看看天空，又看看远处的树，一行银杏树，树叶落光了，可树枝还在哗啦啦地冲天空肆意疯长。风从脸上刮过，空气变得干燥，她忽然发现冬天是那么美，这种美像北方，怆然的，干裂的，又具有力量的，可以冲着平原或者广场嘶吼的、撒野的。

娜拉闭上眼睛，在广场中间，一滴泪水被眼皮挤出来。

这背后有太多的事理不清。娜拉想努力把自己的职业生涯梳理一遍，怎么说呢？这已经不是第一次失败了。在生二胎之前，娜拉一直做家庭主妇，每天最快乐的事情就是等待丈夫回家,最伤她心的人也是丈夫。时间长了,丈夫也看出问题来了,说:我拿点钱给你,你去做一些自己喜欢的事情吧,上班也好,开化妆店也好,都行。

娜拉那时脸上还没有长黄褐斑,她从十五岁开始迷恋护肤,在护肤上可算得上是专家水平,各种化妆品、各种皮肤、各种护肤方法,她能纤屑不遗地道出来,闺蜜解决不了的护肤问题,她都能解决。她说,要么做家庭主妇,要么做一名化妆店老板。她认为女人就是一朵花,应当对美丽负责。

娜拉用十万块钱置办了一个店,全按自己的喜好来。娜拉以为从此之后没事的时候就带带孩子、喂喂小狗,但现实与差距实在是太远了,护肤专家和自主创业也是两码事,专家不一定懂得创业,创业也不一定需要专家。先前在装修上吃的苦,便不说了,就说经营情况,不到两个月,亏空了,没有多余资金周转,娜拉挨了男人一顿骂。

娜拉小心翼翼地说:那,我还是当家庭主妇吧。

男人说:我从小,爹就死了,我妈给人熨衣服,供我读书,每天十七个小时,动作慢了还挨经理骂,我是家里唯一的男人。现在,我又要负责你,还有大妞,我累。

娜拉说:那我就去找个千把块钱的工作,我慢慢来嘛。

娜拉知道自己不是做女强人的料,于是她找了个给人洗头的工作。洗了两个月,男人说:你换个工作吧。

娜拉又换了一个发廊给人洗头。

男人说:你难道只会给人洗头,以后的工作都要找洗头的吗?

娜拉委屈地说:那有什么法嘛,没得法嘛。

男人觉得女人笨到家了,着急地说:你就不能再换个行业吗?

于是娜拉又换了个行业,帮人卖衣服。

男人又要求她换个工作,娜拉从衣服店辞职后,又去找另一个卖衣服的工作。

男人实在是无语,说:你连自己都养不活,和废人有什么区别?

男人对娜拉的态度,一天不如一天。终于有一天,女人清醒了,认识到要女性独立光下决心是不够的。到底该怎样才算独立？闺蜜说：你傻里傻气的，做销售，说不定能有好转，现在的人已经不喜欢那种左右逢源的销售员了，还有，想要在男人面前翻身，最快捷的办法就是做销售，卖个别墅、卖个车、卖个快艇啥的，那些提成高，开张吃三年。

娜拉决定去卖别墅。而恰好，自己亲妹妹阿章就是在一家房地产公司卖别墅。妹妹阿章在这家公司做售楼小姐，工作年限长，尽管只是个普通的销售人员，但聪明伶俐，情商也高，不知怎的，就把女人给轻巧地弄进去了。娜拉工作了半年，也做售楼，栉风沐雨，渐渐有了起色，不料正在事业上升时期，娜拉发现自己又意外怀孕了。

娜拉说：明天，去把孩子打了。

男人说：好。

娜拉说：我们有大妞就够了。

男人说：嗯。

当晚，夜里，男人做梦，梦见一个人走过来问他：我送你一个女儿，你要不要？

男人说：不要！我已经有一个女儿了，我家女人太多了。

那人说：这个女儿很聪明。

男人说：不要，你送我个男孩吧。

那人说：这个女儿，将来长大后是个女强人。

男人欣喜道：那我要吧，我就喜欢女强人！我就喜欢有出息的！

第二天，男人改变了主意，说这个孩子无论如何要留下来。娜拉打趣地说：你帮我生孩子，我给你买车买房，你要啥我都给你。

男人说：我要有那功能，我就真的生，你们女人就是痛一次，我们男人一辈子都像头牛，挣钱养家！

娜拉的职业被中断了，坐完月子，娜拉不甘心在家受气，就继续回到妹妹的公司上班，继续卖别墅。只是，这一回回去工作，同事都用异样的眼光看她，总觉得她是不符合卖别墅条件的。想想吧，卖别墅，怎么着也得要空姐的长相和身材吧。但又不好辞退她，便给她调了岗位，让她去了后勤行政部。

娜拉想，做行政就做行政，现在是特殊时期嘛，只要不在家待着就好。但天又能算到，现在公司又要裁人了。娜拉忽然反应过来，想，她总算知道阿章先前为何要这样对她，原来阿章早就知道公司要裁人，是故意给她穿小鞋的。

“去火车站吗?”一辆轿车忽然一脚刹在她旁边。

娜拉从往事中回过神来，先怔了怔，恍然想起今天下午还有更重要的事情等着她，就是要去接母亲的。母亲从乡下来，四点的火车，若不是顺风车司机误打误撞地问她，她今天还会把这事情弄忘。

3

母亲每年都会来看娜拉和阿章两次，冬天一趟，夏天一趟。她是熟悉路的，但娜拉每回都坚持接送。

母亲坐绿皮火车来。火车在抵达站台前，停停走走，能让她想起很多事。那些事，一截一截的，人老了，总会想起自己的子女，想想自己是如何将子女一泡尿一泡屎带大的。母亲生娜拉前，做了个梦，梦见一条小青蛇在门口，可爱呆萌地望着她。但这条小青蛇是断了尾巴的。从此之后，母亲很担忧娜拉，总觉得这是不祥的预兆。母亲在娜拉身上花的心思最多，或许每一个母亲在生第一胎时，都会幸福而饱满吧。娜拉都三十好几了，母亲还能记起娜拉第一次叫妈妈的样子、第一次摔倒的样子。许多许多第一次，母亲都记得十分清楚，仿佛就在昨天。

母亲又想起生阿章的时候，正好赶上计划生育。那些年，什么都是抓指标，宁愿错判一千，不肯错过一个。母亲知道自己怀孕时，阿章已经在肚子里三个月了。这孩子，就该来，母亲三个月都来例假，她根本就不知道自己怀孕了。后来肚子大了，母亲以为是肿瘤，急忙去医院看，才被医生告知之前的不是例假，是见红。医生也解释不清那见红到底是什么红，医生顺带说一句:孩子都成形了。

父亲是不赞同堕胎的，他说:这是杀人，要遭天谴。

母亲也不赞同堕胎，她说:这是我身上的肉。

母亲东躲西藏，怀孕八个月了，还在码头担河沙，但阿章的命就跟性格一样硬，流产不了。阿章出生的时候，一点儿也不折腾人，从母亲发作到胎儿落地，整个过程不到半个小时。

晚上，生产队里的人打着火把来，密密麻麻站了一院子，人人手里一根竹棒，长枪林立。队长说：要么把人交出来，要么拆猪圈拆房子。

父亲说：没有二胎！

生产队人说：我们都听见婴儿的哭声了！莫狡辩！跑不脱的！

父亲抓起一把斧头，横在屋门口，说：你们谁来，我就砍谁！来一个，我砍一个！

父亲在前院一夫当关，母亲抱着阿章从后院逃走了。母亲去了阿章的几个姨家坐月子，轮流坐，偷偷摸摸，低声下气。姨夫说：赶快把你妹妹赶走，我们自家都养不活，这母女俩来，还给我扯稀了秧子！

婴儿在床上啼哭。

母亲在一旁听到隔壁姨夫的话，落泪。但眼下又走投无路。

母亲沉浸在绝望中，顾不上给婴儿喂奶，婴儿就一直哭。母亲的忍耐力到了极限了，就将婴儿往墙角一扔，背过身子，不管不顾，横心睡去。阿章就在墙角那一头跟个小粽子一样包裹着，足足哭了一整宿。阿章的倔强是胎中带来的，她足足哭了三十个夜晚，第三十一天就不哭了。

后来，这位母亲在逃难的路上，遇上了另一位母亲。那位母亲正背着她的儿子在井边打水。母亲说：求求你，你收了我的孩子吧。她并不了解这位打水的母亲，甚至都没问过这打水的母亲姓什么，家境如何。

那位母亲看到阿章的母亲，忽然生起女人之间的同情来，说：行，把她买来做我的童养媳吧。

从此，阿章与母亲和姐姐娜拉，天各一方。

阿章是断线的风筝、失舵的舟。二十年后，娜拉竟然通过各种认亲的网站找到了阿章。二十年间，阿章到底经历了什么，她不说。她只说继母待她不好，其他的就再不说了。

母亲初见阿章的时候，她的眼神装满愧疚，那种愧疚是想藏也藏不住的。她同阿章站在一起，中间像是隔了一条银河。她不知道自己该说什么，所有的谈话都那样客气、见外，看着暌违多年的女儿，母亲的眼睛总不能从阿章脸上离开。

火车进站后，娜拉接到了母亲。在站台上，母亲显得比以前更老了，白发比去年更多了一些，个子也变矮了。

两人叫了一辆出租车回家。在车上，母亲转过来对娜拉说：我给你们姐妹俩一人带了一桶菜籽油，还有一桶鸡蛋、一包花生。这些花生粒是我没事的时候剥的，花生壳剥了一背篼，我们现在给阿章拿去。

母亲又问：阿章现在好不好？她还没有男朋友吗？

娜拉不愿意说阿章和她闹矛盾的事，于是敷衍着说：她很好，应该有男朋友了吧。

母亲叹了口气，说：这孩子，就是不肯原谅我，什么都不肯跟我说，也从来不叫我一声妈。

车停在小区门口，娜拉和母亲朝妹妹阿章家里走。母亲知道娜拉和丈夫的关系不好，又忍不住重新问起来。娜拉说：我早就想离婚了，早就怀疑他出轨了。我现在两个小孩拖着，哪里顾得上那么多，等孩子断了奶，我是要找他论理的，捉奸，找证据，要赔偿。

母亲在路上温和地劝道：两口子，有话好好说，女人，要忍耐，要像大地一样地承受很多东西。

娜拉说：现在不是以前了，不是那么回事了，人心都会变。

母亲说：如果你丈夫能悔改，你也就原谅他吧，他也是因为压力太大，男人嘛，年轻的时候都是不知轻重的。

娜拉说：我永远不可能原谅他。我在月子里受的气，是他永远体会不到的，我哺乳的痛，他永远不懂，更何况，看样子他也是不会和我过的，现在我们都心知肚明，同床异梦。

母亲说：女人啊，是菜籽命，嫁到哪里就是哪里吧，看在孩子的份儿上，你们还是商量着过嘛。

娜拉说：我看明白了。妈，女人啊，得有钱，才有地位，没有钱，在家里只能看老公脸色。可是男人就是贱，眼看我事业就要起来了，他非要喊我生二胎,把我压下去。

母亲说:也不光是钱的事情。但母亲说不出别的,便不说了。

娜拉又说:妈——我是不是太笨?你看阿章,她怎么就那么能把握住男人的心?她吃穿都比我好。

母亲说:男人,你总是要讲究方法的,从根本上讲,你和妹妹一样,都是性子刚烈。

娜拉说:不是烈不烈的问题,谁遇到这家子人都倒霉,每回我吃饭,又要哄大妞吃,又要哄小妞不哭,轮到自己吃时,桌上都是些残羹冷饭了,他们就只顾自己。

两人一言过去一句过来,说着说着,就走到了阿章的家门口。阿章的家和娜拉是一个小区,在背后的一栋楼,阿章租的是一室一厅的房子。

母亲和娜拉敲门,阿章大概是没在家,没人应。

母亲忽然想起自己有阿章家的钥匙,那是去年春节阿章给她的,母亲说:我们开门进去等,把花生、菜油先放里面。

一开门,母亲的脸色忽然僵住了,娜拉的脸色也僵住了。

这时候大概是下午五点吧,太阳还未西沉。阿章的门口放着一双新的雪地靴,客厅里,一地的狼藉,阿章的羽绒服、毛衣、羊毛裙、裤袜、内衣、内裤,从沙发上一路零零散散地落到卧室门口。阿章惊慌失措地从卧室出来,她裹着一件浴袍,说:你们怎么不敲门就进来了?

娜拉看见沙发旁有个眼熟的行李箱,她一头奔过去,撞开阿章,看卧室里的男人是谁。

娜拉闯进卧室后,双腿一软,忽然感觉自己的右腿瘸了,她朝后面后退几步,颤颤巍巍的,几乎是站不稳的,崩溃的,嘴唇也嗫嗫嚅嚅的。

娜拉退出卧室,她拉着母亲往外走。

阿章忽然在身后叫住娜拉,说:别走,既然你都看见了,那我就把话说开了吧。

娜拉没有转过身子。

阿章说:我就是很喜欢姐夫,姐夫也很爱我,我们才是真感情。

阿章又说:为什么当初被送走的人是我,而不是你,凭什么?就凭我比你晚来吗?你知道我继母给我带来多少痛苦?

阿章居然觉得有些冷,身上起了鸡皮疙瘩,但她仍然装作很镇静,语气比刚才更亮了些,说:说了你们也不会懂,不管怎样,姐夫就是我的,本来就该是我的!

阿章又说:姐夫就欣赏有事业心的女人,你本来就是配不上他的。

娜拉越不理阿章,阿章就越不满足,她觉得娜拉该同她吵一架才好。阿章有些受不了了,便进一步刺激她,说道:你看看你自己吧,黄脸婆一个,也不打扮自己,哪个男人不厌倦呢?

阿章嘴角轻笑一声,说:跟个死人一样。

娜拉再也听不下去了,她不知道自己到底做错了什么,大概离开是她保留自尊的最好办法,于是她像个逃兵一样跑了。

母亲还没回过神来,在后面追了两步,忽然又不追了,她就留在阿章那边。娜拉跑回了婆婆家,婆婆正在给儿子打电话,因为打不通而抱怨。婆婆见娜拉回来,刚想开口再奚落娜拉两句,不料先被娜拉骂了回去。娜拉眼睛里一团火,跟马上就要爆炸似的,冲婆婆说:你给我闭嘴!再惹我,我砍死你!

说完,就愤怒地关上门,将自己关在屋里。

娜拉往被窝里躲,婆婆无缘无故地受了气,就不甘心地站在门外咒骂。娜拉觉得那些已然不重要了,算不上什么事了。她和衣而睡,盖一床被子,怀里抱一床被子,鞋子也没脱,把耳朵捂紧,只想昏昏沉沉地睡去。

不知过了多久,窗外的鞭炮声一阵紧似一阵,电视机里传来新年贺岁的声音,全国人民都喜气洋洋的。娜拉就是被鞭炮声吵醒的。她醒来后,看窗外,天色早已黑下来了,她忽然有一种被社会遗弃的感觉。用什么方法死呢?哪种死亡不痛苦呢?娜拉在被窝里想。

忽然,她想到了孩子,对,还有孩子,于是她冲出门,将摇篮里的婴儿抱起来,她发现丈夫已经回来了,正坐在客厅里将脚尖搁在茶几上,一副大老爷们的样子在看电视,母亲大概还在阿章那一边。丈夫和婆婆坐在客厅看春晚,大妞坐在一旁吃着糖果。大妞看见娜拉出来了,就吵着晚上要放礼花。娜拉对大妞吼道:你过来!

丈夫看了一眼她,婆婆也看了一眼她。丈夫漫不经心地说:离婚协议在饭桌上,你签了,房子归你,孩子归我。

娜拉仿佛没听懂丈夫的话,对丈夫说:你们看什么看,再看我拿菜刀砍死你们!

丈夫和婆婆的眼神忽然顿了一下,相信娜拉这一回是来真的了,便不看了,急忙将眼睛放在别处。婆婆也知道自己儿子做得有些过分了,也不还娜拉话了。大妞被吓住了,她从未见妈妈这样吼过她,就怯生生地朝妈妈走去。

娜拉强行将大妞按在床上,逼迫大妞睡觉。大妞根本就睡不着,但又不敢反抗,只好一脸无辜地睡着。

娜拉继续睡,她现在想不清楚任何事。到底死还是不死呢?孩子们那么小,又那样无辜!到底是自己去死,还是带着孩子一起死呢?娜拉脑袋里一团糨糊。她发现枕头是湿的,眼角的皮肤有些干痛,是泪水腌的,原来之前在睡梦里已经哭了很久很久。

娜拉想了很多事,想起婚前婚后的生活。曾经在女主人漂亮的时候,这所房子里有鲜花、酒杯、晚餐。丈夫一周回来一次,一次待一晚,那一晚的甜蜜胜过朝暮。那时,空气是自由的,坐在三十一楼的阳台,能感受到夏日风的温度。最浪漫的事,莫过于同丈夫共进晚餐,丈夫总会伸出一双手,女人将双手搭过去,丈夫温柔地问:我不在家的时候,你怎样呢?

而今,那些日子远去了,大妞已经七岁,这个家庭早已畸形而充满矛盾,甚至面目全非。娜拉又想起自己的母亲,想到阿章,后来,她对自己说:睡吧,睡吧,娜拉,会好的。

她心累了,就睡着了。婴儿睡在右面,大妞睡在左面。

娜拉一闭上眼睛就开始做梦,在梦里,丈夫一次次地挑衅她,婆婆也挑衅她,他们狰狞的面目来来回回出现。最后轮到妹妹挑衅她时,她竟然走上去,将妹妹阿章捂在地上。她恨死阿章了,她在梦里想,就算我坐牢,我也要把你杀了。这种恨意越来越深,在她的眉宇间、在瞳孔里、在掌心里。她的胳膊变得很有力量,愤怒转化为力量。

她终于在梦里将妹妹捂死了。妹妹在死之前挣扎,力量是那么微小,然后,妹妹的脸色沉寂下去,身体悄无声息了。娜拉笑了。在床沿边,嘴角泛着笑意,还流了一摊口水。她的手,终于从婴儿的脸上松开,婴儿在一旁,脸色发紫,身体渐渐冰冷僵硬。

娜拉翻了个身,她很疲倦,她不愿意醒。忽然,窗外又一阵鞭炮响,噼里啪啦,空中还闪起了大朵大朵的烟花,仿佛是在庆祝娜拉的重生。大妞睡得迷迷糊糊的,但心里仍旧挂念着要去看烟花,她半睡半醒,说:妈妈,我要去看烟花……

娜拉梦呓似的回说:你去吧。

隐隐约约,她觉得大妞起了身,穿上小鞋子,去窗台看烟花了。窗台没有封高的防护栏,大妞趴着栏杆看,越看越兴奋,后来的事情,娜拉就不知道了,自己睡着了。

大妞是怎样掉下楼的,娜拉不知道,什么时候掉下楼的,人们也不知道。子时一过,新年到来,家家户户都喜气洋洋,城市的鞭炮在凌晨两三点才平息下来,一股浓厚的硝烟味布满了这个城市的上空。又过了几个小时,娜拉又做梦了,梦见大妞在楼下对妈妈摇手,说:妈妈,妈妈,快来看雪花!下雪了!……妈妈,我们把雪花拼成原来的模样……

娜拉知道自己是在做梦,她转了个身,手指碰触到旁边的一个冰凉的物体,模糊中,她看见婴儿的脸是紫色的,带着黑。娜拉忽然坐起来开灯,眼前的东西让她几乎快疯掉。她豁然想起大妞,她跑到窗台上看,见窗台上落着一只大妞的棉拖鞋,娜拉尖叫了一声,狂奔下楼。

娜拉住在三十一楼,很奇怪,她这次没有坐电梯,而是一层楼一层楼地往下跑,像奔向地狱一样,一层一层的,一圈一圈的。娜拉跑出小区的时候,趁着路灯,娜拉看见大地白了,树木白了,花园也白了,雪花纷纷扬扬地落下来,夹着植物的香气,将大妞的小身体埋了一半。

娜拉看见大妞的小脚后跟露出雪面,她再一次尖叫,声音划破夜空,如狼嗥。她在雪地里笨重地狂奔,分不清东西南北,找不到人间地狱天堂,雪花大片大片地落在她身上,她的头发一瞬间白了,脸上分不清是眼泪、鼻涕,是冰,还是冰雪。

4

天，终于大亮了，新年新气象，这个城市白茫茫一片，清冽的空气中夹杂着掼炮刺鼻的气息。另一户人家，一个女人，推开窗户，兴奋地冲她身后的孩子喊道：丫丫，快过来，快来这里看雪。

丫丫从身后脚步蹒跚地奔来，女人将孩子一把抱起，丫丫的小脑袋伸出窗户，兴奋地说：妈妈，真美呀！

女人抱着孩子，在阳台上转来转去。雪粒子扑在女人脸上，女人终究忍不住，伸手接过一片雪，雪花落在她掌心，便化了。

身后一个男人的声音从厨房里喊来：别看了，快回来，锅里的水开了。

女人急忙抱着孩子，朝厨房走去。

雪，一片一片地落，寂静，悄然。这只是另一户平凡人家而已。

雪，仍旧不急不缓地飘落着，一言不发。

——原载于《飞天》2017年第10期

作者简介

邓雅心，现居重庆嘉陵江畔。作品散见于《小说月报》《黄河文学》《北京文学》《中篇小说月报》《飞天》等。2013年出版小说集《母亲在左，我在右》，2015年获第六届巴蜀青年文学奖。

遇见路人甲

■ 黄宁兰

她不知道会遇见他，离婚五年后。实在太突然了！

她是打电话给她的，声音甜甜地说，玉姐，我是您预约的"美颜到家"的美容师陈小凤，我到您家门口了。她听见"玉姐"漫不经心地应着，进来吧，直接上来，我在床上躺起的。

防盗门就在那时打开了，显然，是玉姐叫他开的门。互相对望之下，同时愣了一下，视线都转移开去，也把她那句本来要出口的话"你好，下午好！"生生压了回去。男人穿着居家服，温润的皮肤，挺拔的鼻梁，好看的眼睛、嘴唇，还和五年前一样，没有变。男人四十一枝花，说的就是他这样的男人。

男人手上拿一双新塑料拖鞋，显然是给她准备的。她轻声说，谢谢，不用，我们有工作鞋。说着她打开随身携带的拉杆箱，取出一双跳芭蕾舞一样的软底鞋，粉红色，崭新的。她弯下腰快速地穿上。本来他们是面对面站立的，这下有了居高临下的味道，俯视到她那掐腰收缩到极致的粉红色工作服后背。他便放下拖鞋，走到沙发边坐下。

她穿好鞋，抬起头来扫视，视线穿过偌大的客厅，看到了酒红色的旋转木楼梯，便拎起拉杆箱，没有看他，嘴里说，我上去工作了。

“工作”二字她咬得很重，这是她在提醒自己，也是提醒他，她是来工作的，不是来与他叙旧的。何况，现在的他们，不过是路人甲与路人乙。

他没有说任何话，仿佛还没有反应过来似的。是啊，他怎么会知道她会以这种方式闯进他家里来？而她又怎会想到会在这里遇见他？

她已踏上楼梯的台阶了，心儿仍怦怦地跳，鼻尖沁出了小小的汗粒，她的脸红得发烫，虽然她心里一直在轻声地说，淡定、淡定。

她没来过比丽湖花园别墅，今天是她第一次上门服务。

上到二楼了，她望了望头顶，水晶吊灯被窗外的阳光映照得亮晶晶的，令人炫目。楼梯仍在向上延伸，上面至少还有一层楼。

真是高档别墅小区！她刚才进来的时候已经感叹过一次了。刚到小区门口，眼望着那白得耀眼的栅栏，尖锐高耸的棕红色屋顶，绿色的草坪，猛然涌上一种不知置身何处的慌乱。她又看了看手机里的信息，比丽湖花园别墅小区23栋。她也把这信息给戴白手套穿藏青色制服的保安看了，才被准予进入，保安还好心地提示她往左边直走，再右拐。

一路林木葱郁，多柳树、小叶蓉及黄葛树，葱绿的树叶在阳光下闪闪发光，徐徐清风送来草木花香，虽是夏季的正午，并不感觉太热。她沿着树荫，瞅着门牌号，拉杆箱四只轮子“咕噜”作响，走过篮球场、网球场、足球场、乒乓球台及游泳池，才看到23栋门牌。

完全西洋风格的独栋别墅，两棵铁树分置门前，右侧面是竹林，左侧面是小花园，桂花树、黄桷兰、山茶花等品种不一，高矮也不一。门楼上有些亮晃晃的，仔细一看，是一面方形镜子，被光线和不远处的游泳池水双重反射，更加华光熠熠，闪亮刺目。

她就是在这刺目的镜子下打了电话。现在，她站在二楼走廊上了，同样又被水晶吊灯的光影映射得睁不开眼，仿佛那窗外的阳光专门等在这儿，要给她一个措手不及。就在她迟疑是继续上楼还是怎么时，女人的声音从敞开的门里传出来了：小凤，进来，这里！

屋子里很安静，虽然她穿的软底鞋是无声的，但爬楼，又拎着拉杆箱，楼梯的震动还是让女人准确判断出她的位置。

她回答说:好的,来了。本想加上“玉姐”这个称呼的,只是见了楼下的他,她便明白,玉姐应该不比她大。老牛都爱吃嫩草,何况他不老!

女人确实躺在床上,房间很大,拱形窗户,悬挂着植绒米色花纹窗帘,用流苏的腰带束着,墙壁是米白色的壁纸,上面点缀着小朵的蔷薇,绿色的花萼,紫红色的花骨朵半开半合,有一种不张扬的艳丽。宽大的床,象牙白的床头,华丽的欧式宫廷风格,雕花细腻圆润,皮质靠背厚实饱满,让人有躺上去、靠上去的冲动。床架被米黄色的床罩套着,上面同样浮动着小朵的蔷薇。

女人就躺在这密匝匝的蔷薇朵里。她扬起脸来,冲她笑了下,说,辛苦了,路上热吧!又伸起头喊,罗成,从冰箱里拿瓶矿泉水来。楼下没有应声,但听得见冰箱门开闭的声音,然后是上楼时“踏踏”的脚步声。

她赶紧说,不用,不热也不渴,我们带了水的,公司配置有依云矿泉水。你看,真有的!她从箱子里拿出来,在那女人面孔上方晃了晃,又旋开瓶盖,但没有喝。这时,他扑踏的脚步声近了,在门口停下,站在门框里,伸手递进来一瓶宜简无汽苏打水。他仿佛已经恢复常态了,他说,喝点吧,这大热的天,真挺热的。她就是这样被迫喝了一口她自己手中的矿泉水。然后说,真有,谢谢了。我们的规矩:上门服务,不能给顾客添任何麻烦。他说话时没看她,她说话时也没看他,他们都对着床上的女人说,床上的女人扬起脸望着他们,笑起一口牙花子说,一口水都不能喝,这也太苛刻了吧,喝一口水算什么麻烦呢?

嗯,真规定了不能喝,要喝就喝我们自带的水,我们公司的规定也没什么苛刻的。她又重复了一遍,制度只有执行,才叫制度。说着她弯下腰,将拉杆箱里洗面的一应物品拿出来,展示给她看。箱子真是百宝箱,什么都有。洗面的小水盆是消了毒的,洗面奶、按摩膏、去角质的、精油、爽肤水、面膜及面霜等都是真空独立包装的,还有这一叠面巾纸,今天都是要用的,基本要用完。她一边展示一边解释。

躺在床上的女人望着她变戏法似的手说,用这么多,要多少钱?

她停顿了一下说,今天你不用担心,你申请的是我们的免费推广活动,不要钱。她已展示完毕,开始倒水洗面。

我知道,我是说没有推广,没有免费的了,得多少钱一次。

那个，她停顿，不想说，她心里说，不可能有下一次了。但是，床上的女人似乎在等着她的回答，而她也没有说别的话，时间一分一秒都显得漫长。是的，漫长，从进门的那一刻起，她的神经就被这个词悬置在高空。原本，她以为自己可以泰然应付，可这时，她发现除了说话，根本没有办法平静下来。而且只有说实话。于是，她沉吟了一下说，一次是248元。

哦，那还是有点儿小贵。女人应了一声，显然她在等着她的回答。

不贵的，这都是法国五星级高档酒店贵宾用品，真的，质量非常好，我们好多回头客的。她容不得别人说贵，在她的心里，这个价真是蛮值得的。

嗯，也是，想想这么热的天，你上门来服务，是，值得！说着她咯咯地笑起来，你们这服务，全市仅此一家吧，你们真的会火！除了不方便的人需要，就是好脚好手的，这世上懒人也多得很的。床上的女人不由自主地喟叹了一声。

她的手已经在躺着的女人的脸上动作开来。湿纸巾在脸上抹抹，又抹上洗面奶洁面，这些动作都轻轻的，躺着的女人闭着眼睛，很享受的样子。这让她心生反感，说不清是忌妒，还是厌恶，有一种禾草撩在皮肤上脱身不得的辣燥感。

躺着的女人不过三十岁的样子，直短发，黑而亮，衬着一张略显苍白的脸，不过她那身水红色的居家服让她脸色生动，眼睛大而黑，鼻梁挺拔，嘴唇有点儿厚，笑起来自有一种妩媚。脖子也很修长、白净，让人联想到胸部的凝脂白玉。

这个躺在床上的女人刺激着陈小凤的神经。她看着她躺在床上的样子，不自禁地想起她和楼下那个叫罗成的男人在这床上翻云覆雨的场景，这满屋子的蔷薇花，这温馨如画的氛围，都演绎着二人世界的无尽秘密。这能不让她伤心吗？她感觉鼻头酸酸的，眼睛涩涩的。不过，她能落泪吗？当然不能，而且，她的泪水早在五年前就落尽了。

五年前的那个夏天，她的前夫罗成回来告诉她，要与她离婚，他遇上了生命中的贵人、福人，他要去开创自己的事业。有人要投资在西部建一个水力发电站，全权让罗成来打理。罗成就是水电学校毕业的，学的就是这个专业，他在水轮机厂当过生产部长、技术总监，后来又当营销经理。这些年来，他做梦都在想自己要建个水电站。在这个电力能源让世界旋转的时代，他对水电技术专业有一种不到黄河不死心的痴迷。她问投资人是个女的？看上你了？罗成开始摇头，后来又点头说，你就别问了，也别拦我，我净身出户，这三居室的房子还有奔驰轿车都归你，儿子也由你照料。她就再也没话说了，硬生生地把她那句"你们在一起多久了"的问话咽到心里。他什么都不要，这些年打拼的一切都不要，连儿子都不要，那么毅然决然的一个负心汉，你还有什么可说的。

没想到在这里遇上他，果然日子过得很好，住着这样高档的别墅，而且是和一个年轻漂亮的女人住在一起，还让自己上门来为这个女人服务。真是不要脸，还躺在床上等她服务，这是怎样地轻视她啊！

犯贱！她暗骂自己，抿紧了嘴唇，心里好恨，恨得牙根发痒。按摩膏抹上脸后，忍不住重重地捏了两下，她要发泄发泄，要让她痛。

躺在床上的女人果然有了反应，她眉宇一皱，嘴咧了一下，吸着冷气说，轻一点儿。

要得，按摩的力度，你觉得重了就说，我轻一点儿。躺在床上的女人脸颊两边出现一团红，就是她刚才用力捏的。她把力道放缓了一点儿，心想还有一个多小时，还有的是机会用力狠狠地捏她几下出出气。

她揉搓面团似的，揉捏着躺着的女人越来越红润的脸庞，那用力一捏似乎也刺激了女人的神经，她忽然话多起来。她问她怎么不爱说话，她说她记忆中美容院的美容师都是话很多的，没话找话，刨根问底，干什么的呀，家里有什么人啊，老公好不好、帅不帅、有没有钱，买什么包包，穿什么牌子的衣服、鞋子，还有发型什么的，无所不聊。无非就是套近乎，聊着聊着，就推荐起美容产品，什么产品又没有了，得添，什么产品又有新活动了，这个时候买最划算。她张着嘴惟妙惟肖地学起来，惹得她也笑了。躺着的女人就趁机问，你以前也是干美容的吧？

是的，干了五年了。她回答道。

嗯，我也觉得你的手法好娴熟的。

离婚前，她几乎是全职家庭妇女。一方面是儿子太小，另一方面是罗成的母亲瘫痪在床多年，罗成又一直在忙工作。他就和她商量，不上班了。其实也不是她不想上班，是邮政系统改革，一改革就把原本一直按部就班的生活改革掉了。那情形就好比一趟直行的绿皮火车,满以为就那样哐啷不息地往前开,会一直开进车站的,可突然半途抛锚脱轨停滞不动了,一车子的人要么等着上另一辆火车,要么就近改换摩托车等便捷交通工具。突变的感受也从最初的眩晕般的震惊,惊疑不定的追问,再到无可奈何的选择,最后全盘接受,并行到另一种运行状态。她那时爽快地答应了罗成,以为自己上的是一辆摩托车,现在想来,不过是上了一辆自行车。

离婚的那一年年初,罗成的老母亲去世了,还没等她把视线从关注瘫痪婆婆身上调整到罗成身上,罗成就提出离婚了。她也曾歇斯底里地质问过、吵闹过,但人家也说得可怜,说他好容易有了实现自己梦想的机会,就成全他吧,而且,是他主动提出"净身出户"要求的,这让她的愤怒没有了着火点。她不知道他是什么时候变心的,而且一直熬到老母亲去世才说出了口。她想想自己这些年来被他利用,给他当免费保姆,她多傻啊,真是傻头傻脑傻到家了。

前思后想罗成做的这些事,她鄙视他,看不起他,便果断地、快速地掐断了与他的一切联系,包括不得探视儿子等在她看来无理的要求。她像打扫战场一样将他扫地出门,将奔驰小轿车交给一个经营租车的公司,然后,她干起了老本行。她在照顾婆婆的这几年里,为减轻婆婆痛苦,练就了一门按摩手艺。开始是跟一个老中医学的,学按摩,学扎银针。扎银针是俗称,医学上叫针灸。老中医去世后,她就自己给婆婆按摩、扎银针。她在按摩行业渐渐小有名气,后来她的一个姐妹拉拢她,要她去自己开的美容院里帮忙,她不去。她说自己不会美容,姐们儿说美容很简单,一学就会。她还是不去,急需按摩师去传授技艺的姐们儿一咬牙给了她百分之五的干股。她就这样被姐们儿生拉硬拽过去,美容倒是学会了,而且很快成了大师傅。但是,她不太喜欢美容院,主要原因就是要推销产品。因此刚才躺在床上的女人的话,一下子将她先前封闭在记忆深处希望遗忘的生活激活了,她不仅回想起了先前种种,还忆起了此后的种种,她的身体禁不住战栗起来,而她按摩的手势也一下比一下重。

躺在床上的女人又"咝"地咧嘴吸了一口冷气,痛苦无比地呻吟了一声。仿佛是为了减轻痛苦,她又问了一句,你老公是干什么的?

这话像针尖戳在充满气的气球上，让她的手顷刻松了劲儿。

离婚了。她简短地说了一句。

看你苦大仇深的。是他有外遇了？躺在床上的女人扬着脸盯着她，无所顾忌地笑起来。

是，他抛妻弃子，净身出户，拥娇妻美宅。说这话时她恨意如波涛汹涌，儿近咬牙切齿，她甚至又想狠狠地摁那张躺在床上的脸。她在侍候婆婆时总结过经验，在力道传出八分多时猛然收手，让那猛烈加大的力反射的痛感与婆婆过度劳损的肌体疼痛感冲撞、抵消，以毒攻毒般建立起一种舒适感。后来她又在其他顾客身上试过，而且屡试屡爽，顾客感觉很舒服。这成了她的独门绝技，她扎银针也技艺精湛，婆婆瘫痪的神经在她的银针的刺激下，是有感应的，渐渐也有所好转，有时还能搀扶着走走路。但婆婆的身体免疫力差，后来是糖尿病并发症要了她的命。她这两门绝技，别人轻易学不去。比如按摩这力只能使八分，甚至七分多，超过九分，身体那儿就会轻微发红，超过十分就可能有淡淡的淤青。这要在脸上按摩出了淤青，人家是要和她打官司的，但是，今天，她很想用九分力甚至十分的力，要让那出水芙蓉般的笑靥如花变成瘀痕累累的残花败柳。笑，看你笑不笑得出来！她心里恨恨地说。

就在她下决心要使出九分力的时候，躺在床上的女人眼睛亮晶晶地问，你还见过他的娇妻美宅？

嗯。她用鼻子应了一声。手指揉搓的力度慢了不少。

你真大度！躺在床上的女人衷心地赞叹道。这次她没有应声，她心里沉郁着一口气，积累着，要让力道从绵绵的手指再传递出去，而这个时候说话，无疑会分神泄劲。

躺在床上的女人说，我老公也是二婚，我们恋爱那会儿，也是轰轰烈烈的。她听她这样说，手指便不自主地慢下来，慢下来，变得轻柔不已。是的，她想听她往下说。她急切地想往下聆听，但她不能表露出来，更不能发问。而她脖子那里，仿佛真有人一把卡住了。她真的好难受！

你要不要喝点儿水，润润喉咙？罗成站在门口，端着一只玻璃杯。她居然没有听到他走近的脚步声，也许是回忆让她分了神，也许是这女人的话令她分了神，也或许是他一直没走远，一直倾听着她们的谈话。

要她喝水，不过是想转移她的注意力，不想让她继续说下去。她心里想。

喝点儿吧。女人说了一声，她便将手从那张脸上拿开，垂手立在床尾。罗成走进来，扶起她的头，她的嘴唇噘起来，触在杯口沿，透明的琉璃杯口现出她好看的嘴唇，水波的浸润让她的嘴唇更鲜润性感。

她以为她会大喝几口，但她只是羊羔喝水般，浅尝即止，只喝了小半杯。罗成端着水杯走了，没有回头，不，是她没有去看他。

她又按摩起来，手法越发轻柔，希望躺着的女人继续讲自己的恋爱经历，但是她的话头像被罗成掐断了一样，没有再提起。她闭着眼睛，享受她美妙的按摩手法，两三分钟后，她发出了轻微的鼾声。

她回响着她先前的那一番话，心里异常愤怒。他们"轰轰烈烈"的爱是什么时候开始的？偶遇？谁追谁？怎么发展的？这些原本躺在床上的她是要讲的，就像那些来美容院的顾客一样，躺下来一放松，就喜欢在一堆女人中卖弄自己的恋爱心经，欲说还休地暴露自己的艳遇甚至出轨，似乎这些都是她们的姿色证明。

她真想"啪啪"两巴掌拍醒她，然后问她。可是，她不能，虽然她可以这样做。在躺在她手下的人脸上，轻轻地揉、重重地摁，"啪啪"有声地拍打都是她的权利，都属于按摩的范畴，但是，面对美美酣睡的一张脸，她又有些不忍心。曾经，按摩得让顾客入睡是她对自己工作的最高要求，在她轻柔的按摩下入睡的都会成为她的骄傲，而那个时候，她的手指会更轻更柔的啊！

还用得着她讲吗？仅是那一句"轰轰烈烈"就说明问题了。爱，什么时候不是轰轰烈烈的呢，即使没有形式上的表面上的轰轰烈烈，心灵深处也是轰轰烈烈风云激荡心醉神迷的。那么还用得着去听吗？用不着了。再轰轰烈烈的爱，伤害起来依然是毫不留情的，就像她和罗成的离婚，悲伤、苍凉、痛彻肺腑，转瞬之间，他成为尴尬的路人甲，成为那种最熟悉的陌生人。

最熟悉吗？不，这是当初的感觉，现在，五年过去了，痛已封闭，凉已冷却。他们，已经完全是陌生人了，除了那张脸因变化不大而面熟外，其他还有什么熟呢？当然，还有身体也还是熟悉的，尤其在这样蔷薇花儿弥漫、暗香浮动的卧室，这样有着低调奢华的大床边，她很轻易地唤醒了对他身体的原始记忆，她记起了他大腿根部的一颗黑痣，回忆到这里，她便不可抑制地想起躺着女人说的他们“轰轰烈烈”的爱，他们在这床上翻云覆雨、娇喘调笑，她感觉自己的心在剧烈地颤抖，她希望有人打自己一下，两下三下都可以，最好让自己从狂想中冷静下来。

可是，没有人，手掌下的女人均匀地呼吸着，睡得那么甜，仿佛在做一个梦。一定是一个美梦！可她又真的想弄醒这个做美梦的女人，想让她睁着眼睛看着自己，或者说点什么，只要不让自己再信马由缰地胡思乱想就好。怎么弄醒她呢，于陈小凤这个美容师来说，只有加大按摩力度。她真这么做了，用了八分多点的力，可手掌下的女人一点反应也没有，还是那么均匀、舒畅的呼吸，丝毫没有影响，她说不定是梦见了他们那场“轰轰烈烈”的爱，这念头一冒出来她心里就堵得慌，这次用了九分的力。她看着她脸上轻浅的红指痕，心里有些不落忍，可躺着的她依然不觉得疼，均匀、舒畅地呼吸，胸脯轻微地起伏，依然睡得那么酣甜。她颓然地停止了手上的动作，不能再加力了。她的工作不允许她这么做，就是报复也没什么意义，就像武林高手过招，在毫不在意、不还手的对手面前，也使不出他高强的功夫。她愈加努力克制着自己的手，怕自己一不留神便“啪啪”两巴掌下去了，因此手法愈加轻柔，让那脸庞明显的红痕悄然淡去，而躺着的女人美美地睡着。窗外，蝉鸣如浪，此起彼伏，更映衬出室内的安谧、幽静。

三十多分钟后，脸部按摩做完，她已经大汗淋漓。其实室内冷气适宜。只是，按摩既是技术活儿，又是体力活儿，何况，她的思维也一直那么活跃，一直在费力地说服自己，别犯傻，别犯傻。在这剧烈的思想斗争中，她用理性的思考让自己平息下来了。她不想听他们“轰轰烈烈”的恋爱经历了，即使听了又如何，不过是将自己结了疤的伤口撕开又撒一层盐，徒添伤痛而已。

现在，面部按摩已经结束，她搅拌好面膜膏，敷到她脸上去，然后再过二十分钟或者三十分钟，揭了面膜，她的任务就完成了。走出这间屋子，走出这幢房子，这个女人包括罗成就被关闭在这个屋子了，丢到传说中的爪哇国去，和她不相干了。她甚至想，回去后将她注册的用户拉黑，手机号码拉黑，她再也不会来这里了，也不想派人来这里了。

面膜敷到躺着女人的额头、鼻尖、两颊、下巴，大概是冰凉的面膜刺激了她，她睁开了眼睛，神情有些恍惚。一般按摩下的睡眠，都是比较轻浅，不可能是深度睡眠，但是她恍恍惚惚的样子，又似乎睡得很深沉。

她撩开一次性面部口罩，轻轻说，我以为你会继续睡，现在你醒了，面膜还要敷二十至三十分钟，你想不想再按摩下手臂、肩颈和腰部？

躺着的女人似乎还在睡梦中神游，懵懂地说了声“好”。

虽然她内心是万般不愿意，但职业道德促使她拉着她的手臂搓捏起来。拉、捏、按、提，躺着的女人脸上又有了疼痛后的舒服表情。她懒洋洋地开口问她们店里是怎么经营的，老板是谁，是怎么想到这么经营的。这些问话是一问一答，赖不过去，虽然她并不想回答，但也不得不答。她没有告诉她老板就是自己，只是说老板是个爱漂亮的女人，以前也是干美容的。又说到店面，并没有店面经营，一直都是上门服务，不然怎么叫美颜到家呢？躺着的女人脸上的表情是吃惊的，声音却还是懒洋洋的，说你们这老板眼光真独到。又问是怎么想出来的，她淡然地回答，是参与法国的加盟店。

参与加盟店，不光是供给美容产品和技术服务，还包括这脚上的轻便鞋、工作服、拉杆箱等，都是加盟店统一的标配。加盟费不是小数目，她动用了所有的积蓄，还将那辆奔驰轿车折价卖了。参与加盟，有一个优势就是总部答应在一个省会城市里只设一家，没有第二家。而省会城市的这一家，可自行发展连锁店。这是一个颇有前景的项目，因此她倾其所有跻身进去。虽然她知道起步很慢，回报也慢，因此她才在微信和网上持续进行免费推广活动。没想到推广起来还不错，和平盛世，爱美的女人、希望时光驻留的女人很多。第一次的免费，就带来了第二次的回头消费。她招募的美容师都有些不够用了。比如今天，她就不得不亲自登顾客的门。因为，与其他美容师相比，她要离得近一些，不过路上还是倒了两次公交车。

看眼前的情形，如果这一阶段的免费推广活动过后业务还如此火爆，她就得考虑增人了。正这样想的时候，躺在床上的女人又开口问她有多少美容师，她回答说有八个。这样回答的时候，她手抹精油已经按摩完了双臂、肩颈和胸，双手向她的腰腹探下去，在她们的专业术语里，那里的按摩叫卵巢保养。她推拿了两下才问躺着女人力道重不重。

没想到躺着的女人仿佛刚刚意识到似的，动了一下上身，似乎要探身起来，又颓然躺下，然后叹息一声，拿开了她的手说，你歇一会儿吧，别按了。

她着实不解，又问，是力重了吗？

躺着的女人摇摇头，胸部剧烈地起伏着，声音却很平静地说，你没看见我一直躺着，喝水都不敢多喝？我车祸瘫痪，五年了。

用什么词来形容她的震惊？一瞬间，仿佛惊雷响过，闪电划过，暴雨如注，哗啦啦天崩地裂！不，没有这些。她就是呆了，懵了，木了，嘴唇动了动，说不出话来。喉咙里有什么东西哽住了。

是啊，她一进门就见她在床上躺起的，她是有那么一丝丝奇怪的念头闪现过的，只是，因为前夫罗成的出现，她的心思就乱了。她压根儿就没想这个问题，更没多想。

她手指颤抖地开始揭面膜，一点儿一点儿，揭得特别仔细。那干得起壳的部分，她润上一点儿水，那沾在发丝上的，她一点点将那面膜渣从一根一根发丝里分离出来。在这个过程里，她没发问，躺着的女人就将她的车祸做了简单说明。

五年前，于她还是陌生人的罗成载着她的父母和她去六盘水考察水电站选址。那一年，在股市狠狠赚了一把的父亲突然投资转向，他要投资建一座水电站。他说股市风险太大，水电站是实体经营，而且现代社会，电力能源的需求极大。干水轮发电机组销售的罗成经朋友引荐认识了父亲，他的专业知识深深吸引了父亲，还有他的诚实也获得了父亲的好感。

在六盘水电站成功选址回来的路上，父亲很兴奋，他从副驾驶座上回过头说，小玉，沈从文《边城》里的有钱人嫁女送一个水磨房，这个水电站，我就送给你做嫁妆啰。那时我和妈妈坐在后排，眼望着蜿蜒盘绕的公路外面如诗如画的风光指指点点，不时惊呼山势的险峻。

我和妈妈原本并不想来，只是听罗成说那边风景好才陪着父亲去的。母亲埋怨说你这老头儿真是想得远，小玉男朋友都没有。又说你现在不应该想这些，应该想电站建成了谁来管理的问题，投资几百上千万元，你又不懂，应该请一个懂行的人来管理。这时父亲就将眼睛看向了罗成，他说，小罗，我请你来管理，你那边的工作可以暂时不放，这边你用三分之一的精力，我给你一年十万。罗成一听很高兴，他说我上水电校的时候就有一个心愿，我要亲自看着电流从我手里输变出去。

悲剧就是在热烈交流时发生的，我突然感觉车胎异样的失重一腾，然后车子就侧翻、旋转、腾空，在我们绝望的呼叫声中，翻跌在山谷。母亲当场死亡，我和父亲重伤住院，只有罗成，除了手臂的擦伤和惊吓，完好无损。我腰椎受伤严重，再也不能站立行走，而父亲肺部重创，十天后去世了。去世前，他拉着罗成的手说，我把小玉托付给你了，水电站也送给你，你怎么对她都行，当妹妹、当老婆都可以，只是别让她伤心。我那时根本就不想活了，你说年纪轻轻的瘫痪在床，还活个什么劲儿啊，还不如死了痛快。

躺在床上的女人讲完这些，眼角溢出了眼泪。不等她伸手，陈小凤就用揩面膜的纸巾替她轻轻擦去。她继续说，罗成对我，开始时应该只有同情，父亲的托付，不过是加大了他的责任，但也仅仅是责任，是我的寻死觅活逼迫了他。他哭着说他愿意娶我，他愿意赎罪，他保证对我一辈子好！你看，窗帘上的蔷薇花，都是他一朵一朵别上去的。说着，她伸出手臂，“哗啦”一声拉开窗帘，只见米黄色的窗帘墙上，一朵朵蔷薇花组成一个巨大的心形。

她望着那已经风干的蔷薇，色泽已不鲜艳，但她看到的每一朵都如血似火般，要将那一面墙燃烧起来。

她已经将她脸上的面膜渣清理干净了，现在她往她脸上拍上爽肤水，擦上眼霜、面霜。她眼神疼惜地问，你没再继续治疗？现在科技发达，癌症都能攻克。

躺着的女人凄楚地笑了，说，半年前放弃了，没有用的，桑兰还是体操明星，她不想站起来吗？躺着的人谁不想站起来？

桑兰，她还生了孩子的！她不知道她为什么要那样说，她说这话的时候在流泪。她哽咽着补充说，不应该放弃！躺着的女人怔怔地望着她，抓住她的手，捏得紧紧的，嘴唇剧烈地抖动。她似乎努力克制着，努力不让自己号啕大哭出来。

她已经将所有东西重新装进了拉杆箱里，连洗面过程产生的垃圾也清理得干干净净。她拎着箱子从旋转楼梯走下来，罗成还在沙发上坐着，他已经换上了便装，一件短袖衬衣和一条超薄棉质九分裤。他坐着的样子仿佛是第一次去别人家里，欠着半个屁股，脸上是尴尬和不安的表情。他面前放着那杯小玉喝过的水，他抬起眼睛望着她，似乎想笑，还想说什么，但又没有笑，也没有说。她别着头没有理他，这么大的事都这样瞒着她，真是不可原谅。

她的视线一直盯在他面前茶几上那只玻璃杯子里的水。那水清澈透明，可疑吗？她突然问自己，她被这个想法吓了一跳。她已经走到门口，开始换鞋，脱鞋、穿鞋，然后站起身，只要一步就跨出门去，身后的门就会砰地关上。

她已经跨出门了，她努力对自己说，这不关自己的事，这是他们的事，不要管，不该管啊！她拉着拉杆箱，车轮"咕噜"作响，突然，她站定，然后，转身奔跑，"咕噜"之声急速滑过来。她上气不接下气地跑到23栋别墅门口，与正来关门的罗成撞了个正着。他疑惑地问，有什么东西落下了？她没有回答，而是高声质问，你在她水杯里加了安眠药？罗成的脸涨得通红，嘴唇嗫嚅着说，你听我说，小凤，我只是不想小玉说的话再让你受伤害。我对不起你！

对不起？

罗成，我警告你，别往她的水里加安眠药。她又望向楼梯口，柔声却无比坚定地说，小玉，过两天，我带一套银针过来！

她转身，向着小区大门口奔去，拉杆箱"咕噜"作响地陪伴着她一路奔跑，她泪流满面。她不知道，是不是该带一直追问"爸爸去哪儿了"的儿子来这里看看。

——原载于《厦门文学》2017年第10期

作者简介

黄宁兰，在《安徽文学》《牡丹》《天池》《金山》《羊城晚报》《重庆日报》《重庆晚报》等刊物发表作品二百余篇。

菩萨看得起的人

■野海

副镇长关于高田村陈老三脱贫问题的情况汇报有误。他说陈老三是个杀猪卖肉的高手，不懒，但傻乎乎的，只要能勉强过日子，绝不多杀一头猪，所以穷，前段时间突然封刀，没有别的本事，以后只会更穷，他自己不想富，谁都没办法。我确实笑了。我愿意支持这个说法，不过，事实不完全是这样。

精准扶贫撒不得谎，那天一到陈老三家，我就开启副镇长交给我的录音笔。清晰的录音和我无处推诿责任的独眼作证，我们刚坐下来，陈老三就请我们喝苞谷酒。副镇长当然没喝，他先是例行询问陈老三家的生产生活现状，然后宣讲扶贫政策，接着帮他出致富主意，劝他发挥长处，拿起刀来，多杀猪，多卖肉，多挣钱，快脱贫。还说只要陈老三愿意，政府给他出本钱。他说了一上午，不得不三次皱着眉头端起结满黑垢的茶碗。可是陈老三一句话不吭，被问急了也只是摆头。副镇长很生气，当然没骂人，只是脸色难看，忽地起身，说有事得先走，要我留下来继续做工作。他出门就被一只鹅误会，"嘎嘎"叫着追他。他边跑边文雅地骂鹅。他和鹅的样子都很滑稽，陈老三想笑，又觉得不该笑，脸相也很难看。我想吃他的酸菜炒饭，就说了个秘藏多年的龙门阵逗他，他终于笑了。一笑，场面就爆炸似的打开了。以下内容来自录音笔，我没有做半句增减。他说：

主任，我想起十八岁那年。格老子的，我喜欢南腰界冉二妹。她生得好看，当时在读初三，老子天天挑菜去中学门口卖，就为看她。卖菜和打扮是生死对头，卖得好菜就打扮不好，她就不看我，打扮好了又卖不好菜，我爹就不让我去，我连看都不得去看她，焦人得很。有个星期六，大太阳朗朗的，离她们毕业不远了，老子觉得是时候对她明说我喜欢她了。你晓得，我怕她一毕业就出去打工，那话就说不着了。我到让坪大路坎上的司毛草里躲着等她——她放学回家要路过那里。撞鬼了，那天有个女的和她一路。那女子怕晒，用帕子把脑壳包起，我看不的确，不敢出来，就学羊子叫唤。冉二妹捡起石头就朝老子扔来，有一块扔在老子脚杆上，我生疼，一下跳起来这么高。冉二妹躲到那女人背后喊："妈，妈，就是他，天天到校门口学羊子叫唤，追着我挤眉夹眼，夹得我心里发慌，书都读不成器。"她妈爬上坎，我转身就跑。跑出去一段路，回头一看，她妈还在追，只离我卵屎点点远，我转头又跑。一个跑一个追，翻了两个包包，她跑不动了，坐在柏香树下出大气。我就朝她大笑，朝她大声喊："冉妹子冉妹子，我想你我想你。"喊了又唱。她妈站起来，我又跑。跑两步回头看，她妈没追了，把头上的帕子摘下来擦汗。我一下子就不想喜欢冉二妹了。因为冉二妹她爹去学校看她时我见过，长得像野猪一样，配这女子简直就是酒糟鼻配西施。我没见过西施，但冉二妹她妈长得太安逸了，就站在我几步外擦汗水。你们有个词是怎么说的？闭月羞花？媚风流转？到底该怎么说嘛？人面桃花？秀色可餐？对头，就是可餐！反正是长得好看惨了，让我好愿意怀疑她不是冉二妹的妈，可她真的就是冉二妹的妈。后妈，叫樊秀花。我想起冉二妹她爹的样貌，觉得对她妈更有把握，心就"咚咚咚"跳，动静好大。

樊秀花轻言细语地对我说："喂，你跑啥子嘛，不要跑了嘛。"其实我哪里还想得起跑哟。我就站在那里看她，蛇梭到脚背上了都不晓得。她说有蛇在我脚上，我弯腰把蛇捉起扔到一边，又看她。她红着脸，说："你过来，我有话问你。"她问我是不是喜欢她女儿。我说是。她问我家是不是就在坝上。我说是。她问我家的田土远不远。我说不远。她说:"那你就请个媒人去我家提亲嘛。"我说要得。她笑了一下转身就走,我就跟着她走。她们在前面走,我像着鬼牵一样在后面跟。她们姐妹一样轻声摆龙门阵,笑,时不时车转身看我,老子一句都没听到。走到她家天已经黑了,我进门才回过神来。

冉二妹她爹是灶匠,出门做手艺没回来。我看水缸里没水,就问水井在哪里,然后摸着月光去挑水,她们用我挑的水做饭,然后请我吃。吃过饭后,我没走,在她家火铺上睡了一夜。第二天中午,冉二妹要去上学,樊秀花示意我和冉二妹一起走,老子假装不懂,她跺脚,样子像仙鹤在跺脚。冉二妹走后,我看得樊秀花不敢停在哪里,她只好不停做事,我就不停地帮她做事。天要擦黑了,她去柴房关鸡笼子,我也跟着去。我不是个忍得住的人,在鸡笼前抱住她,她挣了两下,顺势倒在柴草上。我亲她,她先是摆头,头被我摁紧了,她突然就渴得很,逮到我舌头就不放。我脱她的裤子,她就不干了,脚乱蹬,把鸡笼子蹬倒了,七八只鸡骇得"喔喔"地满天飞。鸡一乱,她不动了。我刚把裤儿脱到腿弯,她突然推开我。我顺着她突然瞪大的眼睛回头看,见一汉子右手拿个铁锤锤,左手拿着铁铲站在柴房门边。那汉子高大,黑麻麻一脸胡子,只看得见眼仁是白的。老子赶紧提裤儿。那汉子扯着嗓子说:"狗日的龟儿子,天都没黑就来搞我婆娘。"那种声音就是眼镜蛇脑壳,老子晓得危险,撞倒拦在柴房边的木板板,旋转身就跑。那男人在后面风一样追,追了几步,突然没声了。我转头看,只看见模模糊糊一铁锤"呜"一声对准老子脑壳飞来。老子头一偏,铁锤把儿打在耳朵尖尖上。老子痛都来不及痛就又跑。听到又有东西飞来,赶紧趴在地上,铁铲铲从老子脑壳顶上飞过去,插在面前的土坎坎半中腰,看不到铲铲,铁铲木把子像是长在土坎上的,在那里"呜呜"颤动。我爬起来又跑。他趁着大月亮追了几坡几岭不放手,引来好几个好奇的男人跟着跑。要追到我家了,老子只好朝另外一个方向跑。他在后面喊:"你跑,你跑,跑得了和尚跑不得庙,老子晓得你是哪家的二流子。"我站在田坎上看着他放慢脚步,朝我家走去。我当时心想,反正你捉不到老子,去老子家里起屁作用。他一进我家,我就听到吆喝山天的吼叫声,但我当时还是没敢回去看。几分钟后,那汉子出来了,站在路边朝老子骂:"再去搞老子婆娘,老子打遍你们全村。”他走了好久我爹才一歪一歪地出门来，看见我站在田坎上，也骂我，说：“你个屁眼虫！”那汉子追不着我，把我老爹打了一顿。第二天，我爹痛醒了才开始表示不服气，说不是打不过那汉子，是太突然了，那家伙完全是牛打偷角，一进门就扑上来，等他反应过来，那汉子一个回合打赢就出门走了。

十多天后，樊秀花在集上悄悄找到我，要我和她一起去上海打工，我没得路费，又不好说出口，就算了。

我有一年没敢去南腰界。一年后我传承父业，成了杀猪匠，常在外面跑。樊秀花家挨着大路，绕不开，我就会看见她，她还是那么好。她男人看见我了，作势又来追我，我作势要跑，他又不追了，站在那里乱骂我。突然有一次，他只是远远地看着我，不再骂我。他不骂我了，我就怕被他打“偷角”，就在路过他家时唱歌。我会的歌不多，每次都只唱：“雾罩下山要落雨，岩鹰下地要叼鸡。陈三要从门前过，各人招呼各人妻。”过了一段时间，他们全寨都会唱这歌了，还给老子取了个绰号，叫我“岩老鹰”。

我和她男人相互提防，所以相安无事。又过了八年半，就到了去年春节前几天。那天我在集上卖猪肉，发现樊秀花站在街对面看着我。她瘦得倒是很现代化，就是有点儿枯黄。她从上午看到下午，我要收工了才走过来，费了好大劲儿对我说：“喂，我要赊50斤猪肉。”我说没肉了，让她明天来。我打夜工去买一头好猪杀了等她来赊，第二天清早，她果然来了。她隔我那么远，又这么近，我不大敢看她，问她信不信我一刀下去，说是多少斤就是多少斤。她说信，还讲了一句没头没脑的闲话。我砍了半边宝肋肉放在她背篓里，让她背走。她不动，说只赊50斤。我取杆子秤勾住那肉，一只手忽地提起来——事实上那扇肉至少有100斤，我是比着她力气下的刀，老子也不晓得当时哪里来那么大力气，单手一下就提了起来。我左手拉着秤砣，秤杆都没反应得过来我就放下了，说50斤一钱不多一钱不少。樊秀花看了看我，背起肉走了。

春节过后没几天，好像是正月初六那天，南腰界有人来找我，说冉大胡子请我去他家说话。我不想去。说老实话，那么多年过去了，老子还是一看见樊秀花就有好几天不得自在，睡不着觉。老子不想在正月睡不着觉。但我老爹发话了。他咳顺了气，可以通畅地说两句正经话了，才鼓起眼睛对我说：

“你怕他个卵，他喊你去你就去，要打就再打一盘，把老子那回合打转来。”我没敢带家伙在身上，怕失手。进他家屋，樊秀花在灶门前烧火。我不敢看她，对着锅说她男人找我，问她男人在哪里。她说在里屋，就是他们的卧室。她让我进去，老子不傻，怕有陷阱，就站在门边喊：“冉大哥，冉胡子。”冉胡子在里面有气无力地说：“你喊个卵，进来说话。”

他躺在床上，瘦得没个人形，眼睛也落眶了，但脸刮得非常利索。他说是樊秀花给他收拾的，示意我坐床沿。我问他得啥子病了。他说先是拉稀，拉着拉着就拉成了癌症，医生说医不好了，请我去，是有事相托。老子想起他当初追我的狠劲，觉得他是条汉子，就说：“有事你说话，兄弟给你办。”他想把手伸出被子，我看他吃力，帮他拉出来。他抓住我中指拇说：“让秀花为我守四十九天寡，你再把她带走。”老子当时就呆了。樊秀花转身悄悄抹眼泪。冉胡子见我不说话，就问：“有相好的了？”我摆头。他又问：“看不起秀花？”我还是摆头。他笑了，说：“老子这辈子砌了几千个好灶，地位比你这杀猪的还是要强点儿，我死了，你带我婆娘过日子，这事不得抹你面子。”他说得又慢又费力，我还是忍不住要问他为个啥子。他说：“你跑得快，经得累，会杀猪，天天有肉吃，还能唱山歌，老子都不佩服，就佩服你敢不怕我，行不？”我当时就想，要是不怕你，老子当初跑个屁哟。

秀花送我到大门口，在我背后悄声说：“你别听他乱讲，他是梦见了菩萨。”我站住不动。她继续说：“菩萨对你笑，说你是好的。”我问他的梦关我啥事。她说：“他病糊涂了，你别当真。他说你杀猪利索，从不让猪多叫唤一声，又说你只要养得活自己，从不多杀一头猪，菩萨看得起你，他也看得起你。”我想和她多说两句话，就问啥子菩萨在对我笑。她清清楚楚地说：“灶神菩萨。”老子差点儿笑出来了。

我回来跟父亲说起这事，老汉脸都笑眯起去了。他一直恨我找不到媳妇。主任，你晓得的，哪有姑娘留在老家嘛，都打工去了，不说姑娘，连个寡妇都没得剩下的。老子从没说过有点儿恨他总是生病，让我不敢出远门碰碰运气，他还好意思一说到这事就冲我发脾气。现在好了，有个盼头了，他笑了。可是第二天一早起来，他又不高兴了，说算了，要我赶紧另外找个女人，不然，好像有盼着冉胡子早点儿死的坏心思。老子和他争论了一上午，最后达成一致，决定把我们积蓄的两万多块钱拿出两万，送给冉胡子医病。是送，不是借。如果一年后冉胡子还没死，老子就带老汉出远门去打工，碰碰运气，看能不能另外找个女人。老子是个直白人，不藏心，冒着比天还大的雪，扛着个猪前腿赶去，把钱放在冉胡子手里，把我们的想法说给他。他躺在床上，像看见大雪突然停了，太阳突然停在他脸上一样，只顾微笑，连个谢字都没说。秀花在落泪，也没说话。老子后来没再去看他，觉得去看他就是去观察他要好久才会死，心里别扭。

今年正月初八，冉胡子死了，死在自己床上，属于寿终正寝。我去奔丧，在他家院坝坎下遇见冉二妹。不知这些年她嫁到了哪里，原本长得好好的一个人，被坏日子过得没了人气，一见到我就瞪起死鱼眼睛恨老子。一个老太婆劝我说："岩老鹰，你先回去嘛，过四十九天再来接人。"我给她五千块钱，让她转交给秀花办丧事，然后走到对面山岭上看她家房顶要断不断的炊烟，天擦黑了，我就回来。

冉胡子死了五十天，我去看她。她更瘦了，人还在伤心处，没接我提去的猪肉，没和我说话。第二天去，她在地里薅草，也不理老子。后来，我又去过好几次，没少说我会多杀猪快致富的打算，也没少讲她今后清闲漂亮的日子，她仍然不理老子。最后一次去，我坐在她院子土边看着她，回想这些年和她的见面，心头慢慢冒出个问号，因为冉胡子的死期离我第一次送钱去，天赶天刚好一年。我问她是不是遇巧了，她不答话，哗哗哗哗落眼泪，快步走出菜地，进了屋。

听见关门声，我突然想起她赊肉那次说的闲话。她原话是"只有你这种天真烂漫的人才杀得了生，心愿越好，下手越狠，手脚越是干净利落"。这个事说出来没多大，老子只愣了一眨巴眼，然后起身上路，还哼了半句山歌，可是哪有人晓得，我突然好多委屈，好多悔恨，满山满岭都是洪水，滚来堵在心里。她听见我仆倒地上的声音，开门朝我跑来，我朝她摇了摇手。人坍塌了，没谁能扶。

2017年3月

——原载于《民族文学》2017年第11期

作者简介

野海，原名陈小勇，男，土家族，1975年生，重庆酉阳人，中国作家协会会员，重庆文学院首届签约作家。长篇小说《桶子里的张九一》入选“21世纪文学之星丛书·2012年卷”。

2017年度小说作品出版选目

（未报告者不在选目内）

《罗泉井》（长篇小说）海清涓 2017年2月 中国文联出版社
《鲜花盛开》（长篇小说）却安 2017年3月 江西高校出版社
《送我上青云》（长篇小说）黎薇 2017年3月 中国文联出版社
《老生》（长篇小说）白岚 2017年4月 作家出版社
《安居古城》（长篇小说）李明忠 2017年4月 重庆出版社，由重庆巴山夜雨原创文学作品出版资金资助出版
《浪花村庄》（长篇小说）李纯铸 2017年6月 漓江出版社
《碑》（长篇小说）王雨 2017年8月 重庆出版社
《小院轩窗》（小说散文集）钟雄 2017年8月 现代出版社

2017年度小说报刊发表选目

（以申报时间排序）

《昨日之岛》（节选）长篇小说 李君威《作品》2017年第6期
《桃花谷》短篇小说 太白村夫《边疆文学》2017年第8期
《撩开神秘的面纱》小说 陈启兵《石油文学》2017年第5期

《都是那酒惹的祸》小说 焦芬《西南作家》2017年第4期
《白马凼》短篇小说 燕刀三《边疆文学》2017年第4期
《蝴蝶谷》长篇小说 扁担兄弟《贵州民族报》2017年2月17日开始连载
《温暖》短篇小说 王明学《重庆铁路文学》2017年第3期
《去坐高铁》短篇小说 王明学《通途》2017年第2期
《隔壁铁路叔叔》短篇小说 王明学《重庆铁路文学》2017年第1期
《我儿叫春运》短篇小说 付世坤《通途》2017年第1期
《普通话》短篇小说 杨胜应《民族文学》2017年第5期
《南方无战事》短篇小说 田际洲《中山日报》2017年4月9日
《红茅烧》(二题) 海清涓《四川文学》2017年第2期
《矮子村》 海清涓《中国故事》2017年第12期
《我们的上帝》中篇小说 周青《飞天》2017年第6期
《你如此孤独》 短篇小说 鲁静《娘子关》2017年第5期
《哀伤平息》短篇小说 娓娓《红岩》2017年第1期
《清白》短篇小说 杨君《短篇小说》2017年第7期
《管窥》短篇小说 杨胜应《四川文学》2017年第8期
《远离稼穑》短篇小说 刘学兵《厦门文学》2017年第5期
《碎时光》短篇小说 宋潇凌《中国作家》2017年第9期
《啊,朋友再见》短篇小说 贺彬《山花》2017年第3期;《小说选刊》2017年第4期
《第二次别离》短篇小说 贺彬《鹿鸣》2017年第10期
《突然的自我》中篇小说 宋尾 《红岩》2017年第3期
《寂静》短篇小说 宋尾《滇池》2017年第6期
《大象》短篇小说 宋尾 《滇池》2017年第6期
《一副好架势儿》短篇小说 宋尾《滇池》2017年第6期
《那天突然出了太阳》短篇小说 宋尾《青年文学》2017年第9期;《长江文艺·好小说》2017年第11期
《口信像古歌流传》短篇小说 第代着冬《民族文学》2017年第11期,

获《民族文学》2017年度奖

《红月亮》短篇小说 刘明康《作家天地》2017年第10期

《化学阉割》章回小说 显明《章回小说》2017年第5期“压卷之作”栏目

《老黄》短篇小说 程贤富《华东文学》2017春季刊

《试婚》短篇小说 程贤富《新民文化》2017第3期

《在河的那一边》短篇小说 何春花 《芳草·潮》2017年第3期

《畅饮疼痛》游睿《微型小说月报》2017年第1期

《亲吻一条腿》游睿 《微型小说月报》2017年第1期

《如画》游睿《微型小说月报》2017年第2期

《母亲护身符》游睿《微型小说月报》2017年第2期

《在路上》游睿《喜剧世界》2017年第18期;《微型小说选刊》2017年第15期

《请龚老师吃饭》游睿《喜剧世界》2017年第14期;《微型小说选刊》2017年第25期

《熟人就是这样变成陌生人的》游睿《喜剧世界》2017年第9期

《红布》游睿《微型小说选刊》2017年第9期

《抉择》游睿《微型小说选刊》2017年第8期

《小姨》游睿《林中凤凰》2017年第1期;《微型小说选刊》2017年第11期

《时光就藏在屋檐之下》游睿《小说月刊》2017年第12期

《真正的朋友》小小说 苏其善《重庆法制报》2017年8月11日

《一幅地图》短篇小说 殷贤华 加拿大《北美时报》2017年4月14日;《当代文学》(海外版)2017年第14期

《火》小小说 殷贤华《重庆日报》(农村版)2017年5月18日;《小小说选刊》2017年第15期

《救命狗》小小说 殷贤华《重庆日报》(农村版)2017年7月7日;《小小说选刊》2017年第19期;《微型小说选刊》2017年第31期

《回家》小小说 苏其善《小说月刊》2017年第10期

《窗前》小小说 田诗范《劳动时报》2017年1月26日

《悬崖勒马》小小说 田诗范《精短小说》2017年第1期

《莲花手帕》小小说 田诗范《劳动时报》2017年3月15日

《拍肩》小小说 田诗范《劳动时报》2017年3月29日

《乌龙被乌龙》小小说 田诗范《劳动时报》2017年11月16日

《坦白》小小说 田诗范《劳动时报》2017年11月23日

编后记

《重庆作家作品年度选·小说卷》发出征稿启事后，共收到短篇小说31篇，有30多万字，中篇小说27部，有100多万字，还有长篇小说多部，有300多万字。这么多稿子，打开邮箱让人眼前一黑。这些文字要在规定的时间内通读一遍都不可能，更不用说编辑成书了。定眼细瞧却也发现了问题，原来有些文字是没有公开发表的，发来是希望提出修改意见并推荐一下；有些作品是在内刊发表的；有些作品不是2017年度发表的……这都是因为没有仔细阅读征稿启事之故。翻看作品，把所有不符合年选要求的剔除，剩下的选入了中篇小说5部，短篇小说15篇。电脑纯文本文件统计已经31万字了，成书排版也有40多万字了。原计划长篇小说选一个章节，由于篇幅有限，只能割爱了。

《重庆作家作品年度选·小说卷》的编选采取了如下原则：

1.所有作品必须在2017年度在省级及以上刊物发表，内刊发表的作品不在年选之列，这是一个基本的要求。重庆小说年选是重庆小说一年的收成，作品应该代表重庆作家的基本水准。

2.并不是说所有2017年度在省级及以上刊物发表的作品都能入选年选，因为篇幅有限，编者在经过反复阅读推敲后最终选入了中篇小说5部，短篇小说15篇，可能有遗珠之憾。

3.凡申报的作品都在“2017年度小说作品出版选目和小说报刊发表选目”中，如果没能收入年选，有兴趣的读者可以找来一阅。没有入选的作者只要继续努力，相信下一次必能入选。

4.《重庆作家作品年度选·小说卷》作品编辑顺序以发表日期为序，一目了然。每一位作家无论在这一年度发表了多少作品，年选只选一部。选了中篇小说，不再选短篇小说。

5.关于年选的文本评论统一由著名评论家《小说选刊》副主编王干先生撰文，不再赘述。

编者

2019年1月于重庆